本书是 2011 年国家社科基金项目"阿拉伯当代文学的转型与嬗变研究"（项目批号：11BWW019）的优秀结项成果

阿拉伯当代文学的
转型与嬗变

TRANSITION AND CHANGE

IN

CONTEMPORARY ARAB LITERATURE

余玉萍 著

社会科学文献出版社
SSAP
SOCIAL SCIENCES ACADEMIC PRESS (CHINA)

序

提起"抵抗文学",掠过我们脑海的是近代以来阿拉伯民族在反殖民、反占领、反压迫的斗争中产生的系列文学作品,特别是自1948年巴勒斯坦被占领、巴勒斯坦民族被驱逐出自己的家园以来,当地以及阿拉伯各国作家反对占领、要求恢复巴勒斯坦和阿拉伯人民民族权益的文学写作活动。也许,我们过于狭隘地理解了"抵抗"的含义。余玉萍教授的专著《阿拉伯当代文学的转型与嬗变》为我们打开了眼界,"抵抗"更多地以一种人生理念和生存态度呈现在我们面前,甚至以一种哲学理念和发展逻辑被我们重新认知。

本书中,余教授以缜密的思维将20世纪60年代以来的多位作家、多部小说与诗歌作品、多个创作主题、多个文学潮流、多种写作风格用关于"抵抗"的链条有机地贯穿在一起,对它们进行某种清点和反思,为阿拉伯书写者搭建起一个新的舞台,让研究者从新的视角再度厘清阿拉伯书写的内在深意。

通过对这一专著的阅读,我们似乎感觉,对阿拉伯抵抗文学的赏析与研究刚刚开始,深藏于我们内心的对"抵抗"的全新意识刚刚苏醒,对"抵抗"的理解与阐释意愿正在我们的内心重新奔涌。是的,所有这些好似松散无序、互不相干的作家与作品陡然间凝聚成一种力量——"抵抗"的力量。作家们、诗人们以文化的自觉审视和探讨阿拉伯民族与国家的困境,反思和质疑阿拉伯现代化发展的路径,他们以燃烧心灵甚至牺牲生命为代价,勇猛地出击,直指阿拉伯当代社会的一切腐朽与愚昧、压迫与暴戾。这一"抵抗"行为,不分国家、族裔、阶级、性别,不分宗教信仰与派别,摆脱了意识形态的困扰,摒弃了"传统与现代""阿拉伯与西方""男性与女性""个体与群体"的文化纠结,直面整个阿拉伯社会的深重危机。

过去,我们从诗人白雅帖那里读到的是深深的绝望,从达尔维什那里读到的是无奈的宿命,从阿多尼斯那里读到的是不得已的超然。然而,当他们的力量凝为一体,我们读出了他们对民族历史深刻的省察,对阿拉伯现实的质疑、反叛与超越。过去,我们从 20 世纪六七十年代辈小说家那里读到的是他们对阿拉伯社会转型的细致入微的描写、赞叹或批评的态度,以及他们对未来的畅想。然而,当我们从"抵抗"的意义上重新考察他们的作品,发现他们在拼尽全力地抵抗,试图挣脱现实这张巨大的网,引领时代与民众向着现代性的生存理念奋力奔跑。过去,我们阅读巴勒斯坦战争文学、阿拉伯女性主义文学、阿拉伯流亡与移民文学时,会将它们各归其类。但是,当我们将所有这些作品纳入后殖民语境之下,竟然发现了无所不在的"抵抗"意义,从而窥见了阿拉伯当代文学一片开阔的关于政治与文化的"抵抗"话语空间。

"抵抗"是一种积极的人生态度。所谓"抵抗"其实就是一种突破、一种创造,因循守旧的人生是可怕的,因循守旧的文学与艺术更是毫无意义。文学家通过创作获得生存意义,普通人则通过阅读文学作品反思人生。好的文学作品必是人生的导师,必可以提升人的生命境界。本书作者提到的作品之所以对阿拉伯社会形成了巨大的冲击力,无不是因为其具有触及心灵的伟大力量。

"抵抗"是一种哲学理念。如果人与社会始终处于某种螺旋上升的轨道之上,我们可以将这种上升概括为不断抵抗的过程。抵抗的过程便是变化的过程,抵抗的过程便是上升的过程。每一次的上升都取决于抵抗本身,抵抗的力度越大,上升的幅度便越大。阿拉伯文学是阿拉伯民族的心灵,这个心灵永远满怀希望,永远充满激情,永远热爱生活,永远珍视生命,它会勇敢坚强地战胜困难,开拓民族的新境界。这难道不是这个民族未来的真正希望吗?!

祝福阿拉伯民族!

祝贺余玉萍老师学术佳作出版!

张洪仪

2019 年 8 月

目　录

上篇　阿拉伯文学的现代性转型

下篇　阿拉伯当代"边缘文学"

绪　论
重建文化抵抗空间

　　"重建文化抵抗空间"原是"阿拉伯当代文学的转型与嬗变"课题申报时所拟定的主标题，目的有二：一是力图以此表述总结本课题所欲探讨的1967年以降阿拉伯当代文学发展过程中的若干突出现象及其表征；二是借此表明笔者的研究意图并不在于以梳理或综述的方式写一部历时性的阿拉伯当代文学史，而是源自数年来研读阿拉伯当代文学文本及国内外各类研究成果后的所感、所思及所得，是不断提出问题和寻找答案的结果。

一　理论基础与学术价值

　　半个多世纪以来世界格局变幻莫测，各国文学状况均发生了不同程度的流变，对世界文学大家庭中颇具特色的阿拉伯当代文学进行研究，具有重要意义。

（一）"抵抗"的内涵

　　自后现代主义和后殖民批评兴起后，"抵抗"（resistance）日益成为一个流行词语，为政治学、人类学、文学社会学、妇女研究、文化研究等诸多领域学者所探讨。"抵抗"即边缘对主流的抗拒，对权力结构发起挑战，旨在摆脱压迫和从属性。根据比尔·阿什克罗夫特（Bill Ashcroft）等汇编的《后殖民研究读本》，"抵抗"这一概念最初是由赛尔文·卡乔（Selwyn Cudjoe）和巴巴拉·哈罗（Barbara Harlow）两位学者提出的，它既是一种甚至一整套的抗拒行为，又是一个具有普遍意义的美学定律，"在此条件下，文学的抵抗性，可被视为文本与读者之间所达成的一种契约式理解（contractual understanding）"①。

美国学者巴巴拉·哈罗写于 20 世纪 80 年代的专著《抵抗文学》在学界颇有影响，在书中，她将"抵抗文学"定义为"与被殖民者争取民族解放和独立的斗争相关的文学"②。有着阿拉伯文学研究背景的巴巴拉·哈罗在此书中做了一些说明，据她所论，"抵抗文学"这一称谓应肇始于巴勒斯坦杰出的作家和政治活动家格桑·卡纳法尼（Ghassān Kanafānī，1936 - 1972）的一部著作，即《巴勒斯坦被占区的抵抗文学：1948—1966》（'Adab al-Muqāwamah fī Filasṭīn al-Muḥtallah：1948 - 1966）。在该书中，卡纳法尼将 1948 年阿以战争之后的巴勒斯坦文学划分为"被占区的文学"和"流亡文学"，并指出，尽管前者在以色列当局严酷的审查和胁迫下，因与外界隔绝而为阿拉伯方面所忽视，但它毫无疑问是直面侵略者的"抵抗文学"。③ 卡纳法尼对"抵抗文学"一词的使用是在一个总的语境下进行的，即反抗西方帝国主义控制非洲、南美、中东和远东的解放斗争。该词因此不胫而走，很快被扩展为"第三世界文学"，如肯尼亚作家恩古吉·瓦·提安哥（Ngugi wa Thiong'o）受到本国独立运动的启示，在 1976 年的论文《流派中的文学》（Literature in Schools）中这样写道："文学有两种相反的美学：一是压迫和剥削，以及默许帝国主义的美学；二是为人类的总体解放而斗争的美学。"④

"抵抗文学"一词重获意义，依赖于后殖民批评兴起后所观照的"抵抗政治"。在此理念引领下，当代后殖民理论发起人爱德华·萨义德（Edward W. Said）首先将"抵抗"上升为"远不仅仅是对帝国主义的一种反动，它是形成人类历史的另一种方式"⑤。文化学者斯蒂芬·邓库姆（Stephen

---

① Bill Ashcroft, Gareth Griffiths, Helen Tiffin（eds.），*The Post-colonial Studies Reader*, New York：Routledge, Second Edition, 2006, p. 104.

② Barbara Harlow, *Resistance Literature*, London：Methuen, 1987, Preface xvi.

③ انظر غسان كنفان، أدب المقاومة في فلسطين المحتلة: 1948-1966، مؤسسة الأبحاث العربية، بيروت، الطبعة الثالثة 1987، ص 11.
（参见格桑·卡纳法尼《巴勒斯坦被占区的抵抗文学：1948—1966》，贝鲁特：阿拉伯研究机构，1987 年第 3 版，第 11 页。）

④ Qtd. in Barbara Harlow, *Resistance Literature*, p. 8.

⑤ 爱德华·W. 萨义德：《文化与帝国主义》，李琨译，生活·读书·新知三联书店，2003，第 307 页。

Duncombe）则指出，文化是社会、经济和政治各冲突上演的场域，"文化可以被用作一种抵抗方式、一个规范表达其他解决方案的场域"①。萨义德在另一场合强调了文本中的"抵抗"及其与"现实"的关系："这些权力和权威的现实——以及男人、女人和社会运动对于体制、权威和正统所进行的抵抗（resistances）——就是使文本成其为可能，并把它们交付给读者，引起批评家注意的那些现实。"②

对本研究总体思路的形成有直接启发的是美国学者约翰·霍利（John C. Hawley）编著的《穿越表述——抵抗文学与文化边界》（*Cross-Addressing*：*Resistance Literature and Cultural Borders*）一书。该著作将"抵抗"用于研究后殖民时期的"边缘文学"，其封底文字指出："本书有关后殖民时期的边缘文学，探讨对于殖民者所强加身份的抵抗策略，包括第三世界性别重建、种族、跨文化。由个人到集体，由局部到全球，每一文本都在多族裔、多语言、多文化、多国别、政治—经济的边界穿越。流放、迁徙、难民……这一旅程是不得其所、疏离、痛苦和失落的。"③

而在阿拉伯当代文学领域，"抵抗文学"除了作为一个专用术语常常在评论巴勒斯坦文学时被使用外，最近30年以来也出现于埃及文学批评界。与先前的"战争文学""十月文学"④ 等凸显战争语境和侵略者—被侵略者关系的称谓相比，"抵抗文学"的内涵显然更加全面，其宗旨在于关注阿拉伯人当代生存境遇中的艰难况味，激发自我的身份认同意识，敦促个体的反抗行动，以期实现国家和民族的共同目标。

---

① See Karima Laachir and Saeed Talajoory（eds.），*Resistance in Contemporary Middle Eastern Cultures*：*Literature，Cinema and Music*，New York：Routledge，2013，pp. 3 – 4.

② 爱德华·W. 萨义德：《世界·文本·批评家》，李自修译，生活·读书·新知三联书店，2009，第7~8页。

③ See John C. Hawley（ed.），*Cross-Addressing*：*Resistance Literature and Cultural Borders*，Albany：State University of New York Press，1996.

④ 此处的"战争"指20世纪下半叶以来在阿拉伯国家与以色列之间爆发的四次中东战争，埃及均是重要的参战国。在1973年第四次中东战争（也称"十月战争""斋月战争""赎罪日战争"）中，埃及和叙利亚联军利用伊斯兰教斋月和犹太教赎罪日的有利时机，向以色列侵占的西奈半岛和戈兰高地发动突袭，打破了以色列不可战胜的"神话"。与此同时，阿拉伯产油国运用"石油武器"予以积极支持。这次战争对中东和平进程起到了推动作用。之后埃及与以色列签订《戴维营协议》，埃及成为首个承认以色列的阿拉伯国家。

由是观之，当文学作为一种文化现象在多个被压迫层面起到抵抗作用时，"抵抗"便可涵盖后殖民理论所关注的身份政治、跨界与杂糅、阶级、种族、性别等问题。本研究在对阿拉伯当代主要文学事件进行扫描式分析之后，将其转型与嬗变总结为"重建文化抵抗空间"，包括"抵抗文学"业已形成或正在发展的上述诸内涵，从而确保了本研究对阿拉伯当代文学特征较强的概括性及研究针对性。

（二）阿拉伯当代文学的后殖民语境

阿拉伯裔美国学者瓦伊勒·哈桑（Wail S. Hassan）在《后殖民理论与阿拉伯现代文学》（Postcolonial Theory and Modern Arabic Literature：Horizons of Application）一文中认为，当代后殖民研究的一大反讽是：后殖民话语分析肇始于阿拉伯世界若干研究殖民主义的理论家，如突尼斯的阿尔伯特·曼米（Albert Memmi）、阿尔及利亚的弗朗兹·法农（Frantz Fanon）、巴勒斯坦的爱德华·萨义德，但20世纪80年代以降后殖民理论研究的走向是对阿拉伯语文学和文化产品的忽视。此中重要缘由是，后殖民研究对象局限于那些用前殖民势力的语言（以英语和法语为主）创作的作品，而那些用殖民地本土语言（如阿拉伯语、印地语、孟加拉语、乌尔都语）创作的作品被排除在外。这归根结底是西方中心主义作祟的结果，与"世界文学"日益取代"后殖民文学""第三世界文学""英联邦文学"的趋势是不协调的。①

哈桑在此文中指出了忽略殖民语境可能对阿拉伯现代文学研究导致的局限性和偏颇之处，即机械地按照西方文论将阿拉伯现代文学划分为浪漫主义、现实主义、现代主义等时期。事实上，任何时期都包含了反殖民因素。阿拉伯现代文学肇始于19世纪阿拉伯世界遭遇欧洲殖民侵略时的回应，当时的埃及启蒙思想家雷法阿·塔赫塔维（Rifāʿah al-Ṭahṭāwī，1801－1873）清醒地认识到他们的任务是有选择地吸收欧洲思想文化，同时维护阿拉伯的自我文化身份。以马哈茂德·巴鲁迪（Maḥmūd Sāmī al-Bārūdī，1839－1904）、艾哈迈德·绍基（Aḥmad Shawqī，1868－1932）等诗人为先锋的新

---

① See Wail S. Hassan，"Postcolonial Theory and Modern Arabic Literature：Horizons of Application"，*Journal of Arabic Literature*，Vol. 33，No. 1（2002），pp. 45－46.

古典主义派，以及以卡西姆·艾敏（Qāsim Amīn，1865 – 1908）、穆罕默德·阿布杜（Muḥammad 'Abduh，1849 – 1905）为首的世俗或宗教改革思想家成为"复兴运动"（al-Nahḍah）的主力，他们的思想都具有反殖民意味。接着，哈桑转引了另一位学者特里·杨（Terry De Young）的观点，即认为从新古典主义转向浪漫主义是出于建构一个连续性的阿拉伯"自我"的需要，而二战后巴德尔·沙基尔·赛亚卜（Badr Shākir al-Sayyāb，1926 – 1964）发起的现代主义诗歌运动同样可被视为一种诗性的后殖民叙事建构，目的是挑战东方主义话语。① 然而，传统中东研究领域的文学研究者们（包括西方和阿拉伯世界的）并未对这一具有强烈反殖民或后殖民意味的"抵抗行动"及其身份建构的诉求做出过明确定位。

哈桑指出，美国巴勒斯坦裔学者萨义德杰出的后殖民理论成就具有深厚的民族思想基础，因为阿拉伯知识分子自 19 世纪起就意识到东方学（或曰"东方主义"）反阿拉伯的种族主义、宗教偏见和殖民兴趣。当然，萨义德的成功亦离不开其过硬的西方学养及其对西方学术成果的综合运用，并适逢美国英语研究在 20 世纪 70 年代中期的危机语境。所以，完全可以将阿拉伯现当代文学置于反殖民或后殖民抵抗的框架下加以理解，"阿拉伯语文学的研究在这方面可以发挥关键作用"②。

笔者在此详述哈桑的观点及其论证过程，盖因深受其益。大约 10 年前，当笔者尚未读到哈桑此文时，已发现具有阿拉伯背景的学者在后殖民理论领域的贡献，并在研读萨义德受到学界一致推崇的若干论著的同时，尝试了解阿尔伯特·曼米、弗朗兹·法农等人的理论，但出于种种原因半途止步。哈桑此文坚定了笔者将阿拉伯当代文学置于后殖民总体语境下进行研究的设想。关于后殖民批评，目前学界已有的共识是："后殖民研究在宽泛的意义上是对 20 世纪下半叶殖民时代结束以后的社会文化的总体研究，一切处于

---

① Wail S. Hassan，"Postcolonial Theory and Modern Arabic Literature：Horizons of Application"，p. 58. (Also see Terry De Young，*Placing the Poet：Badr Shakir al-Sayyab and Postcolonial Iraq*，Albany：State University of New York Press，1998.)

② Wail S. Hassan，"Postcolonial Theory and Modern Arabic Literature：Horizons of Application"，p. 60.

中心与边缘的对抗关系都能在后殖民研究中找到拓展的语境。"① 后殖民批评作为一种文学研究与文化分析模式,关注的虽然是不同文化之间的对抗关系,但其最终目的是通过反拨西方中心主义的话语霸权,提倡文化间的对话意识。对哈桑论文的进一步理解,则提醒笔者从后殖民批评视角去观照1967年第三次中东战争后发生于阿拉伯文坛的"现代性转向",尤其关注其中强调本土化、民族化与历史化的"遗产派",将其所展现的传统与现代的互动关系也视为边缘对中心的一种对抗兼对话,因而无可置疑地染上了后殖民"抵抗"色彩。

据此,笔者将本书划分为上、下两篇,上篇专述阿拉伯文学的现代性转型,下篇专述阿拉伯当代"边缘文学"。二者之间既阡陌交织,又秩序井然,在行文布局和研究方法上则一脉相承,从而实现了该研究内在结构的整体性和关联性。

(三) 阿拉伯当代文学的文化政治研究视阈

文化是"抵抗"的场域。福柯(Michel Foucault)的权力话语理论认为,抵抗源于权力的横行。在阿拉伯世界,文化抵抗不仅是一种对主流权力关系的抗议,更是一种变革和颠覆的力量,文学文本则成为该抵抗力量的重要载体。

弗雷德里克·詹姆逊(Fredric Jameson,"詹姆逊"又译作"詹明信")在《处于跨国资本主义时代中的第三世界文学》(Third-World Literature in the Era of Multinational Capitalism)一文中指出,第三世界的文本"总是以民族寓言的形式来投射一种政治"②,意即以隐喻的方式,表达弱势民族国家的反抗及愿望。詹姆逊此言虽有本质主义之嫌,却道出了第三世界的文学文本与第一世界的相比,确实具有更强的政治性和载道意识。阿拉伯文学就是一个范例。近现代以来,众多阿拉伯作家以引导社会和文化发展为己任,积极介入时代政治。按西方的观点,这类似一种父权制家长式的集体主义思想,而究其根源,实则在于波谲云诡的社会与历史的客观要求。正如阿拉伯当代小

---

① 任一鸣:《后殖民:批评理论与文学》,外语教学与研究出版社,2008,第4页。

② 詹明信著,张旭东编《晚期资本主义的文化逻辑》,陈清侨、严锋等译,生活·读书·新知三联书店,1997,第523页。

说家与文学社会学家哈利姆·巴尔卡特（Ḥalīm Barakāt, 1933 – ）所指出的：
"一个作家不可能身为阿拉伯社会的一分子，却不关注嬗变……反映论将作家视为客体和手拿镜子看现实的被动观察者，影响论则将作家视为社会嬗变的代理人。对于阿拉伯当代小说家而言，后者比前者更适用。"① 阿拉伯当代诗坛在总体上亦可作如是观，对于第三世界文人骚客而言，其创作行为在多数情况下是与社会和公众紧密相连的，而"孤芳自赏""顾影自怜""闲居无事，终日苦吟"等都可能是一种"奢华"。

如何评价阿拉伯当代文学与政治的密切联系？萨义德的观点是，阿拉伯国内外政治环境极其复杂，纷争频仍，使"阿拉伯小说成为一种颇具战斗力的（表达）形式"②。西方学者斯蒂芬·迈耶（Stefan G. Meyer）在研究阿拉伯实验小说时得出的结论是，与西方现代主义文本有意剥离或隐藏政治性的做法不同的是，阿拉伯小说的政治性明显外化于其创作意图并体现于其后续影响；过于沉重的政治主题使阿拉伯小说存在先天不足，即易流于说教和表层化，由此束缚了文学自身的创造力。③ 阿拉伯本土学者艾哈迈德·穆罕默德·阿忒耶（Aḥmad Muḥammad 'Aṭīyah）则早在20世纪80年代便就阿拉伯小说与政治的关系问题写成专著《政治小说》（al-Riwāyah al-Siyāsīyah）。在前言中，他引用了匈牙利作家、艺术史家阿诺德·豪泽尔（Arnold Hauser）评价沙皇时代俄国文学的话语："从一开始，俄国文学与政治、社会问题的联系就比法国、英国的同期作品显得紧密。在俄国，政权的绝对统治剥夺了表达思想的机会，仅剩下文学途径……由此，小说作为一种社会批评获得了积极的教谕性和预见性，这是欧洲小说所未曾拥有的境遇。俄国作家们始终是人民的导师和先知，与此同时，欧洲文学家们却退守至消极的、绝对疏离的境遇中。"④ 阿忒

---

① H. Barakat, "Arabic Novels and Social Transformation", in R. Ostle (ed.), *Studies in Modern Arabic Literature*, Warminster：Aris & Philips, pp. 126 – 127.

② "After Mahfouz", in Edward W. Said, *Reflections on Exile and Other Essays*, Cambridge, Massachusetts：Harvard University Press, Third Printing, 2002, p. 318.

③ See Stefan G. Meyer, *The Experimental Arabic Novel*：*Postcolonial Literary Modernism in the Levant*, Albany：State University of New York Press, 2001, p. 46.

④ أحمد محمد عطية، الرواية السياسية، مكتبة مدبولي، القاهرة، ص 11.
（艾哈迈德·穆罕默德·阿忒耶：《政治小说》，开罗：马德布利书店，第11页。）其转引自阿诺德·豪泽尔所著《历史上的艺术与社会》的阿文译本，1971年由开罗出版。

耶认为，阿拉伯小说发挥了与沙皇时代俄国小说的相同作用，其影响体现在思想、政治、社会等各个领域。阿忒耶强烈反对试图将文学与政治剥离的倾向，因为这样做只会使文学囿于形式主义的追求，失去与社会大众的联系。他强调，文学批评必须与政治批评相结合。

在阿拉伯世界，阿忒耶的同道者数不胜数，他们的观点凸显了阿拉伯文学一向负载的社会职能。在任何特定的历史时期，一个国家和民族的向心力、认同感往往是通过文学来表征的。阿拉伯当代文学不仅是"镜"，同时也是"灯"，它既反映了阿拉伯国家和人民在遭受巨大挫折后所出现的困惑、焦虑和对抗等心理体验，又在民众反抗压迫和侵略、重建民族文化身份方面发挥着不可替代的预警、启蒙和引导作用。

本书拟从后殖民批评语境出发，强调阿拉伯当代文学抵抗性的文化政治内涵。此举既与当前文学研究的"文化转向"潮流相符，也是对阿拉伯当代文学发展与转型动因的本质把握，从而赋予了该课题在相关研究领域较强的前沿性与批评深度。

二 阿拉伯当代文学领域研究现状

上一小节中，笔者提到了一些对本书基本思路、总体角度的形成有较大影响的文献资料，这些著述可分为两大类。一类来自总体文学研究领域，如巴巴拉·哈罗的英文专著《抵抗文学》、约翰·霍利的英文专著《穿越表述——抵抗文学与文化边界》、弗雷德里克·詹姆逊的英文论文《处于跨国资本主义时代中的第三世界文学》、任一鸣的中文专著《后殖民：批评理论与文学》，以及后殖民主义重要创始人、巴勒斯坦裔学者爱德华·萨义德的文论。另一类来自阿拉伯文学研究领域，如瓦伊勒·哈桑的英文论文《后殖民理论与阿拉伯现代文学》、艾哈迈德·阿忒耶的阿文专著《政治小说》。笔者已借阐释本研究理论基础与学术价值的机会，对这些文献中与本研究直接相关的一些术语、概念和观点进行了专门阐述。此外，笔者还在脚注中间接提及学者拉希尔（Karima Laachir）和塔拉朱里（Saeed Talajoory）主编的专著《当代中东文化中的抵抗：文学、电影与音乐》（*Resistance in Contemporary Middle Eastern Cultures：Literature，Cinema and Music*）。该著作虽仅有第一章的两节内容涉及阿拉伯当代小说作品，但其标题中对"抵抗"的强调也在一定程度上有助于笔者认识阿拉伯当代文学的这一特质。

本小节拟就笔者所搜集到的国内外有关阿拉伯当代文学的研究成果做一个梳理。为行文简洁起见，外文资料在一般提及时仅列出中译文书名，作者从略，读者可在书末参考文献中找到原文书名和作者姓名。

我国在这方面的研究成果包括文学史类书籍中的相关章节、少量专著及数量同样不多的论文。文学史类书籍方面主要有仲跻昆所著《阿拉伯文学通史》、郅溥浩所译《阿拉伯文学史》、蔡伟良所著《阿拉伯文学史》、薛庆国所著《阿拉伯文学大花园》。这些著作旨在梳理阿拉伯文学由古至今的发展脉络，对著名文学家及其作品进行评述，总体特点是以综合性和条理性见长，对了解阿拉伯各国文学发展的总体线索与一般状况是很有帮助的。这些著作多撰写于 20 世纪末，对研究资料的掌握有客观上的局限性，因而对阿拉伯当代文学尤其是当下文学发展着墨不多。专著方面则主要有郅溥浩所著《解读天方文学——郅溥浩阿拉伯文学论文集》、李琛所著《阿拉伯现代文学与神秘主义》、张洪仪所著《全球化语境下的阿拉伯诗歌——埃及诗人法鲁克·朱维戴研究》、林丰民所著《文化转型中的阿拉伯现代文学》、邹兰芳所著《阿拉伯传记文学研究》、张洪仪与谢扬主编《大爱无边：埃及作家纳吉布·马哈福兹研究》。这些著作或者是对某一文类、某一专题、某一文学家的专门研究，或者是作者在某一时期内学术论文的汇编。毫无疑问，这些专著是我国的阿拉伯文学研究事业日益发展与繁荣的重要见证，集中体现了我国学者对阿拉伯文学的一般看法，但其研究重心多落在现代文学，有关当代文学尤其是当下文学的内容较少。笔者在本书中谈及阿拉伯诗歌与小说的"现代性"转型、埃及"六十年代辈"作家的成就、阿拉伯当代文学中的苏非主义等问题时，将适当参考这些资料。

阿拉伯国家对本民族当代文学发展状况的阐释较丰富。笔者所搜集到的文献中，诗歌研究方面主要有专著《当代阿拉伯诗歌动向》、《当代阿拉伯诗歌的新动向》、《当代诗歌问题》、《阿拉伯诗歌导论》、《阿拉伯诗学》、《诗歌时代》、《诗歌中的现代性》、《现代性的诗学》、《阿拉伯现代诗歌——阶级与历史因素》、《现代主义意识：诗歌现代性的美学研究》和《苏非主义中的诗性象征》。这些著作从宏观视野对二战之后阿拉伯新诗中所呈现的现代性进行了较为系统和深入的探讨，由于成书年代的关系，书籍标题中的"当代"多指这一时期。笔者将依靠这些资料了解阿拉伯诗歌现代性的来龙去脉，以期把握阿拉伯当代诗歌从 20 世纪 40 年代末至 70 年代的总体走向和特性，并在此背景下展开对具体诗人及诗作的解读。

小说研究方面主要有《阿拉伯女性小说百年（1899—1999）》、《阿拉伯小说中的民族记忆：自复兴时期至衰沉时期》、《当代阿拉伯小说中的复兴与进步话语》、《困惑的文类：阿拉伯小说中的自我危机》、《六月战败在阿拉伯小说中的反映》、《现代性与遗产：以现代性重建遗产》、《小说理论与阿拉伯小说》、《小说实验的版图》、《小说文本的开放性》、《小说与叙事遗产》、《新感觉派》、《政治小说》和《政治小说的社会学》。这些著作对阿拉伯当代小说的内容与形式，思想性与艺术性各有涉及。其中，拉赞·易卜拉欣（Razān Maḥmūd Ibrāhim）所著《当代阿拉伯小说中的复兴与进步话语》（Khiṭāb al-Nahḍah wa al-Taqaddum fī al-Riwāyah al-Arabīyah al-Muʿāṣirah）从形式与内容的耦合出发，指出当代阿拉伯小说不应亦步亦趋地学习西方小说的表现形式，因为它的主题可能是反西方的。阿卜杜拉·艾布·海弗（Abdallāh Abū Haif）在所著《困惑的文类：阿拉伯小说中的自我危机》（Al-Gins al-Ḥaʾir：ʾAzmah al-Dhāt fī al-Riwāyah al-Arabīyah）中指出，小说是多声部的艺术，因而是最适于表达自我危机的一种文类，阿拉伯小说在此方面的常用视角有历史视角、现实视角和他者视角。舒克里·马迪（Shkrī ʿAzīz Maḍī）所著的《六月战败在阿拉伯小说中的反映》（Inʿakās Hazīmah Ḥazīrān alā al-Riwāyah al-Arabīyah）总结了阿拉伯小说中所反映的阿拉伯民众在面对 1967 年第三次中东战争失败时的失望、悲痛、惶惑和焦虑感，并指出，该主题促使阿拉伯作家们采用西方小说的实验手法加以表达。萨利赫·苏莱曼（Ṣāliḥ Sulaymān）所著的《政治小说的社会学》（Sūsiyūlūgiyā al-Riwāyah al-Siyāsīyah）从西方马克思主义的发生学结构主义理论出发，探讨了 20 世纪 60 年代向 70 年代转型期间的社会与阶级冲突，揭示了埃及"六十年代辈"作家成长的社会、政治和文化语境。总体而言，这些著述不乏整体理论思维和具体文本解读，学者们从不同视阈出发各抒己见，同时不乏独到的见解，体现了阿拉伯文学批评界对于阿拉伯现当代小说发展的近距离思考，但在内容和成书结构上略显零散和琐碎，所选读的小说文本在国际知名度方面也有待商榷，此外，批评话语可能具有明显的民族主义政治意识形态性。

有关阿拉伯当代文学的英文著作和论文是笔者在完成本研究时的一个重要参考来源，这些英文著述的作者既有英美裔等西方人，也有不少长期在西方学习和工作的阿拉伯裔学者。诗歌研究方面，主要有专著《阿拉伯诗学：现代性与传统的轨迹》及若干论文。阿拉伯裔学者穆哈辛·穆萨维（Muhsin J. al-Musawi）所著的《阿拉伯诗学：现代性与传统的轨迹》（*Arabic Poetty：Trajectories of Modernity and Tradition*）是一部高水平的著作，该书分析了自 20 世纪 50 年代起发生在阿拉伯诗学领域的转型与嬗变，指出了传统与现代性之间错综复杂的联系，并探讨了阿拉伯当代诗歌在自我、民族、国家、宗教、阶级、性别等领域的身份认同意识，对阿拉伯本土学者的研究是个有益的补充。

小说研究方面，主要有专著《阿拉伯小说：历史与评介》、《阿拉伯小说：书目与评价（1865—1995）》、《中东的文学与民族国家》、《1967 年以来阿拉伯现代文学中的互文性》、《1967 年以来阿拉伯东部小说中的男性身份》、《当代阿拉伯小说：从拉玛到亚路》、《阿拉伯实验小说：黎凡特地区的文学后现代主义》、《历史与文学中的以色列与巴勒斯坦身份》、《巴勒斯坦小说》、《沙特阿拉伯女性与文字：文学话语的政治性》、《战争中的他者之声：女性作家笔下的黎巴嫩内战》、《中东与北非女性：嬗变的代理人》、《当代阿拉伯女性作家：语境中的文化表达》、《阿拉伯女性小说家：形成与发展》、《书写自我：阿拉伯现代文学中的自传写作》、《伊斯兰与后殖民叙事》、《重建黎巴嫩：一个世纪的文学叙事》、《后内战时代黎巴嫩英语小说：流散中的家园事务》和《美国阿拉伯文学小说：文化与政治》，以及若干论文。其中，亚希尔·苏莱曼（Yasir Suleiman）与易卜拉欣·穆哈维（Ibrahim Muhawi）合编的《中东的文学与民族国家》（*Literature and Nation in the Middle East*）收录了编者本人及其他若干学者撰写的论文，具体探讨了埃及、叙利亚、黎巴嫩、伊拉克、苏丹、巴勒斯坦、以色列等国的诗歌和小说，关注了它们是如何在文学中表征和建构"民族国家"的，在论及巴勒斯坦和黎巴嫩时尤其提到了流亡带来的影响。萨米拉·艾格斯（Samira Aghacy）所著的《1967 年以来阿拉伯东部小说中的男性身份》（*Masculine Identity in the Fiction of the Arab East Since 1967*）总结了 20 世纪 60 年代后期以来伊拉克、叙利亚、黎巴嫩等国小说中的男性知识分子形象，指出了他们在引领大众对抗权力政治方面所扮演的公共角色。斯蒂芬·麦耶（Stefan G. Meyer）所著的《阿拉伯实验小说：黎凡特地区的文学后现代主义》（*The Experimental Arabic Novel*：*Postcolonial Literary Modernism in the Levant*）揭示了20世纪60年代末至20世纪末黎巴嫩、叙利亚等国作家在面对全球化和新殖民主义的挑战时，如何以实验手法艺术化地处理过去、现在与未来之间的张力。法比欧·凯尼（Fabio Caiani）所著的《当代阿拉伯小说：从拉玛到亚路》（*Contemporary Arab Fiction*：*Innovation from Rama to Yalu*）对20世纪八九十年代多位阿拉伯小说家的创作进行了研究，强调他们对于前辈的继承与超越，彰显了其文学表达技巧的进步与成熟。安斯塔西娅·瓦拉索普罗斯（Anstasia Valassopoulos）所著的《当代阿拉伯女作家：语境中的文化表达》（*Contemporary Arab Women Writers*：*Cultural Expression in Context*）从大众艺术、传播学、心理学、译介学等角度探讨了埃及、黎巴嫩、巴勒斯坦、阿尔及利亚等国女性作家的创作特性，并明确指出，后殖民女性主义之于当代阿拉伯女性文学，无论在写作策略抑或阅读策略方面，都具有十分重要的意义。

综览以上书目，西方世界对阿拉伯当代文学的研究集中于小说体裁，体现了小说叙事在当代文学中的绝对领先地位；此外，阿拉伯女性文学与流散文学是研究的两大热点，体现了当代文学文化批评对族裔、性别、跨界等身份政治的特殊关注。这些文献资料将成为笔者在研究当代巴勒斯坦文学、当代阿拉伯女性写作与当代阿拉伯跨文化写作时的重要参考。总体而言，这些英文著述在运用西方文论解读阿拉伯当代文学现象方面具有较大的优势，且切入点各异，视野较开阔，前沿意识较强，在推介具体作家、作品时体现了较高的文学鉴赏水准，为笔者的进一步研读提供了一个良好的筛选基础。但是，这些著述在西方学术话语的框架下完成，其中一些判断或许带有历史所形成的西方中心主义标签，以及现代性和自由主义语境下对文学纯粹精神主体性的极致推崇，尚需仔细甄别。

本研究将在广泛参考前人研究成果的基础上，将阿拉伯当代文学置于世界文学发展主流的框架下进行观照，在勾勒阿拉伯当代文学全景式画面的背景下，突出问题意识，透视阿拉伯当代文学在社会转型过程中所经历的复杂性，以中国学者相对中立、客观的眼光，建构阿拉伯当代文学与世界文学—文化批评话语的合理联系。在遵循文学艺术自身发展规律的前提下，注意运用唯物史观和辩证法思想，将文学艺术生产作为一种总体性的社会实践活动来对待，以便进行历史的、动态的、全面的把握和分析。

三　主要内容与基本观点

（一）主要内容

本书研究 1967 年第三次中东战争以降的阿拉伯当代文学，探讨阿拉伯当代诗歌、小说话语在这场导致阿拉伯社会思想裂变的历史事件之后的转型与嬗变，分析后殖民和全球化语境下阿拉伯文学界为重建文化抵抗空间所付出的努力。

被称为"大挫折"（al-Naksah）的 1967 年第三次中东战争（以下简称"'六·五'战争"）① 对阿拉伯民众的最大打击是，阿拉伯国家在以色列军队面前的不堪一击。如阿拉伯当代文坛泰斗、诺贝尔文学奖得主纳吉布·马哈福兹（Najīb Maḥfūẓ，1911 – 2006）所说："你会发现，一个民族倘若失败了，也是在付出全部努力之后，而败于未战之时就令人费解了。这里暗藏着弊病——一个民族永久背负的弊病。"② "六·五"战争在阿拉伯世界引发的"大地震"是空前的，它一方面唤醒了阿拉伯民众的意识，促使他们从历史的、文化的、结构的深处去挖掘失败的根源；另一方面又在所有层面动摇了他们的自信心，将整个阿拉伯意识形态体系置于一种拷问之下。"阿拉伯话语由此经历了转型，从以复兴为志向的话语转向表达危机的话语，从致力于寻求复兴的方式转向专心分析失败的原因，以期获得摆脱危机的出路。"③

"六·五"战争对阿拉伯当代文学的影响亦是空前的，"噩梦醒来，阿拉伯人民进行了深入的反思。社会的迅猛变化必然带来文学的突变，使之进入

---

① 第三次中东战争，也称"'六·五'战争""六日战争""六月战争"。战争于 1967 年 6 月 5 日以色列空军突袭开始，持续了 6 天，结果以色列以悬殊之势大败埃及、约旦和叙利亚联军，并占领了埃及的西奈半岛及其所控制的加沙地带、约旦控制的约旦河西岸和耶路撒冷旧城、叙利亚的戈兰高地共 6.5 万平方公里的土地，近 100 万名巴勒斯坦人逃离家园沦为难民。"六·五"战争奠定了巴以问题的日后格局，被视为阿拉伯当代历史的重要拐点。

② عبد الله أبو هيف، **الجنس الحائر: أزمة الذات في الرواية العربية**، رياض الريس للكتب والنشر، بيروت، 2002، ص 22.
（阿卜杜拉·艾布·海弗：《困惑的文类：阿拉伯小说中的自我危机》，贝鲁特：利雅得·雷斯出版社，2002，第 22 页。）

③ رزان محمود إبراهيم، **خطاب النهضة والتقدم في الرواية العربية المعاصرة**، دار الشروق للنشر والتوزيع، عمان، 2003، ص 53.
（拉赞·马哈茂德·易卜拉欣：《当代阿拉伯小说中的复兴与进步话语》，安曼：旭日出版社，2003，第 53 页。）

了一个重建的时代"①。至于缘何需要"重建",萨义德曾阐释道:"在创作领域,笼罩在后 1967 年时代的是深度失望……那些作品纷纷试图描述或阐释困厄为何临得如此突然与令人愕然,以及阿拉伯抵抗的灾难性缺失。没有一个阿拉伯人能免于这样一种感受:他的现代历史在如此费力地被塑造后,又如此轻易地在试验中被抹杀。1967 年之后的大量文字表明了试图重建历史和现实的努力。"② 战败催生了许多迫切要求回答和解决的新问题,在文学领域,适逢现实主义退潮,加之国变途穷的悲怀,文学家亟须寻找新的创作手法,以表达痛定思痛之后的收获或困惑,由此培育了一批具有开拓创新精神的文学骁将们,在日后的文学舞台上大显身手。所以,沙特著名作家阿卜杜·拉赫曼·穆尼夫('Abd al-Raḥman Munīf,1933 – 2004)十分确定地认为:"如果说阿拉伯小说起步于 1867 年完全是出于巧合,那么一个世纪后的那一年便显得极其重要和深刻,因为 1967 年'六月战争'的失败引爆了阿拉伯的存在境遇,动摇了若干年以来树立的确信。1967 年由此被视为阿拉伯小说的新纪元。"③ 对于阿拉伯诗歌而言,虽因文类所限已过发展的黄金期,但"六·五"战争对阿拉伯诗坛的震动又何尝亚于小说界?

本书将研究内容分为上、下两篇,共五章,基本思路如下。

上篇"阿拉伯文学的现代性转型"将诗歌和小说进行分章探讨。这里首先要厘清的是"现代性"(modernity)与"现代化"(modernization)二词的区别。"现代性"多指一种社会形态、一个时代,也指一种情绪、一种心灵状态,或者一种体验。"现代化"则指社会朝着现代性发展变化的过程和结果,其中,物质生产工具的变革是最基础的方面。物质领域的现代化既依赖思想领域的现代性,又能促进后者的进步,二者是相互影响的关系。与"现代化"一词相比,"现代性"是个形式丰富、意指含混的术语,涉及政治、经济、社会、思想、哲学、文学和艺术等诸多领域,关系社会的整个结构变

---

① 高慧勤、栾文华主编《东方现代文学史》,"阿拉伯各国现代文学"部分,海峡文艺出版社,1994,第 1395 页。

② "Arabic Prose and Prose Fiction After 1948", in Edward W. Said, *Reflections on Exile and Other Essays*, pp. 58 – 59.

③ عبد الرحمن منيف، **الكاتب والمنفى**، المؤسسة العربية للدراسات والنشر، بيروت، ط3، 2001، ص 44-45.
(阿卜杜·拉赫曼·穆尼夫:《作家与流亡》第三版,贝鲁特:阿拉伯研究与出版机构,2001,第 44~45 页。)

化。在文学批评领域使用"现代性"一词，具有诗性和辩证的内涵。因此，笔者在行文中倾向于使用"现代性"，而非"现代化"，尤其是在讨论阿拉伯当代文学二战结束以降的文学艺术自觉与创新的时候，目的是与现代主义或现代派挂钩。

在引子"现代性视阈下的当代阿拉伯社会危机"中，笔者将从现代性视阈出发，对阿拉伯社会是否存在"现代性"谈谈自己的看法。在此基础上，提出"传统"与"现代"的关系问题，探讨阿拉伯社会在思想意识深处所经历的危机，目的是为阿拉伯当代文学话语的现代性转型提供必要的背景阐释。此处涉及阿拉伯当代文学转型与嬗变的若干节点，包括：①二战后阿拉伯民族独立运动兴起，将实施以民族主义为指针的社会现代性方案提上民族国家的议事日程；②1967年"六·五"战争大溃败导致阿拉伯民族主义宏大理想破灭，以及随之而来的意识形态危机与其他诸种社会现代性方案的失败；③20世纪80年代中期以来全球化浪潮全面冲击阿拉伯世界，加剧传统与现代、阿拉伯与西方之间的冲突，由此引发深层的民族身份危机及文化认同问题。

第一章"阿拉伯诗歌的现代性进程"将上溯二战后阿拉伯文学现代性的滥觞以及阿拉伯新诗围绕传统与现代的关系所进行的论争，记录阿拉伯诗人在一个嬗变和抵抗的时代所发出的声音，并指出：阿拉伯诗歌的现代性进程本质上是一种文化的现代性进程，而阿拉伯诗歌现代性所强调的质疑、反叛和超越精神，本质上是一种文化的抵抗，它源自阿拉伯知识分子对20世纪下半叶民族文化状况的痛苦省察，对自我身份认同的孜孜以求，并以现代主义的艺术手法做出美学的回应。该章将对叙利亚诗人阿多尼斯（'Adūnīs，'Alī Ahmad Sa'īd，1930－）、伊拉克诗人阿卜杜·瓦哈卜·白雅帖（'Abd al-Wahhāb al-Bayātī，1926－1999）、巴勒斯坦诗人马哈茂德·达尔维什（Maḥ-mūd Darwīsh，1941－2008）的诗作进行文本解读。

第二章"阿拉伯小说现代性进程中的埃及'六十年代辈'作家"将以埃及"六十年代辈"作家为代表，论述阿拉伯当代小说在"六·五"战争后的"现代性转向"，即从现实主义向现代主义的渐进与转型，包括作者及作品中人物主体意识的崛起、"向内转"的表达方式和现代主义的表现技巧。同时，剖析该转型的内外因素，指出这是阿拉伯当代文学话语在破碎了的社会现实

15

面前，借助西方现代主义创作手段，对社会、政治层面的悲剧性转型做出的应答。这里需要说明的是，"六·五"战争是阿拉伯文学"现代性转向"的关键节点，但此后现代主义并未取代现实主义，而是与现实主义并行不悖，甚至常常带有现实主义的底色，二者相互借鉴，共同发展，这是与西方世界的现代主义尤为不同的。该章将具体分析这一"现代性转向"所建构的文化抵抗策略，尤其彰显其中的本土化民族传统特征，将之视为阿拉伯小说现代性进程内部的一种话语表达。被列入分析的作家是被视为埃及"六十年代辈"导师之一并在后期创作中与他们合流的诺贝尔文学奖得主纳吉布·马哈福兹，以及埃及"六十年代辈"中坚作家杰马勒·黑塔尼（Jamāl al-Ghiṭānī，1945 – 2015）、爱德华·赫拉特（Idwār al-Kharrāt，1926 – 2015）和巴哈·塔希尔（Bahā' Ṭāhir，1935 – ）。

接下来的三章被列入下篇"阿拉伯当代'边缘文学'"。在第三章"当代巴勒斯坦文学：流散性、抵抗性与回溯性"中，笔者将揭示"六·五"战争以来巴勒斯坦文学鲜明的流散特征，其浓重的笔调表达了巴勒斯坦人民在失地丧邦后流离失所的艰辛与痛苦，再现了流散族群于物理空间、思想空间和语言空间的边界生存状态。而在"流亡即意味着抵抗"这一后殖民批评理念的观照下，巴勒斯坦文学的抵抗性已经从主题方面的抵抗嬗变为美学的抵抗、记忆的抵抗和"殖民拟仿"的抵抗。该章将对巴勒斯坦作家格桑·卡纳法尼、伊米勒·哈比比（Imīl Ḥabībī，1921 – 1996）、杰布拉·易卜拉欣·杰布拉（Jabrā Ibrāhīm Jabrā，1920 – 1994）的小说创作，诗人马哈茂德·达尔维什的回忆录展开文本解读，并对以色列境内的巴勒斯坦文学创作进行述评。

第四章"当代阿拉伯女性写作：从私人空间迈向公共空间"将聚焦当代阿拉伯女性写作与宏大叙事之间关系的嬗变，指出"六·五"战争后阿拉伯女性主体身份的建构在反抗父权主义话语的基础上，与国家追求自由独立的进程平行展开，体现个人身份与民族共同体身份的交融互动。这是因为阿拉伯女作家和诗人在民族的巨大灾难面前，越来越意识到妇女的个人问题只是民族与国家总体问题的一部分。她们的笔触日益从私人空间迈向公共空间，她们的努力使女性文学成功地抵抗着被边缘化的企图，成为阿拉伯当代文学在积极反映阿拉伯集体意识方面的一个重要组成部分。笔者进一步认为，女性作家以独特的视角切入宏大叙事，一改阿拉伯文坛父权中心主义的局面，为 20 世纪下半叶以来的阿拉伯文学构建了一道亮丽风景。该章将重点关注巴勒斯坦女诗人法德娃·图甘（Fadwā Tūqān，1917－2003）、黎巴嫩女作家哈南·谢赫（Ḥanān al-Shaykh，1945－）、阿尔及利亚女作家艾赫拉姆·穆斯苔阿妮米（Aḥlām Mustaghānamī，1953－）、埃及女作家艾赫达芙·苏维夫（Ahdāf al-Sūwayf，1950－）、沙特女作家拉嘉·阿莱姆（Rajā' Ālam，1970－）。

第五章"当代阿拉伯跨文化写作：从边缘走向中心"聚焦近年来日渐引人注目的当代阿拉伯跨文化写作，考察阿拉伯作家用非母语进行的创作，以他者的语言重审和反思自我、重构文化抵抗空间的情况。拟选取以下两个案例：①在黎巴嫩移民作家以英法两种语言创作的、以黎巴嫩内战为主题的小说中，其民族集体身份如何被战争这一最极端的方式所拆解，又如何在流亡作家的乡愁抒写中得到修补；②北非马格里布地区法语作家如何以法语这一原宗主国的语言进行创作，使沉默的"自我"发声，同时在创作中加入阿语及本土元素，或运用具有本土特色的游牧抵抗策略，达到去殖民意图。该章涉及的作家包括"当今最具成就的美国阿拉伯裔文学家"——黎巴嫩的埃特尔·阿德南（Etel Adnan，1925－）、龚古尔文学奖得主——黎巴嫩的阿敏·马卢夫（Amin Maalouf，1949－）、都柏林文学奖得主——黎巴嫩的拉维·哈吉（Rawi Hage，1964－）、龚古尔文学奖得主——摩洛哥的塔哈尔·本·杰伦（Tahar Ben Jelloun，1944－）、诺贝尔文学奖热门人选——阿尔及利亚的阿西娅·杰巴尔（Assia Djebar，1936－2015）。在后殖民文学繁花似锦的当下，这些国际文学大奖为非母语的阿拉伯跨文化写作镶上了一层光环，使一向被民族主义政治意识形态所左右的阿拉伯文学批评界对之刮目相看。

以上各章的共同结构是，在对各作家及其作品展开详细解读之前，都设有专门的一节综述。其目的是勾勒该文学现象的总体历史发展状况，提出笔者对该文学现象的一般观点，强调论述中的重点以及与厘清认识密切相关的要点，补充分节解读中无法囊括的却值得关注的内容，并对即将展开解读的作家及其作品进行提纲挈领的背景说明和概述，以便纲举目张。

（二）基本观点

本书的基本观点之一是：阿拉伯人的个体"自我"是民族的"自我"，

阿拉伯当代文学"现代性转向"对主体性的彰显和"向内转"的表达方式均反映了这一"自我"的建构过程，以期形成文化抵抗策略。辅之以安德森（Benedict Anderson）关于民族是一种"想象的共同体"的观点以及萨义德对阿拉伯当代小说的评论来理解，会更加了然。安德森认为，文学的传播促进了现代民族主义的生成，其中小说叙事在创造民族共同体意识方面发挥了关键作用。萨义德则指出："阿拉伯小说家无疑将记录自身在面对主流挑战时的危机。但是，在这一任务中，他的起点与其他阿拉伯知识分子是相同的，即朝着地区集体身份积极进发。由此，阿拉伯作家的个体危机终与整个社会的危机汇成一流。"[1]

如前所述，阿拉伯现当代文学在其发展历程中，始终带有浓重的家国情怀。"六·五"战争以后，国事蜩螗，阿拉伯文学对社会现实的批判程度加深，并集中于三个问题：我们是谁？我们的民族梦缘何破灭？我们的未来之路何在？阿拉伯文学是以集体而非以个人为单位寻找身份的，这使得阿拉伯文学的现代性在根源、表征和方向上均与西方现代派文学有很大不同，其目的虽也在于表达受创的自我意识，但该自我意识的终点指向集体层面。为了贯彻具有现代主义特质的实验写作，阿拉伯文学家致力于重审作品的语言、形式和思想；而实验写作同时为崛起的个人主体应对来自权力的镇压提供了行之有效的文本抵抗策略。这些抵抗策略包括：①以影射、双关、反讽、荒诞等迂回策略挑战国内威权政治，解构权力话语的压迫；②以梦呓、意识流、心理时间、时空交错、象征、隐喻、神话等新的形式技巧，展现时代危机感，唤醒被湮灭的"自我"，反叛现实，革故鼎新；③既以碎片式叙事、复调、互文性、元小说等新技巧来解构传统叙事[2]，又以回归传统文化遗产元素的方式维护自身的特性，显示了对现代性的矛盾心态。

本书的基本观点之二是：在后殖民语境下，当代巴勒斯坦流散文学、阿

---

① "Arabic Prose and Prose Fiction After 1948", in Edward W. Said, *Reflections on Exile and Other Essays*, p. 60.

② 自20世纪80年代起，阿拉伯现代主义文学中开始悄然渗入后现代主义的元素，一些具有现代派风格的阿拉伯文学作品中体现出对后现代手法的交织运用。这一方面是因为阿拉伯知识界遭遇现代性和后现代性的时间相隔并不长，而文学家常是其中的先觉者；另一方面是因为阿拉伯民族文化身份认同开始面临全球化的强烈冲击，由宏大叙事的终结带来一系列的"表征危机"，后现代主义的解构精神遂得以发挥其功效。

拉伯跨文化写作和女性写作均因其"边缘性"而获得"抵抗"意义，从而与"现代性转向"一起重建阿拉伯当代文学的文化抵抗空间。关于这一点，笔者已在前文阐释本研究的具体学术价值时倾尽笔墨，兹不赘述。可以说，本研究涉及的文学现象看似驳杂，但内部讲求肌理、逻辑和层次，外部具有明确的总体思维框架，这也是笔者在几年来的写作中不断深入推敲、孜孜以求的。

四　研究方法与创新之处

（一）研究方法

原典，一向是学术研究的基础。本书坚持从文学文本出发开展文学研究，将宏观论述与微观分析并置，以具体的"原典实证"推进文学批评。在进行文本分析时，采取文本细读与文化研究相结合的方法，兼顾文学的艺术审美性和社会功能性，以克服文化研究的泛政治化倾向。

在这一点上，笔者受到我国德语文学研究界前辈韩瑞祥先生所撰《当前德语文学研究的困惑》一文的启示，兹将此文的内容提要摘录如下："德语文学研究的历史始终伴随着两极对立的原则：一种认为文学服务于文学之外的目的；另一种则把文学看成独立于一切外在因素的艺术。随着其他学科的介入，当今的德语文学研究模式虽然发生了很大的变化，但基本上还没有脱离开这样的两极原则：文本即文化和文本即建构，或者符号，两者难以达到必要的交融……面对这样的现实，文学是什么，文学研究的责任是什么，德语文学研究应该走什么样的道路，便成为我们当今思考的首要问题。"①

上文所言的"两极对立"，实为文学体认中"工具论"与"唯艺术论"的对立。笔者认为，以此反观阿拉伯文学研究，更确切地说，较之"两极对立"式的割裂，阿拉伯文学研究陷入的是"一极独大"式的割裂，即以"文学服务于文学之外的目的"为大，体现为长期以来重主题（内容）研究，轻形式（技巧）研究。当然，此现状的形成具有一个显在的客观原因，即前文所论及的阿拉伯文学浓重的政治性与载道意识，但也不能就此排除其主观原

---

① 韩瑞祥：《当前德语文学研究的困惑》，载谭晶华主编《外国文学研究论丛》，上海外语教育出版社，2012，第83页。

因，即研究意识中的偏颇之处。在这个问题上有学者中肯地指出："频仍的社会和文化危机使得研究者几乎无法从文学的或美学的角度来描绘阿拉伯小说。确乎，阿拉伯小说离不开社会政治主题，但这不应成为忽略其艺术技巧的理由，因为特定的内容需要借由特定的形式赋予其生命。"[1]

事实上，诸如"文学研究究竟应该重视历史批评还是审美批评"这样的选择题并非仅仅发自某个国别或地区文学，自 20 世纪以来，它本质上是一个总体文学的命题，从俄国形式主义、英美新批评、法国结构主义到诸多后学，皆涉足其中，并为之唇枪舌剑。这也是 20 世纪 40 年代美国学者勒内·韦勒克（Rene Wellek）与奥斯汀·沃伦（Austin Warren）的名著《文学理论》（*Theory of Literature*）诞生的背景。两位作者深信"文学研究应该是绝对'文学的'"[2]，主张文学研究应重点关注审美价值与意义等"内部研究"，而非关注文学与时代、社会、历史的关系等"外部研究"。但在"文学和社会"一节中，他们也强调："只有当我们了解所研究的小说家的艺术手法，并且能够具体地而不是空泛地说明作品中的生活画面与其所反映的社会现实是什么关系，这样的研究才有意义。"[3]

尽管韦勒克与沃伦深受英美新批评的影响，但他们"反对那种把内容与形式截然分开的传统论点"[4]，对"为艺术而艺术"的形式主义立场并不苟同，倒与那些追求辩证法思想的文艺理论家有共同语言。比如苏联著名文艺学家巴赫金（Mikhail Bakhtin）这样评述文学批评的内外整体："每一种文学现象（如同任何意识形态现象一样）同时既是从外部，也是从内部被决定的。从内部——由文学自身所决定；从外部——由社会生活的其他领域所决定。不过，文学作品被从内部决定的同时，也被从外部决定，因为决定它的文学本身整个地是由外部决定的。而被从外部决定的同时，它也被从内部决定，因为外在的因素正是把它作为具有独特性和同整个文学情况发生联系

① Fabio Caiani, *Contemporary Arab Fiction*：*Innovation from Rama to Yalu*, London and New York：Routledge, 2007, Introduction, p. 2.
② 勒内·韦勒克、奥斯汀·沃伦：《文学理论》，刘象愚等译，文化艺术出版社，2010，代译序，第 7 页。
③ 勒内·韦勒克、奥斯汀·沃伦：《文学理论》，代译序，第 10 页。
④ 勒内·韦勒克、奥斯汀·沃伦：《文学理论》，代译序，第 24 页。

（而不是在联系之外）的文学作品来决定的。这样，内在的东西原来是外在的，反之亦然。"①

一方面，20世纪以来的文学批评经历了从文本批评（审美批评）向文化批评（历史批评）的回归，以至于解构主义、女性主义、后殖民主义、新历史主义等学派纷纷兴起；另一方面，自艺术自主性原则随审美领域现代性的展开得以确立以来，文学日益被公认为一门具有内在规律的语言艺术，对于文学的"形式"研究未敢怠慢，各路理论家纷纷就"形式"的内涵发表高论。罗兰·巴特（Roland Barthes）的文学符号学（文学结构主义），将文学的"形式"视为"能指"，而将文学实践的"材料"（内容）作为"所指"；西方马克思主义评论家卢卡奇（Georg Lukacs）坚持艺术形式的本体论地位，但更注重探究"形式"演变背后的文化、社会、历史和精神因素；法兰克福学派干将赫伯特·马尔库塞（Herbert Marcuse）的审美理论主张"形式成为内容，内容成为形式"；伊格尔顿（Terry Eagleton）的新马克思主义则提出"形式的意识形态"一说。这些理论都为笔者研究阿拉伯当代文学的"形式"提供了思想指导。在意识到挖掘"文学性"（literariness）是阿拉伯文学研究界的当务之急的同时，笔者亦深知"在一个只有通过根本性的政治实践才能变革苦难现实的情境之下去关注美学，需要有正当的理由"②，其目的不应是"躲进小楼成一统"，去构建逃避现实世界的所谓"乌托邦"，恰恰相反，应通过探讨某种文学形式"是什么"及"何以如此"，来发现那些优秀的阿拉伯当代文学文本的真正价值与意义所在。这里要注意的是将文学的内部研究与外部研究并重，将"内容"研究与"形式"研究相统一，并在具体的文本解读中，将该原则贯彻于从文本的筛选与研读到分析与评价的全过程，力图以管窥蠡测之力达到洞若观火之效。唯其如此，方能兼顾文学的艺术审美性和社会功能性，实现本研究的最终旨归。

（二）创新之处

本书的创新之处从研究的学术价值、主要内容与研究方法中衍生而出，

---

① 巴赫金：《文艺学中的形式主义方法》，李辉凡、张捷译，漓江文艺出版社，1989，第38页。
② 赫伯特·马尔库塞：《审美之维》，李小兵译，广西师范大学出版社，2001，第192页。

不妨概述如下。

首先，本书以文化的"抵抗政治"观照阿拉伯当代文学的转型与嬗变，所涉及的文学现象较为驳杂，要求具备较强的归纳能力，具有一定的挑战性，而这恰恰是本书的价值和创新所在。以文化的"抵抗政治"为观照，既考虑到阿拉伯文学所具有的民族主义倾向，又能涵盖现代性、身份认同、跨界、杂糅、性别政治等话题，它们既是阿拉伯当代文学在转型与嬗变过程中的突出呈现，又是全球当代文学研究的焦点所在，从而有效地将阿拉伯当代文学纳入世界文学的视野。

其次，本书无论是对阿拉伯当代文学现代性的探讨，还是对当代巴勒斯坦文学、阿拉伯跨文化写作和女性宏大叙事的研究，皆力求观点独立、视角独特，并着力于从阿拉伯文学的特殊性出发，观照总体文学研究中具有公约性的问题，参与世界文学的话语建构。在透视各个文学现象以及解读具体文学文本时，自然需要借助文学批评的有关理论，而这些理论多具有西方背景。笔者以为，对理论的最佳运用是将其渗透到论证过程中，做到二者相得益彰，以理论为行走的"拐杖"，而非固定的"支点"；是借助理论，而非为某个理论寻找注脚。在研究第三世界文学时尤其应注意这一点，不仅是因为考虑到西方批评方法被移植到第三世界文学语境下是否完全适用的问题，还因为同一方法在不同语境下被使用，未必会得出相同的结论。所以歌德说：所有理论都是灰色的。理论的介入是必要的，同时应该是积极的；它使论者的思维活跃，而非固化；运用理论的过程，本身就是一个对话的过程。再者，20 世纪以来西方文论发展史呈现各流派"你方唱罢我登场"的局面，许多理论之间并非彼此不相往来，而是有着千丝万缕的承继与演绎关系，即便后来者的目的是反拨前人。基于上述认识，本书将采取灵活、开放的研究视角，根据论证的需要选择具体的分析策略，而不是拘泥于任何流派，包括支撑本研究的后殖民理论。笔者以为，恰恰是这种"不拘泥"的研究方法带来了杂糅和跨界的优势，这也是对后殖民批评所倡导的"居间生存"的内化。

五　关于写作与格式等的补充说明

本书的完成要求研读大量阿拉伯当代优秀文学作品，以确保研究的具体性和深入性。笔者在研究过程中，将尽量采用这些文本的阿拉伯文原本或英文原本。同时，为节省研究时间，对于那些已译成中文的阿文、英文或法文作品，笔者会根据具体情况，参照或采纳相关译本。对于尚无中译本的法文或希伯来文原本，则研读其英译本。至于文本的选择，以是否切合论题为基准。此外，还考虑到两个因素：一是时间上，注意文本发表时期的全程分布，所探讨的诗歌和小说文本从 20 世纪六七十年代的作品，延展至 20 世纪末及 21 世纪的作品；二是空间上，注意文本来源国地理分布的平衡性和代表性，所探讨的诗歌和小说文本既有来自埃及、黎巴嫩、巴勒斯坦、伊拉克、叙利亚等阿拉伯现当代文学的老牌中心地区，也有来自阿尔及利亚、摩洛哥、沙特等阿拉伯现当代文学的"边缘"地带。应该说，20 世纪下半叶以来，马格里布地区和海湾地区阿拉伯文学发展迅速且充满活力，在很大程度上改变了阿拉伯文学曾经的格局，笔者对此予以特殊关注，既是为了揭示阿拉伯当代文学的全景式画面，也有助于了解其文学发展的新动向。

在行文中，将按照国际学术界的惯例，对于首次提及的阿拉伯人名，在随后的括号内注出其姓名的拉丁字母拼写方式（the IJMES transliteration system）及其生卒年（如果能够查阅到）。对所提及的作品，将在随后的括号内注明其标题的拉丁字母拼写方式、首版年份；已有英译本的作品于分号后注明其英译本标题及首次翻译出版年份。为阅读便利起见，对于那些需重点关注的阿拉伯作家及其作品，将在分节论述时重复以上说明。至于那些侨居海外，常用西方语言发表著作的移民文学家，在提及其姓名时，将直接采用更为国际受众所熟悉的英文注音方式。这些作家多集中于本书第五章。此外，阿拉伯女性的名字由本名与父姓构成，若按照惯例，在指称其姓名时只提及父姓即可，但为了避免误解，无论在本书目录中，还是在具体行文中，对于女性作家的姓名都尽量以全称列出。对于文中所引用的阿拉伯文参考文献，在当页脚注中以阿文原文列出后，将在括号中增设中译文，以便为国内非阿语研究界读者提供适当参照。

如绪论开篇所述，因突出问题意识，本书研究意图并不在于以梳理或综述的方式写一部历时性的阿拉伯当代文学史。即便在统领各章的综述部分，除勾勒该文学现象的总体历史发展状况之外，更注重提出笔者对该文学现象的观点，强调论述中的重点以及与明确认识密切相关的要点。另外，因重视"原典实证"，各章是以综述统领下的文本解读展开的，使全书呈现类似"散点透视"的布局，但始终是围绕"抵抗"这一焦点来进行的。"抵抗"既是本书的一个基本观点，也是贯穿全书的一条时明时暗的线索；借助"抵抗"的向外播撒，各文本既得到了统一观照，也获得了深入分析时所需的"光晕"。因此，总体来看，本书并不以系统完整、面面俱到为首要目的，但笔者相信，以一部论著的篇幅对阿拉伯当代文学佳作进行集中、具体、深入的盘点，对于我国的阿拉伯文学研究尤其是阿拉伯当代文学研究，应该是具有切实的推动作用的。当然，研究过程难免挂一漏万，还请专家学者、同行匡正纠偏，以期将来进一步完善和深化。

上　篇

阿拉伯文学的现代性转型

引　子
现代性视阈下的当代
阿拉伯社会危机

　　半个多世纪以来，阿拉伯世界走过了一条不平常的发展之路，其波澜起伏为世人有目共睹。以二战结束、"六·五"战争和海湾战争为分界线，阿拉伯当代社会发展可大致划分为三个阶段。20世纪40年代中期至60年代中期为第一阶段，阿拉伯地区民族解放运动兴起，纷纷建立民族国家，并以民族主义思想为指导，发展国有经济，阿拉伯人民一度扬眉吐气、意气风发。但是，1967年"六·五"战争的惨败使纳赛尔所奉行的阿拉伯民族主义极度受挫，给阿拉伯民众带来巨大的心理创伤，由此开启了第二阶段。20世纪70年代石油经济使以海湾地区为首的阿拉伯产油国暴富，在走向技术和物质领域现代化的同时，"文化滞差"日益凸显；在全球化背景下实行的私有化和市场开放经济加重了官僚腐败和社会危机，造成巨大的贫富分化和阶级差距，伊斯兰主义借此复兴。20世纪80年代阿拉伯世界在全球化浪潮的全面冲击下，开始遭遇深度的民族身份危机及文化认同问题。在第三阶段，1991年海湾战争随着冷战的落幕而打响，阿拉伯国家在"新的世界秩序"面前无所适从，生存与发展困境加剧，各国领导人所推行的经济改革无力阻挡社会衰退的"狂澜"。2002年联合国可持续发展计划报告称，整个阿拉伯世界的国内生产总值低于一个西班牙；约40%的阿拉伯成年人是文盲，其中2/3是妇女；1/3 的人口生活于贫困线之下；51% 的年轻人想移民海外。① 当代阿拉伯思想界一致认为，随着 21 世纪的到来，阿拉伯世界已进入经济、社会、政治、思想的全面危机时期。面对这一危机只有两种选择：或者沉迷、堕落以致最终消亡；或者从危机中走出，实现超越。② 2010 年末至 2012 年被各界媒体称为"阿拉伯之春"的西亚北非剧变似乎是这一危机的必然结果。

一　阿拉伯社会是否存在"现代性"？

从现代性视阈审视当代阿拉伯世界的各种危机，首先要回答的就是：当代阿拉伯社会的发展是否是在现代性的框架下进行的？有两种普遍流行的观点对此持否定意见。一种观点是，当代阿拉伯各国在诸多方面尚处于落后的前现代时期，根本未涉及源于西方的所谓"现代性"。另一种观点是，现代性首先是思想文化领域的现代性，一个社会即便实现了技术与物质领域的现代化，但倘若缺乏理性、创新思维、人的解放和自主性等实质内容，现代性就无从谈起。

英国社会学家安东尼·吉登斯（Anthony Giddens）在论及"在什么程度上现代性是西方的"时，曾指出："就制度方面而言，在现代性的发展中，有两种不同的组织特别重要：民族国家和系统的资本主义生产。"③ 吉登斯据此断言，在制度方面的这一特性上，现代性可以被肯定为"一个西方化的工程"。以色列学者艾森斯塔特（Shmuel N. Eisenstadt）在对早期现代性理论进行修正补充的基础上，提出了"多元现代性"的概念，认为："现代性的核心是对世界的一种或多种阐释方式的成形和发展……空前的开放性和不确定性是其核心之核……产生出不断变化的文化和制度模式。"④ 而西欧以外出现

---

① عبد الله تركماني، "أسس الحداثة ومعوقاتها في العالم العربي المعاصر،
http：//www. alsafahat. net/blog/？ p = 17150.
（阿卜杜拉·图尔卡马尼：《当代阿拉伯世界现代性的基础及其障碍》。）

② انظر إبراهيم محمود عبد الباقي، الخطاب العربي المعاصر، المعهد العالمي للفكر الإسلامي، فرجينيا، 2008، ص 9.
（参见易卜拉欣·马哈茂德·阿卜杜·巴奇《当代阿拉伯话语》，弗吉尼亚：国际伊斯兰思想学院，2008，第 9 页。）

③ 安东尼·吉登斯：《现代性的后果》，田禾译，黄平校，译林出版社，2000，第 152 页。

④ S. N. 艾森斯塔特：《反思现代性》，旷新年、王爱松译，生活·读书·新知三联书店，2006，第 6 页。

的、以对抗帝国主义的现代性扩张为旨归的本土社会运动，因"寻求在新的国际体系中占有自主地位"而具备了现代性，"这些运动的第三种是以重构政治集体的边界为目的的运动（主要是民族主义运动）"①。按此推论，似乎可以说，二战后阿拉伯世界在殖民地碎片上建立起来的一个个民族国家，既是当代阿拉伯现代性试验的肇始，也是这些试验所发生的场域，而此后的风云变幻也许恰恰应验了波兰哲学家兼作家柯拉柯夫斯基（Leszek Kolakowski）的妙语——现代性的特点是"处在无止境的试验中"②。

　　的确，鉴于现代性丰富的内涵和外延，对它的理解本身就是一道"难题"，在波谲云诡的阿拉伯世界则"难上加难"。比如，我们抓住了现代民族国家的建立这一标志，据此认为二战后阿拉伯社会已被导入现代性的发展轨道，"六·五"战争的失败及其此后走向却使我们对当代阿拉伯的"国家"这一概念产生怀疑："这是穆斯林'乌玛'还是现代国家？或曰后游牧、后部落时代受制于石油美元的现代化国家？"③

　　纵使如此，倘若我们回溯历史，会发现阿拉伯人与现代性的相遇其实很早。当1798年拿破仑军队入侵埃及，用坚船利炮打开了阿拉伯世界之门的同时，也带去了西欧先进的科学发明、战略战术、行政理念和立法系统，让埃及人在抗拒之余，是惊愕、钦羡，乃至产生了效仿的愿望。19世纪初法国军队撤离后，埃及④总督穆罕默德·阿里就发起了资本主义式的经济改革尝试，将伊斯兰元素与欧洲启蒙思想相结合的改良思想初见端倪，涌现出雷法阿·塔赫塔维、哲马鲁丁·阿富汗尼（Jamāl al-Dīn al-Afghānī，1838－1897）、穆罕默德·阿布杜等杰出人物，为革新伊斯兰传统准备了良好的理论基础。殖民侵略的一个直接结果是阿拉伯世界的经济开始全面依赖欧洲资本主义；在社会—经济结构发生深刻转型的同时，各种新思潮不断涌动，促进了阿拉伯文化的近现代复兴。此后，随着殖民活动的加剧，阿拉伯世界日益陷入欧洲

---

① S. N. 艾森斯塔特：《反思现代性》，第418页。

② S. N. 艾森斯塔特：《反思现代性》，第66页。

③ Ibrahim M. Abu-Rabi', *Contemporary Arab Thought*：*Studies in Post-1967 Arab Intellectual History*，London：Pluto Press，2004，p. 62. "乌玛"（'ummah）是穆斯林最早的政教合一的政权，在阿拉伯语中意为"民族"。

④ 埃及当时隶属于奥斯曼帝国。

殖民者"分而治之"的泥淖中，文化改革思想在塔赫塔维等一代思想家逝去后出现倒退。但是，两个世纪以来阿拉伯人在同西方文化的碰撞中接触到了现代性的理念，如宪法、议会、政党等，为社会和政治现代化描绘了最初的蓝图。20 世纪上半叶，阿拉伯资产阶级知识分子推崇世俗主义（自由主义）的社会现代性方案，但其脆弱性是与生俱来的，并随着二战的结束而告一段落。20 世纪 50 年代中期英法殖民主义势力退出中东之后，纳赛尔等人所倡导的泛阿拉伯主义（阿拉伯民族主义）开始流行，它以实现阿拉伯世界的政治和经济统一、对抗西方帝国主义和犹太复国主义为口号，获得了民众的极大支持。但是，该民族主义现代性方案并未解决当时阿拉伯社会所面临的各种问题，并随着"六·五"战争的失败而陷入长期停滞。此后，在社会—政治局势每况愈下的总体语境下，现代性似乎愈加远离阿拉伯世界，阿拉伯话语对现代性的讨论也愈加呈现思路混乱的局面，无怪乎当代著名的阿拉伯诗人、思想家阿多尼斯嗟叹道："我们当代的现代性只是一个蜃景。"[1]

由是观之，阿拉伯世界并非如一些学者所认为的那样，从未涉足过"现代性"；现代性命题实际上是阿拉伯世界若干代人所经历的老课题，也可以说是一个历久弥新的课题。阿拉伯各界精英分子长期为这一问题所困扰，一直试图寻求其实质和精髓。若将该命题做一归结，不外乎传统与现代的关系问题。越来越多的学者认为，它是现代性理论的核心，是任何一个国家与社会在发展现代性时都必须处理的问题，因为"不管是 20 世纪的种种后果，还是 19 世纪的反叛传统，事实上都没有造成传统在历史中的断裂"[2]。对于非西方国家而言，割裂二者的关系会导致简单的"接受"或"拒绝"，结果非泥古不化即一味西化，是一种本质主义的做法。在承认二者之间张力的同时，创造性地转化传统，走多元现代性的发展之路，已成为许多非西方国家从自身发展经验中总结出的共识。阿拉伯国家也概莫能外。但问题是，在现代社会发展过程中，因为阿拉伯国家民族文化积淀过于厚重，所以传统的力量极为庞大，有学者说："阿拉伯文化是世界上少数几个充满历史沉重感的

---

① Avi Shlaim, "Arab Nationalism and its Discontents", in *London Review of Books* (June 22, 2000), http://users.ox.ac.uk/~ssfc0005/Arab%20Nationalism%20and%20its%20Discontents.html.

② 阿伦特：《传统与现代》，洪涛译，载贺照田主编《西方现代性的曲折与展开》，吉林人民出版社，2002，第406页。

文化。"① 这是阿拉伯社会现代性进程时而受挫的一个重要因素。

二　阿拉伯思想界关于"传统"与"现代"的悖论

阿拉伯思想界将"传统"与"现代"并立的表达不一而足，至少有以下三对词语：aṣālah（本源性）/ḥadāthah（现代性）；qadīm（旧式）/jadīd（新式）；taqlīd（因袭）/ tajdīd（革新）。阿拉伯思想界关于传统与现代的关系，迄今仍然至少存在三种观点：主张回归民族文化遗产的守成派；强调学习西方思想文化的西化派；倡导调和传统与现代、伊斯兰文化与西方文化的改良派。虽然在半个多世纪的现代性实践中，泥古不化和一味西化都已被证实不可行，调和是必由之路，因为"所有发展模式的成败，关键在于各领域的因袭与革新之间、传统与现代之间的调和程度"②；但是，调和之路何其艰难，众多阿拉伯人对此有共同感受。埃及学者哈桑·哈乃斐（Ḥasan Ḥanafī）曾说，传统与现代的关系问题始自二百多年前阿拉伯与西方的相遇，至今未找到答案，从中衍生出了阿拉伯世界的其他政治和社会问题，以至于有人断言：传统与现代在思想、意识形态、政治、文化等方面的分裂是阿拉伯社会的原生问题。

阿拉伯思想界常以"遗产"（turāth）一词指称"传统"。这一概念的内涵并不清晰，总之，它是"一种文明生产，源自一个民族在与其生长环境互动过程中形成的属性，包括富含其特性烙印的经验、事件，以及使之不同于其他民族的文化面貌和文明特征"③。伊斯兰作为一种信仰、一种制度和一种生活方式，其本身即意味着整个文明，因此不妨说伊斯兰传统是阿拉伯人的主要遗产。

现代性要求通过康德所说的"公开运用理性"的批判性反思，或福柯所谓的"现代性态度"来认知传统。它并不意味着拒绝传统，而是批判地继承传统，从其内部产生变化的动力，通过深刻的互动重组传统，使现代性最终

---

① مسعود ضاهر، "أضواء على المسألة الثقافية العربية في المرحلة الراهنة"، **مجلة شؤون عربية**، عدد 70، ص 123.
（马斯欧德·多希尔：《当前阿拉伯文化问题的几点阐明》，《阿拉伯事务》第 70 期，第 123 页。）

② إبراهيم محمود عبد الباقي، **الخطاب العربي المعاصر**، ص 82.
（易卜拉欣·马哈茂德·阿卜杜·巴奇：《当代阿拉伯话语》，第 82 页。）

③ محسن عبد الحميد، **تجديد الفكر الإسلامي**، المعهد العالمي للفكر الإسلامي، فيرجينيا، 1994، ص 26.
（穆哈辛·阿卜杜·哈米德：《伊斯兰思想的革新》，弗吉尼亚：国际伊斯兰思想学院，1996，第 26 页。）

成为一种新的"经过反思的传统"①。

无疑，阿拉伯思想界业已认识到，阿拉伯社会必须接受现代性，否则只会被现代性的洪流所吞没。这便意味着必须承受现代性在对传统进行重组时，随之而来的冲击乃至破坏；承受现代性所带来的紧张、混乱与痛苦。在如此讲求伊斯兰传统根基的阿拉伯社会——以当代著名诗人和文化批评家阿多尼斯的观点看，即一个"稳定"远甚于"变化"的社会——现代性的这种负面影响显得尤为突出，以至于对阿拉伯民族而言，现代性已成为时代的莫大难题。当然，这也是具有特殊历史际遇与文化背景的非西方国家在面对现代性时，时常陷入的一种大同小异的复杂情境。

阿拉伯思想界承认，理性是现代性的哲学标尺，理性是所有现代性的先决条件，阿拉伯民族危机的解决之道依赖"阿拉伯理性"，这是实现人的现代化，进而实现社会现代化的关键。理性也是阿拉伯人解读过去、了解现在、建设未来的关键。没有阿拉伯理性，"阿拉伯的一切事物都无法实现现代性，包括过去的遗产、当下和未来的问题，因为变革若不触及头脑中的无意识，就永远是表面的、偶然的"②。何谓"阿拉伯理性"？它涉及对自我和他者的认知，是"关于自身及民族、现实、全世界和日常生活中所有个人或集体事件的看法、思想和想象，以及指导行动的原则"③。

对西方他者的认知由此成为"阿拉伯理性"的重要内容。在这一点上，"阿拉伯理性"往往怀有敏感的自我确证意识，体现在二分法思维上，即认为起源于西方的现代性建立在世俗物质主义思想的基础上，是富含宗教和精神价值观的东方或伊斯兰文化传统的对立面。这是一种在东西方二元对立论④的影

---

① 吴冠军：《多元的现代性》，上海三联书店，2002，第369页。

② عبد المجيد بورقبة،الحداثة والتراث: الحداثة بوصفها إعادة تأسيس جديد للتراث، دار الطليعة، 1993، ص 60.
（阿卜杜·马吉德·布尔吉巴：《现代性与遗产：以现代性重建遗产》，贝鲁特：先锋出版社，1993，第60页。）

③ إبراهيم محمود عبد الباقي، الخطاب العربي المعاصر، ص 416.
（易卜拉欣·马哈茂德·阿卜杜·巴奇：《当代阿拉伯话语》，第416页。）

④ 英国社会学家约翰·霍布森认为，东西方二元对立论是出自启蒙运动时期（或者更早）欧洲种族主义思想的创意，通过一条可以追溯到古希腊文明的虚构的界限，将西方与东方进行彻底的文化隔离，由此确证了欧洲"自我"与生俱来的进步性，并为此后的帝国主义和殖民主义张目。详见约翰·霍布森《西方文明的东方起源》，孙建党译，山东画报出版社，2009。

响下，为对抗东方主义与欧洲中心论而形成的思维方式。事实上，阿拉伯世界自从遭遇了与殖民主义同步的现代性以后，对西方的立场就始终是矛盾的，其中爱恨交织，钦慕与厌弃并存；因为西方既是掠夺者又是给予者，既是疾病又是疗方。此时，二分法思维发挥了维护自我身份的作用，由此得出，西方现代知识模式是一种物质主义的模式，虽然技术成就辉煌，但物质和精神层面的极度失衡将加速其最终的毁灭。所以，许多阿拉伯思想界人士认为，阿拉伯现代性的任务是吸收西方具有普世意义的科学技术和物质成果，拒斥其与自我精神特质相冲突的价值观，以维护民族传统。但是西方文明本为一个整体，如何在接受其进步性的同时，摒弃其洪水猛兽般的物质性？悖论因此产生：为了抵达传统（即回归自我），必须首先穿越现代性（即认同他者）；当你抵达后，却发现传统已在旅程中被更改，你致力于复兴的自我传统浸淫在他者的现代性中，一如它原先被自己的古老根基所浸淫。本土（东方）/西方、被殖民/殖民、自我/他者、历史/未来、传统/现代、信仰/科学、精神/物质……诸多矛盾就这样盘根错节、相衍相生，构成阿拉伯思想者心中难解的情结，导致其迷茫彷徨。

对于阿拉伯人的这种思想危机，摩洛哥学者阿卜杜拉·拉罗依（Abdallah Laroui）的比喻是"被困在一座思想监狱里"；主张建立"西方学"的埃及学者哈桑·哈乃斐则用了一个被囿于三角形中的"自我"来表示，其两翼分别是"阿拉伯"（代表传统）和"西方"（代表未来），底边是必须直面的现实。① 阿拉伯思想界人士认为，一种文明被另一种文明同化或消灭的过程可分为五个阶段：第一阶段发生于器物层面，如工业产品和军工产品；第二阶段仍属器物层面，如衣着、家具和饮食文化；第三阶段将上升到文化现象层面，如语言、外交制度、社会关系、艺术及娱乐形式；第四阶段则侵入价值观、社会道德标准层面；民族信仰处于第五阶段，当它也被同化时，所有的障碍都将瓦解，完全的融合就此实现。一个民族文明遭遇的最大灾难莫过于失去理性与精神的内在联系。② 由此，在阿拉伯社会，传统与现代之间渐渐

---

① حسن حنفي، **ماذا يعني علم الاستغراب،** دار الهادي للطباعة والنشر والتوزيع، بيروت، 2000، ص 31.

（哈桑·哈乃斐：《西方学意味着什么?》，贝鲁特：哈迪出版社，2000，第31页。）

② انظر إبراهيم محمود عبد الباقي، **الخطاب العربي المعاصر،** ص 210-209.

（参见易卜拉欣·马哈茂德·阿卜杜·巴奇：《当代阿拉伯话语》，第209～210页。）

发展为几乎不可化约的悖论关系，现代性则嬗变为令人无法捉摸的密码和谜语。

面对西风席卷、西俗泛滥，主张回归自我，这对在全球化浪潮冲击下越发被边缘化的阿拉伯世界，应该说不失其有效的一面，因为盲目效仿他者并不利于自我的解放，反而会由另一种因袭导致自我的迷失。这也是自20世纪70年代以来，伊斯兰复兴运动主张回归伊斯兰传统精神的动因之一。若从现代性视阈审视这场运动，会发现它肇始于"六·五"战争溃败后阿拉伯民族主义与社会主义现代性方案，尤其是纳赛尔主义的消退。公允地说，这些主义旨在使阿拉伯民族摆脱西方的经济和意识形态霸权，获得真正的独立，其目标宏大、志向高远，并在初期取得了较大成就，却在错综复杂的地区环境中日益走低，并以失败告终。此后兴起的伊斯兰主义"不过是阿拉伯世界对复杂的现代性方案的一种回应"①。

质言之，阿拉伯社会的历史条件并不利于现代性的展开，这体现在传统和现代之间无法弥合的鸿沟与矛盾。虽然现代性通过18世纪以降的欧洲殖民活动强行介入了阿拉伯社会，但在传统文化的阻碍下，一直是"水土不服"的。西方殖民时期如此，民族国家自治时期亦如此。试图在传统和现代之间取得平衡的努力非但没有消除二者的冲突，反而使国族缺乏明确的身份，且任何的失衡都可能引起整个社会系统的崩溃。在这个问题上，如何对传统进行创造性转化至关重要，正如哈贝马斯所言："现代社会的快速转型打破了一切凝固的生活方式。文化要想富有生气，就必须从批判和断裂中获取自我转化的力量。"② 阿拉伯文化传统固然有其特殊性，而从多元现代性的立场来看，"传统"并不等同于过时和落后，"现代性"也并不等同于先进和完美；但是，如果因此拒绝将自我与普遍性的话语相联系，并拒绝参与到界定普遍性的世界历史运动中去，任何特殊性都将失去其存在的价值。

---

① Ibrahim M. Abu-Rabi', *Contemporary Arab Thought：Studies in Post-1967 Arab Intellectual History*, p. 54.
② 哈贝马斯：《民主法治国家的承认斗争》，载汪晖、陈燕谷主编《文化与公共性》，生活·读书·新知三联书店，1998，第360页。

第一章
阿拉伯诗歌的现代性进程

第一节　综述

前文从现代性视阈下"传统"与"现代"的关系这一基本问题出发，探讨了两个多世纪以来阿拉伯社会在思想意识深处所经历的危机。这一危机在当代已上升为对整个民族文化身份认同的叩问。

尽管思想界尚未就阿拉伯社会是否已开启现代性进程达成共识，其中大抵受到了西方中心主义的影响，但是阿拉伯文学领域的现代性进程获得了很大程度上的公认。在西方，社会现代性和审美现代性的展开存在时间的先后；简言之，后者是对前者的反动，二者均有深刻的哲学基础，如福柯所论："现代性主要是指一种与现实相联系的思想态度与行为方式，它与哲学认识论、方法论和道德、宗教、政治密切相关。"① 在 20 世纪下半叶初期的阿拉伯社会，文学现代性作为"被移植物"，在哲学和思想土壤贫弱的环境下率先成长起来，并反过来哺育了思想文化领域的现代性。该案例颇具说服力地表明："现代性的展开既是一个历史事件，一种现实进程，也是一个文本事件，一种话语建构。在现代性展开过程中，文学叙事既发挥了建构新的现实的功能，又在其参与建构的现实的挤压、制约和影响下，改变了自己的

---

① 曾艳兵主编《西方现代主义文学概论》，北京大学出版社，2006，第7页。

存在形态和整体格局。换言之，现代性进程和文学叙事之间有着一种平行展开、互为因果、互为纠结、互为影响的共生关系。"① 这种共生关系，不仅体现于当代阿拉伯文学常常以社会现代性进程中凸显的问题与危机为表现内容，更体现于其应运而生的现代主义表现形式，通过内容和形式的同构，来实现文学的审美价值与社会职能。

与纷乱无定、矛盾丛生的社会现代性不同，阿拉伯文学现代性的发展线索要明晰得多。其发端依然是在阿拉伯近现代思想文化复兴运动中一马当先的诗歌，或者可以毫不夸张地说，诗歌是阿拉伯整体现代性的先声。

一 阿拉伯诗歌现代性的缘起及概貌

阿拉伯语使用"哈达萨"（al-ḥadāthah）一词来指称现代性。该词作为一个普通词根，早在伊斯兰教历 2 世纪（公元 8 世纪）就出现于阿拉伯语词典中，但使用频率一直很低，更为普及的是由它派生出的形容词，如"哈迪斯"（ḥadīth，意为"现代的"）。20 世纪 30 年代后，"哈达萨"一词在西方思想的影响下开始在内涵上有所拓展，与"革新"（tajdīd）、"创新"（ibdāʿ）、"现代化"（taḥdīth）、"当代"（muʿāṣir）等意义紧密联系。在 20 世纪四五十年代新诗运动兴起后，该词发展为当代阿拉伯诗歌批评中的一个新术语，旨在与欧洲现代诗歌发展史上的"modernism""modernity"取得某种一致。"哈达萨"指诗学领域的根本性变革，意味着对传统的拒斥、反叛和攚犯，它虽然孕育于新诗运动的大潮中，但首先强调的是一种立场，而不囿于新诗创作所追求的从形式到内容的革新。

诗人及其诗歌策略在身份和文化建构中的参与作用，如俄国理论家尤里·洛特曼（Yuri Lotman）所述："诗学的目标在总体上是与文化目标相耦合的，且诗学尤其体认该目标。要认识到，如果忽视其机制和内在结构，是不可能实现上述特性的。"② 阿拉伯古代诗歌是"阿拉伯人的档案"，其深厚的历史根基使诗歌在现代文化变革与进步的过程中产生更多的复杂性，由此

---

① 张德明：《西方文学与现代性叙事的展开》，中国社会科学出版社，2009，第 2 页。
② Qtd. in Muhsin J. al-Musawi, *Arabic Poetry: Trajectories of Modernity and Tradition*, London and New York: Routledge, 2006, Preface xiii.

在整个阿拉伯文化发展史上独领风骚。进入当代，尽管诗歌风光不再，但依然活跃于阿拉伯人的生活与思想领域，甚至被称为"阿拉伯人的思想框架"。杰出诗人们以其尖锐的社会和文化批评所形成的影响远远超出了诗歌或文学创作本身，尤其是在社会面临转型或危机的抉择时刻。

总体而言，阿拉伯诗歌的现代性是在与西方的不断接触中产生的，20世纪初兴起了"笛旺派"，20世纪30年代则有"阿波罗诗社"延续其浪漫主义的创作风尚。二战结束后，面对阿拉伯国家和世界的新局面，阿拉伯知识分子参与社会变革的意识和责任感增强，渴望在社会公正、民族事务乃至人类总体事务中发挥作用。诗坛也是如此，从传统与现代的关系出发，关于守成与创新、复古与西方化的论争激烈，其指向是认知自我，把握自我在现代世界的位置。20世纪40年代末阿拉伯自由体新诗运动异军突起，给阿拉伯文化注入了一种新意识，要求后者同时适应政治局势和诗学的发展走向，这就对如何处理传统与现代之间的复杂关系提出了挑战。伊拉克女诗人娜齐克·梅拉伊卡（Nāzik al-Malā'ikah，1923－2007）领衔的自由体新诗运动先驱们，将关注焦点放在现代诗歌创作如何实现对古典诗歌格式的突破上。娜齐克·梅拉伊卡1953年创办的《文学》（al-Adab）杂志，直至20世纪60年代仍然为现代主义诗学提供一个颇具影响力的批评平台，但她对传统的调和立场，如强调节奏、意象的经典性，遭到杰布拉·易卜拉欣·杰布拉等提倡散文诗的激进派的批评。[①] 对传统的立场经历了不断的嬗变，在现代诗歌的每一个发展阶段，"诗人对传统诗歌遗产的态度可被当作其现代性程度的一个可靠指针"[②]。此中，阿多尼斯以其对传统遗产的再评价而令人瞩目，成为"20世纪阿拉伯现代主义诗人的典范"[③]。

---

① 阿拉伯古诗是格律诗，具有一套严密、完整的格式体系。诗歌的基本单位是"联句"（al-bayt），由两个半行构成，韵脚上的规定是所有联句以同一个字母结尾，即一韵到底。阿拉伯古诗共有16种韵律，其基本单位是"音步"（al-tafʿīl），由若干长短音节有规律地组合形成统一的音韵节奏。格律诗又被称为"柱体诗"（al-shiʿr al-ʿamūdī）。阿拉伯新诗运动有自由体诗和散文诗两大基本流派，自由体诗虽取消了格律，但仍然讲求音步，散文诗则完全放弃格律。

② M. M. Badawi, *A Short History of Modern Arabic Literature*, Oxford: Clarendon Press, 1993, p. 76.

③ M. M. Badawi, *A Short History of Modern Arabic Literature*, p. 76.

　　20 世纪 50 年代适逢阿拉伯各国纷纷独立，民族主义意识形态得以确立，并将诗歌纳入了其斗争场域，阿拉伯当代诗歌在反殖民、反父权、阶级斗争和民族主义斗争旗帜下走向现实主义。在苏联社会主义现实主义的影响下，阿拉伯诗坛一度成为政治的一部分，流行以口号式的直白语言书写诗篇，连大诗人巴德尔·沙基尔·赛亚卜和阿卜杜·瓦哈卜·白雅帖也概莫能外。政治意识统治文本使诗歌越来越散文化，诗歌语言趋于理性化和逻辑化，缺乏隐喻和美感。在此情形下，阿拉伯诗坛现代派从 T. S. 艾略特的诗歌理论中获得启发，开始重读包括阿拉伯—伊斯兰文明在内的所有地中海文明传统，注重挖掘其中的民间神话、史诗、歌谣等元素，使诗歌充满神话色彩。原型隐喻的注入一方面反映了民族抱负，表达了英雄主义和乌托邦的宏大叙事；另一方面则维护了诗歌体裁特有的审美意识，避免了诗歌与散文形同一家。1958 年，流亡伊拉克的巴勒斯坦诗人、小说家杰布拉·易卜拉欣·杰布拉率先提出"坦穆茨诗人"这一称谓，除他本人外，还包括叙利亚诗人阿多尼斯，伊拉克诗人巴德尔·沙基尔·赛亚卜，黎巴嫩诗人尤素福·哈勒（Yūsuf al-Khāl，1917 – 1987）、哈利勒·哈维（Khalīl Ḥāwī，1919 – 1982）等四人。"坦穆茨"（Tammūz）是古巴比伦和苏美尔神话中的农业与春天之神。诗人们以此寄托美好希望，表达以人类文明精华实现民族复兴的政治诉求。他们广泛涉猎苏美尔、古巴比伦、腓尼基、古埃及、古希腊等地中海地区的古老文明，从多源头的传统文化中汲取营养。黎巴嫩诗人尤素福·哈勒创办的《诗刊》（al-Shi'ar）成为坦穆茨运动的重要阵地。但该运动夭折于 1964 年，说明当代阿拉伯诗学在借助西方诗学艺术地处理现实时，在调和传统与现代、政治与审美之间关系方面的艰巨性。

　　20 世纪 60 年代，在泛阿拉伯主义前景不明的社会政治背景下，受到存在主义、虚无主义、无政府主义等多种思潮的影响，在以伊拉克为中心的一些国家，一批年轻诗人崛起。他们出身中下阶层，自诩具有更强的叛逆意识和实验精神，在与传统诗学决裂方面走得更远。他们的散文诗热衷于模仿达达主义、超现实主义等时尚潮流，偏好生涩的表达、语言的奇崛，讲求意象的分裂和雾化，拒绝韵律和韵脚的束缚，反对内容的直白感和清晰感。与前辈诗人倾向于使用地中海文明原型隐喻相比，"六十年代辈"诗人转而从阿拉伯—伊斯兰历史文化中汲取灵感，苏非主义逐渐登场，成为联系传统与现代的另一渠道。全新的语词与非常规的隐喻将阿拉伯现代诗歌带向晦暗，似乎"只有在诗歌变得晦暗的非现实中，诗歌才得以完成"①，公共的、直白的风格被私人化的深幽冷峭特质所取代，由此与普罗大众的接受能力产生距离。对此，当代巴勒斯坦著名民族诗人马哈茂德·达尔维什后来评说道：

我们的诗歌既无色彩/ 也没有声音和味道/ 若诗歌不能提着灯笼走进千家万户/ 若穷人不懂诗歌的诉说/ 我们最好将它抛弃！②

诗人引领大众的先锋作用再次与艺术技巧上的实验追求发生了冲突。与此同时，在巴勒斯坦被占领土上，"抵抗诗歌"逐渐发展到高潮。"抵抗诗人"或以高亢的语言激发民众的抵抗热忱，或以深沉的笔调抒发对故土的眷眷思念，受到了巴勒斯坦和阿拉伯民众的欢迎，凭其通俗晓畅走进千家万户，播于众口，起到了凝聚人心的作用。然而，现代主义者对此有自己的看法："'抵抗诗歌'仍然是革命领域的宣教诗歌，它以主流的语言、思想、情感和方式与大众对话，它仅是一种延续，是对一战以来阿拉伯人所熟悉的民族解放诗歌的延续。"③ 阿多尼斯认为，它是在旧的逻辑框架下谱写的，语言直接，热情有余，甚而显得浮夸，因此反衬出思想性的不足。

1967 年"六·五"战争的溃败使阿拉伯民族主义和泛阿拉伯主义宏大话语走向破灭，"这场灾难给自民族解放事业蓬勃发展而生的乐观民族心理带来的是一次大的断裂，也给诗歌发展带来了影响"④。阿拉伯诗坛在几近沉默中不断思索，一种多面性的现代主义诗学渐趋形成。诗人责无旁贷地承担起自己的政治使命，在为民众的绝望感呐喊的同时，开发出一种反抗稳定的诗学，以解构极权话语及其结构图式、质疑宏大叙事的乌托邦药方。战败带来

① 胡戈·弗里德里希：《现代诗歌的结构：19 世纪中期至 20 世纪中期的抒情诗》，李双志译，译林出版社，2010，第 167 页。

② محمود درويش، **سرير الغريبة**، دار رياض الريس للكتب والنشر، لندن، ط.2، 2000، ص 121.
（马哈茂德·达尔维什：《陌生女人的床榻》，伦敦：利雅得·雷斯出版社，2000 年第 2 版，第 121 页。）

③ أدونيس، **زمن الشعر**، دار الساقي، بيروت، ط.6، 2005، ص 199.
（阿多尼斯：《诗歌时代》，贝鲁特：萨基书局，2005 年第 6 版，第 199 页。）

④ 张洪仪：《全球化语境下的阿拉伯诗歌——埃及诗人法鲁克·朱维戴研究》，北京语言大学出版社，2009，第 35 页。

的碎片化和幻灭感使诗歌走上在实验中完成文化重建的道路。阿卜杜·瓦哈卜·白雅帖、尼扎尔·格巴尼（Nizār Qabānī，1923－1998）、阿多尼斯等诗人纷纷以犀利的笔调重审语言和历史，独白、多声部对话体、民间元素、苏非谕示等多种艺术手段同台并举。此间传统与现代的关系问题依然是关注的焦点，但关注的目的在于质疑主流专制话语。阿多尼斯接过《诗刊》曾经的使命，于1968年创办了《立场》（al-Mawqif）杂志，积极倡导现代主义新诗学。他主张从语言层面进行变革，让语言同时成为诗人的避难所和颠覆工具。他认为："阿拉伯新诗目前的问题不再是新与旧的斗争，而是厘清何为'新'。阿拉伯新诗正处于混乱、虚妄和近乎蒙昧的状态中，'新'诗诗人中甚至有人不清楚诗歌最简单的要求是了解语言的奥秘，而后掌控它。"①

综上所述，20世纪40年代末发轫的阿拉伯诗歌现代性作为意识形态和艺术实验的场域，承担了双重的历史角色。阿拉伯现代主义诗学缺乏系统性和连续性，但不乏反抗的热情，它始终抵抗围困和稳定，在困惑中寻求逃离，在含混中充满张力。诗人们肩负着民族的责任感，运用多种话语策略与眼前的困境展开对话，以诗歌文本为家园，宣扬和发展了一种"抵抗诗学"。调和传统与现代的努力贯穿其中，诗人们试图在现代主义的框架下，让传统的废墟获得新生，苏非主义与实验派同构使现代诗歌走向神秘化就是一个重要表现。由此，本土的与非本土的元素、大众化的与现代派的诗学在同一时刻碰撞，常常让诗人们难以取舍，使他们在全新的诗歌感觉与深沉的古典积淀之间徘徊不定。

关于阿拉伯诗歌现代性的缘起，有一种"唯艺术论"的看法是，艺术新感觉的出现是在艺术本身发展规律作用下，艺术自为的结果，与外部社会环境无关。此观点强调艺术并非对现实的直接反映，而是对美学意识的直接反映；艺术技巧从根本上说是对美的意蕴的感知，从而以美的方式处理现实。因此，艺术的现代性首先应该是美学意识的现代性，美学意识通过一套由特定的价值取向建构的美学标准，对受众的内在心理产生影响。

20世纪初以降，美学意识的确是阿拉伯现代文化变革的一个重要方面；不

---

① إحسان عباس، **اتجاهات الشعر العربي المعاصر**، المجلس الوطني للثقافة والفنون والآداب، الكويت، فبراير 1978، ص 25.

（伊哈桑·阿巴斯：《阿拉伯当代诗歌动向》，科威特国家文化、艺术与文学委员会，1978年2月刊，第25页。）

仅如此，美学意识的变革还是阿拉伯文学现代性的先决条件，尤其体现于诗歌领域。阿拉伯古典美学以中正（al-i'tidāl）为美，讲求事物的对称、互补和完善，阿拉伯古诗联句式的结构就是一个典型例证。现代性美学意识则认为世界并不是完善的，而是充满了矛盾和斗争，美即个性，它建立在自由和活力之上，事物在辩证的互动中产生联系。这就不难理解阿拉伯诗歌自20世纪初，伴随着小资产阶级的兴起及其审美趣味、心理因素的变化，日益摒弃古诗所服膺的单一韵律和对称结构。这种审美追求首先经浪漫主义打下了基础："人渐臻成熟，其文化品位和情感修养都得到提高，遂更倾向于清雅的颜色和气味、细腻婉约的音调，它们需要倾听和思考方能捕捉和领会。"①

阿拉伯诗歌现代性的滥觞虽离不开上述美学意识的直接作用，但一种新的美学意识的形成从来都具有深刻复杂的社会历史背景。马克思、恩格斯指出："人们的观念、观点和概念，一句话，人们的意识，随着人们的生活条件、人们的社会关系、人们的社会存在的改变而改变。"② 阿拉伯小资产阶级是在社会经济和政治嬗变中崛起的，随着小资产阶级的兴起，人的异化与焦虑感、冲突与虚无感、反叛意识与日俱增，思想和文化的嬗变随之产生，而当时的阿拉伯诗人多出身该阶层，这导致了诗坛走向现代性的必然嬗变，同时也是一个从量变到质变的过程。

此外，催生阿拉伯诗歌现代性的另一大因素是西方文化，甚至有学者认为："欧洲的任何政治、哲学和文学主张都以直接或间接的方式反映在当代阿拉伯的现实中，我们可以在诗歌和散文写作、思想和行为方式中发现这种影响。"③ 20世纪五六十年代的阿拉伯世界经历了一个众声喧哗的时期，由西方传入的存在主义、马克思主义、民族主义、无政府主义等思潮各有其生长土壤。在诗坛，欧洲现代诗歌对阿拉伯诗歌变革的影响直接体现于节奏、意象、神话元素、主题诸方面，尤以 T. S. 艾略特的影响为甚。一战后艾略

---

① محمد النويهي، **قضية الشعر الجديد**، دار الفكر، دمشق، ط2، 1971، ص 98.
（穆罕默德·努维希：《新诗事业》，大马士革：思想出版社，1971年第2版，第98页。）
② 马克思、恩格斯：《共产党宣言》，中共中央著作编译局译，人民出版社，2009，第47页。
③ عبد الحميد جيدة، **الاتجاهات الجديدة في الشعر العربي المعاصر**، مؤسسة نوفل، بيروت، 1980، ص 112.
（阿卜杜·哈米德·吉德：《当代阿拉伯诗歌的新动向》，贝鲁特：努菲勒书局，1980，第112页。）

特用"荒原"这一意象对西方现代文明进行祛魅，此意象虽然对阿拉伯人来说还很陌生，但在阿拉伯知识分子心中仍然产生了一种共鸣，正如杰布拉·易卜拉欣·杰布拉在《阿拉伯现代文学与西方》一文中所说："阿拉伯诗人们热情地回应《荒原》，是因为他们也经历了这种普世的悲剧。该悲剧不仅体现于二战中，还更深刻地体现于巴勒斯坦大劫难及其后续影响中。"[①] 艾略特引发当时阿拉伯文学界众多关注的直接因素是他对传统的看法。在其论文《传统与个人才能》（Tradition and the Individual Talent）中，他认为传统通过个人才能在新与旧的互动中保持活力，"诗人不能超越传统，但诗人的才能又可以像催化剂那样促使传统发生变化"[②]。这对于"无论如何反叛，均不会将传统忘怀的阿拉伯诗人"[③] 而言，是个莫大的激励。此外，艾略特的另一篇论文《批评的效用》（The Function of Criticism）也对阿拉伯知识分子产生了很大影响，他们由此出发，研究文学在政治和文化意识形成中的作用，尤其是在冷战局面形成、中东地缘政治得以凸显的国际形势下。二战后阿拉伯世界新独立国家面临地缘性挑战，对艺术和民族共同体的双重历史责任感在阿拉伯诗人、作家、知识分子心中油然而生。虽然社会冲突"在最终的分析中不足以独立解释艺术，但是这种冲突一定会通过艺术得以体现，在某些阶段甚至成为决定性因素"[④]。一些新诗运动的反对者一味将阿拉伯当代诗歌的悲观主义和晦暗情调归咎于西方诗学的不良影响，却忽视了其发生的内在心理因素与外部历史背景。始于 20 世纪 40 年代末的阿拉伯诗歌现代主义浪潮是广阔的阿拉伯当代社会政治、文化意识海洋的重要组成部分，这是不争的事实。

二 阿拉伯诗歌现代性的理念内涵

前文提到，"哈达萨"孕育于阿拉伯新诗运动大潮中的诗学根本性变革，

[①] Jabra I. Jabra, "Modern Arab Literarure and the West", *Journal of Arabic Literature*, Vol. 2 (1971), p. 83.

[②] 曾艳兵主编《西方现代主义文学概论》，第 48 页。

[③] Jabra I. Jabra, "Modern Arab Literarure and the West", p. 82.

[④] جلال فاروق الشريف، **الشعر العربي الحديث- الأصول الطبقية والتاريخية**، اتحاد الكتاب العرب، دمشق، 1976، ص 5- 6.
（杰拉勒·法鲁克·谢里夫：《阿拉伯现代诗歌——阶级与历史因素》，大马士革：阿拉伯作家联盟，1976，第 5 ~ 6 页。）

它意味着对传统的拒斥、反叛和攒犯，倡导诗歌创作从形式到内容的革新。但是，体认"哈达萨"的关键因素是什么？阿拉伯的"哈达萨"与西方的"现代性"在所指上是重合的吗？在 20 世纪下半叶伊始的阿拉伯诗坛，这是两个言人人殊的问题。

阿拉伯自由体新诗运动的先驱娜齐克·梅拉伊卡曾经预言："今天的阿拉伯诗歌正处于汹涌风暴的前沿，旧的形式将无立锥之地，韵律、韵脚、格式和各流派理念都将产生动摇，语词将被扩展，以包容新的表达力，关于主题的实验将很快转至内心，而不再只是在远处徘徊。"① 在对古典诗歌的反叛过程中，她始终未提及"哈达萨"一词，包括其诗学专著《当代诗歌问题》（*Qaḍāyā al-Shi'r al-Mu'āṣir*，1981），其中至多提到"革新""创新""当代的""现代的"等字眼。也许她了解在西方语境下生成的"现代性"一词的复杂性，意识到它不太适用于阿拉伯的现实。她强调诗歌改革应在继承传统的基础上进行，自由体新诗运动并不意味着对传统韵律学的反叛，而是"审视古老的韵律学，根据现状进行简化"②。在这一点上，她主张将音步作为韵律的基础。"只有当现代诗人意识到古老的遗产是支撑其走向创新的因素时，自由体诗才会在历史中得以沉淀。"③ 为此，她直言同辈诗人尼扎尔·格巴尼、法德娃·图甘在诗歌创作中背离韵律学原则，并批评一些年轻后生盲目追求新形式，混淆诗歌与散文的界限。自由体诗在发展过程中不时遭到保守派的攻击，被指不顾阿拉伯的现实而一味模仿西方，以至于娜齐克·梅拉伊卡在自由体诗起步 10 年后也表达了对其走向的隐忧："我几乎可以肯定：自由体诗浪潮将止步于不远的将来，诗人们在反叛和抛弃韵律后将重新回归韵律。这并不意味着自由体诗将走向消亡，诗人们会继续为了某些宗旨创作自由体诗，但不会走向极端，放弃优美的阿拉伯韵律。"④ 但是，在又一个 10

---

① نازك الملائكة، **شظايا ورماد**، دار العودة، بيروت، 1971، ص 5- 6.
（娜齐克·梅拉伊卡：《碎片与灰烬》，贝鲁特：回归出版社，1971，第 5~6 页。）

② نازك الملائكة، **قضايا الشعر المعاصر**، بيروت، 1974، الطبعة الرابعة، ص 52.
（娜齐克·梅拉伊卡：《当代诗歌问题》，贝鲁特：回归出版社，1974 年第 4 版，第 52 页。）

③ نازك الملائكة، **قضايا الشعر المعاصر**، ص 63.
（娜齐克·梅拉伊卡：《当代诗歌问题》，第 63 页。）

④ نازك الملائكة، **قضايا الشعر المعاصر**، ص 54.
（娜齐克·梅拉伊卡：《当代诗歌问题》，第 54 页。）

年后，她重拾初衷，表达了对自由体诗的信心："人心思变……自由体诗以其长短不一的诗句，对稳定性、统一性和模式化的反叛，流畅的表达，帮助我们从形式的严苛束缚中挣脱出来……我们今天对自由体诗的热衷是整个时代施加给我们的心理产物，我们对此无可回避。"①

娜齐克·梅拉伊卡有所迟疑的立场一方面源自客观因素，即自由体诗在发展过程中所面临的艰辛；另一方面则源自其主观理想，她一厢情愿地力图证明阿拉伯现代自由体诗并不是西方文化影响下的产物，而是孕育于阿拉伯古典遗产的腹中。她坚持在古典遗产的框架内进行旧形式的突破，这让尤素福·哈勒、阿多尼斯等诗人指摘她矜持保守，缺乏现代主义的"视界"（al-ru'yā），而将其排除出现代派的圈子。事实上，娜齐克·梅拉伊卡从不排斥西方诗学的影响，其感伤主义的浪漫基调多受益于雪莱、华兹华斯、济慈等诗人。即便其诗论《当代诗歌问题》中所提出的"自由体诗"这一术语，也是直接来自法语"vers libres"。她对"现代性"这一理念的规避只是希望具有特殊历史文化背景的阿拉伯人具备独立思考的理性，不要跟在西方身后，成为其"传声筒"。

上文提到"视界"这一阿拉伯当代诗人在论及现代性时经常使用的术语。该词阿语音译为"鲁尔雅"（al-ru'yā），原意为"梦境""谕示"，与另一词源相同的词语"鲁尔耶"（al-ru'yah，意为"眼见""见解"）既有联系又有区别。阿拉伯现代主义者将阿拉伯古代诗歌归为"鲁尔耶之诗"，意思是阿拉伯古诗是对"目之见"的表达或再现，最多是一种对可见的外在的领悟；现代诗歌应为"鲁尔雅之诗"，表达的是"心之见"，或曰对不可见的内在的领悟。这让我们想到西方现代派小说先驱詹姆斯·乔伊斯所说的"灵悟"（epiphany），即"精神上的豁然显露"；或爱尔兰象征主义诗人威廉·巴特勒·叶芝所追求的"灵视"（vision）②，实质上是一种神秘主义运思方式。在此理念观照下，阿拉伯现代主义者将19世纪末20世纪初艾哈迈德·绍基等人创作的"复兴派"诗歌也视为"鲁尔耶之诗"。因该派诗歌在形式

---

① نازك الملائكة، **شجرة القمر**، دار العودة، بيروت، 1971، ص 422.
（娜齐克·梅拉伊卡：《月亮树》，贝鲁特：回归出版社，1971，第422页。）

② 叶芝晚年以此为题完成散文作品《灵视》（1925，又译为《幻象》），对其中后期诗风向现代主义的转变给予了一些理论阐释。

上崇尚复古，在内容上主张直白地表达社会政治主题，缺乏现代派所认同的诗性之美，所以也被称为"新古典主义派"。阿拉伯现代主义者强调阿拉伯诗歌现代性的本质精髓是"鲁尔雅"，它铸就了现代性的存在，从根本上（即立场层面）区分了古典与现代，而不是从艺术层面或纯粹的形式层面。也就是说，"鲁尔雅"首先是一种视野和境界，缺乏此视野和境界，现代性将流于无效的形式追求。正因追求"鲁尔雅"，阿拉伯现代派诗歌方显现了其晦暗的一面，无论悲剧性的还是革命性的，而晦暗恰恰是现代主义主导性的美学原则。综合这两层意义，笔者倾向于将"鲁尔雅"译为"视界"一词。

在阐释阿拉伯现代性命题方面颇有建树的叙利亚诗人阿多尼斯也将现代派诗歌首先定义为"视界"。"'视界'在本质上说是对主流理念的一次飞跃，它改变了事物的法则以及观察事物的法则。"① 他认为，现代派诗歌应"放弃局部，追求表达人类经验的整体性"；"放弃横向视角，追求现象背后的深入"②。所以，"对新诗的定义，不应从形式的不齐整和摆脱联句等方面去把握，而应从诗歌实践的职能，即探求的能力方面去把握"③。对"视界"的追求可能导致对形式的忽视，但实际结果恰恰相反，"形式和内容是一个熔炉里的整体"④。"视界"的立场是现代性的精髓，但它又必须借助特定的形式来完成，形式的实验是这一立场的直接产物。阿多尼斯关于"视界"的阐释在很大程度上厘清了阿拉伯当代诗歌运动自20世纪50年代起争论不休的一个问题，即如何看待诗歌传统形式的变革。

如前所述，阿拉伯现代诗歌形式的变革是美学意识嬗变的直接产物。浪漫派诗歌喜换韵，以诗节和诗行的长短不一为美。新诗则彻底打破了韵律、韵脚和结构的固定程式，追求一种内在的节奏感，因为真正的节奏并不建立在外部音律之上，而是超越外部的字里行间，以心灵深处的脉动去探索人和

① أدونيس، زمن الشعر، ص 150- 151.
（阿多尼斯：《诗歌时代》，第150~151页。）
② أدونيس، زمن الشعر، ص 152- 153.
（阿多尼斯：《诗歌时代》，第152~153页。）
③ أدونيس، زمن الشعر، ص 155.
（阿多尼斯：《诗歌时代》，第155页。）
④ أدونيس، زمن الشعر، ص 156.
（阿多尼斯：《诗歌时代》，第156页。）

生命的奥秘。这又必然导致诗歌的散文化倾向，由此引发"散文诗是否还算诗歌"的争论。新诗先驱诗人中，有认为"无韵不成诗"者，亦有认为可以无统一韵脚和格律但至少应保留音步者。总体而言，大多数诗人反对散文诗，将之归为"散文"，而非"诗"。在这一点上，阿多尼斯持不同意见，他支持散文诗，推崇阿拉伯散文诗的开山者、旅美文学代表人物纪伯伦（Jubrān Khalīl Jubrān，1883－1931），他自己也创作散文诗。他认为："韵律学规则负载着一种义务，它或扼杀或阻碍了创造的动力。它强令诗人为了符合韵律的要求，如为了考虑音步的数目或韵脚，去牺牲最深刻的诗性直觉。"① 散文诗则摆脱了这种束缚。"散文诗首先是一种形式，具有封闭的统一性；它是一个圆或半个圆，而非一条直线；它是有限的、密集的网络中众多关系的组合体，在监督和指导诗歌实验意识的作用之下，对有组织的、相互平衡的各部分的统一建构。散文诗在成为散文之前就已结晶成型，即它在成为句子或语词之前，就已经是一个密集的、充满张力的有机体了。"② 阿多尼斯总结了诗歌和散文的区别，他认为：诗歌是跳跃性的，传达某种情感或经验，喜欢隐晦表达，目的是建构自我；散文是连续性的，传达某种思想，崇尚清晰表达，目的是外在的。③ 总之，诗歌和散文的区别绝不在形式上是否押韵，归根到底依然在于是否具有创造性，恰如托尔斯泰所言："愈是诗的，愈是创造的。"④ 而创造性又依赖"视界"的根本立场。

既然"现代性是全新的'视界'，本质上是一种质疑和抗议——对可能性的质疑、对主流的抗议——的'视界'"⑤，那么，现代性必然意味着对传统的反叛。阿多尼斯认为，阿拉伯人至今仍未实现创新，是因为墨守所谓的"主流文化"，它妨碍了阿拉伯人在各个层面建立新的生活，因此，"勿再做

---

① أدونيس، "في قصيدة النثر"، **مجلة الشعر**، ربيع 1960، ص 76.
（阿多尼斯：《关于散文诗》，《诗刊》1960 年春季期，第 76 页。）

② أدونيس، "في قصيدة النثر"، ص 81.
（阿多尼斯：《关于散文诗》，第 81 页。）

③ أدونيس، **مقدمة الشعر العربي**، دار العودة، بيروت، 1979، ص 112.
（阿多尼斯：《阿拉伯诗歌导论》，贝鲁特：回归出版社，1979，第 112 页。）

④ 转引自艾青《诗论》，人民文学出版社，1980，第 105 页。

⑤ أدونيس، **فاتحة لنهاية القرن**، دار العودة، بيروت، 1980، ص 321.
（阿多尼斯：《世纪末的开篇》，贝鲁特：回归出版社，1980，第 321 页。）

过去的俘虏,而应让过去成为我们的俘虏;勿再让当下统治我们,而应让当下服从我们的有效行为;勿再做未来的组成,而应让未来成为我们所创造的时间的一部分"①。现代性的创新要求"三步走":首先,与旧的价值观决裂,以确认自我创新能力;其次,从历史记忆中摧毁遗产,使其失去生存的基本元素;最后,从遗产中撷取有益部分,以便组合思想与行动,即创新,这是最难的一步。在此,阿多尼斯并不是完全拒绝过去,而是倡导与过去分离,以建构一个疏离于旧的思想统治,与时代变化接轨的新身份。他说:"我要求的是与业已枯竭的遗产决裂,该遗产不再具备能量,来回答我们今天所面临的深层问题,不再能帮助我们寻找通向未来的路径。我要求的是与灰烬决裂,而不是火焰。"② 与历史决裂是创新的基本要求,但只有在探明了历史之渊的深浅后方能行动。在持续了一千多年的遗产面前,该如何分辨其中已经死亡的因素与尚有活力的因素?"首要关键不是遗产本身,而是我们在该历史时刻的诗性在场。我们将始终忠实于这一存在。我们和守成者之间由此产生的决定性区别是:他们的产品仅提供意象的意象,而我们,则在创造新的意象。"③ 借此,"遗产"(传统)与"现代"的复杂辩证关系成为阿多尼斯诗歌和文化现代性命题的核心。笔者将在本章专设一节继续解读阿多尼斯的这一命题。

黎巴嫩诗人、《诗刊》创办者尤素福·哈勒是20世纪50年代末至60年代提倡阿拉伯诗歌现代性的先锋之一,其主张与阿多尼斯有诸多志同道合之处。哈勒认为,诗歌现代性是一种创新和对常规的反叛,由此生成具有现代实验特质的诗性个性,其中最重要的就是现代性的"视界"。"这赋予诗人一种实体的痛苦,如分娩般精妙。当你站在一个完整的文艺作品面前,你不可以把玩其中任何一个字母,你也不敢去握紧它。它就像灿烂的真理,身着璀璨的新衣,在遗产乌云的笼罩下,向着新世界发出一声呐喊。"④ 现代诗歌以

---

① أدونيس،**فاتحة لنهاية القرن، ص** 300.

   (阿多尼斯:《世纪末的开篇》,第300页。)

② أدونيس،**فاتحة لنهاية القرن، ص** 307.

   (阿多尼斯:《世纪末的开篇》,第307页。)

③ أدونيس، **زمن الشعر، ص** 179.

   (阿多尼斯:《诗歌时代》,第179页。)

④ يوسف الخال،**الحداثة في الشعر**، دار الطليعة، بيروت، 1978، ص 17.

   (尤素福·哈勒:《诗歌中的现代性》,贝鲁特:先锋出版社,1978,第17页。)

表达"视界"的美为题旨，穿越事物混沌的表象，去发现存在的堂奥，由此催生了"阿拉伯诗歌的革命性运动，它以追赶其他民族的当代诗歌为目标，首次生产出具有世界性特征与水准的产品。有人称之为自由体诗运动，有人称之为现代诗歌运动，还有人称之为新诗运动"①。哈勒以"世界性特征与水准"的评价，回击了那些认为阿拉伯现代派诗歌仅仅是模仿西方的赝品的观点。哈勒认为诗歌现代性运动的目的是"将现代的诗歌理念引入我们所处时代的阿拉伯文学中，阿拉伯现代诗人所追求的'自由'不过是这一理念的产物，自由是内在真理的外在表象……它可概述为：诗歌是诗人以适当的方式，向他人传送的一种个体实验"②。此言中的"自由"也包括对散文诗的捍卫。其主编的《诗刊》还辟有专栏刊登散文诗方面的诗论和诗作。

从本小节的分析中可知，在如何理解"现代性"的基本定义，以及如何看待现代诗歌形式变革等问题上，阿拉伯现代主义先驱诗人们是存在分歧的，此分歧归根结底源于对传统的不同立场。有的认为应深情回望传统，从遗产深处挖掘阿拉伯现代性的身份认同，并为之提供发展的元素。阿拉伯人尤其不应被西方现代性的巨伞所笼罩，因为后者并不适用于具有历史之沉重积淀的阿拉伯—伊斯兰文明。有的认为遗产业已成为现代性发展的障碍，因为它经不起现代人的质疑，只有颠覆传统的社会文化思想，阿拉伯现代性才有前途。有的试图对传统遗产和西方文明中的有利因素进行双向吸收并加以调和，以建立诗歌的新理念，与当前阿拉伯所处的历史时期取得最大程度的一致。在西方现代性和全球化浪潮的冲击下，曾经辉煌灿烂的阿拉伯—伊斯兰文明是否能够焕发适应时代发展的新能量，是阿拉伯新诗运动竭力予以解答的问题。一个肯定的答案是：变革是必然的。

三　阿拉伯诗歌现代性的主体建构

"现代性，无论作为一种社会体制、一种世界体系，还是作为一项似乎永无完工之日的大工程，其启动伊始必须做的一件大事，就是对人本身进行

---

① يوسف الخال،**الحداثة في الشعر**، ص .14
（尤素福·哈勒：《诗歌中的现代性》，第 14 页。）

② يوسف الخال،**الحداثة في الشعر**، ص .51
（尤素福·哈勒：《诗歌中的现代性》，第 51 页。）

建构、再造或重塑，使之成为符合这个工程规划的'主体'。"① 在该领域，文学叙事的共谋作用与介入程度并不亚于哲学思想。

事实上，阿拉伯现代文学自 19 世纪末 20 世纪初的复兴时代起，就存在主体认知意识的萌芽，其文字与"感知的主体自我"（al-dhāt al-fā'ilah al-wā'iyah）总是有着隐约的联系。及至当代，对被边缘化的个体的重视导致了主体性的崛起，在一个公民声音阙如的语境下，文学创作以语言的重审，形式和思想的创新实验，抵抗周遭世界对人的主体性所造成的窒息感，成为建构现代性的主体性和表达个人主义的最佳途径。具体到诗坛，通过梳理和反思遗产，在传统和现代之间展开深刻的开放式对话，以获取诗歌变革的新动力。诗歌的革新以人的现代化为旨归，所以阿多尼斯说：

变革，变革/创新者，创新的人/我们废弃旧的岁月/将名字还予人②

英国现代派诗人、小说家斯蒂芬·斯彭德（Stephen Spender）在区分"当代的"（contemporaries）和"现代的"（modern）二词时，曾将前者概称为"伏尔泰式的我"（Voltairean I），意指"工业时代启蒙、进步的宣讲者"，主要体现于技术领域；将后者概称为"现代的我"（Modern I），意指生活于工业时代却拒绝和反叛该时代的人，主要体现于审美领域。具体如下："伏尔泰式的'我'与其所欲影响的世界有一些共同特征，譬如理性主义和信仰进步的政治观；现代的'我'则以感受、坚忍和消极的态度，使面前的世界发生渐变。"③ 历史表明，西方现代性包含了技术和审美的二元对立。西方现代派文学试图通过建构"现代的我"，在自我与时代、自我与自我意识之间做出区分，发现各个层面潜在的分裂，并通过反叛自我和他者来抗拒这种分裂。

阿拉伯的"哈达萨"由此与西方的"modernism"存在本质上的不同。欧洲的审美现代性与技术进步唱反调，反叛工具理性及其标准，因为它带来

① 张德明：《西方文学与现代性叙事的展开》，第 2 页。
② أدونيس، الآثار الكاملة، ج 1، دار العودة، بيروت، 1971، ص 174.
　（阿多尼斯：《作品全集》第一卷，贝鲁特：回归出版社，1971，第 174 页。）
③ Stephen Spender, *The Struggle of the Modern*, Berkeley and Los Angles: University of California Press, 1977, p. 72.

的文明将"语词"的神圣性让位于"数字"的神圣性，割断了上帝—自然—人类之间的既定联系，使人类异化为机器的崇拜者。而阿拉伯"哈达萨"所指向的"我"虽然以叛逆为标志，却依然向往技术进步，与"现代的我"既重合又离心，将之指称为"现代化的我"或许更为合适。①

"现代化的我"在表层内涵上更接近"伏尔泰式的我"，因为他生长于技术落后的第三世界，积极展望现代文明和城市化，并因此不懈地追求自由和正义，如埃及诗人萨拉哈·阿卜杜·萨布尔（Ṣalāḥ ʿAbd al-Ṣabūr，1931－1981）所说："其领航者是两颗遥远的启明星——自由与正义。"② "现代化的我"与"伏尔泰式的我"的共同点是对理性的信赖，相信自己有能力改变外在事物，"它参与历史的进程，并归属之。它发起批评、讽刺、攻击，旨在影响、引导、反驳或发动现有的力量"③。尽管对荒谬的现实产生了深刻的疏离感，现代化的"我"却将自己视为先锋斗士，摇旗呐喊并身先士卒。因此，阿拉伯现代主义诗歌实验的旨归不是与世界疏离，而是与世界融合，进而改造世界，探求存在的奥秘，实现超越、创造和变革。

尽管如此，"现代化的我"始终具有一种批判与质疑的直觉，这是因为现代性原本发自"主体自我"的反叛意识。这种反叛首先是对自我的反叛，由此形成一个主体的"我"和一个客体的"我"，使主体既是施动者（subject），又是受动者（be subjected），"它建立了体制，又被这个体制所困；它创造了自我，又解构了自身"④。另一层面的反叛是反叛自我与现实的关系，它反对绝对性、盲信和稳定，代之以相对性、质疑和变化，在质疑中寻找存在的条件，在否定中寻找自由的含义。由于存在这种"现代化的我"，阿拉伯现代派诗人的自我意识相较于西方同行更充满分裂、焦虑和紧张：既现实化又反叛现实，既历史化又讽喻历史，既集体化又批评集体，既有遵命

---

① 绪论中曾就"现代性"与"现代化"二词的区别做了一定阐述。这里具体到属于第三世界的阿拉伯国家，因其现代性和现代化都是后发的，二者的进程在一定意义上是重合的，或曰一个复合的过程。

② صلاح عبد الصبور، **ديوان صلاح عبد الصبور**، ج 3، دار العودة، بيروت، 1977، ص 717.
（萨拉哈·阿卜杜·萨布尔：《萨拉哈·阿卜杜·萨布尔诗集》第三卷，贝鲁特：回归出版社，1977，第717页。）

③ Stephen Spender, *The Struggle of the Modern*, p.72.

④ 张德明：《西方文学与现代性叙事的展开》，第2页。

意识（指与理性、社会权力的直接关系）又拒绝服从，既遵从遗产又反击传统。而反叛、讽喻、批评、拒绝、反击的最终目的都是实现超越。

为了适应这种间性的存在，阿拉伯现代派诗人主动学习聂鲁达、洛尔迦、艾略特、庞德、波德莱尔等外国诗人的经验，将"错置感"作为常态，以疏离者、流亡者、叛逆者的身份，开发了一种流亡诗学。这是"抵抗诗学"的内涵之一。叶芝的面具理论、艾略特的非个性化理论指导阿拉伯诗人开发了一种反浪漫主义的立场，以适应公共知识分子的身份要求。诗人常以历史或神话人物为"面具"，其本意是树立一个"反自我"（对立自我、第二自我），进行情感的再创造，在言说自我的同时避免了个性化，从而与早期的"笛旺派""阿波罗诗社"等浪漫主义的自我拉开距离，使诗歌在自我和反自我的张力中获得一个诗性空间，捕捉一种困惑感和对意义的迫切追寻。尽管阿拉伯现代派诗人在使用面具时，成功地完成"非个性化"的并不多见；但他们所追求的意境，颇似与艾略特同时代的法国象征派诗人瓦雷里所称："我被一分为二。……我感到自己是两个互不相容的人。在这两种存在之间产生了一个不定周期的对称摆动。在这两个彼此没有联系的世界里都有我的份。我梦或醒，我看或创造。"①

此时，阿拉伯现代主义理论所强调的"视界"再次发挥了自己的职能。"视界"要求诗人深入内心世界，发掘未知。为了努力寻找修复或克服分裂状态的途径，现代派诗人必须在自我与反自我、自我与他者、个体的"我"与社会的"我"所构成的复杂关系网中展开深层对话，在对话中展现人的存在所包含的各种矛盾，在互动中凸显各种张力和冲突。诗歌实验由此上升为对变革的预告，诗人成为时代的先知，从感觉深处获得"视界"的启示，将其具化为象征、隐喻、神话、传说、典故等元素，使诗性在消解了逻辑的关系网中潜行，从而赋予世界新的寓意。在此过程中，"我"始终处于与既定现实不相和谐的际遇中，总是试图改变周遭世界。当这种冲突难以承受时，"视界"所托庇的梦境便成为变革的载体。

这里以两种梦境为例。萨拉哈·阿卜杜·萨布尔笔下的梦境是惨烈的：

---

① 转引自陈力川《瓦雷里：思想家与诗人的冲突和协调》，载周国平主编《诗人哲学家》，上海人民出版社，1987，第297页。

> 在梦里我驾着一辆/六匹马驹拖着的车/逡巡于深谷和大漠/马驹蓦
> 地变成了大猫/车头急转，盯着我的眼睛绿光闪闪/然后眼睛变成了星
> 星/这颗星……北极星/白色的北极熊/我的猫变成了熊/北极熊向我扑
> 来/它把我衔于颌骨间/我触到了熊的牙关/紧挨着熊的利齿/宫奴们
> 啊……侍卫们啊/士官们啊……将帅们啊/快用大网罩住地球/国王从床
> 榻上跌落①

在梦的初始，"我"驾着马车一味向前，冲向未知地，意味着求索之行在紧张中展开。然而马车突然紧急掉头行驶，整个梦境发生了大逆转，马车失去了控制，越发远离真理之乡，甚至被大猫挟持，连同"我"一起被北极熊吞掉。萨布尔以阿吉布·本·赫西布国王这一历史神话人物为面具，揭露了"六·五"战争前后阿拉伯社会的败象，而人类在探索被意识遮蔽的世界时，最终没有走出自我的大网，又验证了整个存在的荒诞性。

阿多尼斯笔下的梦境则激情四溢：

> 我梦见手中有一块火炭/取自飞鸟的翅翼/来自变化的天际/我能嗅
> 到它的火焰/也许其中有女性的特征/据说她的头发变成了火焰之舟/我
> 梦见双唇变成了火炭/在迦太基的时代，每块石头都是火花/婴孩则是柴
> 薪——献牲的祭品/我梦见双肺变成了火炭/它的烟雾挟持着我，飞向一
> 片/我熟稔又陌生的故土/飞向贝阿勒贝克——那块献祭之地/据说那儿
> 的飞鸟以死化育了这片天地/以明天的名义，以复活的名义/它燃烧着/
> 太阳从它的灰烬和天际升起②

在诗中，梦境分为三个阶段，由"火炭"这一能指合成，建构"视界"的中心所指。在第一阶段，火炭是使命，由天际的飞鸟承载，降临到"我"的手中，"我"的直觉意识到火炭蕴含着神话中的丰饶（女性）和重生（方舟）

---

① صلاح عبد الصبور، **ديوان صلاح عبد الصبور**، ج ١، دار العودة، بيروت، ١٩٧٢، ص ٢٥٨.
（萨拉哈·阿卜杜·萨布尔：《萨拉哈·阿卜杜·萨布尔诗集》第一卷，贝鲁特：回归出版社，1972，第258页。）
② أدونيس،**الآثار الكاملة**، ج ١، ص ٢٥١- ٢٥٢.
（阿多尼斯：《作品全集》第一卷，第251~252页。）

之意。第二阶段，使命以古老的宗教仪式被宣告，于是石头变成了火花，以新生的、纯洁的婴孩为燃烧的力量，世界回归原初。第三阶段，使命与"我"合一，带着"我"穿越神话之境，品味着向死而生的欢乐，飞鸟带着复活的火花回归故土，新的天际和太阳在它的涅槃中诞生。在上述梦境中，火作为古老的净化物，裹挟着运动与变化的元素，将人类从物质的、传统的桎梏中解放出来，在毁灭中创造丰饶的新世界。

四　阿拉伯诗歌现代性的语言实验

前文分析了阿拉伯诗歌现代性关于主体自我的建构，指出"现代化的我"实质上是一种间性的"我"，它同时汲取了西方现代性中"伏尔泰式的我"和"现代的我"，既走在社会现代化的前列，又质疑和反叛社会。对于诗人而言，为了实现改造世界的理想，在彰显主体自我的同时，必须同时彰显语言的独立性，并依靠它来摧毁固有的文化秩序，因为"现代诗人的语言不再是附庸于经验之上的一件霓裳；相反，它获得了某种本体论意义上的独立地位"①。诗人在与自我及世界展开对话的同时，也在与语言展开对话。在语言的独立地位被确立后，诗人方可借助语言建构"我"与自我的关系、"我"与世界的关系、世界与语言的关系、语言与意识的关系。

关于语言的重要性，艾略特指出，要拯救现代文明，拯救语言是必由之路，"除非他们继续造就伟大的作家，尤其是伟大的诗人，否则他们的语言将衰退，他们的文化将衰退，也许还会被一个更强大的文化所吞并"②，诗歌的作用由此凸显。阿多尼斯则说："阿拉伯革命诗人的任务是摧毁和改变主流的语言（文化—价值）制度。革命是改变现实的学问，革命诗歌则构成这一学问的语言层面（指完全意义上的语言）。"③

受西方现代诗歌理念的影响，阿拉伯新诗运动从一开始便将语言置于一种举足轻重的地位。阿拉伯自由体诗先驱娜齐克·梅拉伊卡即便避而不谈现代性，亦对语言有专门的论述。她认为语言是诗人的源泉，而非工具；语言

---

① 陈庆勋：《艾略特诗歌隐喻研究》，上海人民出版社，2008，第 132 页。
② 《艾略特诗学文集》，王恩衷译，国际文化出版公司，1989，第 243 页。
③ أدونيس، **زمن الشعر**، ص 218.
　（阿多尼斯：《诗歌时代》，第 218 页。）

具有自己应被遵从的标准，通过诗人之口得以存在、发展并揭示自己的奥秘，诗人的理性则是理解语言之玄奥的钥匙；诗人最贴近语言，因为诗人的语言讲求韵律，而韵律对语言具有深刻的历史影响。梅拉伊卡因此反对无节制的韵律改革。在现代派看来，娜齐克·梅拉伊卡的语言观尚未达到现代性所认同的境界，其诗歌创作并未超越感伤浪漫主义的范畴，也未脱离女性的"喁喁低语"。20 世纪 50 年代的阿拉伯诗歌多因沉浸于公共政治生活而放逐、抽空了诗性美，在语言修辞上缺乏新意。对个体自我的忠实促使"六十年代辈"年轻诗人追求一种全新的语言。"这种语言潜入内部世界的深处，在混沌和未知的大洲之间旅行。这种语言必须挣脱固定修辞法则和庸常写作秩序的束缚。它是一种迸发式的、启迪式的语言，是理应成为诗歌语言的语言。"① 因单纯地追求实验性，他们的诗歌日益变得隐晦和含混，无法为大众接受。针对这种极端现象，尤素福·哈勒又主张诗人应有意识地采用日常语言，"因为日常语言不是僵化的，而是不断嬗变的。每当它发生嬗变，就会引起一场新的诗歌运动，以使诗歌贴近日常语言"②。他甚至主张让土语进入诗歌，以便老百姓能够读懂。

然而，诗歌本是一门孤独者的艺术。"诗人是与其语言独处的。他在这里拥有其家园和自由，他付出的代价就是人们对他的理解几乎都只能是徒劳。"③ 在现代派诗歌实验中，诗人尤为关注的是自我言说了什么、怎么言说、为何言说，因为自我是通过言说与世界取得联系的。在此过程中，他试图解构、发现甚至创造语言，以实现对语言的超越。哈利勒·哈维的诗作《第八次航海》（*al-Riḥlah al-Thāminah*）就描述了自我在语言实验中的孤独探险：

> 黑暗中升起了一盏灯/我看见了不时与我搏斗的梦境/于是我哭了/

---

① عبد العزيز إبراهيم، **شعرية الحداثة**، اتحاد الكتاب العرب، دمشق، 2005، ص 199.

（阿卜杜·阿齐兹·易卜拉欣：《现代性的诗学》，大马士革：阿拉伯作家联盟，2005，第199 页。）

② يوسف الخال،**الحداثة في الشعر**، ص 55.

（尤素福·哈勒：《诗歌中的现代性》，第 55 页。）

③ 胡戈·弗里德里希：《现代诗歌的结构：19 世纪中期至 20 世纪中期的抒情诗》，李双志译，第 126 页。

我如何消受不起这样的福音/两个月漫长的沉默/我的嘴唇已干涸/何时，何时话语能将我拯救/我曾经奋起，将豺狼魔怪冻结于我的大地/我将毒液吐出，连同咒骂/语词曾在我的舌尖涌动/如狼群般的瀑布/而今日，梦只在我的血液中吟唱/鸟儿凭天分/能感知森林与大风的意愿/感受季节子宫里的种子/在它降生之前一睹其芳容/梦在沸腾，当我能/言我所说/我将迎接的会是什么①

本段以辛巴达为面具，揭示了"我"在梦境与梦醒时分之间所经历的冲突。"奋起""冻结""吐出"等过去式动词表达了"我"曾经努力完成的语言实验，但语言最终未能将其从沉默中解救。梦醒了，语言拒绝传达梦境的佳音，"我"无法表达内心深处的感觉，于是沉默在周遭蔓延，梦境的吟唱也无法将梦变为现实，只能在血液中暗自沸腾。但是"我"并未绝望，而是朦胧地感受到时间轮回中孕育的未知和希望，如同鸟儿凭自己的天分感知森林与大风的意愿。

现代派诗歌实验的艰难很大程度上在于语言，因为现代派诗歌反对任何模仿，它更像一面破碎的镜子，映射的是同样破碎的事物。它力图打碎事物表面的逻辑关系，重构外部与内部的意指关系。在解读时，语词的能指通常指向第二所指，二者之间并非反映关系，而是象征关系。因此，诗人在诗歌创造过程中必然冲击语言的边界，挑战传统修辞和语法规则，所以阿多尼斯吟唱道：

为了说出真理/改变你的步伐，准备好吧/燃烧自己/与世界背道而驰，你会创造所有的世界②

阿多尼斯的语言观强调革命，他认为，新诗既然以"视界"为立场，以形式为框架，达到对主流理念的超越，必定对语言提出高度的要求。新诗的语言必须与新诗所发出的质疑和对未知的启示相匹配，"新诗是……一门艺

---

① خليل حاوي،**الديوان**، دار العودة، بيروت، 1972، ص 260- 262.

（哈利勒·哈维：《诗集》，贝鲁特：回归出版社，1972，第 260 ~ 262 页。）

② أدونيس،**الآثار الكاملة**، ج ۱، ص30.

（阿多尼斯：《作品全集》第一卷，第 30 页。）

术，使语言表达它不谙表达的话语"①。在此理念下，语言作为与诗人对话的一方，失去了中立立场，它深入艺术实验的肌理中，在"视界"的熔炼下，脱胎成充满启示的火焰，练就出全新的表达能力。阿多尼斯在其20世纪70年代的专著《诗歌时代》中专设一章，探讨了语言革命的问题，主要观点如下。

（1）语言不源于遗产，而萌自心灵。然而人类现代发展遮蔽了语言的自在性，使语言无法表达世界及其奥秘，语言使用者不知如何让语言卸下遗产的包袱，恢复其原初的活力。这是诗歌创造性被埋没的原因。

（2）语言不仅是一种表达方式，还是一种思考方式。没有一个革命性的语言，就无法创造一个革命性的文化。

（3）任何社会均有主流语言，阿拉伯人的现代主流语言出自落后的社会现实环境，因此也是落后的，体现于其表面性、粉饰性和消费性。

（4）如何实现阿拉伯语的革命化，是阿拉伯革命运动所面临的最大难题。语言革命意味着将阿拉伯人置于研究、质疑和探询的氛围中，让文字成为变化和创造的力量。语言革命在于破坏其原有规则，摧毁其传统意义，使文字摆脱"过去"，回归原初，因此语言革命是基于内部的革命。

（5）语言革命离不开社会生活的革命。阿拉伯人必须走出封闭的现实，在分析现实中勇于探索革命思想及其理论，积极主动地参与人类的现代文明建设。

阿多尼斯的语言观强调诗歌语言是一种最为能动的语言，将语言的革命与文化、现实改革紧密联系，因为"文艺与诗歌体现的不仅是审美的问题，而且是一个重大的文化问题，是一个'关乎人、存在、人道与文明的问题'"②。当语言在不断的反动中得到除弊，一个民族充满生机的未来就将在回归其自我的语言中破壳而出。

在阿拉伯地区，"20世纪40年代至70年代是一个政治事件爆炸的时期，也是一个快速变化的时期。周围世界的任何变化对于诗歌都起着重要的作用"③。对该时期的阿拉伯新诗运动做一个概述并非易事，或许在那个众声喧

---

① أدونيس، **زمن الشعر**، ص 245.
（阿多尼斯：《诗歌时代》，第245页。）

② 阿多尼斯：《在意义天际的写作：阿多尼斯文选》，薛庆国、尤梅译，外语教学与研究出版社，2012，第248页。

③ 张洪仪：《全球化语境下的阿拉伯诗歌——埃及诗人法鲁克·朱维戴研究》，第25页。

哗、灿若繁星的时代，阿拉伯新诗运动从未在理论原则、美学策略上形成过所谓的诗学体系，但它的生发是自然的与自觉的，并围绕着一个明确的轴心问题展开，即传统与现代的关系。它缘起于二战结束后阿拉伯各国社会现代性的蹒跚起步，成长于20世纪五六十年代阿拉伯民族主义理想的潮起潮落。它将现代性的精髓理解为对传统揄扬和涵泳基础上的超越，由此引发的诗歌形式改革和语言实验皆离不开新与旧的复杂互动。它所彰扬的主体——一个"现代化的我"，承担了启蒙和叛逆的双重使命，在现代性的总命题下，对诗与政治、诗与文化、诗与现实、诗与未来等问题展开全新的反思和探讨，在重重的困惑、徘徊与论争中进行艰难的抉择。可以说，阿拉伯新诗运动提出的对传统与现代的辩证关系的解读，不仅适用于阿拉伯诗歌的发展与现状，也适用于世界各国诗歌与文学的发展进程，而且对它们的思想、文化、社会发展进程的解析有相当深邃的启迪作用。① 阿拉伯诗歌的现代性进程本质上是一种文化的现代性进程，而阿拉伯诗歌现代性所强调的质疑、反叛和超越精神，本质上是一种文化的抵抗，它发自阿拉伯知识分子对20世纪下半叶民族文化状况的痛苦省察，对自我身份认同的孜孜以求，并以现代主义的艺术手段做出美学的回应，如斯彭德指出："现代人相信，当他们的感性受到现代经验和苦痛的冲击，部分由于无意识的结果，部分由于批判的意识，他们会创造出新艺术的风格和形式来。'现代'是对苦痛、对感性的体悟和意识，对过去的知觉。"② 此外，我们还必须看到："阿拉伯土地上的现代主义与西方的现代主义殊为不同……阿拉伯现代主义如同所有第三世界诗歌一样，带着传统文化的深厚积淀，背负着沉重的民族使命，在民族精神的层次上汇入了世界现代诗歌大潮。"③

五　本章主要内容

本章选取在阿拉伯诗歌现代性发展进程中做出卓越贡献的三位诗人进行

---

① 或者更确切地说，对于后发外源型现代化国家尤为如此。

② Stephen Spender, *The Struggle of the Modern*, p. 72. 中译文参照梁秉钧《穆旦与现代的"我"》，载王晓明主编《二十世纪中国文学史论》（第2版）下卷，东方出版中心，2003，第117页。

③ 张洪仪：《全球化语境下的阿拉伯诗歌——埃及诗人法鲁克·朱维戴研究》，第33页。

专题研究。作为阿拉伯诗歌现代性发展进程中的骁将，他们皆起步于20世纪五六十年代，且其创作历程皆长达半个世纪左右，甚而绵延至今。

首先聚焦于叙利亚诗人阿多尼斯。阿多尼斯，本名阿里·艾哈迈德·赛义德，1930年出生于叙利亚北部村庄卡萨宾，后移居贝鲁特，最终定居法国巴黎，20世纪50年代后期开始诗歌创作，迄今所发表诗集已逾20部，是阿拉伯当代自由体诗、散文诗的先驱之一。与此同时，他还撰写了若干诗学理论、文学和文化批评著作，如《阿拉伯诗歌导论》（*Muqaddimah li al-Shi'ar al-Arabī*，1971）、《诗歌时代》（*Zaman al-Shi'ar*，1972）、《诗歌政治》（*Siyāsah al-Shi'ar*，1985）、《阿拉伯诗学》（*al-Shi'arīyah al-Arabīyah*，1986）、《初始的话》（*Kalām al-Bidāyāt*，1989）、《苏非主义与超现实主义》（*al-Ṣūfīyah wa al-Sūryānīyah*，1992）、《稳定与变化》（*al-Thābit wa al-Muta-ḥawwil*，1994）四卷本等，在阿拉伯知识与文化界引起了轰动。其诗作曾多次获得国际奖项，如1997年法国地中海外国文学奖、1998年马其顿金花环奖、1998年意大利诺尼诺诗歌奖、2011年法兰克福歌德奖，以及2009年中国中坤国际诗歌奖、2013年中国金藏羚羊国际诗歌奖。他还是诺贝尔文学奖的有力竞争者。本章第二节将阿多尼斯的诗歌创作、诗歌理论与文化见解并置一处观照，探究其中所蕴含的现代性命题，通过解读其先期代表作《大马士革的米赫亚尔之歌》（*Aghānī Mihyār al-Dimashqī*，1961），论证该现代性命题是如何以文学—审美为基点，直抵民族文化及其思想的纵深处的。

第三节将对伊拉克诗人阿卜杜·瓦哈卜·白雅帖展开研究。白雅帖1926年出生于伊拉克农村地区，童年时随家人定居巴格达贫民区，在苏非教团密集和宗教气息浓厚的氛围下长大。曾因爱国主义立场一度遭政府监禁，出狱后离开祖国，先后辗转贝鲁特、开罗、莫斯科等地。1963年被伊拉克政府剥夺了国籍，20世纪80年代侨居西班牙马德里，在生命的最后岁月定居大马士革。白雅帖被公认为阿拉伯现当代新诗运动的领军者和发起人之一，在其诗歌创作的40多年间，见证了阿拉伯诗歌现代性的发展历程。其诗作思想深刻、内容丰赡、视野开阔、格局宏大，他尤其善于运用阿拉伯民族文化传统遗产和神话元素，为阿拉伯诗歌的现代性引入新的理念和创作形式。此外，白雅帖是个具有明显苏非倾向的诗人，他在社会主义现实主义阶段之后创作的诗集多饱含苏非神秘主义色彩。本书将在多处涉及苏非思想对阿拉伯当代诗人和作家的具体影响，并将在第二章"阿拉伯小说现代性进程中的埃及'六十年代辈'作家"的综述部分以苏非思想为例，对传统元素的"创造式复兴"集中做一些阐释。此处仅引用白雅帖的一句话略加说明，即："苏非主义对我而言并不意味着穿上羊毛，当一个托钵僧，或跳旋转舞；而是意味着融化个人的自私、憎恨与伤痛，进入与这个世界的精神、这个宇宙的音乐相统一的状态，后者将在弘扬真理、自由、正义和最高的爱之诗篇中得以自现。"① 该节拟以白雅帖诗歌创作道路上里程碑式的作品《来与不来的人》（*Alladhī Ya'tī wa lā Ya'tī*，1966）为例，分析诗人如何通过使用面具、锻造神话的现代派创作手法，塑造一个将马克思主义、存在主义与苏非主义融为一体的革命者形象。

接下来，焦点转向巴勒斯坦诗人马哈茂德·达尔维什。达尔维什1941年出生于巴勒斯坦上加利利的村庄伯尔瓦，1948年随家人逃亡至黎巴嫩，数月后返回家乡。1970年离开巴勒斯坦，辗转贝鲁特、开罗等地，20世纪80年代后长居巴黎，1996年才得以重返巴勒斯坦，定居拉马拉。曾荣膺1969年亚非作家联盟莲花奖、1983年列宁和平奖、1997年法国文学与艺术骑士勋章、2007年马其顿金花环奖等国际奖项。他一生共创作了30多部诗集，有的被译为30多种语言，被公认为巴勒斯坦最伟大的"民族诗人"。但笔者更关注的是，长期的流亡经历如何造就了其后期创作的世界主义"品位和视野"，由此突破了民族主义的局限，上升为一位"世界级的诗人"。② 本章第四节将尝试在阿拉伯当代诗歌现代性进程的框架下观照这位著名的巴勒斯坦"抵抗诗人"，通过论述其诗作在内容、思想及创作形式上的流亡特征来体察诗人以艺术自主性为追求的诗歌美学。笔者认为，这一点是达尔维什的诗歌最终超越民族性，在更为广阔的空间获得其美学合法性的重要因素。

---

① عبد الوهاب البياتي، **ينابيع الشمس: السيرة الشعرية**، دار الفرقد للطباعة والنشر والتوزيع، دمشق، 1999، ص 167.
（阿卜杜·瓦哈卜·白雅帖：《太阳泉：诗性自传》，大马士革：菲尔卡德出版社，1999，第167页。）

② 参见爱德华·萨义德、戴维·巴萨米安《文化与抵抗：萨义德访谈录》，梁永安译，上海译文出版社，2009，第113~114页。

第二节　阿多尼斯诗歌的现代性命题：以《大马士革的米赫亚尔之歌》为例①

阿多尼斯（'Adūnīs，'Alī Ahmad Sa'īd，1930 – ），曾被爱德华·萨义德誉为"阿拉伯首席世界诗人"，被西方诗歌界比作"阿拉伯文学界的 T. S. 艾略特"。作为一位卓尔不群的先锋诗人，阿多尼斯在当代诗坛产生了很大影响。其诗歌多充满浓厚的象征色彩和神秘主义倾向，其诗学理论具有鲜明的革新意识和对传统的反叛意识，其文化批评则言辞尖锐、见解独到。对阿拉伯诗歌、文化、思想和社会现代性的思考，堪称其中最重要的内容。阿多尼斯因此成为"阿拉伯现代性的善思善辩者"②（萨义德语）。

现代性是一个复合型命题，文学—审美现代性是其领域之一。西方和中国的现代派文学都以诗歌为重要发轫，阿拉伯文学亦如此。对于阿拉伯文学而言，诗歌的现代性尤其引人关注，因为诗歌是阿拉伯文学的传统支柱，它记录了阿拉伯人的古代历史，负载着阿拉伯民族的价值取向和审美水平。鉴于此，当 19 世纪末 20 世纪初阿拉伯文学和文化的复兴首先在诗歌领域展开时，现代性就成为众多诗人——那些肩负历史使命的民族文化精英们所探讨的命题。如何对"传统"和"现代"做出合适的界定？如何处理二者的关系？对这些问题的回答，在很大程度上决定了诗人们关于新诗和自由诗的主张。

阿多尼斯首先将现代性归于一种认知和表达方式。他认为，诗歌作为人追求真和美的产物，其基本功能是表达人探询存在之本质的需要。因此，"现代性不是采用前所未有的现代形式撰写一首诗歌。现代性是一种态度和理性，是一种思考和理解方式。而最重要的，它是一种实践和历练"③。现代性涵盖形式和内容，但绝不仅限于形式或表面，更是内在的和本质的。现代性首先是一个认识问题，是诗人对自我、周遭世界和宇宙的认知，是对事实

---

① 本节内容曾以同名标题，发表于《外国文学评论》2010 年第 4 期。
② 语见《苏非主义与超现实主义》英译本封面评论（Adonis, *Sufism and Surrealism*, trans. by Judith Cumberbatch, London：Saqi, 2005.）
③ أدونيس، **زمن الشعر، ص** 227.
　（阿多尼斯：《诗歌时代》，第 227 页。）

和真理的探寻。探究是为了实现变革和超越，获得解放和自由。由此产生了传统诗歌和现代诗歌的本质区别。传统诗歌将观察、还原和描述世界作为任务，现代诗歌则将重新观察世界、探索未知、进行创造和革新作为任务；传统诗歌希望真实地再现外部世界，现代诗歌则致力于运用诗人的直觉探求现象背后的真实。

在传统和现代的关系问题上，阿多尼斯和他的同代先驱诗人们的态度基本一致，即认为现代诗歌必须在继承传统遗产的基础上发展，但绝不意味着回归和服从传统，而是与传统对话，在互补的基础上实现超越，做到联系和分离的统一。因为诗歌的本体是创造，不是对传统产品的模仿和复制。阿多尼斯认为，现代诗人有许多任务，其中重要的一点是审视遗产，区分其中哪些是仅属于过去的，哪些依然是属于现时的，即包含与现代相适应的因素。他强调，应与之决裂的是遗产的表面，即过时的审美标准、形式和立场，而需要联系的是遗产的内在、精神和本质。这样，便实现了"稳定与变化"的对立统一。

那么，什么是阿拉伯诗歌依然属于现时的遗产呢？在《阿拉伯诗歌导论》（*Muqaddimah li al-Shi'ar al-Arabī*, 1971；*An Introduction to Arab Poetics*, 1990）中，阿多尼斯认为前伊斯兰时期的乌姆鲁勒·盖斯（'Umru al-Qays, 500 – 540），阿拔斯王朝前期的艾布·努瓦斯（'Abū al-Nuwās, 757 – 814）、艾布·泰马姆（'Abu-Tamām, 788 – 845），阿拔斯王朝后期的尼法利（al-Niffārī）、穆太奈比（al-Mutanabbī, 915 – 965）、艾布·阿拉·麦阿里（Abū 'Alā' al-Ma'arī, 973 – 1057）等诗人所创作的诗歌，因充满了对个性的宣扬，对自我的寻求，对人生哲学的疑问和思考，对直、易、俗的摒弃，而具备了现代性。20世纪20年代以后，阿拉伯现代诗歌在旅美派文学代表人物纪伯伦的带领下，停止了对古人的盲目因袭和机械模仿，将生命还原于诗歌，努力建立一个崭新的、充满灵性的诗意世界，是为阿拉伯诗歌的第二次现代化。这两次现代化的共同特质是，以质疑和拒绝的勇气，实现对传统文化、政治和伦理的反叛，是从意识到行动的革命。因此，现代性不在于诗歌的形式，而是一种内在组成。它不受时间的约束，而是超越时间的。

阿多尼斯强调，现代性是一个综合的文明问题。诗歌的现代化是人的现代化，通过超越过去、现时和未来，复归宇宙的天性和人的本性；诗歌的现代化依赖社会的现代化。因此，他呼吁阿拉伯社会文化积极参与现代文明建设，走向民主和自由。

借此，质疑与拒绝、变化与超越、创造与复归等不可或缺的要素构成了阿多尼斯对现代性的体认，并具现于他的诗歌理论与创作实践中。《大马士革的米赫亚尔之歌》（*Aghānī Mihyār al-Dimashqī*，1961）就是这样一部典型作品。

一 质疑与拒绝

《大马士革的米赫亚尔之歌》创作于 1961 年。此前，阿多尼斯在其祖国叙利亚参与政治活动，曾是左翼的民族社会党成员。1955 年叙利亚政局变动，阿多尼斯因与前总统萨阿德关系较密切而遭监禁。一年后阿多尼斯前往思想和文化氛围相对自由的黎巴嫩，参与主办《诗刊》，后又创办了《立场》杂志，宣传自己的诗学见解和主张。在贝鲁特，阿多尼斯放弃了曾经支持的大叙利亚事业，转向泛阿拉伯主义。但此时，占据他大部分思想的已不再是政治，而是在政治活动的体验失败后，对民族文化的反思、质疑与批判。他在研读波德莱尔、兰波和马拉美等法国现代派诗人的同时，不忘研读纪伯伦和艾布·努瓦斯等本民族的古今诗人。他将阿拉伯的诗歌遗产特质，与现代派的创作技巧相结合，大胆打造新诗，并用诗歌表达他对民族身份的诉求、对阿拉伯社会现代化的渴望。

《大马士革的米赫亚尔之歌》作为阿多尼斯首部具有哲学意味的作品，是其诗歌创作的一个里程碑。"米赫亚尔"取自公元 10 世纪阿拔斯时期的巴格达大诗人米赫亚尔·本·马尔兹维·迪里米（Mihyār bn Marziwīh al-Dilimī，伊历 360~428），"大马士革"代表阿多尼斯的家乡。"大马士革"与"米赫亚尔"的结合生成了一个时代的叛逆者。他既非历史上的诗人米赫亚尔，也非作者阿多尼斯本人，而是叛逆者的群体形象。这一形象多次呈现于阿多尼斯的随后创作中，如《随昼夜的领地而变化迁徙》（*Kitāb al-Tahawwulāt wa al-Hijrah fī'Aqālīm al-Nahār wa al-Layl*，1965）、《舞台与镜子》（*al-Masrḥ wa al-Marāyā*，1968）、《五首诗篇》（*Kitāb al-Qasā'id al-Khamsah*，1980），由此可见其对创作者本人的深刻影响。许多评论不仅将《大马士革的米赫亚尔之歌》看成阿多尼斯诗歌创作生涯的转折点，还因为它所洋溢的战斗激情、所涉及的现代主题，以及所传达的审美效果，而将其视为阿拉伯新旧诗歌的分界线。

《大马士革的米赫亚尔之歌》以如下诗句开篇：

骤然降临了，那个唤醒者/那个陌生的唤醒者/创造人类的声音①

由此引出米赫亚尔这位神话般的人物。全诗共分七个部分：陌生语词的骑士、尘埃般的魔法师、死去的神灵、带柱子的指路石、渺小的时间、世界的末端、回环往复的死。每个部分又以散文诗引导出多韵律、多层次、多核心的组诗，呈现诗文辉映、循环递进的格局。

学者们认为，现代性其实是一个矛盾的概念。它既是一种理性，源于黑格尔的时代精神，又因其所产生的剧变而带来越来越多的精神焦虑。"在此背景下，现代性就成了危机和困惑的代名词。"② 在《大马士革的米赫亚尔之歌》中，现代性也体现为一种危机和困惑，但更是一种理性的质疑：

我不选择上帝，也不选择魔鬼/两者都是墙，都会将我的双眼蒙上/难道我要用一堵墙去换另一堵墙？/我的困惑是照明者的困惑/是全知全觉者的困惑……（177）

在此，米赫亚尔质疑宗教保守主义。他不断地质疑，并"试图用问题来包围一切：地狱与天堂、大地与天空"，因为"这个世界——答案的世界，已经停止并走到了尽头，其中没有我的位置。而在忧悒不安、上下求索的世界，即问题的世界中，我找到了自己的立足之地"③。

关注存在，是现代诗永恒的主题。对存在的质疑，是现代性最根本的一

---

① أدونيس، **الأعمال الشعرية: أغاني مهيار الدمشقي وقصائد أخرى**، دار المدى للثقافة والنشر، دمشق، 1996، ص 139. （阿多尼斯：《诗歌作品：〈大马士革的米赫亚尔之歌〉等》，大马士革：玛达书局，1996，第139页。）本节所引《大马士革的米赫亚尔之歌》的原文均出自该书，将随文在括号内标明出处页码，不再另注。多数中译文采用薛庆国2009年在译林出版社出版的《我的孤独是一座花园：阿多尼斯诗选》中所译文字。

② 赵一凡、张中载、李德恩主编《西方文论关键词》，外语教学与研究出版社，2006，第641页。

③ أدونيس، **زمن الشعر**، ص 249. （阿多尼斯：《诗歌时代》，第249页。）

种质疑，而质疑者首先体验到的是一种遗世独立的孤独感。所以，米赫亚尔决意做个像西西弗那样的"荒谬的英雄"（加缪语），随着巨石无休止地上下滚动而"永远前进"：

> 我发誓在水上书写/我发誓为西西弗分担/那块沉默的山岩/……/我发誓要和西西弗同在（236）

在这里，米赫亚尔体现了一个存在主义者通过选择来征服"荒谬的""无意义的"人生的决心。用萨特（Jean-Paul Satre）的话说，就是通过选择来做一个"自由人"。

为了成为一个"自由人"，米赫亚尔未选择上帝，也未选择魔鬼，而是选择了做一个时代的叛逆者：

> 我是个背叛者，我向被诅咒的道路/出卖我的生命/我是背叛的主宰（232）

为此，他宣布：

> 今天，我焚毁了周五和周六的蜃景/今天，我抛弃了家中的面具/我把瞎眼的石头神和七日之神/更换成死去的神灵（234）

在传统派的眼中，这种叛逆是不容置疑的"堕落"：

> 我生活在苹果园和天空/在第一次欢欣和绝望之中/生活在夏娃——那棵该被诅咒的树的主人/那果实的主人——面前（176）

但是，米赫亚尔的叛逆和拒绝毅然决然：

> 我焚烧遗产，我说：我的土地/是处女地，我的青春没有墓地/我在上帝和魔鬼的上方跨越/我的道路/比神灵和魔鬼的道路更为遥远（178）

米赫亚尔的叛逆与拒绝，源自其强烈的怀疑意识和批判精神。这种怀疑和批判，既针对他所处的时代环境，也涉及人自身的分裂状况。这种叛逆与拒绝，则基于诗人主体深刻的历史使命感与社会责任感。阿多尼斯认为，阿拉伯文化薪火相传、根基深厚，以至于守成主义成为主流意识，在与西方现代文明碰撞而面临危机之时，变得无所适从。思想家们在传统遗产的框架束缚下，"为一种忠心所驱使，埋头于调和与阐释，却从不自问，从不质疑。而文化唯有通过质疑才能变化和进步，唯有不断地提出新问题方得更新"①。放弃质疑，便是放弃现代性，因为真正的现代性不在于所取得的物质文明成就，而在于一种探究和实验的理性，一种接受并挑战未知的自由。

对传统和过时的因素大胆质疑，并勇敢拒绝，是人类文明发展与进步的必由之路。正如阿多尼斯所言："只有拒绝，才能为身处文明困境中的我们带来冲刷一切的洪水，带来照耀前行之路的太阳。"② 他希望通过拒绝，带来彻底的革命，由此孕育出一种崭新的文化："那时，人对人的统治将结束，个人的自由和责任将替代权力伦理。诗歌将成为另一项工作，工作则是一种另类的诗歌。"③

拒绝是"米赫亚尔之歌"不断循环变奏的主题。但应该强调的是，这种拒绝并非针对一切传统或遗产，而是对其中静止、恒定、僵化和教条的部分的坚决拒绝。所以，这种拒绝需要靠运动、变化、跋涉和寻觅来实现：

> 我要远行，将脸庞/置于夜明灯罩/我的地图，是没有造物主的大地/拒绝，是我的"圣经"（224）

二　变化与超越

诗歌的主角米赫亚尔的出场揭示了其不平凡性："他是万物的元素。他通晓万物，并为之命名，却秘而不宣。他是真实及其反面，生命及其非生命。"（143）他能同时拥有对立的两面：生与死、富庶与贫瘠、天使与魔鬼、昼与夜、雄与雌……，并且它们之间相互转换，循环不止。可以说，他一出

---

① أدونس، **الثابت والمتحول، بحث في الاتباع والإبداع عند العرب**، ج 1، دار الساقي، بيروت، ط.7، 1994، ص 2.
（阿多尼斯：《稳定与变化》（第一卷），黎巴嫩：萨基书局，1994 年第 7 版，第 2 页。）

② أدونيس، **زمن الشعر**، ص 270.
（阿多尼斯：《诗歌时代》，第 270 页。）

③ أدونيس، **زمن الشعر**، ص 189.
（阿多尼斯：《诗歌时代》，第 189 页。）

场，即意味着生死相依、动静相宜，不断地创造与破坏、解构与再建、回归与出发。

米赫亚尔变幻莫测，只有一点恒定不变，那就是他的变化性；换言之，变化是他的不二法门。在米赫亚尔的视野中，时间和空间都是永恒运动的：

> 我向远方进发，而远方依旧遥远。我虽永不抵达，却照亮大地。我就是远方，远方是我的祖国。(215)

处于运动的时空之中的万物亦没有边界之分：石头可以变成湖泊，影子可以变成城市，历史可以与蚂蚁对话……所以，米赫亚尔总是在不断地跋涉，在跋涉中认知在场与不在场、存在与非存在：

> 在我和最后的海岸之间/没有界限，没有最后的海岸 (194)
> 因为我航行在自己的双眼里/我对你们说过：一切都在我的眼底，/从旅程的第一步起 (198)

作为一名擅长对宇宙进行哲学思考的诗人，阿多尼斯喜欢动用许多自然元素，因此诗中常常出现有关太空、水、火、土地、星辰、石头、大海和风的意象。《大马士革的米赫亚尔之歌》尤其如此。在其中，宇宙的三大元素——水、火、风既分别发挥作用又相互影响，塑造了米赫亚尔的基本性格。一方面，米赫亚尔服从它们的力量，是其代言人；另一方面，他又独立于其外而存在，他驾驭它们，甚至反叛它们。

火，在米赫亚尔那里，既是毁灭，又是创造的因素：

> 米赫亚尔的脸庞是一团火/烧向熟悉的星辰大地 (158)

他燃烧这个世界，并与之一同燃烧，为的是创造一个新世界，而他则借此获得凤凰涅槃般的新生。他的火，集普罗米修斯的知识之火与伊卜里斯的反叛之火于一体，成为毁灭型创造的象征。火吞噬了一切腐朽与死亡，留下的是纯洁和永生：

> 在玫瑰色的火中，我的歌/是所有，抑或一片空无 (201)

在《大马士革的米赫亚尔之歌》中，水的元素以雨、云、海浪、瀑布、洪水等形式出现，与雷电、帆船、远行等意象交叉，将天与地、内与外、阴与阳、静与动、黑暗与光明并立，体现毁灭与创造的更迭。在米赫亚尔身上，水与火能实现奇特的交融：

> 昨日，我参加海浪的典礼，水是我的火焰。（168）
>
> 我生活在云朵和火花之间。（176）
>
> 我是水与火，行进中的彷徨者/将天空与尘埃混合/我是闪电和轰鸣的雷（229）

风是运动的空气，作为最为活跃的元素，它能助燃，能引发大浪，能使大地变得丰饶或凋敝，因此风是联系各元素的物质。当风停息的时候，只剩下静寂和死亡。因此，以变化为生的米赫亚尔始终将自己与风相连，"生活在风的王国里"（145），"以风的身姿在深渊穿行"（143），"用风的缰绳拴自己的胸脯"（190）。在"风的君王"这篇中，他更是豪迈地宣称：

> 我的旗帜列成一队，相互没有纠缠/我的歌声列成一队/我正集合鲜花，动员松柏/把天空铺成华盖/……/我和雨滴/在云朵和它的摇铃里、在海洋过夜/我向星辰下令，我停泊瞩望/我让自己登基/做风的君王（179）

水、火、风三元素的结合，铸就了一个威力无比的米赫亚尔，如同尼采笔下的"超人"，是"一切形象的形象"。这种结合，使之超越了其中任何一个元素；在超越任何两个对立面的同时，创造出同时涵盖两者的第三面：

> 从双眸中，他撷取一颗珍珠/从最后的日子和风中，撷取一片火花/从手中，从雨的岛屿中，他揉捏/并塑造了清晨（161）

依赖大自然并超越大自然，是米赫亚尔的生存之道。

米赫亚尔的时代，是"一个如沙粒般分散、如锌元素彼此黏着的时代"（167）——这是诞生神话的时代。为了让沙粒变成火焰、伤痛变成玫瑰，必须创造新的神，重组万物，让世界超越其本身，人类再超越世界。米赫亚尔就是这样一位神，他的标志是拒绝和破坏，他的出场引发了一股张力，他的语词激起了人们的热情，催发了人们的行动，使他们去寻找一种文明：

> 如果没有创造神灵我们会死/如果没有诛杀神灵我们会死/啊，迷茫的岩石的王国！（275）

在创造与毁灭之间，米赫亚尔实现了生与死、富庶与凋敝的同一。正如阿多尼斯所言："我实施雷鸣闪电和洪水的威力。我将所有这些因素汇入一种制度，让它处于永恒的运动和变化之中。"①

变化与超越，体现了阿多尼斯所信奉的苏非思想。阿多尼斯认为，苏非思想超越了传统宗教思想，是因为它以整体的眼光看待存在，以及矛盾的双方，诸如水与火、夜与昼、苦与乐、灵与肉、天堂与地狱。在苏非主义的观照下，矛盾双方不再是彼此的对立面，而是彼此的自然延续，因为它们本属于一个统一体。由此，苏非主义为"一"增加了变化的概念，即存在唯有通过不断的运动和变化方能实现。②

阿多尼斯将自己的诗歌美学称为"剥离了神灵的神秘主义"，他坦言自己与苏非神秘主义者是同道者："从他们那里，我懂得个性意味着双重超越：一方面超越社会的藩篱，一方面超越个人的孤芳自赏……因此个性便是同时突破个体的有限和社会的障碍。个性告诉你：你不属于某一个时刻，一切时刻都属于你。这正是变革的深层意义。"③

---

① أدونيس، **زمن الشعر**، ص 247.
（阿多尼斯：《诗歌时代》，第 247 页。）

② 苏非主义是一种从伊斯兰教信仰出发探究人的精神生命和宇宙生命的宗教神秘哲学。在苏非主义者看来，人生第一要义就是修炼出一颗纯正的心灵，人必须认识到自己所追求的目标就存在于自身内部，是自我的不断更新和一次次的再发现乃至超越，直至实现"人主合一"的境界。人"近主"的过程就是自我认识的过程，就是人的本体意识觉悟的过程；同时，人"近主"的过程也是爱的过程，即通过神性之爱，达到爱者—爱—被爱者和谐、完美的合而为一。此外，苏非主义将存在分为三个层次：其中"一"代表"绝对存在"，它是万物的渊源，超越一切分解；"相对存在"指纷繁芜杂的现象界，体现为"多"；"意识存在"则在观念上将"一"与"多"统一起来，体现"矛盾的单一性"。根据苏非主义文学家的理解，苏非神秘主义思想与诗性思维是相通的。

③ 阿多尼斯：《诗歌的意义在于撄犯——第二届中坤国际诗歌奖阿多尼斯受奖词》，薛庆国译，《中华读书报》2009 年 11 月 18 日，第 18 版。

变化与超越是现代性的特征，也是其实现的途径。变化与超越的反面是故步自封、自我满足，使身份成为一种恒定不变的东西。而事实上，身份是联系和分离的统一，没有"他者"就无所谓"自我"。身份存在于"自我"和"他者"之间复杂交错的关系中，实现于互补基础上的超越，成就于永恒的互动、开放与创造。阿多尼斯呼吁自我超越，因为自我超越是"生命的本质"（尼采语），更因为"阿拉伯人的自我意识，关联着其对阿拉伯宗教、社会和文化现实及文明史的意识，尤其关联着其中与创新、因袭、自我与他者有关的一切"①。

三　创造与复归

20 世纪哲学领域的"语言学转向"，促使语言取代"思"成为哲学研究的中心论题，一些哲学家更将语言视为人和世界的本质，"语言是存在之家"（海德格尔语）是对这一本体论最为有力的表达。语言问题由此得以深层次地渗透到包括数理逻辑在内的各门学科领域中。现代性作为一种存在，也概莫能外。关于现代性与语言的关系，阿多尼斯曾经指出："现代性将历史置于不断追问的状态中，将写作本身置于不断追问的状态中——这是在探寻语言能力和发掘经验的循环运动中进行的。"② 本小节所要探讨的"创造与复归"，也将围绕语言层面来进行。

现代派诗歌归根到底是一种语言实验，"我是谁"则是现代派诗歌的常见主题，正如兰波所言，"诗人的首要课题"是"全面地认识自我"。在这一点上，阿多尼斯从苏非主义出发，强调认识自我是一种向内的探险，需要借助诗性的语言来表达。因为诗意的自我认知作为一种特殊的认知方式，其目的是将内在世界翻译成超越其本身含义的"真实"。这样的翻译只有通过直觉和想象，深入逻辑和现实背后，采用隐喻的语言，才可能道出普通语言无法道出的东西。

隐喻在诗性语言中具有特殊价值，这已成为许多诗人和研究者的共识。③

---

① 阿多尼斯：《诗歌的意义在于撄犯——第二届中坤国际诗歌奖阿多尼斯受奖词》。
② أدونس،**الشعرية العربية**، دار الآداب، بيروت، 1985، ص 111.
　（阿多尼斯：《阿拉伯诗学》，贝鲁特：文学出版社，1985，第 111 页。）
③ "诗学层面的隐喻"包括"隐喻、意象、讽喻、象征、神话、原型……"（见赵一凡、张中载、李德恩主编《西方文论关键词》，第 778 页）。依此标准，阿多尼斯的《大马士革的米赫亚尔之歌》包含了以上诸多形式的隐喻。

阿多尼斯进一步认为，隐喻的语言是一种创造的语言、变化的语言。它对所有事物开放，包括无法描绘或命名的奥义和困惑，而它本身除了游戏规则之外别无语法。隐喻的语言还是一种原初的语言、内在的语言、真诚的语言。它剥离掉普通语言（概念语言）中许多如化石般冥顽的语词，突破它们的尘封和遮蔽，让万物得以澄明和自现，回归其"本真的存在"（海德格尔语）。借此，在隐喻的天地中，"创造与复归"走向因缘际会。

让万物复归本原，需要人的沉默和倾听——倾听万物的语言，因为"在有生命或者无生命的自然界，没有一样事物不以某种方式参与着语言"①。而作为诗人，其任务是在沉默之后突破沉默，将万物的语言转化为自己的诗性语言，一如荷尔德林的吟诵："诗人传递来自遥远的神祇的声音……这声音中自然有无比神奇的植物语言。"

在阿多尼斯看来，阿拉伯语拥有世界上最大的词汇量，但是，进入现代以后，阿拉伯人总是在稳定（历史）与变化（未来）的价值取舍之间徘徊。"在语言和表达领域，则体现于分割意义和语词，以意义领先于语词"②，导致因袭传统和模式化。这或许是因为："我们生活在一个词、义彻底分裂的时代，你什么都能说，却什么都不意味！"③ 所以，失去了语言这一存在之家的米赫亚尔哀怨道：

> 我是魅影的主人，我把同类交给他们/昨天，我把语言也向他们交付/我对着历史失落地哭泣/跟跟跄跄，哭声从唇间跌出 （192）

米赫亚尔在倾听，在等待，而后在沉默中爆发：

> 我呼喊，让风在我的声音中诞生/让清晨变成语言/注入我的血液和歌谣/我呼喊：你们中有谁见我/在这片语词不来探险的静默中/我呼喊，

---

① Walter Benjamin, *Selected Writings*, Vol. 1, eds. by Marcus Bullock, Michael W. Jennings (Cambridge, Massachusetts, London: The Belknap Press of Harvard University Press, 1996), p. 62. 译文参照陈永国、马海良编《本雅明文选》，中国社会科学出版社，1999，第 4 页。

② أدونيس، **الثابت والمتحول، بحث في الاتباع والإبداع عند العرب**، ج 1، ص 60. （阿多尼斯：《稳定与变化》第一卷，第 60 页。）阿多尼斯所言的"意义"，指形式和内容的统一体。

③ 王炎：《伟大的诗歌注定是另一种形式的思想》，《中华读书报》2010 年 5 月 19 日，第 17 版。

以确证自己的孤独/——只有黑暗与我同在（226）

这是一种创世纪的孤独。与此同时，米赫亚尔却因为复归万物本原而获得新生：

我爱，我生活/我在语词里诞生（179）

海德格尔哲学倡导"人诗意地居住"，人在与万物的和谐亲近中，"本真地倾听语言的呼唤"，并"用诗的要素"来回答。[1] 阿多尼斯则以苏非思想与之殊途同归，他认为：苏非的语言就是一种诗性的语言，"它本质上是爱的语言，它爱万物，却不必通晓万物"[2]。

世界通过语言被创造，所以，重新创造世界，意味着重新创造语言。这种新语言，如同"摇撼生命的大风"（187），又如同"处女的语言，只有你了解她"（211）。米赫亚尔则俨然是"踽踽的语词的先知"（217），为释放这个世界，并重新赋予其存在的意义，执行着"创造的意志"。他骄傲地宣布：

今天，我有自己的语言/我有自己的疆域、土地和禀赋/我有自己的人民，他们的疑惑将我滋养/也被我的断垣和翅翼照亮（206）

米赫亚尔失而复得的语言，就是隐喻的语言。它的力量在于——以无限揭示无限，即通过发掘语词背后的意义来创造性地使用语言，来揭示基本的被命名者（所指），更重要的是揭示其后的不可见，以及命名时的原始想象过程。隐喻使古老的语言充满了新的能量，使之具备超越有限性的能力，从而创造出一个不寻常的世界，一个更为丰富和高尚的世界。借此，在米赫亚尔的天地中，"创造与复归"同样实现了因缘际会。

"现代性意味着一种创新的文化，一种以批判性思维、经验知识和人文主义的名义挑战传统和礼仪的理性精神气质。"[3] 由西方资本主义社会发展引

---

[1]　M. 海德格尔：《诗·语言·思》，彭富春译，戴晖校，文化艺术出版社，1991，第188页。

[2]　أدونيس، **الصوفية والسوريالية**، دار الساقي، بيروت، ط.3، 2006، ص 24.

　　（阿多尼斯：《苏非主义与超现实主义》，贝鲁特：萨基书局，2006年第3版，第24页。）

[3]　艾伦·斯温伍德：《现代性与文化》，载周宪主编《文化现代性精粹读本》，中国人民大学出版社，2006，第56页。

发的现代性问题已日益国际化，并成为东西方一个普遍关注的热点。阿多尼斯将现代性阐释为任何文明在走向现代化的过程中，甚至在其发展进步的每个阶段都可能出现的课题，证实了现代性在非西方世界的存在及其共有的本质特征。他的现代性命题①，以文学—审美为基点，直抵民族文化及其思想的纵深处。他的诗歌创作，则以深刻的思想内容和创新的艺术形式实践了这一现代性命题。其中，古代与现代接榫，东方与西方交融，在张力中实现了平衡，在激越中彰显了理性，在个性化的语言中表达其所持守的"诗歌既是政治又是艺术"的追求。由是观之，阿多尼斯不仅是当代阿拉伯诗学建设的先锋，也是当代阿拉伯文化变革的先锋。与此同时，其文化变革主张因渗透着丰盈的诗人气质和终极的理想诉求，与现实之间的隔阂亦是难以化解的。

第三节　白雅帖诗歌创作的现代派手法：以《来与不来的人》为例②

在 20 世纪中叶阿拉伯自由体新诗浪潮中，伊拉克是当之无愧的革命前沿，阿卜杜·瓦哈卜·白雅帖（'Abd al-Wahhāb al-Bayātī，1926 – 1999）则是与同胞娜齐克·梅拉伊卡、巴德尔·沙基尔·赛亚卜并驾齐驱的一位伊拉克自由体新诗先驱诗人。"如果说梅拉伊卡与赛亚卜共同致力于引领（诗歌）形式的改革，那么白雅帖就是最早致力于对形式中的内容本质进行革新的诗人。"③ 之所以这么说，也许是因为白雅帖很少耽于"柱体诗、音步诗与散文诗孰高孰低"的争论，而相信诗歌本身拥有自我革新的能力，这正是诗歌现

---

① 准确地说，阿多尼斯的现代性命题涵盖了后现代性的因素。学者们认为，与高歌猛进的现代性相比，后现代性主张反基础、反本质和去中心，甚至建议退守原初，以解决现代性所面临的危机。阿多尼斯的现代性命题整合了一些后现代性因素，除了因为二者本是具有交叉性和互补性的"一物二体"之外，也因为阿拉伯文化和许多第三世界的文化一样，遭遇现代性和后现代性的时间相隔并不远。关于后一点在本书绪论中曾有脚注。

② 本节内容曾以《伊拉克诗人白雅帖诗歌创作的现代性转型——以〈来与不来的人为例〉》为题，发表于《东方学刊》2015 年。

③ إحسان عباس، **اتجاهات الشعر العربي المعاصر**، ص 45.
（伊哈桑·阿巴斯：《阿拉伯当代诗歌动向》，第 45 页。）

代性的体现；也许是因为他很早便开始将处理时代焦虑的主题与寻求自我的意识相结合，其早期诗集《破罐》（*Abārīq Muhamashshah*，1954）被视为阿拉伯诗歌现代性的首次革命，成为马哈茂德·达尔维什、萨拉哈·阿卜杜·萨布尔和阿多尼斯等后来者效仿的榜样；也许是因为他于 20 世纪 50 年代后期便开始的流亡历程赋予了他开阔的视阈、复合的思想，使之致力于在世界文学的丰赡资源中寻找阿拉伯诗歌的新形式。

1965 年，白雅帖发表了第九部诗集《贫困之旅与革命》（*Safar al-Faqr wa al-Thawrah*）。在此前的 15 年中，他已牢固确立了自己在阿拉伯自由体新诗运动中的先驱地位，左派倾向和政治主题使之与赛亚卜一起成为社会主义现实主义的领衔诗人。流亡后，他的诗歌一直为阿拉伯乃至世界的贫苦大众、边缘阶层高声疾呼，号召反抗压迫、推翻暴政。尽管在投入泛阿拉伯主义政治事务的过程中，其诗风日渐晦涩，但其大众影响力不减。与此同时，"他也一直在努力寻找一种新的方式，使诗歌既能保持反抗的主题，又能摆脱重复的风格和说教的诗风"①。

关于寻求新形式，白雅帖认为创新如果仅仅出自诗人自身的愿望是不够的，创新必须首先是对时代焦虑的反映，是对时代压力回应的结果。因此，白雅帖说："诗人的艺术创新必须具备一个合理的社会—政治理由，否则无人会予以关注。"② 在此基础上，决定诗歌形式的因素是诗人的视野和经验的本质，这种视野又依赖三方面："对存在悖论性的客观理解；对历史逻辑的发现；对所处时代事件的积极介入。"③

20 世纪以来伊拉克政治事件层出不穷，政治介入伊拉克思想、文化和社会活动的各个方面，在伊拉克民众生活中占据了重要位置，其中二战的影响最大。二战使白雅帖"见证了巴格达的悲惨历史，肇始于蒙古人，然后是奥

---

① Issa J. Boullata, "The Masks of 'Abd al-Wahhāb ai-Bayātī", in *Journal of Arabic Literature*, Vol. 32, No. 2 (2001), p. 107.

② عبد الوهاب البياتي، **كنت أشكو إلى الحجر**، المؤسسة العربية للدراسات والنشر، بيروت، 1993، ص 64.
（阿卜杜·瓦哈卜·白雅帖：《我曾向石头诉说》，贝鲁特：阿拉伯研究与出版机构，1993，第 64 页。）

③ عبد الوهاب البياتي، **تجربتي الشعرية**، المؤسسة العربية للدراسات والنشر، بيروت، 1993، ص 36.
（阿卜杜·瓦哈卜·白雅帖：《我的诗歌经验》，贝鲁特：阿拉伯研究与出版机构，1993，第 36 页。）

斯曼人，直至英国人的侵略"。他说："所有这些我在同一时刻都目睹了：哀鸿遍野、民不聊生。二战打开了我的视野。"① 作为出身城市贫民阶层、在二战后民族主义旗帜下成长起来的诗人，白雅帖深受马克思主义影响，充满反抗压迫和不公的斗争精神。他曾对革命领袖纳赛尔寄寓厚望，也曾相信1958年伊拉克的"七月革命"② 将带来一个崭新的国家。与此同时，面对殖民以及后殖民境遇下阿拉伯各国的落后状况，尤其是阿拉伯世界在巴勒斯坦事务中节节败退的局面，阿拉伯知识分子非常失落，存在主义思潮的引入强化了他们对现实的拒斥感，也促发了他们的反抗意识和寻找自我的意识。白雅帖也是其中的一员，他曾说："我对古典和当代哲学的通读——如马克思主义和存在主义——赋予我一种看待事物的全面哲学视界，为我的诗歌染上了它的色彩。我对生活、人类和事物的立场不是矛盾的，而是发展的。"③

正是在此基础上，20世纪60年代以后白雅帖开始转向他自幼耳濡目染的苏非主义。在阿拉伯社会发展遭遇挫折的情形下，苏非主义对现实世界的批判性使得马克思主义者、存在主义者、民族主义者都能从中找到共鸣。对于白雅帖而言，特殊之处则是，苏非主义有助于其摆脱社会主义现实主义创作道路上的"遵命意识"对其作品诗性的不良影响。他说："我的诗歌观的内核是反叛和革命，寻求幸福、快乐、公正和人间天堂，我的政治观和社会观自那时起就掺杂了一抹苏非哲学的色彩，这种观念将我的诗歌从应景诗中解救出来，不论是哪种应景。"④ 此外，苏非主义拒绝世俗的理性话语，认为诗歌是发自心灵内部的、可以被高度信任的话语媒介，为白雅帖进行诗歌现

---

① عبد الوهاب البياتي، **كنت أشكو إلى الحجر**، ص 43.
（阿卜杜·瓦哈卜·白雅帖：《我曾向石头诉说》，第43页。）

② 1958年7月14日，以卡塞姆为首的伊拉克左翼自由军官组织发动革命，推翻了受英、美等国操纵的费萨尔王朝，建立了伊拉克共和国。1959年伊拉克宣布退出美国发起的巴格达条约组织。

③ مالك المطلبي، **الموقف الشعري إلى أين؟ وحوار مع عبد الوهاب البياتي**، دار الجمهورية، بغداد، 1969، ص 38.
（马利克·穆托勒比：《我的诗歌立场通向何方？——与阿卜杜·瓦哈卜·白雅帖的对话》，巴格达：共和国出版社，1969，第38页。）

④ عبد الوهاب البياتي، **كنت أشكو إلى الحجر**، ص 46.
（阿卜杜·瓦哈卜·白雅帖：《我曾向石头诉说》，第46页。）

代性的语言和意象实验开启了一扇大门。①

1964 年至 1971 年流亡开罗的阶段是白雅帖诗歌创作的成熟期，他在发表了诗集《贫困之旅与革命》之后，开始将马克思主义、苏非主义、存在主义融为一体，向现代派全面进发。《来与不来的人》（Alladhī Ya'tī wa lā Ya'tī，1966）就是这一实验创作的首个产物。按照白雅帖的诠释，它描绘了"20 世纪 60 年代我这辈人的经历，他们在一个岔口林立的迷宫中漫无目的地逡巡"②。

《来与不来的人》从标题上即可看出存在主义的影响，其神秘性与悖论性让人想起贝克特的著名荒诞剧《等待戈多》（1952）③，以揭示当时阿拉伯人民在并存的希望和失望之间进行永恒的、无果的寻觅。T. S. 艾略特对白雅帖的深刻影响体现在内容和形式上。在诗集中，白雅帖将波斯古城尼沙普尔作为现代巴格达乃至所有阿拉伯城市现状的隐喻，将它描绘成《荒原》中的人间地狱，试图表达这样一种感觉："坐落于底格里斯河畔的这座城市在经历了伟大文明之后，永远消失了……我们的城市就像小丑穿着五彩的补丁盛装，它已失去了原初的创造力，我们这一代人同时失去了它的身份、它的声音，遑论它的正义。于是，我们在悲惨的处境中苦等着以革命的火花来净化这块土地，使之摆脱现状。"④ 长诗中多次出现的雨水意象也取自《荒原》，诗人呼唤甘霖普降大地，使万物复苏。《来与不来的人》在共 18 节的诗行中，还模仿了艾略特的多声部碎片化手法，描绘时而重叠、时而跳跃的意象与场面，因为"该方式更适于描绘时代的（混乱）精神以及饱经焦虑的（阿拉伯）读者的不安"⑤。与艾略特相似，白雅帖希望其诗歌能"收集所有

---

① 苏非主义体现在白雅帖此后的多部诗集中，如《生命中的死》（al-Mawt fī al-Ḥayāh，1968）、《在泥土上写作》（al-Kitābah 'alā al-Ṭīn，1970）、《世界七个大门的爱的诗篇》（Qaṣā'd Ḥub alā Bawwābāt al-'Ālam al-Sab'，1971）、《盗火者的自白》（Sīrah Dhātīyah li Sāriq al-Nār，1974）、《设拉子的月亮》（Qamar Shīrāz，1975）、《阿依莎的果园》（Bustān 'Āishah，1989）。

② عبد الوهاب البياتي، **ينابيع الشمس: السيرة الشعرية**، ص 25.
（阿卜杜·瓦哈卜·白雅帖：《太阳泉：诗性自传》，第 25 页。）

③ 《等待戈多》（1952）于 1964 年译成阿拉伯语，并在埃及的剧院上演，吸引了众多阿拉伯知识分子和作家，其影响不亚于加缪的《西西弗的神话》（1942）。

④ عبد الوهاب البياتي، **تجربتي الشعرية**، ص 12.
（阿卜杜·瓦哈卜·白雅帖：《我的诗歌经验》，第 12 页。）

⑤ عبد الوهاب البياتي، **كنت أشكو إلى الحجر**، ص 72.
（阿卜杜·瓦哈卜·白雅帖：《我曾向石头诉说》，第 72 页。）

碎片，以获得完整的画面，或者从诗性的自我向最高的自我进发，向他者进发"①，因此他称自己在创作完成后终于获得了一丝希望。

《荒原》是现代主义诗歌史上的里程碑式作品，《来与不来的人》则是白雅帖诗歌创作道路上的重要里程碑，很好地体现了其诗歌创作的现代派手法。这里择其二加以分析。

一 使用面具

在现代派诗歌中，"面具"是一种象征手法，爱尔兰诗人叶芝对其贡献巨大。"叶芝以第三者抒情的方式，突破了以往的身份局限。'面具理论'的真意在于它打破了现实社会的种种束缚，让诗人不再拘囿于某个社会角色，从而使得叶芝在诗中表达的感情从单一趋向复杂，从平面趋向立体。"②

使用面具，是白雅帖进行诗歌形式创新的重要内容。他是阿拉伯诗人中最早使用面具，也是最频繁使用面具的诗人之一。白雅帖的面具包括奥马尔·海亚姆、麦阿里、哈拉智、伊本·阿拉比、穆太奈比等阿拉伯—伊斯兰文化史上的人物，亚历山大大帝、毕加索、海明威、切·格瓦拉等世界历史人物，还包括辛巴达、阿依莎等虚构人物，其目的是通过这些人物再现当代阿拉伯社会危机，或普世层面的问题，并最终超越当下。

在此意图下，白雅帖以美国戏剧家和小说家哈罗德·兰波（Harold Lamb）的历史作品《奥马尔·海亚姆的生平》（Omar Khayyām: A Life）为基础，先创作了诗剧《尼沙普尔的审判》（Muhakamah fī Nīsābūr，1963）。他将海亚姆③塑造为一个不愿助纣为虐的革命者形象，最终为追求自由而牺牲。该诗剧不算成功，却为白雅帖的下一步创作开辟了一条新路，即以某个人物为面具发言，由此获得客观性，并将历史与当代联系起来。

白雅帖选择海亚姆作为自己的面具，首先是因为海亚姆生活在政治腐

---

① عبد الوهاب البياتي، **كنت أشكو إلى الحجر**، ص 33.
（阿卜杜·瓦哈卜·白雅帖：《我曾向石头诉说》，第33页。）
② 何宁：《叶芝的现代性》，《外国文学评论》2000年第3期，第7页。
③ 奥马尔·海亚姆（Omar Khayyām，1048？—1131？）为波斯诗人、数学家、天文学家和哲学家，出生于尼沙普尔，是著名的四行诗《鲁拜集》的作者，诗风饱含苏非神秘主义色彩。他生活于突厥人当政的赛尔柱王朝时期，一生几经战乱和派系之争，曾与其他自由思想者们被控叛教。

败、思想式微、理性和善得不到弘扬的时代。《来与不来的人》的副标题是
《奥马尔·海亚姆的内心自传，他生活在所有的时代，等待着那个来与不来
的人》，诗人以此表明：无果的等待是全人类注定的命运。

长诗的开篇"封面画"展现了往昔与现时相撞的时刻。往昔的岁月峥嵘
如火：

> 彼时他策马而行，宝剑锋利无比／穿越黑暗／踏过城池／……／——主
> 人啊！唯有主是胜者／让云彩洗涤／大地的污垢，和这片森林／让死者从
> 墓中崛起／让闪电燃烧桥梁／和腹部肿胀的尸体／在恺撒和雄鹰的头上／盘
> 旋，雨水／冲刷着你被埋葬的伤口，将草木濯洗①

现时却残败不堪：

> ——主人啊！星辰对我说，光明也曾言／我们是这片坍塌的舞台上
> 失败的演员／这片火焰／是时光法庭上唯一的证人（8）

在强烈的撞击所引发的张力中，在地狱和死亡的边缘，海亚姆以"童
年"为题展开了精神自传：

> 我生于尼沙普尔的地狱／因失去了希望之线和鸟儿，曾两次自尽／我
> 用买面包的钱买了百合花／用买药的钱／为远方的美德城制作了一顶王
> 冠／为每时每刻降生的大地母亲／我睡在尘土飞扬的人行道边／追逐着蝴
> 蝶，跌落在光的陷阱／秋天的云彩、森林和花丛间／我与拂晓的星辰交
> 谈，我问：朋友啊／花园会开花吗？／真理会降生吗？／从谎言里面／我悲
> 惨而愚昧的童年／是一只瞎眼的蝴蝶／在生铁和石块浇筑的城市中，灭绝
> 中的人类／攀上城墙／设下陷阱一片（10～12）

尼沙普尔曾是12世纪波斯的文化首都和哲学思想中心、伊斯兰苏非神秘主
义诗人的云集之地，在诗人的笔下，它象征美德城和艺术创造的王国。海亚

---

① عبد الوهاب البياتي، **الذي يأتي ولا يأتي**، دار الشروق، القاهرة، الطبعة الرابعة، 1985، ص 7- 8.
（阿卜杜·瓦哈卜·白雅帖：《来与不来的人》，开罗：旭日出版社，1985 年第 4 版，第 7～
8 页。）本节出自该著作的引文，将随文在括号内标明出处页码，不再另注。

姆为追求爱与美而降生，并孜孜以求。然而，在物质化的时代，美德城和新生的大地因人类的介入而遭到毁灭，民众竭力自救，终敌不过历史的洪流。

在"童年"篇中，海亚姆继续说道：

> 轮船启航/在地球的四隅寻找一个城邦/那儿没有乞丐立于城门口/或倚着前额歇息在街头/但是轮船/在黎明时分归航/甲板上载着乞丐/没有眼睛，身躯伛偻（12）

本段意味着阿拉伯城市的灾难是世界性的。

于是，万般无奈之下的海亚姆发出心底的疑问：

> 天空会降下甘霖吗？/真理会从这成堆的垃圾中/诞生吗？（12）

在第三篇"尼沙普尔上空的暗夜"中，美德城消失，尼沙普尔呈现在侵略者的铁蹄下，蜕变成屠戮的场域：

> 侵略者们，皆由此地，经过尼沙普尔/——废墟啊！/死亡之鼓在广场响起/俘虏被处决，他们死去/鼓声绵延次第/敲打着棺材的盖板/蜘蛛的网丝/环绕在苍蝇周围/云彩啊/快来净化城里纷飞的蝇/和这片污迹/侵略者们，皆由此地，经过尼沙普尔/踩着静脉，踏过鸟儿的翅翼（13、14）

而"我们本应以光照亮/尼沙普尔的暗夜"（15）。

从第四篇"在命运的酒馆中"开始，诗人将海亚姆的第一人称意识流叙事转成第二人称，他在生与死之间悬空，体认着思想者的孤寂：

> 瞎眼的月亮，犹如鲸鱼的肚腩/你在孤寂中，不生也不死/……/点起灯笼吧/去寻找蝴蝶/它或许就在这幽微的绿影中飞翔/将光之黑暗一啜而尽吧/将玻璃砸烂/这个暗夜将永不再返（16）

在第六篇"死者不会入眠"中，流亡中的海亚姆历经磨难，继续上下求索：

> 在死亡、疏离和流浪的日子里/海亚姆啊，你长大了/四周的森林随你一同成年/你的发丝尚青，刻在脸庞和梦想的皱纹/却在夜的城墙上隐去，奥菲修斯死了/哺育尼沙普尔的河流在你心中逝去了/它曾携带着甘

草和轻舟/奔向大海，带着种子/和光之辇/驶向童年的明天（20）

于是，在第八篇中，海亚姆带着生战胜死的渴望，让"第三个梦境"从生与死的永恒对决中，冲破了二元对立，慨然降生：

我看见地底下的种子睁开了双眼/向着阳光和空气破土而出/——主人啊！门槛边有朵花在啜泣/还有另一朵花在墙间/向着孩子们/慨然绽开花边/公牛倔强地用犁头开垦着荒地/灭绝中的人类/从海之沫和层层浪花里诞生/从大地的痛苦中，从玻璃的碎片间/云朵啊，无论你在何地/请降下甘霖，在光之田/一个女人从尼沙普尔的肋骨中诞生（29、30）

在结尾，诗人仿效海亚姆的《鲁拜集》写下了九首新式四行诗，明确地发出呼吁。其中第六首为：

让我们毅然抉择吧/去抓住风，将零之乾坤牵拉/在荒诞背后追寻意义/生活于封闭之圆如同自杀（60）

第七首写道：

罗马必须倒塌/从烈火的灰烬中生机重发/闪电燃烧树木/革命从已死的胎儿中萌芽（60）

《来与不来的人》以海亚姆精神自传的名义，塑造了一个为正义和自由而斗争的知识分子形象。他见证了阿拉伯世界的困境，以及人类永恒的焦虑和渴望，终其一生试图发现存在的真谛、终极的意义。作为马克思主义、存在主义和苏非主义的结合体，他致力于改变现状。他渴望获得谕示，完成"净化"，在人主合一中实现不朽，这是该面具的苏非主义表现，因为白雅帖认为面具必须"用苏非的语言遮蔽"①。此外，白雅帖还认为面具是使诗歌独立于诗人，获得美学距离的手段。在两年后发表的诗论《我的诗歌经验》（*Tajribatī al-Shi'rīyah*，1968）中，他谈到了自己对"面具"的理解："面具

---

① عبد الوهاب البياتي، **كنت أشكو إلى الحجر**، ص 87.

（阿卜杜·瓦哈卜·白雅帖：《我曾向石头诉说》，第87页。）

是诗人发言时使用的名字，但与其自我相剥离。也就是说，诗人创造了一个独立于自身的整体，由此避免了多数阿拉伯诗歌所陷入的抒情浪漫主义局限。最初的情感不再构成诗歌及其内容，而是成为独立的艺术创作途径。诗歌成为一个独立于诗人的世界，即便他是诗歌的创作者。诗歌也由此避免了主观的抒情诗篇所充满的内心曲解和噪音。"①

白雅帖的初衷是通过使用各种面具，获得表达的自由。他说："面具是他者，而我同时是自我和他者。"② 但是，有学者认为，白雅帖在使用面具时并未成功地隐藏自我，其塑造的人物偏于平面化③，比如海亚姆，与另一苏非派代表人物哈拉智的形象几无轩轾。白雅帖所善于使用的"面具"在更多的意义上是一种隐喻④，与叶芝的面具理论所强调的通过"反自我""可以更方便地旁观自我的各种化身变形"尚有出入。究其原因，或可归结为：白雅帖作为一名"介入型"阿拉伯当代诗人，终究是无法获得"不再拘囿于某个社会角色"的洒脱的。

二　锻造神话

神话是人类最古老的文化遗产，用以表达人类对存在的思想和情感，神话将现实与想象、理性与情感、时间与空间融为一体。诗歌常运用神话来表达对天人合一的追求，使人类超越当下，获得永恒。

"西方著名人类学家弗雷泽的《金枝》详细描述了巴比伦、叙利亚、塞浦路斯和埃及等地的神话，他们都是人格化的繁殖神，产生于远古民族祈祷丰收的仪式。他们的戏剧性经历可以引起四季更替及植物荣枯。"⑤ 《金枝》

---

① عبد الوهاب البياتي، **تجربتي الشعرية**، ص 36.
（阿卜杜·瓦哈卜·白雅帖：《我的诗歌经验》，第36页。）
② ماجد السامرائي، "من حوار أجراه مع البياتي بعنوان:
هذا أنا: شعرا وموقفا ورؤية للعالم"، **مجلة الجديد**، عدد 5، شتاء 1995، ص 5.
（马吉德·萨姆拉伊：《与白雅帖对话：这就是我——诗歌、立场与世界观》，载《新刊》1995年冬季刊，第5页。）
③ See Saadi A. Simawe, "The Lives of the Sufi Masters in 'Abd al-Wahhāb al-Bayātī's Poetry", *Journal of Arabic Literature*, Vol. 32, No. 2 (2001), pp. 137 – 138.
④ 参见林丰民《文化转型中的阿拉伯现代文学》，北京大学出版社，2007，第12页。
⑤ 曾艳兵主编《西方现代主义文学概论》，第53页。

由此对阿拉伯当代诗人启发甚多，他们认为自己比西方诗人拥有更多的神话遗产，如白雅帖所言："与艾略特等西方诗人不同，我们与神话的联系并非通过阅读，而是通过大自然的直接精神，尤其是我们置身于地中海、西班牙和北非这些精神上几成一统的地理环境。"① 阿拉伯当代诗人常用的神话隐喻有关于西西弗、普罗米修斯、奥德修斯、阿多尼斯等的希腊神话，关于坦穆茨和伊什塔尔等的巴比伦神话，关于辛巴达、山鲁佐德、安塔拉、艾尤布等的阿拉伯神话传说与故事。

　　神话作为人类社会的一种美学解决方法，表达对压迫、不公的拒斥。人类通过神话，一方面满足了自己的精神需求，另一方面实现了与社会之间的平衡。神话由此成为一种哲学，是对某种精神关注的冥思和回答。在诗歌中让神话发挥原型隐喻的作用则是一种美学实验。阿拉伯当代诗人亦如此，他们凭借神话的谕示来净化社会，寄托对理想世界的憧憬。在物质主义横行的时代，神话隐喻除了是一种精神和审美需求，也是诗人与社会疏离的结果，因为他们无力改变社会的黑暗现状，遂诉诸隐晦的符码和神话。

　　白雅帖的独特之处在于锻造神话。在艾略特的影响下，20世纪50年代白雅帖就热衷于神话隐喻。在白雅帖眼里，以《吉尔伽美什史诗》的故乡伊拉克为代表的两河流域是诗歌的金矿，它不仅是属于阿拉伯的，也是属于全世界的。他竭力挖掘其中的历史、神话、传说元素，同时将视野向世界其他文明开放，在它们的经验中寻觅通向诗歌现代性的大门。神话隐喻与面具相结合，则是《来与不来的人》得以成功的重要因素。诗人在神话的框架下演绎爱与革命、死亡与复活的主题，通过神话将阿拉伯人的当前境遇与历史的类似境遇相连，以神话中的丰饶寄寓创造更美好社会的期冀，由此也将其中的原型人物海亚姆从一个历史真实人物升华至神话的普世层面。

　　《来与不来的人》中神话构思的灵感源自两河流域的伊什塔尔（Ishtar）神话或古希腊的俄尔普斯（Orpheus）神话。伊什塔尔是自然与丰收之神，曾下到地狱解救恋人坦穆茨。俄尔普斯是乐神缪斯之子，曾下地狱解救恋人欧律狄克。阿依莎这一神话人物的灵感源自古代阿拉伯，据白雅帖自己解

---

① عبد الوهاب البياتي، ينابيع الشمس: السيرة الشعرية ، ص 150.

　　（阿卜杜·瓦哈卜·白雅帖：《太阳泉：诗性自传》，第 150 页。）

释，"这片被称为'新月地带'的地域是阿依莎的故乡，它曾是前伊斯兰时期酝酿阿拉伯人精神的容器。阿拉伯人挺进幼发拉底河上游时曾来到'赫布尔'朝觐，发现了阿依莎的果园，当时它是一座神秘的城市。北阿拉伯人每年春季均到此地朝觐，为幼发拉底河举行祭祀仪式，希望这座神秘的城市敞开大门。他们等待多时却未得，遂返回哈勒颇，在哭泣中又等待了一千年，而后重访该城"①。"阿依莎"在阿拉伯语中为"生者"之意，在阿拉伯人眼里，她永远是风华正茂的女性形象，她不会衰老，不会死去。她是孕育了阿拉伯早期文明的肥沃新月地带的象征，是苏美尔时期的伊什塔尔与腓尼基时期的阿娜特在伊斯兰时期的延续。

白雅帖笔下的阿依莎首次出现于诗剧《尼沙普尔的审判》中，是海亚姆钟爱的恋人。她是"自我和集体之爱的象征，两者在合二为一后，最终栖息于新的存在精神中"②。她在生与死之间成长，从死亡中复活，在存在意义的层面将爱与革命紧密联系。白雅帖进而将这一象征升华为"绝对"，通过追求知识抵达主的爱的世界。"女性本质是认知的象征，因为在苏非主义的想象中，女性是心灵的再现，而对心灵的认知是通向认知真主的阶梯。"③ 白雅帖说："如此，阿依莎在我这便成为女性、革命、神话和苏非双重性的象征。"④

《来与不来的人》演绎了一段海亚姆深入地狱解救恋人阿依莎的神话。在第六篇"死者不会入眠"中，海亚姆期冀着阿依莎的复活：

> ——阿依莎死去了，但我看见她在花园中游移/自由的蝴蝶/未越过墙，或者睡去/瑟瑟凋谢的紫罗兰和梦之霓/是她在神秘花园中的生命之资（23、24）

---

① عبد الوهاب البياتي، **كنت أشكو إلى الحجر**، ص 37.
（阿卜杜·瓦哈卜·白雅帖：《我曾向石头诉说》，第37页。）

② عبد الوهاب البياتي، **تجربتي الشعرية**، ص 41.
（阿卜杜·瓦哈卜·白雅帖：《我的诗歌经验》，第41页。）

③ عاطف جودة نصر، **الرمز الشعري عند الصوفية**، دار الأندلس، بيروت، 1978، ص 152.
（阿忒夫·昭德·纳绥尔：《苏非主义中的诗性象征》，贝鲁特：安达卢西亚出版社，1978，第152页。）

④ عبد الوهاب البياتي، **ينابيع الشمس: السيرة الشعرية**، ص 166.
（阿卜杜·瓦哈卜·白雅帖：《太阳泉：诗性自传》，第166页。）

在第七篇"来或者不来的人"中，他强调：

> 阿依莎死去了，但我看见她在黑暗中徘徊/等待着骑士从沙姆袭来
> （25）

> 阿依莎死去了，但是我看见她，如同我看见你/她挥手说道：我爱
> 你/于是天使微笑了……云朵啊，无论你在何地/请降下甘霖，明日尼沙
> 普尔将再度返青/她将从被弃的坟墓中归来（26）

他盼望带着阿依莎回归尼沙普尔，届时，沦为荒原的尼沙普尔将焕然一新，
变成地球上的天堂。

于是，海亚姆潜入黑暗，等待那个来与不来的拯救者；与此同时，他的
困惑也在增加：

> ——那个来与不来的人，我看见他向我走来，我看见他/从死亡的
> 岸边/用双手向我示意，那是生命初始的地点/——是谁在城墙下哭泣？
> 是幻境中的狗/在黑暗中吠啼/还是在地底下等待伸展的/种子的尸
> 体/——是谁在城墙下哭泣？/或许是东风，它比那个来或者不来的人早
> 至/或许是一个诗人，正在诞生或者死去（26、27）

吠犬象征阻碍民族摆脱悲惨境遇的历史力量，城市废墟的哭声似乎说明阿依
莎已经永远死去。海亚姆的无尽等待，预示着民族的困境将陷入无解。但是
结尾的两句又以东风的意象孕育了朦胧的希望。东风将带来谕示，让诗人诞
生，完成民族自救的使命。

在第十篇"哀悼"中，海亚姆勇敢地深入地下解救阿依莎：

> 我返回尼沙普尔的地狱里/……在地狱中寻找阿依莎/……/太阳的
> 葬礼永恒地追随着我/掘墓人在这里将她入殓/她头戴花冠，身披婚纱/
> 和光之霓（34）

> 我在地狱的门扉敲了两下/她的门卫伸出双手/对我说道：从哪
> 来/……/他察看手相阅读未知，说道：/阿依莎不在这，这里没有人/永
> 恒之身/明日启航，后天到达/船上没有阿依莎的位置/她与时间同在，
> 在时间里/消失，如同旷野中的风/和夜晚的星辰（35、36）

这一下沉的旅行象征自我认知的行动过程。海亚姆由此从地狱的看门人那里认识到，革命是摆脱压迫的手段：

> 回尼沙普尔吧/回到她的另一张面孔，那个沉醉之人/然后反叛暴君和瞎眼的神/荒唐的死亡和命运（36）

阿依莎并未真正死去，她就是尼沙普尔——在死亡中活着，等待着海亚姆的反叛。在诗歌的最后，海亚姆虽未完成救赎的任务，但具备了革命的意识。全诗以"但愿尼沙普尔/像蛇一般蜕下痛苦的外衣，打碎镣铐之羁"（61）收尾。

多年后，白雅帖在地中海之滨的另一端——西班牙，创作了另一部以阿依莎为神话隐喻的诗集《阿依莎的果园》（*Bustān ʿĀishah*，1989）。"阿依莎的果园"至今依然是人类等待已久的春天，这座神秘的宫殿何时才能敞开大门，再次上演人类的奇迹？

如前所述，阿卜杜·瓦哈卜·白雅帖是阿拉伯诗歌现代性的先锋，其诗歌文本在讴歌反抗压迫与不公的同时，积极探寻永恒。诗集《来与不来的人》只是其中的一个示例，它通过使用面具、锻造神话等方式，力图"以形式见内容"，赋予关于反抗的主题一种特殊品位，实现类似艾略特在情感和思想方面达成平衡的追求。白雅帖曾自豪地称："我的诗歌实验以间接的方式捍卫阿拉伯诗歌的政治事业，证明一个诗人可以同时做到介入又不失其伟大，肯定艺术实验的重要性及其美学价值。"① 他认为来自第三世界的写作是一种磨难，而非享受，因为诗人需要做的是，如何将对社会、政治的关注融入自己的诗性世界。

第四节　达尔维什诗歌创作的现代性追求

阿拉伯诗歌对现代性的探讨可上溯至 20 世纪初。其时，"笛旺派"率先吹响了反传统的号角，对阿拉伯现代文学复兴的领航者、被视为"政治和社

---

① عبد الوهاب البياتي، **ينابيع الشمس: السيرة الشعرية**، ص28.

（阿卜杜·瓦哈卜·白雅帖：《太阳泉：诗性自传》，第 28 页。）

会诗人"的"复兴派"（新古典主义派）发起进攻。浪漫主义渐成压倒之势，在阿拉伯世界内外，"阿波罗诗社"与旅美文学派遥相呼应。催生阿拉伯诗歌现代性的因素，除了西方现代主义诗歌的强大影响之外，阿拉伯国家小资产阶级的兴起也是一个直接动因。此阶层的兴起，导致异化感与虚无主义的滋生，社会审美心理经历嬗变，如：在诗歌欣赏方面，不再以古诗的单调韵律和结构对称为美。

从 20 世纪 40 年代起，阿拉伯现代诗歌一直是实验的领地，围绕传统和现代之争展开批评，其结果是自由体新诗的滥觞。二战结束以后，尤其是埃及 1952 年"七月革命"[①] 之后，民族主义情绪高涨，社会现实的发展态势客观上要求艺术在审美职能上做出让步，阿拉伯诗学的政治意味逐渐浓厚。20 世纪 60 年代起，随着阿拉伯民族主义理想的破灭，尤其是"六·五"战争以阿拉伯方面的惨败告终之后，白雅帖、格巴尼、阿多尼斯等有影响力的诗人纷纷发表关于重读历史、重审语言的诗学文章，以一种反拨统一性和稳定性的现代主义诗歌美学，来质疑已陷入偏狭的民族主义意识形态和宏大叙事，表达公众对破败现实的绝望感。由绝望和失落感催生的这种新诗学，不仅要表达灰色的现实，而且理应成为社会和政治变革的载体。巴勒斯坦的命运前景不明，牵动着每一个阿拉伯人的心，阿拉伯各国政府则以巴勒斯坦为一个重要支点，来激发大众的民族主义情绪。在此语境下，马哈茂德·达尔维什（Maḥmūd Darwīsh，1941－2008）在表达巴勒斯坦问题上脱颖而出。

当代巴勒斯坦最杰出的诗人马哈茂德·达尔维什，自称"在场—不在场的异乡人"，一个重要原因是其生命中的流亡岁月长达 30 年之久。他一生共创作了 30 多部诗集，有的被译为 30 多种语言。对于阿拉伯人而言，达尔维什的诗歌就像面包。他不仅是巴勒斯坦和阿拉伯的民族诗人，还在后期以其世界主义的"品位和视野"，成为一位"世界级的诗人"（萨义德语）。这种品位和视野，源自他在诗歌创作上的不断自我更新，对诗歌美学现代性的不懈追求，以及在个人与公众、审美与政治之间所达成的微妙平衡。

达尔维什的早期诗作《无翼鸟》（ 'Aṣāfīr bilā Ajniḥah，1960）、《橄榄枝

---

① 1952 年 7 月 23 日，由穆罕默德·纳吉布和贾迈勒·阿卜杜·纳赛尔领导的埃及自由军官组织发动民族民主革命，推翻了法鲁克封建王朝。次年宣布成立埃及共和国。

叶》（*Awrāq al-Zaytūn*，1964）、《夜之末》（*'Ākhirh al-Layl*，1967）等创作于以色列占领下的巴勒斯坦。在其中，他以简洁有力的诗句表达了巴勒斯坦人对压迫的愤懑，如其最著名的诗篇《身份证》中脍炙人口的起句："记下来！我是个阿拉伯人。"随着创作艺术的日臻成熟，诗人放弃了直接的表达方式，在《来自巴勒斯坦的恋人》（*'Āshiq min Filasṭin*，1966）、《我的恋人从睡梦中醒来》（*Ḥabībatī Tanhaḍ min Nawmihā*，1970）、《我爱你或不爱你》（*'U-ḥibbuki aw lā 'Uḥibbuki*，1972）等诗集中，他将巴勒斯坦比作自己深爱的女性，故乡的土壤、茉莉花、鸟儿、橄榄和棕榈树等一切景物都成为爱的意象，传递着诗人对故土的深情厚谊，如：

> 你的眼睛是插在心头的蒺藜/刺痛了我……我把它崇拜/我为它挡住大风/在夜晚和痛苦后面把它遮掩……把它遮掩……/它的伤口点燃了灯火/让我的今天变作它的明天/对于我，它比生命更珍贵/……/我见到你，在炉火里……在太阳的血里/我见到你，在孤苦伶仃、苦难重重的歌里/我见到你，渗透了大海和沙滩的盐粒/你美得宛若大地……儿童/和茉莉……①

这些诗篇真切地表达了巴勒斯坦人流离失所的苦痛和思乡之情，且多数朗朗上口，在民众中产生了巨大共鸣。达尔维什由此成为巴勒斯坦家喻户晓的"家乡诗人"和早期的"抵抗诗人"之一。

"六·五"战争之后，达尔维什在诗学理念上发生悄然变化，并于1970年离开巴勒斯坦，辗转贝鲁特、开罗等地。如果说其早期作品作为"抵抗文学"的重要组成，是以自身的诗歌美学方案为代价的，那么从《我爱你或不爱你》起，其诗作则逐渐转向维护自身的诗歌美学方案，他一方面作为巴勒斯坦解放组织（以下简称"巴解组织"）的非官方诗人为民族发声，另一方面又因注重实验性而与大众的阅读预期陷入冲突。20世纪80年代长居巴黎后，他更加追求隐晦的表达和新颖的诗歌形式，常将巴勒斯坦以一种不可见的方式呈现于诗篇中，表达不在场的哲学和错置感，使直接的政治关注、爱国主义和无尽乡愁融入更具隐喻性的主题。此间他继续在巴解组织中发挥重

---

① 《阿拉伯现代诗选》，郭黎译，湖南文艺出版社，2000，第341页。

要作用，但"尖锐的政治独立性、文化感觉促使他与巴勒斯坦和阿拉伯政治保持一定距离，而卓越的诗才又让他具有政治价值"①。20 世纪 90 年代，达尔维什因抗议《奥斯陆协议》而从巴解组织执行委员会辞职，此后发表了带自传色彩的诗作《你为何将马儿独自留下？》（*Limādhā Tarakta al-Ḥiṣān Waḥīdan?*，1996；*Why Did You Leave the Horse Alone?*，2006）。第二年他回到阔别 26 年的家乡上加利利，并定居拉马拉，在此完成了《陌生女人的床榻》（*Sarīr al-Gharībah*，1998）。从个体的向度吟诵关于爱的主题，使习惯了将他的"爱"作为"民族大爱"的读者感到诗人在"蜕变"。总之，达尔维什的后期作品充满了一种诗意的神秘，与巴勒斯坦的关联似乎在减弱，代之以普世性的人道主义和宇宙意识。

达尔维什诗歌美学理念的发展实际上是 20 世纪以降阿拉伯文学现代性方案的一个范例。现代性的美学意识是阿拉伯现代社会在思想变革方面的一个重要内容，美学意识的嬗变又为阿拉伯文学现代性提供了总体背景，并首先作用于被公认为"阿拉伯人的档案"的诗歌中。因为其美学追求的嬗变，达尔维什后来将一些政治口号式的诗作排除出他所认为的"诗"的行列。关于诗歌的审美与其社会功能的关系，他认为："将诗歌文本从社会功能中区别出来，即让诗歌脱离直接的政治。同时不要忘记：读诗总的来说是不可能不参照政治层面的，这一层面也是我必须义不容辞地加以捍卫的。"②

达尔维什此言中的前一句话道出了审美现代性所探讨的核心主旨——艺术自主性问题。艺术的自主性就是"面对其社会效用性要求时的相对独立性"③，源自人类借助艺术的审美超越技术理性的根本诉求。如果依阿多诺（Theodor W. Adorno）所言，艺术自主性"乃是资产阶级自由意识的一种功能"，"凭借其存在本身对社会展开批判"④；那么，在文学总是"以民族寓

---

① Edward W. Said，"On Mahmoud Darwish"，*Grand Street*，No. 48，Oblivion（Winter，1994），
p. 112.

② انظر فؤاد نصر الله، **تجليات العولمة الثّقافية والسياسية في شعر محمود درويش: مقاربة حضارية أدبية**
1995-2004، الانتشار العربي، بيروت، 2007، ص 135.
（转引自福阿德·纳绥尔拉《马哈茂德·达尔维什诗歌中文化与政治全球化的体现：1995—2004》，贝鲁特：阿拉伯传播出版社，2007，第 135 页。）

③ 转引自周宪《艺术的自主性：一个现代性问题》，《外国文学评论》2004 年第 2 期，第 8 页。

④ 阿多诺：《美学理论》，王柯平译，四川人民出版社，1998，第 385 页。

言的形式来投射一种政治"（詹姆逊语）的东方第三世界，与文学现代化相连的艺术自主性更多地体现为"脱离'文以载道'与'工具论'的束缚，实现文学的自觉，创造出以人性与人道主义为本的'人的文学'"①，通过艺术审美的回归，实现文学性的回归。与此同时，我们还需注意达尔维什上述言论中意在表达政治关切的后一句话，它在一定程度上又验证了詹姆逊的"民族寓言"。波谲云诡的社会风云与历史突变，使得文学家介入政治成为一种责任，使得"在阿拉伯世界又特别是在巴勒斯坦人的例子中，美学与政治是交织在一起的"②。但是，"介入"并不意味着服务于政治，以萨特的观点，文学和作家的责任是"永远作为对人的自由的肯定"，是"自由对世界的承担"③；写作作为某种要求自由的方式，"它本身就提出了政治的问题"④。

达尔维什认为，诗人的声音一定是与集体的声音相交糅的，又仅仅通过诗性的美学方式区别于集体的声音。做一个巴勒斯坦诗人是困难的，因为"他必须在集体诉求和无法独自完成的任务之间分配着自己……他必须将现实从神话中解救出来，让现实同时成为神话"⑤。鉴于此，达尔维什所追求的诗歌美学实际上是一种"双重的抵抗"：一方面，它负载了人类对强权和不公的抵抗；另一方面，它也是对读者程式化解读的抵抗。通过实践自己的美学方案，达尔维什引领他们走向一条不同于预期的道路，这是当他离开巴勒斯坦时，便决意要完成的事业。

达尔维什的诗歌美学又是有关流亡的美学，其充满错置性的个人经历毫无疑问地使之成为流亡的诠释者。诗人出生于上加利利的村庄伯尔瓦，1948 年 7 岁时随家人逃亡至黎巴嫩，数月后返回家乡，却发现在以色列新政权下，村庄已不复存在。青年时期的达尔维什曾遭遇多次监禁，后辗转世界各处不能归，待 1996 年终于重返巴勒斯坦时，却处处感觉自己是个"异乡人"。长期的流亡

---

① 张志忠：《华丽转身——现代性理论与中国现当代文学研究转型》，首都师范大学出版社，2009，第 10 页。
② 爱德华·萨义德、戴维·巴萨米安：《文化与抵抗：萨义德访谈录》，梁永安译，第 115 页。
③ 萨特：《词语》，潘培庆译，生活·读书·新知三联书店，1989，第 228～229 页。
④ 萨特：《词语》，第 207 页。
⑤ "حوار أدونيس ومحمود درويش"،
http：//www. mahmoddarwish. com/? page = details&newsID = 437&cat = 20.
（《阿多尼斯与马哈茂德·达尔维什的对话》。）

生活，造就了一颗习惯漂泊的心，因此他自比为流动不居的河水：

> 岸边的异乡人啊，就像那条河流……将你的名字/与河水相维系 没
> 有什么能将我从自由的远方/带回到我的棕榈树 没有和平，没有战争 没
> 有/……/没有什么在潮涨潮落的海岸闪烁/在底格里斯河和尼罗河之间
> 没有什么/能携我走一程，或让我裹挟一种思想 没有/承诺，没有思乡的
> 情怀。于是，我还能做什么？/我能做什么 若离开了流亡，离开了整夜
> 对流水的凝视？[①]

在个人经历的影响下，达尔维什的诗歌充满了错置感，其现代性诗歌实验也不可避免地与对身份的叩问联系在一起。流亡，成为其文学创作的基调。在后期创作中，诗人明显地立于边界，在天空与大地、现实与神话、诗歌与散文、传统与现代、自我与他者、个体与集体、民族与世界之间展开对话，体认"流亡的美学"。

一　"流亡的美学"：史诗式抒情诗

20 世纪 40 年代以降阿拉伯现代诗学的发展具有重要的文化意义，诗歌在追求多元化中进一步审视传统与现代的关系。自由体新诗运动引发了诗歌的革命，在内容上以反映新的社会和政治现实为目的，在形式上则彻底打破了以传统的"贝特"为诗句单位，打破了韵脚和韵律的束缚，甚至不再讲求音步，而是追求无模式的内在节奏感。此举造成的结果是：诗歌因过于注重理性和逻辑，缺乏隐喻和美感而呈现"散文化"的倾向。各派为此争论不休。与此同时，波德莱尔、马拉美、叶芝、庞德等西方诗人的诗歌创作理念，尤其是 T. S. 艾略特的诗学论文《传统与个人才能》《诗歌的社会功能》，对阿拉伯诗人产生了很大影响。艾略特强调民族文化遗产的重要性，认为诗人了解的传统越多，就越具有原创力。这促使 20 世纪 50 年代的许多阿拉伯诗人开始系统阅读遗产，对中东神话、传奇、历史、

---

① محمود درويش، **سرير الغريبة**، دار رياض الريس للكتب والنشر، لندن، ط.2، 2000، ص 112- 113.
（马哈茂德·达尔维什：《陌生女人的床榻》，伦敦：利雅得·雷斯出版社，2000 年第 2 版，第 112~113 页。）

典故，以及古典诗歌和诗学的关注加强。

在风云变幻的 20 世纪 60 年代，一些阿拉伯诗人受存在主义、虚无主义、无政府主义等思潮影响，加上民族主义理想挫败所导致的失望，自认为比前辈更具备反叛意识和实验精神。他们在为寻找自我而"向内转"的同时，突破传统修辞的框架，追求语言的佶屈、节奏的弱化，讲究意象的分裂和雾化，拒绝内容的直白和清晰感。达尔维什声名鹊起时，一场有关诗歌实验的竞赛正在以伊拉克为中心的年轻诗人们中间悄然展开。他们的理论不乏价值，但更多的论述因强调创作技巧和创新性而陷入误区。语词、意象和隐喻成为"陌生化"实验的工具，在追求现代性的名义下，创新变得没有限制，而对散文诗的趋之若鹜直接导致放弃阿拉伯诗歌丰富的韵律学遗产。由此造成的局面是：一方面，阿拉伯当代诗人渴望从阿拉伯传统文化中挖掘出新的意象和隐喻；另一方面，阿拉伯当代诗学仿佛失去了历史感，存在于传统之外。

达尔维什在诗歌实验方面的成功之处在于与传统相接榫的高度现代性。他尽可能地尝试现代主义技巧，但他并未应和时代的躁动，在牺牲诗歌意蕴的前提下追求对隐喻的使用和创新；相反的是，他对本民族丰赡的诗歌遗产不离不弃。这一点从其早期作品所透露的广阔视野已可感受到。20 世纪 80 年代后达尔维什的美学方案日渐清晰，其诗歌也具备越来越丰赡的现代性。他在诗集《这是一首歌，这是一首歌》（*Hiya Ughnīyah, Hiya Ughnīyah*，1985）中，宣布了自己的美学理念；又在诗集《壁饰》（*Jidārīyah*，2000）中，总结了自己的美学使命：

> 某一天我将变成鸟儿，从存在的虚无中/潜出。每当双翼燃烧/我便接近真理，从灰烬中/复活。我是两个梦中人的对话，我歌唱/我的肉体、我的心灵，为的是/完成通向意义的初始之旅，它燃烧我/并且隐匿。我是不在场，我是被流放的天空①

关于诗歌的"散文化"，达尔维什从艾略特那里得到启示，认为"伟大的诗歌拥有散文的贵族化自由"；所以，他尝试让诗歌与散文对话，如同男

---

① محمود درويش، **جدارية**، دار رياض الريس للكتب والنشر، لندن، ط.2، 2001، ص 12.
（马哈茂德·达尔维什：《壁饰》，伦敦：利雅得·雷斯出版社，2001 年第 2 版，第 12 页。）

人和女人之间的对话，因为"诗歌是女人，散文是男人"①。他在诗集《陌生女人的床榻》中写道：

> 说到诗歌，我喜欢散文式的自发/和隐藏的意象/没有为修辞而修辞的月亮：当你/赤足行走，韵脚放弃了/与话语的胶着，韵律打破了/经验的高潮②

这里，"散文式的自发"指的是形式和内容兼备的诗意语言。它源自诗人的心灵深处，潜藏着永恒的神秘，却拥有自发的随意性；它表达日常生活，却使用最雅致的形式。比如，他在诗集《陌生女人的床榻》中使用穆塔高里布韵律③，抑扬顿挫，长短分明；其中六首还标新立异地采用了十四行诗的形式，通过从欧洲人那里捡回可能属于祖先的遗产④，对阿拉伯诗歌韵律进行了大胆改革，既与该诗集的爱情主题切合，又进行了形式上的创新，在"散文诗"和"诗散文"之间创造了一个共享空间，避免了诗歌的泛散文化。

神话、宗教、传说、典故等原型隐喻在诗歌中发挥着联系历史和传统的重要作用。阿拉伯当代诗学在以艾略特为代表的西方诗人影响下，亦认为神话等原型隐喻能够加强诗歌的戏剧感，是诗歌得以超越时空的最佳途径。"诗人以此拥抱整体和局部，摆脱直接表达，摆脱散文性。"⑤ 在达尔维什的诗歌中，这些原型隐喻以一种梦幻的色彩嵌入，使诗人从"抵抗的热情"走向"反抗的神秘"。如在《陌生女人的床榻》中，诗人带着一颗受伤的心，穿梭于古埃及和巴比伦神话，流浪于耶路撒冷街区、罗马和格拉纳达城，面见众位先知，询问巴勒斯坦人乃至全人类的命运：

---

① "There is No Meaning to My Life Outside Poetry", http：//www. banipal. co. uk/selections/18/157/mahmoud-darwish‐1941‐2008/.

② محمود درويش، سرير الغريبة، ص 26.
（马哈茂德·达尔维什：《陌生女人的床榻》，第26页。）

③ 阿拉伯古诗16种韵律之一。

④ 有研究表明十四行诗可能源自阿拉伯人统治下的安达卢西亚，而后经意大利的西西里，传播到法国、德国、西班牙和英国。但十四行诗在阿拉伯诗歌中并不多见。

⑤ سعد الدين كليب، وعي الحداثة: دراسة جمالية في الحداثة الشعرية، اتحاد الكتاب العرب، دمشق، 1998، ص 14.
（赛阿德丁·库莱布：《现代主义意识：诗歌现代性的美学研究》，大马士革：阿拉伯作家联盟，1998，第14页。）

让雨水从苏美尔人的天际/神话般地，降临于我们/……/若/我的心已受伤，勿用羚羊的犄角再将它刺痛/幼发拉底河岸不再有/大自然的花朵，等待我的鲜血/在战后染红白头翁，我的圣坛中/不再有水瓮，盛放天神们的佳酿/在永恒的苏美尔，在转瞬即逝的苏美尔①

鉴于中东地区古代文明交叠相生的特点，达尔维什善于从中选取带有多元文化根基的神话元素，以描绘巴勒斯坦和以色列本应彼此包容的身份，比如，在诗歌《阿娜特的时期》中呼唤女神阿娜特的归来。阿娜特是古代迦南、亚述、巴比伦、腓尼基、苏美尔人共同信仰的女神，又名伊什塔尔、依楠娜，司生与死、丰饶与凋敝、爱情与战争，具有彼此矛盾的双面性。诗人祈望阿娜特统一自我，重返巴勒斯坦，使和平降临、人民重生：

两个女人从未有过妥协/一个拎水去喷泉/另一个引火进山林……/阿娜特，我期冀你合二为一/在爱情中，在战争中/……/回来吧，带上/真实和隐含的土地/迦南的第一块土地/你那属于大众的胸脯和双腿的土地/于是奇迹重返杰里科，重返被废弃的殿宇之门/那里没有生命与死亡/那里没有纷乱在世界末日的拱门/那里没有未来光顾，也没有昔日重回②

达尔维什认为自己尽管历经若干创作阶段，但从未离开过抒情诗的范畴，而语言的感性与热忱，即浪漫抒情与革命激情的自然融合，也是使之从创作伊始便区别于其他"抵抗诗人"的重要因素。在后期创作的抒情诗中，达尔维什注入了更多的原型隐喻和沉思风格，因而被希腊大诗人里索斯（Yannis Ritsos）称为"史诗式抒情诗"："我坚持写抒情诗，但带着史诗性，因为其中有一种旅行感——人在文化之间和人民之间的旅行。史诗表达移民和旅人的声音，它不仅仅是一种个体声音，更是一种集体声音。"③ 史诗式抒情诗使达尔维什游走在现实与神话、诗歌与叙事、个体与集体、传统与现代

---

① محمود درويش، **سرير الغريبة**، ص 53.
（马哈茂德·达尔维什：《陌生女人的床榻》，第53页。）
② Munir Akash and Daniel Moore (ed.), *The Adams of Two Edens: Selected Poems by Mahmoud Darwish*, Syracuse: Syracuse University Press, 2000, pp. 100–101.
③ "A Love Story Between an Arab Poet and His Land: An Interview With Mahmud Darwish", *Journal of Palestine Studies*, Vol. 31, No. 3 (Spring 2002), p. 69.

的边界，享受着流亡者的自由。

二 "流亡的美学"：主体性与自我

与巴勒斯坦另一位世界级的杰出人物爱德华·萨义德一样，达尔维什视流亡为一件幸事，因为流亡是经验的培育室。在对阔别30年的巴勒斯坦进行短暂重访时，他曾对记者坦言："我无法对流亡表示任何怨言。流亡是非常慷慨的，富于教化意义的。流亡给我文化，扩展了我的人文知识和语言知识范围，使我的诗歌表达包含了人类之间和文化之间的对话。我无法放弃流亡，因为它是我生命的基本要素。"① 在漫长的流亡生涯中，达尔维什形成了自己独特的诗歌美学意识。这种诗歌美学意识诞生于贝鲁特，成就于巴黎。其中，诗人对主体性和自我的认知是决定性的元素。

这是一方面。另一方面，由于1948年以来巴勒斯坦人流离失所的特殊际遇，自传作为维持集体记忆的一种有效方式，日益成为当代巴勒斯坦作家所重视的一片领域。在此语境下，达尔维什在巴黎完成了回忆录《为了遗忘的记忆》（*Dhākirah lī al-Nisyān*，1987；*Memory for Forgetfulness*，1995），通过记述1982年8月以色列围攻贝鲁特的一天，以杂糅的文笔和碎片化的表达方式，将过去与现时、个人与集体相交织。在自我主体意识不断发展的同时，达尔维什又觉察到以诗歌体裁撰写自传的可能性，尤其是在以牺牲巴勒斯坦利益为代价的《奥斯陆协议》签署后。他希望由此捍卫一种被遗忘的历史，并将这种写作称为"家园自传"。诗集《你为何将马儿独自留下？》就是该创作理念的产物。

《你为何将马儿独自留下？》追溯了1948年以来巴勒斯坦土地上发生的一桩桩事件，全诗以对话体贯穿，将抒情与叙事，记忆与宗教传说、神话相交叠。对话原则使诗歌从以往的独白式激情中释放出来，走向朴实平和。诗集的名称以问句出现，增添了诗歌的沉思风格。在开篇，年幼的孩子随父亲逃亡，他不解地问：

　　——爸爸，你要将我带往何方？/——去往风的方向，孩子

---

① Nouri al-Jarrah，"Mahmoud Darwish：Home is More Lovely than the Way Home"，http：// www. aljadid. com/interviews/0319aljarrah. html.

——你为何将马儿独自留下？/——让它慰藉我们的家园，孩子/人若不在，家园将亡……①

"风"意味着不定和无根感，因为离开土地便注定了走向虚无。"马儿"则寄托着回归家园的希望。

在一问一答的过程中，父亲逐渐老去，孩子长大成人。也许从黎巴嫩返回巴勒斯坦是另一个灾难的开始，当已接过生活重担的孩子看到面目全非的老屋，试图向年迈的父亲解释眼前的一切时，他终于明白：流亡是永远的。

在全诗行将结尾处，诗人叩问"我是谁"？这是达尔维什自流亡以来，思索了半生的问题：

我是我的语言。我是语词所说的话：/做/我的身躯吧。我曾经是其重音的身躯。我是/我对语词所说的话：做我的身躯/与沙漠字母的结合体吧，以便我成为我的所言/大地无法承载我，于是语言载着我/像一只鸟儿，在我面前修葺了一座旅行的巢/在我的断片中，在我周围神秘世界的断片中/我临风而立。我的夜多么漫长/……②

"我是我的语言。"——当身体的实际流亡与心灵的恒久错置（即隐喻流亡）相遇后，唯有语言是存在的家园。诗意的语言带着他遨游于身体之外的太空，在孤独中穿越未知，超然于世。

在《勿为你的所为道歉》（*La Ta'tadhir 'ammā Fa'alta*, 2003）中，诗人继续采用对话体：

——（A）我不知道你叫什么/——（B）按你的意愿为我命名吧/——（A）你不是羚羊/——（B）当然不是，也不是马儿/——（A）你不是流放地的鸽子/——（B）也不是/——（A）你是谁？叫什么名字？/——（B）为我命名吧，好让我成为你的命名之物/——（A）我

---

① محمود درويش، **لماذا تركت الحصان وحيدا**، دار رياض الريس للكتب والنشر، لندن، ط.3، 2001، ص 33- 34.
（马哈茂德·达尔维什：《你为何将马儿独自留下？》，伦敦：利雅得·雷斯出版社，2001年第3版，第33～34页。）

② محمود درويش، **لماذا تركت الحصان وحيدا**،ص116.
（马哈茂德·达尔维什：《你为何将马儿独自留下？》，第116页。）

不能够，因为我是风/你是和我一样的异乡客，名字是拥有土地的/——
（B）那么我什么也不是/我不知道你的名字，你叫什么？/——（A）从
最接近遗忘的名字中/选一个吧。给我起名/我将成为你的命名之物，在
这暗夜的人群中/——（B）我不能够，因为我是个随风旅行的/女人，
你是和我一样的旅人/名字有亲人，有确切的家园/——（A）那么，我
是"虚空"①

在上述对话中，两个流亡者希望以对方为参照，获得自我的身份，但彼此相
连的命运已使自我和他者的关系形成神秘的统一，他者已然构成自我生命和
文化的一部分；或曰，他者即自我。是接受他者，给他者留下空间，还是在
自我内部、在自我与记忆之间做悲剧性的挣扎？这正是当代巴勒斯坦人和以
色列犹太人所面临的困境。

　　带着这样的思考，在诗集《宛若杏花或更远》（*Ka-zahr al-Lawz aw Ab'ad*，
2005）中，诗人几乎没有提及巴勒斯坦，他仿佛退至一旁，静观由爱所启迪
的、多层面的宇宙诗学和终极真理。全诗使用了四个人称——你、我、他和
她，让诗歌从独白的、浪漫的自我中彻底走出，将空间让位于众声喧哗。宽恕
原则使得自我向无限升华，成为鸟儿、玫瑰、色彩……，存在只在于多元化。
如果诗学即对爱与美的拥抱，那么，对美的认知将导向对和平的认知——个体
与自我之间、自我与他者之间、存在与存在之间的和平相处：

　　　　当你在准备早餐，想想他人/别忘了准备鸽子的饮食/当你沉溺于战
　　争，想想他人/别忘了祈盼和平的人们/……/当你回到家中，想想他人/
　　别忘了有人栖身于帐篷/……/当你用隐喻解放了自己，想想他人/有人
　　已失去了话语的权利/当你想到那些远方的人们，想想自己/并说：愿
　　我——是黑暗中的一支烛②

---

① محمود درويش، **لا تعتذر عما فعلت**، دار رياض الريس للكتب والنشر، بيروت، 2004، ص 103.
（马哈茂德·达尔维什：《勿为你的所为道歉》，贝鲁特：利雅得·雷斯出版社，2004，第
103 页。）为阅读便利起见，笔者在引文中标明"A""B"，以区分两个对话者。

② محمود دوريش، **كزهر اللوز أو أبعد**، دار رياض الريس للكتب والنشر، لندن، 2005، ص 1.
（马哈茂德·达尔维什：《宛若杏花或更远》，贝鲁特：利雅得·雷斯出版社，2005，第 1 页。）

借此，达尔维什的诗学由抵抗的修辞式诗学发展为平和的对话式诗学，最终发展成为人类总体境遇发言的不在场式诗学。在超越世俗与庸常的人文关怀和终极思考中，他"找到了一种伟大的抒情能力，从相对向绝对穿越，将民族的事务向宇宙开放，因为巴勒斯坦已不限于巴勒斯坦了，它已在更为广阔的人性的王国建立了自己的美学合法性"①。

如前所述，达尔维什的诗歌美学实际上是阿拉伯当代诗歌现代性进程中涌现出的一个范例。这一诗歌美学，凭借将"流亡"内化于作品的内容、思想和创作形式，创造了某种"间质空间"（hybrid space，霍米·巴巴语），使诗人能够在张力中保持相对的从容与平衡，在为民族代言的同时实践自己对艺术自主性的追求，像诗集《壁饰》中所宣布的那样，如涅槃的凤凰，"完成通向意义的初始之旅"。这或许也是萨义德所谓"晚期风格"的一种体现："它有能力去表现觉醒和愉快，而不必化解它们之间的矛盾。使它们保持着张力的，如同在相反方向变了形的相同力量一样，在于艺术家成熟的主体性……它获得那种保证是由于年老和放逐的结果。"②

---

① Kazim Ali, "In the Hurricane's Eye: On the Butterfly's Burden", *The Kenyon Review*, Vol. XXXI, No. 2, Spring 2009.
② 爱德华·W. 萨义德:《论晚期风格——反本质的音乐与文学》，阎嘉译，生活·读书·新知三联书店，2009，第148页。

第二章

阿拉伯小说现代性进程中的埃及 "六十年代辈" 作家

第一节　综述①

　　小说是阿拉伯现代文学大家庭中的后起之秀。与追求阳春白雪的诗歌体裁相比，小说更加大众化；并且，"小说将思想和审美、现实和幻想融为一体，记载和解读历史"②，由此成为新的"阿拉伯人的档案"③。

　　当20世纪中叶阿拉伯诗歌现代性进程已如火如荼地展开之时，阿拉伯小说尚处于社会现实主义或社会主义现实主义时期。阿拉伯小说的现代性兴起于20世纪60年代，虽呈后发之势，但发展劲头十足，凭借小说这一文类

---

①　本节主要内容曾以《阿拉伯小说现代性进程中的埃及"六十年代辈"作家述评》为题，发表于《阿拉伯研究论丛》2016年第2期。

②　فيصل درّاج، **الذاكرة القومية في الرواية العربية: من زمن النهضة إلى زمن السقوط**، مركز دراسات الوحدة العربية، بيروت، مقدمة، ص 6.

　　（费萨尔·德拉基：《阿拉伯小说中的民族记忆：自复兴时期至衰沉时期》，贝鲁特：阿拉伯统一研究中心，前言，第6页。）

③　سعيد يقطين، "الرواية العربية: من التراث إلى العصر"،
http://saidbengrad.free.fr/al/n20/pdf/3-20.pdf.

　　（赛义德·叶格廷：《阿拉伯小说：从遗产到当代》。）

在当代文学中的中心地位而繁盛不衰。与诗歌相同的是，阿拉伯小说现代性的兴起有着特定的社会、文化、心理背景，在发展过程中亦因传统与现代的复杂互动而打上了鲜明的民族特色；与此同时，现实主义从未退潮，或与现代派的创作手法交融而使之面貌纷呈。诸种因素使得阿拉伯小说现代性的展开与西方式的现代主义殊为不同。阿拉伯文学批评界见仁见智，将这些以非传统手法创作的小说，或称为"新小说""新感觉派""实验派"，或称为"具有新感觉的阿拉伯小说""具有现代主义感觉的阿拉伯小说"，还有人干脆称为"阿拉伯现代主义小说"。

近半个世纪以来，现代性随着阿拉伯小说艺术的迅速发展而深入其肌理，且覆盖面广。在地域上，从埃及、黎巴嫩等小说艺术"老牌"中心地区延伸至马格里布、阿拉伯半岛等最初的边缘地带；在作家构成上，此期女性文学的蓬勃发展使女作家逐渐成为推动阿拉伯小说现代性的重要成员。因此，在本书接下来的章节中，无论是关于当代巴勒斯坦流散文学和抵抗文学的论题、关于当代阿拉伯女性文学的论题，抑或关于当代阿拉伯跨文化写作的论题，都将涉及某些与现代派创作手法相关的内容。本章所聚焦的埃及"六十年代辈"作家，则属于阿拉伯小说现代性的发起者和先驱，其文学理念和实践为阿拉伯小说的现代性，尤其是其中的本土化民族特征奠定了基调。他们中的许多人至今依然活跃于文坛，对阿拉伯当代小说的发展做出了不可磨灭的历史贡献。

一　埃及"六十年代辈"作家的崛起

在阿拉伯现代文学史上，小说与戏剧作为外来的叙事文类，是在 19 世纪末 20 世纪初与西方文化的碰撞中发展起来的。初期小说喜欢取材于历史，并汲取了玛卡梅韵文故事、夜谈、宗教故事等阿拉伯传统叙事艺术的成就，如：玛卡梅使小说语言追求合辙押韵，喜好使用同义词和生僻词；《一千零一夜》则使小说构思追求情节的偶然性和奇崛性。[①] 关于这一点，被公认为

①　传统阿拉伯文学分为诗歌和散文两大类。19 世纪中叶前，阿拉伯文学还一直是诗歌独领天下的局面，散文包括故事、书信、演讲词等。此处着重对玛卡梅韵文故事做些阐释。玛卡梅（Maqāmah）在阿拉伯小说发展过程中发挥了双重作用：文学层面，作为一种文类回应欧洲小说模式的挑战；文化层面，作为一种话语策略使阿拉伯作家实现对"本源

"阿拉伯现代文学巨擘"的埃及作家塔哈·侯赛因（Ṭah Ḥusayn，1889 – 1973）曾于1930年在文学杂志《新刊》（al-Jadīd）中评论道："在（现代的）初期阶段，阿拉伯文学信心满满，自认有能力满足读者的美学诉求。它致力于与衰微的阿拉伯（古典）文学取得联系，相信后者提供了文学写作的最高形式，以及实现文学美学理想的捷径。"①

　　然而，阿拉伯叙事先锋们不久便意识到小说这一文体对于阿拉伯文学而言多半是舶来品，必须采用新的形式，于是自20世纪初起，阿拉伯小说日渐走向模仿西方的道路。起初，作家们从翻译和效仿欧洲小说入手，如：埃及作家穆罕默德·侯赛因·海卡尔（Muḥammad Ḥusayn Haykal，1888 – 1956）所作的《泽娜白》（Zaynab，1914）就效仿了法国大作家小仲马的小说《茶花女》；埃及现实主义大师纳吉布·马哈福兹在初入文坛撰写历史小说时，也尝试效仿过苏格兰历史小说家沃尔特·司各特（Walter Scott）的作品。此后，阿拉伯小说叙事艺术愈加远离中世纪口头文学及《一千零一夜》中的传统元素，形成了从浪漫主义到现实主义的转变，二战后阿拉伯民族独立运动的高涨使现实主义小说大行其道。总体而言，20世纪上半叶，阿拉伯小说是沿着与西方小说发展线路相呼应或平行的轨迹一路走来的，虽然时间历程极其短暂，但20世纪60年代前，以马哈福兹的"开罗三部曲"为标志，埃及、叙利亚等国的现实主义小说艺术已达到发展的巅峰。

　　此期阿拉伯小说的发展是在一个总的社会政治—文化框架下进行的，即实践外来的现代性方案，反西方殖民的民族独立和解放斗争通常伴随着对西

（接上页注①）性"的坚持。穆罕默德·穆维里希（Muḥammad al-Muwayliḥī，1858 – 1930）效仿玛卡梅韵文体创作的故事《伊萨·本·希沙姆叙事录》（Ḥadīth 'Isā ibn Hishām）首版于1907年，1923年第三次再版，它致力于采用本土叙事模式维护民族传统的活力，对后世作家启发很大，被视为埃及现代小说的雏形，在阿拉伯传统散文与小说新文体之间发挥了桥梁作用。（See Roger Allen, *The Arabic Novel*：*An Historical and Critical Introduction*, Second Edition, Syracuse, New York：Syracuse University Press, 1995, pp. 29 – 31.）玛卡梅的复兴反映了现代阿拉伯文化在遭遇西方文化时的迎拒心态；应该说，玛卡梅的小说化既是一种文化抵抗，也是一种文化妥协。

① Qtd. in Roger Allen and D. S. Richard（eds.），*Arabic Literature in the Post-Classical Period*, Cambridge：Cambridge University Press, 2006, p. 14.

方的发展模式及文化产品的采纳。① 作家们视自己为现代化的先锋，鼓吹和拥护西方思想，他们致力于建构新的文学叙事传统，将其作为与变化中的社会和文化现实对话的唯一途径。阿拉伯小说作为一种艺术话语，在"祖国""民族""自由""解放"等字眼的激励下，日益参与到社会的全面建设中。

20 世纪 60 年代初，在西方文学的影响下，阿拉伯小说开始涉足现代性，而存在主义于其中发挥了巨大作用。在西方，存在主义被认为是现代主义的最后一种流派，或是现代主义向后现代主义的过渡；在阿拉伯，存在主义为现实主义向现代主义过渡提供了链接，因为它提供了内向式的感知，以应对咄咄逼人的外部环境。阿拉伯文学中存在主义的另一点不同内涵是："欧美作家也许可以专门讨论存在的悲剧，而阿拉伯作家却必须从所处的社会危机的范围中去讨论这个问题。因为阿拉伯知识分子在对存在的悲剧有着深刻感受的同时，也感受到他们所处的社会悲剧。"②

黎巴嫩和埃及作家们最早受到以存在主义为主的西方现代主义的影响，在 20 世纪 50 年代即创作出一些心理意识较强、具有实验气质的小说，这得益于当时屡见于报端的关于萨特、加缪、卡夫卡、贝克特、尤金·奥尼尔等大家的推介。进入 20 世纪 60 年代以后，阿拉伯实验派小说正式登场，年轻一代作家在广泛了解西方小说最新潮流后，受现代主义所强调的艺术自主性的感召，意识到阿拉伯小说文本创新的必要性。其中创新多体现在表达形式和叙事技巧上，包括打破线性叙事结构，运用梦呓、意识流、心理时间、时空交错、象征、隐喻、神话和民间文化遗产元素等。这种新流派使阿拉伯小说家通过"向内转"，打开了通往内心世界的大门。

阿拉伯小说文本在形式和技巧上的这种创新有着深刻的社会背景。以埃及为例，20 世纪 60 年代一方面大张旗鼓地实施社会现代化方案，民族主义改革、国有化、工业化和普及大众教育的方针并举，取得了一定成效；另一方面，威权主义和官僚主义盛行，经济发展并不尽如人意，社会不公现象依然严重。在文禁森严的总体氛围下，知识分子缺乏言论自由，疏离于权力架

---

① 即便是民族主义思想，也是从西方引进的。如美籍黎巴嫩历史学家希提所言："从西方输入的无数观念中，最有力的是民族主义和政治的民主主义。"参见希提《阿拉伯简史》，马坚译，商务印书馆，1973，第304页。

② 林丰民：《文化转型中的阿拉伯现代文学》，第41页。

构之外。作家们试图表达时代的这种复杂性，揭示自身对现代性的矛盾心态。在社会内部的自我批评被严厉监控的情形之下，尤其需要开发更为复杂的小说形式，打破现实主义的写作常规，尤其是叙事的建构，使之碎片化和复调化，以利于曲笔隐晦地表达某种思想观点。实验派小说虽然在很大程度上反映的是精英知识分子的关注点，其艺术手法与大众审美能力有较大距离，但其最终目的是使读者认清眼前的现实。这种创新，使阿拉伯小说有能力在一个压抑的社会——文化语境下，追踪时代混乱的节奏。致力于建构阿拉伯叙事学的摩洛哥文论家赛义德·叶格廷认为，打破叙事的纵向性、话语交织、创造奇崛空间（即通过"奇""异"元素走出"叙述常规"）是阿拉伯小说实验的重要特征。①

20世纪60年代末期以降，阿拉伯小说在继续实验的同时，又显现出一个新的趋势，即向民族文化传统回归。这是在1967年"六·五"战争后阿拉伯社会危机骤然加剧的形势下，文学所做出的回应。二战结束后，在帝国主义统治遗产的碎片上先后独立出来的阿拉伯国家虽然纷纷朝现代化的目标进发，但此后历史风云变幻，尤其是"六·五"战争的溃败使阿拉伯民众心理经历了从民族主义理想的顶峰向低谷的跌宕，社会关系发生深刻变化，意识形态领域遭遇严重危机，物质与精神资源双重匮缺。此境遇促使阿拉伯民族重审各种引进的社会现代性方案，复归本土文化之根的呼声渐起，通过回望历史来叩问自我，通过重构传统来实现对现代性的纠偏。阿拉伯文学作为一种文化现象响应了这一要求，阿拉伯作家们在创作思想上发生重大变化，开始重视与古典和口头文学传统进行创造性对话；同时，中下阶层出身的作家队伍的扩大、女性和少数族裔作家的崛起加强了小说对主流文化的抵抗性和对现实的批判性。而在世界文坛，拉美、非洲、日本等地的文学不约而同地出现向传统靠拢的趋向，尤其是拉美作家深入本土传统，在借鉴阿拉伯的《一千零一夜》的基础上实现了"文学爆炸"，既完成了文学形式的创新，又达到了揭露黑暗如磐的现实的创作目的。此辉煌成就促使阿拉伯作家对自己

---

① انظر سعيد يقطين،**القراءة والتجربة: حول التجريب في الخطاب الروائي الجديد بالمغرب،**
دار الثقافة والنشر والتوزيع، عمان، 1985، ص 293-297.
（参见赛义德·叶格廷《阅读与实验：关于摩洛哥的新小说话语实验》，安曼：文化与传播出版社，1985，第293~297页。）

的传统进行重审，挖掘文学遗产中所包含的多种小说雏形，包括玛卡梅韵文故事、哲理故事、先知故事、历史故事及逸闻、前伊斯兰时期的部落战争故事和英雄传奇故事等。

"六十年代辈"作家，是阿拉伯现当代小说史上的第四代作家，但他们是阿拉伯现当代文学史上唯一的以年代命名的作家。这一代作家多出生于二战前后民族主义解放运动风起云涌的时期，成长于 20 世纪 50 年代纳赛尔泛阿拉伯主义政治旗帜下，师从以纳吉布·马哈福兹为首的现实主义作家，积累了一些创作经验，年轻的优势使他们对现代小说发展动态有着敏锐的观察力和很高的接受力。与前辈作家不同的是，这一代作家多出身中下阶层，有不少成长于贫苦农民和工人家庭，对民声民怨更加感同身受，此个人背景亦使得他们的文学创作更加具有革命性和左派政治色彩。20 世纪 60 年代初，他们率先引进了西方小说的现代主义手法，与前辈分道扬镳，并日渐形成气候；20 世纪 60 年代末，他们中的一批作家又率先向民族传统文化回归，而文学批评界的反应一直迟于该变化。

这些作家的国籍不尽相同，但埃及作家以一个相对齐整的群体出现，构成了"六十年代辈"的主力，这对于"小说这一体裁特别发达"、"市民社会以及国家身份意识比起其他近东的阿拉伯国家来要持久得多"① 的埃及而言，可说是历史必然与应然的统一。文学批评界通常将苏纳欧拉·易卜拉欣（Suna'allah Ibrāhīm，1937 – ）的小说《那种气味》（ *Tilk al-Rā'iḥah*，1966）视为埃及"六十年代辈"作家正式登台亮相的作品。根据其文学主张，又可以将他们大致分为两派。一派包括苏纳欧拉·易卜拉欣、尤素福·卡伊德（Yūsuf al-Qa'īd，1944 – ）、穆罕默德·白萨提（Muḥammad al-Basāṭī，1937 – 2012）、叶哈雅·塔希尔·阿卜杜拉（Yaḥyā Ṭāhir Abdullāh，1938 – ）、易卜拉欣·艾斯兰（Ibrāhīm Aslān，1935 – 2012）等人。另一派具有回归传统文学遗产的明显倾向，代表人物有杰马勒·黑塔尼、爱德华·赫拉特、阿卜杜·哈基姆·卡西姆（'Abd al-Ḥakīm Qāsim，1935 – 1990）、巴哈·塔希尔、马吉德·图比亚（Majīd Ṭubiyā，1938 – ）等作家。

---

① J. M. 库切：《纳吉布·马哈福兹的〈平民史诗〉》，载氏著《异乡人的国度》，汪洪章译，浙江文艺出版社，2010，第 262 页。

二　埃及"六十年代辈"作家的现代主义实验创新

可以肯定的是，阿拉伯小说艺术在 20 世纪 60 年代的新发展离不开西方文学的影响，它是阿拉伯当代文学话语在破碎了的社会现实面前，借助西方现代主义创作手段，对社会政治层面的悲剧性转型做出的应答。因为它致力于打破线性叙事，消解传统情节；深入感觉之下，书写主体的"我"、感知的"我"；挑战传统语言结构，摧毁主流语言的现实语境；拓展"现实"的内涵，重置叙事文本与真实的关系。它以埃及"六十年代辈"作家为主力，使阿拉伯小说抛开对线性因果逻辑和社会现实秩序的奴性服从，走向隐喻、想象和文本的自治，走向文学的现代性。

埃及"六十年代辈"作家在叙事艺术上所做的重要突破，大致可总结为以下几点。

首先，在叙事视角上，埃及"六十年代辈"作家放弃了传统现实主义的全知视角，而是以个性化的质疑代替集体的共同确信。叙事行动代表的是叙事者的观点，而不再是可依赖的客观事实。采用复调，甚至相互冲突的视角，使叙事符码充满多元性和相对性，以构建阐释的迷宫，通过受众不同的解读，创造叙事文本的多种可能性。迷宫内所映射的，是阿拉伯社会的碎片化影子。

其次，在叙事结构上，传统的、具有连续性的情节失效，文本的内部联系倚重各种异质性的并置，结构变得充满活动性。时间的概念发生变化，线性叙事被消解，过去、当下与未来之间自由穿越，时间被解码者的主体经验控制，有序被无序替代。因果逻辑则被辩证逻辑取代，后者主导着文本中各构成元素之间的对话，并将它们带向开放式结局。

最后，在叙事笔法上，因主题被淡化，形式的作用被提升。文本策略不仅是一种表达工具，还是叙事主题的一个方面，这反过来丰富了叙事内容，赋予了其多重意义。人物变成了充满疏离感和异化感的客体，从现实中撤离，以示对充满压迫的周遭世界的拒斥。叙事笔触则从描述外部现实走向探索人物的内心世界，有关心理揭示和象征式表征的新技巧被开发，以表达人物在"向内转"时的焦虑感和复杂心绪。叙事语言从散文化走向诗化，作者的语言被人物和情境的语言所取代。

与"六十年代辈"作家并肩奋斗的埃及文论家萨布利·哈菲兹（Sabry Hafez）曾在《现实的嬗变与阿拉伯小说的美学反应》一文中以列表对比的方式，系统阐释了阿拉伯新小说在应对社会政治与文化各层面的嬗变时所采取的文本策略，兹摘录如下（见表2-1至表2-4）。①

表2-1　新小说与早期小说的作家出发点对比

早期小说	新小说
采用西方文化模式	与古典话语对话
全知型作者	怀疑压倒一切
无所不在的作者	不可靠的个人化叙事者
对叙事世界的控制	多声部叙事
科学式理性	对认知过程的探求
普遍确信	持续追问
中心主义	分散性
模仿的绝对可靠性	文学惯例套式（注：即取代再现式的现实主义）
指涉性	文本性
静态性	多变性
秩序	迷宫

表2-2　新小说与早期小说的叙事结构对比

早期小说	新小说
独白式	多声部
单一视角	多视角
简单的线性结构	复杂的多层面形式
三段论演绎	定性演绎（注：指文本的内部联系更多地依赖各种矛盾性的并置）
封闭式文本	开放式文本
缺乏文本要求	互文要求的加强
结构的秩序	结构的迷宫
外部指向性	内部心理主义
静止的结构	动态的实验法
时间的逻辑延续	时间的消解
前景式主题	对文本策略的强调

---

① Sabry Hafez, "The Transformation of Reality and the Arabic Novel's Aesthetic Response", *Bulletin of the School of Oriental and African Studies*, University of London, Vol. 57, No. 1 (1994), pp. 103, 106, 107, 110. 表格内注解为笔者所设。

表 2 - 3　新小说与早期小说的叙事空间对比

早期小说	新小说
开放的	封闭的
协调的	不协调的
统一的	分裂的
有序的	曲折的
平和的	危险的
保护式的	威胁式的
对空间的操控	在迷宫中迷失
空间的主观呈现	中立地、客观地渲染
现实主义的	神话的或奇异的

表 2 - 4　新小说与早期小说的人物特征对比

早期小说	新小说
人物角色的有限自由	潜在声音（注：指人物的潜在声音强于作者）
作者的侵入	作者（对角色）的否定
读者之于角色的优越性（注：指读者依据自己的感受对角色进行判断，所以产生"移情"作用）	错误优势的解除
移情	发现（注：指读者通过与叙事保持距离，以非移情的方式认知角色）
典型（原型）化	个性化
外部指向性	心理探险
英雄/局内者	反英雄/局外者
对价值的接受	对价值的质疑
对当下的接纳	渴望新的开始
承诺与担当	拒绝意识形态
男性的垄断	异质化的人物（注：指女性角色开始发挥作用）
相互和谐的人物角色	相互冲突的人物角色

　　埃及"六十年代辈"作家之一、文学评论家爱德华·赫拉特主张用"新感觉派"来指称这一代作家①，他指出："创新性的写作是突破而非模仿，是

---

① 爱德华·赫拉特认为，"新感觉派"在20世纪40年代的埃及文坛已初露端倪，而"六·五"战争的失败最终导致了"新感觉派"大爆炸。

建构而非附和，是提出问题而非给予答案，是探索未知而非自我满足……这种写作并不只是形式技巧，或局限于形式的颠覆，而且是一种见解和立场，是形式与思想的统一。"① 另一位"六十年代辈"作家、叙利亚文学社会学家哈利姆·巴尔卡特则认为，阿拉伯小说是阿拉伯社会现实问题与冲突的结果，无论是具备现代性的小说，还是传统型的小说，都是阿拉伯社会遭际的组成部分。这也许是阿拉伯小说不同于西方小说的一个特性。所以，他强调："一个作家的艺术手法必须与他对社会现实等问题的看法产生联系，关注社会矛盾的作家必然对艺术创新事业拥有自己的立场，必然会更倾向于实验和创新。"②

　　小说无疑是与现实社会联系最密切的文学艺术体裁。20 世纪 60 年代是阿拉伯社会的剧烈动荡期，"六·五"战争所导致的心理溃败和自我分裂，对直面这场战争的埃及年轻一代作家们的思想见解产生了巨大影响。"我们'六十年代辈'开始书写'六·五'战争的失败，战败将这一制度的弊端暴露无遗……我们是率先对战败发表证词，以绵密的目光审视现实的一代人……当我们在文学作品中谈论战争的影响时，问题与答案皆发自埃及人的心理结构，'六月溃败'对我们的打击大于'十月胜利'所带来的喜悦，它让我们清醒……所以在小说中对失败的表达更为清晰。"③ 基于此，"六十年代辈"作家有时又被称为"67 一代"、"受挫的一代"（jīl al-naksah）。"六·五"战败形成了一个拐点，在纳赛尔主义的宏大理想破灭后，埃及进入自我审视时期。作家们以《68 画廊》（Gālīrī 68）、《杂志》（al-Majallah）、《晚报》（al-Masā'）副刊等新闻媒体为平台，表达他们的痛苦与渴望，阐明一种新的美学追求。他们常以咖啡馆为雅集之处，交流看法。小说家巴哈·塔希尔在谈到 60 年代正在形成的新文学时说道，这些作家自发地聚集在一起，"并非一定出自共同的思想

①　إدوار الخراط، **الحساسية الجديدة**، دار الآداب، بيروت، 1993، ص 14.
　　（爱德华·赫拉特：《新感觉派》，贝鲁特：文学出版社，1993，第 14 页。）
②　حليم بركات، **المجتمع العربي في القرن العشرين**، مركز دراسات الوحدة العربية، بيروت، 2000، ص 723 - 724.
　　（哈利姆·巴尔卡特：《20 世纪的阿拉伯社会》，贝鲁特：阿拉伯统一研究中心，2000，第 723 ~ 724 页。）
③　صالح سليمان، **سوسيولوجيا الرواية السياسية**، الهيئة المصرية العامة للكتاب، القاهرة، 1998، ص 190.
　　（萨利赫·苏莱曼：《政治小说的社会学》，开罗：埃及图书总署，1998，第 190 页。）文中提及的"十月胜利"指 1973 年第四次中东战争。详注见本书绪论。

或文学主张,而是因为新的时代环境要求新的表达"①。

埃及"六十年代辈"作家自称"没有父亲的一代",但同时承认自己是"革命的亲生儿子",其写作"充满了对实现变革和社会公正的渴望,对善、美和价值的追求"②,其骨子里流淌着反叛的血液,"六·五"战争的溃败引爆了其内心"挑战和抵抗的精神"③。他们被民族的巨大挫折抛到阿拉伯思想文化危机的最前沿,试图以一种新感觉在小说创作中捕捉社会的脉搏。他们发现既有的模式无法表达眼前严峻纷乱的现实,遂致力于开发新的艺术手法。为了彻底摆脱失败的过往,他们努力发掘一个与熟稔的世界截然不同的新天地,使小说成为一个不断超越旧形式的艺术平台。虽然"六十年代辈"作家在创作上并不讲求统一的模式,但他们拥有一个共同的精神,那就是对现实中虚伪、腐败、极权和不公的拒斥和颠覆。

埃及"六十年代辈"作家的革命性是显而易见的,但是,"文学的革命性,只有在文学关心它自身的问题时,只有把它的内容转化为形式时,才是富有意义的。因此,艺术的政治潜能仅仅存在于它自身的审美之维"④。马尔库塞此言揭示了文学之所以为文学的"文学性"。将政治的、革命性的思想和内容以审美的方式呈现,使反叛的声音和姿态落实在诗学层面,是"六十年代辈"作家所勉力为之的。

三 埃及"六十年代辈"作家对传统元素的创造式复兴

20 世纪 60 年代末期起阿拉伯小说向传统的回归并非一种孤立的现象,它本身就是方兴未艾的阿拉伯实验派小说艺术的内容之一,只不过在 60 年

---

① بهاء طاهر، "سأنتظر"، مقدمة **خالتي صفية والدير**، دار الهلال، القاهرة، 1996، ص 20.
（巴哈·塔希尔:《我将等待》,《我的姨妈索菲娅与修道院》前言,开罗:新月出版社,1996,第 20 页。)

② "جيل الستينيات في مصر"(1)، **الشرق الأوسط اللندنية**، 3 سبتمبر 2004.
〔《埃及六十年代辈》(1),《中东报》2004 年 9 月 3 日。〕此处的"革命"指 1952 年埃及"7·23"革命。详注见本书第一章第四节。

③ محمد أبو زيد، "جيل الستينيات في مصر من نص السلطة إلى سلطة النص"(3)، **جريدة الشرق الأوسط**، 9 سبتمبر 2004.
〔穆罕默德·艾布·宰德:《埃及六十年代辈:从权力文本到文本权力》(3),《中东报》2004 年 9 月 9 日。〕

④ 赫伯特·马尔库塞:《审美之维》,李小兵译,第 242 页。

代末民族大挫折的语境下愈加得以凸显。此后,一方面阿拉伯作家积极借鉴西方先进的文学创作手法;另一方面,"他们不再将自己视为西方文类的进口者、效仿者、移植者,而是拥有自主权的实验主义者"①,去解构虽为舶来品却已然嵌入阿拉伯叙事文化的小说修辞传统。他们尝试独立于西方影响之外进行文学革命,再现了阿拉伯现代主义者对现代性所持的矛盾体认。由此,20世纪60年代成为阿拉伯小说艺术发展的转折点。黎巴嫩作家伊利亚斯·扈利(Ilyās Khūry,1948 –)曾评论道:"在阿拉伯当代文化中,现代主义是以本土的形式出现的,它并非西方现代主义的翻版,而是阿拉伯人将带有自身历史特征的现代性嵌入其文化结构的一种尝试。"② 摩洛哥文学批评家穆罕默德·巴拉达(Muhammad Barādah)则指出:"实验并不意味着以随意的方式反叛习见,也不是去模仿他人在另一语境下所做的形式革新。实验首先要求具有实验的意识,即作家充分了解他人实验的理论基础,同时对自己所致力的艺术革新有充分的问题意识,使其与自身的文化语境和世界观相呼应。"③ 二人的观点不约而同地涉及阿拉伯现代社会和文化发展所经历的自我与他者的复杂互动关系。

事实也的确如此。阿拉伯社会自遭遇现代性以来,始终在传统与现代之间摇摆不定,阿拉伯小说则作为"镜",多层面地再现自我在遭遇西方他者时的心理冲突。与此同时,阿拉伯小说自身的发展亦经历着类似的心理冲突,作为西方的舶来品,在殖民和后殖民语境下,进行着"向左"(本土化)还是"向右"(西方化)的选择。埃及是阿拉伯世界中历史文明最悠久的国家,也是最早被西方的坚船利炮打开国门的国家,且埃及地处亚非欧三大洲联系之要冲,因此对文化上的"他者"更加敏感和警觉。不少埃及作家都创作过以反映东西方文明冲突为主题的小说,影响较大的如陶菲克·哈基姆(Tawfīq al-Ḥakīm,1898 – 1987)的《东来鸟》('Usfūr min al-Sharq,1938)、

---

① Stefan G. Meyer, *The Experimental Arabic Novel*: *Postcolonial Literary Modernism in the Levant*, p. 10.

② Stefan G. Meyer, *The Experimental Arabic Novel*: *Postcolonial Literary Modernism in the Levant*, p. 11.

③ محمد أمنصور، **خرائط التجريب الروائي**، مطبعة أنفوبرانت، فاس، 1999، ص 24.
（穆罕默德·艾曼苏尔:《小说实验的版图》,非斯:安夫巴拉尼特出版社,1999,第24页。)

叶哈亚·哈基（Yaḥyā Ḥaqqī, 1905－1992）的《乌姆·哈希姆之灯》（*Qindīl 'Umm Hāshim*, 1944）。因此，20 世纪 60 年代末，在阿拉伯世界经历了一系列社会和政治嬗变的历史大背景下，埃及"六十年代辈"作家能首先在回归传统文化元素上达成一定共识。这是从各个视角重审自我，以求重塑自我身份的结果。在接下来的整个 20 世纪 70 年代和 80 年代早期，"遗产"（turāth）与"本源性"（aṣālah）二词成为使用频率极高的词，表明埃及知识分子正在重新思考现实与历史的关系。他们想要厘清的是，"阿拉伯—伊斯兰文化遗产中有哪些元素是'根性的'（aṣīl），依然可以为当下提供指导?"[1] 阿拉伯小说在更加政治化的氛围中继续向传统文化靠拢，流亡伊拉克的巴勒斯坦作家杰布拉·易卜拉欣·杰布拉、生活于以色列的巴勒斯坦作家伊米勒·哈比比、叙利亚作家哈利姆·巴尔卡特、沙特作家阿卜杜·拉赫曼·穆尼夫、叙利亚作家海德尔·海德尔（Ḥaydar Ḥaydar, 1936－）等都加入了这支队伍，追求在阿拉伯文化、语言或历史特性的基础上重塑小说。若干年后，阿拉伯文学批评界终于出现专门的术语来指称这一派作家——"阿拉伯小说遗产派"（madrasah tawẓīf al-turāth fī al-riwāyah al-'arabīyah）。该流派影响至深，波及面甚广，比如 20 世纪八九十年代在内战中崛起，以伊利亚斯·扈利、拉希德·戴伊夫（Rashīd al-Ḍa'īf, 1945－）为代表的一代黎巴嫩作家开发出所谓阿拉伯"新小说"，其高度碎片化的后现代叙事风格令批评家注目，但传统文化元素的身影在其中时隐时现。关于这一点，有学者中肯地评价道："'遗产'对当代小说的贡献是阿拉伯小说最重要的特色之一，因为它让阿拉伯小说在现实主义形式的成熟期踏上了另一条道路……无论政治在其中发挥了如何的促进作用，这一趋向都不该是一个令我们惊讶的文化现象：阿拉伯作家们在从西方汲取了小说这一文类，并使其达到现实主义形式的成熟阶段之后，开始将这一最具有可塑性的、最难以定义的文类作为发掘其自身文学遗产的理想媒介。"[2]

"遗产派"重继承，崇往古；但是，对传统元素的复兴，其意在创造。以苏非思想为例，苏非主义对阿拉伯现代诗歌、戏剧、小说等各文类的影响是显

---

[1] Roger Allen, "Literary History and the Arabic Novel", *World Literature Today*, Vol. 75, No. 2 (Spring 2001), p. 208.

[2] Fabio Caiani, *Contemporary Arab Fiction: Innovation from Rama to Yalu*, Introduction, p. 10.

著的。对于诗歌的影响可溯至 19 世纪末 20 世纪初的新古典主义派（复兴派）。在戏剧方面，埃及现代派诗人萨拉哈·阿卜杜·萨布尔曾创作诗剧《哈拉智的悲剧》（*Ma'sāh al-Ḥallāj*，1965），反映苏非思想对当代政治生活的影响。至于小说，埃及作家穆罕默德·侯赛因·海卡尔所创作的被公认为阿拉伯首部现代小说的《泽娜白》，由埃及作家、"文学巨擘"塔哈·侯赛因撰写的首部阿拉伯自传体小说《日子》（*al-Ayyām*，1929）都包含了一些苏非信仰与实践的内容。可以说，自阿拉伯小说诞生起，苏非思想即作为在场者参与其中。

苏非主义作为一种伊斯兰教神秘主义运动，出现于公元 8 世纪，主张厌弃尘世、克己守贫，通过苦修、赞念、冥想和直觉来认知真主。苏非主义者的背后常常是对现实社会的愤激郁勃。20 世纪下半叶以来，随着阿拉伯社会陷入重重危机，越来越多的阿拉伯作家和诗人运用苏非神秘主义的语言和思想来为困顿中的自我寻求突破，为混乱的社会寻找秩序，表达拒绝现状、实现变革的内在愿望。这是阿拉伯民众面对时代困局的一种总体反馈，当科学与革命都不再能提供答案，宗教就成为终极的答案。对于阿拉伯作家而言，一方面通过苏非主义与传统文化取得了联系，从中寻找自我，汲取精神力量；另一方面，将苏非式的冥想直觉与"向内转"的现代主义文学实验相结合，以之为悟道的津梁，从而直达内心世界。将苏非精神内化于文学作品的思想主题与创作技巧中，使之与具有鲜明非理性倾向的现代主义文学暗合，从而赋予其新的时代意义。在第一章的分析中，我们发现三位诗人——阿多尼斯、阿卜杜·瓦哈卜·白雅帖、马哈茂德·达尔维什，都受到了苏非思想不同程度的影响，本章即将具体展开讨论的埃及"六十年代辈"作家杰马勒·黑塔尼、爱德华·赫拉特、巴哈·塔希尔，以及他们的文学前辈纳吉布·马哈福兹亦不例外。

质言之，20 世纪 60 年代以降，随着各种他者化的现代性方案的衰微，阿拉伯世界危机频仍，整个民族落入现代的孤独，为文学走向现代性提供了丰赡的心理空间，阿拉伯小说由此开启了"现代性转向"的历程。一方面，阿拉伯小说汲取了西方现代主义创作手法，抛开对线性因果逻辑和社会现实秩序的奴性服从，走向隐喻、想象和文本的自治；另一方面，在重建本土文化价值成为全社会近乎必然的选择面前，阿拉伯小说呈现出向民族文化传统回归的特征，通过将"现实"与"历史"互动，来调整现实的图景，从而生成有关"叙事真实"的新理念。在此互动中，民族传统文化被赋予了新的视点，文学的现代性实验也被赋予了重要的民族特色。在这一过程中，埃及"六十年代辈"作家做出了重大贡献。

四 埃及"六十年代辈"作家的历史地位

阿拉伯小说自20世纪初启程，直到二战后方走上成熟之路，20世纪四五十年代是阿拉伯小说发展的重要时期，涌现出不少颇有成就的现实主义作家。20世纪50年代在民族主义革命精神的催发下，一度盛行苏联式的社会主义现实主义，单方面强调文学的政治功能，而忽略了文学自身的审美诉求。20世纪60年代阿拉伯现实主义小说继续发展，但小说创作的新感觉随着变化中的社会、政治和文化氛围已日渐形成，作家的美学手段、作品的形式与内容都得到了一定的更新，以应对变化不定的现实。这使得60年代的现实主义小说不同于以往，其中不乏创作经验丰富的老一代作家所做出的努力。至于当时如初生牛犊般的"六十年代辈"，"他们面对祖国、民族、人类，有政治理想，有历史使命感，有社会责任感，他们不畏权势，不趋时媚俗，既重视挖掘民族文化遗产，又善于借鉴西方的先进文化，将民族传统与西方现代技巧融为一体"[1]，致力于发展一种更具生长力的写作方式，以置换政治写作内在架构里的权力美学。

具体到埃及"六十年代辈"作家，他们成长于20世纪50年代，"是随着阿拉伯梦想的巨浪攀缘到民族主义顶峰，并感到无比骄傲，而在此后20年内，又随着各种符号的破灭迅速下坠到失望之谷底的一代"[2]。他们亲历了纳赛尔和萨达特时期政治、经济、社会和思想领域的各种变化，身上一方面肩负着"保卫祖国、捍卫公正、实现变革"的政治使命，另一方面则肩负着上一代作家未竟的文学革新的艺术使命。他们尝试使用超越常规的新美学形式，来表达和重建现实，推动阿拉伯小说走向现代性；他们富于创造性的努力，使得"探讨通过投身实验洪流寻找阿拉伯小说的根基成为一种可能"[3]。

---

① 仲跻昆：《阿拉伯文学通史》下卷，译林出版社，2010，第597~598页。
② صبري حافظ "جماليات الحساسية والتغير الثقافي"، مجلة فصول، القاهرة، المجلد السادس، العدد الرابع، سبتمبر 1986، ص 74.
（萨布利·哈菲兹《感觉派的美学与文化嬗变》，《季节》1986年第6卷第4期，第74页。）
③ سعيد يقطين، "الرواية العربية: من التراث إلى العصر".
（赛义德·叶格廷：《阿拉伯小说：从遗产到当代》。）

相较于上一代作家，他们的特点在于："在结构与纹理、符号与内涵、所指与参照物之间取得高度的有机联系，由此拓展了视阈，丰富了 60 年代小说的形式与内容。"① 虽然诸位作家的个性追求不一，写作手法各异，一些作家（如易卜拉欣·艾斯兰）坦言不擅于抒写宏大思想，因而"使命感不强"②，但他们在阿拉伯小说艺术创新方面确实取得了巨大成功，因为文学本身即意味着"庞大的使命"③，"由这一代作家创造的小说话语成功地为自己找到了一个立足点，以其他艺术门类所不具备的能力，更好地表达了自我、描绘了自我身份，至少是部分地描绘"④。其不懈的文学实验，很好地表达了处于特定社会文化语境下的阿拉伯民族重构身份的历史诉求。

如前所述，埃及"六十年代辈"作家的创作生命力旺盛，他们是埃及与阿拉伯小说现代性进程中的中坚力量，在阿拉伯作家协会评出的"20 世纪最佳阿拉伯语中长篇小说排行榜（105 部）"中，来自埃及的小说共 27 部，而由埃及"六十年代辈"作家创作的就有 14 部，已然占据半壁江山。这些作家中，有荣膺首届阿拉伯"布克奖"的巴哈·塔希尔，有摘得阿拉伯小说论坛奖和纳吉布·马哈福兹奖的爱德华·赫拉特，有斩获素丹·阿维斯小说创作奖的穆罕默德·白萨提，有被推荐为诺贝尔文学奖候选人的海利·舍莱比（Khayrī Shalabī，1938 – ）。当然，还有曾荣获法国骑士勋章、意大利哲林宰纳·卡福尔外国文学奖等国际奖项、蜚声国际文坛，并曾到访中国的杰马勒·黑塔尼。

埃及"六十年代辈"作家的创作能量是惊人的，但由于主客观因素，直到 20 世纪 80 年代，出版界、批评界和读者群对他们的创作都未给予应有的重视。对此，有评论家中肯地分析道："或许正是他们，使阿拉伯小说走向现代性和新感觉，同时获得深刻性和传统性。他们的作品与'五十年代辈'

---

① Sabry Hafez, "The Egyptian Novel in the Sixties", *Journal of Arabic Literature*, Vol. 7 (1976), p. 72.

② "جيل الستينيات في مصر"(1).

〔《埃及六十年代辈》（1）。〕

③ محمد أبو زيد، "جيل الستينيات في مصر من نص السلطة إلى سلطة النص" (3)

〔穆罕默德·艾布·宰德：《埃及六十年代辈：从权力文本到文本权力》（3）。〕

④ صبري حافظ، "جماليات الحساسية والتغير الثقافي"، ص 77.

（萨布利·哈菲兹：《感觉派的美学与文化嬗变》，第 77 页。）

的作品在时间上是交织的，小说大师纳吉布·马哈福兹丰富的、不断革新的、富有特色的、与后代作家交相创作的作品几乎覆盖了阿拉伯小说的整个版图……以至于一些批评家指责他阻碍了新一代小说家的前进道路。"① 马哈福兹本人则多次呼吁重视这一代作家，他不仅以身作则，担当他们的师傅，更在其小说创作的后期加入了他们的行列，这是诺贝尔文学奖得主对"六十年代辈"作家最有力的肯定。②

五　本章主要内容

本章拟论述的四个埃及作家，除纳吉布·马哈福兹之外，其余三位均属于"六十年代辈"。将马哈福兹归入本章视阈的理由在于：马哈福兹虽然一直以其高超的现实主义创作为受众所熟知，但其自20世纪70年代后期起的创作明显受到作为其晚辈的"六十年代辈"作家的影响，并同样取得了一些成就。

纳吉布·马哈福兹出生并成长于开罗市中心的杰玛里耶老区，是位多产的作家，一生共发表了35部长篇小说，16部短篇小说集，多部戏剧、文集和电影剧本，是阿拉伯世界迄今唯一的诺贝尔文学奖获得者。萨义德曾如此赞誉他："马哈福兹不仅是另一个雨果、狄更斯，而且是另一个高尔斯华绥（John Galsworthy）、托马斯·曼、左拉和于乐·罗曼（Jules Romain）。"③ 马哈福兹得以在阿拉伯世界脱颖而出，不仅仰仗其时间跨度大、求新多变的写作生涯，而且受益于其作品浓郁的开罗性和埃及性。④ 其前期作品对开罗社

---

① أحمد محمد عطية، الرواية السياسية، ص 9-10.
　　（艾哈迈德·穆罕默德·阿忒耶：《政治小说》，第9~10页。）

② 马哈福兹在小说创作道路上终与"六十年代辈"殊途同归，原因之一是对"六·五"战争的相同感受。他曾如此描绘梦幻的破灭感："在我的一生中，在此之前及之后，都未曾体会到那一刻带给我的迷茫和绝望，我感到极度的沉痛、悲伤，觉得难以置信。原先我好像生活在一个美梦中，现在突然掉到了冰凉坚硬的地上……失败促使我对七月革命作了全面反思，我想弄清楚革命到底为埃及带来了什么。我意识到，战败以前，我生活在一场虚幻之中，我们就像在沙地上用纸建一座大厦，一个浪头打来，把一切都淹没了。或者说我们生活在一个巨大的唬人的幻影中，大风袭来，这个幻影也就随风飘失。我开始自问：我们生活其间的幻觉是我们自造的吗？还是有人欺骗了我们？这个幻觉是不是精心构造的，只有那些构造幻觉的人才知道真相？"参见纳吉布·马哈福兹《自传的回声》，薛庆国译，光明日报出版社，2001，第172~173页。

③ "After Mahfouz", in Edward W. Said, *Reflections on Exile and Other Essays*, p. 318.

④ 与许多阿拉伯文学家不同的是，马哈福兹的一生都在埃及度过，鲜有出国经历。

会纵深处的生动想象，为即将成为"六十年代辈"中坚力量的年轻作家们提供了一个坚实的基础。

尽管马哈福兹以描写开罗著称，但他从未停止过文学技巧方面的实验。其创作经历了四个阶段，都对阿拉伯小说的发展趋势带来很大影响。首先是历史小说阶段；接下来是由"开罗三部曲"领衔的社会现实主义阶段；此风格在 20 世纪 60 年代得以延续，但具体手法已有很大创新，被他自称为"新现实主义"阶段；20 世纪 70 年代后期，实验主义正式登台。1988 年诺贝尔文学奖授予马哈福兹的主要原因是其"融会贯通阿拉伯古典文学传统、欧洲文学的灵感和个人艺术才能的"小说艺术，参考的主要作品是其现实主义的巅峰之作"开罗三部曲"和现代寓言式小说《我们街区的孩子们》。研究阿拉伯文学的著名学者罗杰·艾伦（Roger Allen）认为，诺贝尔文学奖评委会在当年做出该评价时，忽视了马哈福兹后期作品的转向，包括其年轻同道者的共同努力。他指出，马哈福兹其实早就注意到了现代阿拉伯小说与其本土传统之间的紧张关系。① 对此，笔者更倾向于将之诠释为一种互动关系。因此，在本章第二节中，笔者将尝试以马哈福兹的后期力作《平民史诗》为例②，在把握其创作主旨的基础上，通过分析该小说对民间传奇这一阿拉伯传统叙事形式的借鉴，对伊斯兰苏非神秘主义思想的现代阐释，来透视阿拉伯小说的"现代性转向"与民族文化的互动关系。

本章拟论的第二位作家是埃及"六十年代辈"的杰出代表之一杰马勒·黑塔尼（又译作"哲迈勒·黑托尼""哲麦勒·黑托尼"）。黑塔尼出生于埃及南部乡下，成长于开罗杰玛里耶区，与马哈福兹的家毗邻，因而得"近水楼台"之便利。作为马哈福兹的嫡传弟子，"他沿着马哈福兹所开辟的埃及现代文学的道路，顽强地将埃及文学引领到一个新天地"③。其作品明确致力于将西方文学创作形式与阿拉伯古典文学遗产进行有机结合，尤其重视从民

---

① See Deheuvels, Michalak-Pilulska, and Starkey（eds.）, *Intertextuality in Modern Arabic Literature Since 1967*, Manchester and New York：Manchester University Press, 2009, p. 4.

② 马哈福兹在荣膺诺贝尔文学奖后接受了埃及《图画》周刊的采访，并曾表示，《平民史诗》《千夜之夜》属于其创作高峰代表作四部作品中的两部，可见其本人对后期创作的推崇。参见郅溥浩《解读天方文学》，宁夏人民出版社，2007，第 291 页。

③ 邱华栋：《哲迈勒·黑托尼：埃及小说新旗手（1945 -）》，《西湖》2010 年第 7 期，第 108 页。

族传统文学遗产中寻求创新灵感，对埃及和阿拉伯"六十年代辈"作家的影响很大。如其所言："是的，作为其中的一员，我们从 60 年代发表文章开始，就一直在寻找自己独特的创作风格，我们试图从古代文书、年鉴、手记、决议，甚至建筑说明书、南部埃及的口头文学中去挖掘一切被遗忘的古典民间文学创作形式。"[1] 黑塔尼亦蜚声国际文坛，其作品已被翻译成包括中文在内的 20 多种文字，并先后荣获法国骑士勋章、法国—阿拉伯友谊奖、意大利哲林宰纳·卡福尔外国文学奖等国际奖项。

　　黑塔尼对自身民族文学传统极为珍视，他明确表示："我并非在空白中写作，我有阿拉伯故事遗产，无论是诗歌的、苏非的、历史的、日常习俗的，还是民间生活的。通过借鉴遗产达到对民族遗产和世界小说的双重超越。有人断言我的实验之路不通，因为遗产中的形式是有限的。此话源于对遗产的无知，而我只觉得自己需要 5 个世纪方能完成对阿拉伯遗产的吸纳。"[2] 他的文学实验意识始于处女作《一个青年的千年前日记》（*Awrāq Shabb 'Āsha mundh Alf 'Ām*，1969），但获得真正成功是在长篇小说《吉尼·巴尔卡特》（*al-Zīnī Barakāt*，1974；*Zayni Barakat*，1988）中。《吉尼·巴尔卡特》最初连载于 1970 年、1971 年的《鲁兹·尤素福》（*Rūz Yūsuf*）杂志，彼时黑塔尼方 20 多岁。它表面上是一部关于历史的小说，实际上是一部挪用了历史文献记录的小说，它将现代小说与历史文献嫁接，以含蓄的手法评说现实图景，利用历史的声音表达现实危机。作者构想了一个与他所处的 20 世纪 60 年代埃及社会相似的历史情境，着力展现威权主义无所不在的渗透力。黑塔尼创作该小说有两个现实原因：一是 1966 年在纳赛尔统治下他曾与其他埃及知识分子遭遇整整一年的监禁，这给他留下了深刻记忆；二即 1967 年"六·五"战争溃败引发全民族危机，这促使他回望历史，"将历史渗入当下现实，拉开读者与现状的距离，以便重审自身"[3]。

---

[1]　宗笑飞：《哲麦勒·黑托尼：为反对遗忘而进行创作》，《中华读书报》2007 年 10 月 19 日，第 5 版。

[2]　جمال الغيطاني، "جدلية التناص"،
　　Journal of Comparative Poetics, No. 4（Spring 1984），p. 77.
　　（杰马勒·黑塔尼：《互文本的辩证法》。）

[3]　Sabry Hafez, "Touching on Taboos, Zayni Barakat by Gamal al-Ghitani", *Third World Quarterly*, Vol. 11, No. 4（1989），p. 306.

在哲学方面，黑塔尼一向关注时间与死亡、时间与遗忘。他曾说："依我之见，作家是另类的历史学家，他将保存特殊的历史时期作为自己的任务，以免历史为世人所遗忘，阻止它在可怕的宇宙空虚，即时间的侵蚀之下走向无情的消亡。"[1] 受罗杰·艾伦等学者的观点启发，笔者将尝试在互文性理论的框架下考察这部小说，以体认其中深刻的"文本政治"，并从一个新视角诠释阿拉伯当代文学与"传统"的关系，其中将涉及黑塔尼的时间观。笔者认为，这是黑塔尼文学创作的认知出发点。

本章拟论述的第三位作家爱德华·赫拉特是一位在文学理论建构与创作实践方面均有突出贡献的埃及"六十年代辈"作家。2008 年他曾因"锐利的感知为阿拉伯小说开辟了一条新路，对阿拉伯新一代小说家的形成颇有影响"，而荣获第四届阿拉伯小说论坛奖。[2] 赫拉特是一位著作等身的小说家、诗人、画家和文论家，迄今共发表了 50 多部作品，其中有 6 部诗集、15 部文学与美术批评文集、20 部中长篇小说和短篇小说集等，包括"《拉玛与龙》三部曲"和"亚历山大三部曲"。

在对赫拉特所提出的"新感觉派""跨类写作"等理念进行一番梳理后，笔者着重研读的是其代表作《拉玛与龙》（*Rāmah wa al-Tinnīn*，1979；*Rama and the Dragon*，2002）。《拉玛与龙》是赫拉特在进行文学创作 20 年后发表的首部长篇小说。在这部对读者极富挑战性、被赫拉特称为"不可译"的作品中，作者着力表达了现代主义式的主体感受，并注重对语言和叙事的创造性复杂处理。赫拉特认为，运用"新感觉"所创作的作品应该是"问题文本"，所以他声称："如果阿拉伯文学的现代主义创新是对一个旧有的但尚有效的遗产的延续，那么它同时也一定是对现实主义模式的突破。它不断地质询，却不提供任何现成的答案；其所追求的文学事业以一种不自足，亦不顺从的态度切入黑暗。"[3] 赫拉特将自己的文化遗产总结为"非现实主义集体想

---

[1] Qtd. in Roger Allen, *The Arabic Novel: An Historical and Critical Introduction*, p. 196.

[2] عبد النبي فرج، "حوار مع الروائي الكبير أدوار الخراط"،

www. ahewar. org/debat/show. art. asp? aid =271708.

（阿卜杜·纳比·法尔吉：《与大作家爱德华·赫拉特的对话》。）前三届获奖者分别是沙特作家阿卜杜·拉赫曼·穆尼夫、苏丹作家塔依卜·萨利赫、埃及作家苏纳拉欧·易卜拉欣。

[3] Qtd. in Roger Allen, *The Arabic Novel: An Historical and Critical Introduction*, p. 262.

象的丰富积淀",包括那些挑战世俗现实性的古老民间故事、具有强烈魔幻色彩的《一千零一夜》,以及来自基督教和伊斯兰教的宗教故事。他用"生动的""强有力的""极其当代的"这几个字眼来形容阿拉伯文化遗产①,并使之"润物细无声"地融入自己的创作中。

赫拉特极具个性的文学实验为他赢得了声誉,也使他招致一些反对者的质疑,他们认为他是一个"象牙塔"内的作家,偏离了文学驱动社会的宗旨。这也许是出自对其本人的一种误解。其实赫拉特早年即积极参加祖国反殖民解放运动,1948 年还曾为此被捕入狱。此后曾就职于亚非人民团结组织和亚非作家联盟。他明确将自己归入第三世界作家,其创作的旨归是"寻求民主、人性和解放",但这绝不意味着写作是一种"宣道行为"②。他撰文提问"文学在今天还有用吗?"既是对上述立场的再次强调,也是为了直面阿拉伯文学现代性在 21 世纪必须厘清的一个重大问题。或许可以这么说,文学与政治之间的天然张力注定了赫拉特炽热的个人实验所朝向的只能是一种"不可能的完美"。本章将论述作者如何将所谓"新感觉"内化于深刻的象征寓意与浓厚的冥思色彩之中,体现现代派作家用"心灵之眼"观照宇宙和万物的"视界"。

巴哈·塔希尔——小说家、戏剧家、翻译家、文化批评家,是本章所论的最后一位埃及"六十年代辈"代表作家。与杰马勒·黑塔尼、爱德华·赫拉特相比,巴哈·塔希尔的小说创作显然更贴近现实主义,而现代主义色彩较淡,即便在其新近作品——笔者将重点关注的小说《日落绿洲》(*Wāḥah al-Ghurūb*,2007;*Sunset Oasis*,2010)中。

《日落绿洲》是一部探究东西方关系的小说,同时洋溢着浓厚的世界主义和人道主义情怀。这得益于塔希尔多年的流亡经历。在"十月胜利"后,萨达特政权发起思想肃反运动,许多知识分子被迫流亡。其时,塔希尔在开罗电台工作,因被控宣传"赤色"而失去写作自由。1975 年塔希尔前往日内瓦任联合国议员达 14 年之久,此间创作完成的短篇小说《昨日我梦见你》

---

① Amal Amirah, "Edwar al-Kharrat and the Modernist Revolution in the Egyptian Novel", *Al-Jadid*, Vol. 2, No. 9 (July 1996).

② عبد النبي فرج، "حوار مع الروائي الكبير أدوار الخراط".
（阿卜杜·纳比·法尔吉:《与大作家爱德华·赫拉特的对话》。）

（*Bi al-Amsi Ḥalumtu bik*，1984）、《我，国王来了》（*Anā al-Malik Ji't*，1985）以及后来的长篇小说《我的姨妈索菲娅与修道院》（*Khālatī Ṣafiyah wa al-Dayr*，1991；*Aunt Safiyya and the Monastery*，1996）、《爱在流放地》（*al-Ḥub fī al-Manfā*，1995；*Love in Exile*，2002），均表现了作者跨文化的视野与追求。《日落绿洲》继续探寻具有普世意义的人性真相。小说的主角们以失败者的面貌出现，却始终寻求着救赎的途径，与个体和社会内部的毁灭做顽强的抵抗。塔希尔的笔翼因此转向"内向化"，注重在人物的内在"对话"中形成复调，并从人性复杂多样性的角度，阐释主角由现代性抉择的矛盾所导致的个人悲剧与社会悲剧。此中，人物的主体意识通过无尽的斗争与冲突得以展现和建构，这种斗争与其说是针对外部现实，毋宁说是针对自我，或曰针对那些与自我质疑和焦虑相交缠的外部现实。由此可以说，在将外部世界视为"敌对的、非真实的"，立足于人的主体性，揭示人物心灵世界方面，塔希尔的处理已完全走向现代主义。

塔希尔是一个善于将现实主义和现代主义合璧、取其所长、为我所用的作家，在采纳现实主义时追求先锋性和探索性，以提高作品的审美层次；在采纳现代主义时又心系普罗大众，使文学真正发挥其应有的社会功用。为了深刻揭示塔希尔在阿拉伯小说从现实主义向现代主义转型进程中不可替代的作用，笔者将借用巴赫金的对话理论来解读其获首届阿拉伯布克奖的小说《日落绿洲》，分析作者如何以充满对话性的创作手法和文化意识，成功地将主要人物塑造成鲜明的感性个体存在。作为当下阿拉伯文坛令人瞩目的文学奖项，阿拉伯布克奖将首枚"勋章"颁给了巴哈·塔希尔，昭示了"六十年代辈"作家在历经风雨之后实际上宝刀未老，并且仍然有能力引领阿拉伯当代小说在岔口横生的道路上继续前行。本章将赫拉特与塔希尔这两位创作方法和理念不尽相同的同代作家进行并置研究，目的在于形成某种程度上的对照，由此表明：一个大作家，尤其是出身于第三世界的优秀作家，一定是关注现实的，不同点只在于如何关注而已。

第二节　"现代性转向"与民族遗产的互动：
马哈福兹的《平民史诗》①

如本章综述中所言，20世纪60年代以来，随着各种他者化的现代性方案的受挫，阿拉伯世界危机频仍。面对波谲云诡的政治现实，阿拉伯作家迅速成长、成熟起来，文学观念和社会审美心理也在经历着嬗变。1967年"六·五"战争的溃败使阿拉伯民众心绪格外复杂，重建本土文化的价值和尊严成为近乎必然的选择。在这一空前的历史阵痛中，整个民族落入现代的孤独，为文学的"现代性转向"提供了丰赡的心理空间。国难当头之际，"文学家的首要任务是承担民族的忧愁，挽起国民的手，带领他们走出落后和衰败"②。因此，20世纪60年代末起阿拉伯小说自滥觞以来再次回归传统，通过将"现实"与"历史"互动，来重构社会，调整现实的图景，诠释文学对阿拉伯式的现代化的理解。"在这一过程中，现实变成了碎片，不再给我们提供完整的外部世界……"③，从而突破了较长时期以来阿拉伯小说社会现实主义的主流话语，生成有关"叙事真实"的新理念。这是一方面。另一方面，在这样的互动中，民族传统文化被赋予了新的视点，文学的现代性实验也被赋予了重要的民族特色。

埃及"六十年代辈"著名作家之一爱德华·赫拉特曾在其专著《新感觉派》中总结了阿拉伯实验小说的多方面特性，包括：对人的异化及疏离感的着力表现，"向内转"的表达方式，对传统文化和民间文学遗产的复兴，将幻想与现实交织的魔幻现实主义，以质疑权力话语和主流价值为立场的新现实主义。④ 他强调，对传统文化和民间文学遗产的"复兴"实为"再创造"。

---

① 本节内容曾以《〈平民史诗〉的"现代性转向"与阿拉伯民族文化的互动》为题，发表于《北大中东研究》2015年第1期。

② إبراهيم محمود عبد الباقي، **الخطاب العربي المعاصر**، ص 192.

（易卜拉欣·马哈茂德·阿卜杜·巴奇：《当代阿拉伯话语》，第192页。）

③ سعيد يقطين، "الرواية العربية: من التراث إلى العصر".

（赛义德·叶格廷：《阿拉伯小说：从遗产到当代》。）

④ انظر إدوار الخراط، **الحساسية الجديدة**، ص 15- 20.

（参见爱德华·赫拉特《新感觉派》，第15～20页。）

那么，当代阿拉伯小说在走向现代性的过程中如何实现了对民族文化遗产的再创造？民族文化遗产又如何参与了这种"现代性转向"？本节将在概览诺贝尔文学奖获得者纳吉布·马哈福兹（Najīb Mahfūẓ，1911－2006）后期创作的基础上，对其力作《平民史诗》（Malḥamah al-Ḥarāfīsh，1977；The Harafish，1997）进行文本解读，以透视二者的互动关系。

一 马哈福兹后期创作的"现代性转向"

马哈福兹之所以被誉为"阿拉伯小说之父"，是因为他在引领阿拉伯小说艺术日臻成熟的道路上所发挥的巨大作用。他在社会现实主义阶段的巅峰时期所完成的"开罗三部曲"——《宫间街》（Bayna al-Qaṣrayn，1956；Palace Walk，1990）、《思宫街》（Qaṣr al-Shawq，1957；Palace of Desire，1991）、《甘露街》（Al-Sukkarīyah，1957；Sugar Street，1992），"被认为是为阿拉伯小说制定了新标准的扛鼎之作"[1]，使"欧洲小说因此成为阿拉伯世界完全本土化的文学类别"[2]。彼时，适逢埃及 1952 年"七月革命"推翻了封建君主制度，建立了共和国，旧的社会—政治结构被颠覆。为此，他放弃了在传统现实主义道路上续写自己的辉煌，而是辍笔七年，并以《我们街区的孩子们》（Awlād Ḥāratinā，1959；Children of Gebelawi，1981）这部寓言式小说恢复写作，来验证自己对新时代的新感觉，由此开启了被他称为"新现实主义"的创作阶段——"至于新现实主义，其写作的动机则是某些思想和感受，面向现实，使其成为表达这些思想和感受的手段"[3]。他在 20 世纪 60 年代连续发表了 6 部充满了哲学思索和心理分析的中长篇小说，分别是《小偷与狗》（al-Liṣṣ wa al-Kilāb，1961；The Thiefs and the Dogs，1984）、《候鸟与秋天》（al-Summān wa al-Kharīf，1962；Autumn Quail，1985）、《路》（al-Ṭarīq，1964；The Search，1991）、《乞丐》（Al-Shaḥḥādh，1965；The Beggar，1986）、《尼罗河上的絮语》（Thartharah fawq al-Nīl，1966；Adrift on the Nile，1993）、《米拉玛尔公寓》（Mirāmār，1967；Miramar，1978），体现了个体在

---

① J. M. 库切：《纳吉布·马哈福兹的〈平民史诗〉》，载氏著《异乡人的国度》，第 264 页。

② Roger Allen, "Literary History and the Arabic Novel", p. 206.

③ 开罗《共和国报》访谈录，转引自仲跻昆《纳吉布·马哈福兹的创作道路》，载谢秩荣主编《东方新月论坛 2003》，经济日报出版社，2003，第 161 页。

变幻不定的现实面前，对生命的痛苦和悲剧的根源的认识。这些小说在继续汲取巴尔扎克、狄更斯、陀思妥耶夫斯基、托尔斯泰、左拉等人的西方现实主义成就时，将普鲁斯特、乔伊斯、卡夫卡、福克纳的现代主义，萨特、加缪的存在主义，以及伊斯兰苏非神秘主义思想展现其中。小说的主人公多发现自我追求与外界环境之间发生了严重冲突，因而失去信仰和希望，跌入无意义中，或陷入社会和伦理层面的危机，充满拒斥感和挫折感。

20 世纪 70 年代末 80 年代初，马哈福兹进入其小说创作的最后一个阶段：现实主义进一步让位于象征主义和实验主义。他接连撰写了《平民史诗》、《千夜之夜》（*Layālī Alf Laylah*，1982；*Arabian Nights and Days*，1995）、《伊本·法图玛游记》（*Riḥlah Ibn Fatūmah*，1983；*The Journey of Ibn Fattouma*，1992）等托古喻今的作品，集中体现了他对阿拉伯传统文学的借鉴。他通过使用历史、传说、民间想象和意象，来丰富被狭隘化的现实世界，在不书写现实的同时生产"真实"，从而完成了他对当代阿拉伯小说"现代性转向"本质内涵的实践。这一转向，概言之，"是阿拉伯思想意识关于写作与时间（历史）的关系（即关于叙事真实）的转型"[1]。

需要着重说明的是，为了体现文学创作的新理念，马哈福兹在其后期作品中尝试运用象征主义、表现主义、梦境、幻觉、闪回、意识流、内心独白、心理时间、时空交错等现代派写作技巧，但是"他的创作，却一刻也没有离开过对现实的关注、思索、赞颂或嘲讽。这就使他和注重个人内心情感体验，注重描绘人和世界之间不可调和的矛盾、人的异化等等的现代派小说家有着本质上的不同"[2]。这里所谓的"现实"，在很大程度上是指马哈福兹作品中的主导主题——政治，如他所说："在我所有的写作中，你都能发现政治。你也许会发现一个故事忽略了爱或其他主题，但不是政治；它是我们思维的轴心。"[3] 比如，他的早期历史小说《底比斯之战》（*Kifāh Ṭibah*，

[1] إبراهيم. القهوايجي"تأملات في الحداثة الأدبية العربية"،

　　http：//www.odabasham.net/show.php？sid＝3448.

　　（易卜拉欣·卡赫瓦基：《关于阿拉伯文学现代性的思考》。）

[2] 蒋和平：《传承、借鉴、创新——〈我们街区的孩子们〉创作手法分析》，载张洪仪、谢杨主编《大爱无边：埃及作家纳吉布·马哈福兹研究》，宁夏人民出版社，2008，第98页。

[3] نجيب محفوظ،أتحدث إليكم، دار العودة، بيروت، 1977، ص 92.

　　（纳吉布·马哈福兹：《我和你们谈》，贝鲁特：回归出版社，1977，第92页。）

1944），讲述了公元前 1550 年拉美西斯一世打败喜克索斯人，将埃及从持续一百多年的外国政权下解放出来的历史，表达了现代埃及摆脱英国殖民主义统治的愿望和决心；他的社会现实主义力作"开罗三部曲"描绘了 1919 年埃及人民反英运动至二战结束埃及都市社会的广阔历史画面，此间主要的政治和社会力量悉数亮相，包括华夫脱党、社会主义者和穆斯林兄弟会；他的新现实主义发轫之作《我们街区的孩子们》探讨人类在成长历程中对幸福和正义的追求，目的之一是揭示埃及在 1952 年革命后所显露的新问题；他的《小偷与狗》写的是关于亲朋好友间相互背叛的故事，背景则是 1952 年埃及革命的掌权者对革命理想的背叛；具有魔幻现实主义色彩的《千夜之夜》以续《一千零一夜》为名，虚构了一个充满虚伪、腐败和压迫的山鲁亚尔王国，以影射当代社会政治；以古典名著《伊本·白图泰游记》为摹本的《伊本·法图玛游记》通过主人公的精神之旅，抒发了对人类终极理想社会和政治制度的憧憬……认识到这一点，才能理解马哈福兹后期作品在转向现代性时为何借助传统文化元素，也才能理解他对文化遗产的借助并不仅仅是一种形式追求，更是一种立场和见解，是艺术技巧与思想内容的高度统一。[1]

二 《平民史诗》对传统叙事形式的借鉴

《平民史诗》讲述了生活在古老街区的纳基家族十代人的奋斗和兴衰史。驴车夫阿舒尔正直善良，崇尚德义，他所在的街区被一场瘟疫"洗劫"，而他幸免于难，住进一座富人遗弃的宅邸，由此过上殷实的生活，但他不忘接济贫苦大众。他因侵占罪被捕入狱，出狱后在平民拥戴下领头反抗贵族和商贾，以税收制度均贫富，开创了街区的黄金时代，却在一天夜里神秘失踪。

---

[1] 在创作后期，马哈福兹推崇一种自发源自心灵的创作形式，并用"内部的音乐"来做比喻。1980 年马哈福兹曾说道："对于我们这些属于发展中或不发达世界的作家而言，我们习惯于思考如何在我们的自身身份濒临灭绝时实现我们真正的文学身份。我的意思是，欧洲小说是神圣的，离开这一形式如同渎神。有段时间我曾认为我们这一代人的作用就是用正确的形式写小说，因为我相信形式有正误之分。现在，我的理论发生了变化。正确的形式来自内部的音乐。我不试图模仿玛卡梅，也不模仿乔伊斯。坦率地说，这些天让我上火的就是模仿，即便是对传统的模仿。" See Ouyang Wen-qing, "The Dialectic of Past and Present in Rihalah Ibn Battuta by Najib Mahfuz", Qtd. in Muhamed-Salah Omri, "Local Narrative Form and Constructions of the Arabic Novel", in *Novel：A Forum on Fiction*, Vol. 41 (Spring-Summer 2008), p. 244.

他的儿子舍姆斯·丁通过角斗争得头人的位置，带领族群继续过着繁荣和平等的生活。但阿舒尔的孙子苏莱曼掌权后，私心膨胀，脱离劳苦大众，使街区走向贫富分化。苏莱曼的子孙们或贪图钱财，或畏惧强暴，或兄弟阋于墙，因此毫无建树。平民们逐渐失去了对纳基家族的信任，在贫困交加中期待着阿舒尔的归来。强悍的贾拉勒掌权后，用贿金大兴土木，耽于享乐，弃民众利益于不顾，为追求永生而疯狂。法塔哈·巴布渴望恢复祖先的基业，在遭遇饥荒时率领平民揭竿而起，反击囤积居奇的商贾。他试图结束贫穷和不公，却被部下所害。最后，纳基家族终于出现一位集力量、智慧和美德于一身的继承人——放羊娃小阿舒尔，他组织并依靠平民的力量发展经济，建设街区，消除阶级差别，自己却保持艰苦的本色。平民们在小阿舒尔的领导下，进入平等、祥和、繁荣的鼎盛时期。

马哈福兹使用了"哈拉菲什"（ḥarāfīsh）一词来指称"平民"。"哈拉菲什"一词可溯至埃及的马穆鲁克时代①，意为"贫民、穷人、暴民、流浪汉"，但在具体的使用语境中，又颇似如今我们日常所说的"劫富济贫的绿林好汉"。故此，英译本对该词仅采用了音译。小说中的另一个关键词是"夫图瓦"（futūwah），有"义气、豪侠"之意，中世纪苏非主义思想常用该词来宣扬救世者的一种无私境界。苏非圣徒传记作者苏拉米（Al-Sulamī，942－1021）的著述中，就有一部书名为《夫图瓦》（Kitāb al-Futūwah）。马哈福兹则将该词作为力量、善，以及实现公平正义的代名词。小说似乎想通过一个家族的兴衰沉浮来反映"夫图瓦"的发展史及其滥觞、兴盛、式微或消亡的原因，并讴歌那些为重建侠义之风而坚持斗争、不懈努力的人们。

《平民史诗》虽然以一代代纳基家族为序进行线性叙事，却充盈着一种介于梦幻和事实、神话和现实之间的氛围。生活在这片古老无名的街区的人们不知何时而生，也不知生于何处，但他们的生与死、爱与恨、善与恶、所走过的正路与迷途，恰似人类奋斗史的一幅全景式画面。故事的地点一般不离开街区（ḥārah），空间的狭小衬托出事件的浓缩性、冲突的尖锐性和悬念的急迫性，具有一种诗性的凝练和生动。小说共分十章，每章叙述一个基本独立的故事，所有故事遵循相同的叙事程式，仿佛在一个有限的空间内，让

---

①　马穆鲁克王朝是由外籍奴隶建立的伊斯兰政权，1250～1517年统治埃及、叙利亚地区。

时间在一个个首尾相接的圆环里流动，循环往复，无始无终。这既体现了马哈福兹在现代主义和苏非思想的影响下形成的时间观，也是他借鉴民间文学类型化的叙事语法所产生的效果。

阿拉伯古代文学缺乏史诗这种体裁。《平民史诗》被命名为"史诗"，并不意味着马哈福兹创作了一部古代西方或波斯、印度式的英雄赞歌。这部"史诗"，实际上是一部阿拉伯式的传奇故事。传奇（al-sīrah）是中世纪阿拉伯颇为流行的一种民间文学体裁，与阿拔斯王朝时期和马穆鲁克时期的民间说唱艺术以及咖啡馆娱乐的繁荣密切相关。传奇往往是鸿篇巨制，分为若干部分，每部分又由许多基本独立的、长短类似的故事组成，以便于说书人每晚在咖啡肆定时讲述给听众。主人公多半是阿拉伯古代英雄，如《赛福·本·热·叶京传奇》（Sīrah Sayf bn Dhī Yazin）、《安塔拉传奇》（Sīrah 'Antara bn Shadād）、《希拉勒人传奇》（Sīrah banī Hilāl）等。

《平民史诗》虽未指明故事发生于哪个历史时期，但从人们的饮食起居等生活方式，多半可以推断出作者所参照的是传奇兴盛的马穆鲁克时期。作者在塑造纳基家族的每一代传人时，多按照传奇的套路，叙述其从出生、成长、成家、立业到老去的各个生活阶段，塑造英雄人物时则尤其强调其获得社会公认的这一环节，因为古代的传奇英雄多半要经历身先士卒、战胜险阻、胜利而归、被赋重任的过程。对于先祖阿舒尔这位正义和善的最高典范而言，他所面对的敌人是街区中飞扬跋扈的士绅显贵，以及恶的象征——养父之弟达尔维什，其侠肝义胆甚至体现在解救风尘女子菲拉并与之成亲。传奇英雄多半孑然而死，阿舒尔·纳基则神秘地隐匿而去。

但是，马哈福兹的《平民史诗》又与阿拉伯传统的民间传奇在立意上有着很大不同。传奇多塑造个体英雄，推崇个人力量，以寄托中世纪遭受外族入侵或统治的阿拉伯民众改变现状的梦想。《平民史诗》也塑造个体英雄，但强调个人在集体力量的推动下捍卫大众权利，渲染英雄与平民荣辱与共、息息相关的命运。这也是马哈福兹将小说命名为"平民史诗"，而非"某某英雄的史诗"的初衷。英雄只有通过归属民众，汲取民众的力量才能成为真正的英雄，否则只能一败涂地，或身败名裂，就像小说中的苏莱曼和贾拉勒。这是作者对"夫图瓦"兴衰之关键的诠释。马哈福兹的创作宗旨显然是要宣扬这种"夫图瓦"，将其作为解决当代埃及乃至整个阿拉伯社会危机的道路，敦促国家统治者以人民福祉为出发点，真正为人民着想。

通过巧妙地改造传奇这一阿拉伯传统民间文学形式，马哈福兹表达了自己在阿拉伯社会、文化和文学皆处于转型和嬗变的关键期时的一种态度，即从访问和再造民族传统中同时汲取社会现代性和美学现代性前行的动力。对后者，另一位非洲诺贝尔文学奖得主库切曾给予高度评价，他认为，在"利用阿拉伯古代小说及民间故事传统改造现代阿拉伯语散文小说，使其不要再像以前那样跟在西方现实主义后面亦步亦趋"的事业中，马哈福兹"占据了一定的领先地位"[1]。

三　《平民史诗》对传统苏非思想的现代阐释

马哈福兹作品始终关注现实政治是不争的事实，但其作品之所以获得诺贝尔文学奖评委会的青睐，还在于一个重要原因，即它们不仅是政治寓言，还饱含对人性的关注，如评委会所认为，他的作品"总体上是对人生的烛明"[2]。在20世纪60年代以后的创作中，马哈福兹更多地将目光聚焦于个体，将阿拉伯人在巨大的历史嬗变和破碎的社会现实面前的集体茫然、无奈、追索和奋起表达为"西西弗的反抗"，使存在的悲剧和社会的悲剧交融在一起，将个体对生命意义的寻找纳入民族/国家宏大叙事的视阈。

"寻找"是马哈福兹后期创作屡屡涉及的主题，如《我们街区的孩子们》中寻找隐居的祖父杰巴拉维，短篇小说集《真主的大地》（*Dunyā Allāh*，1963）中寻找圣徒宰阿贝拉维，《路》中寻找未曾谋面的父亲。他们象征着人类孜孜以求的终极真理，是个体实现生命意义、社会走向完美秩序的表征。马哈福兹在作品中试图回答这样的问题：通往这一终极真理的路径究竟是科学主义、宗教主义，还是二者的结合体？《甘露街》中主人公凯马尔如饥似渴地学习西方哲学著作，最终却意识到科学并非灵丹妙药，因此在科学与宗教之间徘徊。《我们街区的孩子们》提出了同样的问题：杰巴拉维隐居于大宅子，将拯救劳苦大众的使命留给了众子孙们。最终上场的阿拉法尝试以科学造福民众，揭示终极的奥秘，却导致了杰巴拉维之死，自己也被不义

---

[1]　J. M. 库切：《纳吉布·马哈福兹的〈平民史诗〉》，载氏著《异乡人的国度》，第271页。
[2]　纳吉布·马哈福兹：《自传的回声》，薛庆国译，译者序，第2页。

者所利用。在小说的结尾，作者预示了科学的前景，但也发出了对人类历史、当下和未来的诘问。

马哈福兹意识中的"科学"，从其政治倾向上看，指的是社会主义。从很早的时候起，他就认为社会主义是埃及社会发展的唯一道路，主张摆脱阶级差别和剥削，实现真实的民主和自由，他将这些追求统称为"科学"。但是，他又强调自己所期待的是"苏非式的社会主义"：它朝向安拉，一个人只有将其生活上升到祛除腐败和邪恶的层次时，才能领悟它。[1] 在此基础上，他概括自己对价值的信念有三："社会主义、自由和无限价值的真理"[2]。

由此，马哈福兹的早期作品体现了在科学和宗教之间的摇摆不定。《我们街区的孩子们》之后的小说则进一步从对科学的绝对信仰向外飘离，走向神秘主义体验，苏非式或半苏非式的人物屡屡出现，"神秘的寻找"成了这些小说重复的主题。晚期作品——类似其精神自传的《自传的回声》（*Aṣdā' al-Sīrah al-Dhātīyah*，1994；*Echoes of an Autobiography*，1997），及其封笔之作《痊愈期间的梦》（*Aḥlām Fatrah al-Niqāhah*，2004）更是通篇浸淫在苏非精神之中。这体现了马哈福兹在个体和社会的困境、科学和理性的危机面前，向传统宗教精神的回归。

《平民史诗》以富于苏非意象的场景开篇，表明作者有意运用传统元素来编织小说的经纬：

> 在黎明时分的富有情趣的黑暗中，在生死之间的通道上，在不眠的繁星俯瞰之下，欢快神秘的歌声隐约可闻，吟唱着我们这条街的遭遇和欢乐。[3]

阿夫拉·宰丹谢赫独自走在夜路上，被一个弃婴的哭声吸引到苏非修道院的旧墙下，他就是未来的平民英雄阿舒尔。后来，阿舒尔又因在梦中得到

---

[1] S. Somekh, "'Za'balāwī': Author, Theme and Technique", *Journal of Arabic Literature*, Vol. 1 (1970), p. 31.

[2] 仲跻昆：《纳吉布·马哈福兹的创作道路》，载谢秩荣主编《东方新月论坛2003》，第167页。

[3] 纳吉布·迈哈富兹：《平民史诗》，李唯中、关偁译，湖南人民出版社，1984，第1页。本节出自该著的引文，将随文在括号内标明出处页码，不再另注。笔者又译作"纳吉布·马哈福兹"。

谢赫的谕示而幸免于肆虐的瘟疫，由此被称为"纳基"（意为"获救者"）。再往后，阿舒尔成为街区平民的救星。凡此种种皆表明了"小说的第一主题——救世"①，而救世是苏非主义的一个基本教义。小说因此充满了沉重的道义责任感。

作者以传奇英雄的形象建构阿舒尔这个人物，而阿舒尔的本性中富含苏非精神，在遇到问题时，他常常独自一人来到修道院的广场，以星星和黎明为友，聆听围墙内传出的神秘的苏非歌谣。这些歌谣实际上是用波斯苏非主义抒情诗人哈菲兹（Ḥafiz Shīrāzī，1325－1390）的诗行谱写而成的曲调，它们散落于小说中，为整个故事提供了悠扬的背景和声。当瘟疫蔓延，阿舒尔带着家人逃往旷野，一路上经历着内心的精神教谕，首次感受到了"人主合一"的境界：

> 黑夜渐渐消失在玫瑰色的薄雾中，天地的轮廓都显示出来。天边霞光万道，气象万千，一轮红日跃上清晰的地平线，露珠上映出了第一线光芒。山显得巍峨、庄重、静寂、稳固。阿舒尔大声赞美道："真主至大……"他注视着菲拉，鼓励道："旅行结束了……"他又笑着说："旅行又开始了！"（58）

阿舒尔接受了自己的使命，他身体力行，带领大家共同奋斗，在他的管辖下，街区实现了公正、仁爱和平安。在阿舒尔的身上，体现了"夫图瓦"的两个方面："一是苏非教义中的利他主义、自我牺牲和精神救赎；二是集体主义、社会正义、为大众谋利益的社会主义原则。"② 这些内化的理想使阿舒尔成为平民的首领，也考验着后来的纳基家族，只有真正领悟其内涵者方能成就大业，也只有依靠这种理想，街区的繁荣和鼎盛方能延续。苏非思想与社会主义的相辅相成，乃是马哈福兹对传统苏非思想的现代阐释。

马哈福兹在《平民史诗》中对苏非神秘主义的青睐不仅体现于上述主题，还散落在人物的心理描写、梦境描写和环境描写中，融化于修道院广场

---

①　Nedal Al-Mousa, "The Nature and Uses of the Fantastic in the Fictional World of Naguib Mafouz", *Journal of Arabic Literature*, Vol. 23, No. 1 (Mar. 1992), p. 37.

②　Nedal Al-Mousa, "The Nature and Uses of the Fantastic in the Fictional World of Naguib Mafouz", p. 39.

上时时响起的波斯歌谣中，寄寓在重复出现的星光、云彩、和风、黑夜等自然景象中，如小说中间的一段描写：

> 雨水落到地上，而没消失在空中。流星闪烁了一下，而后消失；树木扎根土地，而不立足于空气；鸟儿凌空飞，栖息在枝头。有一种力量使所有的人都按一个节拍起舞，谁也不知道是痛苦还是欢乐。云彩在天空相撞而电闪雷鸣。(283)

语言简练朴实，没有矫饰，因为宇宙和生命的奥义、人的奇妙莫测的命运与未来往往是语言所无力表述的，自然的深意只能靠感性直观，终极之美因此得以凸显。

神秘主义世界观认为，在这样的无限终极性和神秘性面前，人要想获得宇宙意识，"就必须舍弃自私，扩充自我，体认万物的真实，与万物融为一体。这才是人类奋斗的目标和真正的进步，生命意义的圆满实现"①。马哈福兹所诠释的苏非思想则强调爱，并以爱催发责任与行动："我们劳作以自食其力，而不乞讨；我们投入真主的世界，而不拒斥；我们为爱恋和沉醉而愉悦。"② 人生的意义以及人类的终极理想将在积极入世的苏非主义者那里得以亲证。马哈福兹在获得诺贝尔文学奖后曾感言："为你的世界工作吧，好像你永远活着。为他人尽力吧，好像明天你就死去。这是生活在大地上的人所遵循的最高的信条。"③ 若置于《平民史诗》的框架下，这就是"夫图瓦"精神的一种体现。

遗憾的是，在小说中，"夫图瓦"精神在阿舒尔神秘地退隐后就渐渐失传，直到小阿舒尔的诞生。他性格坚强，充满理想抱负，却出身卑贱。当母亲哈里玛遭到雇主的羞辱时，他曾痛苦地来到修道院广场，听到那费解的歌词隐约传来：

> 没有和蔼的笑容，/我的生活哪有光明？/只有那漫长的黑夜，/伴

---

① 毛峰：《神秘主义诗学》，生活·读书·新知三联书店，1998，第363页。
② 纳吉布·马哈福兹：《自传的回声》，薛庆国译，第29页。
③ 埃及《文学消息报》，转引自李琛《阿拉伯现代文学与神秘主义》，社会科学文献出版社，2000，第194页。

随我度过残生。(566)

当大哥法伊兹外出经商发迹后，小阿舒尔感到扬眉吐气，他慷慨解囊，周济街坊。但是，法伊兹后来因赌博而破产，自杀身亡，使一家人的生活再度陷入贫穷之中。命运的大起大落让小阿舒尔迅速成熟，他深入街区百姓中，终日思考着真正的强大之路，最终依靠群众的力量，战胜了作威作福的大头领，夺回原属于纳基家族的政权，终于迎来了一酬壮志的这一天。而这一切皆源于他在梦中得到的先祖阿舒尔的启示：成功者必须首先超越自我、自强不息。

夜半之后，小阿舒尔来到修道院广场上，伴着星光和歌声，体会到了一种豁然与永恒的境界：

> 这是他生活中难得的时刻，眼见周围一片光明。他再也不抱怨这个人，或那种思想，也不再抱怨时间或空间了。神奇的歌声表达着他心中的欢悦。(619)

这意味着：在不断地磨炼和砥砺之后，小阿舒尔的灵魂得以澄澈，达到了苏非信徒所追求的"照明"之境，体味到无上的欢悦。而他不再抱怨时间或空间，又是因为他的时空观在传统苏非信徒通过隐居、冥想、沉醉等纯粹的精神修炼所到达的心理时空的基础上，获得进一步的超拔，通过融入大众社会的时空，在集体实践和奋斗中实现了人生意义。此刻，修道院那扇经年未打开过的大门"轻而稳地开了"(620)——阿舒尔·纳基即将回归……

通过《平民史诗》，马哈福兹向读者展现了"苏非式的社会主义"这样一个乌托邦追求，在时代的困局面前，建构了一个想象的民族共同体，表达了自己对阿拉伯社会现代性之路的反思和期冀，因而使小说在历史感模糊的同时，不乏强烈的现实感。马哈福兹曾说："真正的文学家通常都有一个幻想中的理想之邦，他描述它，沉醉其中，并试图通过批判现实社会而在文学中抵达那个理想之邦。"①《平民史诗》就是如上思想的范例之一。

笔者将始于20世纪60年代后期阿拉伯小说艺术的新发展指称为"现代

---

① 纳吉布·马哈福兹：《自传的回声》，薛庆国译，第112页。

性转向"，意在表明此期阿拉伯小说从现实主义向现代主义的渐进与转型，包括作者及作品中人物主体意识的觉醒、"内向化"的表达方式和现代主义的表现技巧。这一"现代性转向"具有现代主义文学性质，又与西方的现代主义殊为不同。如"内向化"和"非理性化"，阿拉伯和西方的现代主义小说都热衷于对个人主体的探索，关注和抒写个人化的生存状态，注重揭示人物心灵世界的独特审美追求。然而我们看到，马哈福兹后期作品中鲜明的非理性倾向植根于其苏非思想的传统濡养。它让作品中的人物在外部世界屡遭挫折，被真主抛弃后，进行内向式的探险，通过努力寻找和发现，来确证自我的本质和存在的本源；借此，苏非神秘主义诗学使马哈福兹的后期作品在艺术内容和形式技巧上与西方现代主义文学暗合。又如悲凉感和荒谬感，在西方现代主义文学中源自对资本主义现代化的质疑和批判，对人的异化和生存意义遗失的迷惘，而马哈福兹的小说更多地让我们重温詹姆逊的断言："第三世界的文本，甚至那些看起来好像是关于个人和力比多趋力的文本，总是以民族寓言的形式投射一种政治：关于个人命运的故事包含着第三世界的大众文化和社会受到冲击的寓言。"① 在其作品中，个人主义与民族主义达成的共谋是显而易见的。

第三节　互文性理论鉴照下的文本政治：黑塔尼的《吉尼·巴尔卡特》

互文性（intertextuality），是 20 世纪后期西方文论从结构主义向后结构主义过渡时出现的重要理论概念，半个世纪以来，已成为当代西方文学和文化研究中影响最为深远、使用最为频繁也最为复杂的关键术语之一。互文性受到后现代文学创作者与研究者青睐的一个重要原因是，它"利用文本交织和互相引用、互文书写，提出了新的文本、书写策略与世界观"，被视为一种具有效验的"文本政治"。②

互文性理论的推广，使文学批评界得以从另一视角观照阿拉伯当代文学

---

① 詹明信著，张旭东编《晚期资本主义的文化逻辑》，第 523 页。
② 参见廖炳惠编著《关键词 200：文学与批评研究的通用词汇编》之"互文性"条，江苏教育出版社，2006，第 137 页。

中 "现实" 与 "遗产" 的互动问题，挖掘二者之间的创造性联系与张力。关于这一点，全球资深的阿拉伯文学研究专家罗杰·艾伦为《1967 年以来阿拉伯现代文学的互文性》一书作序时指出："在后 1967 年时期阿拉伯文学的语境下，对互文性这一概念的运用是出自一种需要，即重访和再定义这一文化语境的历史框架及其遗产的内涵，无论其年代久远与否。"① 艾伦在此强调了运用互文性理论考察阿拉伯当代文学对其文化遗产的重审和利用的必要性。②

带着上述研究意识，笔者略有针对性地研读了埃及 "六十年代辈" 知名作家杰马勒·黑塔尼（Jamāl al-Ghitānī，1945 – 2015）的代表作《吉尼·巴尔卡特》（al-Zīnī Barakāt，1974；Zayni Barakat，1988）。该小说在阿拉伯作家协会遴选出的 "20 世纪最佳阿拉伯语中长篇小说排行榜（105 部）" 中名列第 15 位，作为 "黑塔尼在运用传统语言和历史背景以言说当代现实方面最为成功的实验作品"③，奠定了堪称阿拉伯 "六十年代辈" 领军人物的黑塔尼的文学地位，这一点已成为学界共识。此外，在研读过程中，笔者深感该小说的整体布局匠心独运，确实在一定程度上反映了其创作 "鲜明的结构主义特征和形式感"④。以上两点成功之处若置于互文性理论框架下加以观照，则情形将更加明朗，对作者借此传达的 "文本政治" 的认识也将更加深刻。

一　杰马勒·黑塔尼的时间观

为了深刻理解杰马勒·黑塔尼的创作宗旨，这里有必要先对其时间观做

---

① Deheuvels, Michalak-Pilulska and Starkey（eds.），*Intertextuality in Modern Arabic Literature Since 1967*, p. 3.

② 至于如何考察，有研究者建议："互文性的繁荣是后殖民时期阿拉伯小说寻求身份的征象之一，借用了西方形式的阿拉伯小说试图从阿拉伯文化和文学遗产中，尤其是阿拉伯叙事艺术中探寻自己的身份之源。"（Wen-chin Ouyang, "Intertextuality Gone Awry? The Mysterious（Dis）Appearance of 'Tradition' in the Arabic Novel", Ibid., p. 47.）此语凸显了繁衍于西方后学语境下的互文性概念在阿拉伯当代文学研究中的一个大有可为的视阈，即后殖民视阈，或可能成为罗杰·艾伦所希望的 "以阿拉伯文学研究对互文性理论做出补充" 过程中具有可行性的一步。

③ Sabry Hafez, "Touching on Taboos, Zayni Barakat by Gamal al-Ghitani", p. 306.

④ 邱华栋：《哲迈勒·黑托尼：埃及小说新旗手（1945 –）》，《西湖》2010 年第 7 期，第 108 页。

一番阐释。我们发现，黑塔尼充满苏非哲学内涵的时间观在很大程度上成就了小说《吉尼·巴尔卡特》的互文性。

《吉尼·巴尔卡特》围绕 16 世纪埃及马穆鲁克与奥斯曼政权更迭时期的真实历史人物吉尼·巴尔卡特，讲述了一个机会主义者如何运用其老练的官场手段于乱世中左右逢源、平步青云的故事，评论界多认为作者借此影射 20 世纪 60 年代的埃及政治。《吉尼·巴尔卡特》固然是一部历史参照性很强的虚构小说，但从更深层面看，黑塔尼认为其终极关注并非鉴古知今，而是针对一个充满哲学意蕴的命题，即何为"时间"。他在一次访谈中说道："长期以来，时间就是我的基本关注点。它是我转向各时期历史的一个主要原因。历史于我就是'时间'——强大无敌的、不可克服的、致生致死的、使我们不断转向过去的、引发记忆与遗忘的'时间'。"① 在后来创作的一部小说《落日的呼唤》（*Hātif al-Maghrib*，1992）中译本面世时，他再次强调："我的目的不在于历史本身，不在读历史史实，而是在于我所关注的时间形式。从史学家、诗人、有名无名的旅行者所写的材料中，我想找到已经消逝的瞬间的面貌，试图重新把握过去。感受历史比懂得历史对我更重要……这就是我所认为的艺术之作用。为此，我只面对时间，而非面对历史。"② 借此，时间及与之相关的死亡、遗忘成为黑塔尼小说中如变奏曲般循环呈现的主题，在其另一代表作《显灵书》（*Kitāb al-Tajalīyāt*，1983 – 1986）中亦是如此。

那么，时间的强大究竟是因为其转瞬即逝，还是因为其亘古不息？黑塔尼认为，"刚刚过去的那一秒与早已逝去的千年时光并无分别，二者都是不可追回的……死亡是生命的必然结局"③，这导致了时间无可抵御的残酷性，但人类从未屈服，至死都在抵抗，试图以空间建筑、思想艺术等一切手段战胜时间所带来的虚无。借助苏非主义，黑塔尼找到了一种超越的可能性，即摒弃线性时间，将时间看成一个首尾相接的圆。如此，虽然作为时间之点滴呈现的瞬间是不可回返的，但整个宇宙的时间是无始无终的。所以，历史虽

---

① جمال الغيطاني، "جدلية التناص"، ص 80.
　（杰马勒·黑塔尼：《互文性的辩证法》，第 80 页。）

② 哲迈勒·黑托尼：《落日的呼唤》，李琛译，南海出版公司，2007，代序。

③ جمال الغيطاني، "جدلية التناص"، ص 81.
　（杰马勒·黑塔尼：《互文性的辩证法》，第 81 页。）

然逝去，但具有延宕性，没有被称为"历史"的东西，当下与过去的关系也并非新与旧的关系，"历史事件和历史人物并不只是随着其存在的结束而消逝的宇宙现象，在历史的延续中，它们还将产生全面的、可更新的内涵"①。既然历史不过是作为时间发生的框架，寻找在过去的时间延续；那么，通过文学艺术对历史的重现，人类后天的作为可以超越时间，在一定程度上达到反抗遗忘、反抗虚无的目的。

"六·五"战争的失败对黑塔尼的文学创作无疑有至关重要的作用，如他所言："1967年'大挫败'如熔炉般冶炼了我的经验，我的同代人被痛楚所压榨，那些日子里我在历史时刻区间徘徊，那些与我当下所经历的时刻相似的时刻从历史中复活了。"② 黑塔尼发现，在时间的循环往复中，历史不幸地且必然地重演了。正如黑格尔眼中的"历史"：当它再次上演时，已从"悲剧"转成了"闹剧"。对于黑塔尼而言，转向历史的另一动力是迂回求证，他曾直言不讳地说："我们在20世纪60年代所遭遇的监控，是我与历史建立密切联系的原因之一。我热切地研究埃及历史，尤其是阅读马穆鲁克时期的历史，发现其中的细节与我们所处的时代有诸多相似之处……我由此得出不同历史时期人类经验的同一性，即便它们相隔甚远。"③ 他选择了遁入历史，对时间展开询问，搜寻人类经验在被称为"时间"的容器里留下的指纹，以便为错综的当下解码。

《吉尼·巴尔卡特》是黑塔尼于"六·五"战争之后发表的首部长篇小说。在其中，作者立于所召回的过去和矛盾丛生的当下面前，精心编织了两个不同的时间，生成了具有新感觉的创造性视野，通过现实与历史的融合对接，以历史营造现实，又以现实重塑历史，使事件脱离了历史的沉寂，获得了不依赖任何时间点的鲜活性。"因此，被召回的时间并不述说自己所欲述

---

① سعيد يقطين، **انفتاح النص الروائي**، منشورات المركز الثقافي العربي، الدار البيضاء المغرب، 1989، ص 81.
（赛义德·叶格廷：《小说文本的开放性》，卡萨布兰卡：阿拉伯文化中心出版社，1989，第81页。）

② سعيد يقطين، **الرواية والتراث السردي**، رؤية للنشر والتوزيع، القاهرة، 2006، ص 170.
（赛义德·叶格廷：《小说与叙事遗产》，开罗：观点出版与传播局，2006，第170页。）

③ أسامة خليل، "الأدب الروائي المصري في الثقافة الفرنسية"،
http://www.nizwa.com/articles.php? id = 1670.
（乌萨玛·哈利勒：《法国文化中的埃及小说文学》。）

之物，而是述说创造性写作所欲述之物，提出创作者借此提出的问题。"①

二 《吉尼·巴尔卡特》的"承文本性"

在法国批评家热拉尔·热奈特（Gérard Genette）的理论中，"把任何通过简单改造或间接改造而从先前某种文本中诞生的派生文本叫做承文本"②。在他看来，"承文本性"（hypertextuality）是被学界所通称为"互文性"的五种形式之一。③ 热奈特与朱莉娅·克里斯蒂瓦（Julia Kristeva）等理论家的相同之处，是将对前文本的"拟仿"（parody）归为一种互文性。

在《吉尼·巴尔卡特》中，被拟仿的前文本主要是埃及历史学家伊本·伊亚斯（Ibn Iyās，1448－1523）的编年史《乱世珍闻录》（*Badā'i' al-Zuhūr fī Waqā'i' al-Duhūr*）。小说的故事发生于马穆鲁克末代素丹古利（al-Ghūli，1430－1517）时期，在前任因腐败和欺压百姓被罢免后，巴尔卡特被推荐为新一任的"税务官"（muḥtasib）。他位高权重，除负责征税、执行货币制度和管理所有商业市场活动之外，还负责监督公共道德。巴尔卡特的婉拒使之赢得了包括爱资哈尔的艾布·苏欧德谢赫在内的公众的认可。其副手、特务头子泽卡利亚·本·拉迪却对其充满戒心，他派手下探查到巴尔卡特曾花三千第纳尔从某亲王手里买官，却在权力面前表现出犹豫，遂对之展开调查，但发现卷宗对此人记载寥寥，于是对其展开贴身监视。巴尔卡特上任后致力于取缔重税，平抑物价，打击奸商，限制王公贵族们的特权，广开门庭接待百姓，在公共场合与群众直接对话，平反冤假错案。古利素丹决定让他兼任开罗总督。巴尔卡特表面上继续匡正压邪，锐意改革，致力于维护开罗的安全稳定，如倡议大街小巷悬挂灯笼，在百姓眼里成为神话般的楷模；暗地里

---

① فيصل درّاج، **نظرية الرواية والرواية العربية**، المركز العربي الثقافي، بيروت، 2002، ص 231.
（费萨尔·德拉基：《小说理论与阿拉伯小说》，贝鲁特：阿拉伯文化中心，2002，第 231 页。）

② 热拉尔·热奈特：《热奈特论文集》，史忠义译，百花文艺出版社，2001，第 77 页。

③ 互文性理论曾经各大家之手演绎生发，他们对其中一些术语的称谓及其界定存在相异之处，如互文性理论的奠基者、法国后结构主义批评家朱莉娅·克里斯蒂瓦所认为的"互文性"（即"文本间性"）是个统称，用来指两个或多个文本的互文关系；而在另一位对互文性理论贡献不菲的法国批评家热拉尔·热奈特看来，"文本间性"（intertextualité）只是"跨文本性"（transtextualité）的 5 种形式之一，与之并列的其他 4 种为：评说型文本性（métatextualité）、元文本性（architextualité）、副文本性（paratextualité）、承文本性（hypertextualité）。相对于前者，其互文性的概念内涵更广，划分也更为细致。

却与泽卡利亚狼狈为奸，千方百计监控民众和爱资哈尔的学生赛义德·朱海尼等知识分子，滥施政治暴力，维护权力阶层的利益，此外，还私下与兵临城下的奥斯曼人联系，以求暗度陈仓。因奉某埃米尔之命提前向百姓征税，他被艾布·苏欧德谢赫关了禁闭，但适逢政权更迭，巴尔卡特足不出户便被奥斯曼人留任原职。

　　黑塔尼将埃及今昔两段敏感时期的社会状况并置，极力捕捉其中的共性：马穆鲁克时期由盛转衰的埃及遭遇奥斯曼人的进攻，于达比克草原一役败北；20世纪60年代昂扬向上却危机四伏的埃及遭遇以色列的进攻，在"六·五"战争中不堪一击。黑塔尼实践了自己的时间观，深信过去的时间延伸至当下，历史重演了自身。若将马穆鲁克王朝的灭亡归结于政治上的愚民政策、特务机制的严厉监控、皇族内部的互相倾轧、皇族与奸商的沆瀣一气等，那么，在黑塔尼眼里，20世纪60年代的埃及多半在重蹈覆辙。如其所言："《吉尼·巴尔卡特》是诸多因素的产物，在我看来，其中最重要的是埃及在20世纪60年代的警察监控。"[1]《吉尼·巴尔卡特》由此重塑了奥威尔的小说《一九八四》中主人公温斯顿·史密斯所生活的大洋国——一个极权主义的社会。

　　历史学家讲求真实客观地编写和记录历史，文学家则可以杜撰和更改历史，使事件和人物适应文学创作的需要，这在中国小说传统文论中被称为"因文生事"。这里的"文"是"文本形式"，"指结构布局、人物刻画、细节描写等"[2]。阿拉伯历史学的缘起较为复杂，"一方面与圣训学和传记（al-sīrah）的关系甚为密切；另一方面，又是谱系学、语言学和文学的分支"[3]。因此，阿拉伯文学与历史学时有联系是自然的，20世纪初阿拉伯现代小说的

---

[1]　أسامة خليل، "الأدب الروائي المصري في الثقافة الفرنسية"،
（乌萨马·哈利勒：《法国文化中的埃及小说文学》。）

[2]　俞樟华等：《古代传记真实论》，中国文史出版社，2013，第217页。该著在论及中国史传与小说创作方法的不同时，引金圣叹所言："《史记》是以文运事，《水浒》是因文生事。"（第216页）

[3]　شاكر مصطفى، **لتاريخ العرب والمؤرخون: دراسة في تطور علم التاريخ ومعرفة رجاله في الإسلام،** الجزء الأول، دار العلم للملايين، بيروت، الطبعة الثالثة، 1983، ص 86.
（沙基尔·穆斯塔法：《阿拉伯人的历史与历史学家》第一卷，贝鲁特：百万知识出版社，1983年第3版，第86页。）

发展即起步于乔治·宰丹（Gūrgī Zaydān, 1861 – 1914）等人的历史小说，及至 20 世纪 40 年代，历史小说依然昌盛不减，如诺贝尔文学奖得主纳吉布·马哈福兹当时一连创作了 3 部历史小说，穆罕默德·赛义德·欧拉扬（Muḥammad Saʻīd al-ʻUryān, 1905 – 1964）所作的《在祖维拉的门上》（ʻAlā Bāb Zuwayla, 1947）则是关于吉尼·巴尔卡特所生活的马穆鲁克时期的历史小说。20 世纪 50 年代历史小说式微，60 年代偶有作品出现。这些历史小说多采用所谓"春秋笔法"，以史为鉴是其根本目的。黑塔尼与前辈的根本区别是，其《吉尼·巴尔卡特》不是一部传统意义上的历史小说，它既非"以文运事"，也非"因文生事"，而是借古代历史题材与体裁之"名"，行创新写作形式之"实"的实验小说。"它运用了历史文本类型来达到丰富的反讽效果，从而持续不断地将读者的注意力吸引到其跨文本的联系上。"①

下文就《吉尼·巴尔卡特》在结构布局、人物刻画方面对《乱世珍闻录》的拟仿略做分析。通过分析可以发现，作为一名实验派作家，黑塔尼的主要目的是破坏现实主义的模仿说，反拨现实主义的艺术理念。拟仿时，作者更注重表现两个文本之间的张力，通过拟仿中的异化，创造一个叠加于其上的现代主义新文本。

关于结构布局，阿拉伯编年史的叙事单元多根据时间段划分为某年某月，再以日期为序对当时的事件展开陈述，特点是文笔琐碎，节奏齐整。黑塔尼的小说则摄取了伊历 912 年至 922 年间的事件（公元 16 世纪初），但重点分明，对一些年份及事件极尽铺陈，对另一些则一笔带过，这点与编年史书殊为不同。在大的叙事结构上借鉴史书的方式：每个叙事单元所跨年份多在各章的标题后注明，如第一章标题为"阿里·本·艾比·朱迪之事件、吉尼·巴尔卡特的首次亮相（伊历 912 年 10 月）"。但次单元是人物，每个叙事节是以某个人物的名字命名的，这就为颠覆阿拉伯编年史以类似"流水账"方式罗列事件的写法提供了平台。首先，叙事内容以人物的内心独白为主，它不仅强化了压抑感，烘托了一个民众缺乏言语交流的专制社会氛围，又因个人视角的有限性、叙事人物的不断转换，使同一事件以断片形式多角度呈现，好似一个多棱镜。其次，人物的内心独白如意识流般可由作者随意

---

① Roger Allen, *The Arabic Novel: An Historical and Critical Introduction*, p. 208.

行止，以便插入其他话语叙述方式，如告示、报告、敕令、信件、备忘录、演讲、法特瓦①等，由此彻底打破传统的统一叙事与史书中严格的逻辑时间链，使内部叙事时间错综交叉。这种具有现代派意味的复杂时间建构使作者能够跟随叙事感觉打乱现实，包括历史文献事实和当下社会现实事件，而后进行重组和对接，创造出新的文本。

以第一章为例。该章先引出阿里被拘捕，然后从赛义德·朱海尼的视角讲述该事件，及其与艾布·苏欧德谢赫围绕该事件进行的谈话，接下来直接插入素丹关于罢免阿里，任命吉尼·巴尔卡特的敕令。此后依次是：泽卡利亚充满敌意的反应及其暗中对巴尔卡特的来历展开调查，谢赫如何力劝巴尔卡特走马上任，由包括威尼斯旅行家在内的众人讲述巴尔卡特在爱资哈尔清真寺演讲时人头攒动、群情激昂的场景，其中泽卡利亚的探子描述道：

> 他站在爱资哈尔的旧讲台上，清真寺里聚集了各色人等，他们的尖叫声震动了四周的廊柱，连宣礼塔的顶端都险些倾斜了。就在所有力量都无法让众人安静下来的时候，吉尼举起了右手，五指分开（他的手很普通，有五个手指头），一种神秘的力量从中溢出，周遭顿时肃静下来，众人的嘴都闭上了。后来人们传说他拥有一种让百姓肃静的能力，如果他想让大家落泪，也一样能做到。他的声音在人群中平静地传开，大意如下……②

该章以泽卡利亚分别写给吉尼·巴尔卡特及素丹的两封信的节选告终。在前一封信中，他示意将与巴尔卡特合作；在后一封中，又向素丹告巴尔卡特的状。全章围绕同一事件，以全知叙事者的口吻讲述不同人物的所见所闻、所思所感，而各个场景又是彼此独立的，犹如电影的蒙太奇手法，从而形成多声部叙事。

在人物刻画方面，小说中除了吉尼·巴尔卡特、阿里·本·艾比·朱迪、艾布·苏欧德谢赫是史书中提及的人物外，其余均属虚构，这完全符合小说艺

---

① 伊斯兰教法用语，意为"教法判例""教法新解"。

② جمال الغيطاني،**الزيني بركات**، مؤسسة أخبار اليوم، القاهرة، 1988، ص 39- 40.

（杰马勒·黑塔尼：《吉尼·巴尔卡特》，开罗：今日消息报出版社，1988，第39~40页。）下文出自该著的引文，将随文在括号内标明出处页码，不再另注。

术的特点。对主角吉尼·巴尔卡特的人物塑造，绝对是全书的亮点。历史上真实的巴尔卡特在任 20 年之久，历经两代马穆鲁克素丹和第一任奥斯曼哈里发时期，在古利政权时期担任开罗总督达 11 年，并作为全权发言人，陪同素丹前往哈勒颇与奥斯曼人谈判。"吉尼"是个封号，小说开篇的解释是：艾布·苏欧德谢赫觉得不为高官厚禄所动的巴尔卡特谦逊有加，遂奏请素丹赐予其"吉尼"的称号，意为"美德之士"。伊本·伊亚斯的史书对巴尔卡特着墨并不多，人物形象总体积极：公正、有抱负、办事得力。巴尔卡特曾经 5 次被解职、2 次被拘禁，但都化险为夷。在史书中，其首次被提及即在如下场合："哈只·巴尔卡特·本·穆萨被罢免，其父穆萨是阿拉伯人，其母名安卡。"① 几行后，却是其因阿里事件得以重新出山的消息。也许是这点让黑塔尼将他塑造为一个机会主义者。黑塔尼在小说中戏仿了史书中巴尔卡特的出场，让另一人物泽卡利亚费了半天劲才在卷宗中找到这样的介绍："巴尔卡特·本·穆萨，此人擅观星象，其母名安卡。"（25）通过与史书保持在同一信息上的简洁性，巴尔卡特这一人物在登场伊始就给读者以模糊的印象。

在此基础上，黑塔尼的创造力得以发挥。他将"吉尼·巴尔卡特"作为小说的总标题，却几乎未让他真正现身于小说有限的场景叙事中，而是让他不断出现于其他人物的意识流中，构成一个朦胧的谜：既在场又缺席；既被藏匿又无处不在；作为最高权力的代表，出没于亦真亦幻、影影绰绰的空间，时时监视着众人，直至他们精神崩溃。威尼斯旅行家这样描绘他给自己的感觉：

> 我记得自己在与他初次见面后曾这样写道：我见过许多人，有柏柏尔人、印度人、意大利人，来自高卢、埃塞俄比亚甚至更远的北方国度的统治者，但我从未见过如此炯炯有神的双眸，它们在谈话时眯成了缝，在漆黑的夜色中盯着我，仿佛生来就可以在伸手不见五指的黑暗中、在绝对的寂静中，穿越北方国度，直抵魔瓶的底部和肋骨深处，从希望中挖掘隐匿的感觉真相。他的面容上闪烁着智慧，每个眨眼的瞬间都让你感到亲和，同时散发出一种威严。（7）

---

① ابن إياس، **بدائع الزهور في وقائع الدهور**، ج 4، جمعية المستشرقين الألمانية، مكتبة الدولة، إستنبول، 1931، ص 50.
（伊本·伊亚斯：《乱世珍闻录》第 4 卷，伊斯坦布尔：德国东方学家学会、国家书店，1931，第 50 页。）

作为最高政权的爪牙，吉尼·巴尔卡特集力量、精明和狡黠、阴鸷于一身，具有马基雅弗利在《君主论》中所说的领袖气质。连特务头子泽卡利亚都不得不佩服其老谋深算，从他那里学到了"如何让人们相信不存在的事物""探子们如何互相监视"。他善于审时度势，在致信泽卡利亚时，准确地将埃及人分为素丹及大亲王们，各地郡主及小王，教法学家等宗教势力、各教派头目、各行业会长、商人，平民百姓等四个阶层，指出如何对各阶层实行有效监视。于改朝换代之际依然屹立不倒，对处事圆通的他而言并非一件难事。一个机心阴沉、老于世故的政客——这是读者利用阅读全书始末的特权得出的印象，而对于小说中"被幽闭于自己的想象所制造的幻界，与外部世界缺乏联系"①的人物而言可能并非如此，在他们的眼里，吉尼·巴尔卡特永远是个模糊的、待解的谜团，此中的反讽效果归功于黑塔尼对史书的成功拟仿。

三　《吉尼·巴尔卡特》的"副文本性"

热奈特的互文性理论认为，所有文学作品皆由正文及副文本（paratext）构成，"副文本如标题、副标题、互联型标题；前言、跋、告读者、前边的话等；插图；请予刊登类插页、磁带、护封以及其他许多附属标志，包括作者亲笔留下的或是他人留下的标志，它们为文本提供了一种（变化的）氛围"②。可以说，没有副文本的文本是不存在的。热奈特在《副文本入门》一文中阐明了何谓"副文本"，并在注释中引用了哈罗德·布鲁姆（Harold Bloom）的观点，以澄清研究者可能由望文生义导致的对"副文本"这一术语的误解："'para'作为一个表示'对立面'的前缀（antithetical prefix），彰显亲与疏、同与异、内与外……一个位于一方，同时也位于前沿、起始和边缘处，具有同等地位，却是次要的、辅助的、从属的事物，如同客人之于主人、奴隶之于主人。'para'中的事物不仅同时位于双方的前沿，将内部与外部加以分割；它还是前沿本身，作为一道屏风，在内部与外部之间创造了

---

① سيزا قاسم، "المفارقة في القصص العربي المعاصر"، **مجلة فصول**، القاهرة، المجلد الثاني، العدد الثاني، يناير 1982، ص 111.
（茜泽·卡西姆：《当代阿拉伯小说叙事中的反讽》，《季节》1982年1月，第111页。）
② 热拉尔·热奈特：《热奈特论文集》，史忠义译，第71页。

一个具有渗透力的羊皮纸。它开启了内部与外部之间的含混，让外部进入，内部逸出。它分割二者，又统一二者。"① 此语指出，副文本与正文之间尽管有"次"与"主"之分，但副文本的重要性并不亚于正文，且具有正文所不具备的特殊之处，即联系内部与外部之间的不确定地带，"如菲利普·勒热纳（Philippe Lejeune）所言：'铅印文本的边缘，事实上控制着整个阅读。'"②

带着上述认识，笔者在研读《吉尼·巴尔卡特》时尤其关注那些可称为"副文本"的部分。之所以这样做首先是因为该小说配有大量插图，它们本应直接吸引读者的注意力，却在英译时未出现。不仅如此，其他一些黑塔尼在创作时精心设置的副文本在英译本中也被忽略了，原作者的"言外之意"因此尽失，在走向世界文学的伊始便没有得到被传达的机会。③ 下文将一一道来。

（1）关于前言、尾声。《吉尼·巴尔卡特》由前言、七个天蓬和题为"天蓬之外"的尾声组成。前言和尾声皆来自威尼斯旅行家菲雅斯库尼提·伽尼提的旅途日志，他是全书唯一使用第一人称进行叙事的人物。"天蓬"（苏拉迪克）是阿拉伯人举行红白喜事的地方，又含"覆盖"的意思。黑塔尼用该词取代"章"，意在表明：天蓬之下上演的故事，将涵盖世间百态，汇聚生与死、始与末、兴与衰、荣与辱、存在与虚无等人间矛盾。天蓬的另一作用是将内与外分开，马穆鲁克制下的开罗位于天蓬之内。在此，一位全知叙事者领着读者进入泽卡利亚、赛义德·本·朱海尼、阿姆鲁·本·阿达维（泽卡利亚手下的一名奸细）等主要人物的脑海中。用天蓬紧紧包裹

① Gérard Genette and Marie Maclean, "Introduction to the Paratext", *New Literary History*, Vol. 22, No. 2（Spring 1991）, p. 271.

② Gérard Genette and Marie Maclean, "Introduction to the Paratext", p. 261.

③ 《吉尼·巴尔卡特》自 1974 年由大马士革文化部出版以来，至 2015 年大约再版了 13 次，出版社有开罗马德布利书店、开罗旭日出版社、开罗复兴出版社、开罗阿拉伯未来出版社、突尼斯南方出版社、巴格达文化事务出版社等。本文所参照的版本来自作家黑塔尼所供职的今日消息报出版社，它保留了笔者所指的"副文本"，但流行程度显然不如旭日出版社将"副文本"一并删除后重印了 5 次的版本。这也许是《吉尼·巴尔卡特》的英译本没有呈现这些"副文本"的原因。至于该著的英译本，则首版于 1988 年，配有爱德华·萨义德撰写的前言。1990 年由英国著名的企鹅出版社再版，是该社出版的首部阿拉伯语小说。2004 年又由开罗美国大学再版。译者是法鲁克·阿卜杜拉·瓦哈卜（Farouk Abdel Wahab）。

其思绪和想象，构成内部叙事，与威尼斯旅行者以外国人的视角进行的叙事形成对比，这是尾声被命名为"天蓬之外"的由来。

黑塔尼虚构威尼斯旅行家伽尼提这个人物，意图之一是以外国人旁观者的视角制造客观中立感，并对所发生的事件予以一定阐释，如摘录威尼斯人的游记："在我国没有穆哈塔西卜这个职位，它是集宗教和世俗权力于一体的职位。"（91）。在前言中，伽尼提描述了自己的沿途所见：干旱和瘟疫蔓延的开罗民不聊生、饥馑遍野，古利素丹政权在奥斯曼人的进攻面前即将倾覆，吉尼·巴尔卡特却于此时消失。"在这里这么多天了，我确实没见过吉尼，开罗老百姓是天天都见他的，哪怕每天只见一次。"（6）这位局外人以他乡客和异教徒的眼光观察着周边怪异的一切：

> 这些天来整个埃及都处于骚动之中。这是一个我不认识的开罗，与我前几次旅行所见的相差甚远。以我对本地方言的熟稔程度，我发现人们说话也发生了变化。这座城市看上去就像个欲哭无泪的病人，像个害怕于暗夜遭强奸的女人，连天空的蓝都是无力的，晴朗间夹杂着浑浊，被来自远方国度的云雾所侵扰……（5）

在尾声"天蓬之外"中，他记录了一个变形的场景：

> 我去过很多遥远的地方，却从未见过像今天的开罗这样被碾碎的城市。我鼓起勇气出外冒险。一个带有死亡气息的幕帷遮住了一切，冰冷而不可抵抗。到处都有巡逻的奥斯曼士兵闯进百姓的家中。在这样的时期，墙壁失去了它的功用，门这个概念是不存在的。（189）

他干脆将史书《乱世珍闻录》的作者伊本·伊亚斯引入故事：

> 屋宇仿佛在落泪。在奥斯曼人进城的前一天，我看见我的朋友穆罕默德·本·艾哈迈德·本·伊亚斯谢赫的脸，我预感到了即将来临的失败，他当时很沮丧，当晚我没再见到他。（189）

威尼斯旅行家从民众的言论中，得知吉尼·巴尔卡特被艾布·苏欧德谢赫软禁在家中。他还听说吉尼·巴尔卡特与叛徒哈伊勒贝克一同出入，后来则亲眼看见他骑着高头大马出门，身边跟着一群随从。

接着，黑塔尼设置了单独的一页，文字以横幅排开，字号偏大，文字稀疏，因而异常醒目：

> 哈伊勒贝克任命吉尼·巴尔卡特担任开罗穆哈塔西卜，任何蒙冤者均可前去晋见。召集人停顿了一下，接着宣读吉尼的指令。我竖起耳朵听，召集人在宣布新的奥斯曼货币取代旧的马穆鲁克货币。我看着人流涌向拐角处的夫图哈大门，而后消失，召集人低沉的声音在空旷苍茫中渐渐远去。
>
> （落款）"杰马勒·黑塔尼，1970—1971，杰玛里耶"（191）

紧接着又是单独的一页，在一片阿拉伯式花饰图案下书写着一行文字：

> 每一开端都有终局，每一起始都有结束。

该页页码为"3"。当读者将小说翻回开头，发现第 3 页确实缺失时，会恍然大悟，原来作者有意将第 3 页置于结尾，以出人意表的方式暗示开端即终局、起始即结束。因此，威尼斯旅行家在前言和尾声的日志是摘自同一时间的，即奥斯曼人攻占开罗的公元 1517 年（伊历 923 年），于是，"在天蓬内，我们处于封闭的圆圈面前；在天蓬外，我们发现自己面对新的开始"[1]。

这里有两点需要阐释。第一，黑塔尼偏向苏非主义的时间观起了作用，起始相交，意味着过去通向了今天，历史与当下其实是一个时刻，因为时间是开放的，承载并延续着同一个人类经验。第二，作者借威尼斯旅行家的第一人称叙事在小说的开头将过去召回，此后也时时在众人物的第三人称叙事中"冷不丁地"插入这位外国人的第一人称叙事，结尾处则干脆在其第一人称叙事后的落款中注上自己的姓名、写作时间与地点——杰马勒·黑塔尼·1970—1971·杰玛里耶。这已足以暗示作者所虚构的威尼斯旅行家实际上是作者本人，他将自己视为历史上的一个角色，或将历史作为自己当下的亲历。作者让威尼斯旅行家见到了朋友伊本·伊亚斯，因为作者本就将伊本·

---

[1] سعيد يقطين،انفتاح النص الروائي، ص 61.

（赛义德·叶格廷：《小说文本的开放性》，第 61 页。）

伊亚斯视同知己。[①] 作者在"每一开端都有终局，每一起始都有结束"的文字之上放的那幅阿拉伯式图饰断片，与《乱世珍闻录》卷首开篇时的图案如出一辙。所有这些皆是作者有意为之。[②] 由此，作者将自己设计成一个阈限人物，在小说中既入乎其内，又出乎其外。

既然威尼斯旅行家实为作者本人，那么，前言和尾声便可视同作者的话。二者都处于"天蓬之外"，既以相对独立的外部叙事制造客观中立感，成为"文本将自身呈现给读者的，或更广泛的、公众化的一种方式"[③]，让读者领会到黑塔尼的创作背景和深刻用意；又如布鲁姆所言的"副文本"，同时发挥"前沿"和"屏风"的作用，"在内部与外部之间创造了一个具有渗透力的羊皮纸"，由此使内部叙事与外部叙事的界限含混化。

（2）关于插图、标题、页码。如前所述，《吉尼·巴尔卡特》中有大量完整的插图，均为近现代史上欧洲人的画作。这些画被放置在每一个天蓬的标题页，小说在前述的第 3 页之后的最后几页更是有连续的 8 幅画，其中 4 幅为 19 世纪英国著名东方学家、《一千零一夜》英译者爱德华·雷恩（Edward William Lane）所作。黑塔尼的意图，也许是继续为小说制造一种相对客观独立的外部视角，当然，这些插图已经是完全意义上的"副文本"了。[④]

这里重点说一下第七天蓬。该天蓬标题为"赛义德·朱海尼：噢！你们灭了我，毁了我的堡垒吧！"插图为 19 世纪上半叶法国著名浪漫主义画家欧仁·德拉克洛瓦所作的现收藏于美国艺术博物馆的一幅画，画面似为《一千零一夜》中的山鲁佐德为山鲁亚尔国王讲故事。该页页码将原页码做了倒置处理，注明"781"页。整章只有标题这一页，没有正文。爱资哈尔青年学

---

① 伊本·伊亚斯的《乱世珍闻录》是记载马穆鲁克王朝末期历史的一部珍贵典籍。伊本·伊亚斯的父亲是马穆鲁克时代的商人，与政要关系密切，伊本·伊亚斯由此了解到那个时代的许多政治与军事内情，对马穆鲁克的溃败持同情立场。黑塔尼曾说自己喜爱此书，因为其中流露的感时忧国情怀是他于"六·五"战败后所感同身受的。

② 遗憾的是，开罗旭日出版社的阿文版和英译本皆删除了这幅阿拉伯式图案，将"页码 3"的内容归于小说的起始处，使"杰马勒，黑塔尼，1970—1971，杰玛里耶"的字样在小说的最后一页出现，如同任何作者完成写作时的顺手签名。

③ Gérard Genette and Marie Maclean, "Introduction to the Paratext", p. 261.

④ 在笔者翻阅过的版本中，开罗复兴出版社所出版的《吉尼·巴尔卡特》中也间或有一些插页，为近现代欧洲画家的画作，但插页的位置显得零星随意，与本文所述版本中的插图内容也很不同。

生赛义德·朱海尼本是巴尔卡特的支持者，在小说叙事中担当了重要角色，其叙事的主要任务是反映知识分子对吉尼·巴尔卡特政权虚伪性的认识过程。当朱海尼发现巴尔卡特与泽卡利亚勾结后，态度由不解转变为反对，后来巴尔卡特授意泽卡利亚让朱海尼的恋人嫁给别人，使朱海尼遭受巨大的精神打击。在第六天蓬中，朱海尼在清真寺听吉尼·巴尔卡特用白话演讲①，直呼其为"骗子"。第七天蓬的标题说明他已身陷图圄，饱受酷刑，时值灾难性的战败消息传到开罗，他身心交瘁，哑然无语，发出了一声命运的呐喊后，再无须更多的表达。倒置的页码说明在黑白颠倒的年代，希望不再，疏离已成永恒的况味。种种因素使得只有标题和插图、连页码都是作者人工设置的第七天蓬构成了一个名副其实的"副文本"，正应了热奈特的观点："相反，没有文本的副文本确实存在，即便仅仅是出于偶然。比如，那些逸失的或未完成的作品，我们仅知其标题……这些标题本身足以引发我们的梦想，甚至比那些随处可得与易于阅读的作品引发的梦想更多。"② 不过，黑塔尼小说中的这一"没有文本的副文本"并非"出于偶然"。③

　　自20世纪60年代末起，阿拉伯小说转向致力于通过将"历史"投入"现实"并与之互动，来思考现实，由此使现实扎根于现代主义蕴含下的"时间"，提供一幅关于现实的新图景。这是笔者借互文性理论观照黑塔尼的杰作《吉尼·巴尔卡特》的初衷，并生成本章第一节有关"承文本性"的论述。在研究过程中有关"副文本性"的发现则属"无心插柳柳成荫"的收获。由此构成了笔者的两个写作目的：一是尝试从更新的视角诠释阿拉伯当代文学与民族文化传统的关系；二是更好地领会黑塔尼的巧妙构思与精彩布局，解读其深刻的文本政治。

---

① 作者在此处插入威尼斯旅行家用第一人称所作的评论，称"用白话演讲是违背常规的"，以此讽刺巴尔卡特的虚伪本质。

② Gérard Genette and Marie Maclean, "Introduction to the Paratext", p. 263.

③ 同样令人遗憾的是，开罗旭日出版社的阿文版和英译本删除了"第七天蓬"，仅在标题页留下"赛义德·朱海尼：噢！你们灭了我，毁了我的堡垒吧！"插图不见了，页码也未做特殊处理。

第四节　"新感觉派"小说实验：赫拉特的《拉玛与龙》

在埃及当代作家中，爱德华·赫拉特（Idwār al-Kharrāt，1926－2015）堪称"六十年代辈"作家中"父亲级"的人物，除了因为其年龄居长，还因为他于 20 世纪 50 年代末即开始尝试实验写作。其首部短篇小说集《高墙》（*Hiṭan 'Āliyah*，1958）逆流而上，对当时尚处极盛期的现实主义主流发起挑战，通过将传统的现实主义表达与充满象征、隐喻和神话色彩的诗性语言并置，创造了一种新的文学语言。但其首部长篇小说《拉玛与龙》（*Rāmah wa al-Tinnīn*，1979；*Rama and the Dragon*，2002）发表时，他已年过半百。这部对受众的认知和理解力提出高度要求的小说，被批评家赞誉为"阿拉伯小说的一次突破"。《拉玛与龙》拉开了赫拉特创作高峰期的序幕，并奠定了其高蹈轻扬的实验写作风格，其出色的小说实验艺术使之成为许多批评家眼中的一位埃及当代小说急先锋。

此外，作为埃及"六十年代辈"作家队伍中的年长者，赫拉特发挥了导师的作用，年轻一代作家和诗人们时常受益于他的创作经验和批评理论。1968 年赫拉特牵头创建的重要杂志《68 画廊》，是埃及文学和文化界对"六·五"战争溃败最早的正式回应，发挥了凝聚人心、统一思想的作用，成为当时传播新思想不可或缺的平台。此后，赫拉特撰写了多部文学批评著作，强调新的艺术技巧形式必须契合与社会、历史发展相关的主题和思想。同时，他也积极彰显个人的美学追求："我认为我的艺术实验旨在朝向认知；或者更确切地说，致力于将问题艺术性地置于认知的道路上。意即，我的小说创作并不是为了与某个问题相耦合，或昭示它。它不是为了所谓的描绘现实……或反映社会现状……而是倡导参与到美学语境下的实验中……"①

一　爱德华·赫拉特的文学批评理论

赫拉特将 20 世纪 60 年代埃及文坛出现的现代主义创新称为"新感觉

---

① منقول من حليم بركات، **المجتمع العربي في القرن العشرين**، ص 800.

（转引自哈利姆·巴尔卡特《20 世纪的阿拉伯社会》，第 800 页。）

派"（al-hassāssīyah al-jadīdah）。他认为，埃及现代小说从 20 世纪初穆维里希的复兴玛卡梅阶段开始，经历了曼法卢忒（Muṣṭafā Luṭfī al-Manfalūṭī，1872 – 1924）对法国小说的效仿阶段，与 20 世纪 30 年代自由资本主义风气下的浪漫主义阶段，至四五十年代发展为民族主义旗帜下的现实主义阶段。埃及的新感觉派写作于 20 世纪 40 年代即已发轫，这是因为二战导致了社会与文化层面的一系列嬗变。二战结束后，伴随着民族主义运动的风起云涌，传统感觉派进入繁荣时期，包括批判现实主义、社会现实主义以及社会主义现实主义成百花争妍之势。进入 20 世纪 60 年代后，社会关系发生前所未有的深刻变化，"六·五"战争的失败又使阿拉伯民族陷入深深的自我怀疑，"现实"被粗暴地摧毁。在此大起大落的语境下，现代主义找到了其表达路径，导致新感觉派大爆炸，并在此后正式步入了发展轨道。

所谓"传统感觉派"，乃奉亚里士多德的模仿原则为圭臬，讲求再现和反映现实，以均衡、和谐的理念为指导，在文学与现实之间建立稳定的平等关系。世界在该派文学家眼里是一个充满合理性的、可以被模仿的客体。其创作模式是为情节做好铺垫，然后有序展开，建构各种冲突，然后以悬念的方式解开。时间线性相接，语言流畅，遵循语法，追求在分析、对话、叙事和描述之间构造平衡，排斥混乱感。赫拉特认为，20 世纪 50 年代纳赛尔政权与苏联的结盟，使社会主义现实主义大显身手。在纳赛尔强大的克里斯玛人格的感召下，对民族自我的肯定建立在泛阿拉伯主义的口号之上，倾向于喧嚣的基调，作家们轻视语言和形式，而赋予内容和主题以绝对机要的位置。许多作家试图展示现实，但其笔下的现实不仅是简单的，而且是单纯的，并没有升华到可以称为"艺术"的水平。

赫拉特所支持的"新感觉派"首先强调艺术的能动性，而"六·五"战争的失败加剧了世界的不合理性，使模仿的原像被破坏。因此艺术不再是也不应是对现实的模仿，而是一个自为存在的主体，它重新定义真实，建构"诗性的真实"。艺术成为小说家和诗人的自由世界，他们可以在没有任何铺垫的情况下直接进入时间的内部或与外部世界相脱离的内部，深入感觉之下。从情节的展开到高潮及至结尾的模式被消解了，结构不再讲求平衡。时间是破碎的，语言也是破碎的。具体体现在：线性叙事被打破，各种时态的动词相互堆砌，以挑战神圣的传统语言结构。使用第一人称"我"的格式，并非为了浪漫式的情感表达，而是为了进入自我深处，以到达作者与读者共享的那个模糊地带。所有事件可以不带任何外在阐释地呈现于读者面前，梦呓、内心幻象等意识流常常强行介入，意在制造混乱，引发语言爆炸。

赫拉特指出，"新感觉派"的这些技巧表面上是形式，实际上衍生自文学家对宇宙和世间万物的"视景"（al-ru'yah）。该词在阿拉伯语中意为"见解、观点、眼见"，但在赫拉特的使用语境下偏于"心之见"之意，即对不可见的内在的领悟。阿拉伯现代派诗人曾强调诗歌现代性的精髓是"心之见"，即所谓"视界"（al-ru'yā），它铸就了现代性的存在，从根本上（即立场层面）区分了传统与现代，而不是从艺术或纯粹的形式层面。① 小说家赫拉特则强调"视景"的旨归是"对现存的社会文化形式发起质疑乃至进攻，以摧毁主流语言的语境，拒斥和拆解现实，从而构建新的价值体系"②。"视景"敦促作家把写作当成一种质询和探险，助其穿过生活的幻象和迷雾，使文本在混沌中向多种阐释开放，达到现代主义所讲求的意义多元性，并通过个性化诗性世界的多棱镜，来重新定义现实。

赫拉特将新感觉派总结为五种潮流。③

（1）疏离、中立和异化。与西方"世界不再有意义"的哲学话语表征不同，"异化派"或"荒诞派"在埃及是一种次生话语，即"世界变了，它存在着，却被亵犯，公正丧失，爱被剥夺"。④ 由此，人物被置于冷漠的外部世界中，仿佛被抽空的无生命体；语言被最大限度地简洁化，倾向于中立的节奏和报道式的冷峻，缺乏情感投入；喧闹的、有血有肉的生活似乎遥不可及，人的潜在愿望是从复杂纷乱的、步履沉重的、细节丰富的、充满期冀和焦虑的现实中撤离，在现实面前戴上面具，以陌异、肃穆的眼光，看待被剥离了内容的现实。这种疏离、中立和异化感，是对深陷其中的，充满压迫和失败感的世界的一种无声的抗议和拒绝，其字典里的词汇单薄，却充满了启

---

① 参见本书第一章第一节综述。

② إدوار الخراط، **الحساسية الجديدة**، ص 14.
（爱德华·赫拉特：《新感觉派》，第 14 页。）

③ انظر إدوار الخراط، **الحساسية الجديدة**، ص 15- 20.
（参见爱德华·赫拉特《新感觉派》，第 15～20 页。）

④ انظر إدوار الخراط، **الحساسية الجديدة**، ص 26.
（参见爱德华·赫拉特《新感觉派》，第 26 页。）

示和残酷的诗性；其基本立场是以冷峻的语言谴责冷酷的现实，以简捷的方式指向彼岸世界的存在，那是一个远离压迫与失败，可以充分释放内心热情的世界。

（2）内向化。作者用心灵之眼观照所有事物，用爆炸式的语言叙述充满感知的、晦暗的梦境，用心理活动取代直接对话，用混乱和模糊法则取代逻辑时间和空间，使梦境与现实、事件与感知合一。所谓"爆炸式的语言"，指语言不再是连续的、流畅的、"陈述式的"，而是断然的、尖锐的，或是热情的、充满颠覆力的，在干硬中裹挟着"诗性的"成分。① 所谓"内向化"也并非仅仅指"内向派"，还包含了另一派，即"外向派"，它倾向于以照相机的冷光线"拍摄"现实，细致、中立地描绘现实，从而使人的疏离和异化感达到极致。②

（3）复兴阿拉伯传统、历史和民间遗产元素。小说家和诗人热衷于从丰富的集体记忆积淀中取材，但目的"不仅仅是'召回'遗产，还包括'复兴'，即以新的艺术方式'创造'传统"③。赫拉特此言首先基于他对阿拉伯文化遗产中"现代性"的认知，他认为："阿拉伯文学思维的濡养源自史诗式、奇幻式的非现实主义，从古代民间传说到《一千零一夜》，从寺庙、教堂、清真寺里的教规到其抽象的文字、装饰性图案，从古老的玛卡梅到尼法利、伊本·阿拉比等人的神秘主义……阿拉伯现代主义小说家和诗人从所有这些只可意会不可言传之物中汲取了丰富的遗产元素，同时从西方现代派成就中获益颇多。"④

（4）魔幻现实主义。指将可目视的、可感知的现实与想象、梦境、启示交织。赫拉特特别指出了阿拉伯当代文学中出现的"当代神话派"，它"倾向于使用传统元素，将语言和视景融合于生动有效的艺术实体中"⑤。有学者

---

① انظر إدوار الخراط، **الحساسية الجديدة**، ص 27.
（参见爱德华·赫拉特《新感觉派》，第27页。）

② إدوار الخراط، **القصة والحداثة**، مركز الحضارة العربية، 2002، ص 46.
（爱德华·赫拉特：《短篇小说与现代性》，阿拉伯文明中心，2002，第46页。）

③ إدوار الخراط،**الحساسية الجديدة**، ص 23.
（爱德华·赫拉特：《新感觉派》，第23页。）

④ "The Mashriq", in Robin Ostle（ed.）, *Modern Literature in the Near and Middle East 1850 – 1970*, London: Routledge, 1991, p. 189.

⑤ إدوار الخراط، **القصة والحداثة**، ص 38.
（爱德华·赫拉特：《短篇小说与现代性》，第38页。）

指出，神话元素对阿拉伯"六十年代辈"作家的特殊意义是：使他们在回归遗产元素时得以突破民族的界限，"在旧世界与新世界之间建构一种平衡，通过制造广阔的图景，摆脱当代历史的混乱无果"①。

（5）新现实主义。埃及"六十年代辈"中的尤素福·卡伊德、巴哈·塔希尔等作家，虽然远离现代主义的具体形式探险，但在内容与形式上与传统现实主义相比已有本质区别。它站在拒斥的立场上，质疑传统权力和主流价值，"但所谓的'拒斥'并非一种原生的厌弃，而是源自对生活未果的爱，因为生活本身是冷酷的"②。

"跨类写作"（al-kitābah 'abr al-naw'īyah）是赫拉特在"新感觉派"范畴下提出的另一个重要的文学概念。所谓"跨类写作"，指的是各艺术门类在写作中相互交融，共同构成交响乐式的文本。它是叙事结构走向开放的结果。一部长篇小说中，可能有短篇小说、戏剧、诗歌、自传等文体的特点的混合，还包括电影、绘画、雕刻、音乐、摄影等艺术技巧的介入。它并非指各种手法的穿插呈现，如在小说中插入记录体或诗歌体等，而是一种诗性的融入，"在场景中，加入诗歌、戏剧、音乐的感受，使作品在包含这些旧文类的同时实现超越"③。跨类写作所基于的理念是："小说艺术没有所谓模式限定。小说与诗歌、自传的界限是狡猾的、易变的。"④

赫拉特认为，跨类写作致力于寻找一种形式来表达碎片化世界的复杂性，在将现实主义、象征主义、魔幻主义和心理主义融为一体的过程中建构自我。他赞扬阿卜杜·萨布尔领衔的埃及"七十年代辈"诗人，称他们为"埃及第一代现代派诗人"。在1983年的一次论坛中，他们号召回归20世纪30年代阿波罗诗社的埃及性，弘扬其中的法老、亚述和迦南文化元素，以便

---

① شكري عزيز ماضي، **انعكاس هزيمة حزيران على الرواية العربية**، المؤسسة العربية للدراسات والنشر، بيروت، 1978، ص 179.
（舒克利·阿齐兹·马迪：《六月战败在阿拉伯小说中的反映》，贝鲁特：阿拉伯研究与出版机构，1978，第179页。）

② إدوار الخراط، **القصة والحداثة**، ص 46.
（爱德华·赫拉特：《短篇小说与现代性》，第46页。）

③ إدوار الخراط، **القصة والحداثة**، ص 39.
（爱德华·赫拉特：《短篇小说与现代性》，第39页。）

④ Roger Allen, "Rewriting Literary History: The Case of the Arabic Novel", *Journal of Arabic Literature*, Vol. 38, No. 3 (2007), p. 256.

突出埃及诗歌在阿拉伯现代诗歌整体框架下的特性，倡导在诗歌中进行文类的混合，用诗歌体现戏剧、叙事、对话和歌曲，同时倡导多声部和多层叙事。赫拉特对此给予了积极肯定，称它们为"构建现代性的组件"。①

赫拉特本人亦致力于跨类写作，比如他给自己的小说《藏红花的土地》（*Turābuhā Zaʿfarān*，1986；*City of Saffron*，1989）配以副标题《亚历山大文本》（*Nuṣūṣ Iskandarīyah*），以表明自己的叙事是超越传统文类界定的。这与荷兰叙事学家米克·巴尔（Mieke Bal）对"文本"（text）的定义不谋而合，后者认为："文本指的是由符号组成的一个有限的、有结构的整体。"而"符号"本身的"意义、效果、功能与背景并不是有限的"，它包括"电影中的形象，或绘画中的构架"等非叙事文本。② 赫拉特给另一部小说《我的亚历山大城》（*Iskandarīyatī*，1994）所配的副标题是《一幅小说拼贴画》（*kulāj riwāʾī*）。而他本人的确是一位拼贴画艺术家，2004 年底他曾在开罗举办过自己的拼贴画展，画面多为女性形象和作者自画像，以此呼应其小说创作的断片美学。通过挑战既定的形式，赫拉特试图赋予读者另一种阅读期待。用黎巴嫩小说家和批评家伊利亚斯·扈利的话说，这些"无形式的作品"代表了"现代阿拉伯语写作的最佳趋向"，因为"扈利发现在这些无形式的作品中存在西方理论家所称的'后现代性'：将不同的元素，包括自传、小说、寓言、自我拟仿等，通过一种高度执着的、奇特的怀旧感杂糅而成"。③

二 爱德华·赫拉特的"亚历山大情结"

赫拉特出身于一个基督教科普特人④家庭，成长于地中海沿岸港口亚历山大城。该城自公元前 332 年亚历山大大帝创建以来，就一直是一个多种文化杂糅的大都会。它曾是希腊马其顿帝国的首都、古代著名的亚历山大图书馆和"世界七大奇迹"之一亚历山大灯塔的所在地、希腊哲学与东方神秘主

---

① Salma Khadra Jayyusi, "Freedom and Compulsion: The Poetry of the Seventies", *Journal of Arabic Literature* (Mar. – Jun. 1995), p. 111.

② 参见谭君强、降红艳、陈芳等《审美文化叙事学：理论与实践》，中国社会科学出版社，2011，第 12 页。

③ Edward W. Said, "Foreword", in Elias Khoury, *Little Mountain*, trans. by Maia Tabet, Minnesota: University of Minnesota Press, 1989, p. xviii.

④ 科普特人，当代埃及主要的少数民族，系公元 1 世纪时皈依基督教的古埃及人的后裔。

义交融而生的新柏拉图主义的发源地，汇聚了埃及本土人、希腊人、马其顿人、罗马人、犹太人、阿拉伯人等各色人种。即便在后古典时期，随着开罗的兴起，亚历山大城的发展受到限制，它也依然是独具特色的环地中海文化区的重要一环。

对于赫拉特而言，亚历山大城不仅是文化冲突与交融的场所、思想独立与自由的天地，其悠久的文明、无垠的天空、湛蓝的海水更孕育了一个辽阔的神话空间。"它是一处美丽的地理所在，人与人在此相遇、冲突、生活、工作、恋爱，直至死亡；它是一座古代和现代文化、文明的坚实仓廪。这些于它都是当之无愧的。然而，它更是一处心灵的处所，一次捕捉内部真理的探险之旅。它与隐晦的抽象和死亡完成形而上的相遇，向时而平静、时而喧嚣的大海舒展，朝向那神秘的无限天际。"① 亚历山大城为赫拉特实践自己所总结的"当代神话派"提供了一个寥廓的场域，并充分展现于《拉玛与龙》等作品中。

在赫拉特的小说创作中，故事往往发生于 20 世纪 30 年代以降的亚历山大城，在这座时间仿佛被凝固了的都市中，一位名叫米哈伊尔的主人公从一个情窦初开的孩子成长为一个不惑之年的男人。小说的自传性很强，因为写作之于赫拉特就是写生活，写一个关于自我与世界的故事。他"想象自己的每次写作都是一次性的"，然而，因为生活本身是多侧面的，且"内部差异极大"，他必须在不同的小说中重复书写自我，使自己的整个写作成为一部循环的、生来就没有结论的书。他沉浸于自己的成长记忆，但将记忆与时间相剥离，其中没有对当下与往昔、暂时与永恒的划分。对此，他阐释道："无时间性是我的小说的关键概念，或者说我认为是这样，因为无时间性是亚历山大城的关键特性。"②

也许在赫拉特眼里，亚历山大这座神秘且神圣的城市理应成为埃及现代主义文学创新的"领头羊"，他之所以将新感觉派的滥觞归于 20 世纪 40 年

---

① إدوار الخراط، **إسكندريتي مدينتي القدسية الحوشية**، دار ومطابع المستقبل، القاهرة وإسكندرية، 1994، ص 5- 6.
（爱德华·赫拉特：《我的亚历山大：奇异的神圣之城》，开罗、亚历山大：未来出版社，1994，第 5~6 页。）

② R. C. Ostle, E. de Moor and S. Wild（eds.）, *Writing the Self*: *Autobiographical Writing in Modern Arabic Literature*, London：Saqi Book, 1998, p. 17.

代，是因为他认为当时亚历山大的一些作家，如白德尔·迪布（Badr al-Dīb，1926－2005）、路维斯·阿瓦德（Luways 'Iwaḍ，1915－1990）已经捷足先登，自觉地将现代派精神与图景隐约呈现于笔端。及至20世纪60年代中期，由就读于亚历山大成立不久的美术学院的三位年轻学子成立"实验派"（jamā 'ah al-tajrībīyīn），与文坛上的新感觉派同气相求，始有了"亚历山大派"这一称谓。① 这正与赫拉特的期待相吻合。

三 《拉玛与龙》中的"新感觉"：寓意与形式

《拉玛与龙》曾获1991年法国—阿拉伯友谊奖、1999年纳吉布·马哈福兹文学奖，在"20世纪最佳阿拉伯语中长篇小说排行榜（105部）"中位居第八。小说讲述了亚历山大城一个科普特男子和一个穆斯林女子之间的爱情故事，但作者赋予故事极其深厚的象征寓意，将一般爱情主题中的男女关系上升到个人与社会、个人与宇宙、个人与自我之间的关系，表达了作者对哲学、宗教、社会、文化诸领域形而上的思考，体现了现代派作家用"心灵之眼"观照宇宙万物的"视界"。

小说时而以第三人称全知叙事者的视角讲述男主人公米哈伊尔的行动与思想，时而以米哈伊尔的第一人称进行回忆，向读者讲述他与女主人公拉玛之间的情感波澜，包括其间数度的别离与重聚。在米哈伊尔眼里，拉玛风姿绰约、极具魅力，但也是个情感飘忽的女子，她谙熟如何捕获男人的心，自己却不付出真心。这让深爱着她的米哈伊尔感到困惑，因无法真正拥有她而感到孤独，他痛苦地自吟道：

> 爱是什么？爱是谎言。爱是飘浮的欲望，以便摆脱孤独；爱觊觎完美的融合、璀璨的燃烧，且无休无止。爱在孤独中轮转，其苦涩的"正果"堪比死亡。我们孤独地爱着，因此爱也是一种无法治愈的孤独。②

① 这三位青年艺术家分别是赛义德·阿德维、马哈茂德·阿卜杜拉、穆斯塔法·阿卜杜·麦阿式。参见穆罕默德·艾布·宰德《埃及六十年代辈：从权力文本到文本权力》（3）。
② إدوار الخراط، رامة والتنين، دار ومطابع المستقبل بالفجالة والإسكندرية، القاهرة، الطبعة الثانية، 1993، ص 14.（爱德华·赫拉特：《拉玛与龙》，开罗、亚历山大：未来出版社，1993年第2版，第14页。）本节引出自该著的引文，将随文在括号内标明出处页码，不再另注。

　　相比米哈伊尔，有过两次婚史的"熟女"拉玛似乎更加老到。在她看来，米哈伊尔虽年过不惑，却常带着孩童般的幼稚，一味地要求真爱或强调精神之爱。而当米哈伊尔自忖"爱之于我即为求知"（16）、"求知即为受难"（45）时，这种爱莫若说是一种苏非之爱。因为苏非主义常常将认识宇宙的过程比作男性对女性之爱的追求，在充满各种精神劳顿与艰辛的同时，亦因忘我而沉醉欣喜，所以米哈伊尔"痛并快乐着"。

　　作者赫拉特在米哈伊尔与拉玛的关系中首先探索了自我与他者的相处之道。米哈伊尔曾对拉玛说：

　　　　基础是合一。意味着不再有自我与他者之分，不再有"二"，而只有"一"。完全相互给予，完全相互索求。（188）

拉玛对这种不切实际的幻想断然回绝。他俩在诸如真诚与欺骗、爱与背叛的问题上多有分歧，以至于米哈伊尔时时感到二者之间那道"不可逾越的障碍"（17）。因此他最终与拉玛分手，决定独自"面对连续的苦痛，直至生命的最后一天，无须铠甲，不求逃离"（347），回应了全篇"因孤独而爱，因爱而孤独"的主题。

　　米哈伊尔与拉玛的关系还象征着人对自我神圣性的寻找。他寻求与拉玛的合一，即试图通过爱寻觅人的自我的绝对、永恒和神圣的本性。但是，拉玛主张"多"，如她的反唇相讥：

　　　　我无法理解这种一元论，或许只能在理智上接受它。是的，表象的"多"才是全部，形形色色的美妙和精彩屡屡吸引着我，诱使我迷失方向，并且是——如此义无反顾地迷失！！（334）

米哈伊尔则坚称，任何形式上的"多"都终将归为不可重复的"一"。在这里，二人的交流已上升到宇宙观的高度，这也呈现了作者赫拉特的观点，即当"爱成为救赎和拥抱绝对的渴求，在爱中，相对与绝对、暂时与永恒的区别在苏非式的、超越二分法的经验中消弭"① 之时，从灵魂深处唤起

---

　　① Sabri Hafiz, "Interview with Edward al-Kharrat", *Journal of Comparative Poetics*, No. 2（Spring 1982）, pp. 104 – 105.

的交流将升华为一种超验的统一，男人与女人的交流将最终走向人与宇宙的交流，自我其实既是"一"也是"多"。米哈伊尔在与拉玛相处过程中的各种寻觅实则再现了全人类的追索与寻觅，它永无止境，且多数无果，有时甚至令人绝望而死，但人类依然为此锲而不舍，奋斗不息。

除了爱与孤独，完美也是米哈伊尔与拉玛常常探讨的一个话题。在谈论何为心目中的男人时，拉玛说道：

> 他也许在内里是撕裂的，但最终是完美的。这并不意味着他必须做完美的典范，而是说他必须做到各方面的互补。他的任何一点——包括内里的撕裂——都对其他方面构成一种补足。（282）

米哈伊尔也同意拉玛对"完美"的看法，所以他这样劝说自己：

> 成熟即意味着接受半个解决方式，对你的权利和义务照单全收，知足于你的能力，也知足于世界能够给你的一切。（8）
> 完美是不可能的。不可能就是一种完美。（118）

每当米哈伊尔显露出追求完美之意时，拉玛可能会警告他：

> 看！你杀死了龙。（80）

米哈伊尔则提醒自己：

> 我没有屠龙。我和龙共存，它的牙齿已深深扎入我的心脏，彼此无法分离，直至死亡。（81）

"龙"在该小说中是个令读者捉摸不定的意象。小说中提及"龙"的次数不到10次，语境较明确的只有两次：一次是拉玛提到传统爱情故事中的白马王子为了确证自己对恋人的爱，总有冒险屠龙的奋斗经历；另一次是小说收笔处引用了苏非圣贤哈拉智①在临刑前的名句：

---

① 哈拉智（al-Husayn ibn Mansūr al-Hallāj，857－922），伊斯兰教苏非派著名代表人物。生于波斯，长期在巴格达传教，宣扬禁欲主义和人主合一的"入化说"。因触犯了正统派的教义，被控"叛教大罪"并处以磔刑，死后被苏非派尊为"殉道者"。

我与圣洁的友人 彼此亲密无间/某日他邀我做客 彼此举杯同欢/觥筹交错间 他唤来了行刑席和刀剑/我遂与龙共饮 在那个夏天（348）

因此小说中的"龙"多半是贬义的，对此赫拉特后来阐释道："龙是绝对……是人内心企图挑战不可能的一种意愿……是人类身上邪恶的一面。在这个意义上，恶是绝对，正如善是绝对。二者都是人性的构成，也是相对的、特定的、永恒的。"[①] 龙蛰居于米哈伊尔的内心深处，也正说明了人性的矛盾性和不完美性，而这即为永恒的常态。

赫拉特创作《拉玛与龙》的另一意图是阐发所谓的"埃及性"，在作者的精巧构思下，这一意图也是通过女主人公拉玛来实现的。在米哈伊尔的心里，拉玛首先肯定是一个具体的女性；与此同时，拉玛又是其生命中的原型女性，因为她"集合了他生命中所有女人的属性"（224）。在此基础上，作者将拉玛渐渐幻化为一个充满隐喻性的意象。她是古代埃及永恒的爱神伊西斯，还是"阿施塔特、珀耳塞福涅、赫拉、得墨忒耳、阿弗洛狄忒、所有的圣母玛利亚"（171）。她不断地繁衍生息，像凤凰那样在涅槃中永生，象征着经历五千年文明的交融所锻造出的不朽的"埃及性"。因为拥有了拉玛，埃及成为一块没有终点的土地：

我们仍然在说着神圣的象形文字，不过可能是在新的袍子和面具之下。（169）

埃及是永恒的，它挑战时间，因为"伊西斯以她不同的名字活在每个埃及人家中，无论今天还是明天，直至永远"（170）。借此，拉玛作为神祇（绝对）的化身，已经从特定的时空中抽离出来。"伊西斯不是古人的传说。在他的某个生活层面，伊西斯是具有指导性的价值观。这不可否认，也无须验证……他对她的接受是与生俱来的，应该说源自一种信仰，这是一件无须讨论的事情。这一信仰仿佛先于他而存在，比他自身要庞大得多。"（173）赫拉特的这种思想受到了伊斯兰苏非派哲学和埃及科普特东正教的双重影响。而埃及民族身份的永存必须有诸多条件，它首先在无时间性的亚历山大

---

① Sabri Hafiz, "Interview with Edward al-Kharrat", pp. 101 – 102.

这个使阿拉伯—伊斯兰文化、苏非派、基督教和法老文明相交融的典范之城找到了依托。小说中，米哈伊尔面对今日的亚历山大城，怅然若失：

> 这不是我们的城市。我们的城市是一个古老的、灿烂的梦境，它活在时间之外，是世界老城墙的一部分。(56)

但是，当他兴致勃勃地领着拉玛游历故乡亚历山大城时，发现这座属于他的城市依然处处是伊西斯的芳踪：

> 你的身体是一张光滑紧致的埃及纸莎草，上面画着象形文字的花朵。纯洁的伊西斯母亲啊！我栖息在你柔软的泥土里，我的双腿环抱着你肥沃的三角洲，睡梦中落下带血的方尖碑……(259)

在旅途中，米哈伊尔与拉玛还谈论了各自的祖籍。米哈伊尔的祖辈是埃及南方的科普特基督教徒，拉玛的穆斯林祖辈则自遥远的安达卢西亚跋涉而来。作者意图通过男女主人公超越宗教信仰与地域隔阂的美好情感来实现其所期冀的"埃及性"。

赫拉特在《拉玛与龙》中的追求，是将所谓"新感觉"内化并渗透于上述深刻的寓意与浓厚的冥思色彩之中。此中，各种现代主义技巧功不可没。小说叙事脱离了传统的时空框架，常使用闪回，通过第一人称与第三人称叙事视角的交叉、直接引语式的对话与内心独白、意识流之间的不断切换，使故事在看似现实主义的描述与梦呓般的感觉之间游走。读者甚至无法分清哪些是米哈伊尔的意识流或梦境，哪些是真实发生的事件，一如主角本人：

> 这确实发生过吗？他是那么快乐吗？他此前经历过这种快乐吗？他不知道自己是在回忆，还是在做白日梦——一个比严酷的现实更能抵抗灵魂寂灭的幻象。(254)

赫拉特在该小说叙事中的另一大特点是不断使用动词"他说"（qāla）或"她说"（qālat），引出二人的直接对话，或内心独白，此做法似乎在拟仿阿拉伯古典散文叙事的传述模式（Isnād）。古代阿拉伯文人有注重传述链的习惯，喜欢追根溯源，对经许多传述者所传述的话语往往要推至其最初出处，因此常使用"他说"之类的动词。但是赫拉特此举寄托了更深的意指，他曾说："长期以来，我始终关注的是人的孤独状态及其与自我、社会和宇宙的疏离。一个被遗弃的、静默的宇宙没有义务回答人的问题，或许下任何诺言。人就像一个孤岛……他遭遇疏离……与此同时又渴望着交流。"① 在小说中米哈伊尔与拉玛通过对话构成了声音交流，同时承担了相互叙事的角色，米哈伊尔视拉玛为《一千零一夜》中的山鲁佐德，而在无形中把自己当作被救赎的山鲁亚尔。他担心失去拉玛，需要不断确认拉玛对他的爱，因为后者是其肉体和精神的栖息所、生命与救赎的源泉。当拉玛躺在他的怀里睡醒时：

> 她说：你为何这般看着我？
>
> 他说：就让我看着你。
>
> 她说：为什么？为什么要看着我？
>
> 他说：我要为干旱的日子做准备。
>
> 当然，我依然很渴。我注视着碧波荡漾的咸水湖，却无法止渴。

（104、105）

至于小说的总体叙事结构，赫拉特的灵感直接来自法老文化和阿拉伯文化。他阐释道："在写作《拉玛与龙》期间，我着意处理与意义层面，以及形式本身相关的几个基本概念。在阿拉伯文化或者更早的法老文化中，主要的形式是重复。与该形式相联系的是相对与绝对的关系。在阿拉伯式的装饰性花纹中，我们发现循环式重复所导致的无限，而构成重复的元素是局部的、微小的、有限的。这些元素的无限重复使有限最终超越自身，进入无限；使局部最终超越自身，成为整体。"② 此重复在古埃及象形文字的抽象图案、清真寺的壁画装饰、《一千零一夜》的故事链结构中均有所体现。所以读者发现，《拉玛与龙》的各章似乎是一篇篇独立的短篇小说，犹如一个个彼此相接又互相独立的圆圈，可以无限伸展，没有终结。赫拉特各部作品之间的自我互文性也源自这种重复的理念，如前所述，他将自己的所有作品看成"一部循环的、生来就没有结论的书"，以求在重复中实现自我对局部性、

---

① Sabri Hafiz, "Interview with Edward al-Kharrat", p. 90.
② Sabri Hafiz, "Interview with Edward al-Kharrat", p. 91.

有限性、相对性的超越。

在这部被赫拉特称为"不可译"的作品中，作者着力表达现代主义式的主体感受，并注重对语言的创造性复杂处理。小说中处处是充满乐感的诗性语言，使抒情性极强，读来令人心潮起伏。最典型的是，有些段落以"nūn"或"mīm"押韵，传达了一种与内心情感相呼应的回声，比如：

> 我依然叫你拉玛……阿尼玛……曼达拉……我的女人……我的港湾……我的洞穴……凯米……我的梦幻、仁爱之师、阿蒙神的妻子、我镜中的玛阿特……我的尊严……福祉深厚的玛利亚……被埋葬的得墨忒耳，她降下甘霖，带来福音……她的子宫贪婪地等待精液，走向命定的死亡和灼热的欢愉……鹰之母……隐忍之母……于水中颤动的金色素馨花的母亲……噢，拉玛！（105）

本段的阿拉伯语原文几乎每个单词都含有"mīm"，通过诗歌所追求的押韵手段构造某种音响效果，渲染拉玛的阴柔之美，是赫拉特所倡导的"跨类写作"的典型事例。

凭借上述"新感觉"，《拉玛与龙》成为一部"试图颠覆阿拉伯小说所有传统"的小说。[①] 这是来自赫拉特本人及其同道的评价。赫拉特的小说理论与实践确实造诣深厚，拥护者因此拍手称颂；但其"旨在朝向认知"与"不可能的完美"、倡导"美学语境下的实验"的小说创作也使他在大众层面曲高和寡。即便在文学批评界，也有评论者指责赫拉特使用过于复杂的术语来描述那些并非为他所原创的小说形式有"炫技"之嫌，另一些人则认为赫拉特过分沉浸于艺术世界的自我陶醉和贵族化小众情调，以至于给人云山雾罩的感觉。或许有鉴于此，在"《拉玛与龙》三部曲"的后续作品《另一时间》（*Al-Zamān al-Ākhar*，1985）、《渴的确信》（*Yaqīn al-'Aṭash*，1996）中，社会政治的主题有所加强。其实，社会政治话题在《拉玛与龙》中也并未被忽略，比如，作者安排拉玛出生于1948年第一次中东战争爆发的当日，而其时米哈伊尔因参加埃及国内抗英运动正遭监禁。拉玛和米哈伊尔都曾是各种社会政治运动的积极分子。小说涉及与埃及相关的苏伊士运河战争、埃叙联

---

① Sabri Hafiz, "Interview with Edward al-Kharrat", p. 100.

盟、十月战争，还旁涉阿尔及利亚独立战争、黎巴嫩内战、巴勒斯坦难民流亡等 20 世纪 40~70 年代阿拉伯地区的重大事件与问题，但作者的表达手法是隐约的，或将其作为情节背景一笔带过。这是作者在"新感觉派"理念指导下有意为之的。

纵观赫拉特一生的文学活动，认为赫拉特的写作是"为艺术而艺术"，因唯美主义而忽略了主题和内容的看法是有失偏颇的。赫拉特的独特贡献在于：在阿拉伯社会危机的大语境下，他提出（或曰"总结"）了一套与表达这一危机相适应的文学理论并进行亲身实践。尤其值得指出的是，在阿拉伯文化回归遗产之风兴起之时，他一方面主张重建自我民族身份，另一方面又强调必须注重文化融合与开放。其文学作品致力于揭示永恒的哲学意蕴，虽然偏好唯美和玄思，但在唯美主义者看来，"似乎站得离自己时代最远的人，却能最好地反映他的时代，因为他清除了生活中的偶然性和瞬间性，拨开了由于亲近反而使生活显得模糊不清的'迷雾'"①。他向人们诠释了第三世界优秀作家的一种境界追求，即关注现实，同时做到精神上的超越。② 从其小说《拉玛与龙》位居"20 世纪最佳阿拉伯语中长篇小说排行榜（105 部）"前列来看，阿拉伯文坛对他的成就还是相当认可的。

赫拉特一向反对"遵命的艺术"，认为真正的艺术经验是竭力走向知识，文学的使命是在走向知识时提出问题，而非提供答案，由此他坚定地认为阿拉伯文学的现代主义流派正在取代"目前旧的、几乎过时的现实主义模式"。但事实并非如此。时至 21 世纪，现实主义文学依然活跃于阿拉伯与世界文坛，并大有回潮与复兴之势。在阿拉伯社会政治日益复杂化的当下，一些优

---

① 王尔德：《英国的文艺复兴》，载赵澧、徐京安主编《唯美主义》，中国人民大学出版社，1988，第 90 页。

② 爱德华·赫拉特常被引用的一段名言道出了文学神秘而伟大的力量："我为何写作？我写作乃因我不知自己为何写作。这种动力是源自强大的外部力量吗？可以确认的是，我以写作为武器，是为了带来变化——自身以及他人的变化……为了更美好的事物……更温暖的事物，以便融化野蛮主义和孤独的冰寒……为了在暴力和窒息的压迫下寻求慰藉……我写作，是因为我希望自己的文字能够让读者骄傲地抬头——哪怕只有一个——与我共同感觉这个世界终究不是一道被废弃的、无意义的风景……我写作，因为世界是个谜，女人是个谜，我的年轻同伴们是个谜。所有被创造物都是谜……这就是我所想要写的，也是我写作的缘由所在。" Qtd. in Roger Allen, *The Arabic Novel: An Historical and Critical Introduction*, p. 266.

秀的现实主义小说以犀利的言辞揭露丑陋的现实，以生动的手法展现社会众生相，获得了受众的欢迎。而在一篇题为《文学还有用吗》的长文中，赫拉特的立场也似有改变。他依然拒绝传统的现实主义再现，反对为了再现现实的艺术，与此同时，他否认文学仅仅讲求纯粹的美学价值，否则就会导致"文学还有用吗"之类的问题。① 他强调第三世界的文学创作是为了实现人类的尊严、正义、民主、理性和自由；在第三世界，文学的社会价值是十分重要的，艺术的最高目标必须与相对实际的社会政治关注取得平衡。

第五节　文本内外的对话性：塔希尔的《日落绿洲》

2008 年阿拉伯文坛的一件大事是"阿拉伯小说国际奖"（IPAF）的设立。"阿拉伯小说国际奖"也称"阿拉伯布克奖"（the Arabic Booker），是当下阿拉伯地区最具世界影响力的文学奖项。该奖的原旨是推举新人新作，"新人"指潜力深厚但知名度有待提升的作家。巴哈·塔希尔（Bahā' Ṭāhir，1935 – ），这位 20 世纪埃及"六十年代辈"作家群中的佼佼者，至少起先是不在此列的。然而，正是这位"老人"，最终以新作《日落绿洲》（*Wāhah al-Ghurūb*，2007；*Sunset Oasis*，2010）力压群芳，将这个引发阿拉伯地区内外关注的文学奖项收入囊中。首届阿拉伯布克奖评委会的赞词称："巴哈·塔希尔在《日落绿洲》中，运用丰赡的艺术手段与极致的故事话语，就人性的真实这一永不完善的问题进行探讨，最终捍卫了对话与相互认同，拒绝偏狭盲信和封闭意识。"②

该赞词一语中的，从美学价值和思想意义两个层面同时肯定了《日落绿洲》所取得的成就。《日落绿洲》是一部托古喻今的小说，作者借埃及近现代史上某疑案，敷衍出一个简单又复杂的故事：19 世纪末英国殖民统治期间，青年军官马哈茂德被埃及中央政府发配至西部边远的锡瓦绿洲当执政

---

① إدوار الخراط، "هل للأدب جدوى اليوم؟"، **مجلة العربي**، العدد 546، مايو 2004.

（爱德华·赫拉特：《文学在今天还有用吗？》，《阿拉伯人》2004 年 5 月，总第 546 期。）

② "بهاء الطاهر: واحة الغروب وجائزة بوكر"،

http：//tishreen. news. sy/tishreen/public/read/140281.

（《巴哈·塔希尔：〈日落绿洲〉与布克奖》。）

官，其妻凯瑟琳——一名爱尔兰籍考古学家与之同行……故事的主要场景先是茫茫大漠，后是半蛮荒的绿洲村落；故事情节以上述两个主要人物为叙事视角交替铺开，各章结构明了，却充盈着戏剧性的冲突。这些冲突伴随着主人公的思想、言行和外部遭遇，交错纵贯于全书始末，最终集束为一个悲剧性的点：马哈茂德万念俱灰，将凯瑟琳迷恋的古迹与无法安顿的自我一并炸毁。

为了从容、充分地展现小说中来自各个层面的、明暗相间的冲突，作者运用的主要叙事手法是描述人物的内心独白，通过进入人物的内心世界，让他们絮絮诉说着自己及周围人，在局促不安中回忆着过去，从而发掘其内心秘密，揭示其充满疏离和陌异感的生存状态。在各人物的回忆中，虽然不乏直接的回溯性对话，但更出彩的是人物自身的内心对话，以及各人物声音在非情节对话中对同一事物或命题所展开的思想对话。巴哈·塔希尔早年曾从事广播剧创作，深谙戏剧艺术，亦重视与受众的交流，这使得他在埃及和阿拉伯"六十年代辈"作家从现实主义向现代主义转型的进程中，成为在"对话"艺术方面最具特色的作家之一。

对话理论由俄罗斯文艺理论家巴赫金在 20 世纪二三十年代提出，今人对该理论的认知，已从较纯粹的文学文本批评走向文化批评视阈。巴赫金的交往对话主义认为："对他的认识只能是对话性的。"[1] 在纷争不断、冲突频仍的现代世界尤为如此，与他者进行平等对话是推动自我乃至社会从分裂走向整合的唯一出路。这里的"他者"，可能是与"自我"相对位的"另一自我"，可能是与主体性的"我"相对位的主体性的"你"。以此观照巴哈·塔希尔的小说《日落绿洲》，有助于品鉴其文本形式与思想主题相互呼应所生发的妙趣。或许是这一点打动了首届阿拉伯布克奖的评委们，方有如此切中肯綮的评价。本节所称的"对话性"，指直接引语形式之外的对话，并跨越了小说文本内外。

一　"自我"与"另一自我"的对话

在巴赫金所论的复调小说中，主角常常"是一个自我反思、自我发现的

---

[1]　钱中文主编《巴赫金全集》第四卷，河北教育出版社，1998，第 378 页。

英雄", 陷于"对他的自我、他周围的他者和现实的不断的质询、辩论、争吵"之中。作者"最善于将他的主角们置于命运的关口,在社会、个人的危机时刻和命运的门槛,来让人的灵魂经受最强烈的震荡与冲突,从而发现他的存在价值和主体意识……主角在他的生命和心灵的危机时刻或转折点,比任何一个时刻都更清晰地认识到了他的主体存在的不确定性和未完成性"。而其历史与社会氛围,多半是"社会危机深重、社会矛盾与冲突尖锐激化的'灾难性'时刻或历史的转型期"①。

《日落绿洲》中的男主人公就生活在这样一个历史时期。在奥斯曼帝国日薄西山之际,英国殖民者继法国人退去后长驱直入,统治埃及的穆罕默德·阿里王朝被迫就范。1882年埃及军官奥拉比发动革命,揭开了日后波澜不断的抗英运动的序幕。而在思想文化领域,在如飓风般裹挟而至的西方现代性的冲击下,改革民族传统文化的呼声渐起。青少年时期的马哈茂德·阿卜杜·扎希尔过着玩世不恭的日子,在一次咖啡馆夜谈中偶然聆听了社会改革家哲马鲁丁·阿富汗尼的演讲,得到思想启蒙,在流连于醇酒美人的同时,亦开始关注民族主义事务。从开罗一所精英学校毕业后,马哈茂德成为一名军官。出身小资产阶级的马哈茂德有着与生俱来的性格弱点,一如他自省时发现自己是"半个好人加半个坏人,半个爱国者加半个叛徒,半个勇者加半个懦夫,半个虔诚之士加半个无耻之徒"②,而纷乱多变的时世加剧了其首鼠两端的秉性,使之生活在"理想的自我"与"现实的自我"的严重冲突中。同情马哈茂德的上司赛义德先生在通知其被发配的安排时,安慰道:"我很羡慕你能去沙漠,那是先知和诗人们的天堂。每个厌弃尘世的人都逃到那里寻找自我,在那里枯萎的心灵也会开花。"(47)马哈茂德似乎也有意将绿洲作为内心危机的埋葬地。但从踏上前往绿洲的旅程起,马哈茂德便陷入了无尽的自我审判。他立于大漠深处,过去如魅影般追逐着他,无时或已,使之逃逸不得,唯有叩问苍茫大地:"我问自己:那个久远的过去是否已然消逝?那个精神涣散的青年是否已得到黏合,抑或岁月的撕扯让他更加

---

① 刘康:《对话的喧声——巴赫金的文化转型理论》,北京大学出版社,2011,第127~131页。
② بهاء.طاهر، **واحة الغروب**، دار الشروق، الطبعة الثانية، 2007، ص 235.
  (巴哈·塔希尔:《日落绿洲》,开罗:旭日出版社,2007年第2版,第235页。)本节出自该著的引文,将随文在括号内标明出处页码,不再另注。

四分五裂？"（18）

　　即便在到达绿洲后，马哈茂德依然摆脱不了两件陈年旧事，二者的共同基调是背叛与怯懦。先说其中的公事。奥拉比革命之火初燃时，英国军舰炮轰亚历山大港。马哈茂德与同事托勒阿特皆为奥拉比革命的支持者，奉政府之命前去救护市民。途中遇到一群流民持枪打劫商铺，遂鸣枪示警。在僵持中托勒阿特与对方均中弹倒地。身负轻伤的马哈茂德回开罗后接受警署的调查，如实录了口供。当两个月后重新审查时，形势已发生了逆转，曾在议会慷慨陈词的帕夏们在英军的淫威下纷纷做了"墙头草"，奥拉比从敢于反抗赫底威①卖国行径的民族英雄"沦落为"大逆不道的谋反之徒。连伤愈后的托勒阿特也见风使舵，矢口否认马哈茂德所交代的事件真相。无可选择的马哈茂德为了保全性命，推翻了先前的口供，但还是被扣上了同情革命者的帽子。他的内心也从此背上了重负，"理想的自我"痛恨他在考验面前背弃了祖国和革命：

　　　　我一直问自己什么叫背叛。我常常问自己：为什么那些坐拥一切的帕夏和大人物们会背叛？为什么付出代价的总是小人物——他们在战争中死去，在失败后被囚禁，而大人物们仍然稳坐高高在上的君子之位？我还问自己：小人物为何也会背叛？……我们为何会当叛徒？听向导说，沙漠的背叛是因为风暴来得不是时候。那么，你且来和我谈谈：我又是如何成了背叛小人！（55）

这段内心独白由"理想的自我"主持，但实际上有两个分裂的自我在对话。一个自我对马哈茂德的背叛行为不依不饶，另一个自我则欲深究导致背叛的语境，对腐败荒诞的政局愤愤不平。

　　在另一个场合，马哈茂德的意识流将他的思绪带向昔日的挚友托勒阿特：

　　　　我无法原谅他。我不明白他为何背叛我，直到那天赛义德先生私下向我解释其中的秘密。现在想起来，即便我不原谅他，我却为何要指责

---

①　穆罕默德·阿里王朝名义上隶属奥斯曼帝国，其统治者称"赫底威"。后文中的"帕夏"是对奥斯曼帝国行政系统里高级官员（通常是总督、将军等）的敬称。

他？那些日子人人自危，大家都在想方设法避免进监狱或丢工作。他是叛徒，但他对自己的内心是清爽的。他欺骗了我，但没有欺骗他自己。对亚历山大革命的热情似乎都不过是一时冲动，包括我的热情、整个国家的热情在内，皆已转瞬即逝，失败让我们大家从鲁莽中清醒过来。（150）

在这段内心独白中，"现实的自我"占了上风。马哈茂德的出发点是为托勒阿特开脱，实际上是在为自己的怯懦寻找理由，为革命的失败寻找合理性。

与托勒阿特一起时常浮现在马哈茂德脑海中折磨其良心的是尼阿玛——一位与他两小无猜，一同长大的丫鬟。他称呼她"褐色的尼阿玛"，因其肤色柔美，犹如泛滥季节的尼罗河水。她有一肚子关于好国王或坏国王的故事，是马哈茂德心目中的山鲁佐德。马哈茂德虽然深深爱恋她，却在身份的鸿沟面前止步，拒绝娶她。尼阿玛的一去不归使马哈茂德感到十分懊悔，但"现实的自我"质问他：

> 假如我找到她，或者她自己回来了，我会有勇气和她结婚吗？一个可敬的军官娶一个出身不明的女奴？耻辱啊！（96）

"理想的自我"与"现实的自我"再次冲撞，使马哈茂德始终纠缠于对尼阿玛的魂牵梦萦中，饱尝懦弱与背叛所生出的另一颗苦果。

如前所述，时代造就了马哈茂德，使之成为"一个自我反思、自我发现的英雄"，他总是沉浸于厘清自我意识之中，而叙述自我的对话以几种矛盾的声音反复展开，体现着自我在现实中选择的两难处境。他是一个人格分裂的人物。在信仰方面，他会在半夜梦醒时起床祈祷，在斋月期间不近酒色，陪父亲去参加苏非灵修仪式，但仅此而已。在个人感情方面，英俊潇洒的他有很多女人，他始终视尼阿玛为唯一真爱，却对之始乱终弃，以至于后来将凯瑟琳的姐姐菲奥娜当作尼阿玛的西方替身，这是因为她像尼阿玛那样富于直觉、喜欢神话、爱讲故事。在公共政治方面，他痛恨英国殖民者，却为他们当奴才；他因同情奥拉比革命被英国人明升暗降，代表外国殖民者去殖民本国的柏柏尔少数民族，由此遭到绿洲民众的反抗，但在内心又深切同情他

们。他在内省后愈加不知所往，以至于呐喊道："但愿我知道自己到底要什么！知道自己想成为什么人！"（90）

在多个自我的张力中徘徊的绝不仅仅是马哈茂德一人。小说在第八章以"亚历山大大帝"为题，细致入微地刻画了一个同样遭遇自我分裂的人物。亚历山大大帝这一人物是通过凯瑟琳的考古工作被引入小说的，巴哈·塔希尔安排他进行通篇的自述，使之成为一个具有真正意义的角色，更重要的是，他是个有血有肉的角色。公元前331年左右亚历山大大帝曾率领马其顿大军征服锡瓦绿洲，并让阿蒙神庙的祭司宣布他是阿蒙神之子，由此成为天定的埃及法老。他问自己：希腊城邦常年内战，埃及何以常年和平？

> 血腥中的亚历山大追逐着和声中的亚历山大……第三个亚历山大在问：人类适于在哪种情况下生存——欢乐还是恐惧？是哪一个将带来正义与和谐？（126）

他从祭司那里得到启发，认为埃及的繁荣源于法老的专制。于是，他背弃了先生亚里士多德所教诲的宽容哲学和自由精神，一心一意"用战争结束所有战争，在战争中以善对抗恶，直至大地上和平永存"（131）。其目的是创造一个"各族人民大团结的世界，以最高尚的希腊语为统一的语言，各族相互通婚，使地球上的人们不再有族裔之分"（134）。他因此以身作则，娶战俘、波斯王大流士的女儿为妻。

但是，读者发现历史上所向披靡的一代英雄在内心深处却是焦虑彷徨的，他以全世界的受难为代价，在让别人成为牺牲品的同时，也在一点点地挫败自己，一步步地背叛自己。此时，在亚历山大大帝的脑海里，两个自我再次进行辩论：

> 一个亚历山大问道：为了实现这一梦想，必须去穿越鲜血——那些战败者的鲜血、我的士兵们的鲜血——的海洋吗？另一个亚历山大回答：是的，既然最终目的是实现他们的幸福。（134）

亚历山大大帝无法统一分裂的自我，只好靠酒精"收拾亚历山大散落的碎片，将它们重组为一个整体"（134）。

在巴哈·塔希尔笔下，亚历山大大帝更是一个想要实现自我幸福的普通人。然而，他终其短暂的一生寻找幸福，却不知幸福何在：

> 我思忖良久，弄不清这一系列的暴虐、忧惧和背叛是从何而生？是谁生了谁？我是它们的制造者，还是它们的牺牲品？那个强大的少年形象陪伴着我，在孤寂中，亚历山大的许多形象消失了，只剩下一个亚历山大，他认识到自己已走到路的尽头。我经历了一切——前人未曾实现的胜利、荣耀、权力的乐趣。我像神那样生杀予夺，我享受了诗歌、音乐、醇酒和美人，但我为何还是不幸福？（140）

他创造了无尽的荣耀，却有一种深深的挫败感，因为他并未如愿以偿。他杀戮、征服，是为了创造一个没有种族之分的理想世界，却非人类的能力所及。巴哈·塔希尔在阐释自己的创作背景时说，他当时想到的是美国以传播民主为由对伊拉克和阿富汗发动的战争，战后却留下一个烂摊子，且难以自拔。

卢卡奇认为："小说一直被理解成一个问题重重的个体走向自我认识的过程，从完全囚禁于当下的现实——一个内部是异质的并且对个体毫无意义的现实——走向明确的自我认识的过程。"[1] 巴赫金则强调，主体的自我意识必须通过多声部对话来实现，其中包括主人公内心的对话。在《日落绿洲》中，马哈茂德和亚历山大大帝最终均未能走出"囚禁于当下的现实"，该现实使他们在情感世界中左支右绌、处处碰壁；但是，作者巴哈·塔希尔用两位人物对话式的内心独白表明：或许他们正走在厘清自我的途中。

二 "我"与"你"的对话

巴赫金的复调理论将单个意识中出现的双重或多重声音相互交锋而形成的对话称为"微型对话"。上文以两个典型人物为例，展现了《日落绿洲》中"微型对话"的进行情况。《日落绿洲》全书共 17 章，多数以马哈茂德和凯瑟琳两个主人公交替命名，只有第五章"叶哈雅谢赫"、第八章"亚历山大大帝"、第十二章"凯瑟琳、马哈茂德、叶哈雅谢赫"、第十三章"萨比尔

---

[1] Georg Lukacs, *The Theory of the Novel: A Historico-philosophical Essay on the Forms of Great Epic Literature*, trans. by Anna Bostock, London: The Merlin Press, 1971, p. 80.

谢赫"例外。作者在各章中的写作手法是一致的，即让这些人物皆从各自的视角出发，承担第一人称叙事；因此，"微型对话"还呈现于凯瑟琳以及萨比尔和叶哈雅这两个分属绿洲东西部落人士的内心独白中。只是，与他们相比，马哈茂德和亚历山大大帝身上的自我冥思色彩是最为浓重的。各章叙事者除进行个人回溯与倒叙之外，其共同任务是，从不同角度推进当下事件与情节进展，这样便在文本结构上形成一个共时性并置话语场，有利于在人物之间展开平等的对话。而主要叙事者马哈茂德和凯瑟琳夫妻二人在视角与思想上的彼此对照，使人物之间的对位关系上升为小说的整体结构，形成了一种复调结构的"大型对话"关系。

凯瑟琳在认识马哈茂德之前是个寡妇，她与马哈茂德一样讨厌英国人，因为英国人同样侵略过她的祖国，但她喜欢马哈茂德的英式面孔。她在与马哈茂德的婚姻中找到了她以前未曾有过的性欢愉，婚后不久却发现丈夫依然在外寻花问柳，且内心另有所属。她热衷于对法老遗迹的考古挖掘，去锡瓦绿洲的目的除了换个环境来解救处于危机中的夫妻关系之外，还包括确证亚历山大大帝是否如其遗嘱所说，最终被埋在此处。

马哈茂德与凯瑟琳的对位关系在许多时候可归结为东西方人思维与立场的不同。比如，锡瓦绿洲于马哈茂德而言是边远的发配地，于凯瑟琳而言则不啻心中的乐土。这片在古希腊史学家希罗多德笔下被描述成花树如海、湖泉纵横的地域，因亚历山大大帝的神话传说而更加熠熠生辉。在动身前，凯瑟琳翻阅了从爱尔兰带来的游记和史书，阅读其中的有关叙述，还去开罗各图书馆查阅资料，做足了功课。但是，当她真正置身于沙漠深处，还是被其变幻莫测的景色，甚至突如其来的风暴所惊异了：

> 对，就是晨曦！它在天际间从一道白色的细线幻变成红色的朝霞，缓缓地驱走黑暗，逐渐点燃沙漠，在第一缕阳光的照耀下，将它变成一座金色的海洋。此刻，一股我此生从未闻过的气息混杂着阳光、沙砾和黎明的露珠扑鼻而来。这是一股欲望的气息，它不仅穿过我的鼻腔，而且打开了我的全身；假如不是羞报，不是帐篷外传来驼队那些男人醒来的声音，我差一点要抓住马哈茂德的手，对他说：快点，到这儿来！到这片湿润的沙漠上！(57)

马哈茂德则完全相反："沙漠在我眼前延伸，除了黄沙、沙丘、石块、天际间闪烁的蜃景之外，空空如也。"（33）他对凯瑟琳的兴奋与惊奇感到诧异，凯瑟琳则诧异他为何无动于衷，于是二人进行了一段直接对话：

> ——"我的内心横着另一片荒漠。它不像我们眼前所穿越的这片宁静的沙漠，而是充满了喧嚣、人群和图像。"
> ——"这也很美。"（37）

凯瑟琳并不理解马哈茂德所言，但她真心想道："他说沙漠遍布他的内心。但愿这是真的！这片沙漠是多么妖娆啊！"（57）这并非出于凯瑟琳的天真，而是因为她确确实实被眼前的沙漠所"魅"住了。

在西方人眼中，东方常常具有神秘又神奇的魅力。凯瑟琳是一名西方人，更是一名学养深厚的东方学家。她自幼受教于其父，后者热爱东方，并引发了凯瑟琳对那些散布在东方的、未知的希腊罗马古迹的好奇心。但凯瑟琳牢记一个前提：

> 我必须远离那些地区的东方人。他们不过是历史的仓库。我必须时时记住自己是一个爱尔兰人、一名天主教徒。（25）

关于东方学家，爱德华·萨义德曾评论道，"站在一个遥远的、几乎无法理解的文明或文化丰碑的面前，东方学研究者通过对这一难以企及的对象的翻译、充满同情的描绘和内在把握，而削弱这一含糊性。然而东方学家仍然无法进入东方，不管东方表面上看来是多么可以被得到理解，但它仍然被遮隔于西方之外"[1]，因为观测点不仅来自"远处"，更在"高处"[2]。凯瑟琳就是一个生动的例子。在她看来，绿洲居民是野蛮的，是驯化的对象。她有意接近他们，试图与他们交好，多半是为了得到他们的帮助，因此总是隔着一层厚厚的墙。她不断出入古庙，被当地人等同于从前来此盗宝的欧洲人；加上与马哈茂德的关系愈加疏离，内心孤独的她遂更加埋头于书籍和探寻古迹的工作。她流连于神庙中的石刻和壁画，从中寻找证明亚历山大陵墓所在

---

[1] 爱德华·W. 萨义德：《东方学》，王宇根译，生活·读书·新知三联书店，1999，第283页。
[2] 爱德华·W. 萨义德：《东方学》，王宇根译，第429页。

的蛛丝马迹。她对此项工作的投入，正如她自忖："如果我成功了，这将弥补我在绿洲所遭受的一切，将为我的生活带来我一直寻找的意义。"（118）她在烈日当头的某日执意进神庙，为她赶驴的小孩打瞌睡时，一块巨石蹊跷落下，幸亏士兵易卜拉欣提醒，孩子才免于一死，但易卜拉欣的腿被砸成重伤，难以治愈。即便在此情形下，凯瑟琳依然强烈反对马哈茂德求助当地的偏方，因为那是愚昧的。

凯瑟琳的实用哲学与东方学家的潜在偏见使之日益与环境格格不入。一日，当她发现为治肺疾而来绿洲寻找阳光和干燥环境的姐姐菲奥娜没多久便能使用锡瓦人的语言与他们聊天时，甚感惊讶："我试图像她那样，因为语言是我的工作。我靠近她俩，倾听她俩的谈话，但是那个狡猾的老妇人很少同我说话。"（286）她陷入深深的自省：

> 父亲教我工作就是我的目标——学一门新语言，写一篇文章，或者哪天撰写一部书。我遵照他的嘱咐做，但幸福和心灵的祥和安在？（290）

凯瑟琳因语言不通与绿洲人产生的交流障碍最终导致了麦莉凯事件的爆发。天生丽质的麦莉凯是叶哈雅谢赫的侄女，也是村里唯一懂得欣赏古迹艺术的人，但不幸成为东西部落"和亲"的牺牲品。具有叛逆精神的麦莉凯愤然逃回家中，其间又不幸成为寡妇。按照绿洲习俗，麦莉凯必须闭门服丧多月。然而麦莉凯不服习俗，打扮成小男孩偷偷出门去找有过一面之缘的凯瑟琳，希望她能出面保护自己。她带来了两个自己捏制的泥人要送给凯瑟琳，连说话带比画地表达自己的亲善之意。但凯瑟琳将之误解为同性恋，遂奋起自卫，在推搡之时衣裳被撕坏。此时马哈茂德正好进门，目睹了眼前的这一幕，拔出手枪欲打死麦莉凯，被凯瑟琳阻止。马哈茂德撕掉了麦莉凯的伪装，将她拉出门外。被乡亲们视为不祥之物的麦莉凯最终死于大家所宣称的自尽。麦莉凯事件使凯瑟琳和马哈茂德都陷入深深的自责，但已无可挽回。

作为一名开罗都市人，尽管马哈茂德与凯瑟琳一样对绿洲居民的落后习俗感到厌恶，但他尝试真心去理解他们的处境，甚至为了减轻绿洲人的税负不惜冒险犯上，只是到了后来，错综的事件将他逼上梁山，使他与绿洲人的关系呈剑拔弩张之势，其中的因素包括凯瑟琳一意探察古迹的行为。这不仅让绿洲人对马哈茂德的敌意与日俱增，也让马哈茂德日益疏远凯瑟琳，因为他压根儿不理解她所说的工作意义。他对凯瑟琳在落石事件之后显得无动于衷感到不满："凯瑟琳继续读她的书，翻阅她的画，好像什么也没发生过。"（155）甚至当看到凯瑟琳在麦莉凯事件后仍然读书时，即认为她的痛苦也是假装的。而凯瑟琳的真实想法是："除了自己，我别无依靠。我必须在自身内部寻找更多的东西，才能明白周围的一切。我更必须忘掉一切，把它们抛在脑后。我必须重新开始我的研究工作。这是我找回真正的凯瑟琳的唯一出路。"（261）

表面上看，凯瑟琳的实用哲学和对历史的痴迷是引发马哈茂德不满的关键。最初，对英国殖民者共同的仇恨使马哈茂德与凯瑟琳走到了一起，婚后他也试图珍惜妻子，因为她积极向上的生活态度、她的探险精神，以及她对埃及历史的感情；但他无法摆脱尼阿玛的影子。来自西方的凯瑟琳总让他忆起"褐色的尼阿玛"——这位象征丰赡的东方文明和尼罗河文明的女子。他在凯瑟琳与尼阿玛之间的情感游移，折射出东西方之间长期以来所形成的差异与隔阂。于是读者发现，即便凯瑟琳一路陪同马哈茂德前往绿洲，二人关系仍不温不火，马哈茂德对只在想象、记忆与梦境中出场的尼阿玛却如此神往，因为她维系着他的自我身份，代表了他与祖国、人民之间的纽带。如果说马哈茂德与凯瑟琳之间的平淡象征作为自我的东方与西方他者之间关系的脆弱性，那么马哈茂德与尼阿玛之间的关系则是热切的、稳固的、源自精神层面的，由此意味着东方人无论怎样追求发展与开放，都不会舍弃自己悠久的文明历史根基。

按此逻辑推断，马哈茂德的内心深处应该是珍视祖先光荣历史的；那么，他最终炸毁了负载着这一荣耀的锡瓦神庙又究竟是为什么？事实上，与凯瑟琳醉心于历史是出自较纯粹的原因相比，马哈茂德对历史的态度是复杂的。他一方面热爱祖先的光荣历史，另一方面又不敢直面它，因为他发现"历史如此辉煌的埃及人如今不但失去了历史，还堕落为英国人的奴隶"（317）。凯瑟琳却迫使他面对历史，使之不堪重负。所以他嘲讽凯瑟琳，嘲讽她探究古迹的决心和行为，说"历史不过是个弃儿"（115）。他没有雄心勃勃的年轻军官、即将成为其继任者的瓦斯斐所具有的"洒脱"，因为后者认为祖先的历史荣耀与英国人的当前占领并无矛盾，二者的结合将推动埃及走向进步。他已习惯了沉浸于过去，并由沉浸而导致当下的失败，又因当下的失败反过来眷恋过去。因此，表面上看陷入历史的是凯瑟琳，而真正陷入历史不能自拔的恰恰是马哈茂德本人。因此，当凯瑟琳和瓦斯斐证实亚历山大大帝埋葬于绿洲时，马哈茂德再也受不了了，他义无反顾地炸毁了那座象征祖先荣耀的神庙。

> 我们必须结束祖先的故事，让子孙从伟大和光荣的幻境中醒来。他们会感谢我的！他们一定会感谢我的！（339）

马哈茂德代表了 19 世纪末 20 世纪初埃及社会转型时期的小资产阶级中庸分子，他们生活在问题重重的时代，在传统和现代之间久久徘徊。上面这段话表明，沉溺于过去的马哈茂德终有所悟，选择了担当祖国现代性进程中殉难者和开拓者的双重角色。所以，在神庙坍塌的那一刻，他感觉到：

> 我的内心豁然亮堂起来，我看见了一切！……（341）

马哈茂德曾与凯瑟琳、瓦斯斐一起讨论过"西方"（日落）一词的含义，当时凯瑟琳以东方学家的学养认真回答道：

> 在埃及人眼里，西方或西天际是冥王奥西里斯的地界、亡灵的国度。埃及人认为清算地位于西部沙漠，而锡瓦是埃及最西端的土地，也许他们因此将它作为太阳落山时的最后一站。（255）

瓦斯斐就此将"西方"一词解读为"永恒世界"，马哈茂德却解读为"死亡之域"，足见其悲观主义的人生观。作者巴哈·塔希尔有心制造一个略为光明的结尾，但他在小说补遗中的最后一句话，也是全书的落笔处，还是如实写下了他在读史时所得到的信息："值得一提的是，据说神庙的石头后来被拿去建造警察局的新石阶，修缮绿洲长官的宅院。"（345）马哈茂德殉难之举的成果不过尔尔，反讽之意跃然纸端。作者意在提醒世人，如何处理过去与当下、自我与他者、历史与未来的关系一直都是埃及未解的难题。

一切美丽的事物都随着日落离去，马哈茂德和凯瑟琳的关系也在悲情绿洲覆水难收，走向了终点。马哈茂德悲伤自语道："我们的关系已从白昼走向日落，就在此处——用凯瑟琳的话说是西天际的最后一站。它原是一盘散沙，然后被麦莉凯的风暴吹得四落。"（267）在小说中，马哈茂德与凯瑟琳之间并不缺少实际的对白，但对白内容显示了二人在思想认识上的渐行渐远，终至无法沟通的地步。而在日常生活中，作为夫妻的二人从各自的眼眸反映对方，在各自心里就沙漠、绿洲及其居民、历史与考古工作等具体或抽象的事物发表不同看法，这种将人物在同一命题下进行对立和联系的组合，其功效已超出了具体的对话。在意识形态方面形成对话关系，它"关心的是每一个主体的话语位置即其意识形态的立场和观点，追求的是语言背后的意识形态立场的互相冲撞、质询、对话和交流"[1]。在小说中，这种隐然对话同样剥蕉至心，将二人的关系层层推演到伤心极致。实际上，作者在马哈茂德与凯瑟琳之间呈现为冲突的东西方关系中寄寓了一种"画外音"，即希望"以自我与他者的积极对话、交流，来实现主体的建构"[2]。

三　作者与文学话语界的对话

首届阿拉伯布克奖还赞扬小说《日落绿洲》志在探讨"人性的真实"。这一"真实"，通过人物的爱恨情仇得以淋漓尽致地展现。作者运用综合的艺术元素，成功地将主要人物塑造成完整的、有血有肉的、个性鲜明的感性个体存在。他们的所作所为没有绝对的是非对错，如同小说中智者叶哈雅谢赫对凯瑟琳所说："所有人都是好人，但他们都很愚蠢……你也一样。"（170）一切问题的解决办法也首先在于"与自己讲和，然后与他人讲和"（283），因为"一个人如果不先宽恕自己，如何要求别人宽恕他？"（280）

许多评论将《日落绿洲》看成一部反映东西方文明冲突的小说，但巴哈·塔希尔予以否认，他说，"这是一个爱的故事……我的意思是它可以被看成一个爱的故事……讲述一个爱的故事如何完结。我从不曾想把它当成一部关于东西方冲突的小说"，因为"我从不塑造典型，让一个男人代表东方，一个女人代表西方。我只书写个体以及个体经验"[3]。在另一次访谈中，他表

---

① 刘康：《对话的喧声——巴赫金的文化转型理论》，第 134 页。
② 刘康：《对话的喧声——巴赫金的文化转型理论》，第 8 页。
③ "Bahha Taher: Edinburgh Taster", http://www.pwf.cz/archivy/texts/interviews/bahaa-taher-edinburgh-taster_ 2936. html.

示读者与评论界有权根据自己的理解解读作品，但他重申："我从未想到一个人物可以反映整个文化，或者所谓的'文明冲突'。"① 他强调自己感兴趣的首先是个体所遭遇的冲突，而不会轻易地让笔下人物成为某个象征，以免落入简单化。

塔希尔此解释使其对人性的关注顺理成章。对个体及人性的关注，又体现了现代主义对作家的影响。"文学中的现代主义是一次激进探索自我本质以及对自我借以表现的手段进行质疑的一次文学激进运动。现代主义作品是通过实验手段来表现一个多元化的、异质和不连续的自我。"② 由此出发，可以理解塔希尔为何宣称放弃了"东西方冲突"这一阿拉伯当代文学中的范式化主题，而更注重挖掘人性的内在冲突与深层结构。

同许多埃及和阿拉伯"六十年代辈"作家一样，巴哈·塔希尔致力于标新立异，也深受"阿拉伯小说遗产派"的影响。其早期作品，如中篇小说《杜哈如是说》（*Qālat Duḥā*，1985；*As Doha Said*，2008）和短篇小说集《我昨日梦见你》具有神话元素和形而上的思辨色彩。进入 21 世纪后所创作的长篇小说《光之点》（*Nuqṭah al-Nūr*，2001）则转向了苏非内学，现代主义实验派趋向愈加明显。但总体而言，在塔希尔半个世纪的小说创作中，其风格是靠近现实主义的，虽然他宣称："我们反拨现实主义。我们在崇拜马哈福兹和尤素福·伊德里斯的同时，并不希望像他们那样写作。"③ 他致力于体现现实主义对社会政治的烛照与人道主义、存在主义对人类的终极关怀，由此开辟出一条独特的创作道路，并不断进行实验创新。如果我们认同这样一种说法，即认为现实主义与现代主义的根本分野在于是否彻底"向内转"，

---

① "Bahha Taher：Dreams no Longer Exist"，http：//www. pwf. cz/archivy/texts/articles/bahaa-taher-dreams-no-longer-exist_ 3086. html.

② Dennis Brown, *The Modernist Self in Twentieth Century English Literature*（London：Macmillan Press，1989），p. 1. 转引自张和龙《后现代语境中的自我——约翰·福尔斯小说研究》，上海外语教育出版社，2007，第 21 页。

③ Issandr El Amrani，"Bahaa Taher Wins the 'Arabic Booker'"，http：//arabist. net/blog/2008/3/19/bahaa-taher-wins-the-arabic-booker. html. 尤素福·伊德里斯（Yūsuf Idrīs，1927 – 1991）是巴哈·塔希尔自认为对其影响最大的埃及现实主义小说家、戏剧家。20 世纪 60 年代初期，尤素福·伊德里斯曾号召戏剧创作的去亚里士多德化。伊德里斯在戏剧方面的成功实践引发了小说领域的类似尝试，促进了作家们与本土古典和口头文学传统进行创造性对话，尤其是在叙事结构上。

立体地呈现人物的灵魂结构；那么《日落绿洲》可说是塔希尔创作道路上的一次重要突破，它通过现代主义的"向内看寻找自我"，剖露了人的内在生命在矛盾运动中的一些具有普遍性甚至永恒性的要素，诸如爱与恨、忠诚与背叛、勇敢与怯懦，说明"现代人不得不面对存在的普遍困境：一方面渴望成为确定的自我（somebody），另一方面又遭受挫折而走向非我"①。

　　与一些热衷于在象牙塔内把玩文学艺术的作家不同，塔希尔强调文学创作应始终将大众读者装于心中："最好的小说仍然是那些受大众欢迎的作品，它与大众谈论那些与其生活密切相关的问题。而创作者常关注另一半，即创作技巧。如果他们是为自己写作，就会片面追求现代主义和后现代主义技巧。必须意识到：这样做会将大众逐出文学的世界。"但这并不意味着他捍卫传统写作；相反，他认为"任何好的写作都包含创新的部分，以及联系大众的部分"，只是"在许多作家那里，联系大众不再受到重视，这反映于语言层面和情节构思层面。所以，我们有权责备那些抛弃文学阅读的大众吗？"② 长此以往，阿拉伯小说文学亦将如同《日落绿洲》中的主人公们，囿于象征语言分野和表达困境的"巴别塔"中，从而加深知识精英与普罗大众的隔阂。至于巴哈·塔希尔本人，则坚持文学创作应与大众联系这一最高目标，希望在现代主义的众声喧哗中"踏出"自己独特的节奏，他所追求的实际上是阿拉伯文学自古以来所崇尚的"易而难及"的境界。其《日落绿洲》以文本内外充满对话性的创作手法和文化意识，成为一部兼顾思想性与可读性、形式与内容俱优的佳作，在阿拉伯当代小说实验枝蔓丛生的森林中独树一帜。

---

① 张和龙：《后现代语境中的自我——约翰·福尔斯小说研究》，第136页。

② "بهاء طاهر: كتابة ضد اليأس ودعوة إلى التمرد"،

www. al-akhbar. com/node/121989.

（《巴哈·塔希尔：对抗绝望与呼唤反抗的写作》。）

下　篇

阿拉伯当代“边缘文学”

第三章

当代巴勒斯坦文学：流散性、抵抗性与回溯性

第一节　综述①

　　巴勒斯坦，古称"迦南"，既是《圣经·旧约》中被称为"流着奶和蜜"的"应许之地"，也是现代历史上一块充满血和泪的土地。巴勒斯坦的沧桑，见证于中东两个古老的民族——以色列犹太民族和巴勒斯坦阿拉伯民族，起自二战后的"分治"和双方的几次兵戎相见。由于阿拉伯方面的失利，巴勒斯坦人被陆续逐出家园，导致了人类历史上又一次大规模的流散悲剧。"流散"（diaspora），也译作"离散""散居"。这一出自《旧约》的词语，原专指犹太人颠沛流离的历史，20世纪60年代以后开始作为普通名词，可用来指"有共同民族来源或共同信仰的人群"的一种流亡和分散。随着后殖民批评在最近20多年来的兴起，"流散"一词被赋予了更广阔的语境，频频出现于与"文化属性""族裔""身份认同"等概念相关的研究中。② 当代

---

① 本节主要内容曾以《边界生存：当代巴勒斯坦文学的流散主题》和《以记忆抵抗权力：当代巴勒斯坦文学一瞥》为题，分别发表于《世界文学评论》2008年第2期和《文艺报》2012年2月13日第6版。

② 参见王晓路等《文化批评关键词研究》，北京大学出版社，2007，第307~314页。

阿拉伯语用"shatāt"一词与之对应,首先用于指称巴勒斯坦人流离失所的当前际遇。无论是"diaspora",抑或"shatāt",都源于巴勒斯坦/以色列这块土地,因此萨义德将其描述为"缘于流亡的流亡"(to have been exiled by exiles)。①

本章所要探讨的对象,是 20 世纪下半叶以来巴勒斯坦人在流散的境遇下创作的小说与诗歌文本。他们的生活区域可能各异,如约旦河西岸和加沙地带(即"被占区"),或以色列境内,或其他阿拉伯国家和世界各地②;他们的创作语言也并不统一,有阿拉伯语、希伯来语、英语、法语等语种;但是,他们的写作因为拥有共同的身份意识而具备了共同的巴勒斯坦文化属性。虽然巴勒斯坦迄今仍缺乏一个真正意义上的国家实体③,但巴勒斯坦文学的存在是毋庸置疑的。最近半个多世纪以来,流散的巴勒斯坦人始终在为收复权利、回归家园的目标进行着不懈的集体斗争,在维持和支撑巴勒斯坦身份认同的过程中,文学发挥了应有的作用,记载了巴勒斯坦人民的苦难和牺牲、勇敢与抵抗精神,为民族文化身份的延续提供了可靠的记忆之源。

一 当代巴勒斯坦文学的流散性叙事

由于国家实体的阙如,巴勒斯坦文学的流散特征是十分明显的。作家和诗人们以其厚重的笔调,真切地表达了巴勒斯坦人民流离失所的艰辛与痛楚,再现了流散族群于物理空间和思想空间的边界生存状态。

---

① "Reflection on Exile", in Edward W. Said, *Reflections on Exile and Other Essays*, p. 178.
② 根据联合国负责援助巴勒斯坦难民的专门机构——近东救济和工程处数据,2014 年巴勒斯坦难民的总数为 510 万人,接近世界难民总数的三分之一,是目前全世界最大的难民族群。难民的归属成为旷日持久的阿以冲突的一个焦点和核心问题。
③ 根据 1947 年 11 月联合国关于巴勒斯坦分治的第 181 号决议,在巴勒斯坦地区建立的阿拉伯国面积为 1.15 万平方公里。但由于当时阿拉伯国家反对该决议,阿拉伯国未能建立。1948 年第一次中东战争期间,以色列占领了第 181 号决议规定的大部分阿拉伯国领土。1967 年第三次中东战争期间,以色列占领了该决议规定的全部阿拉伯国领土。1988 年 11 月,巴勒斯坦全国委员会第 19 次特别会议宣告成立巴勒斯坦国,但未确定其疆界。马德里和会后,巴方通过与以色列和谈,陆续收回了约 2500 平方公里的土地。

自 1948 年第一次中东战争①起，巴勒斯坦难民揭开了流散的序幕，其中有被以色列当局逐出家园者，也有因生活所迫主动逃离者。逃亡路上的艰辛、恐惧与不归的运命，被真实地记录在巴勒斯坦现当代杰出作家格桑·卡纳法尼的代表作《太阳下的人们》（*Rijāl fī al-Shams*，1963；*Men in the Sun*，1978。又译作《阳光下的人们》）中。该中篇小说讲述了三位企图越境偷渡到科威特的巴勒斯坦难民的悲惨命运。小说对偷渡的旅程展开了详尽描述，从最初司机与偷渡客的讨价还价开始，到各怀心事、忐忑不安地上路，在炎炎烈日的烘烤之下，终于到达了边境检查站。但是，由于边境检察官对司机调侃式的询问延误了时间，水罐车厢内温度骤高，三名偷渡客被活活闷死。在小说结尾，司机艾布·赫祖朗清理了偷渡者的尸体和遗物，他爬进车厢，悲伤地呼喊："为什么你们不敲打铁罐壁？为什么你们不喊？为什么？""突然，整个沙漠都回荡着这喊声：'为什么你们不敲打铁罐壁？为什么你们不敲打铁罐壁？为什么？为什么？为什么？'"②《太阳下的人们》反映了巴勒斯坦难民为生活所迫而进行的铤而走险的选择，在艰险难挨的旅程中，道路是颠簸不平的，思绪是起伏不定的，而卡纳法尼的句子很好地"表现了这种不稳定和波动起伏——现在时态服从于过去的回声，视觉动词让步于听觉或嗅觉的动词，一种感觉与另一种互相交织——努力抵抗着严酷的现实，保卫那些尤其珍贵的过去的片断。这样，太阳里的男人的不稳定现状再现了作者自身不稳定的状态，两者彼此共鸣"③。主人公主动选择与家人分离，是为了奋斗之后的再团聚，然而，他们的旅程以死亡和永恒的分离告终，他们的梦想永远停留在了国界线上。小说结尾水罐车司机的呐喊道出了作者的心声，

---

① 1947 年 11 月联合国大会表决通过巴勒斯坦分治决议，规定英国结束对巴勒斯坦的委任统治，在巴勒斯坦的土地上建立阿拉伯国和犹太国。阿拉伯国国土约占当时巴勒斯坦总面积的 43%，但领土支离破碎，且大部分是丘陵和贫瘠地区。由于对巴勒斯坦土地极度不公平的分割，1948 年 5 月 16 日凌晨，即以色列建国的隔天凌晨，阿拉伯国家联盟中的埃及、外约旦、叙利亚、伊拉克、黎巴嫩各国集结军队发动进攻，第一次中东战争爆发，史上又称"巴勒斯坦战争"。战争前后历时 9 个月。阿拉伯国家在战争初期占优势，但以色列后发制人，在美、英等国的援助下反攻得胜。第一次中东战争结束时，以色列领土扩大为巴勒斯坦总面积的 78%，近 100 万名巴勒斯坦人被逐出家园，沦为难民。

② 格桑·卡纳法尼：《阳光下的人们》，邹溥浩译，《春风译丛》1981 年第 2 期，第 175 页。

③ 爱德华·W. 萨义德：《最后的天空之后——巴勒斯坦人的生活》，金玥珏译，新星出版社，2006，第 29 页。

因为流离失所的族群倘若再不呐喊，倘若连话语的权利都不去争取，最终只会消亡在边界线和整个世界的关注之外。

卡纳法尼的上述小说描述了当代巴勒斯坦人在物理空间的流散性。当巴勒斯坦人流落到周边阿拉伯国家和欧美等地，在找到一处可供安身立命的场所后开始了新生活，物理空间意义上的行为游移可能告一段落，精神和思想深处的漂泊却无法休止。他们中的精英分子可能凭借自己的聪明才智，取得为人们所公认的成就，却无法真正地融入当地主流社会。恰如大家所熟知的爱德华·萨义德，年少时从巴勒斯坦迁徙到埃及，最终在美国成就了学业和事业，成为受人尊敬的知名学者，却总以"流亡者""边缘人"的身份自居，一生为巴勒斯坦民族权益著书立说，奔走呼号。他说："我们最真实的现况就体现在我们从一个地方穿越到另一个地方。我们成为不断迁徙的任何地方的移民，或者混血，但却从不属于这些地方。作为一个离散和始终在迁徙的民族，这正是我们生活最深处的连续性。"[1]

在巴勒斯坦当代著名作家杰布拉·易卜拉欣·杰布拉的小说《寻找瓦利德·马斯欧德》（al-*Baḥth 'an Walīd Mas'ūd*，1978；*In Search of Walid Masoud*，2000）中，可以看到一个类似的巴勒斯坦流亡者形象。主人公瓦利德·马斯欧德早年求学和谋生于异乡，曾参与巴勒斯坦抵抗运动，后定居巴格达，成为当地颇有声望的银行家和大学者，事业兴隆，风流倜傥，在流亡同胞中享有很高的社会地位，但其内心深感丧失国土和家园的痛楚，以及没能与穷苦乡亲共患难的愧疚，心灵无所归依。这种情绪促使他毅然决然地放弃了伊拉克的舒适生活，与亲朋好友不辞而别，只身驾车前往边境，最终去向不明。小说以倒叙、闪回、多声部和内心独白等手法，试图揭开主人公功成名就却在一夜之间销声匿迹的谜。马斯欧德失踪是否为了参加黎巴嫩的巴勒斯坦游击队？小说未给予明确答案。主人公的故事是由朋友们各自的断片式回忆拼贴成的，其形象直至最后依然混沌不清。

在大批巴勒斯坦人流散世界各地的同时，那些固守家园的人们又如何呢？出生于海法的作家伊米勒·哈比比在自己的代表作《乐天的悲观者赛义德·艾比·奈哈斯失踪奇案》（*al-Waqā'i' al-Gharībah fī Ikhtifā' Sa'īd abī al-*

---

[1]　爱德华·W. 萨义德：《最后的天空之后——巴勒斯坦人的生活》，金玥珏译，第154页。

Nahs al-Mutashā'il，1972；*The Secret Life of Saeed the Pessoptimist*，1982）中给予了经典的诠释。这部小说是一部卡夫卡式的作品，以荒诞的手法描述了一个巴勒斯坦人在成为以色列公民后的奇异生活，被评论家称为"阿拉伯现代文学中最杰出的讽刺小说"①。故事起始于 1948 年战争结束后不久，赛义德离开在黎巴嫩的妈妈和妹妹，偷偷返回自己的出生地海法，要求政治避难并表示合作，却遭到以色列当局的怀疑，被投进监狱。此后，他遇到种种怪事，误解丛生，他发现自己似乎生活在真实和虚幻的两重世界之间，被两种相反的作用力所牵引，在忠诚于巴勒斯坦乡亲和忠诚于犹太国家之间徘徊。小说由赛义德写给故事叙述者的信件构成，并在结尾处指出这些信件都只是一些"狂人呓语"。然而，赛义德真的疯了吗？小说的标题体现了作者的用意：主人公的姓名构成中，"赛义德"在阿语中意为"幸福者"，"奈哈斯"意为"不幸者"，被冠以的"乐天的悲观者"则是作者将阿语"乐观者"和"悲观者"二词结合所得，它们都旨在说明赛义德是个身处两个相反的世界却不属于任何一方的矛盾性人物。作为一个巴勒斯坦人，他疏离了亲人；作为一个非犹太人，他又是以色列的"他者"。因此，他集喜剧性与悲剧性、荒诞性与现实性于一身。读者不禁要问："哈比比小说中的人物是纯粹的虚构还是在用他那极度的幻想接近现实？他是一个凭空创造出来的人物，还是还原了我们生活的真实本质？"②

　　当代阿拉伯学者法赫利·萨利赫（Fakhrī Ṣāliḥ）在《流亡文学的含义》一文中，将巴勒斯坦文学置于后殖民语境下讨论，并宣称："在流亡的熔炉里形成和发展的世界文学中，巴勒斯坦文学或许是最大的一支。"③ 此文中的"流亡文学"，指流亡他乡的巴勒斯坦人所创作的文学作品。而当代后殖民批评所说的"流亡"，应该还包括"隐喻流亡"（metaphoric exile），或曰"内在放逐"（inner exile），它是相对于"身体的流亡"而言的，指主体（心灵）的恒久"错置"（displacement），即"精神流亡"。萨义德曾将"流亡"区分为三种形式：政治庇护；离开祖国；留居者对主其位者做出的抗争，及试图

---

① 薛庆国：《阿拉伯文学大花园》，湖北教育出版社，2007，第 151 页。
② 爱德华·W. 萨义德：《最后的天空之后——巴勒斯坦人的生活》，金玥珏译，第 18 页。
③ فخرى صالح، "معنى أدب المنفى"، مجلّة الكلمة، عدد 10، أكتوبر 2007، ص.2.
　　（法赫利·萨利赫：《流亡文学的含义》，《词语》2007 年第 10 期，第 2 页。）

离开中心的活动。① 其中的第三种形式，是萨利赫未曾顾及的，而它正是巴勒斯坦人在以色列境内留居者的主要生存状态。照此推论，巴勒斯坦人，无论是流亡海外者，还是居留故土者，他们所创作的文学多可归为"流亡文学"。

二 当代巴勒斯坦文学的抵抗性叙事

文学史家认为，巴勒斯坦抵抗文学发轫于 20 世纪 20 年代英国委任统治时期，可分为三大阶段：1948 年"大劫难"（al-Nakbah）之前为第一阶段，1948 年至 1967 年为第二阶段，1967 年"大挫折"（al-Naksah）之后为第三阶段。② 其中，第三阶段又包含两个特殊时期，即 1987 年至 1994 年的第一次巴勒斯坦人民大起义时期，以及 2000 年至 2007 年的第二次巴勒斯坦人民大起义（阿克萨群众起义）时期。

诗歌是巴勒斯坦抵抗文学的传统体裁。在 20 世纪上半叶的抗英斗争中，涌现出了以易卜拉欣·图甘（Ibrāhīm Tūqān，1905 – 1941）为代表的爱国主义诗人。20 世纪 60 年代初，马哈茂德·达尔维什崭露头角，其时他的创作多为言辞铿锵、斗志激昂的诗篇，起到了鼓舞大众、凝聚人心的作用。1967 年"六·五"战争的溃败引发了整个阿拉伯世界的"大地震"，对巴勒斯坦民族共同体的影响更是不言而喻。这种影响是一把"双刃剑"：一方面，失地丧邦的巴勒斯坦人更加飘零，继续流散到周边阿拉伯国家及世界各地；另一方面，面临绝境的巴勒斯坦人团结和斗争意识得到加强，赛米哈·卡西姆（Samīḥ al-Qāsim，1939 – ）、法德娃·图甘（Fadwā Tūqān，1917 – 2003）、尤素福·赫忒布（Yūsuf al-Khaṭīb，1931 – 2011）、陶菲克·齐亚德（Tawfīq Ziyād，1929 – 1994）、穆利德·巴尔古提（Murīd al-Barghūthī，1944 – ）、易卜拉欣·纳斯鲁拉（Ibrāhīm Nasrallah，1954 – ）等一代名诗人崛起，真正形成了卡纳法尼所称的"抵抗诗篇"时代，如赛米哈·卡西姆的慷慨陈词："我的血肉也许被恶狗撕咬/也许会陈尸村外/太阳的敌人啊/可怖的噩梦/但我不会讨价/我将抵抗，

---

① 参见廖炳惠编著《关键词 200：文学与批评研究的通用词汇编》，第 97 页。
② 阿拉伯当代历史话语将 1948 年第一次中东战争（巴勒斯坦战争）及以色列建国描述为"大劫难"（al-Nakbah），将 1967 年第三次中东战争（"六·五"战争）的溃败称为"大挫折"（al-Naksah）。

直到/血管里的最后一次脉动。"①

巴勒斯坦抵抗文学中的小说体裁是在 20 世纪 60 年代渐渐发展起来的。在政治环境方面，巴解组织的成立及其抵抗运动的开展是一个巨大的促进因素；在艺术手法上，则受到埃及等阿拉伯国家的影响。格桑·卡纳法尼被认为是短篇小说和中长篇小说的奠基者，其后涌现出伊米勒·哈比比、萨赫拉·哈利法（Saḥar Khalīfah，1941 – ）、陶菲克·法亚德（Tawfīq Fayyād，1939 – ）、艾布·沙维尔（Abū Shāwir，1942 – ）、叶海亚·耶赫里夫（Yaḥyā Yakhlif，1944 – ）、拉雅娜·白德尔（Layānah Badr，1952 – ）等占领区的作家，以及杰布拉·易卜拉欣·杰布拉等流亡作家。比如，艾布·沙维尔撰写的《情人》（al-'Ushshāq，1977）"具体、生动地描写了巴勒斯坦杰里科难民营区的日常生活和斗争"；叶海亚·耶赫里夫撰写的《零下的纳季兰》（Najrān Taḥta al-Ṣifr，1977）"描述了占领区人民的痛苦与悲剧，其中着力刻画了两种人：一种是苟且偷生，安于现状；另一种则是为改变非人的生活而斗争"。②

对于巴勒斯坦文学而言，无论处于何种研究语境，其抵抗性都是显而易见的。如本书绪论中所述，"抵抗文学"作为一个文学术语首次被使用，乃是在巴勒斯坦杰出作家和政治活动家格桑·卡纳法尼 20 世纪 60 年代所撰写的专著《巴勒斯坦被占区的抵抗文学：1948—1966》中。其中，卡纳法尼将 1948 年第一次中东战争之后的巴勒斯坦文学划分为"被占区的文学"和"流亡文学"，该专著是专论前者的。③卡纳法尼当时的观点是：比之以忧伤沉郁为主基调的流亡文学而言，被占领土上的抵抗文学是悲壮有力的、充满希望的。

随着当代后殖民理论的日臻完善，"流亡"和"抵抗"的内涵都得到了拓展。如前所述，当代巴勒斯坦文学大多是"流亡文学"。认同了这一点，便可进一步说，当代巴勒斯坦文学大多可被置于"抵抗文学"的框架下加以

---

① سميح القاسم، **الديوان**، دار العودة، بيروت،1970، ص 447.
（赛米哈·卡西姆：《诗集》，贝鲁特：回归出版社，1970，第447页。）
② 仲跻昆：《阿拉伯文学通史》下卷，第 701 ~ 702 页。
③ 卡纳法尼所论的"被占区"，在当时的语境下，指的是 1947 年联合国分治决议中原划归阿拉伯国的、在 1948 年第一次中东战争中被以色列占领的巴勒斯坦土地。

观照。之所以这么说，盖因后殖民视阈下，"抵抗"多半与流亡的生存状态相关：抵抗者会被流放，或自我放逐至权力的"边缘"；流亡者则在心灵变得无可归依时，使思想亦遨游于"边界地带"，从而带来超越和抵抗"中心"（民族沙文主义与西方中心主义）的自由。具体到巴勒斯坦文学，这里所说的"抵抗性"是广义的、全方位的，它既体现于传统视野中讴歌武装抗争的"硬性"文本主题，也体现于将文学作为一种艺术追求和记忆之源而产生的"软性""美学抵抗"，甚至体现于境内留居者以"殖民拟仿"（colonial mimicry，霍米·巴巴语）为手段而进行的变相抵抗。

三　当代巴勒斯坦文学的回溯性叙事

作为"一个多年来在炮火纷飞中顽强生存的族群"①，在缺乏国家实体的境遇下，巴勒斯坦作家通过文学为民族文化身份的延续提供了一种不可多得的记忆之源，由此凸显了记忆对权力的抵抗作用。此处让我们聚焦自传这一文体。20 世纪 80 年代以来，巴勒斯坦自传呈方兴未艾之势，作传者大都亲身经历过 1948 年以来的个人与集体悲剧，他们涉笔自我生命故事，目的是以个人记忆碎片弥合民族的集体记忆，"将写作作为佐证，对过去的一切发表证词"②，以反击以色列的主流历史叙事。自传作为保存巴勒斯坦集体记忆的一种方式，成为巴勒斯坦文学日益重要的组成部分。

翻开那些以深沉的基调铺就的巴勒斯坦自传，令人嘘唏不已的除了作者浓得化不开的家国情怀，给我们留下深刻印象的也许就是作者笔下记述的钩沉者：一件旧物、一缕熟悉的气息，抑或一片空间、一处昔日的场景……比如，长期流亡伊拉克的巴勒斯坦作家杰布拉·易卜拉欣·杰布拉的自传《第一口井》（al-Bi'r al-Ūlā, 1987；The First Well: A Bethlehem Boyhood, 1995），是晚年时他对童年岁月的回忆。"第一口井"，指的是巴勒斯坦的哈只鲁克老家院中那口古老的深井。在杰布拉的印象中，井水清澈甘甜，井口因井绳的长年拉扯而沟壑纵横，使整口井愈加飘散着岁月的香醇，井前绿荫匝地、和风习习，每天大人们干完农活后来此小憩，孩童们上完学后来此嬉戏玩耍，

---

① 语见《外国文学动态》2012 年第 1 期，卷首语。

② Kamal Abdel-Malek and David C. Jacobson, *Israeli and Palestinian Identities in History and Literature*, New York: St. Martin's Press, 1999, p. 188.

或干脆由老师带着在井边上课。在巴勒斯坦人的起居习俗中，有了水井才能生起炊烟，才能安身立命，因此水井是他们安家或乔迁时首要关注的问题。杰布拉所描述的这口老家的深井，既是巴勒斯坦百姓曾经拥有的安宁、稳定、团聚、祥和的象征，又是他本人一生中汲取艺术和生命经验的源泉，想起这口井，就想起他虽然贫穷却不乏幸福的童年，就拥有了前行的动力，正如他后来所说的："我的童年依然是我最丰赡的源泉……它是井，是泉，赋予我的头脑多重想象力，我希望这口井永不枯竭。"① 杰布拉一生才艺超群，在诗歌、散文、小说之外尚通晓音乐、美术，且早年便留学英国，阅历颇丰。深谙西方文化、崇尚世界主义的杰布拉为何如此怀念童年及其老家的井？他说，因为它"能将我带回家乡，带回那个在家乡的土地上，在懵懂无知中成长起来的我。它对于我而言，象征着世界的真，象征着我的祖国的纯洁。它不断地向我肯定：在经历了伤痛、流离之后，需要回归最初的朴拙，因为在那里，蕴藏着民族生命的源泉"②。

再比如，当今巴勒斯坦杰出诗人穆利德·巴尔古提所创作的自传《我看见了拉马拉》（*Ra'aytu Rāmallah*，1996；*I Saw Ramallah*，2003），叙述了自己在流亡三十年后，对拉马拉及附近家乡的重访。全书以作者回乡之行的起点——连接约旦和西岸地带的阿伦比大桥起笔，在黎巴嫩大歌唱家菲鲁兹的歌中，此桥被称为"回归之桥"。作者站在木桥上放眼望去，身后是颠沛流离的足迹，前方是阔别已久的、梦中的祖国和家园，由此引出万千思绪，欣喜激动中夹杂着悲伤、惊讶与悔恨，不安之感为全书奠定了基调。在这个入境处，他几乎被一个个自我质疑打倒：自己是谁？一个难民？一个市民？一个访客？他不知道。前方的这片土地有多种定义——家乡、西岸和加沙地带、被占领土、自治政府、巴勒斯坦、以色列。当他上一次立于此处时，一切还算明朗，如今一切都变得模糊。尽管《奥斯陆协议》已经签署，阿伦比

---

① خديجة زعتر "جمالية المكان في قصة طفولتي جبرا إبراهيم جبرا: البئر الأولى"،
http：//www. startimes. com/f. aspx？t = 9912881.
（赫蒂婕·泽阿提尔：《杰布拉·易卜拉欣·杰布拉〈第一口井〉童年故事中的空间美学》。）

② "Jabra Jabra's Interpoetics：An Interview with Jabra Ibrahim Jabra"，*Journal of Comparative Poetics*，No. 1（Spring 1981），p. 53.

大桥仍由以方把控，在以色列士兵黑洞洞的枪眼面前，巴尔古提感受到了巴勒斯坦人悲凉的历史："他的枪从我们这里夺走了诗歌的土地，留给我们关于土地的诗歌。他的手中握着土地，而我们的手中握着幻景。"①

流离者变成自己回忆里的异乡人，只能紧紧攀附着回忆。由脚下的木桥延伸开去，作者将跨度达三十年的回忆倒叙，铺陈在回乡纪行中，一揽子的记忆在其中自然地往返流动，在有意无意间将往昔推向当下，呈现于读者面前：巴尔古提出生于拉马拉附近的德尔·卡萨纳，1966 年离开家乡，1967 年第三次中东战争爆发时，他正在开罗大学文学院准备学位论文答辩。不到几日，整个西岸就被以色列防卫军占领了，包括拉马拉。巴尔古提发现自己成了众多流离失所者中的一员，且归期无日。他在埃及结婚生子，却因批评萨达特访问耶路撒冷而遭到后者驱逐，遂孤身前往布达佩斯，担任世界民主青年联盟的巴解代表，与留在开罗的妻儿分离达 17 年之久。《奥斯陆协议》的签署给了他重访家乡的机会，这次意义重大的、五味杂陈的回乡行，孕育出这部情感真挚的自传。因其笔触细腻深刻，而获得 1997 年埃及纳吉布·马哈福兹文学奖。爱德华·萨义德在为该书英文版撰写的前言中，称其为"一部最佳的、反映我们所正在经历的巴勒斯坦流散的存在主义作品"。弗雷德里克·詹姆逊在《后现代主义与文化理论》中认为，"桥"在世界文学艺术中的原型意义"似乎在于它表示出一种悬空感"②。也许正是"桥"给了巴尔古提灵感，让他在"悬空"中保持高度的清醒，在不断的质疑中引发自身对流亡、身份及生命状态的全面思索，由此成就了这部自传。

《为了遗忘的记忆》（*Dhākirah li-al-Nisyān*；1987；*Memory for Forgetfulness*，1995）则以类似意识流的手法，记述了大诗人马哈茂德·达尔维什在 1982 年 8 月以色列围攻贝鲁特的一天中的所见所闻、所思所感。回忆录以清晨梦醒开篇，在隆隆炮声中，作者沏上一杯咖啡，开始了这不寻常的一天。咖啡的氤氲缭绕的雾气，从达尔维什面向大海的住所飘出，穿过楼房、街巷、友人的家、咖啡馆、旅馆、杂志社，带着诗人完成一天的活动。诗人在炮弹横飞的城市中穿越童年记忆，重温十字军的历史故事，回顾自己的流亡岁

---

① Avi Shlaim, "Earth and Stones", *Guardians*, 17 April 2004.
② 吴晓东：《漫步经典》，生活·读书·新知三联书店，2008，第 126 页。

月……贝鲁特作为记忆的场域，将各种叙事的碎片串起，以便它们汇成一个更为复杂的场域意象，直至街道和楼房在炮声中轰然坍塌，诗人意识到自己的流亡即将重新开始。贝鲁特，就像诗人的第二故乡——巴勒斯坦城市海法一样，也将加入沦陷的行列。曾经的"阿拉伯抵抗之都"，在侵略者的铁蹄下被践踏，对其民众关上了大门。巴勒斯坦难民再次拾起行囊，踏上遥不可知的漫漫流亡之途。贝鲁特对他们而言又是一场记忆——流动的记忆，如同诗人手中的咖啡，因为流亡已无止境。当十多年后达尔维什在巴黎的寓所中撰写这部回忆录时，虽时过境迁，但那杯咖啡的浓郁味道依然萦绕在心头。诗人意识到所有的记忆终究抵不过时间的销蚀，即便它曾经是那样地让人痛定思痛。在流光的威胁面前，诗人奋笔疾书，在混沌的世界中，为历史即将被抹去而抵抗，为记忆即将被遗忘而抵抗，一如昆德拉在《笑忘书》中的名言："人类和权力的对抗史即是记忆和遗忘的对抗。"

如何看待记忆与遗忘的关系？昆德拉尚有另一句名言："回忆不是对遗忘的否定，回忆是遗忘的一种形式。"这是否意味着：回忆既是一种指向过去的行为，同时又是基于当下、朝向未来的建构？回忆是为了警醒，也是为了最终的遗忘。当遗忘从冥冥之中升起的时候，人将走向真正的释然。但遗忘必定是有前提的，对于经历了无数苦难和伤痛的巴勒斯坦民众尤为如此。可以说，巴以之间冲突的无解，原因在于巴勒斯坦人的历史记忆与犹太人的历史记忆发生了纠缠。因此，只有当双方倾听并理解彼此的记忆——其自古以来的神话、宗教、传说、憧憬和忧虑，学会在闪族的子孙内部整合彼此的叙事差异，和平才有可能降临。而对于今天的巴勒斯坦民族，记忆和陈述也许是他们仅有的一切。

四 本章主要内容

本章第二节拟论述格桑·卡纳法尼小说创作中的美学抵抗意识。卡纳法尼出身于巴勒斯坦北部阿卡城的中产阶级家庭，他父亲为当地著名律师，他11岁时与家人流亡到大马士革。1960年他辗转迁徙到贝鲁特，担任过《自由报》和《事件》周刊主编，后担任"巴勒斯坦人民解放阵线"的发言人及其机关刊物《目标》的主编。1972年被害于以色列"摩萨德"设下的汽车爆炸案。其作品包括中短篇小说、戏剧、论文等。曾获得世界新闻记者组织奖（1974）、亚非作家联盟荷花奖（1975）、巴解组织颁发的耶路撒冷文化与艺术勋章（1990）等荣誉。笔者试图通过分析卡纳法尼在《太阳下的人们》及其另一部小说《一无所剩》（*Mā Tabaqqā lakum*，1966；*All That's Left to You*，1990）中运用的现代创作手法，说明其超前于时代的文学审美诉求，是巴勒斯坦抵抗文学在艺术形式上的抗争表现。

第三节就伊米勒·哈比比在其代表作《乐天的悲观者赛义德·艾比·奈哈斯失踪奇案》中的现代派荒诞美学进行专门论述。哈比比是巴勒斯坦著名小说家、政治家、记者，他出生于海法，1943年加入巴勒斯坦共产党。以色列建国前后，哈比比等人组建了阿拉伯解放联盟。在经历了复杂的分裂和改组之后，创建了以色列共产党。1952年至1972年，哈比比作为以色列共产党的代表担任以色列国会议员。1989年，他辞去在以色列共产党内的一切职务，及其党报《联合报》（*al-Ittiḥad*）的主编职务，专心从事文学创作。该节通过分析其荒诞手法的形成原因及具体体现，阐明作者在当时的政治环境下选择这种艺术表现手法的必然性，以及该表现手法给读者带来的艺术美感，指出美学意义上的荒诞是对现实中荒诞的重现和再创，是一种特殊的抵抗形式。

第四节论述杰布拉·易卜拉欣·杰布拉的代表作《寻找瓦利德·马斯欧德》。杰布拉是个文坛与艺术领域的多面手。作为20世纪40~60年代阿拉伯自由体诗歌论战中的风云人物，杰布拉发起了"坦穆茨运动"，其所译弗雷泽名作《金枝》的节选，曾对阿拉伯诗歌现代性进程产生了深刻影响。在西方思想熏陶下，杰布拉致力于开发阿拉伯文学与艺术的现代性，坚信文化变革是实现阿拉伯社会和政治进步的基础。其文学创作生涯始于20世纪30年代末，跨半个世纪之久。初期用英文创作，后改用阿语。文学作品包括诗歌、小说、文学批评、电影剧本、自传等，写作手法深受普鲁斯特、乔伊斯、伍尔芙、福克纳等西方现代主义作家影响。其译作亦颇丰，包括莎士比亚的戏剧、福克纳的《喧哗与骚动》、贝克特的《等待戈多》等名著。杰布拉最著名的长篇小说是《寻找瓦利德·马斯欧德》和《轮船》（*al-Safinah*，1970；*The Ship*，1985），二者皆涉及"六·五"战争前后阿拉伯知识分子的疏离感和精神危机，其中《寻找瓦利德·马斯欧德》获得了"20世纪最佳阿拉伯语中长篇小说排行榜（105部）"次席的荣誉。笔者认为，该小说的胜出首先是因为主题，即在巴勒斯坦人流散背景下对阿拉伯社会、政治、文化所做的深刻反省和批评；其次是其娴熟的现代派写作艺术，使流散的巴勒斯坦人的生存体验得以生动再现。

第五节选取马哈茂德·达尔维什的回忆录《为了遗忘的记忆》进行专论。笔者曾在第一章探讨了达尔维什在阿拉伯诗歌现代性发展历程中的贡献，通过分析其诗歌作品在内容、思想及创作形式上的流亡特征，揭示诗人在为民族代言的同时是如何实践自己对艺术自主性的追求的。本章则侧重于在巴勒斯坦问题和民族解放事业的框架下观照这位文坛人物，尝试从后殖民主义与文化记忆学的有关理论出发，论述《为了遗忘的记忆》如何以意识流、互文性等艺术手法，以及在"记忆"与"遗忘"之间谋求积极平衡的思想主题，反映当代巴勒斯坦文学鲜明的流散性、开放性与边缘化特征，并因此发展了一种"抵抗美学"。此处需对达尔维什与巴勒斯坦解放事业密切相关的一生再做些介绍。马哈茂德·达尔维什中学毕业后前往海法，加入以色列共产党，担任其党报《联合报》的编辑，其间曾遭遇监禁。1971 年他离开以色列，定居贝鲁特，为巴解组织工作，成为其月刊主编，后担任巴勒斯坦文学和文化期刊《卡玛勒》（*Al-Karmal*）的主编。当 1982 年 8 月以色列入侵黎巴嫩时，巴解组织总部撤离到突尼斯，达尔维什则转至塞浦路斯，1987 年当选为巴解组织执行委员会委员，1988 年起草了巴勒斯坦独立宣言。但 5 年后，达尔维什因反对巴方在《奥斯陆协议》中的妥协立场，与萨义德一道从巴勒斯坦全国委员会辞职。达尔维什与"巴解"的分分合合，反映了其自由独立的公共知识分子人格。

第六节关注 1948 年以来以色列境内巴勒斯坦文学创作，尤其是小说的发展状况。其创作语言有两种——阿拉伯语和希伯来语；在时间上均以 1967 年"六·五"战争为界，分为前后两个阶段。在具体的社会政治语境下，以色列境内巴勒斯坦阿拉伯语与希伯来语文学创作各有其发展态势；二者共同面对的是由悖论式的生存情境所导致的身份危机。该节通过对一些具有代表性的文学文本进行评述，纵论以色列境内巴勒斯坦裔作家们从"居间"的立场出发，所采取的批判与拟仿、反抗与防守并举的抵抗手段。这里需要强调的是，在后殖民视阈下，即便是体现为"殖民拟仿"的抵抗，也与流亡相关，它是留居者在不得其所的际遇下，所做出的文化或政治方面的抵抗，以达成自我的"内在放逐"。

这里不妨补充说明一下巴勒斯坦作家以母语之外的语言进行的创作。巴勒斯坦作家对创作语言的选择与他们所处的地域密切相关。对于生活在以色列境内的巴勒斯坦阿拉伯人而言，用希伯来语创作是件很自然的事。那些居住在约旦河西岸和加沙地带，或流散至其他阿拉伯国家的巴勒斯坦作家，则基本上坚持用阿拉伯语进行创作，也有双语创作者，如前文提到的杰布拉·易卜拉欣·杰布拉。英语创作者分散于世界各流散地，尤以生长于北美的年轻作家为主。较新的佳作，如美国巴勒斯坦裔女作家莱依拉·哈拉比（Layla Halaby）的处女作《西约旦》（*West of the Jordan*，2003）。该小说采用第一人称多声部叙事方式，叙述了一个巴勒斯坦家族中来自不同家庭的四位表姐妹的成长经历，直接反映了当代阿拉伯人在美国的生活状况。在主人公哈拉及其继母的身上，体现了当代阿拉伯女性追求独立自主的一面，与西方的传统看法形成反差。小说发表后，获得美国笔会特为少数民族所设立的文学奖项（Pen/Beyond Margins Award）。此外，使用法语和德语创作的巴勒斯坦作家亦不乏其人。巴勒斯坦文学家用西方语言创作的作品是第三世界文人在西方语境下重建东方空间的一种突出尝试。同时，流散经验也赋予一些文学家独特的创作视角，其外语作品为世界了解巴勒斯坦提供了更多的可能。

在现当代阿拉伯文学史上，巴勒斯坦文学一直占有重要的地位，如同巴勒斯坦这片土地在阿拉伯世界的重要地位。在阿拉伯作家协会评选的"20世纪最佳阿拉伯语中长篇小说排行榜（105部）"中，巴勒斯坦的作品有7部，其中包括本章所涉及的、名列前茅的3部小说，即杰布拉·易卜拉欣·杰布拉的《寻找瓦利德·马斯欧德》（列第二位）、格桑·卡纳法尼的《太阳下的人们》（列第五位）、伊米勒·哈比比的《乐天的悲观者赛义德·艾比·奈哈斯失踪奇案》（列第六位）。此外，《情人》《零下的纳季兰》也在此列。在21世纪新生的阿拉伯布克奖中，亦不乏巴勒斯坦佳作，如拉巴伊·迈德洪（Raba'ī al-Madhūn，1945 – ）的小说《来自特拉维夫的女人》（*al-Sayyidah min Tel Aviv*，2009；*The Lady from Tel Aviv*，2013）进入了2010年短名单，青年作家阿忒夫·艾布·赛弗（'Āṭif 'Abu Sayf，1973 – ）的小说《悬滞的生活》（*Ḥayāh Mu'allaqah*，2014）进入2015年短名单。2016年，侨居英国的巴勒斯坦裔作家拉巴伊·迈德洪再度进入短名单，并以《"大屠杀"与"大劫难"协奏曲》（*Kunshartū al-Hūlūkūst wa al-Nakbah*，2015；*Fractured Destinies*，2018）最终摘得阿拉伯布克奖。

第二节　抵抗精神与创新意识：卡纳法尼的小说创作

论及当代巴勒斯坦文学，格桑·卡纳法尼（Ghassān Kanafānī，1936 – 1972）是首先必须被研究的对象。这不仅因为其代表作《太阳下的人们》（*Rijāl fī al-Shams*，1963；*Men in the Sun*，1978）被评论界视为巴勒斯坦现代文学中"第一部完全意义上的小说"[①]，也是基于他对"抵抗文学"一词的起用在当代巴勒斯坦文学、阿拉伯文学乃至第三世界文学史上产生的影响。卡纳法尼一生在从事文学创作的同时，还积极从事政治活动和时事批评，是巴勒斯坦早期武装斗争强有力的发言人，这可能会给我们造成一个解读上的误区，即以为卡纳法尼的小说是以其政治主题而胜出的，由此忽视对其文学审美价值的探讨。但事实证明，唯兼备思想性和艺术性才称得上真正的"文学"，这是《太阳下的人们》最终经得起时间检验的根本原因，也是他一生为之奋斗的理想，虽然整个过程充满了时代的烙印，结果也不尽如人意。

毋庸置疑，格桑·卡纳法尼是个富于抵抗精神的文学家和思想家——在外来占领下不轻易屈服，在权力话语下不轻易盲从。因此他能够关注到巴勒斯坦被占区为外界所忽视的初期抵抗文学，写就《巴勒斯坦被占区的抵抗文学：1948—1966》一书，呼吁以星火燎原之势建立一种广泛的抵抗文化；也因此能在1967年阿拉伯世界陷入"兵败如山倒"的局势后，率先发表题为《关于变革与"盲从的语言"的思考》（Afkār 'an al-Taghayyur wa Lughah al-'Amyā'）的演讲，揭露阿拉伯世界在宏大话语修辞背后的意义空虚和思想混乱现象，并一针见血地指出："这种'盲从的语言'逐渐剥夺了我们的能力，使我们无法建立属于自己的清晰策略，以对抗周遭一切层面的挑战。"[②] 正是这种不盲从的抵抗精神，使卡纳法尼能够在为普罗大众发声时，也倾听自己

---

① Hamdi Sakkut, *Arabic Novel：Bibliography and Critical Introduction 1865 – 1995*, Cairo：The American University in Cairo Press, 2005, p. 78.

② Ghassan Kanafani, "Thoughts on Change and the 'Blind Language'", trans. by Barbara Harloe and Nejd Yaziji, *Journal of Comparative Poetics*, No. 10 (1990), p. 147.

内心的呼声；在投身于拯救民族危亡的政治运动时，不忘自己的文学审美追求，并由此超凡脱俗，在巴勒斯坦抵抗文学的成长初期展现出一个成熟作家的胸襟，在阿拉伯文学走向现代性的过程中付出先行者的勇气。本文选取卡纳法尼的两部优秀小说《太阳下的人们》、《一无所剩》（*Mā Tabaqqā lakum*，1966；*All That's Left to You*，1990）来说明这一点。前者在阿拉伯作家协会所评"20 世纪最佳阿拉伯语中长篇小说排行榜（105 部）"中排名第六，后者荣膺 1966 年黎巴嫩"作家之友"奖。在这两部小说中，卡纳法尼避免了当时一度影响阿拉伯文坛的苏联式社会主义现实主义在创作时容易导致的公式化缺陷，广泛采用象征、意识流等现代叙事艺术和实验手法，来反映深刻的主题。

一　以象征手法折射苦难现实

卡纳法尼对象征手法的运用，最突出地体现在其代表作《太阳下的人们》中。该小说情节并不复杂：三个巴勒斯坦人为了摆脱压迫和贫困，各自从约旦出发，企图越境到科威特，但在巴士拉与蛇头们谈价未妥，一个路过的卡车司机提出可以用水罐车将他们非法偷渡，费用廉价得多。由此，一个短暂的逃亡旅程将素不相识的人们绑在了一起，奔赴共同的命运。在巴士拉通往科威特的沙漠路上，他们必须在两次途经边防检查站时屈身藏于密闭的铁罐内，等待司机争分夺秒地办理边检手续。在最后的检查站，因为边防人员无聊的调侃，边检手续被耽误了几分钟。当司机驶离边检站，打开铁罐呼喊他们的名字时，已听不到任何回答。司机悲愤地埋葬了他们，并于心底发出振聋发聩的责问。

三个偷渡客代表巴勒斯坦的三代人，他们来自巴勒斯坦的不同地域，或是雅法，或是拉马拉，或是难民营。50 岁的艾布·盖斯是为了养活妻儿，16 岁的玛尔汪是为了养活母亲和弟妹们，单身的爱斯阿德是为了逃婚。他们的共同之处是被剥夺了原初家园，失去了身份，在偌大的世界不知何往。同病相怜的他们为了在太阳下给自己和家人争得生存的一席之地，最终将性命丢在了通向未知的征途中。司机艾布·赫祖朗在英国委任统治时代曾是个军人，在反击犹太人的一次战役中负了重伤，虽得以幸存，却因此失去了性功能，遂万念俱灰，将挣钱作为人生的唯一目标。他自称经验老到，而正是边防警卫与这一老熟人调侃风月之事耽误了时间，导致悲剧的发生。剧终时，他难抑心中的悲伤，却没忘了拿走死者身上值钱的东西。这是作者塑造得最为丰满的人物。

《太阳下的人们》出版于1963年。在1948年至巴解组织成立的1964年，巴勒斯坦抵抗运动基本处于沉寂阶段和地下状态，半数以上的巴勒斯坦人离乡背井，沦为难民，反对以色列的斗争是在纳赛尔的泛阿拉伯主义大旗下进行的，直至1967年"六·五"战争以大挫败告终。小说创作于此历史背景下，意在呼吁巴勒斯坦人发扬自身的民族主义，作者通过艾布·赫祖朗最后的呐喊批评了巴勒斯坦民众在1948年第一次中东战争后的表现：沉默与逃亡是不可取的，只会导致自我毁灭，而坚守或回归家园，拿起武器抵抗侵略者才是最佳出路，因为只有祖国的大地才会赋予个体真实的存在感。

在绝境中寻求生路需要斗争的勇气，这是卡纳法尼在《太阳下的人们》中引发大众思考的主题。在逃亡途中，主人公们不断地追问路在何方。在小说开篇，艾布·盖斯坐在巴士拉的阿拉伯河河口（底格里斯河与幼发拉底河交汇入海处）：

> 艾布·盖斯把胸脯贴在潮湿的土地上，大地在他身下颤抖，一颗疲惫的心脏的跳动透过粒粒沙土传播到他全身各处……每当他把胸脯贴到地面上时，他都能感觉到这一跳动，就像在那遥远的地方他第一次这么做以来，大地的心脏就一直在从地狱的最深处为自己打开通向光明的艰难道路。①

他试图让自己漂泊到的"这里"给他一种"在家"的感觉，但那是一种错觉。所以，"他不知怎么蓦地感到一阵难受的孤寂，差点哭了出来……那整个通向天际的道路就像是永恒的黑暗"（《人们》，92）。

年轻力壮的爱斯阿德同样如此，他上一次偷渡曾被孤身扔在半道。当巴士拉的蛇头胖子劝他不要舍不得钱时，他在心里哀怨道：

> 路！在这个世界上还有路吗？难道他没有日复一日年复一年地历尽

---

① 格桑·卡纳法尼：《阳光下的人们》，郅溥浩译，《春风译丛》1981年第2期，第92页。本节出自该著的引文，将随文在括号内标明《人们》及出处页码，不再另注。

艰辛为自己寻找道路吗?(《人们》,95)

对于三个偷渡客而言,他们都试图逃离过去,通过一个近乎形而上的旅行,去往一个想象中的天堂。司机艾布·赫祖朗说:

> 你想过?我把这一百五十公里的路程比作真主让其奴仆在被分往天堂或地狱之间必走的道路。谁掉下去就进地狱,谁通过了就入天堂。这儿的天使,就是那些边防人员。(《人们》,105)

这句话似乎充满了宿命论,但同时,幸福也靠自己积极地争取。事实证明,连呐喊之勇气都匮乏的人们注定是找不到生路的。

《太阳下的人们》从标题到结尾的呐喊声都充满了象征性。三个被活活闷死于水罐车的偷渡客象征在流离失所中苦觅身份的巴勒斯坦族群。司机艾布·赫祖朗的名字在阿拉伯语中为“竹子”之意,提示一种脆弱的空心感,评论界多认为,该角色影射那个时代羸弱无能的巴勒斯坦领导阶层。巴士拉走私犯们象征以解决巴勒斯坦问题为托词从中渔利的阿拉伯国家。从巴士拉延伸至科威特的沙漠象征生与死的界限,在现实生活中,它广布于巴勒斯坦大地上,是一幕幕悲剧上演的舞台。水罐车的大铁罐象征着以色列的封锁,巴勒斯坦民众在这个“火狱”里饱受煎熬,如果要生存,就必须在一声呐喊中奋起反抗。

至于太阳和阳光,在小说中则有双重含义。一方面既是希望和生命的象征,如我们所读到的,“太阳下的人们”为追求幸福的生活而不懈奔走,甚至不惜去国离乡。然而,他们的流亡,又如萨义德所言,是“到另一个国度寻求生计,而那里炫目的太阳对其命运显得如此冷漠无情”①。另一方面,沙漠中灼热的阳光也是灾难的源头,“太阳无情地在他们头顶上喷射着烈焰”(《人们》,105),是偷渡客最终闷死的原因。对于艾布·赫祖朗而言,刺眼的强光伴随着因伤在手术台上被阉割的经历。当他在驾驶室努力躲避太阳光的直射,想起这一幕时,心里充满了屈辱:

---

① Edward W. Said, *The Question of Palestine*, Second Edition, New York: Vantage Books, 1992, p. 151.

长长的十年，他力图接受事实，可那是怎样的事实啊？要他轻率地承认为了祖国他失去了男性？好处在哪儿？男性和祖国都失去了，这该死的世界上的一切事情都见鬼去吧……（《人们》，105）

因此，炎炎烈日又象征着小说中人物所遭受的压迫。这种压迫实际上无所不在，无论在巴勒斯坦被占区、难民营、流亡途中，还是在密不透风的水罐车内外。具有反讽意味的是，这三个牺牲品最终并非死于太阳下，而是死于寂静的黑暗中，因为缺乏斗争的勇气，他们失去了重见光明和希望的机会。作者巧妙地在同一事物的象征内涵上构造两极张力，从而引发读者的掩卷长叹，强化他们的悲愤情绪，使得"在描述巴勒斯坦人的悲剧方面，没有一个阿拉伯现代作家的小说作品能够超越格桑·卡纳法尼的影响"[1]。《太阳下的人们》问世后被广泛译成包括中文在内的多种语言，依据该小说改编的电影《受骗的人们》曾在突尼斯和巴黎的电影节中获奖，还曾获得法国斯特拉斯堡人权奖。故事的发生不仅离不开巴勒斯坦人在现当代历史中特殊的流散际遇，也与现代性语境下人类为寻求自我存在的身份焦虑同节拍，这使得该小说突破了民族和地区之囿，进入世界文学的行列。正如卡纳法尼自己的认识："当我写巴勒斯坦家庭，写他们的经历时，全人类发生的事情都浓缩在巴勒斯坦的悲剧中。当我看到巴勒斯坦的悲剧，事实上我是把它当作全世界悲剧的象征。"[2]

《太阳下的人们》的成功，激励了卡纳法尼在接下来的作品《一无所剩》中继续采用象征手法。该小说有两大冲突主题——巴勒斯坦和以色列的冲突、巴勒斯坦社会的内部冲突。主人公哈米德10岁时随姨妈和姐姐从雅法流亡至加沙，后来成为难民营学校中的一名教师，很早便担负起看护家庭的责任。为此他一直单身，也对姐姐玛尔彦的归宿寄予厚望。当大龄的姐姐未婚先孕并与他最瞧不起的同事扎卡利亚结婚时，他倍感屈辱，因为后者不仅强占了他的姐姐，还曾向以色列人出卖他们的朋友——抵抗战士赛里姆。于是他愤而出走，孤身穿越沙漠去约旦寻找失散的母亲。在夜里，他遇到一位迷路的以色列巡逻兵，语言上的无法沟通使哈米德意识到侵略者和被侵略者从不可能拥有共同的

---

① Roger Allen, *The Arabic Novel: An Historical and Critical Instruction*, p. 147.
② 薛庆国：《阿拉伯文学大花园》，湖北教育出版社，2007，第 154 页。

语言，武装斗争是唯一的对话方式。黎明时分，绝境中的哈米德奋力夺过对方的匕首，以内心的自信战胜强大的敌人，由此开启了生命的新阶段。

在《一无所剩》中，男性人物哈米德象征成长中的巴勒斯坦战士，扎卡利亚象征巴勒斯坦民族的败类；女性人物姐姐象征被占的巴勒斯坦领土，一直未出场的母亲则象征陷落前纯洁的巴勒斯坦大地。哈米德的父亲在1948年战争前就牺牲于抵抗斗争中，母亲在流亡途中失散，这使得哈米德自童年起就失去了双亲的关爱，遂把希望寄托在他深爱的与之相依为命的姐姐身上。他对姐姐的情感是复杂的，姐姐怀孕并不得不与扎卡利亚结婚的消息如同晴天霹雳令他愕然，进而从失望走向绝望。当然，在作者笔下，这种绝望是属于遭遇生存危机的整个巴勒斯坦流散族群的。在踽踽独行于沙漠的途中，他悲哀地问道：

> 妈妈抛下我们，带走了一切秘密。她一无所剩，你们一无所剩，我也一无所剩。留下的只是失落和死亡。这就是我们在这个世界的所剩之物——一道黑魆魆的沙漠之路、一只在两个失落地之间往返的渡船、一条两端都被堵上了的地道。①

玛尔彦的个人问题也反映了整个巴勒斯坦族群的遭际，她在加沙度过了20载光阴，苦苦等待身在雅法的未婚夫法特希。当青春不再时，"不幸的人儿啊！她失去了雅法，失去了法特希，失去了一切"（《一无所剩》，46）。为了在混乱的现实中寻求生活保障和安全感，36岁的玛尔彦被迫嫁给已有妻子和五个孩子的混蛋扎卡利亚。哈米德的出走触动了她，使之最终拿起菜刀反抗逼迫她流产的扎卡利亚，捍卫自己的权利。姐弟俩虽在不同的地点，却在同一时间下相互影响和呼应，勇敢地面对来自巴勒斯坦内外的敌人并采取了抗争行动。

阿拉伯小说自20世纪30年代的成长期起就深受西方创作艺术的影响，象征主义体现于早期小说（如埃及作家陶菲克·哈基姆的《东来鸟》）中，但手法稚嫩，主要人物因作者刻意赋予的教化意识而显得呆板虚假。象征主

---

① غسان كنفاني، **ما تبقى لكم**، دار منشورات الرمال، قبرص، 2013، ص 68- 69.

（格桑·卡纳法尼：《一无所剩》，塞浦路斯：利玛勒出版社，2013，第68~69页。）本节出自该著的引文，将随文在括号内标明《一无所剩》及出处页码，不再另注。

义发展到一个高度，体现在 20 世纪 50 年代末诺贝尔文学奖得主纳吉布·马哈福兹的《我们街区的孩子们》中，它将现实主义与象征主义成功地融为一体，被誉为"20 世纪伟大的现代寓言小说"。作为阿拉伯小说实验派的先驱，卡纳法尼的现代主义追求促使他在小说中突出人物的主体意识，象征手法的运用则使个体在其存在的精神内向度的抻展中有效地与群体保持联结，避免了个体因陷入自我反思内化的境地留下的"虚无"。这也是在苦难的现实中成长起来的巴勒斯坦文学所要求的。

二　以意识流制造时间的碎片性

卡纳法尼在文学创作中乐于采用的另一现代叙事方法是意识流，即以联想、闪回、回忆、内心独白等手段打破传统的线性时间，使故事情节在多重的时间框架下进行，努力营造一种现代主义的艺术美感。先来看看《太阳下的人们》。在该小说中，时间因为不断的回忆成为一个不稳定的整体，每个人物虽活在当下，却沉溺于往昔，使得当下如此脆弱，轻易地成为往昔的俘虏，而未来又是如此不确定。比如，艾布·盖斯坐在阿拉伯河河口，回忆村里的小学老师赛里姆在课堂上讲过的地理知识，想起了后者宁死不屈的决心，想起儿子总算比自己有文化，又想起女儿的死。生活对他而言是无望的等待：

> 过去的十年，除了等待，你什么也没有做。这漫长的饥饿的十年只是使你相信，你失去了你的果树、房子、青春、村庄和所有的东西……在这漫长的岁月里，人们为自己开辟着道路，你却像那只老狗一样，蹲在简陋的房间里。瞧，你在等待什么呢？（《人们》，94）

他的记忆流将他带回巴士拉，内心被自己与蛇头胖子讨价未果后的绝望所刺痛。

又如，爱斯阿德在与蛇头讲价的过程中，后者的答话常常将他的思绪带回往日的记忆，在半梦半醒之间，"整个天际已是一片金黄色的光团，他决心加快步伐行走，直到大地变成黄纸般的亮滑的平面"（《人们》，96）。就在此时，屋里一叠被电扇吹起的黄纸又将他拽回当下。当未来就在眼前时，过去的记忆显得如此生动，每个人都在努力逃离往昔，在此过程中又不由自主地回归往昔，试图寻觅着身份。《抵抗文学》一书的作者巴巴拉·哈罗认为，卡纳法尼的小说"分析了（主人公的）过去，包括象征性的遗产，以便为未来提供新的可能性"[①]。此处"象征性的遗产"指主体性的记忆，它为身份建构奠定了基础。

与《太阳下的人们》相比，《一无所剩》则更加大胆地使用意识流手法，整部小说的时间跨度虽在短暂的一夜之间，却通过主人公不断的联想和闪回将成长故事从容展开。此外，还动用了多声部叙事手法，并在情节内容和表现形式方面皆受到威廉·福克纳的名著《喧哗与骚动》的影响。作者用五个叙事者的意识流将线性时间彻底打碎，传统全知叙事视角完全撤离；并且，由于全书不分章节一气呵成，各个叙事声音在同一段落甚至在同一句子内部没有任何过渡地相互打扰，人称变换频繁，以构筑多重的时间框架，形成不同的观测焦距，使读者产生急促感和混乱感，从中体会各种内外在冲突的严酷性。为了阅读的进行，作者不得不采用正体字和粗体字相区别的方式来表示叙事声音的转换，类似电影艺术的镜头和场景切换。比如，在哈米德路遇以色列士兵时，玛尔彦正在床上辗转反侧，二者相互呼应的心声以不同的字体交替呈现：

> 在这里，我再次面对一个新时刻，不知如何去处理。起初我试着微笑，然后却忽然放声大笑。**扎卡利亚翻过身来看了我一下，而后又翻回去睡他的觉，似乎也陷于深深的噩梦中。**你或许除了希伯来语，什么都不懂，但这没关系。你只需听着：我们就这样在旷野中面面相觑，彼此无法交谈，这还不让人着急上火吗？而他依然在我面前继续盯着我，谜一般地，犹疑不决中又带着一丝恐惧。**我这头呢，已经超越了恐惧，我有一种很奇怪的，无法解释的感觉。**（《一无所剩》，63）

对于阿拉伯受众尚为生疏的实验手法，作者感到有必要予以直截了当的说明，因此在小说开篇前专门写道：

> 这部小说中的五个主角——哈米德、玛尔彦、扎卡利亚、沙漠和钟

---

① Barbara Harlow, *Resistance Literature*, p. 82.

表并非在彼此平行或者相悖的线路上运动，从一开始，他们就是相互分割的，有时还彼此交缠，以至于仅仅呈现为两条线①。这种交缠还涵盖时间和空间，以至于相距遥远的空间、不同的时间内部消弭了分别，有时连时间与空间之间都没有明确的界限。(《一无所剩》，7)

值得强调的是，五个叙事者中有两个是物体——沙漠和钟表，它们被拟人化，作为观察者传达和解读主人公的思想行为。钟表的设置显然来自福克纳的灵感，而沙漠这一角色的加入则是卡纳法尼的独创，一方面强化了小说的地域色彩，另一方面有助于多声部叙事的构成。比如，沙漠在感受哈米德一深一浅的脚步时，也感受着哈米德焦躁的心绪，并暗示他应该留在加沙抵抗，幽幽说道：

> 他内心的情感风暴与我无关。我只关注方向，他选择了错误的、相反的方向。(《一无所剩》，28)

钟表有两个：一是玛尔彦房间里的挂钟，平时单调的钟摆声在主人听来就像一个单拐，提示其流年似水。那天夜里，一夜未眠的玛尔彦通过钟摆测算弟弟哈米德在沙漠中行进的步履，挂钟的滴答向前也喻示着主人公自我认知的发展。另一个是哈米德的手表，它负载着主人公在加沙度过的16年，当独行于沙漠的哈米德将手表摘下抛向远处，喻指他摆脱了沉重的过去，包括对姐姐的责任感、对历史的屈辱感，准备投入民族解放斗争：

> 此时，独行于茫茫夜色中，我感到了些许释然。墙忽然倒塌了，我们开始拿起武器，重拾尊严，直面真正的战斗。黑色的空间在我眼前伸展着，形成一个行进中的世界，它不受两个渺小指针的约束。(《一无所剩》，42)

紧接着，沙漠以"画外音"发表评论：

> 愚蠢的、紧张的小时间被折叠了，冰冷的沙石之上，这个宇宙的唯一物质游离于真实的时间之外，就像嗡嗡乱叫的大黄蜂，在宽不见岸、

---

① 指哈米德和玛尔彦两位主人公。

深不可测的河流之上围着自身狂舞。(《一无所剩》,42)

哈米德摆脱了"真实的时间",获得了面对的勇气,这是因为:"当我们不再纠缠于时间时,行动的价值便得以凸显,因为对时间及其节奏的感觉会导致对得与失的计较,即损失了多少,还剩下什么,从而妨碍了冒险的勇气。只有那些将时间从他的账本中清除的人,才能响应理想的召唤。"[1] 小说的结局也因此与《喧哗与骚动》中昆丁的命运大相径庭。

《一无所剩》注重揭示巴勒斯坦民众的内心焦虑感、矛盾和挫败感、疏离和分裂感,对意识流的运用使读者能够跟踪主人公内心活动的发展,真切地感受其内心冲突,因为小说的主旨在于揭示两位主人公如何建构自我认知,直至采取积极行动改变现状,成为同胞们的榜样。当哈米德认识到捍卫荣誉的方式是投入民族抗争,而非计较个人得失,他在继续寻找被他始终视为"梦中骑士"的母亲和返回加沙之间犹豫:

> 加沙在你身后,被漆黑的夜抹去。毛线从毛线球中解开了自己,你不再是16年来被他们缠绕成团的那个毛线球,那么,你是谁?(《一无所剩》,49)

此时,哈米德对自我身份产生了怀疑,但它恰恰意味着一个根本改变的开始。他逐渐意识到依靠母亲来弥补玛尔彦的失身是无益的,重获世界的纯洁只有靠自身的奋起斗争。前途是未卜的,等待是无益的,因为已经一无所剩,所以赤手空拳的他能够凭借内心的勇气战胜侵略者。在这一转变过程中,意识流的写作手法使过去和未来隐含于当下,让事件及其影响自动发生并呈现出来,使读者对主人公的认知与主人公的自我认知得以同步实现。

意识流以及时间的碎片化处理虽然是现代主义常见的写作形式,但对抵抗文学而言应远不止形式。在巴巴拉·哈罗看来,抵抗作家的实验文体和叙事方法蕴含着对历史强权的抗议:"对年代和时间的持续性结构方面进行实验不仅仅是一种技艺,还是他们寻求历史改变的部分尝试。他们要求进入历

---

[1] خالدة شيخ خليل، **الرمز في أدب غسان كنفاني القصصي**، لانا، قبرص، 1989، ص 122.

(哈利黛·谢赫·哈利勒:《格桑·卡纳法尼小说文学中的象征》,塞浦路斯:拉纳,1989,第122页。)

史，重写历史的最初版本，改变这一版本对西方历史事件所给予的突出位置……1948 年（巴勒斯坦）大劫难……对阿拉伯人的思想和知识活动具有关键作用……历史、政治事件与文学发展在这些叙事和实验中一同重新发挥作用，情节、人物、环境与抵抗运动的社会结构相呼应，响应着集体和大众的要求。"① 此言肯定了现代主义手法在《一无所剩》这部巴勒斯坦抵抗文学作品中的艺术作用。卡纳法尼意欲打破线性时间，一如小说中哈米德意欲摆脱真实时间的束缚，他让时间之流或停顿，或弯曲，或交错，或重叠，这种对时间的处理因其现代性的感知方式而获得了"解放"的意义。

但是，在传统现实主义依然盛行的 20 世纪 60 年代，卡纳法尼的《一无所剩》加剧了阿拉伯文学评论界关于文学的社会义务与艺术表达自主性的争论。传统现实主义主张以陈陈相因的程式化表达来描述社会政治事件，而在新的地区形势面前，一些阿拉伯作家在时空观念、文学审美各方面都发生了嬗变，走向探索和创新。卡纳法尼的《一无所剩》可算是阿拉伯现代主义小说实验的先期作品，是一次充满勇气的尝试。小说问世后，评论界形成了两类意见：一类为其艺术创新叫好；另一类则认为这种创新是以牺牲内容为代价的，"此处的问题是：诸如巴勒斯坦问题这样的主题，是不能被淬炼成一个庞大的美学写作库的，否则会伤害巴勒斯坦问题本身，其次是文学"②。一些阿拉伯评论家认为该小说运用西方的现代主义技巧来反映巴勒斯坦问题是不可行的，因为它脱离了现实，忽视了阿拉伯小说的创作宗旨，内涵丰富的语言和实验派的写作手法则使广大读者抱怨说"看不懂"。争论到最后，连卡纳法尼本人也怀疑自己创作这部小说是为了艺术，还是为了人生与社会。他十分清楚自己的初衷是为渐兴的巴勒斯坦武装斗争推波助澜，强化巴勒斯坦人的抵抗意识，而一部让老百姓看不懂的小说是起不到驱动社会发展的作用的。此后，他调整了自己的艺术追求，在创作小说《赛阿德的母亲》（*Umm Sa'd*, 1969）和《重返海法》（*'Ā'id ilā Ḥayfā*, 1969）时，期待以更为直接的表达方式获得公众的认可，这或许是卡纳法尼在"六·五"战争失败后巴勒斯坦人生存危机

---

① Barbara Harlow, *Resistance Literature*, p. 2.

② يوسف ضمرة، "أدب المقاومة بين الواقعية والبطولة"،
http://www.aljazeera.net/news/pages/d9e4b9bc-7579-404e-85fe-789d40b6a82b.
（尤素福·多姆尔：《现实性与英雄主义之间的抵抗文学》。）

日益加重的现实面前，出于对文学创作政治宗旨的考虑所做的选择。的确，在恶劣的现实面前，昔日的艺术实验已变成一种"奢侈"。

尽管如此，不少评论家依然认为卡纳法尼的小说在艺术美学追求和民族政治义务之间达成了一个很好的平衡。如，西方学者巴巴拉·哈罗在其专著《抵抗文学》中评价了卡纳法尼作为巴勒斯坦抵抗运动理论家相应的文学成就；希拉里·基勒帕特里克则强调："对卡纳法尼作品的处理存在另一个方式，即揭示其中与政治无关的元素：非政治的主题、创作形式的实验途径、超越当前巴勒斯坦境遇的某些价值观。"① 笔者则认为，判断卡纳法尼的实验派手法是否成功的标准不能离开作品的主题和创作的具体语境，因为"审美实践不是基于一般社会实践之上；甚至它们并不是一般社会实践的组成部分，而是另一类型的社会实践，与其他类型的社会实践紧密地联系在一起"②。上文的分析表明，卡纳法尼有意模仿福克纳的情节构思和表现形式，一方面，试图通过打破现实主义常规思维，以新的艺术手法传达自己的抵抗思想，实践艺术的自主性；另一方面，力图以形式的碎片性反映巴勒斯坦复杂的社会、政治事件，实验派的创作手法尽管在当时形同"异类"，却与小说中人物的疏离感颇为相衬，同时也间接表达了作者作为一名富有抵抗精神和创新意识的文学家、思想家与主流话语之间的疏离感。卡纳法尼曾说过："我的一生就是一系列的拒斥，我并借此活着。我拒斥任何流派、任何财富、任何屈服与任何接受。"③

在其第四部小说《重返海法》中，卡纳法尼以较客观的立场塑造了一个从东欧移民至以色列的犹太老妇人米莉雅的形象，这几乎是巴勒斯坦小说对以色列人及其复杂处境的首次详细描绘。小说还透露了作者所设想的巴勒斯坦未来"民主解决方案"。对此，巴勒斯坦当代著名民族诗人马哈茂德·达尔维什指出："没有文化方案便没有政治方案。卡纳法尼文学作品研究的最

---

① Hilary Kilpatrick，"Tradition and Innovation in the Fiction of Ghassan Kanafani"，*Journal of Arabic Literature*，Vol. 7（1976），p. 54.

② 勒内·韦勒克、奥斯汀·沃伦：《文学理论》，刘象愚等译，第95页。

③ أوس داوود يعقوب، "الشهيد غسان كنفاني .. ظل الغياب"،
http://www.diwanalarab.com/spip.php? article29395.
（奥斯·达乌德·雅各布：《烈士格桑·卡纳法尼——不在场的影子》。）

大意义也许在于为诞生新的巴勒斯坦奠定基础，使巴勒斯坦人了解灾难的原因，认识到面前的犹太人究竟是怎样的面孔。这一任务只有在具有批评意识的文化中，通过超越主流意识及其陈腐价值方能完成。"① 批评是"抵抗"的一种表现。根据马尔库塞在《单向度的人》中的看法，真正的艺术是拒绝的艺术、抗议的艺术；换言之，艺术即超越。卡纳法尼的作品一方面提出了巴勒斯坦民族抵抗的问题，另一方面又将个人的文学实验与民族的抵抗运动相融合，因而同时履行了一个艺术家的承诺和一个政治家的责任。"抵抗"是他永恒的追求，恰如其所言："阿拉伯受伤的身躯在前行，它在愈合之中，时刻准备着抵抗。它的感知在加倍增长，以坚定的双足跨越痛苦的大桥。"②

第三节　以荒诞抵抗荒诞：哈比比的《乐天的悲观者》③

如本章第一节综述中所言，在现当代阿拉伯文学史上，巴勒斯坦文学一直占有重要的地位。1948 年，以色列在巴勒斯坦的土地上建国；1967 年，以色列又占领了约旦河西岸和加沙地带，给巴勒斯坦人造成的生存困境和深重苦难，使"抵抗文学"成为一种特殊的文学类别，与巴勒斯坦民族解放事业相生相伴。

在巴勒斯坦抵抗文学发展的初期，"文以载道"的思想占主导地位，这种思想往往强调文学的政治功用，而忽视文学的艺术独立追求和美学价值追求，使其简化为宣传革命的工具。在这一时期内，抵抗文学作品的主人公往往被刻画为一往无前、舍生忘死的革命斗士，为巴勒斯坦民族解放事业可以献出一切。在这样"高大全"的主人公身上，民族大义压倒了个人的理想和诉求，使后者在勇敢和激情面前，无软弱和退缩的立锥之地。而产生这种主导思想的原因，正是在巴勒斯坦解放事业遭受了一次又一次的挫折和失败后，巴勒斯坦人意识到自己无力在现实中实现自己的诉求和愿望，只好把一

---

① أوس داوود يعقوب، "الشهيد غسان كنفاني .. ظل الغياب".
（奥斯·达乌德·雅各布：《烈士格桑·卡纳法尼——不在场的影子》。）

② Ghassan Kanafani, "Thoughts on Change and the 'Blind Language'", p. 157.

③ 本节内容由笔者的年轻同事邓苏宁执笔。当时笔者担任其硕士导师。此举乃为响应校方提出的吸收研究生参加导师科研项目，在实践中培养学生科研能力的倡议。

腔热血寄于他们的作品中。

随着巴勒斯坦问题的长期化和复杂化，一些巴勒斯坦知识分子对抵抗的内涵有了更深刻的理解："英雄人物只身渡过约旦河，原先在巴勒斯坦抵抗文学作品中经常出现的痛击敌人后得胜归来之类的'经典场面'已显得幼稚不堪，与现实完全脱节。"① 抵抗文学不应再是软弱者逃离现实、回避失败、寄托幻想的庇护所，而应该站在更高的高度，以更开阔的视野来重新审视巴勒斯坦问题。

《乐天的悲观者赛义德·艾比·奈哈斯失踪奇案》（*al-Waqā'i 'al-Gharībah fī Ikhtifā' Sa'īd abī al-Naḥs al-Mutashā'il*，1972；*The Secret Life of Saeed the Pessoptimist*，1982。以下简称《乐天的悲观者》）无疑是巴勒斯坦抵抗文学中里程碑式的作品。作者伊米勒·哈比比（Imīl Ḥabībī，1921 – 1996）作为在被占领土上生活的巴勒斯坦人，切身经历着民族的苦难，不太可能忽略巴勒斯坦抵抗文学的政治内涵，单纯地"为艺术而艺术"，但他在《乐天的悲观者》中为巴勒斯坦抵抗文学赋予新的内涵——普世的价值观和对人性的思考。《乐天的悲观者》固然与巴勒斯坦的抵抗运动密不可分，但它已超越了之前巴勒斯坦抵抗文学的政治功用，强调其美学的意义，使文学的形式和内容一道成为巴勒斯坦抵抗文学的本体价值。

《乐天的悲观者》是一部巴勒斯坦民族史诗式的作品，也是一部卡夫卡式的独具创新的小说。小说通过描述1948年"大劫难"到1967年"大挫折"这二十年间，发生在"乐天的悲观者"赛义德·艾比·奈哈斯身上的一件件荒诞离奇的事，表现生活在被占领土上的巴勒斯坦人的生存状况。对此，爱德华·萨义德评论说："这是到目前为止最好的巴勒斯坦文学作品，原因正是因为这部作品所表现出来的极度紊乱和嘲讽。"② 该小说在巴勒斯坦和以色列都获得了广泛的欢迎和崇高的荣誉，不仅是因为它很好地反映了在以色列境内的巴勒斯坦人的惨痛经历和苦难生活，更是因为它的艺术性：它在继承阿拉伯传统文学遗产以及借鉴西方现代派文学手法的基础上，采用了一种荒诞的手法来表现历史，让读者游走在幻想和现实之间，对巴勒斯坦文

---

① يوسف ضمرة، "أدب المقاومة بين الواقعية والبطولة".
（尤素福·多姆尔：《现实性与英雄主义之间的抵抗文学》。）

② 爱德华·W. 萨义德：《最后的天空之后——巴勒斯坦人的生活》，金玥珏译，第18页。

学的"抵抗"内涵做出了新的、深刻的诠释。

一　《乐天的悲观者》中荒诞的具体表现

《乐天的悲观者》中的荒诞表现，可归结为环境荒诞、人物荒诞和事件荒诞三个方面。

环境的荒诞是一个自古至今都存在的现象。在两千多年前的希腊神话中，就讲到受刑的西西弗每日推石头上山的故事，这是对整个荒诞的人类环境的一个大隐喻。而1948年至1967年生活在被占领土上的巴勒斯坦人生活的环境尤为荒诞。"乐天的悲观者"赛义德作为这群人的代表，整日生活在环境的夹缝中：面对以色列人的残忍暴虐，他指望不上言辞盲目冲动但内心自私麻木的阿拉伯政治贵族的帮助；为了生存，他屈服于强权，做了一名为以色列当局服务的"告密者"和"叛徒"。他的行为为同胞们所不齿，饱受人们的白眼和唾骂。当他想向以色列当局辞去这项工作，过有尊严的生活时，才发现自己已经无法脱身。

他被荒诞的环境所撕裂，于是变身为一只猫：

> 20年来，我想要呼吸，却像一个溺水者一样无法呼吸，但我没有死。我想离开，却像一名囚犯一样不得离开，但我仍是自由人。
>
> 曾有多少次我向周围的人呼喊："众人啊，我的肩上背负着太沉重的秘密了！帮帮我吧！"我的呼喊到了嘴边却化成了一声声猫叫。
>
> 我开始相信转世投胎了。
>
> 你想啊，你死后转世投胎成了一只猫，这只猫在你家的院子里散步，这时你最亲爱的儿子从屋里跑出来，像其他小孩一样逗你玩。你呼唤你的儿子，但发出的只是喵喵的叫声，于是你的儿子出声喝止你。你不断地呼唤他，在他耳里却是不断的喵喵叫，于是他拿起石头扔向你。你就这样无法为世人所知，与这个世界格格不入了。①

---

① إميل حبيبي، **الوقائع الغريبة في اختفاء سعيد أبي النحس المتشائل**، دار الشروق للنشر والتوزيع، عمّان، 2006، ص 107.

（伊米勒·哈比比：《乐天的悲观者赛义德·艾比·奈哈斯失踪奇案》，安曼：旭日出版社，2006，第107页。）本节出自该著的引文，将随文在括号内标明出处页码，不再另注。

可以说，《乐天的悲观者》中所表现的环境的荒诞性，是人与自己所置身的环境之间的尖锐矛盾。环境既存在自在的荒诞，也存在自为的荒诞。小说的重点虽不在于言说自在的本体性的荒诞，但它表现的这种自为的荒诞根源复杂，现象突出，很难被克服。

《乐天的悲观者》中的人物荒诞集中于"乐天的悲观者"——主人公赛义德身上，在大环境的影响下，他的一生都充满了荒诞。1948 年巴勒斯坦人民起义时，他在荒诞中得以幸存：

> 一开始，我就因为一头驴的功德重获了新生。
>
> 他们伏击我们，向我们发射子弹，我的父亲被他们打死了。在他们和我之间有一头走失的驴，他们的子弹击中了它，于是这头驴就替我去死了。我日后在以色列的生活，都是多亏了这头可怜的畜生的功德。所以啊，我到底应该如何评价我这一生呢？(13)

赛义德意识到自己人生的荒诞性，终其一生在接受荒诞和反抗荒诞之间挣扎：一方面，他迫于强权的压力，努力劝服自己以调侃和自嘲的方式来接受荒诞；另一方面，他又渴望有尊严、有目标的人生，希望靠自身行为创造历史，探求着反抗荒诞。于是他的一生都为荒诞所困扰，他活在彷徨和痛苦中。

荒诞在赛义德的人生中首先表现为陌生感与孤独感。作为生活在以色列的巴勒斯坦人这个群体中的一员，赛义德被自己的国家所疏远。他是犹太国家的二等公民，他生长在这片土地上，却被自己的家乡所排斥。"以色列当局在政治上和国家属性上不断强化单一犹太国家的发展朝向，并给予犹太人远远高于其他社会族群的特权地位"[1]，而阿拉伯兄弟国家的当局亦大都对巴勒斯坦难民避之不及。生活在以色列的巴勒斯坦人因失去了祖国而感到孤独，因生活在自己的故乡却找不到归属而感到陌生。对于赛义德这个个体而言，他的初恋情人被以色列当局驱赶到了西岸地区；他的妻子和儿子被以色列当局逼死；他想辞去为以色列当局做"特务"的这份工作却受到了当局的威逼；他想讨好以色列当局却犯了它的忌讳，被抓入监狱。他没有亲人，没

---

[1] 王铁铮、黄民兴等：《中东史》，人民出版社，2010，第410页。

有朋友，彷徨无助，他的行为不能为大家所理解，所以他感到了寒彻骨髓的疏离与孤独。

荒诞在赛义德的人生中其次表现为负罪感与恐惧感。赛义德在1948年以色列建国后主动选择返回以色列，并向以色列当局自荐成为一名"特务"，出卖自己的同胞。对于一个自由人来说，一切选择皆由自己决定，一切后果也皆由自己负责。由于既定的价值标准不存在了，在选择和决定的时候，就难免焦虑不安，更何况自己的选择往往也决定着别人的命运。因此选择是荒诞的，而且常在两难情况下进行，这就更加令人焦虑和内疚。其恐惧感主要来源于妻子巴吉娅告诉他的秘密——她藏在家乡山洞的铁匣子。起初，他只是担心作为一名巴勒斯坦人会遭到以色列当局无端的怀疑和猜忌，但自从他知道了巴吉娅的秘密后，他便日夜处在忧惧之中，担心他的秘密被以色列当局窥破，他的恐惧感被极大地强化和具体化了。此外，如果要在一个没有规律可循的世界确立自己的存在，负起自己在世的责任，并赋予自己和世界以意义，则这种真实的存在就不能不伴随着恐惧，这种恐惧感是对生存的不安，这是一种毫无来由的、不可名状的生存感受。

荒诞在赛义德的人生中最后表现为黏滞感与徒劳感。在这样一种荒诞的大环境下，面对这样一种荒诞的人生，赛义德感到了黏滞和徒劳。从个人生活到社会生活，各个方面都出了差错，人被各种异己力量所控制，在莫名的惶恐中本能地挣扎，试图达到某种连自己都不太清楚的目的。但是此努力不仅毫无结果，反而使人陷入更进一步的非人化——分裂、变形乃至死亡。在小说第三部的一开始，赛义德醒来发现自己在"像蛇一样冰冷光滑"的刺桩上，他觉得像是置身于摆脱不了的梦魇中，他想要跳下去，又没有勇气，便又转念一想，再可怕的梦总会醒的，于是又抱紧刺桩。接着，他倒叙回忆了自己摆脱"叛徒"身份的努力。在故事的结尾，赛义德又回到了刺桩上：他独自一人在刺桩上注视着芸芸众生，期待一个个经过的旧相识来解救他。他的上司"特务头子"雅库伯说自己也在木棍上；以色列当局的"大人物"说这不是木棍而是电视天线，还说巴勒斯坦人就像在潜水艇里，潜得越低，潜望镜就升得越高；夹着报纸的青年说要想摆脱木棍就只能跟他们上街；赛义德的初恋情人尤阿德来了，她把手伸给了他，说要领他去流亡的坟墓，他赶紧抓紧木棍；妻子巴吉娅来了，唤他下去，说儿子盖了宫殿，但他抓紧木棍；游击队员赛义德来了，说会给他温暖，他还是抓紧木棍；拿报纸的人又来了，拿斧子砍木棍，说要解救他，他赶紧抓紧木棍；最后外星人来了，带着他飞走了。可以说，赛义德在以色列20多年的生活始于荒诞，终于荒诞，彻头彻尾地被荒诞所包围。在小说的最后一章，故事叙述者"我"去疯人院寻访"乐天的悲观者"，暗示了"乐天的悲观者"自述的这些故事都只不过是"狂人呓语"，更加强化了这个人物的荒诞性。

在事件荒诞方面，现代主义荒诞派的立足点是表现世界的偶然性。"荒诞派表现的偶然是整体性的，命运性的，性格性的，而且荒诞派表现的偶然在背景、人物、事件上高度集中，超出人们的预期，使人瞠目结舌，有着整体寓言和象征的意味。"①《乐天的悲观者》中赛义德因讨好以色列当局而银铛入狱，就是典型的荒诞事件：

> 在一个诡异的晚上，我在收听以色列保护下的阿拉伯语电台的广播，播音员的声音传入了我的耳朵，他呼吁战败的阿拉伯人在自己家的屋顶上竖起白旗，以便像箭一样狂飙突进的以色列军队，能够容他们在家里安睡。我对这项命令感到疑惑：播音员所指的到底是这次战争的战败者呢，还是罗得岛战争的战败者？② 我想，为了保险起见，还是把我自己当作一名战败者吧，那样就算我做错了，他们也会认为我的初衷是好的。于是我用白床单做了一面白旗，把它挂在扫帚杆上，然后把它们竖在我在海法加拜勒大街的家的屋顶上，以显示我对国家的极度忠诚。(167)

"特务头子"雅库伯闻讯立即赶到赛义德家，要他撤下白旗，并骂他是蠢驴：怎么能用扫帚杆做旗杆来降低投降的神圣性呢?! 以色列当局的"大人物"也痛斥他说：播音员的呼吁是针对西岸的阿拉伯人的，竖白旗是对以色列的占领表示降服，而你在海法，在国家的中心，难道你也把海法当作被占的城市吗?! 于是，赛义德因此事而被捕入狱。

世界的荒诞在于任何事件与人都暗含着反对自身的因素，这种荒诞含有思维中的辩证法，同时也警示人们无法把握自我的命运。历史事件是一个巨

---

① 刘恪：《先锋小说技巧讲堂》（增订版），百花文艺出版社，2012，第127页。
② 本句中的"这次战争"指1967年"六·五"战争；"罗得岛战争"指1097年十字军第一次东征时发生在爱琴海罗得岛的战争，以阿拉伯人战败告终。

大的齿轮，每个身处其中的人都被它以巨大的惯性带动着，而悲剧就在于任何人都看不到这巨大而神秘的驱动力来自何方，所以只能惶惶不可终日地等待命运的审判。

二　《乐天的悲观者》中荒诞的主要表现手法

故事戏拟是荒诞派文学常用的表现手法之一，即借用许多神话的、民间的，或者他人创作的故事，通过重写它们打破传统规范，甚至让今天现实中的人物混杂进去。

《乐天的悲观者》对阿拉伯闻名于世的《一千零一夜》中的若干故事进行了戏拟。如，《一千零一夜》中有个关于铜城的故事：埃及的埃米尔穆萨奉哈里发之命去铜城寻找胆瓶，当他进城时，城中没有声响，也没有人烟，只有"鸥鹆在远处嚎叫，鹰隼在上空盘旋，乌鸦哇哇地嘶哑地叫着，好像在哀悼城中曾经的居民"。在城中，穆萨看到了一块石碑，上面写道："曾经统治国家、奴役人民、统率军队的人今天又在何处呢？主啊！欢愉的终结者、团聚的拆散者、繁荣的破坏者降临到他们头上，把他们从宽敞的宫殿送到了逼仄的坟墓。"（142）之所以这些话语出现在《乐天的悲观者》中，是因为赛义德在以色列大选前被派去一个村子刺探情况，打击共产党人的势力。当时，其遭遇跟进入铜城的穆萨如出一辙：村内屋室尽空，人烟绝迹。突然，他听到从一间泥屋中传出一阵咳嗽声。他走进泥屋发现了一个盲老头坐在地上。老头告诉他，村里人都逃到山里躲起来了，因为害怕受到以色列当局的迫害，也怕受到共产党人的牵连。面对当局的高压政策，赛义德发出了穆萨一般的感慨。

《乐天的悲观者》还对阿拉伯中古时期贾希兹（al-Jāḥiẓ，775－868）的名著《修辞与阐释》（al-Bayyān wa al-Tabyīn）进行了故事戏拟。一把没有柄的斧子被扔进了树林中，树们互相议论说："这斧子被扔在这儿绝不是什么好事。"一棵看似不起眼的树说道："只要你们不给他提供一个柄，我们就没必要怕它了。"这是《修辞与阐释》中的一个故事，故事的本意是揭示哈查只①之所以能在伊拉克实施高压残暴的统治，是因为有了巴比伦人的支持和

---

① 哈查只是阿拉伯帝国伍麦叶时期的伊拉克总督，曾以血腥暴力的手段残酷镇压什叶派和哈瓦利吉派的反抗。

协助。而在《乐天的悲观者》中，作者借拯救赛义德的外星人之口重述了这个故事，但其中的"斧子"已不是哈查只而是犹太复国主义当局，"为斧子提供柄的树"也不再是巴比伦人，而是与赛义德一样的、跟犹太复国主义势力合作的巴勒斯坦人中的"叛徒"。

巴思（John Barth）在《枯竭的文学》中有一个很重要的观点："文学史已经穷尽了新颖的可能性，我们只能在故事的讲述方式上下功夫，采用戏拟的手法，讽刺性地使用这些枯竭了的形式。"①《乐天的悲观者》作为阿拉伯荒诞派文学的一部成功作品，其中好心办坏事、无意中有意、不幸言中，以及搬起石头砸自己的脚、作法自毙的情节比比皆是，这些情节往往出自对前人故事的戏拟。

故事神秘化是荒诞派文学常用的另一表现手法，神秘感并不是为了引起我们对神奇复杂的未知世界的兴奋，从而激起我们探究的热情，而是强调控制我们一切细枝末节的、我们无法摆脱而又无可奈何的一种深深的宿命感。

《乐天的悲观者》将神秘感贯穿始终。小说情节通过赛义德寄给他朋友的一封封信件中的自述展开，这些零散的回忆并不完全按照时间顺序叙述，往往穿插着主人公在叙事过程中对各个人物、事件意识流式的补充，这消解了线性时间叙述，使叙事内容失去连贯性。正是这一系列彼此独立而又有内在联系的事件构成了赛义德的整个生活，小说通篇杂乱零散的叙事强化了故事的神秘感，故事的主体始终游走于幻想和现实之间，它呈现给读者的只是一个模糊的影子，让读者难辨其虚实真假。

除了整体上的神秘之外，《乐天的悲观者》在各处细节上也充满了神秘感。这种神秘感的重要来源是伊斯兰教的神秘主义，后者又细分为两种：什叶派神秘主义和苏非派神秘主义。

在小说中，外星人说人们把他称作"马赫迪、伊玛目、拯救者"（57）。作者在这里借用了什叶派关于"隐遁的伊玛目就是必将再降世的马赫迪"的信条，把神秘的宗教中的拯救者和同样神秘的外星人联系了起来。当赛义德化身为猫，发出无人能理解的"喵喵"的哀鸣时，外星人对他说："别紧张，你都快修炼到伊斯玛仪派的第七个层次了。"（108）作者在这里又把什叶派

---

① 转引自刘恪《先锋小说技巧讲堂》，第 136 页。

中最神秘的派别伊斯玛仪派引进了故事中，第七个层次是伊斯玛仪派中"沉默者"能达到的最玄妙、最高深的层次，已经到达蜕变成"发言者"的边缘。① 而在小说中，"乐天的悲观者"也快到"在沉默中爆发"的边缘了。

　　其实，《乐天的悲观者》的故事细节与什叶派在神秘感方面的渊源有其深刻的内在原因。埃及著名学者艾哈迈德·艾敏（Aḥmad Amīn，1886－1954）曾对什叶派种种神秘化信条的形成诠释道："在一开始，什叶派信徒在这个世界上光明正大地建立一个自己的王国的企图就失败了，他们到处受到虐待和驱逐。于是他们为自己创造出了一种幻想，一种'隐遁的伊玛目'和'马赫迪'将在末日拯救他们的幻想。"② 而"乐天的悲观者"所代表的生活在以色列的巴勒斯坦人，在处境上与什叶派信徒有相似之处，外部高压的环境让他们难以直接表达自己的观点，于是他们走上了神秘化的道路，在这种神秘的幻想中还掺杂着浓烈的痛苦和哀伤的情绪。

　　除此之外，苏非派神秘主义也是《乐天的悲观者》中神秘元素的来源。作者在描写巴勒斯坦古城阿卡时说，阿卡曾经受过十字军、拿破仑、蒙古人的考验而屹立不倒，但如今它的墙边已经变成吸大麻者的聚集地，"它的灯塔闪着微光，像苏非隐修者朱哈的灯"（26）。朱哈是中东的一位传说中的人物，某些宗教史论把他归入苏非主义"托钵僧团"旋舞修会。关于他的故事都富有深意，类似禅宗的公案，因此伊斯兰教中的神秘主义苏非教派经常使用他的故事作为案例宣讲教义。作者在提到朱哈时展现的不是其幽默、睿智的一面，而是把他当作苏非派的隐修者，借用苏非派神秘主义来加强故事的神秘感。比如，作者借赛义德的老师之口讲述古代阿拉伯人的科技成果时说，"0"这个数字是阿拉伯人最先使用的，他们用"1"去除"0"，证明了

---

① 伊斯玛仪派，也称"七伊玛目派"。在该教派的教义中，数字"7"具有神圣的特性。它认为，宇宙的生成经历了7个步骤——安拉、宇宙精神、宇宙灵魂、原始物质、空间、时间、大地和人的世界；历史发展的周期也经历了7个时代，分别对应着7位由安拉所授命的发言者（"纳述格"）——阿丹、努哈、易卜拉欣、穆萨、伊萨、穆罕默德、穆罕默德·本·伊斯玛仪；每个时代的发言者之后有7位沉默者（"萨米特"），作为特别助手，将安拉启示给发言者的经典的隐义秘传给信众。每个时代的第7位沉默者品位会升高，成为下一时代的发言者，制定新的律法。参见中国伊斯兰百科全书编辑委员会编《中国伊斯兰百科全书》，四川辞书出版社，1994，第669页。

② أحمد أمين، **فجر الإسلام**، دار الشروق، القاهرة، 2009، ص 323.
（艾哈迈德·艾敏：《伊斯兰的黎明时期》，开罗：旭日出版社，2009，第323页。）

整个宇宙是无穷无尽的,正如一位诗人所言:"在无边的海里(即天空)遨游,如同遨游在深黑的永恒中。"(45)此处的诗人指的是苏非派神秘主义哲学家伊本·阿拉比(Ibn 'Arabī,1165 – 1240)。作者引用这句诗意在烘托一种神秘的氛围,也是在做一种铺垫:如此浩瀚深邃的宇宙,非我们狭隘的思想能够理解,也非我们微薄的力量所能控制,所以说发生再神秘荒诞的事都不足为奇。

三 《乐天的悲观者》 之荒诞手法的美学价值

荒诞,在现代派那里,是一种特殊的审美形态和"抵抗"形式。

荒诞作为审美形态,与现实生活中的荒诞现象既有联系,又有本质的区别。可以说,现实中的荒诞是荒诞审美得以产生的社会历史根源,而荒诞审美形态是对现实中荒诞的人生实践以审美的方式所作的否定、批判和反思。荒诞之所以能成为一种特殊的审美形态,不仅是因为荒诞的产生具有深刻的社会历史根源,更主要的是因为艺术家创造了荒诞的艺术形式来反抗荒诞,追求自由以及人所应当具有的人性和激情。[1]

荒诞作为一种特殊的审美形态,其审美价值体现在对现实中荒诞的重审再创与否定批判上。这种重现和批判使荒诞派文学成了对现实中的荒诞的一种反抗,它既反抗现存的人生状态,也反抗积淀下来的传统,它打破了人们所熟悉的惯性,惊醒了游走在梦境中的人们。从这种意义上讲,荒诞便又成了一种"抵抗"形式。加缪(Albert Camus)认为,荒诞产生于人类的呼唤和世界的沉默之间的对立,因为一方面是渴望理性和幸福的人,另一方面是荒诞的世界,对人的希望、理想和呼吁,总是表示冷漠的态度和恶意的对立,因此人和世界的冲突是永无止境的,人永远也无法逃脱荒诞的阴影。面对这种必然的荒诞和命运人应该采取什么态度呢?加缪主张积极的态度,即正视和反抗荒诞,所以他说:"生活着,就是使荒诞生活着。而要使荒诞生活,首先就要正视它……荒诞只有在人们离开它时才会死亡。因而,有数的几个结构严密的哲学立场之一,就是反抗。"[2] 阿诺德·欣奇利夫(Arnold

---

① 参见朱立元《美学》,高等教育出版社,2006,第 195 页。
② 阿尔贝·加缪:《西西弗的神话》,杜小真译,生活·读书·新知三联书店,1987,第 67 页。

P. Hinchliffe）也认为："在理想的典型中，荒诞性和反叛是紧密联系的。"①

　　所以说，荒诞作为一种特殊的审美形式，"强调艺术是幻想原理、梦的方式和艺术法则的统一，以象征和隐喻表现模糊的、怪诞的、变形的梦象，以表现人心灵的真实"②。它揭示了一个非理性的世界，同时又对非理性进行了一种理性的把握，在变幻莫测的现实面前对世界和人进行了深入探寻和重新定位。这样，现实中的荒诞被艺术化，荒诞也便被赋予了美学意义。

　　荒诞作为一种"抵抗"形式，强调的是其主题的否定性和批判性。荒诞的观念往往是悲观绝望的，但并没有走向彻底的虚无主义，而是在绝望中看到希望。荒诞主题的否定性和批判性使之具有某种激进色彩，将人们从浑浑噩噩的麻木状态中唤醒，给予他们改变世界旧貌的勇气和信心。荒诞把批判的矛头直指社会的阴暗面和病态现象，这样，荒诞也便具有了社会学意义。

　　具体到巴勒斯坦抵抗文学，在《乐天的悲观者》这部小说中，荒诞是作者表达政治话语的有力工具、抵抗强权的有效武器。

　　哈比比在《乐天的悲观者》中采用荒诞的艺术手法既是出于主观选择，也是迫于客观环境。一方面，哈比比认为荒诞文学比传统的口号式文学有更强的感染力。荒诞本就是人的一种生存状态，这种生存状态在生活在以色列的巴勒斯坦人身上表现得尤为明显。哈比比通过对这种现实中的荒诞的重现与再创，"试图解开人民身上的枷锁，把他们推向更高的高度"③。

　　另一方面，哈比比遭受着来自阿以双方的巨大压力，在强大的客观环境面前，他也不得不采用荒诞的表现手法。哈比比一生除了从事文学创作之外，还积极参与政治事务，他曾作为以色列共产党的代表长期担任以色列国会议员。哈比比本人就是一个现实中的"乐天的悲观者"：他因抨击犹太复国主义者对巴勒斯坦人不公和压迫的政策，受到前者的记恨；又因一开始便支持分治方案，倡导巴以和解，而饱受阿拉伯民族主义者的指摘。正如他在自传中写道："我曾催促行进者，煽起乡村中的星星之火，牵引孩子们稚嫩

----

① 阿诺德·欣奇利夫：《荒诞说——从存在主义到荒诞派》，刘国彬译，中国戏剧出版社，1992，第62页。

② 柳鸣九主编《二十世纪文学中的荒诞》，湖南教育出版社，1993，第159页。

③ إميل حبيبي،**خرافية سرايا بنت الغول**، دار عربسك، حيفا، 1991، ص 149.
　　（伊米勒·哈比比：《萨拉亚·宾特·古勒传奇》，海法：阿利斯克出版社，1991，第149页。）

的胳膊。但他们的手臂一旦变得强壮，就会抛弃我。"① 抵抗强权、倡导和平，是哈比比通过《乐天的悲观者》所表达的核心政治话语。哈比比在小说中暗示巴勒斯坦的浩劫并不是一个孤立的现象，而是由以色列的侵略政策和阿拉伯的保守政策共同造成的。所有的这些不幸和伤痛、强权和罪行激发出了巴勒斯坦人民的民族意识和抵抗意志，但这种民族意识绝不是对其他民族的排斥，这种抵抗意志也并非以暴制暴，而是面对困境坚强不屈，以对话的方式发出自己的呼声，以期实现最终的和平。而在许多阿拉伯民族主义者眼里，这是大逆不道的。

在上述主客观条件的双重影响下，哈比比在《乐天的悲观者》中采用荒诞的艺术手法似乎也就成了顺理成章的事。这种荒诞来自痛苦至极的顿悟。作为一个生活在以色列的巴勒斯坦人，作为一个亲历了从"大劫难"到"大挫折"这段历史的阿拉伯人，作者尽感处境的尴尬和艰难、人生的不测和苦难、人性的扭曲和变形。理性似乎已经走到了绝路，于是他拿起了荒诞这一新的武器，用一种偏激的方法进行夸张和变形，以期达到惊世骇俗的目的。"这是内心痛苦渴望宣泄时被逼迫出来的'偏激'，是为了让人回忆起'原形'而采用的变形。"② 哈比比在《乐天的悲观者》中正是用这种荒诞的艺术手法进行归谬，由归谬达到可笑，由可笑达到否定。当米兰·昆德拉指出"欧洲的笑的历史已接近它的尾声"③ 时，哈比比则以《乐天的悲观者》开启了阿拉伯当代文学中"笑的历史"，以一面哈哈镜照出苦难同胞的生存遭际和生命体验。

与此同时，从"乐天的悲观者"的人生经历和最终结局中我们可以看出，这种荒诞的归谬法给现实中的苦难提供了幻想的避难所，即对"未来救赎"的期待。作者虽借荒诞的艺术手法来哀叹意义的丧失、价值的解体、主体的失落，但仍然怀着最终复归的梦想，它包含着一个被延至无限遥远的未来，它期盼着一个近似于乌托邦的允诺——终极拯救的到来。

如果《乐天的悲观者》只是一部普通的政治讽喻小说，它是不可能在巴

---

① إميل حبيبي،خرافية سرايا بنت الغول، ص 116.

　（伊米勒·哈比比：《萨拉亚·宾特·古勒传奇》，第116页。）

② 柳鸣九主编《二十世纪文学中的荒诞》，第226页。

③ 米兰·昆德拉：《小说的艺术》，董强译，上海译文出版社，2004，第186页。

勒斯坦抵抗文学中占有如此耀眼的地位的，因为此前巴勒斯坦抵抗文学中的作品多是奉行"文以载道"的思想、以文言政的。《乐天的悲观者》的独特之处不仅在于表达政治话语时所用的艺术手法，还在于政治话语和艺术手法间的完美契合。它虽然不像前期的巴勒斯坦抵抗文学作品一样，灌输式地将读者引导到某种明确的意义或道德结论上来，却仍然提供了某种可能和希望。它以天马行空般的无序时空结构替代了此前巴勒斯坦抵抗文学作品的线性结构，以独特的结构规律和构造原则组合出的特殊形象形成一种荒诞感，以作者伊米勒·哈比比涉笔成趣的才情，创造了巴勒斯坦抵抗文学中一种前所未有的审美意趣。

第四节　迷失·巡航·抵抗：杰布拉的
《寻找瓦利德·马斯欧德》①

"流散"，在当今这个全球化、后殖民时代，已成为一个后现代生态或文化问题，视角变得更加宽广与多元。"流散文学"（diasporic literature）为流散者所作，尽管其际遇不尽相同，但他们艺术地再现了"流散"的生存体验和文化问题。具体到巴勒斯坦流散文学，则是由具有巴勒斯坦身份意识和文化属性的巴勒斯坦流散知识分子创作出的文学作品构成的。正如本章第一节综述所指出的，由于巴勒斯坦至今仍缺乏一个真正意义上的国家实体，所以巴勒斯坦文学的流散特征是十分明显的。

作为巴勒斯坦流散文学之翘楚，《寻找瓦利德·马斯欧德》（*al-Baḥth ʿan Walīd Masʿūd*, 1978; *In Search of Walid Masoud*, 2000）高居"20世纪最佳阿拉伯语中长篇小说排行榜（105部）"次席，紧随纳吉布·马哈福兹荣膺诺贝尔文学奖的"开罗三部曲"之后。其作者杰布拉·易卜拉欣·杰布拉（Jabrā Ibrāhīm Jabrā，1919－1994）生于巴勒斯坦的伯利恒，后随其父母迁居耶路撒冷，他年轻时在英国接受过系统的西方文学教育，1948年巴勒斯坦"大劫难"之后长年流寓伊拉克。杰布拉阅历丰富，少年时由于家境贫寒从

---

①　本节内容在笔者指导下，由邓苏宁执笔，并曾以《迷失·探寻·抵抗——〈寻找瓦利德·马斯欧德〉的流散批评视角解读》为题，发表于《文艺争鸣》2014年第12期。

事过多种工作，青年时留学英国，中年时开始了漫长的流亡生涯。他多才多艺，不仅在小说、诗歌创作，文学作品翻译上有很高的造诣，还精通音乐和绘画。基于这样的人生经历和文化背景，杰布拉在其小说中主要关注的是知识分子群体及其复杂而矛盾的内心世界。

《寻找瓦利德·马斯欧德》的主人公瓦利德·马斯欧德就是一位流寓伊拉克的巴勒斯坦知识分子。他是巴格达当地颇有声望的银行家，在学术领域亦独领风骚，可谓功成名就，但巴勒斯坦的失地丧邦是他心底永远挥之不去的伤痛。小说以瓦利德的突然失踪开篇，在全书 12 章内以倒叙、闪回、意识流和内心独白等手法，通过 8 个叙事者的断片式回忆拼贴成了瓦利德的生平。每个叙事者都试图从自己的视角解开瓦利德失踪之谜，他们的叙述看似不相关联，但都围绕着瓦利德这个人物展开，然后向不同方向延伸，其叙事既相互补充，又有相互矛盾之处。他们在寻找瓦利德的同时，也在寻找自己的身份和属性。瓦利德的危机代表了特殊背景下的阿拉伯知识分子共同的危机，瓦利德成为在流散地迷失的巴勒斯坦知识分子的典型。

一　对往昔的追忆与对现实的迷惘

无论流亡到何地，巴勒斯坦人对本民族所承受的痛苦与磨难总是记忆犹新的。巴勒斯坦裔后殖民理论家爱德华·萨义德在其一篇题为《对流亡的反思》的文章中开宗明义地指出："流亡奇特地使人生发思考，但经历起来又很可怕。它是强加于个人与故乡、自我与其真正的家园之间不可弥合的裂痕：它那本质的忧伤是永远无法克服的。"①

这种流亡所导致的精神创伤在巴勒斯坦文学作品中具现为一种故国情结和"向后看"的历史意识。巴勒斯坦历史悠久，"史学家们有'巴勒斯坦古代史是世界古代史之缩影'一说"②。自公元 7 世纪阿拉伯穆斯林军队从罗马帝国手中夺取巴勒斯坦，该地区就逐渐实现了阿拉伯—伊斯兰化，阿拉伯人成为该地区的主要居民。但在 20 世纪初英国人托管巴勒斯坦时期，大批犹太移民涌入，并于 1948 年 5 月在巴勒斯坦的土地上建立了一个犹太国家，迫

---

① "Reflection on Exile", Edward W. Said, *Reflections on Exile and Other Essays*, p. 173.
② 蔡伟良、周顺贤：《阿拉伯文学史》，上海外语教育出版社，1988，第 338 页。

使被占土地上数以百万计的巴勒斯坦难民背井离乡，流散至周边阿拉伯国家乃至世界各地。1967 年"六·五"战争阿拉伯一方的惨败，使阿拉伯人控制的巴勒斯坦领土更加丧失殆尽，也使更多的巴勒斯坦人沦落为颠连困厄之人。

巴勒斯坦深厚的历史积淀，中东战争的数次失败，传统社会的崩溃，家国的丧失，现实生活中的各种负面因素都促成了巴勒斯坦文学作品中"向后看"的历史意识。一方面，昔日失地丧邦的惨痛经历像阴影一样笼罩着现实，成为所有巴勒斯坦人心中挥之不去的伤痛；另一方面，流散在世界各地的巴勒斯坦人又从对往昔家国的回忆中寻找使他们得以在现实中生活下去的力量源泉和精神慰藉。

对于生活在流散地的巴勒斯坦知识分子瓦利德来说，记忆中的故国就是那一大片绿色的橄榄树。在收获的季节里，他和小伙伴们一放学就去捡拾落到地上的橄榄，或是摇落悬在高枝上的橄榄。还有那像羊羔一样在蓝天上漫步的白云、红色的土地、果实累累的葡萄藤和环绕红土地的沙丘……，都是他难以忘怀的。① 他生活在远离故土的现实中，迷失在对祖国的记忆里，从而内心充满矛盾、痛苦与挣扎。

小说中的这种迷失感表现在三个层面：自我的迷失、社会身份的迷失、民族文化身份的迷失。

1. 自我的迷失

《寻找瓦利德·马斯欧德》的主人公瓦利德早年曾参与巴勒斯坦抵抗斗争。但与多数巴勒斯坦抵抗小说不同的是，作者似乎并不关注主人公瓦利德参与抵抗运动的具体经历，而是着重展现其心路历程和情感生活。

瓦利德在流散地伊拉克开辟了一番天地，成为一名颇有成就的银行家和记者。他跻身上流社会，风流倜傥，流连于各色沙龙和数名情人之间。但醇酒美人的麻醉并不能从根本上疏解他作为一名巴勒斯坦人的沉重感和使命感，流亡是他终身承载的重荷。他看似沉醉于花花世界，却永远抹不去内心

---

① انظر جبرا إبراهيم جبرا،**البحث عن وليد مسعود**، مكتبة الشرق الأوسط، بغداد، 1985، ص 26- 27.

（参见杰布拉·易卜拉欣·杰布拉《寻找瓦利德·马斯欧德》，巴格达：中东书局，1985，第 26～27 页。）本节出自该著的引文，将随文在括号内标明出处页码，不再另注。

对故国的记忆。他在流散地没有归属感，感觉自己好像在无情的大海里漂荡。他在内心与外界、祖国与流放地之间支离困顿，在奋起抵抗与沉沦于现实之间做痛苦的挣扎。

瓦利德在他失踪前留下的录音带里这样说道：

> 我一直在逃跑。在现在的时间消逝之前，甚至过去的时间消逝之前，我一直都在逃跑。时间总是在消逝。我们总是迟到，飞行和翅膀也帮不了我们。在白昼的明晰和黑夜的晦暗之下，乌鸦战胜了我们……没什么区别……二十年前我曾骄傲地这么说，比这再早上十年我曾固执地自负地这么说，而现在我这么说时已无动于衷。尽管如此，它的根仍然埋藏在心中、在血肉里。我不在乎谁听到了这些，就像一个演员不会在乎谁坐在礼堂里，他甚至不在乎是否有礼堂，只要他能在落幕前，在如黑暗的子宫般的舞台中央发出呐喊。（33，原文无标点）

他在现实中彷徨无定，找不到归宿。他最终彻底地逃离了——他失踪了，再也没有回来。

除了瓦利德之外，书中的其他人物均有不同程度的自我迷失：瓦利德的妻子莉玛以激烈的方式反抗现实，最终走向了精神崩溃；政府官员希沙姆口口声声强调道德价值，背地里却包养情妇；知识女性麦尔彦饱受婚姻、爱情的困扰，一方面从与瓦利德及其朋友阿米尔的特殊关系中得到乐趣，另一方面又回到丈夫身边"惩罚"自己；心理医生塔里克本该解决他人的心理问题，自己却陷入与已婚病人麦尔彦的感情中不能自拔，出现了严重的心理危机。

小说中以瓦利德为代表的各色人物的自我迷失感，体现了阿拉伯知识分子，特别是巴勒斯坦知识分子，不想接受现实而又无力改变它，以至于把幻想与现实相混的心理现状。他们沉浸于回忆和幻想，与世隔绝，不能很好地应对生活中的事物，以及外部世界的变化与挑战。

2. 社会身份的迷失

内心的迷失使小说中人物对自己在家庭、社会中的身份和责任难以有一个明确的界定和准确的把握，使社会关系出现混乱。夫妻间互相欺骗、背叛；朋友间互相勾引对方的丈夫或妻子；友情、爱情、婚姻之中充满了信任危机。

主人公瓦利德强烈的流散感，使他总觉得自己漂浮不定、无所归属，满腔抱负没有施展的舞台，以至于他虽然事业有成，跻身伊拉克上流社会，却仍觉得自己是个"在场的缺席者"。他在婚姻之外有几段感情，但每段都不能长久。他觉得自己身负生命不能承受之"重"，却在对家庭、社会、祖国的责任面前却步。瓦利德的朋友卡兹姆，靠先辈经商留下的财产过活，经济上的日益窘迫和江郎才尽之感使他愤世嫉俗。他撰文不公正地批评瓦利德，导致了他与瓦利德之间友情不再；他的偏激与狭隘导致了他与马吉黛婚姻的破裂；他对社会上的一切人和事充满了怀疑和敌视。还有些人则完全不能融于社会，如瓦利德的好友易卜拉欣。他对生活悲观，对世事失望，因为他"最终发现的不过是人性的丑恶与卑贱，他深刻怀疑人们对于这些丑恶的辩解理由"（324）。他认为生活中的一切都没有什么意义，都"足以让他远离人性的垃圾桶"（325），于是他开始离群索居。

人与人的亲密关系丧失了，传统的社会价值解体了，而新的社会价值尚未形成，浮躁不安的气氛日益笼罩社会，人们在破碎与纷乱的世事中感到无所适从，他们陷入了对往昔的追忆和对现实的迷惘当中。

作者借瓦利德之口揭示了这种社会身份迷失的社会政治根源："在一个充满恐怖与杀戮、饥饿与仇恨的世界里，你如何能够寻得头脑、内心、身体、社会之间的平衡，而不感到你远远地站在人性的边缘?"（13）流寓他乡的瓦利德"听到了从海湾到大洋传来的哭声，听到了叫喊声，听到了棍棒和塑料管的声音，告密者遍布各大城市……到处尽是控诉，卷宗里充斥着谎言，嘴里噙满了鲜血"（249）。他感到世界在现实中沉沦，梦想被威权所扼杀。在这样一个充满矛盾的世界里，他找不准自己的位置，看不清前进的方向，他内心惶惑无解，期待着改变这种畸形的社会关系，却又因自己深陷其中而不知从何处着手。

3. 民族文化身份的迷失

以瓦利德为代表的阿拉伯知识分子能够敏锐地意识到民族问题，却不知道如何在现代社会和文化的挑战中保持他们的民族属性和传统。在思想和文化层面，他们迷失的根源在于：在新的环境下难以找到民族文化身份的定位。

在一些阿拉伯知识分子身上，民族观和传统观严重缺失。如瓦利德的朋友阿米尔从思想上到行为上全盘西化，他过着一种西式的享乐生活，彻底否定了其父所投身的阿拉伯民族主义运动；瓦利德的另一位朋友卡兹姆则是言过于行的人，他满腹牢骚、批判现实，并不是因为他想有所作为，改变民族的现状，只是因为他是现实生活中的失败者。

小说的主人公瓦利德，也一直处于对文化身份的追寻与探索中。他早年有段失败的隐修尝试，后又赴意大利学习神学。他发现教会劝导人们满足于现状而非改变现状，神学是加固世界的方式而非改变世界的方式。他觉得应从改变人的内心开始改变自己的民族，改变这个世界，于是他离开了意大利的修道院，开始广泛阅读各类书籍。他来到意大利的一家银行当了个小书记员。某日同事带他去了娱乐场所，那里放荡淫靡的气氛对他产生了强烈的冲击。他不知道自己面对的到底是个怎样的世界；在这个世界中，他又能如何改变自己的民族与同胞，使其适应世界的发展。他对世界的爱动摇了，最终从精神世界堕落到了感官世界，陷入声色犬马的生活中。这种生活只能暂时麻醉其痛苦彷徨的内心。他清楚地意识到作为一名流散的巴勒斯坦知识分子，他肩负着复兴民族和传承文化的重担，他面前最重要的任务是"为新的精神提供营养，这种精神建立在知识、自由、爱、反抗萨拉菲主义①的基础上，以实现一场全面的阿拉伯革命。革命并不仅仅是改变统治阶层，使右变成左，左变成右，而是把阿拉伯置于广大的世界中，一方面展示其屹立不倒的能力，另一方面展示其给予的能力（322）"。但是，理想终归只是理想。迷失于现实中的瓦利德受到种种力量的掣肘，空有一身抱负。

二 脱离"平衡"的挣扎与巡航中的"抵抗"

作为一种特殊的生存方式和体认，流散经验在文化身份的形成中意蕴深长。流散者离开故土之后，迁徙至异质的空间，无论如何想方设法去贴近和融入当地的社会生活，对自己的祖国却总是念念不忘。与此同时，流放者又不是被彻底放逐或隔绝，而是绝望地离乡背井。萨义德认为："流亡者存在于一种中间状态，既非完全与新环境合一，也未完全与旧环境分离，而是处

---

① "萨拉菲主义"派生自阿拉伯语"萨拉夫"（意为"先辈""祖先"）一词，主张恪守伊斯兰教天启时代祖辈的遗训，注重对经典进行字面阐释。小说作者杰布拉认为这种思想有倒退倾向。

于若即若离的困境，一方面因怀乡而感伤，一方面又是巧妙的模仿者或秘密的流浪人。"① 即是说，流放者是一个在更广阔的领域里的穿梭者，他占据着一个非常微妙的"阈限空间"（limited space）。

在这种微妙的阈限空间内，小说主人公瓦利德"终其一生都在寻找一种平衡，却从未找到"（13）。瓦利德的流散感是多重的：一方面，作为一名失去祖国的巴勒斯坦人，他几经辗转，流寓到伊拉克的巴格达，巴勒斯坦国家实体的缺失和地理上与故乡的距离使他感到漂泊不定、无所归属；另一方面，流寓地伊拉克虽与巴勒斯坦同属阿拉伯国家，但阿拉伯的文化传统在整体上受到了外来文化的严重冲击，处于"边界"的流散巴勒斯坦人，特别是流散的巴勒斯坦知识分子，对这种冲击尤为敏感。

瓦利德感到内心与身体、思想与行动都是矛盾的，他很难在理想与现实、民族文化遗产与外来思想文化之间找到平衡。他觉得自己一直生活在一个"动荡不安的世界里，它不断地上升和跌落，这种上升和跌落超越了理智和逻辑"（14）。他想在"风暴"中找到一个"平衡的风暴眼"，但"'平衡'似乎只是蜃景"（13），在这样的世界里寻找平衡好似在钢丝上跳舞。

瓦利德理想中的社会是远离恐惧、杀戮、饥饿、仇恨的，而只有"理性、自由、创新"（43）才能实现这样的目标。他认为传统不应仅仅成为"遗产"，而应与现实相融；革新必须在过去的积淀上迸发，在传承的基础上实现进步。但在现实中，"阿拉伯各国政府嘴上高喊着团结，却在自己国家和巴勒斯坦人民之间设置了上千道障碍"（110），流亡的巴勒斯坦人不但无法回到自己的故土，就连进入各个阿拉伯国家都要受到"来自名目繁多的安全机构对待罪犯式的检查"（110）；阿拉伯世界的革命运动风起云涌，却不能改变阿拉伯国家积贫积弱的状况；在西方文明的冲击下，阿拉伯知识分子显得无所适从。

从前文的分析中可知，《寻找瓦利德·马斯欧德》是从社会政治和文化的总语境出发，观照阿拉伯知识分子的心理困境，及其改变现实和自我实现的尝试，由此得以从人生的高度、哲学的视角阐释关于抵抗的问题。

---

① 爱德华·W. 萨义德：《知识分子论》，单德兴译，生活·读书·新知三联书店，2002，第45页。

杰布拉在其文集《第八次航行》（*al-Riḥlah al-Thāminah*，1967）中指出，阿拉伯当代小说的一个明显缺点是缺少"宏大的主题"。在他看来，"宏大的主题，最终是一个悲剧的主题。这个主题产生于人类对生活的悲剧感……这里的悲剧如亚里士多德定义的那样：它是人类抵抗强大力量的写照，无论这种力量有多么隐蔽"。他认为，在宏大的悲剧中，"人类抵抗的意义得以明晰，人类的高尚得以显现，死亡是基于选择而非出于偶然"[①]。在杰布拉的小说所构建的"宏大主题"中，人类的"抵抗"被具化为流散的巴勒斯坦知识分子在内心和意识的迷宫中寻找"平衡"未果后，为脱离"平衡"所做的努力。

尼采在《悲剧的诞生》中认为古希腊的悲剧产生于日神和酒神的冲动。日神阿波罗是光明之神，他将人生处于痛苦与悲惨的况味遮掩，使其呈现出美的外观，使人能够活下去；酒神则象征对欲望的放纵，是一种痛苦与狂欢交织着的癫狂状态，它把人生悲惨的现实予以真实的揭示。[②] 如果将日神和酒神的概念运用到《寻找瓦利德·马斯欧德》的艺术创作分析中，可以这样说："日神"是主人公瓦利德记忆中的故国和重归故国的梦想，"酒神"则是纸醉金迷过后的焦虑、苦闷和孤独。

流散的苦难使瓦利德感到迷失，也陷入存在的困惑，他"想要爱，想要歌唱；也想要消失，想要死亡"（241）。流散途中，瓦利德与多名女性保持着关系，但性似乎已超越了它本身的含义，成为一种被忧伤所困扰着的人们获得安慰的途径，甚至是一种精神体验。瓦利德期待长久地陶醉于这种精神体验，但在同一瞬间，他又"被痛苦的利刺刺中"（71），使他猛然想起自己对家国的使命和自我存在的价值。

在多年的流散经历中，瓦利德总是在理想与现实的撕扯中彷徨不定。他唯一的儿子、19岁的马尔旺在"六·五"战争后参加了巴勒斯坦游击队，并在战斗中牺牲。这促使瓦利德下决心挣脱"平衡"的撕扯，用实际行动做出改变，超越自我，创造自己的价值。他终于认识到，最强烈的、最高形式的抵抗并不是为了生存的抵抗，而是为了挣脱压迫、追求自由公正的抵抗。这

---

① حبرا إبراهيم جبرا، **الرحلة الثامنة**، المكتبة العصرية، بيروت، 1967، ص 97- 98.
（杰布拉·易卜拉欣·杰布拉：《第八次航行》，贝鲁特：时代书局，1967，第97～98页。）

② 参见尼采《悲剧的诞生》，周国平译，生活·读书·新知三联书店，1986，第49～54页。

种强大的抵抗意志让他坚信："唯一值得实践的勇敢就是用血肉之躯直面死亡，如此便在死亡之中战胜了死亡。"（15）于是，他以失踪的方式告别了流散所带来的迷失。他的朋友们猜测他回到了黎巴嫩与巴勒斯坦的边界，投身到巴勒斯坦的抵抗运动中。对于瓦利德而言，失踪意味着开始，意味着重生，意味着自我超越：

> 火焰升腾上来，美好的生活从深处跃出，黑色变为绿色，陈腐之物开始起舞，苍老焕发出青春……我希望在抵抗之后死去，我希望我的城市、我的民族在我死后得到新生。（242）

瓦利德是巴勒斯坦流散知识分子的代表，终其一生在探寻抵抗的方式。他不仅以血肉之躯投身于抵抗，更以其开阔的思想、强大的意志、自由的价值观进行抵抗。他的抵抗不是为了个人的生存，而是为了祖国、为了民族、为了理想，也为了自我实现。

三　以破碎时空抵抗线性叙事

萨义德在《知识分子论》中认为，阿多诺作为永恒流亡者，"其再现的核心在于写作风格"，"最大的特色是片断、突兀、不连贯，没有情节或预定的秩序"①。为了达到"永恒流亡者"的境界，杰布拉在其作品中的努力，首先是冲破传统小说所采用的连续的线性时间结构，以人物的心理时间为叙事的线索。

杰布拉的流散经历深深地影响了他的艺术观，他对小说的形式和表现手法进行不断的探索和创新，正是为了能够更为准确、完美、深刻地展现像他这样的巴勒斯坦流散知识分子的现实处境和心理困惑。在他眼里，线性时间引起的所谓"进步"或许是社会对历史的整体性遗忘，于是他采用了心理时间，作为对线性时间的抵抗。在这种心理时间架构及其所带来的空间形式切换中，历史滑入现实，进而影响了对将来的预期，形成多头并进的立体时空图景。

在《寻找瓦利德·马斯欧德》中，主人公瓦利德失踪前几个月曾反复说："我总希望记忆里能有不老药，它能按时间顺序一件件重现曾经发生过

---

① 爱德华·W. 萨义德：《知识分子论》，单德兴译，第51页。

的事，把它们化为词句，倾泻于笔端。"（11）但是记忆没有这种魔力；相反，它总是有意无意地显现它想显现的，隐藏它想隐藏的，以此捉弄人们，控制人们。作者杰布拉意图依赖心理时间为破碎时空创建一个轴，从而展现记忆的这一特性。

整部小说起笔于 1972 年瓦利德的消失，之后回溯了约 50 年。但是这种回溯不是连贯的倒叙，而是螺旋式的叙述：8 个叙事者轮流讲述对瓦利德的回忆（包括瓦利德的自述），所有的叙述都以瓦利德为中心，从各个角度展现、发掘瓦利德这个人。他们有时会说到同一事件，但他们对同一事件的叙述角度及立场不尽相同。这让我们想起戈特弗里德·本在《表象型小说》（1949）中所描述的"像一个桔子一样来建构的"叙事结构："一个桔子由数目众多的瓣、水果的单个的断片、薄片诸如此类的东西组成，它们都相互紧挨着（毗邻——莱辛的术语），具有同等的价值……但是它们并不向外趋向于空间，而是趋向于中间，趋向于白色坚韧的茎……这个坚韧的茎是表型，是存在——除此之外，别无他物；各部分之间是没有任何别的关系的。"① 这种多头并进的非线性叙事结构"不是萝卜，日积月累，长得绿意流泻；确切地说，它们是由许多相似的瓣组成的桔子，它们并不四处发散，而是集中在唯一的主题（核）上"②。这种"桔瓣式叙事"显然有助于破碎时空的形成。

为了构建破碎时空，作者杰布拉主要采用了如下叙事手法。

1. 意识流叙事

意识作为一种不受客观现实制约的纯主观的东西，不受时间和空间的束缚，具有超时间性和超空间性。小说的意识流手法，源于小说叙事过程对人物持续流动的意识过程的模仿。在《寻找瓦利德·马斯欧德》这部小说中，作者打破了传统的时间观念，按照记忆、意识、心理的时间来构建整部作品，意识流叙事手法得到了广泛运用。此外，杰布拉还运用意象比喻、乐章结构、节奏韵律等语言技巧，使小说的语言诗化，从而强化了意识流叙事的象征性效果，使读者跟随叙事者的意识流融入想象的氛围，身临其境地体会流散的巴勒斯坦人的精神状态和心理困境。

---

① 约瑟夫·弗兰克：《现代小说中的空间形式》，秦林芬编译，北京大学出版社，1991，第142 页。

② 约瑟夫·弗兰克：《现代小说中的空间形式》，秦林芬编译，第142 页。

小说中的多个人物在叙事过程中展示了自己的回忆录和信件，如知识女性麦尔彦给心理医生塔里克的回忆录，瓦利德的情人维萨勒与他的通信。在这些回忆录和信件中，叙事者把自己的所感所思毫无顾忌地直接表露出来，其意识通常只在一个问题上做短暂停留，然后突然转到其他的问题上去，无明显的规律和次序可循，这些都体现了小说意识流叙事的特点。而瓦利德失踪前在车上留下的录音带最能体现该小说的特色。瓦利德的意识流没有任何阻滞，体现在文字上，是取消标点符号的长篇叙事像乐曲一样流淌在 9 页纸的篇幅中。其中，他絮絮诉说着自己的童年，其对故土、对母性的依恋，其与诸多他人的关系；表达他的分裂感与迷失感，他的孤独与忧伤，对往昔的眷恋和对现实的无奈：

> 太阳像一团下落的火球，我要寻找一处阴影，我想阅读、思考，我想为我所了解的和不了解的悲伤哭泣，所有这些悲伤我都将会在离别之日知晓。亲爱的人死去了，房屋里充满了吵闹喧嚣，夜里，从山头到山头，从山谷到山谷，豺狼在此起彼伏地哭嚎。我躺在古老的修道院的大钟旁，抱着一块从石柱上落下的石头。这些或耸立或倾塌的石柱是多么的美丽！几个世纪以来，太阳透过它们洒下缕缕金光，雨水穿过它们激起点点泡沫。这是我永远无法忘却的乐章，就像心怀秘密的人不能像其他人吐露他美妙而又具有欺骗性的梦想。(29，原文无标点)

瓦利德留下的录音带成为故事的重要线索，小说中的人物经常通过它寻求证据。在录音带里，过去与现在毫无界限地交错呈现，各个人物的名字混杂在一起。它借鉴了电影的"蒙太奇"手法，突破了时空的限制，以凸显意识流动的多变性、复杂性。缺乏标点符号的大段叙事一气呵成，体现了以意识的跃动来抵抗时间线性消逝的意图。

2. 散点叙事与碎片拼贴

小说中的 8 个叙事者处于不同的时代，他们从自己的角度分别叙述着不同地点发生的不同事件，不同时代的人物被直接放在一起，时间差异、空间距离仿佛完全消弭。从小说开篇中瓦利德于 20 世纪 70 年代的巴格达突然消失，50 年代耶路撒冷瓦利德父亲的葬礼，到 20 年代伯利恒瓦利德一家的生活，再到 60 年代黎巴嫩瓦利德与麦尔彦的感情经历……在前后几十年的历史维度中，时间在过去与现在之间不停地往返、定格与跳跃。作者通过 8 个叙事者的感觉、回忆和联想，展开有关瓦利德的场景和事件。这些场景、事件相互叠加，组合成了整部小说。各叙述部分往往没有情节上的连贯性，这使共时性取代了传统小说的历时性，在整部小说的叙事中占据了主导地位。

在这种碎片式的时空布局中，在时间和空间上相距很远的事物被并置排列，现在的景象、情绪、心理活动与过去的回忆交织重叠。记忆与现实、故国与流散地之间的距离仿佛消失了，精神世界与尘世生活在叙事碎片的拼贴中发生碰撞，使小说叙事产生超越时空的力量。

3. 多声部叙事与重复叙事

小说中 8 个叙事者发出的不同声音形成了多声部的混响。有时这些叙事者会对同一事实进行重复或补充性的叙述，由此勾勒出了一幅多维立体的图景；有时他们之间的叙述又互相矛盾，使读者无法看到事实的清晰图景。

在一定意义上，瓦利德是创造历史的人，其他几个叙述者则是企图重构历史、再现历史的人。如果说过去的时间通过记忆留存，那么这些叙事者都是记忆的容器。主观的记忆从这些容器里杂乱地流出，消解了线性的时间线索。作者运用多声部叙事和重复叙事手法的目的不是像传统小说那样把故事讲清楚，推动情节向前发展，而是展示不同叙事者从不同角度对同一事实的主观认识和解读。将这些主观认识和解读并列在一起进行对照比较，自然会发现许多矛盾和冲突之处，作者在小说中并不试图调和这些矛盾和冲突，给读者一个正确的、统一的解释，而是像现实生活那样把它们统统展现出来，以便从历史记忆中获取不断更新的生命力和无限可能性。在这种多头并进的叙事模式下，历史在每个叙事者片断的回忆中得以复活，构成了对无解的现实的抵抗。

这种多声部叙事与重复叙事体现了瓦利德的性格，也体现了叙事者们的性格。"人们说了他们所说的，有意无意地强调了他们所强调的，隐藏了他们所隐藏的。我们不禁要问：谈论者到底在谈论谁？是谈论一个在一段时间内曾占据他们的情感和大脑的人，还是他们自己、他们的幻想和幻灭，以及他们生活中的问题？究竟谁是镜子？是他们吗——照出了瓦利德的内心？还是瓦利德呢——照出了他们自己的内心？"（363）直至这部小说的结尾，瓦利德的生命故事仍有许多未解之谜。但这已并非那么重要，因为在试图解谜的过程中，瓦利德就像一面镜子，使朋友们开始了解自己所未知的自我，巴勒斯坦和阿拉伯知识分子艰辛的自我发现由此得到了充分的映射。

作为一名流散的巴勒斯坦人，过去既是取之不尽的源泉，又是挥之不去的阴影。流散的悲惨现实和对往昔的美好记忆常常同时出现在他们的生活中，使生存本身成为一种空间存在，历史的层层景象投映在现实中，形成模糊的重影。在长达半个多世纪的流散经历中，记录、回忆、思索日积月累，形成了流散的巴勒斯坦人独特的生存体验和人生感悟。正如前文所指出的，线性的时间引起的所谓"进步"或许是社会对历史的整体性遗忘，而在小说所构建的非线性的立体时空中，主人公瓦利德的失踪可以被看作终结之后的再生，作者杰布拉通过这一人物，表达了他重审历史、超越现实的愿望。

第五节　流散特质与抵抗美学：达尔维什的 《为了遗忘的记忆》

2009 年初夏，日本著名小说家村上春树在领取耶路撒冷文学奖时，发表了题为"高墙与鸡蛋"（又译作"以卵击墙"）的演讲。在演讲中，他含蓄地批评了以色列政府对巴勒斯坦人的种种做法，并称："假如这里有坚固的高墙和撞墙而碎的鸡蛋，我总是站在鸡蛋一边。"[①]

"鸡蛋"是"弱者"之喻。的确，在拥有占绝对优势的军事力量和大国支持的对手面前，巴勒斯坦几乎始终处于弱者的地位。在世人眼里，巴勒斯坦人的形象，或是悲惨无助的难民，或是手无寸铁的战士，或是孤注一掷的危险分子……巴以之间的冲突从一开始就是一场不公平的斗争。把持着回归原初家园的中心叙事，以色列拒绝承认巴勒斯坦人对同一块土地的所有权，甚至有意将巴勒斯坦民族叙事从世界历史与文化记录中抹除。这一挑战迫使巴勒斯坦人奋起抵抗，在收复合法权利的同时，对自我身份进行艰难的再定义。由此，在文化层面，巴以冲突演变为两种民族主义叙事的对抗。

这——就使得记忆浮出意识的地表，上升为对抗演进的场域，一如当代巴勒斯坦最伟大的民族诗人马哈茂德·达尔维什（Maḥmūd Darwīsh, 1941 –

---

① 村上春树：《"高墙与鸡蛋"——耶路撒冷文学奖获奖演讲辞》，林少华译，《中华读书报》2009 年 6 月 24 日，第 4 版。

2008）所言：巴以冲突，实质上是"两种记忆的斗争"。博物馆、纪念馆、历史教科书等是记录民族公共记忆的绝佳场所，却可能将记忆抽象化；相比之下，鲜活的个人记忆真正提供了关于苦难历史的具体的、忠实的见证。对于巴勒斯坦民众而言，宏大历史叙事场所的阙如更凸显了个人记忆的重要性，这又对以具体性为核心界定尺度的文学艺术提出了进一步的要求。也正是因为这一点，回溯性的叙事在当代巴勒斯坦文学中有不可替代的分量。

这种回溯性叙事，在体裁上表现为自传和自传体小说层出不穷，在写作策略上则表现为追忆手法的频繁登场。也许，对于失去故土的人而言，自传体是唯一能够表达存在感的场域，而追忆是联结往昔与当下的有力途径，通过追寻过去确证自我的此在。虽然巴勒斯坦自传体文学的任务依然离不开总体的"个人救赎"，但它常由民族的政治危机所引发，其间，个人与其共同体的命运已然密不可分。

由于国家实体的阙如，巴勒斯坦族群的记忆呈现了鲜明的流散与边缘化特征，正如萨义德所言："巴勒斯坦意味着离散、剥夺，对某处的错误记忆滑进对另一处的模糊记忆，一般意识的令人困惑的恢复，以及在阿拉伯环境里分散的被动存在。"① 那么，这种鲜明的流散与边缘化特征在巴勒斯坦文学作品的艺术手法上有何体现？其中又蕴含着怎样的思想深意？本节拟通过解读被冠以"抵抗诗人"称号的当代巴勒斯坦著名民族诗人马哈茂德·达尔维什撰写的回忆录《为了遗忘的记忆》（*Dhākirah li-al-Nisyān*，1987；*Memory for Forgetfulness*，1995。以下简称《记忆》），对上述问题做一分析。

一 "接受雨点般飘然洒落的历史"——《记忆》的意识流特征

《记忆》以类似意识流的手法，记述了大诗人马哈茂德·达尔维什在1982年8月以色列围攻贝鲁特的一天中的所见所闻、所思所感。诗人使用"非自觉记忆"和"自觉记忆"相黏合的手段来组构一天的经历，如回忆录中所言："记忆不是去回忆，而是去接受雨点般飘然洒落的历史。"②

---

① 爱德华·W. 萨义德：《最后的天空之后——巴勒斯坦人的生活》，金玥珏译，第20页。
② محمود درويش، **ذاكرة للنسيان**، رياض الريس للكتب والنشر، بيروت، الطبعة التاسعة، 2009، ص 149.
（马哈茂德·达尔维什：《为了遗忘的记忆》，贝鲁特：利雅得·雷斯出版社，2009年第9版，第149页。）本节出自该著的引文，将随文在括号内标明出处页码，不再另注。

通过味道再生记忆是普鲁斯特回忆童年往事的方式，《记忆》中弥漫的咖啡味则发挥了普鲁斯特笔下玛德琳小蛋糕的触发作用，推动记忆之流的涌动：清晨梦醒，诗人在飞机的轰炸声中煮上一壶咖啡，开始了这不寻常的一天。在咖啡的气息缭绕中，他一面估量着自己以及贝鲁特抵抗者的处境，一面缓缓打开脑海中"记忆之扇"的皱褶，沐浴着咖啡的芳香，在冥思中重温往昔的现实，因为"咖啡是时间的姊妹……咖啡是对自我和记忆的沉思与追索"（26）。他忆起了故人，咖啡是他们招待朋友的必备之物，种类和味道却不一而足，从而体现出主人不同的气质。此时，咖啡成为集体记忆的一种暗示媒介，引发诗人对所有巴勒斯坦流离者乡关何处的怅惘之情：

> 咖啡的气息是一种回归——回归原初、原初的家乡。它始于几千年前的羁旅，而今依然行走在回归之路上。咖啡是一个场域，咖啡是由内向外的散发，将那些唯有靠咖啡的芳香方能统一的事物统一了，而后分离。咖啡是在千里之外哺育男人们的乳头，是经苦涩的味道迸发出的呐喊，是英雄气概的乳汁。咖啡是一种地理……（24）

由此，达尔维什想到那些从未有机会踏上故土的巴勒斯坦难民营中的年轻一代："那种香气他们从未闻见过，因为他们并非出生于家乡的土地上。她负载着他们，他们却生于异域。"在颠沛流离、不见尽头的日子里，诗人强调："我需要咖啡的气息。除了咖啡的芳香，我已别无所求。"（10）

《记忆》中的咖啡味不仅是集体记忆的一种暗示媒介，实现了召回记忆的功能；而且，咖啡的流动状提示着诗人居无定所的生活状态，彰显了整个记忆的流动性特征：

> 在贝鲁特，你是流动的、发散的，唯一的容器是水。记忆以城市的混乱为形式，进入话语中，让你遗忘先前的话语……你极少需要肯定自己身在贝鲁特，因为你存在于此，却无任何身份；它存在于你，也无任何证明。你想起来——当你在开罗问起类似的问题时，只需走到阳台，望一望尼罗河，即可获得肯定。而在此处，只有子弹的嗖嗖擦过证明这是贝鲁特。（93、94）

为了强化整个记忆的流动和循环特征，达尔维什还动用了梦境描写的手法；确切地说，是用梦包裹整场记忆的外壳。《记忆》全篇的叙事起始于黎明，结束于夜幕降临，与梦境和梦幻般的存在状态相关的段落在文本开始、中间和结尾处多次重复，其中夹杂着诗人与一个无名氏女子的对话：

> 走出一个梦，另一个梦开始了。你还好吗？我的意思是，你还活着吗？（7）
>
> ——一个梦来了，它诞生于另一个梦。你还活着吗？这是何时发生的？（120）
>
> ——一个梦将我们唤醒，进入另一个梦，它是对前一个梦的阐释吗？（188）
>
> ——这是正在发生的事……你还活着吗？（188）

昼夜的循环交替带来了叙事的完整循环，结束即意味着重新开始。当诗人进入昼夜交界的迷蒙黄昏，试图让自己走出记忆时，他喃喃道："我将试着入眠……睡眠是和平。睡眠是一个梦，从另一个梦中诞生。"（187）但是，醒后的白昼是梦中之梦，战争与流离都将在梦魇中持续。当无名氏女子再次问道："你还活着吗？"诗人迷离恍惚地答道："在这个中间区域，在生与死之间。"（187）

综观达尔维什一生的诗歌创作可以发现，梦常常是达尔维什诗歌作品中的一个重要元素。梦作为一种诗歌仪式，使其内容摆脱了熟悉的表达，走向"陌生化"。在寄托人类对爱、公正和自由的追求中，"梦构成了一个基石，将其诗歌推向新的宇宙境界……在梦与现实的交锋中，梦成为蒸馏器，将时空的元素与其杂质相分离，使之袒露于最初的'真实'面前，传达着比现实本身还要真实的'现实'"[1]。博尔赫斯曾说，梦乃是人类最古老的一种美学活动。在《记忆》中，持续的梦则作为一种意识流，为叙事营造了一种超现实主义的意境，在关于存在与永恒的问题上，梦与记忆之间消弭了区别，向起始和结束的边界开放，二者互为构成，互为溢出。梦中穿梭着子弹和枪

---

[1] جمال القصاص،"تجليات الحلم في شعر محمود درويش"، **جريدة الشرق الأوسط**، 2008-8-14، ص 14.
（杰马勒·格梭斯：《梦在马哈茂德·达尔维什诗歌中的体现》，《中东报》2008年8月14日，第14版。）

炮，但也不无希望和微笑，梦是对死亡和流光的抗拒。梦传达了巴勒斯坦人无解的流散困境，使诗人在无奈中自问："梦是遗忘的选择吗？"（182）他期冀着：伴随梦的伤痛和呐喊，破碎的祖国将在新的时空中得到重生。

《记忆》也许会让读者想起詹姆斯·乔伊斯著名的意识流小说《尤利西斯》（1922），后者描述了主人公奥波德·布鲁姆——一个苦闷的彷徨于街头的都柏林小市民——在一昼夜之内的日常经历。《记忆》的构思框架与之有相似之处，作者按时间顺序记述了自己一天之内的种种活动，包括起床煮咖啡、上街头买早报、前往作者工作的杂志社、路访友人的住所等。叙事的线索追随自述者的步伐穿行于敌机轰炸下的贝鲁特，将梦呓、朋友间的谈话、年少时的流亡、关于昔日恋人的回忆、对时局政治的评论、对知识分子在战争时期的作用以及诗歌与政治的张力等问题的思考随时随地地拾起，使整个情节在总的时间顺序下呈现非线性的纷乱结构。萨义德曾在《最后的天空之后——巴勒斯坦人的生活》的前言中阐释了他在该书中所遵循的写作方法——"相互交融的文字和图片，混合的流派、模式和风格"，他"坚信应当使用本质上非传统的、混合的和断续的形式"① 来表现流散的巴勒斯坦族群，不主张"那种场景逐一发生的叙述"②。在这一点上，达尔维什与萨义德似有共识，《记忆》正是通过对上述各种意识流手段的运用，形成了一种非常规的、杂糅的、碎片化的表达方式，由此生动再现了流散的巴勒斯坦族群远离中心的边缘存在。

二　"没有起始，没有结束"——《记忆》的互文性手法

《记忆》的英文版于 1995 年由美国加利福尼亚大学出版社出版后，引起诸多关注，有学者评论道：《记忆》是"一本个人回忆录、一部历史作品、一首散文诗、一篇政治随笔，它以包罗一切的碎片式文本拒绝传统的（阅读）期待"③。的确，阅读《记忆》时，读者除了必须跟随作者的记忆之流随

---

① 爱德华·W. 萨义德：《最后的天空之后——巴勒斯坦人的生活》，前言，第 6 页。
② 爱德华·W. 萨义德：《最后的天空之后——巴勒斯坦人的生活》，第 29 页。
③ Amal Amireh，"Arabia-*Memory for Forgetfulness*：August，Beirut，1982 Written by Mahmoud Darwish and Translated by Ibrahim Muhawi"，*World Literature Today* Vol. 69，No. 4（Autumn 1995），p. 859.

时进出于往昔和当下之外，还能够在书页间读到许多作者从阿拉伯古代历史典籍、《古兰经》、《圣经》，以及塞万提斯的小说等文本中看似信手拈来的段落，或者隐约地发现某个典故、某个古老命题、某个其他文学作品中的人物……这些前文本以直接引用、描述、独白、对话等发言方式穿插进回忆录，使作者能够"切断联系始与末的线头"，在街头的行进中不断寻觅，以"到达一个我们遗忘的尽头"（80）。他娴熟地利用文本的这种马赛克结构，在各个不同类型的、与其主题内容相呼应的文本之间构建一种高度的流动性，使前文本与后文本自然地衔接和过渡，从而将碎片式元件转换为流畅的意识流。

《记忆》中插入的最重要的历史前文本当数 14 世纪阿拉伯历史学家伊本·卡希尔（Ibn Kathīr, 1300 - 1373）的《始与末》（al-Bidāyah waal-Nihāyah）中关于十字军战争的记载：

> 那一年，法兰克人攻下耶路撒冷，屠杀了 6 万多名穆斯林……掠夺了 40 磅银器、23 盏金灯。人们纷纷从沙姆逃亡到伊拉克……那一年，萨拉丁致信各地埃米尔，谴责他们与法兰克人签订停战和赔款协议，宣布自己决定开拔到沙姆前线，抵抗法兰克人。各地埃米尔的回信言辞粗鲁，而他并未予以理会……那一年，在 30 年又 6 个月后，双方签署了停战协议。法兰克人占领了沿海土地，穆斯林保住了丘陵山地。交界区域则被一分为二……（113 ~ 118）

该引文共有 21 个小段落，每段均以"那一年"起笔。达尔维什在每个段落前用了方框，似在提示读者这不断重复的"那一年"别有他意，可将之理解为以色列入侵贝鲁特的 1982 年。作者大篇幅地引用伊本·卡希尔的历史文本，而《始与末》这一标题即已暗示了中东历史的循环性。

达尔维什在《记忆》中插入的另一历史前文本是中世纪阿拉伯著名历史学家伊本·艾西尔（Ibn Athīr, 1160 - 1234）的《历史大全》（al-Kāmil fī al-Tārīkh）。此处的语境是：早七点，诗人漫无目的地踽踽独行于贝鲁特大街上，天上的飞机在连番轰炸，地上连一只野猫也不见。

> 没有忧伤，没有欢乐；没有起始，没有结束；没有怒火，没有惬意；没有记忆，没有梦想；没有昔日，没有明天；没有声音，没有沉默；没有战争，没有和平；没有生命，没有死亡；没有是，没有否。（44）

我不知道自己是谁，不知道自己的名字，也不知此地如何称呼。我
只知道自己可以拔下一根肋骨，与这个绝对的寂静对话。我叫什么名
字？是谁将把我命名为：亚当！（45）

紧接着，作者笔锋一转，插入了伊本·艾西尔《历史大全》中的一段原
文，是宗教学者们关于安拉造物顺序的争论。多数学者同意安拉所创造的第
一个物体是笔，以用于记录，但接下来便有一些分歧，如：第二个被创造物
是水吗？一周中首个被创造的是星期几？白昼与黑夜哪个先被创造？等等。
（45～48）

这是一个古老的命题，蕴含着人类对世界和存在的本体性认识的根本观
念。当达尔维什在寂寥空旷的大街上感到深深的孤独时，他仿佛发现生命的
永恒之流将他带回了宇宙的原初，眼前的纷乱不过是原始存在形式的分配和
循环，一切后文本不过是对前文本的阐释和模仿。对于命定的流亡者而言，
"循环和模仿，则是永恒的回归体验"①。由此，古老的命题作为对存在的最
初隐喻，衍生出对存在的无限理解。在互文性的世界中，"流亡"同时也意
味着一种内在的"回归"。

在《记忆》接近结尾处，达尔维什在与友人的对话中，引入了一个名叫
凯马勒的青年渔夫，他终日坐在礁石上对着家乡海法望眼欲穿。在一个秋重
雾浓的黄昏，凯马勒偷了一只小艇，试图驾舟返回海法，却在中途遭到以色
列巡警的堵截。以下是凯马勒和以色列巡警的对话：

——你身上有凶器吗？
——我只有杀死自己的思乡情。
……
——你原来是干什么的？
——我制造女神。
——你的女神怎么称呼？
——鹌鸪。

---

① 张红翠：《"流亡"与"回归"——论米兰·昆德拉小说叙事的内在结构与精神走向》，
北京师范大学出版社，2011，第 152 页。

……

——你想干什么？

——我想亲手将自己的身躯埋葬在鸽子的项圈下。（176、177）

遗憾的是，以色列巡警终不知其所云，将其手足和双肩钉在了小艇的甲板上。几星期后，他的尸体被冲回岸边，回到了他终日所坐的礁石旁。

在该段对话中，凯马勒曾回答说："这只鹁鸽是海法。"但对方不予理会。凯马勒的原型实际上是与达尔维什同时代的巴勒斯坦著名作家格桑·卡纳法尼笔下的一个人物，"鸽子的项圈"则可追溯至 11 世纪安达卢西亚伊斯兰哲学家伊本·哈兹姆（Ibn Ḥazm，994 – 1064）论爱情艺术的同名著作。此处的互文性揭示了巴勒斯坦流散族群对祖国的深刻眷恋之情，以及为收复合法权利而不懈斗争的决心。

自从 20 世纪 60 年代末后结构主义理论家正式将互文性这一概念引入文学研究领域，互文性和记忆研究的结合渐渐成为一门显学。"记忆与文学是一个整体。写作是一种记忆行为并且由于文本的相互干涉产生了文本的文化记忆功能。"[1] 在前文本和后文本相互联系的游戏中，"互文性强调的是意义多样化的一个开放的过程"[2]。这种由互文性所带来的意义的开放性在《记忆》中同样能够找到实例，比如书中多次出现的大海意象。因诗人位于高层的居室面朝大海，当他在晨曦中就着咖啡的香气打开记忆的闸门时，记忆之流即与窗外一览无余的海景相缠绕。诗人想象着自己不久后也许将从海上撤离，但是巴勒斯坦在贝鲁特这个阿拉伯"抵抗之都"和"希望之都"的存在似乎已提前完结。为了将结束纳入起始的循环，《记忆》的尾声再次运用了互文性，援引了《圣经》的传说，以海水泛滥的场景落下帷幕：

海水在街上蔓延，海水从窗户和颤动的枝条上滑落，海水从天空倾盆而下，涌入房中。蓝色、白色、泡沫、浪花。我不喜欢海，我不需要海，但是我看不见海岸，或一只鸽子。除了海，我看见的还是海。（189）

---

① 奥利弗·沙伊丁：《互文性》，载阿斯特莉特·埃尔、冯亚琳主编《文化记忆理论读本》，北京大学出版社，2012，第 262 页。

② 奥利弗·沙伊丁：《互文性》，载阿斯特莉特·埃尔、冯亚琳主编《文化记忆理论读本》，第 259 页。

在全书中，"海"一词的使用语境并不统一，有时用来形容"枪林弹雨"，但海的意象也象征着漫无止境的流亡现实。20 世纪 80 年代以后，巴勒斯坦问题的解决日益艰难化，诗人在呼吁坚持斗争的同时，流露出早期作品中所没有的婉约和惆怅。在诗集《大海颂歌的封锁》（*Ḥiṣār li Madāḥ al-Baḥr*，1986）中，曾写下著名的诗句：

> 在最后的前线之后，我们将去往何方？/ 在最后的天空之后，鸟儿将飞向何处？/ 在最后的空气之后，植物将在何处安睡？/ 我们将在深红色的水汽中写下我们的姓名 / 我们将剪断歌声，用我们的血肉来完成 / 在这最后的通道，我们将死去 / 这里，我们的鲜血将橄榄树栽培。①

在以色列的驱逐下，"海"已经成为巴勒斯坦难民"最后的前线""最后的天空""最后的通道"。尽管如此，在《记忆》中，诗人依然拒绝对"海"给予明确意指，甚至认为"海就是海"（186）。海在《记忆》中保持了意象的开放性，与此同时，巴勒斯坦的主体性也是未确定的——它朝向未来开放，由此带来的朦胧希望是："一会儿，新的诺亚方舟将载着我们远去……大海中的海将把我们带向何方？"（187）

通过将其他文本引入自身的内部空间，达尔维什的《记忆》搭建了一个舞台，让读者感受到诗人所实践的记忆美学："文本的这种记忆就是它的互文性。"②

三　"记忆在秋日被打碎，于是遗忘的酒向外流淌"——《记忆》的"抵抗美学"

如何理解"为了遗忘的记忆"这个看似有些悖论的标题？阿拉伯语原文标题中连接"记忆"与"遗忘"二词的介词（英文译为"for"）有多种用

---

① "*Mahmoud Darwish, The Earth is Closing on Us*", trans. by Abdullah al-Udhari, in *Victims of a Map*（London：al-SaqiBooks，1984），http：//www.mehbooba. co. uk/poemsandpoetry/index. php? action = article&cat_ id =003002003002002&id =514. 爱德华·W. 萨义德的纪实作品《最后的天空之后——巴勒斯坦人的生活》即取名于本首诗歌。
② 奥利弗·沙伊丁：《互文性》，载阿斯特莉特·埃尔、冯亚琳主编《文化记忆理论读本》，第 270 页。

法，既可解释为"所属"，又可表示"目的"。该标题因此具备了双重含义：复苏那些已被遗忘的记忆，以最终的遗忘为目的的记忆。

　　带着这样的问题，笔者研读了全书，尤其是文中涉及"记忆"与"遗忘"的段落，仔细揣摩其含义。配合其总体风格，"记忆"和"遗忘"二词零星地散落于全书，作者在谈及流寓贝鲁特的巴勒斯坦难民的特殊况味时，却有大段的集中论述：

> 　　石块是遗忘的反面，战争是遗忘的反面。没人希望遗忘，更确切地说，没人希望被遗忘。以和平的方式，他们繁衍后代，承继自己的姓名，以卸下名字或荣耀的负担。历史就是在时间和空间中寻找签名的过程，就是在遗忘的漫漫驼队来袭前解开名字的结。这些被遗忘的潮水抛掷到贝鲁特岸边的人们——他们为何要偏离人类的自然法则？他们为何寻求此种程度的遗忘？谁能够为他们重组记忆，其中空无内容，只有久远的生命将其破碎的影子盛放在呐喊的铁片容器上。这里有足够的遗忘让他们遗忘吗？谁将帮助他们遗忘这种压迫——它时时刻刻提醒着他们流离失所的境遇？谁心甘情愿让他们成为公民？谁保护他们免受歧视的鞭笞：你们不属于这里！(19)

　　此处道出了"记忆"与"遗忘"的吊诡关系。一方面，巴勒斯坦流散族群需要维系民族身份，因此通过战争或和平的手段拒绝遗忘和被遗忘，以求在历史的时空中占据原本属于他们的一隅；另一方面，记忆的过程本是遗忘的过程，这既是源于人类生理和心理的一种自然结果（被动遗忘），又可能归因于自身的主动遗忘或者外力的作用。达尔维什在上述段落的后半段中，强调了巴勒斯坦流散族群寻求主动遗忘，最终却求而不得的两难处境。所以，诗人写就此书，目的之一是在帮助他的同胞们"在时间和空间中寻找签名"的同时，能够"在遗忘的漫漫驼队来袭前解开名字的结"，以达到遗忘后的最终释然。

　　此外，在"主动遗忘"这个课题上，我们不能忽视的是："遗忘对记忆的压抑与斗争是人类无意识行为的组成部分，而政治与文化的遗忘则是对主动遗忘这一无意识机器的利用。"① 这促成了达尔维什撰写《记忆》的另一

---

① 张红翠：《"流亡"与"回归"——论米兰·昆德拉小说叙事的内在结构与精神走向》，第34页。

目的，即抵抗以色列和西方主流媒体的政治与文化强权。在现实社会中，以色列当局对巴勒斯坦的控制有两种手段：一是军事占领和殖民；二是政治统治和文化强权，即通过把持回归原初家园的中心叙事，用犹太人的记忆覆盖整个巴勒斯坦的古老历史，来否认巴勒斯坦人对同一块土地的拥有权。当1982年费时一个月占领贝鲁特后，以色列用卡车将成批的巴勒斯坦档案运走并试图销毁就是一个例证。因此，5年后，达尔维什身处巴黎的寓所中，通过《记忆》寻求复苏那些已经被遗忘，或正在被遗忘的往昔，以服务于现时和未来。这是当下巴勒斯坦文学"抵抗性"的一个重要内涵，正如萨义德所言："记忆是一种保存身份认同感的有力集体工具……那是对抗历史被擦拭的一座要塞，是抵抗的一种方法。"[1] 从文化记忆学的视阈看，则是文学作品在面对他者的记忆时所产生的对抗性模式，以加工集体记忆的方式与后者展开竞争。

文学作品加工集体记忆的另一模式是反思模式，即对记忆文化展开自我审视。文学与记忆的关系研究表明，文学的一个潜在功能是对现存记忆文化的解构和修正。"文学作品可以产生新的、但是与记忆文化中象征的意义世界有联系的虚构的现实"，它可以"修正历史形象、价值结构或是有关自我和他者的想象"。[2] 辅以文化记忆学的这一理论来观照《记忆》，会发现其自我审视和反思的结果是试图通过抵抗传统的极权化民族中心主义叙事，来构建一个新的流散民族身份叙事。这是当下巴勒斯坦文学"抵抗性"的另一重要内涵。

"巴勒斯坦国是巴勒斯坦人的国度，无论他们身在何处。"[3] 事实上，巴勒斯坦国家实体的阙如为安德森的民族是一种"想象的共同体"的定义提供了一个案例。在此语境下，地理疆域的划定不再是最重要的，因为每一个巴勒斯坦人脑海中都存有对其共同体的想象，尽管花果飘零，"他们相互联结的意象却活在每一位成员的心中"[4]。也恰恰因为没有了地理疆界的限制，巴

---

① 爱德华·萨义德、戴维·巴萨米安：《文化与抵抗：萨义德访谈录》，梁永安译，第131页。

② 阿斯特莉特·埃尔：《文学作为集体记忆的媒介》，载阿斯特莉特·埃尔、冯亚琳主编《文化记忆理论读本》，第242页。

③ 摘自马哈茂德·达尔维什1988年12月起草的《巴勒斯坦独立宣言》。诗人时任巴解组织执行委员会委员兼阿拉法特的政治顾问，直至1993年《奥斯陆协议》签署后辞职。

④ 本尼迪克特·安德森：《想象的共同体：民族主义的起源与散布》，吴叡人译，上海人民出版社，2005，第6页。

勒斯坦人对其共同体的想象又是开放的、去中心的、异质化的，所以对"古典的、正统的、纯粹的"（帕沙·查特吉语）民族主义叙事提出了挑战。《想象的共同体：民族主义的起源与散布》一书的中文版译者中肯地认为，安德森的写作目的并非如一些反对者所言是解构民族认同，"安德森所关切的是如何使民族认同'历史化'与相对化：民族和民族主义问题的核心不是'真实与虚构'，而是认识与理解……唯有通过客观理解每一个独特的民族认同（包括自我认同与'他者'的认同）形成的历史过程与机制，才可能真正摆脱傲慢偏执的民族中心主义，从而寻求共存之道，寻求不同的'想象的共同体'之间的和平共存之道"①。此处，"客观理解每一个独特的民族认同形成的历史过程与机制"既是至关重要的一步，也是一种轻易无法达到的境界，它需要冲突的双方在血的教训后握手言和，忘却宿怨，一切向前看；需要敌对双方在硝烟散尽之后进行冷静的思考，对照历史并尊重现实，审时度势，做出理性的选择。

对于达尔维什这样的巴勒斯坦文化精英而言，寻求共存之道乃是基于对往昔的深刻洞察。纵览《记忆》，达尔维什对阿拉伯民族主义以及巴勒斯坦自决运动的批判性反思着墨颇多，他与挚友萨义德达成的共识是：在一定程度上，巴勒斯坦是阿拉伯民族主义的牺牲品。"所有巴勒斯坦人都明白他们的主要支持者是阿拉伯人，他们的斗争必须在以阿拉伯和伊斯兰为主导的环境下展开"，由此造成"巴勒斯坦民族主义缺乏一个战略同盟"。② 在 1967 年"六五"战争之后，"阿拉伯的官方武器又公开地将民族失败的责任归咎于巴勒斯坦问题——假如不是无法企及的、虚幻的、过早成熟的、走在阿拉伯统一之前的巴勒斯坦，假如不是它，我们会更加自由、富裕和幸福！官方话语如此散布着挑衅般的谎言"（107）。在经历了各种方案的失败后，达尔维什与萨义德等诸多有识之士意识到：对待以色列他者，和平共存才是唯一的解决之道，盖因"两种看似分离的历史其实是交织在一起和相互对位的"③。故此，在自己的后期诗作中，达尔维什多次表达了"和为贵"的观点，在回忆

---

① 本尼迪克特·安德森：《想象的共同体：民族主义的起源与散布》，吴叡人译，导读，第17页。

② Edward W. Said, "Reflections on Twenty Years of Palestinian History", *Journal of Palestinian Studies* XX, No. 4（Summer 1991），p. 7.

③ 爱德华·萨义德、戴维·巴萨米安：《文化与抵抗：萨义德访谈录》，第12页。

录《记忆》中亦如此。比如，他不加避讳地追忆自己与前以色列女友的情感，虽然交往的结果每每是"在窗子后方，我俩相互厮杀"（123）；他回答一个以色列战士的问话时说道："我的海就是你的海。我们来自同一个海，回归同一个海……"（186）"为了遗忘的记忆"这个看似存在悖论的标题所要表达的是：为了摆脱历史的重负，在新的语境下"想象"一个相对独立的民族身份；为了与另一个"想象的共同体"实现现实化的共存，必须积极地、有选择性地遗忘那个基于历史叙事旧框架的往昔。

霍米·巴巴（Homi K. Bhabha）在《民族与叙事》（*Nation and Narration*）中认为，在 20 世纪下半叶各国人口的大迁徙和族群大流散的语境下，"民族叙事不再是历史上传统的宏大叙事，而是一种断裂式的、差异性的另类历史"①。达尔维什的《记忆》从艺术手法到思想内容层面，诠释了当代巴勒斯坦族群作为典型的"边缘性实体"所具有的流动性、开放性和可建构性，并因此发展了一种"抵抗美学"，在"记忆"与"遗忘"之间实现了某种积极的平衡。"记忆在秋日被打碎，于是遗忘的酒向外流淌。"（172）马哈茂德·达尔维什如是说。

第六节　抵抗身份危机：以色列境内的巴勒斯坦文学创作②

以色列境内巴勒斯坦文学，指的是 1948 年第一次中东战争爆发和以色列国成立后，由那些生活于以色列国土，留守原家园的巴勒斯坦人及其后代创作的文学。以习见的说法，与之相平行的概念是巴勒斯坦流亡文学和被占区文学，前者由陆续流亡至其他阿拉伯国家和欧美等国的巴勒斯坦人创作，后者则产生于 1967 年"六·五"战争后，由生活于被以色列占领的约旦河西岸和加沙地带的巴勒斯坦人创作。如果说后两类因其创作者明确的巴勒斯坦国籍或族裔身份，尚可无所争议地被称为"巴勒斯坦文学"；那么，以色列境内的巴勒斯坦文学，却不宜简单地被划归为"巴勒斯坦文学"或"以色列文学"。在此政治、文化上相互冲突的两极之间，其"居间性"（in-betweeness）是十分显著

---

① 生安锋：《霍米·巴巴的后殖民理论研究》，北京大学出版社，2011，第 55 页。
② 本节内容曾以《抵抗身份危机——以色列境内巴勒斯坦文学创作述评》为题，发表于《外国文学动态研究》2015 年第 1 期。

的，这也造成了其难以消弭的身份危机。

以色列境内巴勒斯坦文学的身份危机首先源自政治因素。由于1948年后巴勒斯坦人口被分裂为以色列境内外两部分，生活于境内的巴勒斯坦人陆续获得以色列公民身份，被以方称为"以色列阿拉伯人"，该族群迄今已占以色列总人口的五分之一。尽管被评估为"20世纪最安静的少数族裔"①，但是，在政府和犹太民众眼里，他们对国家安全、犹太身份认同和人口结构都构成了威胁，所以总是不被信任，其文学创作所遭到的第一反应也是排斥态度。与此同时，尽管巴勒斯坦和阿拉伯方面对生活于以色列境内的巴勒斯坦人亦另眼相看，称之为"来自内部的巴勒斯坦人"②，但无论从内在民族情感出发，抑或从民族解放的政治目标出发，均愿将其视为巴勒斯坦人的一部分，其用阿拉伯语创作的文学也多半被视作当代巴勒斯坦文学的重要组成部分。然而，随着以色列境内巴勒斯坦人越来越多地使用希伯来语写作，对其身份的界定与接受成了民族主义意识较浓的阿拉伯文学批评界的一个难题。

本节关注1948年以来以色列境内巴勒斯坦文学，尤其是小说的发展状况。无论是阿拉伯语创作，还是希伯来语创作，皆以"六·五"战争为界，明显体现为前后两个阶段。

一 以色列境内的巴勒斯坦阿拉伯语文学

1948年至1967年，由于巴勒斯坦人中城市受教育群体的大批逃离，加之以色列当局的管制，此期以色列境内的巴勒斯坦文学创作不甚景气。③ 就文类而言，传统较为深厚的诗歌在发展条件上优于小说，那些朗朗上口的斗

---

① Mossawa Center, "The Palestinian Arab Citizens of Israel", June 2006, p. 66.
② 据萨义德解释，词语"来自内部"（min al-dakhil）近乎贬抑。"如果你是居住在以色列境外的、离散或成为难民的巴勒斯坦人群中的一员，你可能轻易地就会怀疑这些人。我们总是认为以色列在这些人身上的烙印（他们的护照、他们对希伯来语的掌握、他们对于和以色列犹太人生活在一起的相对缺乏的自我意识、他们把以色列当作是一个真正的国家，而不是'犹太复国运动的实体'）改变了他们。"参见爱德华·W.萨义德《最后的天空之后——巴勒斯坦人的生活》，金玥珏译，第43页。
③ 与之相比，倒是许多犹太作家和新闻界人士从阿拉伯国家（尤其是伊拉克）移民至此，前期仍沿用阿语创作，显得有些抢眼，杰出者如萨米·迈克尔，其两部小说《瓦地的小号》《维多利亚》都已译成中文。这些作家的创作虽然不能被划归巴勒斯坦文学的行列，但他们确实为以色列境内早期阿拉伯语文学的发展活跃了氛围。

争诗篇是巴勒斯坦抵抗运动领导层与民众之间相互联系的捷径，这种作用是小说，尤其是中长篇小说所起不到的。以色列境内巴勒斯坦人的首部阿拉伯语作品是乔治·纳吉布·哈利勒（George Nagīb Khalīl）撰写的诗集《玫瑰与荆棘》（*Ward wa Qatād*，1953），首部阿拉伯语小说则出版于 1954 年。① 对于整个阿拉伯世界而言，小说本是外来的文类，其迅速发展是 20 世纪下半叶的事。在此总体情形下，整个 20 世纪 50 年代，以色列境内巴勒斯坦小说的质量呈明显的下降之势，进入 60 年代后方渐有起色，甚而能与阿拉伯兄弟国家的小说艺术发展同步，在社会现实主义的大潮流之下，不乏存在主义、荒诞派等现代主义创作思想的影响。

以色列国成立伊始，境内的阿拉伯语文学平台极为稀缺，以色列共产党的官方报纸《联合报》（*al-Ittiḥād*）及其副刊《新报》（*al-Jadīd*）成为阿拉伯语文学的主要阵地。那些留守家园的作家也多工作于新闻领域，如伊米勒·哈比比、哈南·易卜拉欣（Hanān Ibrāhīm）和娜志娃·卡瓦尔（Najwā Qa'war）。此外，《社会报》（*al-Mujtama'*）、犹太复国主义左派期刊《黎明》（*al-Fajr*），都为以色列境内阿拉伯语文学的早期发展做出了贡献。

"六·五"战争以前，尤其是 20 世纪 50 年代，以色列境内巴勒斯坦人及其文学的身份危机尚未凸显。以色列国的成立导致境内巴勒斯坦人沦为二等或三等公民，他们在陌生的、敌对的环境下接受新的生活方式，此现实一方面有助于被压迫者集体意识的生成，另一方面迫使他们寻求融入主流社会，将保证自我生存作为第一要务。同期的文学在一个侧面反映了该状况，少数作家敢于切入政治问题，批判当局；另一群作家则倾向于书写社会问题，关注民生。在意识形态领域，此期社会主义、共产主义思潮较为盛行，阶级问题优先于民族问题，以色列政府所支持的官方或非官方媒体亦重点关注新生国家内部统一价值观的形成。反映在小说创作上，作家们试图寻找与犹太民众的共同语言，以消减巴勒斯坦人的疏离感。

1967 年是当代巴勒斯坦文学的重要分水岭。"六·五"战争的惨败引发了整个阿拉伯世界的一次"大地震"，对巴勒斯坦民族共同体的影响更是不言而喻。这种影响如同"双刃剑"：一方面，失地丧邦的巴勒斯坦人更加飘零，继

---

① Ibrahim Taha, *The Palestinian Novel*, New York：Routledge, 2002, p. 1.

续流散到周边阿拉伯国家及世界各地；另一方面，巴解组织领导的巴勒斯坦抵抗运动逐渐成形，面临绝境的巴勒斯坦人团结意识和斗争意识得到加强。一代名诗人崭露头角，真正形成了"抵抗诗篇"时代。在以色列境内，有小说家伊米勒·哈比比，诗人赛米哈·卡西姆、陶菲克·齐亚德；崛起的约旦河西岸和加沙地带有艾布·沙维尔、叶海亚·耶赫里夫。这两个群体加强了彼此之间的联系，同时与以色列境外蓬勃发展的巴勒斯坦流散文学遥相呼应。此外，境内外联系的加强也得益于"六·五"战争后，境外巴勒斯坦难民被允许回乡探亲。由此，巴勒斯坦民族意识和归属感得到强化，并体现于文学创作中。

在以色列由一个同质化社会向多元化社会渐变、巴勒斯坦少数族群的生存况味得到改善的过程中，以色列境内阿拉伯语小说艺术获得了较大发展。1968 年至 1997 年，以色列境内巴勒斯坦人共发表了 40 部阿语小说，其中 31 部发表于 20 世纪 80 年代后。[1] 与此同时，原先在一定程度上被掩盖的巴勒斯坦族裔身份问题渐成焦点，以伊米勒·哈比比的杰出小说《乐天的悲观者》为范式，"做一个巴勒斯坦阿拉伯人，还是以色列人"成为以色列境内巴勒斯坦小说反复呈现的主题。该小说和哈比比的另两部小说《伊赫忒耶》（*Ikhṭīyah*，1985）、《萨拉亚·宾特·古勒传奇》（*Khurāfīyah Sarāyā Bint al-Ghūl*，1991）都由后文即将提到的著名作家安通·沙马斯（Antūn Shammās，1950 – ）译成了希伯来语。在开启巴以和平进程的《奥斯陆协议》签订后，哈比比因其特殊贡献获得巴解组织颁发的耶路撒冷文化与艺术勋章，1992 年以色列方面又将文学大奖颁予他，以示以色列文学界对一个阿拉伯裔作家的最权威公认。哈比比在接受以色列文学大奖后，遭到阿拉伯国家大多数作家的异议，却获得以色列国内许多左翼作家的称赞。出生于伊拉克，曾以阿拉伯语进行创作的以色列作家萨米·迈克尔（Sami Michael）感叹道："我们早就应该认识到在我们中间存在着一种阿拉伯文化；并且，它已经生发出一个崭新的、茂盛的文学。"[2]

关于伊米勒·哈比比的代表作《乐天的悲观者》，本章已设专节予以分析，这里需要强调的是其对阿拉伯古典文学元素的化用，包括玛卡梅韵文故

---

① Ibrahim Taha, *The Palestinian Novel*, p. 3.

② Rachel Feldhay Brenner, "'Hidden Transcripts' Made Public: Israeli Arab Fiction and Its Reception", *Critical Inquiry*, Vol. 26, No. 1（Autumn 1999）, p. 92.

事、《一千零一夜》故事、伊斯兰宗教故事等。作者通过将现代新闻语体、古典韵文和民间文学语体相混合，为再现身份危机创造了一种谐谑恣纵的表达方式，营造了现代主义所追求的反讽效果。此风格后来被埃及著名作家杰马勒·黑塔尼等人所发展，成为"六十年代辈"作家的一大特色。其共同追求是：将回归民族文学文化遗产作为强化本族身份认同的方式。此后的一些作家，如苏海勒·基旺（Suhayl Kīwan，1956 – ），则表现出"去政治化"的倾向，将追述巴勒斯坦民风民俗作为小说的主要内容，借此提醒年轻一代持守传统的重要性。

20世纪90年代以来，面对政府不断推进的以色列化进程，境内巴勒斯坦人的身份危机进一步深化。在政治上，他们必须在遵守国家法律的前提下呼应占领区及境外其他巴勒斯坦同胞此起彼伏的武装斗争；在社会生活方面，则必须与"以色列化"的主旋律相协调。随着境内外联系的进一步加强，作家们开始在阿拉伯世界寻求更大的读者群，寻找更多的出版机会，以色列境内阿拉伯语小说从创作主体到内容都经历着一种身份分裂感。利亚德·贝达斯（Riyāḍ Baydas，1960 – ）的短篇小说《夜间散步》（Nuzhah Laylīyah，1990）生动地描绘了这一思想冲突。第一人称叙事者到海边休闲，伴着录音机里交相播放的阿拉伯和犹太歌曲进入梦乡。在梦里，戴面纱的山鲁佐德来到跟前，与他共度良宵。他试图拥抱她，但含蓄的山鲁佐德拒绝了他，并开始给他讲夜莺和小鸟的故事。一群小鸟在夜莺的统领下自由自在地生活着，某日飞来一只秃鹫，夺走了它们的家园。流浪中的小鸟们日夜思念故土，回家后却惨遭秃鹫的毒手，夜莺因此悲伤至死，而余下的小鸟仍在努力回归。山鲁佐德讲完故事后，两人彼此靠近；此时，却传来一阵骚乱声，叙事者发现自己已锒铛入狱，眼前是一个身佩无数肩章的彪形大汉，叙事者就此惊醒。小说以浪漫的夜间散步开始，进入内心探险，以失去自由告终。山鲁佐德象征身份分裂的以色列巴勒斯坦人意欲回归的东方式价值观，只能在梦中追寻，而梦境是破碎的。

二 以色列境内的巴勒斯坦希伯来语文学

在后现代话语日益为人们所关注的当代文坛，以色列境内巴勒斯坦作家用希伯来语创作的现象颇值得研究。其人数的日益增多可以说是政府以色列化进程的结果之一，由此充满政治意味；对于阿拉伯文学界而言，其文化身份的归属可能永远是一个疑问。但无论如何，一个不可否认的事实是，这些作家的双重文化背景和创作实践，为两个仍在冲突中的民族构建了相互对话的中间地带。

以色列境内巴勒斯坦作家的希伯来语写作分为两个阶段。第一阶段始于以色列建国，至 20 世纪 60 年代末结束。此阶段，阿以冲突由风声渐起而逐步趋向白热化，仅有少数阿拉伯人出于社会、政治、文化因素的考虑，顶着被阿拉伯世界视为"叛徒"的压力，选用希伯来语写作，作家阿塔拉·曼苏尔（Atallah Mansūr，1934 – ）被视为他们的先锋。在用阿拉伯语写成的首部小说遭到抨击后，他改用希伯来语创作了小说《在新光下》（*In a New Light*，1966），讲述一位巴勒斯坦青年一心融入基布兹公社生活，却备受冷遇，最终，公社社员们决定接纳他，前提是他必须放弃对本族裔的身份认同感。小说质疑基布兹的内涵，指其虽然号称为社会主义而奋斗，却建立在阿拉伯人被摧毁的家园上，以贫穷的阿拉伯人为廉价劳动力，对其实行政治歧视和经济剥削，因而实质上是帝国主义与殖民主义的。这部最早由阿拉伯裔作家撰写的希伯来语小说，在出版后意外地得到了以色列国内读者的好评。

第二阶段始自 20 世纪 60 年代末。随着以色列国力的强盛，以及境内巴勒斯坦人的日渐本地化，用希伯来语创作的巴勒斯坦作家越来越多，其中包括不少刚刚走上创作道路的年轻人。其间，阿以之间虽历经几次战争，但中东和平进程毕竟开始启动，以色列与约旦、黎巴嫩、叙利亚等周边阿拉伯国家的关系有向好的趋势；与此同时，以色列国内阿拉伯裔的政治作用开始有所发挥。阿拉伯裔作家精通希伯来语，对犹太人的现实了如指掌，他们不仅自己创作小说，也从事双语翻译工作，成为沟通两种社会和文化的媒介。安通·沙马斯类自传体的希伯来语小说《阿拉伯式》（*Arabesques*，1986）在这方面反响最大。

《阿拉伯式》由两个部分组成："故事"和"讲述者"。"故事"叙述 19 世纪初沙马斯的阿拉伯基督徒家庭从叙利亚移民至巴勒斯坦，定居上加利利附近一个小村庄的传奇经历。在安通·沙马斯笔下，故乡是个充满了欢乐与悲伤、热情与迷信的美丽田园：

> 我坐在橄榄作坊的入口处。我能闻到橄榄皮的香味从岁月深处传

来。这是一种很浓重的气味，它温暖地包裹着你的感觉，微风拂过秋天的尽头后，才渐渐散去。我站在那里，马儿围着石头不停地转圈碾压橄榄，大汗淋漓的。捣烂后的橄榄聚成团，几乎要漫过石头边沿，直到勺子将它们舀走。作坊很小，我站在入口处，手里拿着从几座房子之外的面包房里刚刚烤好的面包。微弱的光线照在墙上和橄榄皮堆上，留下马儿的影子。我盯着它，心却飞到父亲身边，他正握着榨油机的手柄，小心地将榨油的铁盘子放低，橄榄油随后流向液槽，在那里，我可以给我的面包蘸一点点的橄榄油。①

作者围绕"我曾经是谁"的问题，描绘了自己的童年生活，回忆在尤素福叔叔身边听故事的场景，直至犹太军队占领家乡。"讲述者"则围绕"我现在是谁"的问题，叙述沙马斯从美国艾奥瓦州和法国巴黎游学归来，作为二等公民生活在以色列的疏离感，以及与家乡父老隔绝的负疚感。在小说中，叙事者沙马斯寻找 1948 年第一次中东战争中失散的堂兄米歇尔·阿布雅德，后者曾以沙马斯的名字加入反以敢死队。沙马斯最终在美国艾奥瓦州找到了堂兄，米歇尔交给沙马斯一个手稿，称"这是以你的名字撰写的虚构性自传"，并说："我的虚构的名字，也是你的名字。将这份稿子翻译出来，增删均可。但是，请一定把我留在里面。"沙马斯苦苦寻觅同名的堂兄，以修补分裂的身份，完成自我救赎，但是，已分裂的身份是无法再度统一的。

小说《阿拉伯式》出版后，引来了各方前所未有的关注。在美国，1988年《纽约时报》曾将其评为最佳图书之一。在以色列，它一直是 20 世纪八九十年代文学界所热评的对象，被称为非犹太作家在希伯来现代文学史上投下的一枚"重磅炸弹"，更有评论认为"沙马斯对希伯来文学的贡献，可媲美 20 世纪印度、波兰、西印度群岛或俄国出生的英语作家对英语文学所做的贡献，也可以媲美北非和中非、埃及、安的列斯群岛、黎巴嫩、比利时或罗马尼亚的法语作家对法语文学的贡献"。②

---

① Anton Shammas, *Arabesques*, trans. by Vivian Eden, Berkeley and Los Angeles: University of California Press, 2001, p. 113.

② Kamal Abdel-Malek and David C. Jacobson, *Israeli and Palestinian Identities in History and Literature*, p. 149.

在对阿拉伯裔作家用希伯来语创作从不追捧，甚至视为"反动"的阿拉伯评论界，亦特殊对待安通·沙马斯。虽然《阿拉伯式》始终未被译成阿语，阿拉伯评论界还是通过其他语言的译本阅读了该书，对作者在总体构思、刻画人物性格方面的匠心独运，以及一些现代写作技巧表示赞许，但对其选择希伯来语写作多持批判态度，因为"语言是民族身份构成的根基"。安通·沙马斯对此的回应亦十分坦然，他说，"假如我用阿拉伯语写作，我的叔伯、姑姑和姨妈们会说些什么？我是把希伯来语当成了伪装的表面，"因为，"你不能用你所爱的人明白的语言来描绘他们；否则，你便无法自由地撰写"[1]。对于沙马斯而言，用希伯来语写作赋予了他独特的跨文化空间，使之能够更客观、更从容地审视本民族的文化和社会，包括其弊端，同时也使得本民族人民的真实生活和感受更好地为他者所了解。

近年来，在以色列国内外颇受关注的巴勒斯坦裔作家则是以新闻记者为主业的萨耶德·卡书亚（Sayyid Qashū', 1975 – ）。其成名作——用希伯来语撰写的小说《跳舞的阿拉伯人》（*Dancing Arabs*, 2002），以黑色幽默的笔法描绘了一个巴勒斯坦年轻人于夹缝中的生存况味。主人公生长于上加利利的一个巴勒斯坦村庄，他祖父是 1948 年战争中抗击犹太复国主义的烈士，他父亲年轻时曾因涉入一桩咖啡馆爆炸案而被监禁。因为成绩优异，他被政府选中，进入耶路撒冷一家精英式的犹太寄宿学校就读，以体现犹太人和阿拉伯人的"和谐共存"。家人为此欣喜不已，期待身上流淌着英雄血脉的他能为阿拉伯人制造出第一枚原子弹。然而，在犹太同学们不时将他当作"另类"的眼光中，他变得日益缺乏自信，努力改变自己的乡音，学习像犹太人那样饮食穿衣，但他与犹太女友的恋爱仍然因其族裔身份而夭折。在现实面前，他终于相信了父亲的告诫："一朝为阿拉伯人，永世为阿拉伯人。"他娶了一个阿拉伯妻子，为节省房租，居住在耶路撒冷附近的一处阿拉伯区。在巴勒斯坦人骚乱升级的日子里，每天准备着应对以色列警察的上门盘查："我将告诉他们我是个公民，是这里的租户。我将给他们看我的 ID，是内政部签发的。我不是一个真正的巴勒斯坦人。"[2] 最后，他终于厌倦了融入以色列主流

---

① Rachel Feldhay Brenner, "'Hidden Transcripts' Made Public: Israeli Arab Fiction and Its Reception", p. 104.

② Sayed Kashua, *Dancing Arabs*, trans. by Miriam Shlesinger, New York: Grove Press, p. 154.

社会的梦想，与妻儿返回家乡定居。充满反讽的际遇同样体现在他父亲身上。他父亲一生从未放弃对纳赛尔泛阿拉伯主义和巴勒斯坦独立的信念，但在一次埃及游中所目睹的现状使之对阿拉伯世界深深失望，在小说的结尾，他也厌倦了："他们（指所有被占领土上的巴勒斯坦人）最好都能得到蓝色的 ID。让他们成为犹太复国主义国家中的七等公民吧，这总比在一个阿拉伯国家中当三等公民要好。"①《跳舞的阿拉伯人》曾获得 2004 年意大利格林扎纳·卡佛文学奖（Premio Grinzane Cavour），以色列偏左翼的《国土报》（Ha'aretz）称其"行行诉说皆为真实"，偏右翼的《晚报》（Ma'ariv）则说："任何想了解以色列阿拉伯社会正在发生什么事的人，都必须读读这部优秀的小说。"

作为新闻记者，萨耶德·卡书亚除了在周刊上有固定专栏，还在电视台主持"阿拉伯劳工"系列专题，这是首个在以色列电视频道主流时间播放的双语节目。他的评论常常言辞辛辣，既有对以色列政治的讽刺、批判，也不乏对阿拉伯社会种种弊端的揭露，因此引发了犹太人和巴勒斯坦人的双向争议。以色列境内的一些阿拉伯裔评论家指责他通过内化以色列的"他者化"眼光制造了一个个消极的巴勒斯坦人和阿拉伯人形象。

卡书亚在以色列杂志上撰有一篇文章，题为《致我在西岸和加沙地带兄弟们的公开信》，其中写道："我知道你们会认为我通敌，但是你们必须明白……有时我希望与你们一起站在检查站前、难民营中，成为生活在'真正的占领'之下的一名'真正的巴勒斯坦人'。然而，我常常认识到自己最好还是当一名以色列的阿拉伯公民。的确，我不是一个被公平对待的公民，但是我对自己的所有心怀感激。我是个不求自由的现代奴隶……我希望你们理解我。放弃斗争吧！我求你们了！看在你们生活在以色列的巴勒斯坦兄弟的份上，平静吧！投降吧！满足于你们被提供的一切吧！看，你们为了自由的斗争总在凸显我们的被奴役！所以停止吧！这太伤害我们了。"② 自嘲和反讽意味跃然纸上。

无疑，卡书亚的希伯来语小说已经属于德勒兹（Gilles Deleuze）定义的"少数文学"（minor literature）。"少数文学并非产生于少数族裔的语言，它

---

① Sayed Kashua, *Dancing Arabs*, trans. by Miriam Shlesinger, p. 225.
② Gil Hochberg, "To Be or Not to Be an Israeli Arab", *Comparative Literature*（Winter 2010）p. 83.

是少数族裔在多数（major）的语言内部建构的东西。"① 相比于前辈阿塔拉·曼苏尔、安通·沙马斯，卡书亚的悲情性在于"边缘"被主流文化所宰制时、被包括可能来自己方的民族中心主义等极权话语拒斥时的无奈感，在玩笑、戏耍之外还要"言归正传"（joking aside），在"抵抗"无望时遂以"殖民拟仿"来寻找一种高度含混的间隙，从而重获"抵抗"的力量。

著名的巴勒斯坦民族诗人马哈茂德·达尔维什 1996 年在接受以色列媒体采访时，曾提到在巴勒斯坦人和犹太人中间是否会产生一个新的以色列身份。在霍米·巴巴看来，这显然是可能的，因为他恰恰认为民族建构于叙事，来自不断冲突的文化各要素之间的杂糅互动。姑且不论此类大话题，这里要说的是：其实，在持以色列国籍的巴勒斯坦人可能被以方和阿方指认为"双重的背叛"时，他们的双重文化背景何尝不能使其成为谋求巴以共存的潜在力量？只是，在巴以冲突的任何解决办法都将不可避免地影响到他们的情况下，巴以和平进程却一直将他们排除在外，他们的重要性至今也未得到任何一方的考虑。

本节通过概述以色列境内巴勒斯坦文学的发展状况，呈现了以色列巴勒斯坦裔公民的复杂身份构成及其悖论式的生存情境。我们可以发现，尽管以色列境内的巴勒斯坦文学分为阿拉伯语文学和希伯来语文学两大类，它们却拥有一些共性，如在寻求艺术地处理与犹太多数族群体的关系时，通过追忆或描述巴勒斯坦乡间气息和风土人情，烘托浓厚的故园情怀，通过幽默、调侃、挪揄、反讽等各种手法，从"居间"的立场表达对自我和他者的双向批评。笔者在行文中一直未采用通常被接受的"以色列巴勒斯坦裔文学"或"以色列阿拉伯裔文学"的称谓，是为了避免对该极具身份流动性的文学现象下任何本质化的定义。以色列巴勒斯坦裔作家们始终在维持差异的前提下力争获得多数族群体的认同，其所致力的是建构一种于平行中冲突、于冲突中平行的身份，故批判与拟仿、反抗与防守并举。

---

① 陈永国编译《游牧思想——吉尔·德勒兹、费利克斯·瓜塔里读本》，吉林人民出版社，2011，第 108 页。

第四章

当代阿拉伯女性写作：从私人空间迈向公共空间

第一节　综述①

与世界其他许多地区一样，阿拉伯现代女性文学的发展基本上是与妇女解放运动同步而行的。概言之，20世纪以来，阿拉伯女性文学的发展可分为三个阶段。第一阶段的发轫期跨度为30年，代表人物是黎巴嫩女性文学先驱梅·齐雅黛（May Ziyādah，1886－1941）。第二阶段再跨30年，随着妇女解放运动在埃及、黎巴嫩、叙利亚、伊拉克等地的兴起，涌现出一代女性诗人和作家，如阿拉伯自由体新诗运动的杰出领军人物娜齐克·梅拉伊卡；在小说创作方面，此期女作家以揭露父权制的压迫为主旨，在创作方法上多半模仿男作家，但其追求解放和独立的声音不时遭到官方的压制。第三阶段始于20世纪60年代末，受到西方女性主义浪潮的推动，妇女解放运动在埃及、黎巴嫩、叙利亚、伊拉克等地复兴，并向外扩展，渐掀波澜。女作家们在力争成为"社会的一员"的同时，追求高度的个人意识，反叛男权的定义标准，努力发展女性的美学，其作品继续以揭露父权制的压迫为主旨，争取女

---

① 本节部分内容曾以《裸面时刻的写作》为题，发表于《读书》2010年第12期。

性解放和自由的权利。但是，地区政治的风云变幻导致社会和文化心理经历巨大嬗变，尤其是在堪称"民族灾难"的 1967 年"六·五"战争之后。该事件同样使阿拉伯文坛的女性受到极大震动，"激发了她们在建构个人身份的同时寻求民族共同体身份的动力"①。此间涌现出诸多女性作家，以其前所未有的创造力，表达对内心世界和外部世界的双重诉求。她们的努力使女性文学日渐摆脱边缘化，成为阿拉伯当代文学在积极反映阿拉伯集体意识方面的一个重要组成部分，阿拉伯文学发展之路由此衍生出一个女性大显身手的新场域。可以毫不夸张地说，20 世纪下半叶以降的阿拉伯文学成为其发展史上最重要的一个时期，离不开女性文学的特殊贡献。

本章旨在探讨当代阿拉伯女性写作从私人空间向公共空间的位移，所谓"位移"并非一蹴而就的嬗变，也并不意味着绝对的分野。作为第三世界女性文学的一部分，阿拉伯女性文学自现代复兴时期起，便存在个体诉求与民族事务叠置、私人话语与宏大叙事交织的迹象。因此，在探讨当代之前，不妨先做一回顾，以便总览全局，把握其内在联系，透视其发展走向的深层意义。

一　20 世纪初至 60 年代阿拉伯女性文学的发展状况

一般而论，学界将 1899 年埃及社会改革家卡西姆·艾敏所作的《妇女解放》（*Taḥrīr al-Mar'ah*）一书视为阿拉伯妇女解放运动的里程碑。其时，欧美女性主义解放之声已奏响了半个世纪，有关女性主义思想和文学书籍的写作也已蔚然成风；在阿拉伯世界，尽管女性写作可追溯至前伊斯兰时期，但具有现代意义的女性主义意识迟至 20 世纪初方进入萌芽期。由于对法国、英国、美国和意大利等西方国家文学的大量引入，阿拉伯文学步入现代发展时期，在文类和创作思想方面有巨大突破，为刚刚走向社会的知识女性提供了一个良好的发言平台。她们加入了男作家的创作队伍，在报刊上踊跃发表文章，揭露阿拉伯妇女在传统父权制下的不幸遭遇，呼吁妇女解放，关注妇女教育问题。埃及首都开罗当时有两大文化风景：一是女性文学家梅·齐雅

---

① Joseph T. Zeidan, *Arab Women Novelists: The Formative Years and Beyond*, Albany: State University of New York Press, 1995, p. 236.

黛组织的文学沙龙，二是女性社会活动家胡达·沙尔拉维（Hudā Shaʿrāwī，1879－1947）创建的埃及妇女联盟。梅·齐雅黛出身于黎巴嫩一个基督教徒书香门第，1908 年迁居开罗并在此生活了 30 年，用法语和阿语撰写了大量的散文、随笔、短篇小说、戏剧和诗歌。她组织的每周一次的文学沙龙富有感召力，吸引了许多埃及的文人骚客及思想界人士。胡达·沙尔拉维 12 岁便奉父命与表兄成婚，婚姻生活不如意的她转而将精力投入妇女解放事业，其创建的埃及妇女联盟致力于《婚姻法》和《离婚法》的修订，还参与了 1919 年埃及人民反抗英国占领者的爱国运动。她晚年撰写了自己的回忆录①，反映 20 世纪初埃及上层妇女的生活状况，并对自己的一生进行了评价。这几乎是阿拉伯最早的一部现代女性自传，尽管文学笔法略为逊色，但在研究阿拉伯早期妇女解放运动方面提供了重要样本。

　　20 世纪的前 30 年，伴随着现代女子教育的逐步开展，阿拉伯女性文学缓步前行。第二次世界大战在引发中东思想文化巨大变革的同时，也带来一些前所未有的历史机遇。20 世纪 40 年代后，尤其是 1948 年以色列建国和第一次中东战争结束后，阿拉伯文坛追求以新手法表达新现实，文学实验首先在诗歌领域展开，具有创新意识的新诗诗人们为此争先恐后，不遗余力，其主力自然是男性，但第一部收有自由体诗歌的阿拉伯诗集最终出自一位女诗人之手，她就是伊拉克的娜齐克·梅拉伊卡，诗集名为《碎片与灰烬》（Shadhāyā wa Ramād，1949）。个中缘由也许是诗歌作为负载着阿拉伯悠久历史文化的传统文类，在革新的过程中必然受到了来自保守派的阻挠，在担当诗坛主力军的男诗人遭到束缚的时候，女诗人反而以"初生牛犊不怕虎"之势借机脱颖而出。梅拉伊卡的自由体新诗反响巨大，激发了巴德尔·沙基尔·赛亚卜和阿卜杜·瓦哈卜·白雅帖这两位男性同乡，自由体新诗的发展在阿拉伯世界形成星火燎原之势，女诗人娜齐克·梅拉伊卡对此做出的历史贡献不可否认。更难能可贵的是，作为一名女性诗人，娜齐克·梅拉伊卡很早便开始介入公共事务，其创办的《文学》杂志在 20 世纪 60 年代是诗人们探讨阿拉伯民族主义的一个重要平台，其代表诗集《月亮树》（Shajarah al-Qamar，1968）中

---

　　①　该回忆录的阿文版无正式标题，译成英文后取名 Harem Years：The Memoirs of an Egyptian Feminist（《守闺岁月：一位埃及女权主义者的回忆录》）。

那些有关伊拉克革命的诗篇多创作于 20 世纪 50 年代。梅拉伊卡起步于感伤浪漫主义，但在后来的创作历程中迅速成长，走向关注民族的"大我"，其诗作抒写大众的苦难与哀伤，其诗论以先驱的意识探讨阿拉伯新诗的宗旨与任务，跟随社会发展的脉搏，为阿拉伯女性文学的后起之秀树立了榜样。

二战结束后，多数阿拉伯国家陆续获得了政治独立，为建设世俗化的现代社会，提高阿拉伯妇女的受教育水平成为当务之急。妇女受教育水平的提高又为个人主义思潮和女性主体身份意识的发展创造了条件。20 世纪五六十年代阿拉伯文学发展的一个新现象是：小说开始超越诗歌，逐渐上升为自我表达和社会批评的主要文类。此期涌现出不少女性创作的小说。值得一提的是，在文学出版事业尚不发达的时期，报刊一直是女作家的重要阵地，她们中许多人由此起步，在拥有了一定名气后，才转入专职的小说或诗歌创作。她们的作品抗议男权中心主义，揭露虚伪和不公平的社会，尽管面临重重困难，但逐渐得到出版界的认可。黎巴嫩女作家艾米莉·纳斯鲁拉（Imīlī Naṣrallāh，1931 – ）就是一个例子。她出生于黎巴嫩南部一个小村庄，后进入贝鲁特美国大学学习，课余时间给杂志投稿以勤工俭学。其处女作小说《九月的鸟儿》（*Ṭuyūr Aylūl*，1962）最初以连载的方式发表于杂志上，在反响不俗后方以单行本出版。20 世纪 70 年代起她开始专职从事小说和儿童文学创作，成为一位知名女作家。

尽管阿拉伯各国独立后妇女赢得了一些权利，地位有所改善，但社会现代性进程的展开使传统与现代之间的矛盾日渐尖锐。阿拉伯妇女恰于此夹缝中生存，面临巨大的心理压力。在西方现代派思潮的影响下，阿拉伯女性作家开始从个人主义的视角，效仿西方女性主义早期作品，力图建构属于个人的主体身份。她们开始突破前辈所遵循的文学传统，敢于使用第一人称叙事，并重视挖掘女性心理，领衔者如黎巴嫩的莱拉·巴阿莱贝基（Laylā Baʿlabakī,1936 – ）、科勒特·扈利（Kūlayt Khūrī，1937 – ）、艾米莉·纳斯鲁拉，科威特的莱拉·奥斯曼（Laylā al-ʿUthmān，1943 – ）。此期女性小说常以娜拉式的"出走"为主题，因为父权制下的家庭生活业已成为拘囿她们身心的桎梏。这些小说的共同特点是自传性或半自传性。对于那些缺乏社会生活经验的女性而言，自传体的确是一个较好的文类选择；此外，书写自传让擅长私人话语的女性获得了迅速进入文学世界的通道，而西方女性主义作家在起步时亦常常使用准自传式结构。莱拉·巴阿莱贝基的代表作《我活着》（'Anā 'Aḥyā，1958）是此期小说的杰作。主人公丽娜·法雅德出身富家，为了反抗父亲的专制，避免重走母亲的老路，她一心想冲破家庭的牢笼，却处处碰壁。比如，她在外头找到一份工作，刚想自食其力，却发现公司老板是她父亲；她转而想在自由恋爱中实现自我，却受挫于思想保守的男友。这是首部以第一人称叙事的阿拉伯女性小说，体现了阿拉伯女作家对自我主体和个人主义的追求。作者写作此书时年仅 18 岁，她后来承认，小说充满了许多自传元素。

在多数阿拉伯女性小说聚焦女主人公的私人情感遭遇时，埃及女作家拉忒珐·泽亚特（Laṭīfah al-Zayyāt，1923–1996）较早涉足公共政治。其代表作《敞开的门》（al-Bāb al-Maftūḥ，1960；The Open Door，2004）讲述了出身保守家庭的大学生莱拉的感情和政治成长经历，作者有意将莱拉的个人斗争与祖国的解放事业相联系。莱拉代表受过教育、充满自我意识的年轻一代，她不满父母所安排的婚姻，愤然出走。当 1956 年第二次中东战争（又称"苏伊士运河战争"）爆发后，莱拉积极参与爱国运动，并结识了志同道合的工程师侯赛因，逐渐意识到个人身份与集体身份的基本联系：使埃及摆脱外国势力的入侵，获得解放，一如她本人努力将自己从落后的社会习俗中解放出来。关于这一点，作者在一次访谈中说道："这是一种集体行为，个体自我只有与集体自我融合才能存在……"[①]"敞开的门"意味着将自我的大门向祖国开放。埃及的胜利激励了莱拉，最后，她决定与父母定下的未婚夫决裂，勇敢接受侯赛因的爱。相较于当时其他的女性作品，该小说的历史背景具有纵深感，从 1946 年埃及人民反抗英国军事存在的游行示威、开罗纵火案、1952 年埃及"七月革命"，一直延续到 1956 年苏伊士运河战争。《敞开的门》为后来的阿拉伯女作家介入宏大叙事提供了一个良好参照。时隔 36 年后，该小说依然具有震撼人心的力量，获得了 1996 年首届纳吉布·马哈福兹文学奖。

总体而言，20 世纪上半叶的阿拉伯妇女解放运动及阿拉伯女性文学以反

[①] فريال عزول، إبراهيم الحريري، فريدة مرعي، سمية رمضان، لطيفة زيات، "حول الالتزام السياسي والكتابة النسائية"،
Journal of Comparative Poetics, No. 10（1990），p. 136.
（法尔娅勒·欧祖勒、易卜拉欣·哈利利、法利黛·穆尔伊、萨米娅·拉姆丹、拉忒珐·泽亚特：《关于政治义务与女性写作》。）

抗传统父权制的压迫为旨归，却并未离开，也不可能离开民族主义反殖反帝斗争的战场。这是第三世界国家有别于西方的共性。"在西方，女性主义是从现代人权运动派生出来的一个分支，人权运动是它的一个大前提"，而在第三世界，"女性解放总是和各时期的社会问题和革命目标联系在一起，民族解放和阶级斗争，是女性解放和性别问题的大前提"。① 该特点在阿尔及利亚民族独立战争（1954～1962）中表现得最为明显。在这场持续了 8 年的反抗法国殖民者的斗争中，头戴面纱的妇女走出了家门，像男人一样扛起武器参加战斗。战争使她们进入公共领域，也使她们中的一些思想者以笔为旗，走上文学创作的道路，涌现出阿西娅·杰巴尔这样出类拔萃的女作家。

二 "六·五"战争以降阿拉伯女性文学的发展状况

如前所述，阿拉伯妇女解放始终是民族解放的一部分，体现在阿拉伯女性文学中，女性主义与民族主义的主题并不相互对立，而是相互交织。如果说 20 世纪五六十年代的阿拉伯女性作品以个人主义和个人权利的体认为旨归，20 世纪 60 年代末期以来的作品则显示出对民族/国家身份的日益关注。这一转型的标志性事件是 1967 年"六·五"战争，民族的生死存亡问题使得争取个体自由的斗争与建构民族身份的斗争不再简单并行。一些女作家在民族危机面前明显转向后者，不再将男性视为主要的压迫者，而是主张携手抵抗外国势力，在创作倾向上则体现为由私人话语向宏大叙事的大步迈进。

在阿拉伯女性文学越来越多地关注社会政治的同时，由于妇女通常处于边缘地位，阿拉伯女作家的创作道路也变得愈加艰辛。在频仍的地区冲突与战乱面前，许多女作家开始像男作家那样创作战争文学，描绘黎巴嫩内战的黎巴嫩女作家群、描绘巴勒斯坦抵抗运动的巴勒斯坦女作家群由此异军突起。可以说，战争打开了阿拉伯当代女性文学的新场域；但是，这种转向也给其创作带来新的困难，即在描绘历史细节（诸如战争细节）时缺乏一手资料和个人亲身体验。它给研究者带来的新课题则是：战争是如何影响阿拉伯女性的思想意识的？被定义为边缘群体的女性在战争中的角色是什么？其文

---

① 周乐诗：《笔尖的舞蹈——女性文学和女性批评策略》，上海外语教育出版社，2006，第12页。

学贡献又如何？

在巴勒斯坦女作家群中，萨赫拉·哈利法（Saḥar Khalīfah，1941－）卓有建树。她是 1967 年后成立的"阿拉伯妇女联盟"的成员，在约旦河西岸被占领土的生活经历赋予了她有关社会和政治冲突的丰富体验。萨赫拉·哈利法的创作生涯始于追求女性个体自由的主题。《仙人掌》（Al-Ṣabbār，1976；White Thorns，1985）是其第三部小说，通过主人公卡尔米一家三代人的故事，表现了以色列境内巴勒斯坦劳工的际遇。作者的成功之处是细致刻画了劳工们在赚取糊口之资的同时，为维护个人和民族权利而引发的内心冲突。这几乎是阿拉伯女作家首次在作品中塑造男性主人公。该小说先后被译为包括希伯来语在内的近 10 种外语。在《仙人掌》的续集《向日葵》（'Abbād al-Shams，1980）中，萨赫拉·哈利法的笔端回归女性世界，讲述了纳布卢斯城三位巴勒斯坦妇女在失去丈夫的岁月中，独立撑起家庭事务，并参与民族独立斗争，承受来自本土父权制文化和以色列占领者的双重压迫，由传统女性成长为自强不息的现代女性的斗争经历。小说的女主人公之一萨蒂娅最终放弃了建造面向太阳的屋子的个人梦想，带着孩子们加入民众的游行示威队伍。萨赫拉·哈利法的笔触纵横于时代风云，涉及犹太人定居约旦河西岸、萨达特访问耶路撒冷、美国的中东政策、阿拉伯石油等政治经济事务。在写作中，对女性承担民族主义义务与追求个体自由之间的张力亦有所思考。

论及阿拉伯当代女性作家，不可不提嘉黛·萨曼（Ghādah al-Sammān，1942－）这个名字。嘉黛·萨曼是叙利亚人，因早年迁居贝鲁特，谙于黎巴嫩内战题材的创作，而被视为黎巴嫩女作家群中的重要一员。她迄今为止已创作了包括诗集、长短篇小说、评论在内的 40 多部作品，拥有自己的出版社，国际知名度较高。其代表作是"三部曲"——《75 年贝鲁特》（Bayrūt 75，1975；Beirut 75，1995）、《贝鲁特梦魇》（Kawābīs Bayrūt，1976；Beirut Nightmares，1997）和《十亿之夜》（Laylat al-Milyār，1986）。

与萨赫拉·哈利法一样，嘉黛·萨曼的文学创作也经历了从个人事务向公共事务的转型。《75 年贝鲁特》是其首部长篇小说，讲述了 5 位怀揣不同梦想的人相识于从大马士革前往贝鲁特的路上，在抵达贝鲁特后各自所遭遇的厄运。女教师雅丝米娜为了实现诗人的梦想而来到贝鲁特，被身为纨绔子弟的情人始乱终弃，最终身首异处；长相英俊的法拉赫带着父亲的信来投奔富人亲戚，被捧为著名歌手，成为后者的"摇钱树"，精神空虚以致失常；为儿子赚学费的老渔夫穆斯塔法遭高利贷盘剥，发明炸药捕鱼，自己反被炸死；博物馆职员艾布·穆里奥为改变贫穷的家境，监守自盗，最终内心纠结而死；医学院毕业生特拉纳学成回国，莫名其妙地成为教派仇杀的无辜牺牲品。在《75年贝鲁特》出版一个月后，黎巴嫩即陷入内战，该小说成为对黎巴嫩内战爆发前社会混乱的真实写照，也显示了嘉黛·萨曼过人的预见性。一年后，嘉黛·萨曼完成了另一部小说《贝鲁特梦魇》，对黎巴嫩内战展开了深入思考，继续揭露社会腐败和不公。女主人公是一个革命作家兼记者，因内战爆发后，自己的房子坐落在两股武装力量之间而无法外出。她在欧洲流亡多年后返回祖国，期待以智识之资参与社会变革，建立一个没有剥削与压迫的阿拉伯新社会。在内战爆发伊始，她甚至希望这次战争能够成为改变社会现状的契机。但是，在书房被炸后，大量她撰写或翻译的革命书籍被烧毁，她的希望彻底破灭了。嘉黛·萨曼是最早运用现代主义创作手法的阿拉伯女作家之一，她在《贝鲁特梦魇》中的主要叙事策略是梦境描写。整部小说共有207场梦，既成功地反映了女主人公纷乱无定的心绪，又弥补了外部场景缺失所带来的叙述空白，加上第一人称叙事的主动性，使时空得以任意转换。

尽管"六·五"战争被阿拉伯民族视为一场重大的挫折，但它给阿拉伯当代女性文学的发展带来的影响是正面的。在整个阿拉伯世界由悲愤、沉郁走向自省和觉醒的时刻，民族危机也使女作家开始走出自我中心的圈子，试图与更宽广的共同体取得联系。女性作为一个被认为是远离政治意识形态的社会群体，本来"与国家之间几乎不存在任何正式的关系"[1]，但当国难当头，民族与国家的矛盾不可阻挡地上升为社会的主要矛盾，集体性的声音便成为压倒一切的主导意识形态。个体在集体中寻找到一种力量，集体成为个体的依托，集体救赎意味着个人救赎，正如嘉黛·萨曼对战争的评论："战争并不比和平时期更令人痛苦，战争的经历也不是我生命中最难挨的时光。此前，我曾独自死去，独自流血。在（黎巴嫩）内战中，我则与集体一起死

---

① 凯特·米利特：《性政治》，宋文伟译，江苏人民出版社，2000，第42页。

去。战争将我引向一种共同体意识，而此前我被关押在自己的忧伤中，它们仿佛构成了一个壳。这是我首次体会到自己的痛苦并非个人的……通向拯救的道路也必得经由他人。这是一个共同的诉求，而非仅属于个人。"①

20世纪60年代末以降转向宏大叙事的阿拉伯女作家对改变阿拉伯当代文学风貌所做出的贡献是值得肯定的。首先，她们对公共事务的关注丰富了女性创作题材和主题，她们试图通过揭示所处社会的种种问题，并与之对话和互动来改造社会，"这就使那些贬低女性写作的言论成为无稽之谈"②。其次，就创作技巧而言，这些女性小说家往往是文学界的时代先锋和"弄潮儿"，她们与西方文化广泛接触，尝试运用现代主义先进的实验创作手法来强化其高度的个人风格，由此推动了阿拉伯文学充满个性化的现代性进程。最后，这些女性作家即便涉足历史、时政、战争等宏大叙事，观照民族主义话题，也依然带着女性主义的强烈烙印，作为被主流排斥的"他者"，她们能以一种相对客观的眼光观察、反映置身其中的世界，以女性自身的敏感性和价值标准重写这个时代人类的生存处境和精神处境，充满女性叙事主体的人性和情感关怀。正是在这个意义上，她们提供了真正可供解读的女性文本，她们的创作丰富了阿拉伯女性主义以反抗父权制为宗旨的深刻内涵。

三　后殖民女性主义视阈下的阿拉伯当代女性文学

后殖民女性主义是近20多年来将后殖民理论运用于女性主义研究产生的一种较新学说，与"第三世界女性主义"的概念有重合之处。后殖民女性主义的突出贡献在于："它不但强调性别的认同，也强调种族歧视、殖民主义、帝国主义等其他因素的认同……不是一味地从父权制上去探讨男女不平等和妇女受压迫、受歧视的情形，而是根据第三世界妇女的实际情况探讨女性受压迫的根源。"③后殖民女性主义的发展得益于莫汉蒂（Chandra Talpade Mohanty）的论文《在西方的眼中：女性主义学说与殖民话语》，她指出：西

① Qtd. in Joseph T. Zeidan, *Arab Women Novelists：The Formative Years and Beyond*, p. 198.
② بثينة شعبان، **مئة عام من الرواية النسائية العربية (1899-1999)**، دار الآداب، بيروت، 1999، ص 240.（布赛娜·谢尔班：《阿拉伯女性小说百年（1899—1999）》，贝鲁特：文学出版社，1999，第240页。）
③ 程锡麟、方亚中：《什么是女性主义批评》，上海外语教育出版社，2011，第52页。

方女性主义一厢情愿地将女性假定为利益和愿望相同的"铁板一块",而不论其阶级、种族的具体差别,在再现"他者",包括伊斯兰社会在内的第三世界女性时,会有意识地认为其"愚昧、贫困、无知、受传统束缚、笃信宗教、忙于家务、以家庭为指向、受迫害等"①,因此需要"西方式"的彻底解放。

莫汉蒂在其论文中关于后殖民时期伊斯兰社会妇女状况的论述,首先激发了西方世界的阿拉伯裔学者对此问题展开进一步阐述。在莫汉蒂的论文发表一年后,深得萨义德所论"东方学是一种政治知识和权力话语"之精髓的埃及裔美国女学者莱拉·艾哈迈德(Leila Ahmed,1940 –)便一针见血地指出:西方关于穆斯林妇女的研究承继了历史(即殖民主义霸权话语体系)的衣钵,使女性主义成为西方帝国主义的代言人和共谋者;因此,关于中东妇女的研究,从一开始就带上了殖民主义的烙印和偏见。② 莱拉·艾哈迈德认为,阿拉伯穆斯林妇女需要拒绝任何文化或传统的男权中心主义,但这与声称她们需要采纳西方生活习俗是两回事。在批判殖民主义与西方女性主义共谋的同时,她呼吁穆斯林女性形成一种"警醒的、对自身的历史和政治处境有深刻意识的女性主义,以免不自觉地成为种族主义意识形态的共谋者"③。

前文通过回顾 20 世纪以来阿拉伯女性文学的发展状况,指出自 20 世纪 60 年代末阿拉伯女性写作显示出从性别政治走向宏观政治、从私人话语走向宏大叙事的趋向,并分析了其民族主义因素及其对改变阿拉伯当代文学风貌的意义所在。若从后殖民女性主义出发观照这一趋向,则会发现另一层面的意义。

在西方世界,阿拉伯女性写作可以说是个被关注的话题,这一点从为数不少的有关论著便可略见一斑。与西方研究界对阿拉伯女性写作较关注的现象相匹配的是,西方文学消费市场对阿拉伯女性作品的相对青睐。在西方中

---

① Chandra Talpade Mohanty, "Under Western Eyes: Feminist Scholarship and Colonial Discourses", in Chandra Mohanty, Ann Russo and Lorudes Torres (eds.), *Third Women and the Politics of Feminism*, Bloomington: Indiana University Press, 1991, p. 337.

② See Leila Ahmed, *Women and Gender in Islam: Historical Roots of a Modern Debate*, New Haven and London: Yale University Press, 1992, pp. 245 – 246.

③ See Leila Ahmed, *Women and Gender in Islam: Historical Roots of a Modern Debate*, p. 247.

心主义的影响下，欧美的阿拉伯文学市场总体是冷清的，阿拉伯女作家的作品却相对走俏并形成一种固定的需求。阿拉伯女性文学引来世界性关注有其内、外因素。从内因来说，现当代阿拉伯女性文学所取得的成就是不容忽视的。从女性主义的维度考察，对现当代阿拉伯女作家而言，文学创作无疑是反抗男权中心主义、构建属于自己的女性话语的最佳途径。而控诉本民族文化的父权制和性别压迫，抒发对幸福爱情和婚姻的憧憬，又似乎是阿拉伯女性文学最为东西方读者所熟悉的主旋律。自新中国成立起直至 20 世纪末，阿拉伯女性文学作品的中译本屈指可数，其中多数也与上述主题相关，如旨在增进中国和世界各国妇女相互了解的"蓝袜子丛书"之阿拉伯卷——《四分之一个丈夫》、《世界中篇小说经典文库·阿拉伯·非洲卷》中收录的埃及著名女作家纳娃勒·赛阿达薇（Nawāl al-Sa'dāwī，1931 – ）的作品《一无所有的女人》和《她只能做一个女人》。应该说，书写爱情、婚姻、家庭和亲情作为一种传统的私人话语，为现代阿拉伯女作家走出失语状态，发出自己的声音提供了一块坚实的阵地。

但是，阿拉伯女性文学引来世界性关注，若撇开其本身所取得的文学成就，那么我们不得不去面对一种现象，并剖析该现象背后的政治、文化因素。这种现象就是：在欧美图书市场，阿拉伯女性作品受欢迎的决定性因素，似乎并不在于它是否反映了当代阿拉伯女性文学的最高成就，而在于它是否因涉及面纱、守闺制、女性割礼、一夫多妻制、家庭暴力等内容而具备了"东方情调"。概言之，即是否反映了西方人眼中伊斯兰社会的妇女处境。这多半是西方受众在东方主义意识的影响下形成的一种阅读期待。为应对这种现象，英国学者瓦拉索普罗斯（Anstasia Valassopoulos）在其专著《当代阿拉伯女作家：语境中的文化表达》中明确指出，后殖民女性主义之于当代阿拉伯女性文学，无论在写作策略还是阅读策略方面，都具有十分重要的意义。

瓦拉索普罗斯在书中专辟一章探讨了当代埃及女作家纳娃勒·赛阿达薇的早期小说。她认为，谈及后殖民女性主义，赛阿达薇是个绕不开的人物。赛阿达薇堪称 20 世纪以来阿拉伯最多产的女作家，迄今共创作了近 60 部作品，包括中短篇小说、戏剧、论著、游记、回忆录和自传等。她几乎是全世界最知名的当代阿拉伯女作家，其作品已被翻译成包括汉语在内的十几种东西方语言。在美国学院界，赛阿达薇则被描述为阿拉伯作家的杰出代表，对其作品的研读成为大学中第三世界文学研究、女性主义研究、后殖民研究、多元文化研究乃至社会学和政治学研究领域的常设课程。然而，在阿拉伯世界，赛阿达薇是一位引起诸多争议的人物，她的书常被下架或被禁止发行。政府对她很头疼，是因为其犀利的文笔和激进的左派言论；传统势力因其倡导妇女解放的大胆作为，认为她藐视社会道德准则和习俗；文学界、评论界乃至许多女性同行们也不买她的账，觉得她写的小说与阿拉伯女作家的真实创作水平尚有距离，认为她在西方的走红更多的是投西方读者所好的结果。

赛阿达薇的成名作是中篇小说《冰点女人》（'Imra'h 'inda Nuqtah al-Ṣifr，1979；*Women at Point Zero*，1983。中译本名为《一无所有的女人》），以一位杀死嫖客的妓女为原型写成。作者有意将种种苦难集中于女主人公身上，通过叙述她奇特而悲惨的命运来揭示种种社会丑恶现象。该小说几乎是她的处女作，无论从当今女性文学取得的成就看，还是与她的后期小说相比，确有许多待斟酌之处，如人物塑造的脸谱化、事件的过于集中化和典型性。阿拉伯文学批评界对赛阿达薇的微词也许与这部小说一直被外界视为阿拉伯女性小说之典范有关。其实，赛阿达薇最先引起西方注意的作品并非该小说，而是非虚构性的《阿拉伯妇女裸露的面庞》（*al-Wajh al-ʿĀrī lil-Mar'ah al-ʿArabīyah*，1974）。当时，医生出身的赛阿达薇活跃于联合国"国际妇女十年"的世界讲坛上，希望通过演讲引发与会者对非洲和阿拉伯妇女问题的关注，"裸露的面庞"正表达了作者的政治追求和对阿拉伯妇女未来的期待。但是，书译成英文后被改名为《夏娃隐藏的面庞：阿拉伯世界的妇女》（*The Hidden Face of Eve：Women in the Arab World*，1980）。"裸露"被"隐藏"所替代，目的是提醒读者该书的内容是来自"面纱后的一瞥"。此外，英文版删掉了"阿拉伯妇女与社会主义"等章节，还删掉了诸如此类的句子："重要的是阿拉伯妇女不应觉得自己低于西方妇女，或者认为阿拉伯传统和文化比西方文化更压迫妇女。"[①] 总之，种种举措皆与赛阿达薇"为加强妇女公平和民主而奋战的孤胆斗士"的称号相吻合，而抹去了其社会主义倾向和为民族文化传统辩护的内在意识。

对于自己的作品在国内不讨好、在西方被曲解（有意或无意的）的处

---

① Amal Amirah, "Framing Nawal El Saadawi：Arab Feminism in a Transnational World", *Signs*, Vol. 26, No. 1 (Autumn 2000), p. 220.

境，赛阿达薇虽然无奈，但也坦然。她强调自己不属于任何政治派别或者主义，她在不断的斗争中调整自己的写作，努力寻找自己的"第三空间"（the third space），适应着东西方对她的阅读。

瓦拉索普罗斯在书中引用了学者艾玛勒·埃米拉（Amal Amīrah）的观点："我同意这样一个观点，即认为赛阿达薇在西方受欢迎是因为其作品与西方偏见有所契合。但我不认为该事实可以用来抹杀她的成就。在作品的被接受方面，当代阿拉伯女作家面临同样的问题。其背后是历史因素。"① 她认为，在对赛阿达薇的认知上，西方和阿拉伯存在很大的差距，为了修正这一距离，摆脱沉默，必须采取一种非传统的方法论来解读赛阿达薇等阿拉伯女作家的性别政治和身份表达，这就是后殖民女性主义。

事实上，关于阿拉伯女性作品中的性别政治主题，无论是创作还是解读，都需要后殖民女性主义的方法论，以免陷入任何极端。在此语境下，20世纪60年代末以来阿拉伯女作家从私人话语向宏大叙事的转向便具有了额外的作用，这些题材的广泛创作直接促使西方转移注意力，更多地重视作品中所透视的宏大主题，由此拓展了阿拉伯女性文学被外界阅读和接受的意义。

四　本章主要内容

本章拟对20世纪60年代末以来在宏大叙事和实验手法等非阿拉伯传统女性书写所擅长的领域表现突出的5位女小说家、诗人进行专题论述。她们是：巴勒斯坦女诗人法德娃·图甘、黎巴嫩女小说家哈南·谢赫、阿尔及利亚女小说家兼诗人艾赫拉姆·穆斯苔阿妮米、埃及女作家艾赫达芙·苏维夫、沙特女作家拉嘉·阿莱姆。做如此选取，除了缘于她们的文学成就之外，还考虑到国别与地区的分布，阿尔及利亚和沙特这两个本属于阿拉伯文学边缘的地带的加入，尤其能够帮助读者，观赏阿拉伯当代女性文学蓬勃发展的全景画面。基于同样因素，上文中所提到的嘉黛·萨曼、纳娃勒·赛阿达薇、萨赫拉·哈利法等作家便不在此章详述之列，好在我国阿拉伯文学

---

① Anstasia Valassopoulos, *Contemporary Arab Women Writers: Cultural Expression in Context*, London and New York: Routledge, 2007, p. 23.

研究界的学者对她们已有论述。

巴勒斯坦女诗人法德娃·图甘一生共创作了 8 部诗集，其早期作品多以自我为中心，重情感抒发，"六·五"战争后转向为巴勒斯坦民族解放事业奔走呼号。其爱国诗歌情感真挚，具有强大的感染力，深受巴勒斯坦和阿拉伯人民的喜爱。她撰写的两部自传亦引起受众巨大关注，在书中她讲述了自己与巴勒斯坦现当代历史平行推进的生命故事，揭示了其诗歌创作转向的心路历程。法德娃·图甘出身于一个富有抵抗斗争精神的家庭，其父曾两次被当局监禁，其最敬重的哥哥易卜拉欣被誉为"巴勒斯坦人民的声音"。然而，这也是一个为父权主义思想所笼罩的家庭，让她深感窒息。建构女性自我是法德娃·图甘进行诗歌创作的原动力，也是她迟迟不投身公共事务的内在因素。但是，"六·五"战争改变了这一切，她像埃及女作家拉忒珐·泽亚特一样认识到："只有在比自我更大的事件、比自我更大的事实中失去了自我后，一个人才会真正发现自我。"① 从这两部自传以及法德娃·图甘不同时期的诗歌创作中，我们可以管窥一个课题：女性个体自我的构建与民族自我的构建是何种关系？在传统的父权制社会，女性文学家究竟如何处理追求个人自由与承担民族主义义务之间的关系？

黎巴嫩女作家哈南·谢赫生长于贝鲁特一个教规严苛的什叶派穆斯林家庭，小学就读于当地一家保守的穆斯林女子学校，父权制的压迫造成了其日后强烈的反叛意识。1963 年她前往开罗就读于美国女子大学，毕业后回贝鲁特任记者，内战爆发不久便愤然离开家乡，此后侨居伦敦。迄今共发表了四部小说和一部短篇小说集。作为一个充满个性的女性主义作家，其作品常对男性与女性世界的冲突进行绝对的格式化隐喻，在引人关注的同时也引发了较多争议。《泽赫拉的故事》（*Ḥikāyah Zahrah*，1980；*The Story of Zahra*，1996）是哈南·谢赫的代表作，讲述了一个饱受父权制压迫的年轻姑娘如何在战争中获得新生，最终却毁于战争的故事。众多研究者认为，该小说是阿拉伯女作家从私人空间转向公共空间的颇为成功之作。作者通过将泽赫拉塑造成一个有血有肉的女性，而非单纯的民族的标志，将女性的身体从民族主

---

① فريال عزول، إبراهيم الحريري، فريدة مرعي، سمية رمضان، لطيفة زيات، "حول الالتزام السياسي والكتابة النسائية"،（法尔娅勒·欧祖勒、易卜拉欣·哈利利、法利黛·穆尔伊、萨米娅·拉姆丹、拉忒珐·泽亚特：《关于政治义务与女性写作》。）

义修辞的抽象挪用中解放出来，重写了关于女性的民族主义叙事。但是，正如女主人公泽赫拉试图以身体为武器抵抗父权主义以及战争这一民族主义的最极端方式，虽一度收复了主体自我，却因深陷战争而使其身体日益失去能动性一样，哈南·谢赫在写作伊始便因一种"政治无意识"，赋予了女主人公的身体另一份无法承受之"重"，以完成女性解放的乌托邦方案，却落入国家民族主义的既往俗套。通过哈南·谢赫的《泽赫拉的故事》，笔者力图说明：与西方女性主义不同的是，第三世界女性主义与民族主义宏大叙事的天然联系使之无法在对抗后者的过程中实现纯粹的超越。这既拓展了女性主义民族叙事的深层意蕴，又在一定程度上造成其写作的两难处境。

阿尔及利亚女小说家兼诗人艾赫拉姆·穆斯苔阿妮米出生于突尼斯，1973 年从阿尔及尔大学文学院毕业，是建国后首批阿拉伯语专业大学生，1982 年获得法国索邦大学社会学博士学位。其代表作是长篇"三部曲"——《肉体的记忆》（*Dhākirah al-Jasad*，1993；*Memory in the Flesh*，2003）、《感官的紊乱》（*Fawḍ al-Ḥawāss*，1997）、《床帏的过客》（*'Ābir al-Sarīr*，2003）。《肉体的记忆》反响尤其巨大，至今已再版 20 多次，并获得多个奖项，包括1998 年纳吉布·马哈福兹文学奖。由于《肉体的记忆》的出版，艾赫拉姆·穆斯苔阿妮米成为阿尔及利亚首位尝试用阿拉伯语写作小说的当代女作家。该小说以阿尔及利亚反法独立战争前后 40 年为叙事背景，揭示了殖民主义在被殖民国家的成长史上所造成的复杂影响，并直面当代阿尔及利亚的许多社会政治问题。笔者认为，其成功之处在于：作者用精心编织的爱情故事来阐发一个严肃的社会政治主题，以私人话语来消解宏大叙事，颠覆了阿拉伯文学评论界的主流认知；小说以男性主人公为叙事者，却在语言、叙事声音和叙事介入方式等方面充满女性主义叙事特点，在"双性视角"下成功地弘扬了"阴性特质"；"肉体的记忆"作为一种深刻的文化表述，负载了游子对故乡和祖国的深情，对过往历史的反省和思考，为当代阿拉伯女性叙事"去性化"写作树立了榜样。借此，《肉体的记忆》为当代阿拉伯女性叙事带来了诸多新启示。

艾赫达芙·苏维夫是侨居英国的埃及当代著名女作家，她长期用英语写作，其作品在埃及和英国都享有一定声誉，代表作《爱的地图》（*The Map of Love*，1999）是阿拉伯世界迄今唯一获得英语文学界最具权威的奖项——布克奖提名的小说。艾赫达芙·苏维夫出身于开罗一个穆斯林中上层知识分子家庭，7 岁时随父母前往英国，在阿拉伯语和英语的双语环境中度过了自己的童年，1971 年从开罗大学英语文学专业毕业后赴英国兰开斯特大学留学，获得博士学位，此后长居英国。尽管如此，她一直与埃及文学艺术界保持联系，且关注国内局势，是一名社会政治活动家。笔者认为，如果将艾赫达芙·苏维夫置于当代阿拉伯女性主义文学发展图景下进行观照，会发现这位埃及女作家虽似"不在场"，但其创作以《爱的地图》为标志，依然显现了与当代阿拉伯女性创作同行的轨迹，即从私人空间向公共空间的转换，从性别政治向宏观政治的过渡。究其原因，除了与其所处时代的要求、其本人的政治旨趣相关之外，跨文化语境下形成的后殖民女性主义思想是导致这一转向的关键因素。艾赫达芙·苏维夫是日益在国际上形成气候的阿拉伯跨文化女作家群的代表，她们在文化的交叉路口和语言的边界，透过来自东西方的双重压力，勇敢地表达自我，在减少隔阂，促进沟通方面发挥了作用。

在蓬勃兴起的沙特当代女性文学中，"70 后"拉嘉·阿莱姆曾以小说《四个零》（'Arba'ah -Ṣifr，1987）成为沙特实验写作的开创者，摘得联合国教科文组织颁发的阿拉伯女性创作奖（the Arabic Women's Creative Writing Prize）等奖项；其另一作品《鸟之炉》（Mawqid al-Ṭayr，2002）则被视为沙特女性小说中语言和创作技巧最艰深的一部作品。拉嘉·阿莱姆的实验写作独树一帜，崇尚个性解放，挑战男权的垄断意识，却因晦涩深奥而被视为"象牙塔内的小众艺术"。在其荣膺 2011 年度阿拉伯小说国际奖（阿拉伯布克奖）的新近作品《鸽项圈》（Ṭawq al-Ḥammām，2011；The Dove's Necklace，2014）中，拉嘉·阿莱姆有意摆脱以往对结构主义符号学的形式追求，塑造了多个含义丰富的意象，并赋予其深刻的文化符号意义，寄寓其多元化的主题，在表达作者独特的创作理念、叙事策略和复杂的思想意识的同时，也强化了小说的可读性。笔者认为，这是《鸽项圈》的实验写作得以成功的一个关键因素。拉嘉·阿莱姆的实验写作与其一贯宣扬的女性解放主题是呼应的，她以此为阿拉伯当代女性文学及阿拉伯妇女解放做出的贡献也是巨大的。如其所言："女作家需要收回自己的个性，她的身体不再是社会的集体财产，她宣布自己有权收回……"她要不断地实验，因为实验体现了她的个性，"实验是发现的途径"①。

　　这里有必要对沙特女性小说的发展状况做一些说明。沙特小说艺术自 20 世纪 60 年代起步，女性小说的发展与之同步，第一部女性小说即发表于 1960 年。此后的 20 年间沙特共出版了 10 部小说，其中 4 部由女作家创作。20 世纪 80 年代后沙特小说艺术发展加速，女性小说创作水平及数量均有提高，这与整个社会妇女受教育水平的提高有很大关系。20 世纪 90 年代以来，沙特小说尤其是女性小说发展进入黄金时期。沙特女性小说的滥觞比埃及、伊拉克、黎巴嫩、叙利亚等地晚得多，但作为后起之秀，成长颇为迅速，在沙特国内堪与男作家相抗衡，在整个阿拉伯世界的女性创作中亦毫不逊色。21 世纪沙特女性小说在创作上更加追求自由、勇气和反抗意识。2006 年沙特共出版了小说 42 部，其中 20 部为女性创作②，此繁荣局面在其他阿拉伯国家亦属罕见。女性文学的繁荣对整个社会的妇女解放无疑能起到推动作用。在"沙特妇女一方面被西方话语称作'伊斯兰教制度下的俘虏'，另一方面又被国内话语称为西方'腐败'思想的标的"③ 的背景下，沙特女性作家努力以富于技巧的文学创作为抵抗手段，在二者之间取得微妙的平衡，这并非一项容易完成的任务。

　　综上所述，自 20 世纪 60 年代末起阿拉伯女性创作开始切入公共领域，打破了私人空间与公共空间的隔绝，在关注公共话题方面不让须眉。阿拉伯女作家在观照社会和政治的重大事件时，切入点比男性细微，这可能导致她们的创造力被小觑；然而，也正因为她们被社会政治边缘化，才具备更加真切的眼光，她们的创作别出心裁，给人以另一种时代感触。无论外部情况如何，阿拉伯女性写作早已走出了家庭内闱，主动参与到民族公共叙事中，并

---

①　أحمد زين الحياة، "رجاء عالم تخرج من صمتها وتكشف هواجسها"،

　　http://www.darralhayat.com/culture/10…2b6/story.html.

　　（艾哈迈德·齐尼·哈亚：《拉嘉·阿莱姆首次走出沉默，昭示心声》。）

②　سامي جريدي،الرواية النسائية السعودية: خطاب المرأة وتشكيل السرد، مؤسسة الانتشار العربي،

　　بيروت، الطبعة الثانية، 2012، ص 13.

　　（萨米·杰利迪：《沙特女性小说：女性话语与叙事构成》，贝鲁特：阿拉伯传播公司，2012 年第 2 版，第 13 页。）

③　Karima Laachir and Saeed Talajoory（eds.），*Resistance in Contemporary Middle Eastern Cultures: Literature, Cinema and Music*, p. 34.

且试图更改这一宏大叙事，为阿拉伯当代文学景观增添了别样的风采。但是，在阿拉伯作家协会评选出的"20 世纪最佳阿拉伯语中长篇小说排行榜（105 部）"中，女性小说仅占 12 部。笔者以为，该比例并未真实反映阿拉伯当代女性文学的内在生机。而设立于 1996 年的纳吉布·马哈福兹文学奖①至 2018 年共开奖 21 次，其中就有 9 次颁予女作家（其中 1 次是与男作家共享），接近半数，似是一种重估与弥补。② 2019 年对于阿拉伯女性文学而言尤其是一个丰收之年，继 4 月阿拉伯小说国际奖（阿拉伯布克奖）花落黎巴嫩旅法著名女作家胡达·巴尔卡特（Hudā Barakāt，1952 – ）之后，5 月开奖的布克国际文学奖又将桂冠授予了阿曼青年女作家朱哈·赫尔茜（Jawkha al-Ḥārithī，1978 – ），这也是阿拉伯语作品首次荣膺该大奖，从而使阿拉伯当代文学尤其是阿拉伯当代女性文学获得了全世界的瞩目。

如本章开头所论，在 20 世纪下半叶以降的阿拉伯文学史上，女性文学做出了特殊贡献。在阿拉伯世界，女性写作具有特殊的意义，作为某种形式的文化抵抗，它"能够动摇主流文化，减轻女性的被边缘化，为新文化的产生铺垫道路"③。尽管需要经历分娩的阵痛，但一个新的文化正在悄然诞生。

第二节　烛照自我的心灵之旅：法德娃·图甘的诗歌创作

本节聚焦于当代巴勒斯坦著名女诗人法德娃·图甘（Fadwā Tūqān，1917 – 2003），原因有二。首先，自 20 世纪下半叶以来，巴勒斯坦问题一直

---

① 纳吉布·马哈福兹文学奖针对评奖时尚未外译的阿拉伯小说，而不论其创作年份。获奖小说由开罗美国大学出版社统一译成英文。

② 这 9 位女作家分别是：1996 年获奖的拉忒琺·泽亚特、1998 年获奖的艾赫拉姆·穆斯苔阿妮米、2000 年获奖的胡达·巴尔卡特、2001 年获奖的赛米娅·拉马丹（Samīyah Ramḍān，1951 – ）、2004 年获奖的阿利娅·马姆杜哈（'Āliyah Mamdūḥ，1944 – ）、2006 年获奖的萨赫拉·哈利法、2007 年获奖的艾米娜·泽丹（'Amīnah Zaydān，1966 – ）、2010 年获奖的米拉勒·塔哈维（Mīrāl al-Ṭaḥāwī，1968 – ）、2018 年获奖的乌麦梅·赫米斯（'Umaymah al-Khamīs，1966 – ）。

③ مرسل فالح صالح العجمي، "الرواية السعودية الجديدة: موضوعات الحكي وتقنيات الخطاب"،
مجلة دراسات الخليج والجزيرة العربية، العدد 130، يوليو 2008، ص.62.
（穆尔西勒·阿志米：《沙特新小说：故事主题和话语技艺》，《阿拉伯半岛与海湾研究》2008 年 7 月，总第 130 期，第 62 页。）

是阿拉伯世界最重要、最棘手的问题，是错综冲突和频仍战乱中每每出场的元素，也是阿拉伯当代文学不可跨越的历史背景及其屡屡予以再现的内容。法德娃·图甘 1917 年生于历史悠久的、具有抵抗传统的约旦河西岸城市纳布卢斯，其在近一个世纪的生活阅历中直接目睹了巴勒斯坦人的苦难和斗争，相较于其他阿拉伯国家的文坛同行而言，她对 1967 年"六·五"战争应更加感同身受。其次，法德娃·图甘一生的诗歌创作呈现明显的前后分期，而促使其彻底转向的因素恰恰是"六·五"战争。其前期作品多以自我为中心，重个人情感抒发，后期创作则转向为巴勒斯坦公共事业和民族主义挥毫泼墨。她在第一部自传《山路崎岖》(*Riḥlah Jabalīyah Riḥlah Ṣaʿbah*，1986；*A Mountainous Journey*，1990) 中追忆了其早年的生命故事及其创作转向的缘起和思想经历。该自传因其真挚的情感、清丽的文笔和深邃的思考，被视为可与"阿拉伯文学巨擘"塔哈·侯赛因的自传体小说《日子》媲美，无论从思想性还是艺术性而言，皆为阿拉伯女性自传的上乘之作。15 年后，法德娃·图甘发表了第二部自传《羁旅多艰》(*al-Riḥlah al-Aṣʿab*，1993)，记述了"六·五"战争后的人生履迹，再次引起了多方关注。从这两部自传以及法德娃·图甘不同时期的诗歌创作中，我们可以管窥一个课题：女性个体自我的构建与民族自我的构建是何种关系？在传统的父权制社会，女性文学家究竟如何处理追求个人自由与承担民族主义义务之间的张力？

一　立身于闺秀的"自我"

与巴勒斯坦另一位著名民族诗人马哈茂德·达尔维什类似，法德娃·图甘的名字总是与巴勒斯坦抵抗事业联系在一起，其诗歌常常入选阿拉伯的中小学课本。但是，这位被人们习惯将姓名与政治相连的女诗人，却在耳顺之年的自传中揭示了其鲜为人知的自我：一位在社会政治生活中时感错位，经历了多年思想冲突方踏上民族主义斗争旅程的闺阁女子。这是法德娃·图甘在公共领域拥有了足够强大的影响力后，通过自传回归其个人化声音，也是她一生中对建构和实现主体自我的又一次尝试。

法德娃·图甘的自传《山路崎岖》是这样开头的：

种子在深深扎入泥土之前，是见不到光明的。我的故事是一颗种子与坚硬的岩石地表做斗争的故事，是一个与干渴、顽石做斗争的故事……我想补充这样的事实：实现自我的斗争至少足以充实我们的内心，赋予我们的生命以意义和价值。即便输了也无大碍，只是应永不投降。①

山路崎岖，羁旅多艰。法德娃·图甘一生中首先遭遇的艰难便是性别歧视，并且是无法逾越的。她出身于上流社会，父亲是个积极的爱国人士，但这并不影响他在家中履行父权制的权威。在法德娃·图甘的印象中，父亲很少关注她，仿佛她并不存在。法德娃·图甘因此毫不留情地批判道：

> 阿拉伯男人的性格分为两半：一半与进步和时代精神同在，与当代生活节奏同步；另一半则罹患瘫痪，内心充满了东方式的无知傲慢导致的自私态度。（《山路崎岖》，97）

法德娃·图甘的母亲是纳布卢斯城妇女联盟的成员，身为妇女解放运动的受益者，却对法德娃·图甘这个"计划外"的女儿态度冰冷，致使法德娃·图甘自幼因爱的缺失而与家人之间形成巨大的疏离感，又因多数时候被囚禁在她称为"古姆古姆"（《一千零一夜》中锁妖怪的瓶子）的闺房中而与外界社会产生强烈隔阂。在法德娃·图甘的首部诗集《与岁月独处》（*Waḥdī maʿa al-Ayyām*，1952）中，我们可以读到其有关孤独和疏离感的大量诗句，如：

> 独自走在恍惚中，悸动的心无人应和/我踽踽独行，那遥远的荒漠，唯见我的足迹/没有伙伴，没有向导，只有孤独与惶惑伴我同行/岁月多么了无生机，幻灭之影常在——寂寥又沉静②

法德娃·图甘 13 岁时，因为被大哥撞见接受了一个男孩的献花，便被

---

① فدوى طوقان، **رحلة جبلية رحلة صعبة**، دار الشروق للنشر والتوزيع، عمان، 1999، ص 9- 10.
（法德娃·图甘：《山路崎岖》，安曼：旭日出版社，1999，第 9 ~ 10 页。）本节出自该著的引文，将随文在括号内标明《山路崎岖》和引文出处页码，不再另注。该自传于 1978 年至 1979 年连载于巴勒斯坦文学杂志《新刊》上，1986 年出版了单行本，由巴勒斯坦杰出民族诗人赛米哈·卡西姆作序。
② فدوى طوقان، **الأعمال الشعرية الكاملة**، المؤسسة العربية للدراسات والنشر، بيروت، 1993، ص 51.
（法德娃·图甘：《诗歌全集》，贝鲁特：阿拉伯研究与出版机构，1993，第 51 页。）出自诗集《与岁月独处》中的《在冥思的雾霭中》。

禁止以任何理由独自出门。她被迫离开了学校，在另一个哥哥易卜拉欣的监护下在家学习。她如饥似渴地学习阿拉伯古代诗歌、文化和伊斯兰思想，同时阅读西方哲学家、小说家和诗人的作品，包括尼采、艾略特、马克思、威廉·布莱克等。她开始探索生命的奥秘，对自我与存在展开了思考：

> 在我默默的沉思中，我会重复问道：我是谁？我是谁？我会在思考中不断重复自己的名字，可是我的名字听起来十分陌生，并且毫无意义。在那一刻，任何我和自己名字的联系，和自我，或者和周遭一切的联系都会被切断，只剩下我自己，沉浸在一个虚空的状态。（《山路崎岖》，59）

这种因与自我疏离而产生的虚无感，直到她在易卜拉欣的指导下学习作诗，并在诗歌中找到了新生命，才趋于减弱。回忆起这段日子，她写道：

> 在那种可怕的现实下，书籍的世界是我唯一的情感寄托。我与书中的思想共生，与人的世界隔绝。与此同时，我的女性特质则像一只受伤的动物，在牢笼中呻吟，无法呼吸，几至窒息。（《山路崎岖》，131）

然而，回首童年，她要感谢家人的这种束缚成就了她在吟诗度曲中所独有的文学天地：

> 假若他们用怜爱和柔情来扼杀我的抱负，将会熄灭我内心潜藏的星星之火；假若他们并非以铁腕，而是以丝一般的手掌来遏制我的渴求，他们也将获得成功，因为纤细光滑的丝线总是更能使人窒息。（《山路崎岖》，100）

尽管阿拉伯女性文学迟至 20 世纪方引起研究者关注，但是阿拉伯妇女作诗的传统可追溯至公元 7 世纪以前，这也在一个侧面说明了诗歌在阿拉伯古代文学中的地位和大众化程度。自前伊斯兰时期起至 15 世纪安达卢西亚时代结束，产生了一些有影响力的女诗人，她们以感伤诗和情色诗见长，写悼诗（al-rithā'）的汉莎（al-Khansā'，575 – 645）就是其中最著名的一位。法德娃·图甘在诗歌创作初期也受到了汉莎的影响，但同时更欣赏伊本·鲁米（Ibn al-Rūmī, 836 – 896）、艾布·泰玛目（Abū Tamām, 803 – 845）、穆太奈比（Abū al-Ṭayib al-Mutanabbī, 915 – 965）等中世纪阿拉伯男诗人在表达情感时的真挚与热忱，包括阳刚气概之下掩藏的柔情。尽管终身未嫁，但是她对爱有着自己的理解和追求，并在第二部诗集《我找到了》（*Wajadtuhā*, 1957）中勇敢地表达了对"爱"这一人类高尚情感的渴望：

> 从世界的尽头呼唤我吧，我响应着你……每条路都通向你，它也属于我/ 爱人啊，你的生命是为了呼唤……爱人啊，我的生命是为了响应/ 你就是世界，充满了我的身心/ 每当你呼唤我，我便走向你……带着我的宝藏/ 我的源泉、我的果实、我的丰饶……啊，我的爱人①

在第三部诗集《请赐予我们爱》（*'A'ṭinā Ḥubban*, 1960）中，她这样写道：

> 曾经有一种爱属于我，它是我的避难所/ 我向它祈求庇护，从忧伤中逃离/ 它就是世界，在它宽广的天地中我收复自由/ 实现自我②

她坚持在诗歌中探索、揭示一种亲密而真切的感觉和经历，将其与读者共享。就是这种坚持，使其早期诗作在继承阿拉伯女性诗歌传统的基础上推进了一步。而她的自我，在不断地阅读、思考和个性化诗篇的创作中得以成长，让她宣布"我找到了！"——找到了幸福，找到了通往幸福的途径，找到了自我存在的意义：

> 我沉浸在我的新世界里，明白了幸福的滋味。我所沉浸于斯的一切，是为了创造我自身，重建我自身，并踌躇满志地寻找一种能力，为我的存在积累财富。（《山路崎岖》，76）

法德娃·图甘与哥哥易卜拉欣·图甘感情甚笃，这种感情既是手足情和

---

① فدوى طوقان، **الأعمال الشعرية الكاملة**، ص 161- 162.
（法德娃·图甘：《诗歌全集》，第 161 ~ 162 页。）出自诗集《我找到了》中的《每当你呼唤我》。

② فدوى طوقان، **الأعمال الشعرية الكاملة**، ص 267.
（法德娃·图甘：《诗歌全集》，第 267 页。）出自诗集《请赐予我们爱》中的《那首诗》。

挚友情，又是师徒情与同行间的惺惺相惜。易卜拉欣于 1941 年英年早逝，法德娃·图甘曾作悼诗一首，其情弥深弥切，成为传世之作。易卜拉欣是一位成名颇早的爱国诗人，在他的指导下，法德娃·图甘于 20 世纪 30 年代初就开始在文学杂志上发表诗歌，其中既有旧体诗也有新诗，并且她开始小有名气。然而，在诗歌创作内容上，二者存在分歧。法德娃·图甘承认自己的诗歌总是围绕着个人感伤来进行，易卜拉欣则提醒她创作和发表爱国诗歌。的确，在当时犹太复国主义步步进逼，巴勒斯坦陷入危机的社会环境下，法德娃·图甘的个人浪漫诗篇颇显格格不入。易卜拉欣去世后，父亲要求法德娃·图甘继承哥哥的事业，承担"巴勒斯坦人民的心声"这一光荣职责；但是，生于《贝尔福宣言》之年的法德娃·图甘发现自己无从落笔去处理那些公共和政治问题，她对父亲一面禁止她参与公共集会，一面又督促她闭门造车，去写那些"爱国诗篇"感到不解，所以予以直觉上的不服从。"我是四面院墙内的因犯，父亲怎么可以，又有何权力和理由要求我作政治诗？"（《山路崎岖》，131）这是她为自己寻找到的反抗理由。父亲的再三要求甚至让她开始讨厌政治："如果我自己尚未得到解放，怎能以笔为旗，为了政治、信仰或者国家的解放而斗争？"（《山路崎岖》，134）她不甘心成为父权制下的奴隶，亦不愿意活在任何人的影子下，她就是她自己——一位致力于女性自我主体身份的建构者。此外，在晚年的自传中，法德娃·图甘坦承自己当时的确意识到应该加入某个社会团体，却感到自己很难真正地做到与之同气相求，于是，只能在群众示威时止步于窗前的以目相送和以泪沾襟。对此她感到歉疚，并如是说道：

> 内在自我只有在一个社会群体中方可获得完整，然而该群体在墙外围困着我，在他们和我之间横亘着"闺阁"世界的漫长世纪。（《山路崎岖》，134）

> 我全心希望自己能够投入集体的怀抱，与之同生活、共忧患，在国家事务上秉持共同的立场，然而要实现这一点，始终非我力所能及。（《山路崎岖》，151）

法德娃·图甘为何感到力所不逮，又为何因此歉疚？盖因她无法说服自己那颗抗拒的心。这颗心，构筑的是一道无形的高墙，横亘于她和社会之间，让她拒绝轻易改弦更张，让她意识到必须维护"自我"。这一"自我"
是她通过个性化的诗歌创作好不容易寻找到的，而服从于父权制辖下民族主
义大众斗争的号召或许意味着一种倒退。这是一种抵抗型的自我，在充满父
权制压迫的社会，在男性的文学作品聚焦于政治、慷慨陈词的时代，以一种
充满女性特质的、自然纯真的表达另辟蹊径，反抗传统和主流认知，实现自
我价值。这与那些同辈男性诗人撰写反帝、反犹太爱国诗篇相比，同样需要
勇气和反抗精神。此外，还需要承受自我在内外冲突中的孤独感，如她在首
部诗集中写道：

> 看这里/黑色的磐石重压我心/用蛮横的命运的锁链/用愚蠢的时间
> 的锁链/看，我的果实和花朵/如何被它碾磨/我的自我在岁月中被削平/
> 我的生命在人世间被粉碎①

然而，在男性精英主义话语所构建的宏大历史叙事面前，个体的生命诉
求是微不足道的，更何况来自一个深闺女子的嘤嘤之怨。

二　为民族而歌的"自我"

1948 年法德娃·图甘遭遇了来自个人和集体的双重打击，一是父亲辞
世，二是巴勒斯坦和阿拉伯国家在第一次中东战争中的失败。巴勒斯坦的陷
落全方位地动摇了阿拉伯社会的基本结构，连保守的纳布卢斯妇女都摘下了
面纱，各种新思潮开始传播，民间运动此起彼伏。在此背景下，诗人们成为
追求民族自由和社会改革的先锋，其社会角色也愈显浓重。凡此种种皆对法
德娃·图甘产生心灵的触动，使之有意识地走出私人天地。20 世纪 50 年代
初她开始参加文化社团活动，结识了一些当时的作家、诗人，她开始尝试创
作政治诗歌，像他们那样投入民族公共事业。与此同时，在奔涌的民族主义
潮水面前，她又深感困惑：

> 一个诗人可以应时代的要求，将自我剥离到如此的程度吗？为什么

---

① فدوى طوقان، **الأعمال الشعرية الكاملة**، ص 192.
（法德娃·图甘：《诗歌全集》，第 192 页。）出自《与岁月独处》补遗中的《磐石》。

诗人们都只会听令于一根指挥棒——政治的指挥棒了？生活是多姿态多面孔的，自我的意愿是其中的一个方面……诗人在成为任何别的什么之前，在成为一个政治家之前，他首先是一个"人"。（《山路崎岖》，151）

法德娃·图甘的脚步再次在个人情怀与社会义务之间徘徊，她的内心开始由虚假的充实走向不安，最终感到一种威胁——一种回退到早年虚无岁月的威胁。这促使她于1962年远走英国，希望他乡的自由空气能够疏解一下其纠结的自我。在《山路崎岖》的后三分之一部分，法德娃·图甘将笔墨倾注于描绘伦敦优游岁月的充实与幸福，异域他乡仿佛成了她规避祖国山河破碎、同胞流离失所的现实的世外桃源。她倾情歌颂伦敦郊外的自然景色：

对大自然，我的感觉是多么敏锐！自童年起，我就与大自然相融合，仿佛是它的一部分。我想象它是一个活的存在，感受着它的脉动。英国农村的大自然真是美得极致！我如何形容？谁能用语言描绘大美?！（《山路崎岖》，180）

法德娃·图甘对大自然如此不吝赞词，既是出于真切的热爱，也是在寻找一种寄托，以安顿自己漂泊的心灵。但是，她真的能够就此安顿吗？身为一名卓有见识的诗人，她能够如此"超脱于世"吗？对于这一点，她早在诗歌中做出了回答：

诗人啊，在祖国/ 在高贵的祖国，我有爱人在等待/ 他是祖国之子，我绝不会背叛他的心/他是祖国之子，我绝不会出卖他的爱来换取大地的宝藏/花之星辰和月亮[1]

这证明了法德娃·图甘对祖国怀有一种天然的爱，它并不会因其疏离社会政治而黯然失色；相反，当法德娃·图甘试图将爱作为自己的避难所时，她从未忘记祖国，因为祖国一直是她念兹在兹的爱人。在第六部诗集《孤独

---

[1]　فدوى طوقان، الأعمال الشعرية الكاملة، ص 187.
（法德娃·图甘：《诗歌全集》，第187页。）出自诗集《我找到了》中的《我绝不会出卖他的爱》。

地站在世界之巅》（'Alā Qimmah al-Duniyā Waḥīdan，1973）中，法德娃·图甘进一步表达了对祖国不屈的爱：

> 我向他们伸出双手——在悲伤和哀泣中呼喊/兄弟们啊，别杀死我的爱人——别拧断他年轻的脖颈/我向你们祈求爱，祈求亲近和同情/兄弟们啊，不要杀了他，不要杀了他，不要……①

那么，在巴勒斯坦诗人们群情激昂，充当民族主义发言人的时候，法德娃·图甘为何显得如此"不合拍"？原因在于其潜意识依然坚持维护其得来不易的独立自我；或者说，她担心主体自我会被洪大的集体潮流所吞没，因为它尚未强大到能与其他方面的自我相融合又不至于迷失。在《山路崎岖》的最后，法德娃·图甘以1966～1967年的27篇日记结尾。第一篇日记开头如下：

> 我感到生命的无聊，目标的虚空。我站在那里，在死亡的巨大潮汐面前，感到自己惝恍迷离、孱弱无助。岁月是如何改变着这颗心，它曾经年少痴狂；它的情感世界拒绝停战原则；它与时间赛跑，曾试图最大限度地吐故纳新。这颗心，它的血脉欲将何往？它的温暖和欢乐欲将何归？它曾拥有的爱的巨大能力而今安在？（《山路崎岖》，217）

爱何所寄？法德娃·图甘因此说"我心茫然"。

当"六·五"战争以阿拉伯一方惨败而迅速告终时，法德娃·图甘再也无法坐视不理了，她的内心有了答案。这场集体的战败终于将她从个人主义的"古姆古姆"中彻底解放出来，因为她意识到民族共同体中的每个个体都被关押在占领者的牢笼中，一如先前作为女性的她被囚禁在父权制的铁钳下。如果说此前的她因为身为女性而遭受家庭和社会的边缘化，那么现在——当整个国家变得无力和脆弱之时，她可以忽略性别身份与公民身份之间的冲突，努力让二者彼此呼应，唱出集体的忧伤。忧国伤时使她超越了闺

---

① فدوى طوقان، الأعمال الشعرية الكاملة، ص 463.
（法德娃·图甘：《诗歌全集》，第463页。）出自诗集《孤独地站在世界之巅》中的《卦的预言》。

阁的婉约情怀，走向广阔的社会天地，如其所言：

> 以色列的占领让我重新意识到自己是社会的一员……我明白了诗歌真正的价值和意义应该在人民的胸中发酵和酝酿。（《山路崎岖》，109）

另外，此后的法德娃·图甘能够同时以女性和巴勒斯坦人的身份进行创作，也是出于她内心的一再确认，她力求在与民族的自我相融合的时候，保持自己独特的诗歌声音。在此前提下，她的民族情感得到彻底复苏，民族主义诗篇开始洋溢胸中。当战败的消息传来，她因愕然而休笔了两个月，而后，"沉默被打破了，我一口气写了五首诗，方才感到一丝释然"（《山路崎岖》，237）。这些诗歌，并非如当时一些流行的"抵抗诗歌"那样充满口号式的话语，它们可能依旧回旋着法德娃·图甘式的感伤旋律，但充满了为集体而歌的淳朴情感。深沉的意象打动了每一个巴勒斯坦流离者和阿拉伯人的心，也因此带动了一代诗风，尤其对女性诗人和作家产生了很大影响。如，她在第五部诗集《夜与骑士》（*al-Layl wa al-Fursān*，1969）中创作了一首《我不哭》，模仿前伊斯兰时代著名的"悬诗"诗人之首乌姆鲁勒·盖斯写道：

> 在雅法的城门口，在屋宇的废墟前/ 在瓦砾场和荆棘之间，我对双眸说：眼睛啊/ 请停下来，我们哭泣吧，为了流离者的废墟/ 为了屋宇的建造者们，我们哀伤恸哭①

她将此诗带往海法城，与马哈茂德·达尔维什、赛米哈·卡西姆、塞勒玛·马迪等巴勒斯坦民族诗人及爱国青年们会面，开启了其民族解放斗争的历程。

在收录于同一诗集的《伤心的城市》中，她以哀恸的笔调描绘了整个民族的灾难：

> 那天我们目睹了死亡和背叛，潮水退下/ 天空的窗棂被关上，窒息

---

① فدوى طوقان، الأعمال الشعرية الكاملة، ص 394.
（法德娃·图甘：《诗歌全集》，第394页。）出自诗集《夜与骑士》中的《我不哭》。

了整个城市/ 那天海浪被击退，丑陋的洼地向光的面庞臣服/ 希望被灾难扼住了喉咙，渐渐地熄灭/ 我的伤心之城啊①

在《瘟疫》中，她发出了内心的祈祷：

那天瘟疫在我的城市里蔓延/ 我走向旷野，向天空敞开胸怀/ 从悲伤的心底向着风呼喊/ 吹吧，风儿！给我们刮来一片云彩/ 给我们降下甘霖，清洗这座城市的空气/ 让屋宇、山脉和绿树焕然一新/ 吹吧，风儿！给我们刮来一片云彩/ 给我们降下甘霖/ 降下甘霖②

"六·五"战争是法德娃·图甘文学生涯中自不待言的一个重要转折点，也是其自传《山路崎岖》结束的时间点。后来，她创作了另一部自传《羁旅多艰》，继续讲述自己在"六·五"战争后的生命故事，包括政治活动及诗歌创作。此时，她已完全放下了个人的爱恨情仇和喁喁私语，全身心地投入民族的解放事业。提到该转折点，她回忆道：

我想到六月入侵后我们在震惊中度过的那几个星期。如此两个多月后，我们方从恍惚中醒来。③

在此，第一人称的"我"已在不知不觉中转为"我们"，个人的自传演变为巴勒斯坦人民的集体自传。该著作标题直译为"更艰难的旅程"，意在指出：为民族"大我"的斗争远比为个体"小我"的斗争更加艰辛。为了这毕生的斗争，诗人一如既往，背负着沉重的岩石在崎岖的山路上蜿蜒前行，但是，"我们究竟如何才能摆脱背上这块沉重的西西弗山石？在失去了平衡的时代，我们穿越危机重重的现实，又将走向另一个怎样的深渊？"（《羁旅多艰》，171）巴以和谈的数度重启又屡屡无果，就仿佛推石上山，无功而返

---

① فدوى طوقان، **الأعمال الشعرية الكاملة**، ص 372.
（法德娃·图甘：《诗歌全集》，第 372 页。）出自诗集《夜与骑士》中的《伤心的城市》。

② فدوى طوقان، **الأعمال الشعرية الكاملة**، ص 372.
（法德娃·图甘：《诗歌全集》，第 372 页。）出自诗集《夜与骑士》中的《瘟疫》。

③ فدوى طوقان، **الرحلة الأصعب**، دار الشروق، عمان، 1993، ص 33.
（法德娃·图甘：《羁旅多艰》，安曼：旭日出版社，1993，第 33 页。）后文出自该著的引文，将随文在括号内标明《羁旅多艰》和引文出处页码，不再另注。

的西西弗神话故事。

整部自传以 1967 年 "六·五" 战争的爆发起笔，收笔于 1991 年马德里中东和会，法德娃·图甘记述了其间发生的种种大事件及其对她本人诗歌创作的影响。在她立志要为民族而歌后，她的诗歌愈加具有大众感染力，以至于当时的以色列国防部长达扬不得不在特拉维夫的家中面见诗人，与之协商，因为她的一首诗歌足以 "创造 10 个抵抗战士"（《羁旅多艰》，39）。1968 年底，法德娃·图甘飞抵开罗，见到了纳赛尔总统。尽管开始在政治领域抛头露面，但她的内心日益平和，因为 "投入政治以及日渐融入当下的意识已经替代了以往由家庭和社会压迫而导致的一种尖锐的危机感"（《羁旅多艰》，10）。她日益认识到，在波澜起伏的当代，阿拉伯人必须让政治意识成为一种信仰，从而加强民族归属感，维系和延续民族的文化身份。

法德娃·图甘的一生是以实现主体自我为目标的。从她成为阿拉伯世界公认的著名诗人这一事实来看，她的一生是成功的，同时也存在巨大的艰辛，她为此付出了巨大的牺牲。这位与埃及妇女解放运动先驱胡达·沙尔拉维同时代的巴勒斯坦女性诗人，曾立身于闺秀传统，以男人眼里 "批风抹月、弄草吟花" 的写作来认识和感知世界，进而寻求自我认同，但是在战争之火和救亡热潮的影响下走上了与政治、民族和国家话语携手共进的大道。政治诗歌使她闻名遐迩，却并非她原先的偏好[1]，这也许是她在《山路崎岖》中称自己的生活 "鲜有成就，却不乏斗争的严峻"（《山路崎岖》，9）的一个因素。在该部自传中，她以一个诗人的哲学深度对自己的一生进行了内省和评价，并如是总结道：

> 在我的文学生涯中，当我被问及自己的一生时，总感到些许忐忑。我深知这是因为我从未快乐过，我的生命之树果实稀少，我的心灵始终渴望着更高远的成就和更广阔的地平线。（《山路崎岖》，9）

这让我们想起了她早年的诗歌《迷途者的渴望》：

---

[1]　在晚年所作的第八部诗集《最后的旋律》（al-Laḥn al-Akhīr，2000）中，法德娃·图甘重拾昔日情怀，从女性的向度歌颂个体的爱。

我的灵魂被困于异乡，向往着她高尚的源泉/一种声音来自天堂，呼唤着我饥渴的灵魂/在这里，在大地上，却响起了另一种声音，它束缚着我的脚步/两种声音彼此交织，争夺着我的日子/我是忧心忡忡的迷途者，以一腔热忱去穿越存在！①

山路崎岖，羁旅多艰——这是一段充满了自我探索、自我冲突与自我理解的心灵之旅。如同背负着沉重山石的西西弗一样，法德娃·图甘在崎岖的人生之路上，为寻求和实现自我的存在意义进行不懈的斗争，就像一颗倔强的种子：

曾经有一颗很小的种子，它不喜自我满足，渴望变化，渴望革新，渴望成为别的事物，拒绝一成不变。我感觉到这颗种子一直在我的体内萌动，如同一团永不停息的力量。（《山路崎岖》，99）

诗人是否真正实现了自我？我们无从知晓，但有一点是肯定的，即诗人的一生是幸福的，它充满了为实现自我而奋斗的幸福。在其第七部诗集《七月等等》（*Tammūz wa al-Shay' al-Ākhar*，1989）中，她创作了一首《否定的否定》，时逢巴勒斯坦人民起义的怒火在境内燃烧，导致以色列利库德右翼政府在1992年选举中倒台。图甘的话语中充满了乐观主义的斗争激情：

种子在死神的心中生长/晨曦在压迫者的遏制下升起/现在我明白了/我在听：马儿正与死神赛跑，冲向海岸/一旦洪水来袭/必将洗刷大地，痛苦不再②

她总是将自己比作种子。这颗种子，注定了要肩负超越自我的使命，栉风沐雨，成长为民族的参天大树。

---

① فدوى طوقان، **الأعمال الشعرية الكاملة**، ص 33.
  （法德娃·图甘：《诗歌全集》，第33页。）出自诗集《与岁月独处》中的《迷途者的渴望》。
② فدوى طوقان، **الأعمال الشعرية الكاملة**، ص 496.
  （法德娃·图甘：《诗歌全集》，第496页。）出自诗集《七月等等》中的《否定的否定》。

第三节 第三世界女性主义民族叙事的复杂况味：
哈南·谢赫的《泽赫拉的故事》

随着西方女性主义研究的开展，其批评策略越来越呈现出多元化和跨学科的特点，体现为与历史学、社会学、人类学、政治学、文学和语言学等诸多领域的对话。然而，也正是评价体系和标准的多元化，造成了批评界的另一种失语。在此语境下，由后殖民批评推波助澜的第三世界女性主义研究异军突起。有学者总结说，第三世界女性主义主要从两方面拓展自己的研究：一是女性与民族/国家之间的关系，二是殖民主义和跨国资本主义对女性的影响。[①]

女性与民族/国家的关系问题并非新课题，因为"在伍尔芙之后，女性主义似乎达到一种共识，那就是妇女实际的处境不仅不能脱离民族/国家的语境加以理解，还有妇女根本是民族/国家计划的重要组成部分"[②]，对于第三世界国家的女性而言尤为如此。但是，随着民族主义政治研究的深入，"跟父权和资本主义一样成为一种霸权统识（hegemony）"[③] 的民族主义话语日益遭到西方女性主义的批判，成为后者解构的对象，由此不可避免地使妇女与民族在并置的过程中走向一种简单化的关系。而第三世界女性主义的兴起，为再建这一关系打开了一扇"窗子"，它让我们关注："女性主义与民族主义之间的关系，究竟是冲突、合谋？还是存在着别样的可能？"[④] 在民族主义意识形态"大伞"的笼罩下，妇女真的能发声吗？

《泽赫拉的故事》（*Ḥikāyah Zahrah*，1980；*The Story of Zahra*，1996）是当代黎巴嫩著名女作家哈南·谢赫（Hanan al-Shaykh，1945 –）的代表作，小说讲述了一个饱受父权制压迫的年轻姑娘如何在战争中获得新生，最终却毁于战争的故事。虽然故事的总体背景是始于 1975 年的黎巴嫩内战，但对伊

---

① 参见徐雅芬、董建辉《女性主义与权力——政治人类学视野下的西方女性主义研究述评》，《国外社会科学》2004 年第 4 期，第 29 页。
② 陈顺馨、戴锦华选编《妇女、民族与女性主义》，中央编译出版社，2004，导言一，第 4 页。
③ 陈顺馨、戴锦华选编《妇女、民族与女性主义》，导言一，第 2 页。
④ 陈顺馨、戴锦华选编《妇女、民族与女性主义》，导言二，第 37 页。

斯兰社会传统父权主义的控诉依然是其重要主题，不可否认，这也是该小说在第一时间即获得西方世界诸多关注的原因之一。但是，如果小说的主题仅限于此，便不足以脱颖而出，成为阿拉伯"女性主义写作的一个里程碑"①。本节的研究旨在通过分析《泽赫拉的故事》的女主人公在战争这一民族主义最极端方式中所体现的能动性与被动性，以及评价作者所运用的女性主义写作策略，来重审女性与民族/国家之间的复杂关系。

一　在"和平的伤疤"中失去自我

《泽赫拉的故事》的第一卷"和平的伤疤"围绕泽赫拉的成长记忆，叙述战前的泽赫拉在贝鲁特和非洲的遭遇。泽赫拉是一个其貌不扬的姑娘，因生长于一个传统父权制家庭而备受轻视。其父专横暴戾，"他永远被眉蹙额，厚厚的嘴唇上留着两撇希特勒式的小胡子，身板粗壮结实"②。其母自泽赫拉年幼时便红杏出墙，在与情人幽会时常常以女儿为掩护，对此一直心存疑惑的父亲在每次鞭打妻子之后，只能通过喝问泽赫拉来证实。泽赫拉的哥哥艾哈迈德是一个被父母宠坏的二流子，终日里游手好闲，在妹妹面前也早已形成了唯我独尊的父权制观念。得不到家庭关爱的泽赫拉只能在一次次的风暴中逃到封闭的卫生间，将自己反锁在里面。父权制以及特殊遭遇在泽赫拉的内心深处造成了巨大的心理创伤，使之与外界人和事产生强烈的疏离感，在自暴自弃中无声地反抗社会。在与言而无信的已婚男人马利克有染并被迫两次流产后，她离乡背井前往非洲，投奔舅舅哈希姆——一个逃亡的政治犯。不幸的是，绝望中的哈希姆将她当成了祖国的化身，几次骚扰她。她被迫嫁给舅舅的朋友——贫穷的马吉德。马吉德迎娶泽赫拉的初衷是看重其经济和社会地位尚可的家庭出身，以满足自己的虚荣心。这是一桩没有爱情的婚姻。因为被丈夫发现自己不是处女，她主动要求被休，回到内战已经打响的黎巴嫩。

小说第一卷的一大亮点是成功塑造了泽赫拉的舅舅哈希姆这个人物，通过泽赫拉和哈希姆的复调叙事，读者看到了一个意识混乱、彼此冲突的世

---

① Joseph T. Zeidan, *Arab Women Novelists*: *The Formative Years and Beyond*, p. 205.
② 哈南·谢赫：《泽赫拉的故事》，陆孝修、厉津译，载时延春主编《阿拉伯小说选集》第二卷，世界知识出版社，2004，第14页。本节所引《泽赫拉的故事》除特殊说明外皆出自该译本，将随文在括号内注明出处页码，不再另注。

界。哈希姆是一个理想主义者，他痛恨黎巴嫩国内的宗派主义和阶级差别，寄希望于社会改革，并加入左翼叙利亚民族党，投身合并叙利亚和黎巴嫩的大叙利亚事业。政变失败后，他逃亡至非洲，在那些难挨的岁月里，唯有通过泽赫拉的日常通信与他念兹在兹的祖国取得联系。他极其自然地将泽赫拉的形象与祖国的轮廓相耦合："离乡背井的回忆越发强烈、浓重。回忆属于以往的岁月，但是我要让它活在今天的现实里，像外甥艾哈迈德和外甥女泽赫拉在夏果尔·赫玛那的照片一样熠熠生辉。"（39）当泽赫拉来到非洲后，哈希姆感觉自己触摸到了祖国的气息，"想通过她的脸庞吸取我在这里和在黎巴嫩的整个生命"（46）。泽赫拉为他提供了他寻觅的、逃回记忆的精神通道："我要紧靠着你，不想为自己和我的感情另找出路。仅有党是不够的。尽管我跟党的感情和跟你的感情一脉相承，但党不清晰，我想靠拢而不可能。"（47）百无聊赖中的泽赫拉来非洲的本意是求助于尚有共同语言的舅舅，不承想竟遭遇其乖谬的举动，因而对舅舅日益憎恶起来，此时，封闭的卫生间再次成为她唯一的避难所。她试图理解壮志未酬的舅舅："他置身于非洲，头脑里装的是一个象征性的祖国，但他相信他考虑的是今天活生生的祖国。"（12）同时，她又多么希望自己能亲口对他说："舅舅，如果你能听到我的心跳，能看见我灵魂深处堆积的憎恶和愤怒，如果只有你知道我的真实思想，那有多好！我心烦意乱。我恨你，更恨我自己，恨我自己沉默不语……"（21）

政治流亡者哈希姆所陷入的误区，在于无法将泽赫拉当作一个真正的女性个体，而代之以黎巴嫩妇女的集体意象，赋以纯粹的母性，进而成为整个民族身份的象征。让妇女这一性别符码承载特殊的象征意义，在民族振兴中发挥凝聚力量，以维系对松散的民族共同体的想象，这实际上是一种充满父权意识的文化民族主义话语。对此，来自第三世界的后殖民批评家和民族主义问题研究者中的帕沙·查特吉（Partha Chatterjee）总结说："民族主义提供给妇女问题的方案，看似把女性地位提高了，其实是在鼓吹一种新式的父权，例如把'女性'称为女神或大地母亲是一种把她困在'家'/民族这个范畴之内的另一种模式，取消了她在外在世界/其他民族生活的选择。"①

由此我们发现，无论在父权主义，还是在民族主义意识形态的拘囿下，

---

① 陈顺馨、戴锦华选编《妇女、民族与女性主义》，导言一，第16页。

小说主人公泽赫拉均被限制于从属性的、客体化的逼仄空间内，在男权的逻辑修辞中被锻造。每个男人都无法理解泽赫拉为何要成为一个真正的"人"，或如何成为真正的"人"，他们关注的只是以自己的意愿控制其身体。在此境遇下，泽赫拉被动地随波逐流，从一个事件"漂"到另一个事件，她失去了身体，失去了话语权，也失去了主体自我。

二　在"战争的激流"中再失自我

在小说的第二卷"战争的激流"中，泽赫拉带着无奈和伤痕回到贝鲁特。战事的爆发，使周遭发生了巨变。哥哥艾哈迈德进出都扛着机关枪，令她陷入恐惧和困惑。世界在旋转，价值观被颠覆。她决定加入医务志愿者的行列，然而只在前线待了三天，就被血淋淋的场面所吓回。呼啸的枪炮声震撼着整个外部世界，让她对战争的纷乱无序产生几丝莫名的窃喜。战争让大多数人，尤其是那些她曾经"敬而远之"的漂亮女人也像她习惯的那样退避三舍，这使她显得不再那么另类。她第一次感到自己并非处于边缘，每个人其实都是孤独的；不同的是，这一次她要勇敢地去拥抱孤独。她听说有个狙击手控制了一座附近的楼后，便决定去接触这个战神的使者。她不顾危险穿街过巷，爬到楼顶，在那里将自己的身体献给了狙击手。她成了他的常客，体会到从未有过的性爱欢愉，也似乎找到了一种归属感。然而，结局时情形急转直下：她将怀孕的消息告诉爱人，希望与之结婚生子。当她揣着对方的承诺走在归家的路上时，却遭到爱人从背后打来的冷枪……

泽赫拉参与战争的动机经历了一个由纯粹到复杂的嬗变过程。她最初是被卷入的："我，不再是泽赫拉，我不再捂着满是粉刺的脸而是紧紧抱住头。战争打进了我们的家，我无法再在子弹和火箭的呼啸声中紧闭双眼，毫不在乎。"（85）此时，她渴望各方停战，因为"战争不结束，任何问题都无法解决。有比人类、生命和安全更重要的事情吗？"（87）但是，当"战争荡涤了一切，模糊了贫富的界限，消灭了美丑的标准，把一切揉进了一个面团里"（121）的时候，她发现战争内部充满了前所未有的包容性。战争使她走出了自我封闭的卫生间，让她发现了混乱中还有另一片存在空间，能为之提供实现自我价值的途径，而这必须以服从子弹的逻辑为前提。于是，她开始无法忍受老家的村民们对战争的漠然，在人们涌向大街欢庆局部的和平时感到失落。战争唤醒了她内在的主体意识，使之萌生了利用战争来重建自我的愿望。与狙击手发生亲密关系是她走向社会并影响社会的尝试，这令她自豪地说道："我翻阅过很多的社会书页和章节，我已是其中的一页。"（107）并由此汲取力量，向暮气沉沉的父权制宣战："战争已经到来，我的父亲啊，你听见没有？"（107）但是，她并未忘记自己的初衷是阻止战争："我来的目的原本是相信能让他放弃狙击的生活。"（108）所以，她在为自己在战争中发挥能动性而感到兴奋的同时又渐趋茫然："我是狙击手的同谋吗？因为我已经是他身体的同谋了。"（101）她试图说服自己："我要经常感谢他，尽管我丑陋，但他接受我。他是人，实实在在的人。我现在听到近处有散落的枪声，不过我并不害怕。战争使得人的美貌、财富、害怕和习俗传统变得微不足道，它们和遍地的尸体一齐被掩埋了。"（107）是的，只有在狙击手面前她才找到了从未有过的做"女人"和做"人"的感觉，进而"走向生活"（95）。于是，自我怀疑很快被一种"欲罢不能"所替代："他是一个打黑枪的狙击手，是行驶在这次战争对立中有漏洞的海盗船的老大，而我已经被他带上了甲板。"（114）此时，能动性已逐渐向被动性转化。

在小说的尾声，泽赫拉的怀孕使其彻底希望"结束战斗，在任何地方搭建起我们的床铺，把非洲、马利克、希特勒式的小胡子统统埋葬掉"（114）。她幻想着往日的重重压迫被战火击退，而战事的结束将带来属于她的幸福生活。此时，她忽视了自己已深陷于战争不能自拔，因为即便她不倒在狙击手的枪下，其体内孕育的生命也可能在狙击手父亲的预言中成为暴力的继承者。在此际遇下，她早已失去了能动性，既无力阻止战争，亦没有在战争中真正地重建自我。倒在血泊中的她"看见无数条彩虹越过白色天际，渐走渐近"（140），彩虹象征着她渴望通过战争获得的七色空间，此时却"驳杂得令人恐惧"[1]。

泽赫拉的抗争努力缘何一开始便注定是失败的？首先在于以战争反抗战争的无效性，因为"战争虽然打开了崭新的图景，却是在自己的逻辑框架之内。它还无法达到超越自我"[2]。若从民族主义的角度观照战争，则会发现另

---

① حنان الشيخ، **حكاية زهرة**، دار الآداب، بيروت، الطبعة الثانية، 1989، ص 247.
（哈南·谢赫：《泽赫拉的故事》，贝鲁特：文学出版社，1989 年第 2 版，第 247 页。）

② Miriam Cooke, *War's Other Voices*: *Women Writers on the Lebanese Civil War*, Cambridge: Cambridge University Press, 1988, p. 58.

一悖论。黎巴嫩内战①固然起因于国内伊斯兰教和基督教各教派、宗派及党派之间的复杂冲突，但外部势力的角逐与干预亦为不可忽视的因素，所以连平时玩世不恭的艾哈迈德都如此解读内战："我和其他人都为反对帝国主义而战，为反对美国而战，为反对以色列分裂阿拉伯国家的计划而战。"过几天又说："我个人要为巴勒斯坦的事业而战。"（110）由此，投身黎巴嫩内战上升为一种民族主义和爱国主义行为。而泽赫拉涉足战争的初衷是阻止战争、实现和平，这就使她的行动兼具了民族主义和反民族主义的双重内涵，进而形成一种不可克服的内张力。

其次，泽赫拉抗争努力的失败缘于其反抗战争的具体途径。上文的分析表明，泽赫拉的战争实践一度成功地使之摆脱了由父权主义和民族主义所规划的女性存在空间，即客体的从属性空间，走向公共的开放化领域，但其具体措施是将女性身体作为抵抗的武器。一方面，她利用战争引发的无逻辑抗击男权的逻辑修辞，由此收复了原本被侵占的主体自我；另一方面，这种反将被侵占的身体作为武器来抵抗极权主义系统的做法虽然看似彻底，但在战争中无异于"飞蛾扑火"，导致其个人身份虽然得到了重建，但最终仍毁于残酷的战争。

三 缘何两度失去自我？

作为阿拉伯当代女性文学的一部名作，《泽赫拉的故事》常常是研究者们关注的对象，如阿拉伯女学者布赛娜·谢尔班在其阿文专著中说道，该小说使"妇女、母亲、女儿和妻子们的遭遇得以在心理、社会和政治语境下被清晰地揭示出来"②。众多研究者的共识是，该小说是阿拉伯女作家从私人空间转向公共空间的颇为成功之作。在这一点上，尤素福·宰丹（Joseph T. Zeidan）在其英文专著中更加明确地指出，《泽赫拉的故事》的价值在于

---

① 1975年4月，黎巴嫩境内的巴勒斯坦游击队与基督教长枪党民兵之间发生战斗，导致穆斯林与基督教徒之间迅速爆发遍及全国的武装冲突。多数基督教徒反对巴勒斯坦游击队以黎巴嫩为基地袭击以色列，伊斯兰教各派则多同情和支持巴勒斯坦人民。1983年8月至9月，美国与法国、意大利等组成多国部队，进驻黎巴嫩，维护其在黎的固有利益，一些中东地区大国也时常出面干预，致使黎巴嫩内战久拖未决，持续了16年之久。1991年硝烟散去时，黎巴嫩已从昔日的"近东巴黎"沦为一个满目疮痍的国度。

② بثينة شبعان، مئة عام من الرواية النسانية العربية (1899-1999) ، ص 168.
（布赛娜·谢尔班：《阿拉伯女性小说百年（1899—1999）》，第168页。）

"它首次将民族主义和女性主义事业并置并加以讨论"①。

20 世纪上半叶，阿拉伯世界经历了一个文学的创新时代，涌现出若干女性文学家；但是，直至六七十年代，妇女的声音才得以明显加强。她们一方面继续以中短篇小说、诗歌、自传等体裁声讨父权制的压迫，要求自我解放；另一方面，在频繁的战乱和动荡的局势面前，女性作品开始有意降低对个体的关注度，凸显女性对外部世界的参与。"这些由女性书写的文本具有强烈的政治和社会导向，强调思想和价值观，表达女性对战争、自由、独立、移民、民族主义、政治斗争、巴勒斯坦等问题的立场。"② 这似乎是个悖论，但事实表明，当民族身份面临危机时，为了解放个体的"自我"，"个人必须摆脱自我中心主义，去拥抱民族的'自我'"③，在文学文本"总是以民族寓言的形式投射一种政治"④ 的第三世界尤为如此。

黎巴嫩在现代阿拉伯世界本具有十分优良的文学传统，而旷日持久的黎巴嫩内战又为女作家们提供了丰赡的原材料。时值"联合国妇女十年"运动和西方第二次女性主义浪潮的兴起，在"个人的即政治的"等口号推动下，叙利亚和黎巴嫩等地的女作家们试图寻求将私人的、个体的问题与公共的、总体的事务融合，以表明女性个人与社会的不可分割。她们在战火中找到了个人内在冲突的回声，使妇女事务与更广泛的民族共同体事务在战争的全景下得以联系和互动。20 世纪 80 年代，该地区女作家数量锐增，阿拉伯当代女性文学的研究专家米利亚姆·库克（Miriam Cooke）将这群"以贝鲁特为家园，共度战争经历的女作家们"称为"贝鲁特离心者"（Beirut Decentrists）⑤，因为她们有意识地与文学传统保持切线关系，"不断地进行文学实验，衡量身份的边界"⑥。库克认为，在现代西方，女性参与战争叙事不足为奇，黎巴嫩则有过之而无

---

① Joseph T. Zeidan, *Arab Women Novelists：The Formative Years and Beyond*, p. 205.

② Samira Aghacy, *Masculine Identity in the Fiction of the Arab East Since 1967*, Syracuse, New York：Syracuse University Press, 2009, Introduction, p. 12.

③ Joseph T. Zeidan, *Arab Women Novelists：The Formative Years and Beyond*, p. 227.

④ 詹明信著，张旭东编《晚期资本主义的文化逻辑》，第 523 页。

⑤ Miriam Cooke, *War's Other Voices：Women Writers on the Lebanese Civil War*, p. 3.

⑥ Miriam Cooke, "Women Write War：The Feminism of Lebanese Society in the War Literature of Emily Nasrallah", *Bulletin (British Society for Middle Eastern Studies)*, Vol. 14, No. 1 (1987), p. 55.

不及，"战争的急迫性和暴力性促使她们描述其最为深层的创伤经验……由此发现自己曾经是谁，将成为谁"①。在《泽赫拉的故事》中，哈南·谢赫就通过将女主人公的身份建构放置在战争的背景和社会与政治语境的嬗变中加以审视，使个体成为民族共同体经验的再现者，塑造了一个为寻求自我主体的位置而在心理和国家层面进行内外双重斗争的女性形象。对此库克总结道："贝鲁特离心者在书写自我时将民族/国家置于内心，是所谓'人道主义者的民族主义'。"②这种民族主义认为民族"既是生产者又是被生产者"，与传统父权话语下的国家民族主义相比更具有辩证精神。库克由此评价道："黎巴嫩女作家的写作重新定义了民族主义，将其扩展到人道主义的层面。"③

本节第一部分分析了战前的泽赫拉因其身体被赋予纯粹的"母性"并加以抽象挪用，而被迫承担起意识形态之"重"，成为父权话语下国家民族主义政治教条的牺牲品。在后殖民批评对"边缘"的观照下，重建女性的"母性"内涵业已成为对抗国家民族主义中心叙事的一种抵抗行为。查特吉对宗教性很强的印度文化传统里妇女所担负的"精神化"的民族象征意义曾有过精辟解析，认为它是国家民族主义用于抗衡"物质化"的殖民主义的一种文化诉求。事实上，近现代以来的阿拉伯文学传统亦存在此现象，妇女作为一种历史隐喻，多半是以"母亲—土地—祖国"的寓言予以再现的。因此，"阿拉伯女作家面临的一大艰巨任务是重新刻写主体，以抵抗主流民族主义叙事"④。此处的让妇女还原为"女人"，与美国女性主义学者伊莱恩·肖瓦尔特（Elaine Showalter）关于"从女性（feminine）到女权（feminist），再到女人（female）"的论述虽不处于同一语境，却不乏相似的追求。有研究者认为，哈南·谢赫通过将泽赫拉塑造成一个有血有肉的女性，而非单纯的民族标志，将女性的身体从民族主义修辞的抽象挪用中解放出来，重写了关于女性的民族主义叙事；或者至少说，《泽赫拉的故事》是一部拒绝将民族主义

---

① Miriam Cooke, *War's Other Voices: Women Writers on the Lebanese Civil War*, p. 3.
② Miriam Cooke, "Mapping Peace", in L. R. Shehadeh, *Women and War in Lebanon*, Gainesville: University Press of Florida, 1999, p. 76.
③ Miriam Cooke, "Mapping Peace", in L. R. Shehadeh, *Women and War in Lebanon*, p. 76.
④ Mona Fayed, "Reinscribing Identity: Nation and Community in Arab Women's Writing", *Third Women's Inscriptions* (Feb. 1995), p. 147.

话语简单化的作品，它试图重建对民族主义给予支撑的性别话语，在女性与民族之间构筑一种新的关系。① 从该角度看，可以说作者是成功的。

但是我们看到，在战争中看似获得主体自由空间的泽赫拉最终仍然毁于战争这一极端民族主义方式。本节第二部分尝试分析了其失败的缘由在于其抗争行动的内在悖论以及将女性身体作为抗争武器所带来的负面性，即能动性的逐渐消弭。实际上，在整个抗争过程中，泽赫拉更多地处于一种被动地位，因为即便她是在执行自己的意愿，也依然被文本内外所渗透的某种极权主义意识所左右。在文本内，这种意识体现为拒斥任何越界的战争哲学，即便女主人公已在不知不觉中成为战争的同谋；在文本外，这种意识则是由作者的创作意图所强加的，她首先赋予笔下的女主人公以其个体遭遇具现整个民族痛楚的任务，再通过将战争、民族/国家与女性身体并置的方式来完成这一任务。这种写作策略虽还不能被划入当代女性主义的"身体政治"，即将身体与主体性进行近乎本质化的联系，认为身体对主体的生活经验至关重要的主张，但依然受到了后者的影响，并同后者一样，赋予了女性的身体另一份无法承受之"重"，来完成女性解放的乌托邦方案。这是作者哈南·谢赫对其所深谙的西方文学的一种主动靠拢。这是一方面，另一方面，在第三世界的语境下，此写作策略恰恰落入国家民族主义的俗套，强化了其关于女性身体的修辞隐喻。从该角度看，作者的突破还不算成功，这是"以子之矛攻子之盾"所导致的后果，与小说女主人公的命运颇有几分相似。究其源，这种女性主义策略在诞生时即与本土民族主义产生了千丝万缕的联系，在重新定义民族主义的过程中，实际上并未完全解构原有的隐喻，而只是选择了在其框架下操作，这或可说是一种"政治无意识"。

本节以一部第三世界文学文本为例，尝试说明女性主义和民族主义这一组表面上对立的二项式在实践的复杂层面却彼此介入、相互渗透的互动关系。女性主义和民族主义各有上百年的发展史，"在欧美女性主义理论脉络中，女性主义成为对抗并超越民族主义的有效途径和可能性空间"②。与之相比，在第三世界国家，妇女往往是民族建构"自我"时必须仰仗的"他者"，

---

① See Ann Marie Adams, "Writing Self, Writing Nation: Imagined Geographies in the Fiction of Hanan al-Shaykh", *Women Writing Across the World* (Autumn 2001), pp. 201 – 216.

② 陈顺馨、戴锦华选编《妇女、民族与女性主义》，导言二，第 27 页。

第三世界的妇女解放运动以反抗父权制为旨归，却常常与民族解放运动相伴而生。它在批判国家民族主义的父权制话语时，常常不自觉地走向为后者提供的"想象的共同体"所收编的道路，这使得女性主义的民族叙事陷入一种两难境地。事实上，并非只有第三世界女性主义遭遇此困境，各派女性主义理论与实践发展至今日，总是试图不断地抵抗和超越传统的父权制话语，"但又往往在不知不觉中基于已知的理论进行思辨和理论建构"，以至于"不可能完全从现存的权利关系和话语系统中逃脱"。① 那么，是否有突围的可能呢？无论如何，女性主义作为一种流派纷呈、视野开放的抗拒性理论，本是在不断发现问题、反思和修正自我矛盾的过程中得以更生的。也许问题的答案并不重要，因为提出问题并寻找答案的过程本身已具有了意义。

第四节　再建女性话语：艾赫拉姆·穆斯苔阿妮米的《肉体的记忆》②

由阿拉伯当代著名女作家艾赫拉姆·穆斯苔阿妮米（Aḥlām Mustaghānamī，1953 – ）撰写的长篇小说《肉体的记忆》（*Dhākirah al-Jasad*，1993；*Memory in the Flesh*，2003）以阿尔及利亚反法独立战争前后 40 年为叙事背景，揭示了殖民主义在被殖民国家的成长史上所造成的复杂影响，并直面当代阿尔及利亚的许多社会政治问题，是继苏丹小说《向北迁徙的季节》（*Mawsim al-Hijrah ilā al-Shamāl*，1966；*Season of Migration to the North*，1966）③ 之后当代阿拉伯又一部优秀的反映后殖民境遇的小说。

笔者认为，之所以《肉体的记忆》成为 20 世纪 90 年代阿拉伯小说作品之翘楚，是因为蕴含于小说题材构思、叙事风格等方面的个性化的女性叙事

---

① 宋秀葵、李玲：《西方女性主义与文学》，《读书》2012 年第 1 期，第 129 页。

② 本节内容曾以《再建女性话语：〈肉体的记忆〉对于当代阿拉伯女性叙事的新启示》为题，发表于《外国文学研究》2012 年第 2 期。

③ 《向北迁徙的季节》，又译作《北迁季》《移居北方的时期》《风流赛义德》，是苏丹著名小说家塔依卜·萨利赫（al-Ṭayyib Ṣāliḥ，1929 – 2009）的代表作，描绘从西方留学归来的阿拉伯知识分子所陷入的深刻迷茫与身份危机，在层出不穷的以东西方文明冲突为主题的阿拉伯现当代小说中，不啻一个重要的里程碑。爱德华·萨义德在《东方学》《文化与帝国主义》等论著中多次提及这部小说。

话语发挥了关键作用。此个性化既可归因于穆斯苔阿妮米对"女性文学"的理解，也与阿拉伯女性文学的发展特性相关。本节的最终目的在于，在女性主义文学批评理论的观照下，通过具体的文本研究，探讨现当代阿拉伯女性文学发展体现的一般性与特殊性，从而得出一些具有借鉴意义的结论。

一　在"爱情外衣"下舒张"政治脉搏"

翻开《肉体的记忆》，呈现在读者面前的是一个用诗一般的语言所叙述的爱情故事：

> 我仍记得那天你说："我们之间发生的是爱情，未发生的是文学。"今天，当尘埃落定，我可以说：为文学欢呼吧！她能表达我们的伤痛。未发生的空间是如此之广，足以容纳我们写几本书记述。
>
> 也为爱欢呼吧！发生在我们之间的一切是如此美好，未曾发生的是如此曼妙，永不会发生的是如此绚丽。[1]

整部小说以如此的深情和感伤开头，引出了男主人公哈立德书信体似的内心独白。

在1954年爆发的阿尔及利亚独立战争中，游击战士哈立德和其直接领导塔希尔结下了深厚的友谊。疗伤途中，哈立德受塔希尔委托，前往突尼斯为其出生不久的女儿哈雅（大名"艾赫拉姆"）登记姓名，顺便将自己母亲生前一直佩戴的金手镯留给了她。革命胜利后，因伤失去一只胳膊的哈立德改行作画，就任于国家文艺管理局，后因对社会现状失望而辞去官职，愤然远走法国。在巴黎开办画展时，年逾五旬的哈立德与年轻的阿尔及利亚留学生哈雅邂逅，从其佩戴的手镯认出她就是自己25年前所看望的孩子。对于哈立德这位苦苦追忆往事、思念故土的前革命者而言，哈雅是维系他与好友塔希尔、与遥远故国之间的唯一桥梁。由此，哈立德将哈雅当作故乡和祖国的化身，陷入深深的爱恋。

---

① أحلام مستغانمي، **ذاكرة الجسد**، منشورات أحلام مستغانمي، بيروت، الطبعة الشعرون، 2004، ص 7.
（艾赫拉姆·穆斯苔阿妮米：《肉体的记忆》，黎巴嫩：艾赫拉姆·穆斯苔阿妮米出版社，2004年第20版，第7页。）本节出自该著的引文，将随文在括号内标明出处页码，不再另注。

但是，哈立德押宝式的情感迸发最终被证明是一种徒劳，他将自己所有的愿望倾注于这种近乎疯狂的忘年之恋中，注定了是没有回报的单恋。虽然哈雅是塔希尔的亲生女儿，但她无力成为回归过去或通往未来的桥梁，如小说所言，在"历史与记忆被缩减成教科书上的一两页纸"的国度，她"属于任何承载都显得沉重的一代人"（118）。

烈士之女哈雅最初以了解父亲为目的接近哈立德，并对其产生好感，但是，当哈立德的朋友、年轻的巴勒斯坦诗人齐亚德出现后，她似乎出现了移情别恋的倾向，哈立德对此忌妒不已，却无力阻止。齐亚德在抗击以色列的斗争中牺牲后，伤心的哈雅由叔父谢里夫做主，嫁给了有钱有势的新生官商穆斯塔法先生。在婚礼的前夕，哈立德却接到哈雅坦陈内心之爱的电话……

小说以抒情诗般的笔调陈述了哈立德的内心：他被哈雅飘忽的情感所折磨的痛楚；他关于文学和艺术创作的见解；他对后革命时代阿尔及利亚政治、经济发展受挫的认识；直面思想混乱和民众异化所导致的社会动荡和冲突；鞭挞了以众多革命者的牺牲为代价攫取权力却陷入腐败的精英统治阶层；揭示了一个民族在摆脱长期殖民统治后所遭遇的文化空虚，及其为寻找文化身份所付出的艰辛努力[1]……小说充满了种种引人深思的问题，亦弥漫着触人心弦的感伤情绪。未果的爱情象征着未实现的爱国情怀，象征着阿尔及利亚为真理和自由而斗争的坎坷命运。在小说行将结尾处，哈立德回到故乡君士坦丁城参加哈雅的婚礼，看见了身着婚纱的新娘，满腔仇怨于是化为一句问话：

> 我感到悲哀——为这件婚纱。曾有多少双手在编织，多少妇女在忙碌，只为了今天独享其成的某个男人。这个男人会随意将它扔在座椅上，仿佛它并非我们的记忆，并非我们的祖国。几代人的奋斗，换来的只是个体的享受。难道，这就是祖国的命运吗？（362）

对《肉体的记忆》的阅读，可以从爱情主题和社会主题这两个层面同时进行。作者的高超之处在于，将爱情故事作为独立而完整的主线，用饱蘸深

---

[1]　历史上的阿尔及利亚被法国殖民130年之久，曾被法国视为"文化殖民"的最佳典范。1962年独立革命胜利后，阿尔及利亚人开始重寻文化身份，扶持民族语言便是其中一项重要内容。这也是穆斯苔阿妮米放弃自己所谙熟的法语，刻意用阿语创作长篇"三部曲"的内在动力。

情的笔调极尽渲染，这使得《肉体的记忆》表面上首先是一部由女作家创作
的无可挑剔的精美爱情小说。但是，作者更高明的地方在于，赋予整个爱情
故事最大限度的思想象征意义，使两条线索既相互交织又并行不悖，在情感
的每一个转弯和起伏处引发读者深思，去探究作者的用意所在，最终发现其
深刻的社会政治内涵。显而易见，如果作者仅关注爱情主题或社会主题中的
任何一点，都不足以使小说达到现有的成就；正是两者之间巧妙的契合，体
现了女作家骄人的写作造诣。

回顾阿拉伯现代文学史，绝对不乏以书写爱情见长的女性作家，这或许可
以说是全世界女作家所共有的天赋。由于文化环境的影响，阿拉伯女性文学在
现代史上走过了一条充满非议和荆棘的道路，亦为不争的事实，以至于书写爱
情成为女作家创作能力低下的一个证据。《阿拉伯女性小说百年（1899—
1999）》［*Mi'ah 'Ām min al-Riwāyah al-Nisā'īyah al-Arabīyah（1899 – 1999）*］一书
的作者布赛娜·谢尔班（Buthaynah Sha'bān）认为，以男性评论者为主导的阿
拉伯文学评论界对待女性文学存在一种传统的思维定式，即认为女作家的作品
多局限于爱情婚姻、家庭亲情等个人生活话题，不具备集体和社会关注的高
度，即便偶尔涉及公共话题，也因其视野狭隘和思想简单而缺乏可读性。对女
作家的轻视和不认可仅从"作家女性"而非"女性作家"的称谓上便可略见一
斑。[1] 阿拉伯文学评论界的这种传统看法，代表了世界范围内男权宏大理论
体系的某种偏见，即认为"女人缺乏把握规模宏大的法则和原理的能力"[2]。

关于长期以来阿拉伯女性作家因远离男性"主流"而被边缘化的事实，
一些相关研究者曾给予不同程度的揭露和剖析，并对阿拉伯女性文学取得的
成就予以正名。研究成果表明，阿拉伯现当代女性文学家在关注公共话题方
面并不落后于男性，其作品常能以独特的视野、真切的眼光、细腻的笔触深
入社会，探讨时代的重大主题，20 世纪六七十年代兴起的女性战争类小说就
是很具说服力的例证。

在近现代史上遭遇颇多的阿尔及利亚，其现代文学发展在北非马格里布

---

[1] "作家女性"在阿拉伯语中由两个词构成，其中心词在"女性"；而"女性作家"仅由一词构成，即在"作家"这一名词词尾加上表示阴性的后缀字母"圆塔乌"来表示。

[2] C. L. Bacchi, *Same Difference：Feminism and Sexual Difference.* 转引自李银河《女性主义》，山东人民出版社，2005，第 60 页。

地区也一直处于领先地位，妇女在民族解放斗争中的深度参与为女作家们的文学创作提供了丰富的素材，由此涌现出若干成功的战争小说，如阿西娅·杰巴尔的法语小说《新世界的儿女》（*Les Enfants du Nouveau Monde*，1962）、《天真的百灵鸟》（*Les Alouettes Naives*，1967）。艾赫拉姆·穆斯苔阿妮米跟随其前辈大胆推进，将笔端指向阿尔及利亚的历史、战争、政治、宗教、文化、妇女问题等各个领域，对中东地区的核心争端——阿以冲突亦有所涉及，由此将阿拉伯女性作家在宏大叙事方面的成就推向了高潮，使90年代的批评界再也不能小觑女性作家的创造力及对文学的驾驭能力。

若将视野扩大到世界范围，则会发现《肉体的记忆》在题材构思上的处理与当代女性主义文学批评的倡议是一致的。18世纪末以降，随着西方女权运动从争取女性平等权利到注重男女差异的转变，女性主义理论也从传统女性主义走向多元并存的新女性主义。兴起于20世纪60年代以后的后现代女性主义，号召颠覆传统父权中心主义秩序，拒绝男性宏大理论体系（grand theories）以及解构传统女性主义。后现代女性主义理论家克丽丝·维登（Chris Weeden）承袭了福柯的话语/权力理论，提出了"对抗话语"（counter discourse）和"倒置话语"（reverse discourse）的概念。所谓"对抗话语"，"是以直接对立的态度，挑战主流的真理或知识形式"；"倒置话语"，"则是通过重新评价并反转被主流话语贬抑的话语、知识、主体位置，来达到颠覆主流话语的目的"。[1] 维登的主张体现了新女性主义在后现代语境下重构女性话语的努力。

如前所述，《肉体的记忆》通过一段未果的忘年之恋揭示了深刻的社会主题。表面上看，《肉体的记忆》是一部缠绵悱恻的爱情小说，实质上却是一部关于民族奋斗经历的严肃寓言，在爱情故事的动人外衣下潜藏着的深刻历史政治脉搏，在女作家精湛的笔调和绝妙的构思下得以恣意地舒张和阐发。小说作者艾赫拉姆·穆斯苔阿妮米颠覆阿拉伯文学评论界主流意识的目的，最终是通过回归爱情题材这一女性作家最为擅长的领域来实现的。虽然爱情题材作为一种"私人话语"，恰恰是女作家的创作视野为评论界所"诟病"的一个因素，但是在穆斯苔阿妮米那里得到了巨大的能量，足以包裹历

---

① Chris Weeden, *Feminism Practice and Poststructuralist Theory.* 转引自黄华《权力、身体与自我——福柯与女性主义文学批评》，北京大学出版社，2005，第43页。

史和政治，消解"宏大叙事"的沉重，从而以"倒置话语"的方式重新得到
建构和认同，达到挑战男性宏大理论体系的目的。

在这一点上，《肉体的记忆》对当代阿拉伯女性叙事的独特启示是，女
作家挑战男性宏大理论体系，除了通过对公共话题的直接介入，更可通过将
私人话语发挥到极致的方式来进行。当然，这对女作家提出了很高的要求，
即在沉浸于自己所谙熟的"私人话语"的同时，需要对宏大法则和原理具备
更为高超的掌控能力。《肉体的记忆》问世后获得的一系列荣誉，说明了它
在这方面所取得的成就。其中尤其值得一提的，除了1998年纳吉布·马哈福
兹文学奖，还有阿拉伯作家协会遴选出的"20世纪最佳阿拉伯语中长篇小说
排行榜（105部）"。在全部名单中，《肉体的记忆》名列第二十五位；在当
选的13部女性作品中，《肉体的记忆》则名列第三。

二　在"双性视角"下弘扬"阴性特质"

在《肉体的记忆》中，作者艾赫拉姆·穆斯苔阿妮米直接将男性安排为
叙事者，整个爱情故事均是从男主人公的视角和心理体验展开的。由于以内
视角为主的第一人称回顾性叙述的有限性，读者对男主人公哈立德的观点、
立场及情感态度一目了然，对女主人公哈雅的形象认知却只能以类似拼图的
方式断断续续地获得，并不可避免地带上哈立德的强烈烙印。作者有意这样
做的原因，首先在于选择男性为故事的主人公，符合社会发展中男性传统的
主导地位，对顺利反映小说的政治题旨有所帮助。其次，哈雅到底是个怎样
的女子？她是否对哈立德有真爱？读者仅能从哈立德的视角去揣摩，加上小
说的开放式结尾造成了一定的悬念，因此产生了阅读第二部、第三部的需
求。此外，可能更重要的是，阿拉伯女性作家以男主人公的声音说话，可获
得双性视角所带来的优越性，在揭示社会问题尤其是妇女问题时获得了一定
的自由，既体现了社会上开明男性的人文关怀，又能尽量避免成为父权主义
者的"众矢之的"。通过成功地塑造男主人公的形象，作品"超越了男女性
的通常概念，展现了人道主义的视野"[1]。

---

[1]　Ferial J. Ghazoul, "Memory and Desire", *Al-Ahram Weekly On-line*（1998-12-24），http://
weekly. ahram. org. eg/1998/409/cu2. htm.

在阿拉伯文学界，艾赫拉姆·穆斯苔阿妮米并非第一位以男性为主角的女作家。如前所述，现代阿拉伯女性主义写作在发展过程中一直面临强大的父权制文化的否定，这种境遇导致一些女作家为避免被人指责囿于私人话语的小圈子，会有意将作品的主人公设为男性。对此，阿拉伯女性主义文学批评家有自己的看法："这一立场体现了女性作家（权利）被掠夺的最高程度，因为她们在无意识中对自己（权利）被掠夺和地位低下的境遇起到了推波助澜的作用。"①

女作家在走出"失语"状态后，如何避免因屈从于男性的语言、文化传统而再度陷于"失语"？关于该问题的思考构成当代女性主义文论的一个重要内容。许多文学评论家从语言学、叙事学、心理学、文化学等角度建构女性写作的特质，尽管时时遭到来自后现代女性主义内部和外部以"解构"为宗旨的"反本质论"的抨击。

在女性写作与女性语言的关系方面，虽然语言学的研究表明两性天生并不存在相异的语言系统，但依然肯定了两性的语言差异，认为其缘由是"使用语言时的风格、策略和背景的不同"②。作为一名才赋颖异的诗人，艾赫拉姆·穆斯苔阿妮米对语言有独到的见解和超乎寻常的关注，她精心地挑选词语，就像以自己的品位和志趣来挑选衣饰一样。的确，读她的小说，你会被其优美的句型、典雅的表达及充满诱惑力的词语所捕获，被其"为诗歌之雨水洗尽纤尘"的气质所征服，沉醉在"熏香的芬芳"和"无垠的美感"之中。③尽管小说中的叙事者为男性主人公，但读者能时时从他的口中感受到女性特有的馨香和温暖，略带忧伤情调的故事通过精心编织过的语言娓娓道来，让叙述者和受述者、作者和读者共享心灵的救赎，复归平静的愉悦。作者对语言具有令人钦佩的掌控能力和极度的爱恋，通过与语言之间建立亲如一体的关系，使之得到与自我特质高度一致的阴性魅力，让读者感受到穆斯苔阿妮米式的语言所拥有的诗一般的外表及其波涛暗涌的内在激情。"语言是存在的家园。"（海德格尔语）阿拉伯语长期以来为男性所独断和控制的局

---

① بثينة شبعان، **منة عام من الرواية النسائية العربية (1899-1999)**، ص 11.
  （布赛娜·谢尔班：《阿拉伯女性小说百年（1899—1999）》，第 11 页。）
② 刘岩：《女性身份研究读本》，武汉大学出版社，2007，第 271 页。
③ 摘自阿拉伯当代著名诗人尼扎尔·格巴尼 1995 年为《肉体的记忆》写的封底评论。

面是众所周知的，而穆斯苔阿妮米首次用阿拉伯语创作小说，即通过自己的创作实践成功地改写了父权话语，确立了自己的话语形式，证明了在阿拉伯语这门男性中心意识浓厚的语言中，女性同样可以拥有一片天地。①

此外，在艾赫拉姆·穆斯苔阿妮米的小说中，我们可以发现女性主义叙事学所得出的关于女性叙事特点的一些研究成果，如叙事声音情感内涵非常细腻丰富，以至于读者在初读小说的前几页时，很难辨认出叙事者的性别身份。再如，采用"吸引型"的叙事介入方式，使人不禁想起《一千零一夜》的主人公山鲁佐德，该聪慧女子通过高超的故事陈述技巧拯救了自己和姐妹们的性命，也使残暴的国王从此改邪归正。女作家艾赫拉姆·穆斯苔阿妮米则以男主人公的内心独白打乱时空顺序，构建小说的情节结构，引起读者阅读的兴趣，从而达到借助小说这一舞台来改造社会的目的。学者沃霍尔（Robyn R. Warhol）认为，一般而论，女性的语言特征多半受制于女性的生理和心理特征，但 19 世纪英国女作家更多地采用了"吸引型"叙述方法，盖因女作家很少有公开表达自己观点的机会，因而完全是社会因素的产物。②此阐释对于现当代阿拉伯女性主义文学创作应是同样适用的。

艾赫拉姆·穆斯苔阿妮米拒绝将自己归入"女性作家"的行列，并认为"女性文学"这一术语是对女性的某种侮辱。她在接受《海湾的花朵》杂志采访时曾说："我情愿将自己视为没有阴性标志的女作家，我情愿让自己的文字脱离阴性的特点，不受任何规则的束缚。"③ 艾赫拉姆·穆斯苔阿妮米的这番言论，反映了一个不无合理性的观点，即"文学作为人类借助语言以艺术审美方式进行的精神活动，是没有必要从性别的角度加以区分的"，"女性文学"作为文学的一个分支出现，在得到特殊关注的同时，也"难免有自认

---

① 关于艾赫拉姆·穆斯苔阿妮米的语言特点，通过阅读本节第一、三部分中来自该小说的一些引文应可略见一斑，此处不再引专文说明。至笔者完成本节写作的 2010 年左右，《肉体的记忆》已再版 22 次，《感官的紊乱》已再版 17 次，《床帏的过客》已再版 6 次，诗化的语言于此中贡献不菲。

② 参见申丹《叙事形式与性别政治——女性主义叙事学评析》，《北京大学学报》（哲学社会科学版）2004 年第 1 期，第 139 页。

③ منقول من عبد كريم يحيى، "للموت والحب سرير واحد"،
http://www.arabicstory.net/index.php?p=text&tid=8795.
（转引自阿卜杜·卡里姆·叶哈亚《爱与死同床》。）

'次等'之嫌"。① 但是，且不论穆斯苔阿妮米的这番表态出于何种原因，其作品中所展现的女性主义写作技巧是显而易见的，同时也得到了文学界的褒扬与肯定。如果说"双性视角"为她提供了超越性别分离主义的可能性，那么其中对"阴性特质"的有意弘扬，则使其固守了女性主体性，在父权主义传统如此强大的阿拉伯世界，至少避免了因落入男性秩序而"失声"的危险。虽然有学者认为，以多元化差异取代形而上学的男/女对立是当代女性主义的一个发展趋向；但是，强调女性的独特性，弘扬女性本质，以保证在历史的线性时间中占有自己的位置，恐怕依然是当下阿拉伯女性文学应该致力实现的目标之一。

三 "肉体的记忆"：无关"噱头"的深刻文化表述

作为阿尔及利亚女作家的首部阿拉伯语作品，《肉体的记忆》问世后引来了多方关注。在该小说获得纳吉布·马哈福兹文学奖之前，阿拉伯文学评论界对其就不吝赞誉之辞，但也有一些评论直呼"肉体的记忆"为"肉体的写作"，称小说的畅销是由于美女作家本身及其作品中的情色因素。但是，实际上，整部小说并没有性描写，男女主人公若隐若现的情感止于一个单方面的吻而已。那些负面评论多半是由小说的标题——《肉体的记忆》，加之文中看似暧昧的表达所致。

一位当代女作家将自己的小说取名为《肉体的记忆》，的确很容易让人联想起后现代女性主义者所倡导的"身体写作"，即"通过书写女性的身体和独特的性经验来构建新的女性形象，弘扬女性主体的能动性"②。然而，读罢全篇，始发现风马牛不相及。整部小说围绕记忆一气呵成，它是男主人公哈立德接近意识流的长篇回忆，包括独立战争的峥嵘岁月、战后身处异域的日子、回归故里的游历和感受，以及他与哈雅从再次见面到感情微妙发展的全过程。"记忆"这个词在文中反复出现，表达了哈立德对故乡君士坦丁城及其祖国阿尔及利亚无尽的思念。在遇到哈雅之前，哈立德将自己的记忆寄托在故乡君士坦丁城一座古老的吊桥上。这是他自1957年在独立战争中失去

---

① 乔以钢、林丹娅：《女性文学教程》，河北教育出版社，2007，第1~3页。
② 黄华：《权力、身体与自我——福柯与女性主义文学批评》，第82页。

一只胳膊，开始美术生涯后所画的第一个对象，也是此后反复描画的对象，因为它是他心目中最亲近的事物，是联系古与今、现在与未来的纽带。他将此画命名为《渴望》。与哈雅重逢后，哈立德的记忆找到了一个新的处所，正如他的表白：

> 那时我唯一的乐趣，是将记忆的钥匙交予你。我为你打开昔日发黄的笔记本，在你面前一页页地诵读……我是你所不知的往昔，你是缺失记忆的现在，是我试图将岁月予我的部分承载所委托的对象。你虚空似海绵，而我深沉如大海。（102）

记忆会因岁月的侵蚀而模糊，一如绘画将因年代久远而褪色，而面前的哈雅（在阿拉伯语中为"生命"之意）是如此年轻和充满活力。因此，哈立德内心产生了将记忆附着在鲜活的躯体上，雕刻它，使其不再褪色的渴望。他说道：

> 用一只手臂我拥抱着你……我培植你，采摘你……给你脱去衣服，再为你穿上，改变你身体的造型以适应我的标准。啊，形如故乡的女人！（184）

对于哈立德而言，哈雅作为女性，是女儿，是母亲，又是情人；作为隐喻，是君士坦丁城，是阿尔及利亚，又是未来和希望（哈雅的大名"艾赫拉姆"为"梦想"之意）。对于哈雅而言，哈立德则代表了父辈的集体记忆，是其试图了解的历史与光荣。今昔两代人既感到彼此的需要，又清晰地认识到相互间的距离和冲突。因此在作者的设计下，二人之间总是有第三者存在。一腔热忱的哈立德刻意追求哈雅，哈雅对他的感情却始终令人捉摸不定，无法发展到他所渴望的肌肤之亲。这与他同法国情人卡特琳之间只有肉体关系，没有思想交流的状况形成了鲜明对比。卡特琳象征着异国他乡，哈立德生活于此，却永远不能归属于此。哈雅则象征着祖国，寄托了他的精神追求，却是那样的虚幻缥缈。"肉体的记忆"注定是痛苦而无果的，因为"我们隶属于这样的祖国，她只在节日庆典、新闻播报等场合中'穿上'自己的记忆，当灯光熄灭，摄像撤去，她便迅速褪下了衣着，如同女人卸下盛装"（118）。万般无奈的他最终决定摆脱已变成重负的"记忆"，所以，在小说的最后，当他再次踏入国门，于心底悲愤地回答海关检查员："孩子，我想申报记忆！"（404）

　　"肉体的记忆"的另一层含义，乃在于哈立德伤残的胳膊，它作为哈立德对民族独立的献祭，时刻提醒着主人曾经的浴血奋战、曾经的宏大抱负以及最终的壮志未酬。但是，"在 25 年后的今天……你却为外衣那空空的袖管而自惭，你羞赧地将它藏在上衣口袋中，如同你藏起自己的记忆，为自己的往昔向每一个没有往昔的人道歉。你残缺的胳膊打扰了他们，破坏了他们的闲适，使他们失去胃口。这个时代不属于你，而属于战后的一代人，属于雅致的衣着和豪华的汽车，以及鼓胀的肚囊"（72）。在曾经梦寐以求的新时代面前，哈立德强烈地感到："你作为被损伤的记忆，残缺的身体仅仅是她的一面橱窗。"（73）

　　战争在哈立德身上留下了残酷的记忆，过往的生活将种种冲突和对抗记录在哈立德残缺的胳膊上，这似乎阐释了福柯的身体社会学理论。福柯从谱系学发展出的观点认为，人的身体位于各种权力相互斗争的中心，因此可被视为一个特殊的历史、文化实体，是历史事件展示和书写的场地，即"身体刻写了历史的印记，而历史则在摧毁和塑造身体"①。后现代女性主义正是受这一理论启发，才提出了"身体写作"的主张，以颠覆男性中心话语及其权力系统。福柯后期又针对"身体写作"的误区和困境，提出了妇女运动"去性化"（desexualisation）的建议，再次引发了研究者对女性主义写作未来走向的思考。

　　本节开篇所提到的有关《肉体的记忆》的负面评论，多半出自不必要的"杞人忧天"，因为阿拉伯出版界对所谓"性描写"向来是严查必究的，若女作家敢"越雷池一步"，则更不会姑息，所以源自西方的"身体写作"在阿拉伯世界是不可能通行的。对于阿拉伯女作家们而言，更多的是通过揭露自身或同胞姐妹的生存体验中所遭遇的性别压迫，来控诉本土父权制。这是实现阿拉伯女性解放的重要路径，因而具有不可抹杀的积极意义。然而，一个不可否认的事实是，即便是此类文字也同样具有负面意义，因为它似乎已成为阿拉伯女性文学引发国际出版市场关注的必要因素，在后殖民批评家看来，这是欧美人"东方主义"心态从中作祟的缘故。由此，我们发现，为了出名和招揽国际读者群，不排除有阿拉伯女作家将具有本土特色的性别习俗作为"噱头"，进行表面化的刻意渲染。在这一点上，《肉体的记忆》树立了正面的榜样，因为它的被认可并非源于"肉体的记忆"，而是其中所承载的"历史的记忆"的深刻

---

　　①　汪民安、陈永国：《后身体：文化、权力和生命政治学》，吉林人民出版社，2003，第18页。

性。这里，不妨借用福柯所提出的概念，将《肉体的记忆》看作另一种意义上的"去性化"。事实证明，《肉体的记忆》中的女性话语意识并未因"去性化"而被解构，反而因为"去性化"获得了某种精神气质。

"女性文学概念的质的规定性，是女性作为创作主体和言说主体在文学中对自己主体位置的探寻与实现。"①《肉体的记忆》通过将个性化的女性叙事话语渗透进小说的题材构思和叙事风格，以及所谓"去性化"的精神追求，为当代阿拉伯女性叙事带来了诸多新启示，反映了阿拉伯新一代女作家为"探寻与实现""自己主体位置"的积极努力。艾赫拉姆·穆斯苔阿妮米在《肉体的记忆》中借男主人公哈立德之口多次说道，"文学是从伤痛处诞生的"，因为"不可能从旧有的记忆中痊愈"，所以"我们写作"（7）。现代阿拉伯女性文学正是如此，它从阿拉伯妇女的痛苦和觉醒中诞生，伴随着阿拉伯妇女解放运动的风起云涌一路走来。为了反抗父权中心主义，为了构建属于自己的女性话语，女作家们挥毫泼墨，在岁月的白纸上刻写下自身的记忆，在"记忆和遗忘的对抗"中书写着"人类和权力的对抗史"（昆德拉语）。

第五节 女性作家的政治写作：艾赫达芙·苏维夫的《爱的地图》②

在 1999 年全球英语文学界最具权威的大奖——布克奖（the Booker Prize for Fiction）短名单中，《爱的地图》（*The Map of Love*，1999）榜上有名，其作者艾赫达芙·苏维夫（Ahdāf Suwayf，1950 -）是一位长期用英文创作的埃及女作家。在当代阿拉伯文学界，与法语作家相比，英语作家人数要少得多，在英语世界有影响力的就更少。艾赫达芙·苏维夫因此引人注目，成为当年阿拉伯国家各大报刊争相报道的对象。③ 其实，这并非艾赫达芙·苏维

---

① 乔以钢、林丹娅：《女性文学教程》，第11页。
② 本节内容曾以《〈爱的地图〉的政治写作》为题，发表于《世界文学评论》第17辑（2013年12月）。
③ 如：《中东报》1999年10月24日刊文《布克奖名单上的阿拉伯兰花》；《金字塔报》同年10月12日刊文《艾赫达芙·苏维夫——首位获得布克奖提名的阿拉伯人》；《政治风景报》同年10月17日至22日刊文《艾赫达芙·苏维夫与英国布克奖》；《生活报》同年7月17日刊文《艾赫达芙·苏维夫与她的新作〈爱的地图〉》。

夫首次获得文学奖项，早在十多年前，她便凭借处女作——短篇小说集《阿依莎》（*Aisha*，1983）入选英国《卫报》（*Guardian*）小说奖最终候选名单；其首部长篇小说《在太阳眼中》（*In the Eye of the Sun*，1992）曾引起西方和阿拉伯文学批评界的热议，出版商的封面点评是"关于埃及的英国大作，关于英国的埃及大作"；其另一部短篇小说集《矶鹞》（*Sandpiper*，1996）的阿文改编版《生活的饰物》（*Zīnah al-Ḥayāh*，1996）曾在开罗国际图书展上被评为最佳短篇小说集。她的小说作品部部热销，且多由英国著名的布鲁姆斯伯里（Bloomsbury）出版社首版发行。但《爱的地图》几乎问鼎布克奖，在阿拉伯世界的意义显然非同寻常，这不仅因为艾赫达芙·苏维夫是首位获得布克奖提名的阿拉伯人，更因为《爱的地图》中所弘扬的民族主义和爱国主义主题深深感染了同胞们。据说评奖委员会因小说中反对以色列和犹太人的政治立场而产生意见分歧，使《爱的地图》最终与布克奖擦肩而过。埃及著名的《文学消息报》为此抗议评委会的决定，称"尽管如此，艾赫达芙·苏维夫的小说《爱的地图》是真正的获奖作品——至少在我们看来是这样"①。

在当代阿拉伯女性作家队伍中，艾赫达芙·苏维夫是跨文化写作的杰出代表，其小说以英语表现埃及人的情感世界，且反映的主题始终与东西方关系、跨文化交流有关。作为一位女性主义作家，其作品亦始终离不开妇女关注的问题。如《阿依莎》收录了8个短篇故事，涉及婚姻危机、家庭暴力等社会问题。小说主人公阿依莎博览群书，且经常周游世界。旅行使她见闻丰富，也给她身上注入了不同文化价值观相互杂糅和冲突的因子。《在太阳眼中》讲述了一位埃及知识女性的成长经历：为摆脱不幸福的婚姻生活，主人公阿西娅远远赴英吉利留学。其间，她与一名英国男子相识，并发展为婚外恋情。这段异国恋因充分释放自我而充满激情，而她也渐渐意识到，对自我的压抑恰是她与自己的埃及丈夫婚姻生活不幸福的原因。在小说结尾，阿西娅与情趣并不相投的情人分道扬镳，回到埃及，变得更加成熟。《矶鹞》揭示了各阶层女性的生活状况，部分篇章继续将阿依莎和阿西娅作为主人公。

---

① سامية مجرز وأهداف سويف، "خارطة الكتابة: حوار مع أهداف سويف"،
Journal of Comparative Poetics, No. 20（2000），p. 168.
（赛米耶·穆志里兹、艾赫达芙·苏维夫：《写作的地图：与艾赫达芙·苏维夫对话》。）

《爱的地图》则以平行叙事方式讲述了相隔一个世纪的两对跨国青年的爱情故事。1901 年，年轻的英国寡妇安娜来到埃及，此时的埃及正处于反抗英国殖民主义的热潮中。安娜逐渐了解了埃及，被真正的埃及所吸引，并深深爱上了埃及爱国律师谢里夫，二人最终结成终身伴侣，在开罗共度了 11 年的幸福生活。20 世纪 90 年代中期，他们的曾孙女、居住在纽约的记者伊莎贝尔与埃及裔音乐指挥家欧麦尔相恋。为了解自己的家庭背景，她回到开罗，在欧麦尔的妹妹阿玛勒帮助下解读安娜留下的木箱，揭开了近百年前曾祖父母的爱情故事。

一　《爱的地图》的政治主题

如果将艾赫达芙·苏维夫置于当代阿拉伯女性主义文学发展图景下进行观照，会发现这位长期侨居英国的埃及女作家尽管自小熟读英语文学作品，对英文写作驾轻就熟，并自称对阿拉伯文学不甚了解，但其创作依然显现出了与当代阿拉伯女性创作同行的轨迹，即从私人空间向公共空间的转换，从性别政治向宏观政治的过渡。这主要体现在：作者在描述女主人公个人情感和家庭生活时，越来越注重揭示她们所处的特定的文化、社会以及国内外政治环境。且不论反映妇女问题的两部短篇小说集，仅将两部长篇小说略做比较便可得出此结论。《在太阳眼中》的女主人公阿西娅·乌拉玛童年在英国度过，后回到开罗上高中和大学，结婚后发现丈夫赛夫性无能，无奈之下，她独自前往英国完成语言学博士学业，此间结交了英国情人杰瑞德·斯通，但依然无法实现爱与性的统一，最终独自返回开罗。小说中涉及大量性描写，以至于爱德华·萨义德评价艾赫达芙·苏维夫是"目前性政治写作中最非凡的编年纪实者之一"[①]，小说也因此在埃及遭受不止一次被勒令下架的待遇。评论界习惯将之与陶菲克·哈基姆的《东来鸟》、塔依卜·萨利赫的《向北迁徙的季节》、苏海勒·伊德里斯的《拉丁区》等描绘东西方关系的优秀阿拉伯小说相提并论。而在作者看来，虽然东西方关系是小说的一个重要主题，但"其基本问题是一个女子如何试图成熟，了解自我，发出自己的声

---

① Ahdaf Soueif and Joseph Massad, "The Politics of Desire in the Writings of Ahdaf Soueif", *Journal of Palestine Studies*, Vol. 28, No. 4 (Summer 1999), p. 77.

音，其与他者（西方）的关系是这一系列努力中的一个环节"，所以性描写在这部小说中是很有必要的，因为性是体现女主人公自我成长的领域。① 即便如此，作者并未忽视阿西娅的成长环境，小说从 1979 年倒叙至 1967 年，将埃及社会在这 10 多年间的风云变幻作为故事背景，对"六·五"战争失败给埃及国内带来的消极影响着力做了渲染，并以时间顺序记载了诸多政治事件，包括纳赛尔的猝然离世、巴勒斯坦难民在约旦的遭遇、萨达特新政、黎巴嫩内战等。家园、流亡的意义由此在个人与社会的交织中得以实现。总体而言，《在太阳眼中》中性别政治是主线，宏观政治只是背景。

《爱的地图》则不然，虽然三位女主人公——安娜·威特邦、阿玛勒·罕姆拉维、伊莎贝尔·帕克曼撑起了整部小说，她们的情感生活依然是被关注的对象，但性别政治不再是主线，有关性的描写更荡然无存，与此同时，政治和历史成为中心。将三位女主人公聚集于开罗的是陪伴了安娜一生的木箱，里面装有安娜在埃及生活时的日记和书信、20 世纪前 20 年重大事件的英文和阿文剪报、莱拉·巴鲁迪关于哥哥谢里夫与安娜结婚的证词等物品。阿玛勒在阅读安娜日记的过程中，发现谢里夫是自己的叔伯公，伊莎贝尔是自己的远房表妹。她在整理安娜木箱的时候，与之取得了跨越时空的联系。小说叙事通过阿玛勒对木箱中文件的选读在外视角和内视角之间来回切换，以打断线性时间，进行层层布局。内视角叙事主要以安娜的日记和书信原文展开，外视角则以阿玛勒的第一人称叙事阐述其思想和行动，包括她在阅读安娜日记和书信的过程中时而做出的评论和注解，也包括她的日常活动，而这些日常活动多与她在阅读了安娜的日记和书信后，对埃及的社会政治问题进行反思有关。安娜的木箱在一个世纪里，从埃及到欧洲，再到美国，最后回到埃及，象征了一个跨文化的历史轮回。

与《在太阳眼中》更加关注自我的阿西娅不同，《爱的地图》中的女主人公们注重发出公共话语。安娜出身英国贵族，其第一任丈夫爱德华上尉在参加了一场血腥的苏丹殖民战役后死去，这令安娜揪心不已。安娜和公公查尔斯先生都是反殖民主义者，在听了公公对埃及的描述后，安娜来到埃及，试图摆脱忧伤的情绪，并发掘殖民活动的真实情况。在一次女扮男装外出探

---

① Ahdaf Soueif and Joseph Massad, "The Politics of Desire in the Writings of Ahdaf Soueif", p. 77.

险时，安娜被一群埃及民族主义者误劫为人质，后得到谢里夫·巴鲁迪和其妹妹莱拉的关照，转而同情埃及人的爱国主义。为了向英国殖民当局隐瞒被绑架一事，她在谢里夫的陪伴下，继续乔装完成西奈之行，由此开始了她与谢里夫的跨国恋情。安娜的书信多是写给公公查尔斯先生和女友凯瑟琳的，内容多谈及政治，在其中，她生动描绘了20世纪初在埃及的英国殖民统治阶层维多利亚式的生活风尚，记录了他们的言谈举止。作者借安娜的笔触以看似中立的口吻，揭露了以克莱默爵士为首的英国殖民者的骄矜傲慢。如，他们在闲谈中说道：

> 本地人需要经历几代人的时间才能实现自治，因为他们早已习惯了被外国人统治，缺乏整体性和道德标准。①

作者艾赫达芙·苏维夫通过安娜的日记和书信成功建构了来自殖民者内部的反叙事。同时，通过极其关注政治的安娜，向读者展示了19世纪末20世纪初各种力量博弈中的埃及社会，包括抗击英国的1882年奥拉比革命、1919年埃及抗英运动、犹太复国主义运动、阿拉伯反抗奥斯曼帝国的运动，正如小说开篇借纳赛尔总统的话做出的提示：

> 这是一个奇特的时期（1900~1914）。当殖民主义者及其代理人认为风平浪静时，埃及却正在经历着内涵最为丰赡的一段历史：对自我的深刻审视悄然展开，一场新的复兴蓄势待发。——贾迈勒·阿卜杜·纳赛尔，1962（1）

另一位女主人公阿玛勒本身是个高级知识女性，在伦敦生活了20年后与英国丈夫离婚，1997年返回埃及。她的生活经历与《在太阳眼中》的阿西娅有些许相似；不同的是，她没有纠结于个人的情感遭遇，而是走出了自我的小天地，广泛地关注社会与政治，并富于参与意识。通过解读安娜的木箱，她将世纪初的历史与世纪末的现状进行比照，发现二者有着许多相似性，如20世纪初埃及是在英国殖民者的霸权统治下，20

---

① Ahdaf Soueif, *The Map of Love*, New York: Anchor Books, 2000, p. 99. 本节出自该著的引文，将随文在括号内标明出处页码，不再另注。

世纪末则是美国新殖民主义控制着埃及经济。作者由此揭示了新老殖民主义的发展轨迹及其内在连续性。于是，当阿玛勒带着伊莎贝尔回到上埃及农村老家了解农民的生活现状时，对一首讽刺政府亲美政策的街头小调记忆犹新：

> 我爹喊：可爱的小黑呀，别再骑你的毛驴了！我给你买飞机！我想要百事可乐，因为我不喝茶。去给我拿可乐来，因为我从不喝茶。（177）

关于巴勒斯坦问题，阿玛勒一针见血地指出：犹太国家的建立是西方殖民事业的延续。阿玛勒回国后结识了一名埃及商人，心有所动，在得知他与以色列人做生意后便打消了与之相处的念头，从中可见政治在其生活中的影响。通过她的话语和活动，作家苏维夫表达了自己对当代埃及诸多问题，如经济衰退、贫富分化、宗教激进主义的兴起，以及巴勒斯坦问题、伊拉克问题等中东地区事务的看法。

第三位女主人公——美国记者伊莎贝尔在小说开篇，正着手准备新千年来临之际关于埃及知识分子情况的新闻话题。带着对欧麦尔的情感纠葛和安娜的木箱，她来到埃及。作为记者，伊莎贝尔关心社会政治是理所当然的，来到埃及后，更受到了阿玛勒的影响。在小说中的一段，作者苏维夫借伊莎贝尔的访谈集中道出了埃及公共知识分子的无奈心态：

> 我们是一群自说自话的知识分子。当我们写书时，是互相写给对方看。我们与民众毫无联系，他们根本不知道我们的存在。（224）

总之，如果说《在太阳眼中》是一部以塑造人物性格为旨归的个人成长小说，那么，《爱的地图》则是一部社会政治小说，它将历史和政治推到前台，使其在情节中占据中心位置，而让人物性格的塑造退居其次。读者的直接感受是：《在太阳眼中》中仅在叙事的外围发挥背景作用的政治，在《爱的地图》中俨然成为叙事结构的重点部分，统率后者的是政治主题。所以读者发现，安娜即便与闺蜜写信，通篇也是谈论政治，这多少有些怪异，或许是作者仍然没有找到最合适的方式，将政治信息自然地融入叙事，由此牺牲了笔下的人物。回忆该创作过程，苏维夫解释道："这是因为现在我将政治和历史视为我们生活的中心，所以杜撰了特定的情境和人物，让政治和历史成为其中心。"①

为了实现上述指导思想，艾赫达芙·苏维夫在情节设置中，十分注意将虚构的人物放在真实的历史和政治环境下与之互动。作者对埃及反抗"东方暴君"克莱默爵士治下英国占领的历史细节十分熟悉，在小说中让诸多真实人物悉数登场，包括艾哈迈德·奥拉比、穆罕默德·阿布杜、卡西姆·艾敏、穆斯塔法·凯马勒等历史名人。他们都是谢里夫帕夏的好友，常常聚集一处，对国家自治、教育、宗教、经济发展、妇女解放等事务进行讨论，而这些大多通过安娜的笔端被记录下来。小说中还对克莱默爵士进行了白描式的刻画，在作者笔下，他是一个言出令行，统治欲强，醉心于殖民事务的人物。此外，小说中虚构的人物——55 岁的欧麦尔不仅是纽约的一位著名音乐指挥家，还是一名巴勒斯坦政治活动家，曾是巴勒斯坦全国委员会的成员，后因强烈反对《奥斯陆协议》而退出。这似乎是个以爱德华·萨义德为原型的人物，体现了作者对巴勒斯坦事业的支持。她认为，巴勒斯坦问题一直是阿拉伯与西方关系的核心。

艾赫达芙·苏维夫是位一向关注政治的女作家，甚至被公认为一位政论家和政治活动家。当她回忆年少时的成长历程时，她尤其提到了成名于 20 世纪 60 年代的埃及女作家拉忒珐·泽亚特。后者是苏维夫的母亲——一位开罗大学英语系教授的至交。苏维夫小时候便读过她的《敞开的门》，这部讲述一位年轻姑娘如何在民族主义斗争中成长起来的小说给她留下了深刻印象，也对她的创作倾向产生了潜移默化的影响。这在《在太阳眼中》有所体现，在小说结尾，阿西娅的确成长起来，将自己视为周围世界的一部分。在目睹了 20 世纪下半叶的风云变幻后，世纪之交的艾赫达芙·苏维夫似乎也经历了阿西娅所经历的变化，她更多地关注宏观政治，思考着一个问题，即"我们曾经在哪里，现在何处，又将何去何从"②。她依然着眼于其擅长处理的东西方关系，从女主人公的跨国恋入手，重要的是必须将这一跨文化关系放在特定的历史和政治语境下进行审视，因此在她的脑海中，便生成了这幅

---

① Ahdaf Soueif and Joseph Massad, "The Politics of Desire in the Writings of Ahdaf Soueif", p. 84.

② سامية مجرز وأهداف سويف، "خارطة الكتابة: حوار مع أهداف سويف"،
Journal of Comparative Poetics, No. 20 (2000), p. 179.
（赛米耶·穆志里兹、艾赫达芙·苏维夫：《写作的地图：与艾赫达芙·苏维夫对话》。）

以 20 世纪初和 20 世纪末埃及的政治为卷轴徐徐展开的"爱的地图"。她认为,尽管纷争不断,但爱是各民族交往的主旋律,它体现在安娜编织的带有法老和伊斯兰标志的挂毯,新月和十字架标志并存的 1919 年埃及抗英斗争旗帜,埃及同时通行的格里高利日历、伊斯兰日历和科普特日历中,也体现在谢里夫帕夏的慷慨陈词中:

> 目前,我们只有一个小小的期冀,即全世界人民良心的大同。

(484)

这一向前看的普世主义的立场是描画"爱的地图"的前提条件:只有彼此理解、认同和宽容基础上的"爱"才能突破地理概念中的"地图"所限,在不同国度、不同种族、不同文化之间繁衍生息,开花结果。

二 《爱的地图》政治转向的深层因素

艾赫达芙·苏维夫从私人空间转向公共空间、从性别政治转向宏观政治的创作走向的原因,除了与她所处时代的要求、她本人的政治旨趣相关之外,若我们将其放置于跨文化的语境下进一步考察,会发现其中深藏的后殖民女性主义因素。

与许多阿拉伯女作家一样,艾赫达芙·苏维夫的创作是从批判父权制的传统陋习起步的,《阿依莎》中的 8 个短篇皆如此。其中较为有名的是《泽娜的婚礼》(*The Wedding of Zeina*),该标题有意模仿苏丹小说家塔依卜·萨利赫讲述农村陋习的《宰因的婚礼》(*'Urs al-Zayn*,1962;*The Wedding of Zein and Other Sudanese Stories*,1968)。故事讲述了女仆泽娜在 15 岁时被迫嫁给长辈所定的男人,在新婚之夜又遭他们合谋粗暴检查处女膜。作者着力渲染了泽娜的舅舅在确定泽娜是处女后的狂喜,因为这有关家族的荣誉。在另一个故事《她的男人》(*Her Man*)中,泽娜的丈夫又娶了一位妻子,泽娜为战胜二房,在丈夫面前,谎称后者与他人有私情。丈夫一怒之下便休了第二个妻子,泽娜因此成功地保住了"她的男人"。对于泽娜的撒谎和诬陷行为,作者并未过多地指责,而是抱以宽抚和理解的态度,引发了读者对女主人公在家庭生活中所遭遇的不幸的深思。多年后,当艾赫达芙·苏维夫重温早期作品时,她诚恳地说道:"《阿依莎》中的某些故事现在看来,颇有些

'异国情调化'（exoticization）。在写作时，我只是想把那些曾经听到的故事碎片变成小说，但它们确实与西方的东方化想象和阅读期待一致——传统的、近乎魔幻的、有些野蛮的、感性的、近乎《一千零一夜》的世界。"①

处女作《阿依莎》使艾赫达芙·苏维夫迅速获得了西方读者的关注，的确有上述因素的作用。其好友爱德华·萨义德所总结的"东方主义"，是在西方久居之后的艾赫达芙·苏维夫日渐深刻体会到的，并促使她在《爱的地图》中直截了当地指出："西方新闻界的东方主义兴趣点就是宗教激进主义、面纱、一夫多妻制等。"（6）或许是急于与"自我东方化"撇清关系，在完成《在太阳眼中》这部大量涉及性话题的长篇小说和关注穆斯林妇女传统话题的短篇小说集《矶鹞》之后，艾赫达芙·苏维夫迅速转向，在《爱的地图》中以女性的视角大刀阔斧地切入公共话语和宏大叙事，对于昔日那些"小女人"的恩怨情仇已不再提。作为后殖民写作，这种转向本身就代表了一种反东方主义的立场。

虽然《爱的地图》以宏观政治为主线，但妇女问题始终是社会问题的一部分，也是艾赫达芙·苏维夫无意绕开的。在再次涉及该问题时，与先前的"异国情调化"相比，她表现出一种含混、调和的立场，传达出守望和维护民族传统的意识。如，小说中明确指出：

> 在埃及、土耳其、科威特和美国，穆斯林妇女开始寻求《古兰经》中存在的性别平等。问题出在对经文的误解和错误的实践。对于这些穆斯林妇女而言，女性主义运动的首要目标是重新理解和重估神圣的经文。（416）

作者对自身民族文化的肯定在许多场合下是通过异国女子安娜的个人感受来表达的。这位贵族出身的英国女性，是那个时代喜欢游历探险的欧洲人中的一员，但她幸运地未秉承西方将东方作为神秘而落后的"他者"来观察的习惯。当埃及的土地上充斥着殖民主义的傲慢和偏见的时候，富有人道主义激情的安娜能够从亲身经历和内心真实情感出发，发掘殖民地附属国人民及其文化中蕴含的美。安娜对埃及社会和埃及人的了解始于一次乔装探险，

---

① Ahdaf Soueif and Joseph Massad, "The Politics of Desire in the Writings of Ahdaf Soueif", p. 86.

她在日记中如此描写自己在莱拉的陪伴下，在前往苏伊士城的火车上戴上面纱乔装成埃及妇女时的感想：

> 使人得到最大解放的，是这条面纱。当我戴上它时，我可以尽情地看，别人却无法回看我。(195)

安娜在西奈之行后回到开罗，与莱拉一起参加当地妇女活动，聆听妇女解放运动的先驱泽娜白·法瓦兹的讲话，发现她们的闺房生活"并不像流行看法所以为的那样是沉闷难耐的"（237）。她在义无反顾地嫁给谢里夫帕夏后，开始亲身实践这种生活，与公公婆婆培养了一种亲密关系。

面纱一直是伊斯兰社会引发人们对妇女境遇关注的一个焦点。在《爱的地图》中，民族改革精英们也讨论面纱问题，一些人认为面纱与妇女解放并无必然联系，倡议脱下面纱反而会陷入与殖民主义的共谋，所以，"戴不戴面纱是妇女个人的自由"（380）。安娜在给查尔斯爵士的信中则如此解释：

> 人们开始接受建立世俗教育的倡议，逐渐习惯了面纱的消失，现在却反对这些新现象的发展，因为他们感到在殖民占领面前，必须维护自己的传统价值观。(384)

如果说安娜初次戴面纱心生欢喜尚出于好奇心，那么此时已经上升为一种理性的思考。

在《爱的地图》中，艾赫达芙·苏维夫通过安娜这一友好他者的眼光，对伊斯兰社会妇女事务做远距离的、间接的描述，表达了与欧美女性主义有所不同的后殖民女性主义和伊斯兰女性主义话语。关于"伊斯兰女性主义"，阿拉伯现代女性文学研究专家米利亚姆·库克曾总结道："一些阿拉伯女性公共知识分子正在建构一个新身份，以占据一种修辞位置，这有利于她们对知识生产的干预……她们有意表明，伊斯兰并不比任何其他认同更加传统，'女性主义者'并不意味着现代，也就不意味着模仿西方。"[①] 这种观点强调：阿拉伯妇女解放完全可以从自身的伊斯兰文明中汲取营养；追求解放并

---

① Miriam Cooke, "Women, Religion, and the Postcolonial Arab World", *Cultural Critique*, No. 45（Spring 2000），p. 151.

不意味着对传统和文化遗产的嘲讽与拒绝，而是挖掘其中光彩的、具有进步意义的一面。伊斯兰女性主义是全球后殖民女性主义的一部分。

事实上，艾赫达芙·苏维夫作品中的后殖民女性主义话语是始终存在的，无论是内心充满追求、敢于挑战传统的阿依莎，还是勇于表达自我、实现自我的阿西娅，抑或以民族和社会事务为己任的阿玛勒，她们均与西方流行观念中被压迫的阿拉伯女性形象形成鲜明对比。与此同时，这三位女主人公与作者艾赫达芙·苏维夫的名字首字母相同，暗示了一种深层的共性——她们均为具有跨文化经历的埃及中上层女性知识分子，代表的完全是一种都市精英女性的立场。这种立场，与农村及城市贫困妇女的实际遭遇相隔离，在谈及妇女问题时，有可能因宣扬后殖民女性主义，强调"不能用非本社会的标准来评判一个社会"，而在表面上偏向于文化民族主义。而这几乎难以避免，正如作者坦陈："在西方与我们的关系至今仍是以殖民和剥削为基础的情况下，个体无法做到中立。"[1] 但是，这种文化立场的实质绝非单纯的、片面的维护，而是主张对西方文化批判地吸收，对自身文化批判地继承。在后殖民理论看来，这种调和的、含混的态度，是站在所谓的"第三空间"（霍米·巴巴语），恰恰是有利于跨文化沟通的。职是之故，萨义德在评述20世纪80年代后活跃在西方世界的穆斯林女性主义者时曾指出："这些作品显示了在东方主义和中东（基本是男性的）民族主义整体话语下，经验之多样性与复杂性；它们在政治上和知识上是复杂的……它们既参与又不哗众取宠；于妇女的经历既敏感又不戚戚然。"[2]

毋庸置疑，艾赫达芙·苏维夫的小说创作是穆斯林女性主义话语的一部分，它抵抗殖民主义、东方主义，也抵抗极端民族主义。在《爱的地图》这部迄今已译成20多种语言的长篇小说中，艾赫达芙·苏维夫通过将19世纪英国式浪漫主义写作技巧与现代文学写作的宏大叙事相结合，展现了一个世纪波澜壮阔的时代政治风景，基本实现了向政治写作的成功转型。这一政治转型与当

---

[1]　محمد شعير، "أهداف سويف: أعود إلى مصر في الكتابة"، **جريدة أخبار الأدب**، 29 من أغسطس 1999، ص 31.（穆罕默德·谢依尔：《艾赫达芙·苏维夫：我在写作中回到了埃及！》，埃及《文学消息报》1999年8月29日，第31版。）

[2]　爱德华·W. 萨义德：《文化与帝国主义》，李琨译，第20页。原译文将"orientalism"译为"东方学"，笔者改为"东方主义"，以求全篇行文表达一致。

代阿拉伯女性创作趋向合流，也与后殖民女性主义密不可分。

第六节　实验写作与女性解放：拉嘉·阿莱姆的《鸽项圈》①

在 2011 年阿拉伯小说国际奖（阿拉伯布克奖）的最终角逐中，沙特凭借长篇小说《鸽项圈》（*Ṭawq al-Ḥammām*，2011；*The Dove's Necklace*，2014）梅开二度，使国际文坛的目光再次转向阿拉伯文学版图中这一从边缘日益走向中心的海湾国家。与上一年度不同的是，此次得主拉嘉·阿莱姆（Rajā' 'Ālam，1970 – ）是一位女作家，她不仅是沙特第一个获此殊荣的女作家，也是自阿拉伯布克奖 2008 年设立以来首位荣膺此奖项的女作家，标志着阿拉伯当代女性文学上升到了一个新水平，并获得了阿拉伯主流文学批评界难得的高度认同。

在沙特年轻一代的作家队伍中，1970 年出生的拉嘉·阿莱姆堪称该国文坛现代派的"急先锋"，并因实验手法而频频获奖。但是，阿拉伯文学评论界对其实验创作褒贬不一。他们承认拉嘉·阿莱姆实验写作的独特性和复杂性，支持者强调其反叛的实验精神和高蹈的审美追求，反对者则称其创作晦涩难懂，"充满了'贵族化'倾向，属于象牙塔内精英之精英创作，缺乏大众基础"②。如果从女性主义批评视角出发，会发现拉嘉·阿莱姆的实验创作与其一贯宣扬的女性解放主题是相呼应的。现代派实验手法在沙特兴起的初期，对方兴未艾的沙特女性写作曾经是一个抑制因素，因为它本非传统女性作家擅长的领域。拉嘉·阿莱姆敏锐地意识到这一点，并坚定地扛起实验的大旗，意在打破文学实验由男作家垄断的局面，反抗男性在一切领域，包括文学创作手法领域的霸权。她将西方现代派元素与阿拉伯古典元素并用，将现实与非现实交织，追求形而上的创作风格，这使她成为阿拉伯世界独领风骚的一位女性实验作家。

与埃及、黎巴嫩等开启文学现代性进程较早、对西方文论的吸纳较为循

---

① 本节内容曾以《〈鸽项圈〉中的文学意象及其文化符号》为题，发表于《外国文学评论》2014 年第 4 期，并转载于人大复印报刊资料《外国文学研究》2015 年第 2 期。

② أحمد زين الحياة، "رجاء عالم تخرج من صمتها وتكشف هواجسها"،

（艾哈迈德·齐尼·哈亚：《拉嘉·阿莱姆首次走出沉默，昭示心声》。）

序渐进的国家相比，20 世纪 80 年代沙特文坛现代派几乎是直接从结构主义符号学的文学批评思想起步的，追求文本的形式，并深受当时流行的"作者已死"这一源自形式主义的理念影响。拉嘉·阿莱姆也不例外。此外，其结构主义手法还受到其姐姐沙蒂娅·阿莱姆——一位画家和造型艺术家——的熏陶，追求抽象化的布局和意蕴。其多数作品充满了象征主义、超现实主义、苏非神秘主义、结构主义符号学、历史、传说故事和神话原型隐喻，导致语言晦涩，思想深奥，谜团重重，造成受众的阅读和理解困难，由此遭到批评家的诟病。有学者直言，拉嘉·阿莱姆的实验手法是一种奢侈的小众艺术，实际上无助于沙特总体的妇女解放运动。①

　　也许是在上述的外界反馈下，拉嘉·阿莱姆的近期创作开始考虑雅俗共赏，在语言和风格方面做出了一定改变。《鸽项圈》大约是她的第十部作品，尽管写作手法依然复杂深奥，但故事的可读性加强，令人难以捉摸的文字游戏减少，而语言依然保持了原有的诗性美感。小说采用了侦探小说的框架，以一具无名女尸拉开整个故事的大幕，如果从法国结构主义批评家罗兰·巴特（Roland Barthes）的观点出发，"这是一种讲故事代码，它提出问题，运用叙事造成悬念和神秘，然后随着故事的发展再来解决悬念和神秘带来的问题"②。但作者并无意构造一部传统的侦探故事，因为侦探的框架仅通行于小说上部，且情节缺乏一般侦探小说的严谨推理，案件真相至全书结尾处也未水落石出。与之相比，小说中建构的一些文学意象倒是更加耐人寻味，它们充满了巴特所强调的外延意义和内涵意义，起到了所谓"文化符号"的功用。本节拟选取《鸽项圈》中的三个主要文学意象依次进行分析，即案件的现场——艾布·鲁乌斯胡同；惊扰了整个古老街巷，使之成为网络新闻焦点的无名女尸；小说的标题——鸽项圈。笔者无意从文化符号学的理论向度探讨其意指建构，而是侧重于通过这些文学意象及其所承载的文化符号，展现作者在实验写作方面独特的创作理念、叙事策略和深刻的思想意识。

---

① عبد الرحمن بن محمد الوهابي، **الرواية النسائية السعودية والمتغيرات الثقافية**، العلم والإيمان للنشر والتوزيع، الطبعة الثانية، 2010، ص 224.

（阿卜杜·拉赫曼·本·穆罕默德·瓦哈比：《沙特女性小说与文化嬗变》，科学与信仰出版社，2010 年第 2 版，第 224 页。）

② 赵一凡、张中载、李德恩主编《西方文论关键词》，第 39 页。

一 艾布·鲁乌斯胡同

在《鸽项圈》中，艾布·鲁乌斯胡同是麦加穷人区的一条街巷，其意为"首级之父"，因史上传说四个偷盗克尔白天房旧幔帐[①]的异教徒的首级在此示众而得名。这是一条破败不堪的老街，它目睹着周遭的变化，自身也难逃被现代化淘汰的命运。在故事开头，艾布·鲁乌斯自称发现了一具裸体女尸，随着侦探活动的进行，胡同深处和整个麦加城所隐藏的社会乱象被一一揭开。

在小说中，艾布·鲁乌斯胡同是故事发生的地点，但是，作为"任何已知都有能力改变其命运的一条未知的胡同"[②]，毋宁说艾布·鲁乌斯是一个场域，是现实与想象的汇聚点。或者进一步说，艾布·鲁乌斯是女作家所臆造的一个空间，通过这条"每个网络均建立在神话传说之上"（10）的狭窄胡同，作者基本实现了从现实空间向文学空间的逃逸。

与历史学、人类学、地理学、物理学、几何学等学科所论的"空间"相比，文学文本中的"空间"是活跃的、生动的，充满了象征性和可能性。"它既是我们可感知和眼见的实体，也是沉淀于我们想象深处的实体。"[③] 作家创造文学空间，赋予其形而上的特质，既为了自由地想象，同时也是一种美学追求。而女作家更需要创造想象的空间，以反抗常规，曲折地记录父权社会对女性自我的压迫。

法国哲学家加斯东·巴什拉（Gaston Bachelard）认为童年的家宅是一个人最原初的存在空间，由此引发的记忆富于诗性。从该论点出发，我们不难理解出生于麦加，并在麦加长大的拉嘉·阿莱姆为何对麦加情有独钟。[④] 她

---

① 为表敬仰和珍视之意，穆斯林依照传统习惯，用绣有《古兰经》经文的黑色锦缎幔帐罩于克尔白天房外部，并每年定期更换。

② رجاء عالم، **طوق الحمام**، المركز الثقافي العربي، الدار البيضاء، الطبعة الثالثة، 2011، ص 9.
（拉嘉·阿莱姆：《鸽项圈》，卡萨布兰卡：阿拉伯文化中心，2011 年第 3 版，第 9 页。）本节出自该著的引文，将随文在括号内标出出处页码，不再另注。

③ ياسين النصر، **إشكالية المكان في النص الأدبي**، دار الشؤون الثقافية العامة، بغداد، 1986، ص 20.
（亚辛·纳绥尔：《文学文本中的空间难题》，巴格达：文化事务出版社，1986，第20页。）

④ 麦加是拉嘉·阿莱姆小说创作多次眷顾的空间，包括《鸽项圈》，以及此前的《瓦哈达娜先生》（*Sayidī Waḥdānāh*，1998）、《赫提姆》（*Khātim*，2001）、《丝绸之路》（*Ṭarīq al-Ḥarīr*，1995）。

迷恋麦加，熟悉它的每条街巷、每片砖瓦，将它们嵌入自己的虚构式想象中，并赋予其浓郁的苏非气息。她坚信麦加这座众生环绕的城市具有一种神奇的魔力，它承载着长辈及其本人的记忆，也囊括了宇宙所有的记忆，因为每个人心中其实都埋藏着记忆，在某个澄明的时刻穿越无意识，便可与该记忆取得联系。因此她认为："麦加于我是魔幻主义创作活动的核心，我努力复兴这一正在消逝中的核心，使之成为古老的仓廪。"① 麦加在拉嘉·阿莱姆的笔下，与其说是一座城市，毋宁说是一个意象，正如巴什拉的定义：意象的发生场域是在灵魂（soul）的活动中，它先于思维（mind）而出现。②

在《鸽项圈》中，拉嘉·阿莱姆致力于以现实与想象交织的手法反映麦加的社会变迁，艾布·鲁乌斯胡同则是"麦加地图的缩影"（9）。"作为唤起童年记忆的场域，胡同是沙特小说中仅次于乡村的常见空间，以呈现社会和文化的嬗变。有时，空间甚至成为小说的主角。"③ 艾布·鲁乌斯胡同正是如此，在小说中，它坐落于麦加城深处，是麦加小朝觐的必经之地，感受着中世纪以来阿拉伯—伊斯兰文明的起起落落；如今，就像一位羸弱的老者，坐在岁月的门槛上喘息，麦加的巨变被它尽收眼底。它发现：这座圣城古老的纯粹属性正在消失，新的杂糅身份随着钢筋水泥铸成的高楼大厦而逐渐成形。街上现代式快餐店比比皆是，商铺里充斥着韩国、中国制造的服装，"用手指一针一针绣出的或用藏红花染色的麦加服饰不见了"（155）。作者的匠心之处在于将艾布·鲁乌斯胡同拟人化，让它成为主角之一，引领读者在久远的时空与当下的时空之间游走，时而冷眼评判，时而长吁短叹，这强化了艾布·鲁乌斯胡同的意象性。胡同中的居民们，有的在痛切地缅怀昔日的历史精神，有的在闺阁中沉湎于西方的爱情小说，有的在清真寺里埋头诵经，有的则在回忆20世纪60年代广播里阿拉伯民族主义领袖纳赛尔的铿锵演讲。对于这些，艾布·鲁乌斯早已习以为常，"对人们心中的想法洞若观

---

① "راندة الأدب التجريبي السعودي رجاء عالم... أنثى اللغة وذاكرة المرايا"،
http：//www. jouhina. com/magazine/article. php? id = 3139.
（《沙特实验文学先锋拉嘉·阿莱姆：语言的阴性化与梦境记忆》。）

② See Gaston Bachelard, *The Poetics of Space*, trans. by Maria Joras, New York：The Orion Press, 1964, introduction xvi.

③ سامي جريدي،الرواية النسائية السعودية: خطاب المرأة وتشكيل السرد، ص 77.
（萨米·杰利迪：《沙特女性小说：女性话语与叙事构成》，第77页。）

火"（15）。艾布·鲁乌斯胡同由此成为麦加城、沙特，甚至整个阿拉伯世界的一个文化符号，充满了意指，与具有完全地理实体存在的麦加城相比，它是一个更加虚拟的、形而上的空间，让东方与西方的碰撞、传统与现代的冲突，以及由此导致的各种社会乱象在此充分上演。这是女作家面对思想尚不开放的社会的一个写作策略。

拉嘉·阿莱姆在《鸽项圈》中的叙事策略，主要体现在其多变的叙事视角和书信体的大量运用，而艾布·鲁乌斯胡同于此中作用重大。整部小说以艾布·鲁乌斯胡同的第一人称叙事开篇，后转为探长纳绥尔的童年叙事，而后，出租车司机哈利勒、摄影师穆阿兹、嫌疑人尤素福的母亲哈莉玛、失踪女子阿泽的父亲穆扎齐姆谢赫等诸多与案件有直接关联的人物悉数上场，在接受调查的过程中展开自述。在他们自述时，艾布·鲁乌斯基本处于退场状态。其每每重新上场，多伴随着探长纳绥尔的行动与思想，此时，它常以第一人称旁观者身份进行全知叙事或发表评论，并引领纳绥尔交叉阅读犯罪嫌疑人尤素福、另一失踪女子阿依莎的书信，如小说中的一段如此写道：

> 我——艾布·鲁乌斯，似乎是纳绥尔行踪的唯一观察者。为阅读阿依莎的信件，他频繁出入咖啡馆，一坐就是几个小时。我从不介意这个女教师渗透在电子邮件中的那些可笑情绪，在我的历史上，也从未觉得一个女流之辈会成为我的对手，因为我知道妇女生来就是为了屈服于现实——悲惨的现实。但是，（阿依莎的）那些话语还是从纳绥尔的脑海中不容分说地潜入了我的脑海：……（120）（下文引出阿依莎的第七封信）

这些书信体和来自各人物的多声部叙事构成了小说上部的主体，有些内容对推进故事情节发展帮助不大，略显冗长，需要阅读耐心。但是，这些非传统全知叙事手法的使用，在很大程度上弱化了作者的在场，使潜在读者以积极的方式参与文本的实现，通过自己的解读与阐释加强了小说的实验性，它体现了拉嘉·阿莱姆对"作者已死"这一理念的笃信。

对于艾布·鲁乌斯胡同的处理，作者剑走偏锋，让艾布·鲁乌斯不但充当一个叙事者，而且成为事件中的一个人物，拥有推动改变故事情节的力量。如，当探长纳绥尔发现阿伊莎书信中的字迹有变化时，艾布·鲁乌斯幽幽说道："纳绥尔怎能想象到：像我这样的一条胡同也会书写？"（93）然而，与其说艾布·鲁乌斯在小说中是一个个体，毋宁说是一个社会集团的象征，它承担了传统父权社会的职能，这是艾布·鲁乌斯胡同作为文化符号所具有的第二层意指。在上段引文中，它曾毫无隐讳地说："我知道妇女生来就是为了屈服于现实——悲惨的现实。"而在小说开篇，读者便已感受到艾布·鲁乌斯的"铁石心肠"："每日我从二更天便坐在那，深吸一口气，屏住几分钟，再从口中将气呼出，变成各种昏聩的话语和禁忌，让我的居民感到窒息。"（7）作者借阿依莎的书信揭露艾布·鲁乌斯腐朽的父权主义："艾布·鲁乌斯行为变态，目的是永远统治我们……对妇女的潜在镇压意志，通过母亲对女儿的一系列教导代代相传。"（98）阿依莎在一封信中干脆将艾布·鲁乌斯改称为"面纱之父"。艾布·鲁乌斯偶尔也会叫屈："我——艾布·鲁乌斯，既是作恶者，也是牺牲品。"（42）这里表达了作者拉嘉·阿莱姆的个人看法，她认为，伊斯兰社会的妇女问题是由父权社会和妇女双方共同造成的。

通过上述叙事策略，作者将艾布·鲁乌斯胡同由一个文学空间转化为一个意义丰富的文化空间。艾布·鲁乌斯作为一个意象在小说中发挥着多重功能，通过意指的叠加建构了一个复杂的文化符号。

二　无名女尸

《鸽项圈》起笔于胡同深处的一具裸体女尸，因家家户户羞于辨认，给其身份的确定造成了很大困难。探长纳绥尔最终将目标锁定在本街区两个失踪的姑娘：阿依莎和阿泽。随同阿泽一起失踪的还有其男友、报社记者尤素福，他有极大的作案嫌疑。纳绥尔的基本取证材料是尤素福在报上发表的文章及其写给阿泽的书信，以及女教师阿依莎失踪前写给德国男友，后丢弃在电脑回收站里的电子邮件。历史专业出身的尤素福是个与时代格格不入的反现代主义者，如痴如醉地迷恋着麦加的历史文化和精神性，在他心目中，"经常将两个恋人混同——阿泽与麦加"（11）。他痛心疾首地认为，石油时代的国人尽管物质生活富有，精神世界却很贫乏，经历着身份分裂和异化的痛苦。他在信中自白："命运错误地让我生于80年代，而后扭曲地活在21世纪。"（23）因此试图通过自己的文字，"收殓石油一代的身份碎片"（25）。

阿依莎的电子邮件则向读者倾诉了其生活的不幸与压抑感。她结婚不到两个月便被丈夫抛弃，年过三十却一直独守空房，整日与电脑为伴，活在虚拟的空间里。一次车祸导致她腿部残疾，赴德国治疗，其间结交了一名德国男友，后者打开了她封闭的世界，让她体会到生命的真正乐趣。回国后，她在信中控诉父权主义的罪恶："艾布·鲁乌斯胡同的姑娘们是出生在盒子里的"（158），"打小吮吸着母亲胸中忧愁的气息长大"（157）。她给德国男友解释自己名字的意思："'阿依莎'在阿拉伯语中意味着生，却并不表明活着。"（44）随着阿依莎的失踪，她百无聊赖的生活画上了句号。在 21 世纪依然被幽禁于艾布·鲁乌斯闺阁里的姑娘们中，阿依莎是个逃亡者。

纳绥尔对案件进行了各种调查，却无法理清线索，只好将其束之高阁，小说上部在此戛然收笔。那么女尸是谁？这其实并不重要，它可以是阿泽、阿依莎，或其他任何女子，"它可能是艾布·鲁乌斯的所有姑娘"（11）。因为它作为一个意象，象征传统父权主义桎梏下被压迫的女性群体；作为一个文化符号，其直接意指是其悲惨性。

上述是一方面。另一方面，"女尸也许不过意味着这一旧时代画上了句号，我们开始书写新的一行字……这也许是一个自然的发展趋向"（76）。阿依莎的身体看似可能已死去，但它也因此获得了新生，正如她宣称：

> 通过一次次行动，我找寻身体所失去的每个部分，除去多余的束缚和担忧。面具的游戏已经结束。（106）

这里涉及作者拉嘉·阿莱姆对女性身体的体认。拉嘉·阿莱姆无疑是个女性主义作家，尽管她热衷于文学实验，但其实验小说的主题很少离开女性的范畴，而是常以女性为其小说主人公①，"身体"是其中心词②。与其他多数控诉父权制的阿拉伯女性主义作家相比，拉嘉·阿莱姆更强调"还女性为人"，而不是"女人"，因为"女人并非生为女人"（西蒙·波伏娃语）。父权将"女人"定义为"没有思想和理性的人"，如果她拥有理性就不再是"女人"，而是个"阴阳人"。在另一部获奖小说《赫提姆》中，拉嘉·阿莱姆

---

① 拉嘉·阿莱姆的处女作《四个零》的标题即指向伊斯兰传统文化的"一夫四妻"制，"四个"妻子意味着家庭和社会地位的"零度"。另一部小说《鸟之炉》的女主人公也叫阿依莎，因未生育男婴而遭到丈夫厌弃，与《鸽项圈》中阿依莎的命运有几分相似。
② 比如《鸟之炉》中，"身体"一词出现了 200 多次。该作被视为沙特女性小说中创作技巧最高超、语言最艰深的一部作品。

塑造了一位生来就是"阴阳人"的女性，她在家着女装，出门必须打扮成男人，痛苦地在两个相异的世界之间分配着自己的身体，只有在琵琶师的琴声那里才能得到一种做"人"的统一感。她没有表达自我的权利，她困惑：谁将为她的身体做出最终决定，赋予其本来的身份？这种身份又该如何归类？

在《鸽项圈》中，阿依莎经历了西方文化的洗礼，更加大胆地谈论身体，她对德国男友这样倾诉：

> 通过我的身体，你为我分别指出属于男性（阳）的河流与属于女性（阴）的河流。河水宛如录音带，刻录下我们自童年起所经历的欢乐与挫折。忧伤的时刻不断淤积，最终堵塞了河道，阻碍河水继续向前流淌。（162）

她呼喊道：

> 来吧！用阴与阳点拨我的身体，让阳的节律升起，将我变成一团火球，再让阴将我变成一汪清水！在你的手中，我达到了何种曼妙的平衡?!（162、163）

这两段文字中的"阴""阳"均为汉字发音，说明拉嘉·阿莱姆对中国古代生命哲学的接受。如果从西方女性主义的视角出发，这里所声称的"阴与阳的平衡"，又与伍尔芙所主张的"雌雄同体"理论相呼应。

在小说下部，女主人公换成了努尔，她在马德里的大街上自由漫步，欣赏美妙的音乐、舞蹈，流连于博物馆和古代神庙，她最终成就了自我，成为一名画家和造型艺术家。她在内心感受着爱与美这一普世性人类定律的召唤：

> 让你的身体舒张，再舒张，让它占据每一个角落，让它向着无垠扩展，到达它所能到达的极限。（376）

在全书近结尾处，读者发现上部不了了之的女尸案有了答案：努尔原来就是失踪的阿泽。失踪或死亡意味着被压迫的女性在身体上的解放，继而走向精神上的升华。这是"女尸"这个文化符号的更深层意指。

作为一名深受苏非主义影响的女作家，拉嘉·阿莱姆的语言富于诗性、象征性和精神启示，常充盈着女性的生命意识。她让女性仰望苍穹，对宇宙张开怀抱，成为大自然不可分割的一部分，体验着生命的痛苦和欢乐；她让女性的身体成为人类生命典藏的奥秘，使二者相互创造。在《鸽项圈》中，她别具匠心地创造了"女尸"这一意象，使之成为一个具有双向意指的文化符号，在鞭挞伊斯兰社会传统父权主义对女性的戕害的同时，又寄托了妇女争取主体自由和解放的设想。她在小说中也指出，随着第三个千年的到来，沙特妇女权利与社会地位已得到不少改善，"妇女成为人权的一个象征"（200），犹如政府的一项形象工程。她甚至在与德国记者的访谈中，认为沙特妇女还是拥有许多优越性的，并不像外部世界所认为的那样悲催。考虑到她的有些小说和戏剧作品至今在沙特仍然被禁，尚无法断定此番表态是她反击西方"有色眼镜"所发出的肺腑之言，还是为应对严苛的政府审查制度而采取的迂回策略。

三 鸽项圈

"鸽项圈"是小说的标题。小说上部提到"鹁鸽"和"项圈"的次数并不多，此处略做摘录，并根据语境与意义分为两类。第一类与女性相关：

（1）当时，男孩想将姑娘像鹁鸽一样从深闺中解放出来。鹁鸽的眼睛是从不向后看的。（20）（摘自尤素福的信）

（2）有一次你曾说："阿依莎，你是一只鸟儿，我是你的天空，你永远可以快乐地翱翔。"（55）（摘自阿依莎的信）

（3）在案件发生的当晚，尤素福梦见一个穿着斗篷的姑娘像鹁鸽一样快步穿过胡同，向他走来。（65）（摘自艾布·鲁乌斯胡同的叙述）

第二类与麦加城相关：

（1）麦加就是一只鹁鸽，它的脖颈上缠绕着超越了人类想象力的色彩。（25）（摘自尤素福的信）

（2）昨晚我梦见一道白光，我将最后一丝白光放在你的手中，带着你飞翔。你倚靠着自己的手掌，如同坐在椅子上；我借助着那道光，带着你盘旋于山峦，我们俯瞰着清醒中的麦加。麦加是无须苏醒的，因为她从未入眠……我们将项圈从这只鹁鸽的脖颈上取下，于是它打了一个激灵。你我之间的光构成了它脖颈上的一道彩虹，铺驾在麦加的天际。（27）（摘自尤素福的信）

　　（3）鹁鸽降落在麦加禁寺广场上，沉默地盘旋于清真寺的上方。（37）（摘自作者的环境描写）

　　在第一类引文中，"鹁鸽"象征着自由和解放，意义了然。第二类引文中的"鹁鸽"和"项圈"又指什么？尤素福缘何说"你我之间的光构成了它脖颈上的一道彩虹，铺驾在麦加的天际"？"鸽项圈"在此显然极具意象性。

　　事实上，"鸽项圈"这一标题与安达卢西亚时代①大学者伊本·哈兹姆的著作几乎同名。② 伊本·哈兹姆的《鸽项圈》（*Ṭawq al-Ḥammāmah*）是阿拉伯—伊斯兰文明在安达卢西亚留下的一部千秋佳作，是集真实记述与哲学思辨于一体的、关于爱的主题的探讨。拉嘉·阿莱姆的同名小说下部故事的主要发生地点是西班牙，此并非巧合，而是作者有意与前文本达成互文性，延续对爱的主题的探讨。小说上部中有一句话给予了明示：

雄鸽转着圈，在漫步于房顶的雌鸽面前跳着爱的舞蹈。（135）

　　伊本·哈兹姆选取了帮助恋人鸿雁传书的鹁鸽作为爱的象征，又用项圈这一封闭的圆象征爱的永恒相随，使"鸽项圈"成为阿拉伯—伊斯兰文化中既定的一种文化符号，指向宽容、和谐、友爱精神。该含义在小说下部被直接道破，当努尔来到西班牙中部城市托莱多，等候她多时的一位犹太嬷嬷向她介绍托莱多在安达卢西亚文明时期是如何的开放与宽容，并拿出一部伊本·哈兹姆所著的《鸽项圈》做热情的宣讲。作者如此急切地点题显得有些

———————————

① 中古时期阿拉伯帝国和其后分裂出的北非诸王朝在安达卢西亚（今西班牙南部地区）的统治持续了近 8 个世纪，安达卢西亚文明被视为阿拉伯—伊斯兰文明在异域绽放的一朵奇葩。

② 二者的细微差异仅在于"鹁鸽"一词的词尾。若精确翻译，伊本·哈兹姆的《鸽项圈》应被译为"一只鹁鸽的项圈"。

刻意①；相比之下，如下的句子更具韵味：

> 这个城市没有宣礼声，每日清早，唤醒她（努尔）的是鹁鸽扑棱翅膀发出的声音。（465）

走在马德里的广场上，努尔惊喜地发现，这里的鹁鸽和麦加的一样多。她多么希望是麦加的鹁鸽飞到了这里，因为爱是没有国界、不论宗教的。

伊本·哈兹姆在《鸽项圈》中探讨爱，认为爱是联系全人类的桥梁，因此被嬷嬷赞誉为"天堂的一把钥匙"（491）。拉嘉·阿莱姆也在小说《鸽项圈》中探讨爱，她赋予"鸽项圈"更多的是苏非主义色彩。

在伊斯兰文学史上，苏非主义者常用鹁鸽这一意象来表达对"绝对"的热望和爱。如伊本·阿拉比在诗中对鹁鸽吟道："我在清晨和黄昏祈祷以热忱之心与你呼应/灵魂在枝头相遇，彼此相偎又相依……爱就是我的信仰，无论于何处成形。"② 拉嘉·阿莱姆笔下的鹁鸽颇具一丝相似的意味：

> 一切悲剧和喜剧的情节都在这个胡同中上演，唯有鹁鸽永远在重复自己的角色，当它听到恋人的咕咕呼唤，就扑棱翅膀飞腾起来，在胡同上空画出一道完整的彩虹，以表达心中的热望……（488）

在上部中，小说《鸽项圈》中对"爱"的直接探讨，主要是通过阿依莎给德国男友的电子邮件进行，如：

> 你为何指望爱能永存？它不过是一种情感，如同喜怒哀乐，转瞬即逝。（98）

此时，阿依莎正开始研读英国作家 D. H. 劳伦斯的小说《恋爱中的女人》，她不断地体会，比照自己的境遇。她和男友热切地讨论该小说，在信中做了不少摘抄，并附上页码。这里体现了作者拉嘉·阿莱姆对脱胎于结构主义的

---

① 当然，拉嘉·阿莱姆的另一题旨是引出嬷嬷藏在书中的钥匙模型图。这把钥匙能打开所有的大门，意即通向"绝对"和"终极"，是贯穿故事的另一重要线索。笔者以为"万门之钥"的意象性略显单薄，故在此暂不论之。

② ابن عربي،ذخائر الأعلاق، شرح ترجمان الأشواق، دار الآداب، بيروت، 1981، ص 40- 44.

（伊本·阿拉比：《珍贵的宝藏》，贝鲁特：文学出版社，1981，第40~44页。）

互文性理论的再次运用，如：

> 当他对厄秀拉喁喁低语"我爱你"时，他感受到的情感已不仅是爱，而是对自我的超越，超越旧的存在……"我"这个人称代词已不复存在，他不再是他，她也不再是她，两人已合而为"一"——一个崭新的、双向的、美妙的存在。（《恋爱中的女人》第416页）（107）

在自我和他者的对立统一关系下观照"爱"，一种苏非主义式的"大爱"便诞生了：

> 宇宙中涌动着各种交互的信息，在光的世界中，界限消弭了，来自八方的人们追寻着纯粹的爱，交换着欢笑与关怀……（45）

"光"是苏非主义探寻"绝对"时的表现。阅毕全书，当读者再回头读尤素福信中所言的"你我之间的光构成了它脖颈上的一道彩虹，铺驾在麦加的天际"，会若有所悟：作者是在期冀这种体现东西方文化之共同精神、超越自我的"大爱"成为鹁鸽颈上新的项圈，让麦加这座日益国际化的都市成为跨越种族、宗教纷争的典范，让人类重新和谐共处。这是拉嘉·阿莱姆在新的历史语境下，通过与东西方前文本的互动，对"鸽项圈"这一既定的文化符号做出的进一步阐释。

拉嘉·阿莱姆除了让《鸽项圈》浸染女性主义主题，还致力于以现实与想象交织的手法揭示沙特的社会历史变迁。在作者眼里，麦加既是一座圣城，也是一座人间城市，充盈着人类的生活遭遇和日常斗争。通过人物的日记与书信、历史文件记录、作者摄影机式的场景描绘，读者发现，麦加在走向全球化的同时，也在遭受全球化的侵蚀，"麦加的变化不仅在于躯体，也在于精神"（189）。作者批判极权、腐败、剥削、犯罪，以及以经济发展为由对古老文明的破坏；但她认为，这些丑恶现象也同时发生在世界其他地方，巨变中的世界就像一个为追逐高额利润不择手段的巨型企业，罔顾传统精神销蚀于物质主义的侵袭中，而麦加只是全世界的缩影。① 如何应对这种

---

① 在小说下部中，女主人公努尔是爱与美的精神化身。其表面身份是一个被阿拉伯犹太裔实业家哈立德·绥哈尼包养的女子。绥哈尼实际上就是在麦加大兴土木的房地产企业老板，其西班牙之行的目的是寻找那把失踪的"万门之钥"。作者如此构思似意在指出，在当代，物质主义利欲熏心的脚步已非传统精神力量所能阻挡。

巨变？小说中尤素福将普鲁斯特的《追忆似水年华》视为"开启心门的钥匙"（213），固执地在"黑与白的世界中"（212）找寻失去的时空。但作者认为，现代人正是于"失去"中存在，因"失去"而意欲寻觅，获得爱、生活和工作的动力。在这一点上，麦加这只"脖颈上缠绕着超越了人类想象力的色彩"的"鹈鸪"，或许会给人们提供些许答案。

本节就沙特女作家拉嘉·阿莱姆在《鸽项圈》中演绎较为成功的三个文学意象及其文化符号做了一定的剖析，揭示了其丰富性、立体性和深刻性。笔者认为，这是《鸽项圈》的实验写作得以成功的一个关键因素。客观地说，尽管拉嘉·阿莱姆以实验文学见长，但悬疑解密故事并非她的长项，她在《鸽项圈》中竭力采用时下流行的元素，甚至有模仿小说家丹布朗的痕迹。许多读者在绞尽脑汁读完了那些隐藏的历史、飘忽的真相后，对故事的结局仍无法把握，甚至不知孰是孰非，这有些令人遗憾。但这或许是拉嘉·阿莱姆的用意所在，她希望"一千个读者眼里有一千个哈姆雷特"，因为文学的主要功用是促进"个体的解放"，这不仅指作者有权在意象、符号等方面做任何创新，也包括受众的解读环节。她一直认为："多元的解读是衡量作者是否成功打破旧模式的一个标准。"[1] 在《鸽项圈》中，她指出："贝多芬胜于巴赫之处在于他敢于反叛规则，虽然后者因严格遵循音律成为那个时代的楷模。"（456）作为一位"敢于反叛规则"的女作家，拉嘉·阿莱姆以自己的实验写作独辟蹊径，与男权的垄断意识展开对话，追求"个体的解放"，她所取得的成就已经使这种"个体解放"毫无疑问地成为阿拉伯女性主义"群体解放"的重要环节。

---

[1] See Saddeka Arebi, *Women and Words in Saudi Arabia*：*The Politics of Literary Discourse*, New York：Columbia University Press, 1994, p. 114.

第五章

当代阿拉伯跨文化写作：
从边缘走向中心

第一节　综述

"跨文化"（transculturation）一词最初出现于 20 世纪 40 年代，是古巴人类学家费尔南多·奥尔蒂斯（Fernando Ortiz）在描述古巴非洲裔文化时提出的一个术语，以取代两个旧有的词语："文化互渗"（acculturation）与"去文化"（deculturation）。① 20 世纪 70 年代，厄瓜多尔学者安吉尔·拉玛（Angel Rama）将该术语引入文学研究。根据纽约大学教授玛丽·路易丝·普拉特（Mary Louise Pratt）的观点，跨文化现象多发生在"接触地带"（contact zone）。当地理和历史上原本隔绝的人们进入"接触地带"，必然产生碰撞和冲突；同时，也会努力创造空间和时间上的主体共存，"接触"一词即强调了两种异质文化的沟通与交流。"跨文化"一词可涵盖两种现代语境下的互动与共存：被殖民者与殖民者之间、旅居者（travelers）与主位者（travelees）之间。"跨文化"虽然以共存为旨归，却是"在两个权力关系不

---

① See Mary Louise Pratt, *Imperial Eyes*: *Travel Writing and Transculturation*, London and New York: Routledge, 1992, p. 228.

平衡的主体之间"进行的。① 从属的一方通过使用主位者的语言，挪用对方的习语，赋予自我再现以活力，从而达成对从属性的抵抗。

由于地理和历史的因素，阿拉伯当代文学中的非阿语创作呈现出明显的跨文化特征。坐落于"五海三洲"之地的阿拉伯世界是诸多古老文明的发源地，自古以来也是诸多人类文明的交会处。在这里，诞生了尼罗河流域的古埃及法老文明、地中海沿岸的腓尼基文明、两河流域的美索不达米亚文明（苏美尔文明、阿卡德文明、巴比伦文明、亚述文明等）；中古时期，在融合西方的古希腊、罗马文明，以及东方的古波斯、印度文明的基础上形成了辉煌灿烂的阿拉伯—伊斯兰文明。自15世纪起，阿拉伯世界成为奥斯曼帝国的一部分，近现代以来则直面欧洲列强的殖民侵略。19世纪末20世纪初，尚处于奥斯曼帝国框架内的阿拉伯土地几乎被欧洲殖民主义势力瓜分殆尽。埃及是首个从奥斯曼帝国统治下独立出来的国家，但在1882年被英国占领。与此同时，苏丹也落入英国殖民者之手。一战结束后，英国和法国作为战胜国一方开始对马什里克地区②实行委任统治，阿拉伯东部被划分为黎巴嫩、叙利亚、伊拉克、巴勒斯坦和外约旦。尽管阿拉伯半岛并未遭受直接的殖民入侵，但随着印度洋西部沿海地区沦为英国的殖民地，亚丁成为英国殖民扩张的一个重要战略据点。至于马格里布③，则有阿尔及利亚和突尼斯先后于1830年和1881年成为法国殖民地，摩洛哥和利比亚在20世纪初分别被法国和意大利所占领。阿拉伯世界摆脱殖民统治和外国占领始于二战结束后，在殖民遗产废墟上建立各个独立民族国家的进程持续了20多年。其中巴勒斯坦是个例外，1948年该地区在原殖民者的策划下，被新成立的以色列国所占据，引发了至今无法化解的巴勒斯坦问题。

与殖民主义军事占领同步的是教育系统和语言领域的文化入侵。在马什里克地区的埃及、巴勒斯坦、黎巴嫩等地，法英两国派遣基督教传教士开设了许多法语、英语学校，后来，崛起的美国也加入了此行列。19世纪末20世纪初，法语和英语取代了土耳其语，成为贵族、知识阶层的日常语言。与

---

① See Mary Louise Pratt, *Imperial Eyes: Travel Writing and Transculturation*, pp. 6 - 7.
② 马什里克，指埃及以东的西亚阿拉伯地区，包括埃及，但不包括阿拉伯半岛。
③ 马格里布，指埃及以西的北非阿拉伯地区。

此同时，在民族主义世俗改革分子的努力下，效仿欧洲模式的阿拉伯语新式教育系统在马什里克建立起来，阿拉伯语仍然是官方语言，被城乡大众广泛使用。随着 20 世纪中叶各国独立和大学教育的蓬勃发展，阿拉伯语在马什里克地区取得了书面语和口语的双重主导地位。马格里布地区的情况却大相径庭，都市化的殖民系统占领了城乡教育领域，全面侵入本土文化，殖民者的语言在政府和学校取代了阿拉伯语或土耳其语，并成为人们的生活用语。法国的文化殖民政策在马格里布地区异常成功，以至于阿尔及利亚、突尼斯、摩洛哥独立后，法语依然以通用语言的身份在三国流行。关于马格里布作家的深度法语写作，本章第二节将予以专门探讨。即便在马什里克地区，法语的持续影响力也超过了英语。关于这一点，爱德华·萨义德曾评述道："英语从未在阿拉伯中东殖民地扎下根，该地区英语文学创作相较于印度或非洲都要少得多。"①

　　阿拉伯世界所遭遇的上述这段殖民史，是当代一些阿拉伯文学家采用英语或法语进行创作的根本原因，他们的作品属于典型的后殖民文学。除此之外，持续不断的迁徙和流亡也使阿拉伯当代文学中非阿语写作得以发展。当代阿拉伯人的去国离乡多由地区政局动荡、战争频仍、社会腐败、经济凋敝所致，虽有其地缘性的特殊因素，却是在全球后殖民的总语境下发生的。有学者认为，这不啻一场新的"流散"："阿拉伯的流散并不仅仅限于巴勒斯坦人，而是涵盖了所有久居异国他乡的阿拉伯人。"② 作为知识界、思想界精英的小说家和诗人，是这一庞大队伍中的重要成员。当他们长途跋涉至伦敦、巴黎、纽约等西方大都市后，一些人依然坚持用阿拉伯语进行创作，如苏丹作家塔依卜·萨利赫、黎巴嫩女作家哈南·谢赫、叙利亚诗人阿多尼斯、叙利亚作家扎卡利亚·塔米尔（Zakarīa Tūmir，1931 – ）、约旦作家艾姆杰德·纳绥尔（Amjad Naṣir）、黎巴嫩作家伊利亚斯·扈利。因为耳濡目染西方思想，他们的阿语创作赋予了当代阿拉伯语文学一种新的创造性。另一些人选择用所在国的语言创作，英语创作者如埃及女作家艾赫达

---

①　Syrine Hout, *Post-War Anglophone Lebanese Fiction*：*Home Matters in the Diaspora*, Edinburgh：Edinburgh University Press, 2012, p. 5.

②　Zakia Smail Salhi and Ian Richard Netton（eds.）, *The Arab Diaspora*：*Voice of an Anguished Scream*, London and New York：Routledge, 2006, p. 2.

芙·苏维夫、突尼斯女作家萨碧哈·赫米尔（Sabiha al-Khemir，1959 - ）、苏丹作家杰马勒·马哈朱布（Jamal Mahjoub，1960 - ）；法语创作者如摩洛哥作家塔哈尔·本·杰伦、阿尔及利亚女作家阿西娅·杰巴尔。此外，还有用西班牙语、葡萄牙语、德语、意大利语、希腊语等其他西方语言创作者。这些阿拉伯流亡文学家无论是继续用阿拉伯语写作，还是改用外语写作，选择用法语、英语等外语创作者，无论其已流亡在外，还是仍生活于自己的祖国（如许多马格里布法语作家），他们的文学创作都已不再是纯粹的阿拉伯文学，也不能归入纯粹的法语或英语文学，而是居于"第三空间"的"杂糅文学"（hybrid literature），其共同面对的是关于自我身份的诘问。学者彼得·克拉克（Peter Clark）称之为"边缘文学"（marginal literature），"它也可以被定义为所谓'乡关何处'（ghurbah，ightirāb）的流亡文学"①。他进一步断言，与主流的民族主义文学相比，这些文学触及了更为普世性的主题，所以，"边缘应该被主流化，主流应该被边缘化"②。从当代后殖民批评理论出发，这似乎是符合逻辑的，一如斯皮瓦克（Gayatri C. Spivak）关于"中心即边缘"的论点，因为"边缘不再是处于一个整体的外部，边缘本身就是一个完整的整体"③。

但是，在历尽艰辛方赢得独立的阿拉伯世界，民族主义是引领国家建设和民族振兴的旗帜，一种统一的官方语言则是民族团结及身份大一统的标志，也是统治阶层建立政权合法性的基础之一。后独立时期的阿拉伯意识形态长期浸淫在民族主义豪情中，文学批评界也深受影响，倾向于将阿拉伯作家创作的非阿语文学排除在阿拉伯文学的范畴之外。由于种种因素，使用外语创作的阿拉伯作家则感受到民族中心主义思想的巨大压力，其中不乏自身民族主义情绪浓厚的作家，如早年留学法国，以小说《娜志玛》（*Nedjma*，1956）一书成名的阿尔及利亚法语作家卡提布·亚辛（Katib Yasin，1929 - 1989）声辩道："用法语创作的阿尔及利亚文学是独立于该语言的，与之没有情感的或种族的联系。它表达的是其自身的处境和精神，充满了阿尔及利

---

① Yasir Suleiman and Ibrahim Muhawi（eds.），*Literature and Nation in the Middle East*，Edinbrugh：Edinburgh University Press，2006，p. 187.

② Yasir Suleiman and Ibrahim Muhawi（eds.），*Literature and Nation in the Middle East*，p. 188.

③ 任一鸣：《后殖民：批评理论与文学》，第59页。

亚人民的智慧，以及他们立志从帝国主义中解放出来的决心。"① 他声称自己
用法语写作的目的是展示殖民系统的问题所在，因而是民族主义的。为了更
接近普罗大众，亚辛长居阿尔及利亚后放弃了用法语写作，转而用阿拉伯语
口语和柏柏尔语（塔马齐格特语）的杂糅方言创作戏剧，并致力于将剧作搬
上舞台，以工人、农民和学生为主要观众。

　　侨居英国伦敦的阿拉伯语言文学专家，现任阿拉伯布克奖董事会主席亚
希尔·苏莱曼（Yasir Suleiman）在《身份的间性：跨民族文学中的语言》
（The Betweenness of Identity: Language in Trans-national Literature）一文中详
细总结了20世纪末阿拉伯文学评论界两种相反的代表性意见。一种意见来
自埃及著名作家和文学理论家爱德华·赫拉特，他以"文学即语言"为依
据，认为文学文本的语言是身份建构"最终的""决定性的"因素，因为语
言决定了文学文本在词汇、句法、文化等方面的民族精神气质和视界
（ru'yā）。他用两个发音相似的阿语单词来分别表示文本的内容和形式（语
言），并认为，是"语言"（qālib，原意为"框架"）而非"内容"（qalb，
原意为"心脏"）决定了文本的身份。赫拉特虽然是位阿语作家，但同时精
通法语，熟谙法语文学传统。他质疑阿拉伯作家法语作品内容中的阿拉伯属
性，因为它们在作者本人的"翻译"过程中添加了法语的元素，无法传达其
原初意义，它们让阿拉伯人和不懂阿语的法国人都感到"异域化"
（exoticism）。另一种意见来自马哈茂德·卡西姆（Mahmūd Qāsim）。他强调
用法语创作的阿拉伯文学只能被视为阿拉伯文学，不能被视为法语文学，因
为文学文本的身份不是由语言，而是由叙事声音、情节、人物及其思想来决
定的。照此观点，作品的身份在根本上取决于作者的国籍/族裔。多数阿拉
伯的法语作家将其作品与法语世界相联系，只是一种主观意愿。②

　　上述两种意见的共同之处是以非此即彼的二分法，来否认"居间状态"
（betweenness）。对此，亚希尔·苏莱曼表示反对。他认为，在阿拉伯语占统
治地位的阿拉伯世界，虽然不能忽视语言在确定文学文本身份时的作用，但

---

①　Kamal Salhi, *The Politics and Aesthetics of Kateb Yacine: From Francophone Literature to Popular Theatre in Algeria and Outside*, The Edwin Mellen Press, 1999, p. 102.

②　See Zakia Smail Salhi and Ian Richard Netton (eds.), *The Arab Diaspora: Voice of an Anguished Scream*, pp. 15 – 16.

是，后殖民时代引发了广泛的身份政治问题，所谓的"居间性"是存在的。关于阿拉伯语境下后殖民文学文本的身份问题，他主张运用"文本间性"（intertextuality）理论。质言之，后殖民文本的身份是相对的（relational），必须考虑到文本、作者、读者及其相关文化，还必须考虑具体语境，即文本处于怎样的历史和文学交会点。而且，文本的身份并非一成不变，而是完全开放的，它处于不断的建构之中。关于这一点，作家们也有自己的看法，如旅法摩洛哥著名法语作家塔哈尔·本·杰伦虽然认为"我们今天的法语创作……归根结底首先是马格里布的，不能将其列入法语文学中……这很明显，盖因此处的关键是想象力。我的想象力是祖国的历史赋予我的，它与祖国的联系是永不会断绝的"；但是，"我不是两种文化的中介。我是同时存在于两种文化之内的"①。

　　苏莱曼还援引了诺贝尔文学奖得主、尼日利亚著名作家钦努阿·阿契贝（Chinua Achebe）的例子。阿契贝一直用英语创作，他曾说："我别无选择。我的语言是别人给我的，而我也愿意使用它。"② 早在20世纪50年代的一次学术会议上，阿契贝就谈到了如何确认非洲文学的身份问题，会议最终达成了一个含糊的认同："具有切实非洲情节的创作，与源于非洲经验的创作是一个整体。"这至少肯定了语言不是判定身份的标准。阿契贝还表示："那些选择用英语或法语创作的非洲作家……是整个非洲新国家身份建构过程中的副产品。"③ 虽然阿拉伯世界与非洲的情况不尽相同，但是，以他者的语言写作的阿拉伯作家，同样是在一个"复数"（plurality）空间内，致力于建构一种全新的"复数"身份。他们常常认为自己既是"此"，又是"彼"，并非出自简单的一厢情愿。在那些以西方语言进行创作的作家心目中，或许其第一目标读者是西方人，但不能据此否认其"第三空间"的处境与立场。

　　在全球化日益深入的当代，各民族文化已不可避免地走向相互交往对话、影响渗透，阿拉伯跨文化作家也逐渐得到该区域内外文学界和批评界的

---

① "A Conversation with Taha Ben Jalloun: Toward a World Literature", *Middle East Report*, No. 163 (March-April 1990), pp. 30 – 33.
② 任一鸣：《后殖民：批评理论与文学》，第174页。
③ Zakia Smail Salhi and Ian Richard Netton (eds.), *The Arab Diaspora: Voice of an Anguished Scream*, p. 23.

认同。那么，如何评价阿拉伯当代文学的跨文化写作对世界文学所做的贡献？长期旅居美国、活跃于美国大学讲坛的黎巴嫩作家、学者伊利亚斯·扈利呼吁道："阿拉伯移民用西班牙语、葡萄牙语、英语、法语创作的文学应该得到研究，因为这可以帮助我们将'世界文学'重新定义为一种氛围。在这种氛围下，那些流亡在外的异乡人，以及身处祖国的异乡人，得以荟萃于此，用各种语言为全人类构建某种统一性。"①

以世界最大的移民国家——美国为例，毋庸置疑，来自全球的移民在使美国日益成为一个国际化大国的同时，也为美国文学的发展带来了源源不断的活力，这体现于文学创作实践与文学理论批评领域的多元性与先进性。在"美国少数族裔文学的大发展和被广泛承认"②的背景下，阿拉伯移民文学的贡献却出于种种原因没有像非裔、犹太裔、拉美裔，甚至亚裔文学那样得到应有的重视，尽管其中不乏获得美国各类图书奖项的作品。对此，已在美国工作与生活了 30 多年，拥有自己出版社的黎巴嫩裔女小说家、诗人埃特尔·阿德南在发出呼吁的同时，也不禁感慨道："移民至此的阿拉伯裔美国人是一个伟大文明的传承者，该文明曾是推动人类文明走向今日的重要力量。这种传承性赋予了我们一种自豪感。"③

本章所探讨的阿拉伯当代跨文化写作现象，重点关注使用法语、英语进行创作的阿拉伯作家，并将之视为后殖民时期全球化进程的一帧图景，其积极意义是不可抹杀的。

第二节　移民作家笔下的黎巴嫩内战浮世绘

一　关于黎巴嫩内战的跨文化叙事

黎巴嫩是个拥有四百万人口的地中海东岸国家，境内多山，风光秀丽。在近现代史上，黎巴嫩曾遭受奥斯曼帝国长达 500 年之久的封建统治，但其

---

① Syrine Hout, *Post-War Anglophone Lebanese Fiction*：*Home Matters in the Diaspora*, p. 6.
② 江宁康：《美国当代文学与美利坚民族认同》，南京大学出版社，2008，第 xv 页。
③ Steven Salaita, *Arab American Literary Fictions*, *Cultures*, *and Politics*, New York：Palgrave Macmillan, 2007, p. 153.

政治制度多沿袭自法国委任统治时期（1918～1943），西化程度较高，崇尚民主和多元化。在经济上，黎巴嫩曾是中东地区最富裕的国家，有"东方瑞士"和"近东巴黎"之称。作为一个地中海沿岸国家，黎巴嫩与南欧、北非国家拥有许多共同的历史和文化；作为一个西亚国家，又与亚洲国家有共性可言。在阿拉伯世界，黎巴嫩是唯一的基督徒与穆斯林人数几乎均等的国家，全国有18个合法的宗教派别，因此与多数中东国家不同的是，它缺乏指定的官方宗教，相同之处则是父权制文化盛行，重视家族亲缘关系。

　　黎巴嫩是阿拉伯世界文化教育最为发达的国家，有为数不少的大学、知名出版社与报刊社。黎巴嫩的文学传统尤其优良，每年出版的文学类书籍在阿拉伯国家首屈一指。由于思想与创作气氛相对自由，1975年内战爆发前的贝鲁特一度是黎凡特①文学群英荟萃之地。黎巴嫩还可能是阿拉伯首部现代小说的发源地。②值得强调的是，20世纪初至40年代以侨居美国的黎巴嫩小说家和诗人为主力所创作的阿拉伯旅美派文学，以其浪漫主义与现实主义并重的倾向，"在作品的思想、内容和艺术形式等各方面都进行了全面的革故鼎新，而别树一帜、另具一格"③，在阿拉伯现代文学史上书写了浓墨重彩的一页篇章。纪伯伦·哈利勒·纪伯伦、米哈伊尔·努埃曼（Mikhāʼīl Nuʼaymah，1889－1988）、艾敏·雷哈尼（Amīn al-Rayhānī，1876－1940）被公认为阿拉伯旅美派文学"三杰"。但随着纪伯伦离世，努埃曼与雷哈尼相继回国，旅美派文学也告别了其发展高潮。黎巴嫩境内的小说艺术则是在二战结束后，随着国家的独立逐渐发展起来的，涌现出一代深受西方存在主义思想影响的作家，关注个体自由与反抗，如苏海勒·伊德里斯（Suhayl Idrīs，

---

① 黎凡特（Levant）是一个地理古称，大致指中东托罗斯山脉以南、地中海东岸、阿拉伯沙漠以北和上美索不达米亚以西的地区，包括现在的叙利亚、黎巴嫩、以色列、巴勒斯坦、约旦五国。

② 布赛娜·谢尔班博士在其专著《阿拉伯女性小说百年（1899—1999）》中，曾从小说所应具备的要素考察，论证了阿拉伯首部小说实际出自黎巴嫩女作家泽娜白·法瓦兹（Zaynab Fawāz）之手。该作名为《花乡姑娘》（Ghādah al-Zahrāʼ，1899），或名《善有善报》（Ḥusn al-ʻAwāqib），比阿拉伯现代文学史家多认同的首部小说——埃及男作家穆罕默德·侯赛因·海卡尔所作的《泽娜白》早15年。还有一种说法认为，最早出现于阿拉伯文坛的中篇小说是旅美文学派作家纪伯伦所创作的《折断的翅膀》（al-Ajniḥah al-Mutakkasirah，1911）。

③ 仲跻昆：《阿拉伯文学通史》下卷，第659页。

1923－2008，著有小说《拉丁区》）、莱拉·巴阿莱贝基（著有小说《我活着》）等，与埃及、伊拉克、叙利亚等国盛行的社会主义现实主义曲调有所不同。与此同时，腓尼基文明，希腊、罗马的基督教文明元素，以及地中海意象在黎巴嫩独立后的文学作品中得到强化，甚至有人提议将阿拉伯语拉丁化，作为黎巴嫩的官方语言。一些基督徒作家借书写山区乡村文化来寄托历史怀旧情感，在20世纪60年代初期发展为一股民间故事化的潮流，以期塑造一种浪漫主义的、理想主义的黎巴嫩乡土文学，其中包含着对国家大一统的渴望。随着巴勒斯坦难民的涌入，阿拉伯民族主义和复兴党等革命思潮的传播，以及国内宗派政治斗争的日益升级，这种潮流逐渐消退。与此同时，现实主义基调得到加强，许多作家开始主张将黎巴嫩视为大阿拉伯民族的一个自然组成，而不是一个分离的实体。

　　1975年旷日持久的黎巴嫩内战爆发。黎巴嫩内战的根本原因是基督徒与穆斯林的对立。1920年法国委任统治时期划定的大黎巴嫩版图，以及1943年黎巴嫩独立时制定的关于权力分配的宪法①，都保障了占全国人口大多数的基督徒的权益，也为日后维持黎巴嫩与西方的友好关系打下了基础。然而，在随后的几十年间，穆斯林的高出生率使人口比例迅速失衡，曾为第三大宗派的什叶派穆斯林跃居首位，逊尼派穆斯林保持在第二位，基督徒与穆斯林之间不断地发生利益冲突。当以逊尼派穆斯林为主的巴勒斯坦难民在两次中东战争后大量流入黎巴嫩国土时，一方面给黎巴嫩脆弱的人口平衡带来了进一步威胁；另一方面，存在于黎巴嫩政府管辖之外的巴勒斯坦武装威胁着马龙派基督徒，对黎巴嫩18个宗派团体之间的权利分配亦产生了微妙的影响。上述原因加之其他复杂因素，终至1975年黎巴嫩内战的大爆发。

　　"国家不幸诗家幸，赋到沧桑句便工"，内战的爆发为文学的发展提供了契机，形势的剧变、血腥的冲突激发了一代黎巴嫩文人。在这场持续16年的内战期间，以及内战结束后，文学成为黎巴嫩重构自我形象的最佳平台，小说叙事的作用也显得更加重要，强调国家不仅仅是个外在的地理疆域，更是一个以共同文化为追求的内在思想场域和心理实体。许多当代叙事通过描绘

---

①　1943年黎巴嫩独立时各教派之间签署了《国民公约》，按照当时各教派人口比例分配权力，规定总统由基督教马龙派教徒担任，总理由逊尼派穆斯林担任，议长由什叶派穆斯林担任。

一个被污染的丑陋空间，不断挑战追求将黎巴嫩想象为一处美丽风景的民族主义浪漫派，表达家园破碎的痛楚和疏离感。战争的残酷性使对存在的焦虑成为此期黎巴嫩小说的主基调，在语言上则充满了黎巴嫩文学的实验个性。

"在黎巴嫩内战中，平民都在战斗，作家也是平民。"① 黎巴嫩当代作家们以笔杆子为武器，抵抗着战争对身心的巨大戕害。在现代派实验小说兴起的同时，书写内战话题的女性作家群异军突起，这是内战对当代黎巴嫩文学的第二大影响。第三大影响便是黎巴嫩移民文学的再度兴盛。据统计，"在1975～1989年，来自不同社会经济阶层的、约40%的黎巴嫩公民流亡国外，其中半数前往北美、欧洲、非洲和澳洲，另一半前往阿拉伯产油国等"②。文人是这支流亡队伍中的文化生力军。

如前所述，20世纪上半叶，以纪伯伦等作家为代表的黎巴嫩旅美文学曾盛极一时，代表了阿拉伯文学在海外的最高成就。旅美文学采用英语和阿拉伯语创作，纪伯伦则被评为当时"世界六大英语作家"之一。至于黎巴嫩境内，由于历史上多种文明交会于此，黎巴嫩的文学遗产本就具有多语种的特性，除了法语、英语，还有葡萄牙语、西班牙语、德语等欧洲语言，其中法语文学最为突出，涉及诗歌、小说、戏剧、日记、传记文本和文学批评。当代黎巴嫩文学的外语写作则兴起于1975年内战之后，主要出自流亡作家之手。法语写作先声夺人，代表作家有阿敏·马卢夫、格桑·法瓦兹（Ghassan Fawaz）、多米尼克·埃德（Dominique Edde）、亚历山大·纳贾尔（Alexandre Najjar）等人，他们在移民法国后组成了一个文学团体，在当地有一定影响。英语写作形成气候则迟至20世纪末，以拉比哈·阿莱姆丁（Rabih Alameddine，1959－）的小说《迷魂汤：战争的艺术》（*Koolaids*：*The Art of War*，1998）为重要起点，在美国、加拿大、澳大利亚等国兴起，有后来居上之势，代表作家除了阿莱姆丁，还有拉维·哈吉、娜达·阿瓦尔·杰拉尔（Nada Awar Jarrar）、帕特丽夏·萨拉菲安·沃德（Patricia Sarrafian Ward）等人。黎巴嫩裔在目前美国的阿拉伯移民中所占人口比例最高，多数作家受过高等教育，相较于法语，选择英语创作除了可以避免殖民情结的困扰，更

---

① Elias Khoury, "We Disvcovered Our Nation When It Nearly was No More", *Middle East Report* (January-Febuary 1990), p. 37.

② Yasir Suleiman and Ibrahim Muhawi (eds.), *Literature and Nation in the Middle East*, p. 206.

是为了适应全球化时代的实际生活需要，如精通摄影的都柏林文学奖年轻得主拉维·哈吉说道："语言于我并非一种意识形态，它只是一个表达自我的工具，就像摄影一样。"① 老作家埃特尔·阿德南感到的则是一种形而上的超然，如其所言，用外语创作虽有一种被流放感，但并不让人感到痛苦，而是让人时而感到幸福，"因为诗人深深地扎根于语言中，同时也超拔于语言之上"②。

本节拟以当代黎巴嫩移民文学中反映黎巴嫩内战的英语和法语小说为研究对象。对于黎巴嫩流亡作家而言，写作首先成为他们寻找失落家园的"小径"。"家"原是个体最根本的归属，"居家感"（homeness）是身份认同的基本元素，当曾经的家园被毁，流亡者遁走他乡，"不得其所"（displcement）又是一种最深处的感觉。此时，关于家园的记忆会自然浮现，而"文学是留给记忆的唯一场域"③。在这些流亡作家的记忆中，家园或许永远停留于战火纷飞的那一幕，但他们的目的，是以个人记忆抵抗国家、集体和历史的健忘，以思想者的锐利目光剖析和鞭挞一切导致内战的因素，在寄托伤痛的同时表达对重建美好家园的期冀。这些黎巴嫩流亡作家多以英语、法语为自己的创作语言，将其作为有效的表达工具，参与到重建开放的、多元的黎巴嫩的进程中。用外语写作，对重新定义自我意义重大，如拉比哈·阿莱姆丁所说："离去并不是为了逃离往昔，而是为了逃离自我。通过逃逸，一个人可以获得空间和时间的双重距离，这对于家园写作是必需的。"④ 用外语写作，显然有助于创造这种"双重距离"，以便更清晰地建构被战争消弭的自我身份。毫无疑问，这样的写作一定是跨文化的，属于全球"跨民族迁徙和文化杂糅"⑤ 进程的一部分。

本节首先关注以法语和英语进行双语创作的黎巴嫩女作家埃特尔·阿德南。埃特尔·阿德南成长于贝鲁特，父亲是叙利亚穆斯林，曾服役于奥斯曼帝国时代的土耳其军队，母亲是讲土耳其语的希腊基督教徒。她自小便接受

---

① Syrine Hout, *Post-War Anglophone Lebanese Fiction*：*Home Matters in the Diaspora*, p. 5.

② إيتل عدنان، داليا سعيد مصطفى، "الكتابة بلغة أجنبية"،

Journal of Comparative Poetics, No. 20（2000）, p. 143.

（埃特尔·阿德南、达莉娅·赛义德·穆斯塔法：《以外语写作》。）

③ Elias Khoury, "The Memory of the City", *Grand Street*, No. 54（Autumn 1995）, p. 139.

④ Syrine Hout, *Post-War Anglophone Lebanese Fiction*：*Home Matters in the Diaspora*, p. 13.

⑤ Syrine Hout, *Post-War Anglophone Lebanese Fiction*：*Home Matters in the Diaspora*, p. 8.

法语教育，未系统学过阿拉伯语。在贝鲁特时即用法语创作，20 世纪 50 年代初赴巴黎索邦大学学习哲学。1955 年转入美国加利福尼亚州伯克利大学，博士毕业后任教于加利福尼亚州。1967 年"六·五"战争失败对她触动很大，遂于 1972 年返回祖国黎巴嫩，在一家法语报社当记者，希望将在国外所学回报社会。然而内战爆发，打碎了其文学实验的梦想。流亡巴黎后，她创作了小说《玛丽·露斯女士》（*Sitt Marie Rose*，1977），成为最早对黎巴嫩内战做出反应的作家之一。1978 年内战停火期间，她曾重返黎巴嫩，战事再次爆发后移居美国。埃特尔·阿德南是小说家、诗人、画家和雕刻艺术家，其主要作品还包括描绘黎巴嫩内战的法语长诗"三部曲"《阿拉伯人的启示》（*L'apocalypse Arabe*，1980；*The Arab Apocalypse*，1989）、英文回忆录《城市和女性》（*Of Cities and Women*：*Letters to Fawwaz*，1993），以及获得"阿拉伯—美国图书奖"的《日蚀的主人》（*Master of the Eclipse*，2009）。2003 年《美国少数族文学研究》杂志（*MELUS, the Journal of the Society for the Study of the Multi-Ethnic Literature of the United States*）曾将埃特尔·阿德南评为"当今最具成就的美国阿拉伯裔文学家"。如同敢于穿越边界的世界主义者埃特尔·阿德南，小说《玛丽·露斯女士》的主人公玛丽·露斯是一个敢于在内战期间僭越敌我分界线，期冀以爱的音符谱写人类和平之歌的伟大女性。本节将集中诠释作者的创作主旨，即揭露导致黎巴嫩内战的极端爱国主义和宗派主义思想背后潜藏的殖民主义意识。

本节关注的第二位作家是阿敏·马卢夫，他出身于贝鲁特信仰默基特（Melkites）希腊礼天主教的一个著名文学世家，属基督教少数派。幼年就读于家乡的法语学校，黎巴嫩内战爆发不久后移居法国，曾从事新闻记者工作。迄今创作了约 10 部法语小说，这些小说多以地中海文化圈为历史背景，其中有些已被译成包括中文在内的 20 多种语言，吸引着世界各国的读者，广受赞扬。1993 年以《塔尼欧斯巨岩》（*Le Rocher de Tanios*，1993；*The Rock of Tanios*，1994）获得了法国龚古尔奖，2010 年获得了西班牙阿斯图里亚斯王子奖。2011 年 6 月阿敏·马卢夫当选法兰西学术院成员，成为继阿西娅·杰巴尔之后入选的第二位阿拉伯裔人士，借阿尔及利亚著名法语作家卡提布·亚辛的话说，此举再次表明了法语世界对"异质文化和平等"的认可。马卢夫崇尚文化杂糅，主张各民族之间的包容与和谐共处。其家族血缘复杂，其早年移民法国的经历加剧了身份的复杂性，因此他倾向于复合的身份，但他说道："我只有一个身份，但由多种因素以其特定比例构成。"① 在他看来，对身份的单向认同是十分有害的，阿拉伯文明本就是在融合希腊、罗马、波斯、印度等异域文明的基础上发展起来的，而外语是开启异质文化的钥匙，能向欧洲人介绍自己的民族文化——这是他选择用外语写作的重要因素。他认为，阿拉伯与西方的误解源自双方，具有深刻的历史、政治因素；阿拉伯文明与欧洲文明之间的对话自古有之，但需要不断更新。所以，他倡议建立一种包括大部分地中海国家在内的欧洲—阿拉伯合作伙伴关系。本节拟分析马卢夫的代表作《塔尼欧斯巨岩》，在详细梳理其复杂的故事脉络的基础上指出，作者创作这部"史据框架下的传奇故事"旨在映射其创作背景，即1975年爆发的黎巴嫩内战，其历史叙事因浓厚的现实观照而具有深刻的寓意，对家园传奇般的想象则表达了对祖国在世界文化发展大潮中继续发挥作用的强烈期许。

第三位作家拉维·哈吉自称"第一代加拿大阿拉伯裔作家"。哈吉出身于东贝鲁特的一个中产阶级家庭，从小接受法语教育，也学习阿拉伯语。内战时期，他埋头于书籍的海洋中，还加入了父亲组织的知识分子沙龙。18岁时离开贝鲁特，前往纽约学习摄影，20世纪90年代移居蒙特利尔，以开出租车为谋生手段，继续其摄影艺术追求，同时开始涉足文学创作。迄今已完成三部英语作品：《德·尼罗的游戏》（De Niro's Game，2006）、《蟑螂》（Cockroach，2008），以及《嘉年华》（Carnival，2012），且部部均获得好评。《德·尼罗的游戏》堪称作者的"大器晚成之作"，出版后，即入选加拿大所有重要文学奖项和英联邦作家奖的决选名单，并获得了其中的三项大奖：魁北克图书馆奖、马克伦南小说奖和麦考斯兰新晋作家奖。在该小说于2008年最终问鼎爱尔兰都柏林文学奖后，短短几年内就被译成包括中文在内的20多种语言。《德·尼罗的游戏》描述了年轻的主人公在黎巴嫩内战中的遭遇，充满混乱、阴暗与伤痕的记忆。本节拟从作者所宣扬的存在主义思想出发，剖析主人公巴撒姆在迷惘与反叛的旋涡中如何彷徨挣扎与不断选择，只是为了实现与荒谬的共存。

---

① Amin Maalouf, "Deadly Identities", *Al-Jadid*, Vol. 4, No. 25 (Fall 1998).

二　爱的控诉：埃特尔·阿德南的《玛丽·露斯女士》

莎士比亚戏剧的主人公哈姆雷特在两个家族冲突正酣时，给奥菲莉娅写了一首情诗，大意如下：你可以疑心星星是火把，你可以疑心太阳会移转，你可以疑心真理是谎话，可是我的爱永不改变。他用这首诗表达自己对奥菲莉娅坚如磐石的爱，以及对以暴易暴的世代复仇之风的厌弃。同理，当黎巴嫩女作家埃特尔·阿德南（Etel Adnan，1925 – ）笔下的女主人公玛丽·露斯女士在挑起内战的刽子手的屠刀面前痛斥其暴力行径，对其通敌的指控不屑一顾，并坚定地回答"我代表爱——一条崭新的、未知的、我们不曾尝试过的道路"① 之时，她的话语中充满了无限的期冀，希望自己的鲜血能够唤醒沉溺于手足相残的国民，让他们捐弃前嫌，用爱重建昔日的美好家园。玛丽·露斯女士与哈姆雷特所宣称的"爱"皆具有普世意义。

《玛丽·露斯女士》（*Sitt Marie Rose*，1977；*Sitt Marie Rose*，1982）是黎巴嫩国内外最早描写黎巴嫩内战的文学作品之一。当时，内战刚刚爆发一年，身处巴黎的埃特尔·阿德南了解到了一起骇人听闻的事件：32 岁的玛丽·露斯·布鲁斯———一位黎巴嫩马龙派基督教徒，离异，有三个孩子———被长枪党劫持并以残酷的手法施刑至死，罪名是通敌，因为她服务于巴勒斯坦难民营的社会机构，并与一个巴勒斯坦医生同居。震惊之余的阿德南决定将满腔的愤懑诉诸笔端，遂以该真实故事为题材，用法语创作了中篇小说《玛丽·露斯女士》。小说出版后，即获得了 1978 年的"法国—阿拉伯友谊奖"。1979 年该小说被译成阿拉伯语，但在贝鲁特东区被禁。1982 年在美国被译成英文，成为美国大学文学课堂中常用的授课文本，也成为全世界解读黎巴嫩内战的一部经典作品。尽管引发黎巴嫩内战的因素错综复杂，在此后漫长的岁月中，战况亦变化多端，非一部在内战爆发后第一时间写成的作品所能承载，但书中所散发的人道主义光辉一直深深感染着世人，它不仅属于巾帼英雄玛丽·露斯女士，也属于世界主义的作家埃特尔·阿德南女士。

有评论家认为《玛丽·露斯女士》过于意识形态化的主题思想"简化了

---

① Etel Adnan, *Sitt Marie Rose*, trans. by Georgina Kleege, California: The Post-Apollo Press, 1982, p. 58. 本小节出自该著的引文，将随文在括号内标明出处页码，不再另注。

黎巴嫩内战，未能捕捉到黎巴嫩的复杂性"①，此言有一定道理；不过，对于如何评价这一"过于意识形态化"的主题思想却是见仁见智。笔者认为，阿德南在小说中站在弱者的立场上，对矛盾冲突中的强者进行"一边倒"的批判也许不够客观，但文学作品并非面面俱到的历史教科书，恰恰是凭借这种"攻其一点，不及其余"的社会批判，在强化文本主题深刻性与尖锐性的同时，也使作者内心所深藏的人道主义悲悯情怀得以酣畅淋漓地表达出来，从而赋予了该小说超出其文字容量的影响力。

（一）

《玛丽·露斯女士》讲述了黎巴嫩内战中一名女子因敢于僭越教派的、宗族的、性别的界限，而遭到自称代表国家权力的一方审判的故事。玛丽·露斯是贝鲁特东区一所基督教儿童聋哑学校的校长，却和自己的三个孩子及其巴勒斯坦情人住在西区，在业余时间为巴勒斯坦难民做义工。内战爆发后，她依然每日在贝鲁特东西区之间来回穿行。在一次停火期间，她被昔日恋人穆尼尔率领的、名为"查巴布"的基督教长枪党民兵绑架。因为她始终拒绝在黎巴嫩人与巴勒斯坦人两个阵营之间做出选择，遂于停火结束的当日被杀。

玛丽·露斯显然是沙文主义（极端爱国主义）和宗派主义的牺牲品。以穆尼尔为首的"查巴布"认为，黎巴嫩是黎巴嫩人的国家，不容他人破坏。由此出发，他们对巴勒斯坦人进行无情打击，以捍卫国家权益。在他们眼里，巴勒斯坦人是来自异乡的"他者"；更重要的是，巴勒斯坦人多是穆斯林。在这里，谈论"阿拉伯共同体"或"阿拉伯民族"已然失效。这是"查巴布"自认为有资格行使国家权力的基本逻辑。为了让这一逻辑得以成立，穆尼尔总是将自己定义为"黎巴嫩人"，与"阿拉伯人"是两回事。所谓"黎巴嫩人"，指的是那些现代的、开化的、富有的黎巴嫩基督教徒，他们是欧洲化的，或者说，根本就是欧洲人；也就是说，他们是前殖民者。

为了让读者看清穆尼尔内心深处的殖民主义情结，阿德南特意将小说划分为两大部分，第一部分"时间一：百万只鸟儿"篇幅并不大，仅占全书的

---

① Elise Salim, *Constructing Lebanon: A Century of Literary Narratives*, Florida: University Press of Florida, 2003, p.113.

四分之一，却为整部小说的主题批判奠定了基调。故事发生在 1975 年初至内战爆发时贝鲁特的一个基督教街区，无名的剧作家以第一人称叙事，描述她与穆尼尔等人的相识。小说开篇于穆尼尔等人观看他们从前狩猎的一段片子。这些马龙派年轻人扛着来复枪，驾驶着德国大众吉普，在野地中一路驰骋而来，如同"1944 年的新闻简报或者战争影片中经常出现的意象：地域仿佛在利比亚，猎手仿佛是非洲军团的那些被太阳晒得黝黑的士兵"（1）。看着片子，剧作家告诉读者："以前，我们在银幕上看见的那些在叙利亚打猎的人都是些欧洲面孔……现在换成了基督教徒——开化的黎巴嫩人，扛着枪随处游动。"（3）穆尼尔等人的对话暴露了他们喜好打猎的根本原因——它是贵族化的象征，它不仅充满刺激，而且充满了女性所不能涉足的男子气概；它是最能够体现自己与欧洲血统有渊源的一项传统运动。

穆尼尔等人将自我身份定义为欧洲人、基督教的西方、"阿拉伯人"的他者。他们怀揣着"巴黎梦"，想象自己是前殖民者。穆尼尔与手下人略微不同的是，他是唯一对叙利亚农村感兴趣的，他在那里度过了童年的部分时光，后来间或也会回去看看。他对剧作家说："当我们到达那里（叙利亚村庄）时，我们是他们未曾见过的第一批欧洲人——我指的是：黎巴嫩人。"（5）在这些"欧洲人"眼里，叙利亚农民"十分单纯，非常好客，从未受过污染"（5）。于是，他将几个叙利亚农民带回黎巴嫩，给他们安排了工作。他将剧作家找来，是想拍一部反映这些叙利亚劳工在黎巴嫩谋生的商业电影，但他强调必须"从猎手的视角"（6）出发，拍出文明人的优越感，因为是他将这些未见过世面的农民带到了文明世界："这些年轻的叙利亚人在贝鲁特，就如同我们在巴黎。"（6）剧作家隐约意识到，穆尼尔的目的，是要模仿殖民时期的西方对东方的再现：纯净，意味着无知；原生态，意味着野蛮。在这些基督教徒眼里，叙利亚农村自不消说，连贝鲁特的穆斯林街区都不过是"飞地，依然保持着东方的无序"（21）。以这样的指导思想创作出的电影只会自说自话。在剧作家采访叙利亚劳工的过程中，内战爆发了，有 3 名叙利亚人被无辜打死。剧作家拒绝了穆尼尔的差事，因为他根本不关心叙利亚劳工的实际遭遇，穆尼尔则认为她"过于政治化了"（24）。

小说第一部分的要旨是揭示以穆尼尔为代表的马龙派基督教徒潜藏的殖民主义意识。"对于查巴布而言，做一个基督教徒等同于做一个'西方人'，拥有特权地位。"① 作者有意表明，"穆尼尔们"是法国殖民主义撤退后的地区代理人，是殖民遗产的忠实守护者和受益者。他们以黎巴嫩民族主义者的面目出现，口口声声说"捍卫……黎巴嫩人的权利和生意"（16），实则是维护殖民主义既定的霸权规划，即嫡属性的殖民结构，并不惜诉诸暴力。而最终的牺牲品是贝鲁特城——"她才是那个失去者"（20）。当长枪党为报复巴勒斯坦人杀害了一名他们的成员，对一辆路过的巴勒斯坦巴士猛烈开火时，"这座城市就像一个巨大的承受者，在过于疯狂、负荷过重之后终于爆炸了"（21）。目睹着一幕幕残酷的画面，剧作家哀叹道："但愿黎巴嫩的天空中有一百万只鸟儿，让这些猎手们以此练手，这场屠杀便可以避免。"（17）

（二）

内战的爆发打乱了时间的机制，使"时间死了，事件被碎化成若干部分，没有人对整个过程有一个清晰的印象"（17）。当小说第二部分"时间二：玛丽·露斯"展开时，时间已过去一年，内战进入白热化，从狩猎动物转为狩猎敌人的"查巴布"绑架了玛丽·露斯，审讯开始。作者放弃了先前的线性叙事，改为平行叙事，以制造事件的断片感。叙事者们轮番登台，分别是：玛丽·露斯的聋哑学生们、玛丽·露斯本人、穆尼尔、穆尼尔的手下托尼、穆尼尔的手下福阿德、乡村牧师博纳·利艾斯、无名叙事者。每个叙事者先后出现3次，从各自的视角发出独白，或记录自己与玛丽·露斯的对话，组成关于玛丽·露斯的碎片故事。所有叙事者地位平等，共同走向一个没有结局的结局。

小说在第二部分继续揭露"查巴布"的殖民主义心态。面对昔日的恋人玛丽·露斯，穆尼尔试图以情动人，说服她离开敌人的阵营。他看着她蓝色的眼睛，想起就是这双看起来不像阿拉伯人却像电影中现代人的眼睛，曾经深深吸引着他。通过玛丽·露斯的回忆，读者了解到青年时期的"穆尼尔们"每年在法语牧师的组织下，上街游行的场景："他们想象自己是身着钢盔和靴子的基督教徒，骑着高头大马迎战穆斯林步兵，如同屠龙的圣乔治一般威武。"（47）在欧洲中心主义思想的说教下，许多男孩子们相信"除了模

---

① Steven Salaita, *Arab American Literary Fictions*, *Cultures*, and *Politics*, p. 70.

仿欧洲人，别无出路"（47）。玛丽·露斯一针见血地指出，正是在这样的梦中，酝酿了内战的种子。为了加强战争的宗教色彩，穆尼尔特意找了个乡村牧师全程参与审讯，而玛丽·露斯不以为然："我曾经以为不可能发生的十字军战争爆发了，但它并不是真正的宗教战争，而是十字军打击穷人的一部分。他们轰炸贫民窟，因为他们认为穷人是侵蚀他们的害虫。他们打仗，是为了击退那些一无所有的人群，这些人从未拥有过，也没有什么可以失去。他们让己方的穷人打击对方的穷人。他们混淆了基督教的真谛。"（52）

玛丽·露斯与穆尼尔的另一主要分歧是关于战争的作用。穆尼尔认为，黎巴嫩的国内问题只能靠战争来解决，战争的结果必将是"真正的基督教徒"征服穆斯林、巴勒斯坦人，以及所有反对战争或自称中立的人；通过内战，"世界将变得干干净净，一方胜利，另一方消亡，我们将能够对话，在新的基础上重建国家"（33）。玛丽·露斯则认为，内战是一条走不通的路，靠内战重建的，必将是"一个没有灵魂与怜悯之心的城市"（95）。

那么，什么才是民族和解的有效途径？玛丽·露斯坚定地认为：是爱。玛丽·露斯是个有主见的女性，她20岁成婚，丈夫希望她像其他阿拉伯妇女一样做一个家庭主妇，然而她选择了上大学，积极参加社会活动，在"六·五"战争后还创建了耶路撒冷友协，成员皆为妇女。她们刷海报，给报社投稿，募集社会资金，为巴勒斯坦抵抗运动奔忙，以点滴的温暖，消除巴勒斯坦难民的戒心。在男人眼里，她是一个忤逆传统的"疯妇"；在同族眼里，她是一个与敌人勾结的"叛徒"。这里所说的"敌人"包括那些"巴勒斯坦人、左派、穆斯林"（61），如穆尼尔的手下托尼所说："（玛丽·露斯）是个基督教徒，却去了穆斯林的营地。她是黎巴嫩人，却去了巴勒斯坦人的营地。"（36）他尤其不能容忍的是，这个女人居然与一个文明程度低于黎巴嫩人的敌人睡在一起。玛丽·露斯却不这么认为，她与巴勒斯坦医生相识于抵抗运动中，后者的温文尔雅、勇敢善良深深吸引了她，她在这段感情中找到了前所未有的幸福感。在人道主义精神的感召下，她从来不愿意做什么"敌"与"我"的划分，她认定的只是：流离失所的巴勒斯坦难民需要帮助。如果一定要分清敌我，她会回答：巴勒斯坦人"与基督教徒拥有共同的祖先遗产，他们确是我们的兄弟"（54）。当穆尼尔告诉她巴勒斯坦方面愿意以11个基督教徒俘虏为交换，而"查巴布"一方提出以她的巴勒斯坦情人为交换时，她拒绝任何交易，因为她为所笃信的"爱"而死，是死得其所。她的肉体虽然将被摧毁，但她的爱会幸存下来，给人希望，引人深思。

玛丽·露斯所象征的爱，超越了宗教的、种族的、文化的隔阂，与"查巴布"所推行的宗派主义形成了强烈反差。在小说第二部分，作者除了以大量笔墨继续批判殖民主义意识之外，也通过玛丽·露斯，以及每章中最后一个登场的无名叙事者的独白，揭露盛行于黎巴嫩乃至整个中东地区的宗派主义意识。作者认为，前现代的阿拉伯宗派主义与现代欧洲的殖民主义意识在此交叉，并相互扶持，导致"我们已成为彼此的陌生人，我们是一个封闭的系统"（39），如萨义德在区分"嫡属性"（filiation）与"隶属性"（affiliation）的概念时所论："换句话说，这样在暗中描述的隶属性秩序，复制了保证世代相互之间等级关系的封闭而又紧密连接的家族结构。"① 在小说的末尾，无名叙事者哀叹黎巴嫩"只剩下一个封闭的圈子"（98），圈子的中心是个体，个体为家庭的圆圈所环绕，接下来是国家的圈子、阿拉伯兄弟国家的圈子、敌人的圈子……，由此构成重重的压迫（103）。"阿拉伯世界在空间上很大"，却让人几近窒息，因为阿拉伯世界"在视野上很小，它由宗派和次宗派、社区、团体组成，在虫子般的互相嫉恨和咬噬中存在着。这个顽固的世界必须被彻底换气"（57）。

小说第二部分的始末皆落笔于玛丽·露斯的聋哑学生们。作为沉默的见证人，他们时而显得天真无邪，时而发出深沉的感喟："虽然我们听不见，但我们能预感地震的发生。"（29）他们的眼睛善于观察，他们发现战争改变了所有事物的色彩，蓝色不再，灰色横行。（79）在小说结尾，这些聋哑孩子被强令观看玛丽·露斯被执行死刑。此时，窗外炮声隆隆，孩子们随着纷然落下的炮弹跳起死亡的舞蹈，这段文本的空白表达了作者的忧虑：孩子们是内战的牺牲品，同时也是祖国的未来，但他们早早便失去了发言权。

玛丽·露斯在临刑前曾经祈祷："主啊，不论你是谁，请佑护未来的一代免遭涂炭。我想与所有人和平共处，即便是处死我的人。我要创造自己的和平。"（86）玛丽·露斯的祈盼是否属于一厢情愿？她的爱能否创造奇迹，让和谐世界不再是一个乌托邦似的梦想？这是作者埃特尔·阿德南所提出的

---

① 爱德华·W. 萨义德：《世界·文本·批评家》，李自修译，第35页。

值得全人类共同思考的问题。

三 史据框架下的传奇故事：马卢夫的《塔尼欧斯巨岩》

《塔尼欧斯巨岩》（*Le Rocher de Tanios*，1993；*The Rock of Tanios*，1994）是黎巴嫩著名旅法作家阿敏·马卢夫（Amin Maalouf，1949 - ，又译作"阿敏·马洛夫""阿敏·马鲁夫"）的代表作，曾获 1993 年法语文学最高奖项——龚古尔文学奖。小说在生动再现 19 世纪封建主义时代黎巴嫩社会风貌的同时，揭露了外国势力对黎巴嫩的觊觎之心，并以此影射 1975 年黎巴嫩内战爆发的深刻原因。

作者在"后记"中说道："这本书的灵感来自于一个真实的故事，但却加以自由发挥：一桩发生在 19 世纪的主教谋杀案，凶手和儿子一块亡命到塞浦路斯，但还是被亲王的密探用计骗回，并判处死刑。剩下的部分——包括那个叙事者、他出生的村庄，那些消息来源和人物——这些都是无足轻重的虚构故事。"[1] 作者以一句轻描淡写的"无足轻重的虚构故事"表示自谦，而恰恰是他精湛的故事艺术让每一个读者折服，也说服了龚古尔奖的评委们，如该小说英译本的多条封底评论所述："赋予其作品如此广泛吸引力的，是他强大的讲故事的天赋"；"他是一个善于讲故事的人……他对人性的观察始终是如此精确完备"；"他叩问有关后殖民境遇的所有问题，却极具可读性，使说教的过程毫无痛苦"[2]。

《塔尼欧斯巨岩》大致讲述的是这样一个故事：在 19 世纪上半叶地中海东岸山区一个名为卡法亚布达的村庄中，管家葛力欧斯年轻貌美的妻子拉蜜亚生下一个儿子，据当地村民传闻，其生父实际上是有权有势的庄主弗朗西斯。塔尼欧斯在对自己身世的猜疑中长大，刚满 15 岁便白了头发。塔尼欧斯长大后与富商鲁柯兹的女儿相恋，但当地的主教想让后者与自己的侄子成婚，遂与鲁柯兹串通一气，却被冲动之下的葛力欧斯所杀。葛力欧斯父子二人被山区亲王通缉，逃亡至塞浦路斯。后葛力欧斯中计返乡，被施以绞刑。塔尼欧斯则卷入

---

① 阿敏·马鲁夫：《塔尼欧斯巨岩》，吴锡德译，台北：麦田出版股份有限公司，1996，第327 页。本小节出自该著的引文，将随文在括号内标明出处页码，不再另注。

② 见《塔尼欧斯巨岩》英译本的封底评论（Amin Maalouf, *The Rock of Tanios*, trans. by Dorothy S. Blair , London：Abacus, 1995）。

了欧洲列强染指山区的阴谋中，带着任务被委派回国。当塔尼欧斯以仲裁者的身份返回家乡后，却表现得异常宽忍，他给予杀父仇敌山区亲王自由选择流放地的权利，也没有顺从民意绞死取代弗朗西斯庄主的不义者鲁柯兹。他只是完成了任务，看望了母亲，在整个山区即将陷入派系混战的前夕，神话般地消失了。整个故事是由一个出生于卡法亚布达村的叙事者以第一人称讲述的，他自称找到了有关该山区的几本史料，包括卡法亚布达之艾里亚斯修士的《山区史记》、一个名叫纳德尔的当地智者撰写的《赶驴人的智慧》、在山区开设学校的英国牧师斯托顿笔录的《大事记》。叙事者一面阅读和整理这些资料，一面听村里的杰布雷表叔公回忆历史，终将故事的来龙去脉一一串起。

历史叙事与传奇风格的结合是《塔尼欧斯巨岩》得以成功的重要因素。历史叙事的直接作用是折射当下，使小说富于现实观照性；传奇风格则给予作者自由驰骋的空间，在使故事富于趣味性的同时，更有助于流亡叙事的一种心理建构。那么，具体而言，"历史"与"传奇"这两大元素在小说中究竟是如何发挥作用的？

（一）

与多数作家略有不同的是，阿敏·马卢夫是以书写历史起步，走上文学创作之路的。其首部作品《阿拉伯人眼中的十字军东征》（*Les Croisades vues par les Arabes*，1983；*The Crusades Through Arab Eyes*，1986）通过整理和研读伊本·卡兰尼西、伊本·艾西尔等中世纪阿拉伯历史学家在 1099 年耶路撒冷首次陷落至 1291 年十字军占领巴勒斯坦全境之间的文本记载，试图纠正西方中心主义的家长式历史陈述，以相对中立的立场描述中世纪的黎凡特。马卢夫在卷首语中指出："本书的立意很简单：就是想写一本有关十字军东征的历史，但是从'另一个'角度来观察史实。"[1] 该著作对全面了解十字军东征及其对东西方世界的深远影响大有裨益，堪称马卢夫的成名作。因此，在马卢夫的创作中，历史元素的特殊作用从一开始就存在。

马卢夫致力于在阿拉伯与西方世界之间建立理解和对话的桥梁，主张摒

---

[1]　阿敏·马洛夫：《阿拉伯人眼中的十字军东征》，彭广恺译，台北：河中文化实业有限公司，1993，第 VII 页。

弃偏见，使不同文明和谐共处。他认为，若干世纪以来，西方对阿拉伯地区的了解相当有限，或者干脆是一种曲解。他决心通过法语向西方勾勒阿拉伯世界及其文明的另一面貌，它不同于西方旅行家笔下的阿拉伯形象。为此，他接连创作了《非洲人莱昂》（*Léon l'Africain*，1986；*Leo Aficanus*，1992）、《撒马尔罕》（*Sarmarcande*，1988；*Samarkand*，1998）、《光的花园》（*Les Jardins de Lumière*，1991，*The Gardens of Lights*，1996）、《贝阿翠丝后的第一个世纪》（*Le Premier Siècle Après Béatrice*，1992；*The First Century After Beatrice*，1993）、《地中海东岸诸港》（*Les Echelles du Levant*，1996；*Ports of Call*，1999）等"拟历史小说"，意在向西方读者展现中世纪阿拉伯—伊斯兰文明从西部的格拉纳达（现西班牙境内）到东部的尼沙普尔（现伊朗境内）这一广阔地域的生长图景。在创作中，马卢夫试图为读者再现一种阿拉伯和西方共享的地中海历史文化，其小说善于从该地区文明中挖掘其与欧洲文明重合的元素，尤其关注地中海古代文化中的神话传说，以及那些曾在各个文明交接处发挥过历史作用的边缘人物，赋予其崭新的艺术内涵。之所以被称为"拟历史小说"，是因为这些小说虽属虚构，却具有真实的历史背景，作者旨在通过一个个附着于真实历史人物与事件的故事情节，来生动地再现历史的风云变幻。

《塔尼欧斯巨岩》是以揭示当代黎巴嫩内战为旨归的一部小说。作者延续了"拟历史小说"的创作路径，在小说中展现黎巴嫩这个坐落于地中海之滨的国度的古老风貌，但目的是托古喻今，具体方式是将一个真实的历史事件链接在一个真实的历史背景之下，并由此生发开去。该历史背景便是19世纪埃及、奥斯曼帝国、英国、法国、俄罗斯等各方势力在黎巴嫩的角逐，及其对黎巴嫩境内宗派斗争的复杂影响。小说中故事发生的中心地点卡法亚布达村是一个普通的山村，村民信奉基督教天主教派，却与信奉伊斯兰教德鲁兹派的邻村撒赫兰村一向交好，在专制却不失爱民之心的封建领主弗朗西斯的统治下，日子倒是过得怡然自得。但是，在山区的西方，穆罕默德·阿里总督统治的埃及正在崛起，他意欲摆脱奥斯曼帝国的羁绊，"建立起一个西起巴尔干半岛东至尼罗河源头，并且掌控通往印度之路的新强权"（122），并以法兰西为榜样实行改革，遂成为法国利用的对象。埃及军队早早进驻了山区，并挟山区亲王以令各庄主。由于该山区位于山海交接的狭长地带，是阻止埃及东进的要冲，因此日益引起同样具有扩张野心的英国人的关注，成为埃及军队与英国争夺的地域。英国人的目标十分明确——煽动整个山区对抗埃及人。当地的主教则长袖善舞，在亲王、埃及参谋部、法国外交团，以及山区各主要庄主之间发挥着中人的作用。唯独卡法亚布达村不肯买他的账，因为主教与庄主之妻来自同一村庄，他确信庄主与拉蜜亚有染，便不肯再踏进庄主的城堡一步。结果，庄主便故意对抗，将自己的儿子连同塔尼欧斯一起送到英国牧师在撒赫兰村开设的学校就读。在这些以信奉天主教为主的人当中，作为新教徒的英国人打一开始就被视为异教徒，而一直号称与法国有特殊关系的弗朗西斯竟将两个孩子送进英国牧师的学校就读。于是主教建议山区亲王以埃及驻军的名义，对其增加税收，以示惩罚。英国人得知后主动拨款给庄主，趁机行拉拢之事。这就是"庄主及主教这两号人物，他们俩各自都背负着所有基督徒的命运，却不计一切地拼命，像两只公山羊般互相打断对方的角!"（114），由此给了外国势力可乘之机。

在这片尚处于"一种原始时代童稚与无知的残留遗风"（28）的山区，村民们对欧洲列强的争斗是没有戒心的；相反，"当他们了解到是因为英国人和法国人为了避免直接交战，而选择在他们这里争战时，更令他们感到与有荣焉"（123），仿佛外面的世界与他们并不相干。但是，情况急转直下，在各方势力日益白热化的角逐中，卡法亚布达村根本不存在遗世独立的机会。更糟的是，当撒赫兰村的德鲁兹派同样不服塔尼欧斯的决定，突袭监狱，为了杀鲁柯兹，同时杀害了四名无辜的看守时，卡法亚布达村不得不陷入可怕的宗派争斗。对此，斯托顿牧师记述道：

> 之后，卡法亚布达村的人必定会前来报复，也会杀害几名无辜者。在未来的岁月里双方均会找到最理想的理由，来为他们没完没了的复仇辩护！……谁该为这件事负上最大的责任？必然就是那个挑起山区的居民互相攻击的埃及总督。当然也包括我们——英国人和法国人，千里迢迢的跑来这里打那种好大喜功的战争。接着，便是那些漫不经心又狂热冲动的奥图（斯）曼人。不过，在我这个特地前来这个山区并将此地视同故乡的人看来，真正最不可原谅的就是此地的居民，不论他是基督徒或回教德鲁兹派的人。（312）

小说到此点明了题旨。当惨绝人寰的黎巴嫩内战终于尘埃落定，当黎巴嫩人面对满目疮痍的江山社稷陷入反思时，应该会想起这段话，回味这个情节精彩、寓意深刻的拟历史故事，体会作者的良苦用心。

（二）

乡愁、故国情怀、对本土的追忆，是客寓他乡的流亡或移民作家常常触及的主题。在后殖民语境下，作家再现的是"看不见的想象的家园"（拉什迪语），与其说它是一种地理建构，毋宁说是一种心理建构。

《塔尼欧斯巨岩》将19世纪法国诗人兰波（A. Rimbaud）在《灵光集》（*Illuminations*）中歌咏黎巴嫩的一首诗作为卷首语：

> 这是一个怎样的民族——/阿勒格尼山以及/梦里的皑皑山岭/竟可以因它而隆起！……/何以会有如此顺畅的海流，/如此巧妙的时辰，/将我带进这个国度，/令我睡意浓郁、浑身舒懒？（16）

阿勒格尼山（Allegheny Mountains）位于美国阿勒格尼高原的东部，诗人在此遥指其心目中那个"想象的国度"。"梦里的皑皑白岭"指"白山"（djebel Liban），系黎巴嫩一地之古名，因山峰终年积雪，岩石多呈白色而得名。① 阿敏·马卢夫在整部小说起笔时引用此诗，表达了一种温馨的期许。马卢夫1949年出生于贝鲁特，但1976年黎巴嫩内战初期即移民法国，没有亲历战火的残酷，在他的心目中，似乎更愿意让家乡停留在那个与世无争的"族长时代"，虽谈不上美好，但"总有些渴望"（25）；民风淳朴，甚而有些迷信，以至于"几乎没有哪座大岩石不被顶礼膜拜，不被说成神勇传奇"（17），塔尼欧斯巨岩则是其中唯一取了人名的一块古老神秘的大岩石。

塔尼欧斯巨岩是以传奇故事的主人公塔尼欧斯命名的。当初，葛力欧斯抑制住满腔的疑惑，拒绝了庄主的赐名，给儿子取名"塔尼欧斯"。据卡法亚布达之艾里亚斯修士《山区史记》所述，1821年6月下旬，塔尼欧斯降生，"这位后来被称为'麦奶汤'的人，他所经历的命运也就是我们所熟知的……。他的一生乃是一连串的烙印"（55）。叙事者对此解释道：

———————
① 参见《塔尼欧斯巨岩》中译本第16页的译者注。

"烙印"一方面便是命运里一项信而可征的迹象——一段旅程，或许惨痛，或许滑稽可笑，或许命中注定；另一方面它又是命运里的一项标的，一个不同寻常的存在之阶段。(56)

塔尼欧斯被村民们称作"塔尼欧斯——麦奶汤"，乃是出于他们的一种习惯。"麦奶汤"是当地历史最悠久的一道佳肴，而塔尼欧斯的母亲拉蜜亚对此最为拿手。村民们在称呼那些与猎艳高手弗朗西斯庄主有关的女人所生的小孩时，会将他的名字与其母亲的拿手菜名并列，以示嘲弄。所以，当13岁的塔尼欧斯首次听到这一称呼时，就像做了最恐怖的噩梦，伤心无比，却装得若无其事，他过早地成熟了，显得与众不同。他将全副精力投入斯托顿牧师学校的学习中。斯托顿牧师是一位东方学家，胸怀教育理想，却必须服从现实，为英国女王的东方政策服务。他十分器重聪慧好学的塔尼欧斯，将他视如己出。当塔尼欧斯因庄主的儿子干坏事而受到牵连，被令一起退学时，他绝食抗议，不到一个月便白了少年头，而一头白发更增加了其神秘感。据斯托顿牧师所记，在山区传说中，这种人被称为"老人头"，或"疯癫的智者"。"一些人认为他们实际上是某个传奇人物，不断地投胎转世。"(149) 斯托顿牧师心里明白，塔尼欧斯将能帮助他更顺利地完成自己在整个山区的任务。以上种种故事叙述皆为塔尼欧斯此后的遭遇交代了前因，总而言之，塔尼欧斯生下来就是一个传奇，无论好坏，其命运早已注定。

那么，如何理解"烙印"是"命运里的一项标的，一个不同寻常的存在之阶段"？此话预示了塔尼欧斯这位少年英雄的传奇作为及其最终归宿。在斯托顿牧师的学校中，他受益颇丰，见识大长，仿佛"踏进一个大千世界的门槛"(120)。小小年纪，他便对一些大事有自己的看法，如废除封建制和特权，他对埃及军官们关于"重振东方各民族的奋斗"，"现代化、公平、秩序，以及尊严"(168) 的讨论很感兴趣。当欧洲列强派兵攻打山区的埃及军队，势如破竹，并选择逃亡到塞浦路斯的塔尼欧斯为代表团成员，与山区亲王打交道时，"塔尼欧斯进退维谷？他似乎比较像处在两种复仇心理之中：一个是血债血还，另一则是不屑一顾"(272)。他最终没有复仇，而是选择了宽宥，这出乎大家的意料，连斯托顿牧师都叹道：

基于一个奇怪的误解——或者说基于一种本地不以为忤的吹嘘夸大

347

> 形式——人们认为将亲王赶走并宽大地饶过他一命，在这当中塔尼欧斯
> 扮演了一个再杰出不过的角色。以至于像欧洲列强、奥图（斯）曼帝
> 国，以及他们的部队、船舰、外交人员以及密探等等，在卡法亚布达村
> 出生的这位神迹般的少年与处死他父亲的这个暴君之间戏剧化的较劲
> 中，竟只能沦为充当配角的份！（295）

"烙印"让塔尼欧斯命中注定要成为欧洲列强的"棋子"，承担民族英雄
的角色，但同时必须承受乡亲的不解，不期然间引发了宗派争斗。他很无
奈，"在他的内心深处，他只觉得自己不过是只待宰的肥羊罢了"（303）。当
他感到与周遭的一切格格不入时，他选择了远离。他听从智者——赶驴人纳
德尔的话，坐上那块后来被命名为"塔尼欧斯巨岩"的岩石，找到了一种感
应，传奇般地消失在这块乡土之外。

> 大伙都对这块乡土依恋不已，但个个却想往外发展。它既是我们的
> 庇护之所，又像是中途路过之地。它是养育我们之地，亦是甜蜜之乡、
> 血泪的国度：既非天堂，亦非地狱，却是个不折不扣受苦吃难的人间炼
> 狱！（324）

这是塔尼欧斯发自内心地对家乡的喟叹，也是作者阿敏·马卢夫在写作
收笔时的所感。他期望家乡永远是一个美丽的传奇，也竭尽全力把它塑造成
一个传奇，最终却不得不面对残酷纷乱的现实。

"就在这不远处我瞧见了大海：那片属于我的小小海洋，既狭小又细长
地伸向地平线，仿佛一条道路的海。"（325）脱离现实纷争的塔尼欧斯也许
再次选择了流亡之路，因为流亡本是他的命运。马卢夫亦如此，其家族血缘
复杂，长期侨居法国加深了其身份的复杂性。他是一个"世界人"，曾周游
过60多个国家，主张各民族之间的宽容与和谐共处。他的小说则充满了移
民经验的烙印，小说人物们在地域、语言、宗教之间迁徙。在黎巴嫩移民作
家中，马卢夫是在黎巴嫩经历了漫长的内战之后，为数不多的依然能以浪漫
笔调描画和追忆故土的人之一。个中缘由，除了马卢夫是个以创作"拟历史
小说"见长的作家，使之无须"直面血淋淋的现实"之外，还包括他对故土
怀有一种强烈的期许，即期待坐落于地中海之滨的黎巴嫩能够超越宗派斗

争，成为文明交融的真正典范。但愿这并不仅仅是一个美丽的传奇。

四　流亡者的存在主义哲学：哈吉的《德·尼罗的游戏》

在 2008 年都柏林国际文学奖的全球角逐中，来自加拿大的黎巴嫩裔业余作家拉维·哈吉（Rawi Hage，1964 –）凭借处女作《德·尼罗的游戏》（*De Niro's Game*，2006）战胜了玛格丽特·阿特伍德、保罗·奥斯特、哈兰·科本、科马克·麦卡锡、菲利普·罗斯等众多著名作家，摘得桂冠。都柏林奖评委会的授奖词为："它的原创性，它的力量，它的抒情旋律，还有它的人道主义关怀，无不使《德·尼罗的游戏》成为一部才华横溢的文学佳构，也使拉维·哈吉成为实至名归的获奖作家。"此外，令评委会垂青的原因是，拉维·哈吉是一位用其所掌握的第三种语言创作，并取得如此成就的作家。哈吉的母语是阿拉伯语，法语是他受教育的语言，英语则是他 20 岁赴美国纽约后的生活和工作用语。对于自己选择用英语进行小说创作，哈吉的解释是"完全出于生存的考虑"。生存，对于这位在黎巴嫩内战中度过了 7 年岁月的移民而言，有着不同寻常的艰难。战争深刻影响了他的人生哲学，促使他在文学创作伊始做出反馈，正如他对中国读者所说："我亲身经历了这场战争……年少的我窥见了毁灭的可能，开始试图理解存在的价值，而这与战争背后的政治与历史因素全然无涉。从此，存在，或曰自我选择的灭亡，成为我写作的核心主题。"[1]

《德·尼罗的游戏》演绎的是发生在贝鲁特城深处的多重游戏。内战本身就是一场最大的、全民"狂欢"式的游戏：两大对立的阵营，分别由各自的平民教徒武装而成，扛起枪时可以拼个你死我活，放下枪来可以进行黑市交易；两个上学时的玩伴，只因教派不同日后成为巷战中的敌人，子弹从成堆的沙袋后射来，满天乱飞，伴随而至的有骂声，也有笑声。在内战中，人的生死也是一场游戏：一个年轻战士躲开了对方狙击手的枪子，被母亲好不容易拽回家中歇息，却未躲过洗澡时恰恰击中卫生间的炸弹。当整个城市变成了赌场，生活变成了荒谬的赌博，人们该何去何从？当暴力成为日常生活

---

[1]　拉维·哈吉：《德·尼罗的游戏》，宋嘉喆译，人民文学出版社，2011，第 1 页。本小节出自该著的引文，将随文在括号内标明出处页码，不再另注。

的基本元素，社会失却了法律规范，信仰因为陷入现实的宗派政治斗争而大爱不再后，个体便只能随波逐流，一步步走向迷惘与反叛的旋涡，在不可捉摸的命运面前做出自己的选择，虽然结局也许并无两样。

（一）

"一万颗炮弹落在这片土地上……一万颗炮弹落在贝鲁特，落在这座拥挤的城市。"（3）《德·尼罗的游戏》如此开篇，此后不时重复类似的句型，如"一万颗炮弹的啸叫划破窗外的呼呼风声"（9）、"一万颗炮弹倾泻而下，就像掉在厨房地上的玻璃球"（14）、"一万支香烟沾上我的嘴唇"（14）、"一万具棺木悄无声息地入地掩埋"（78）等，均表达了一种单调而无奈的情绪。

故事发生在20世纪80年代初黎巴嫩内战中的东贝鲁特南区，叙事者巴撒姆以在码头开绞车为生，他厌恶战争，一心想远离混乱，寻觅平静的生活，因而与周围极其疏离。罗马是他梦想中的逃亡地，但需要充足的资金。巴撒姆两小无猜的哥们乔治想了个法子，利用自己在角子机赌场工作的便利，将一些赌注中饱私囊，事后一同分赃。当此伎俩被发现后，他又给巴撒姆找了另一个赚钱的路子，通过贩卖假酒来谋取利益。巴撒姆和乔治是内战时期黎巴嫩迷惘的一代年轻人的代表，他们的人生观与世界观在尚未健全时即被摧毁，遂玩世不恭，冷酷无情。他们以"痞子"自居，赌博、斗殴、抢劫、偷盗、吸毒、泡妞无所不为，暴力是他们与这个混乱的世界相联系的唯一方式，战争则为他们的反叛行为提供了"合法"的舞台，如巴撒姆所说：

> 战争是为那些痞子的利益。摩托车是给痞子用的，同时还属于我们这样的长发少年：我们腰里别着枪，油箱里灌满偷来的汽油，整天晃来荡去。（4、5）

乔治与巴撒姆最大的区别是：他入世，手段强硬，喜欢扮演"老大"的角色，对内战的意义深信不疑，后入伍成为基督教派武装力量的一员干将，越来越深地卷入内战。他没有什么复杂的人生哲学，唯相信一个"赌"字。他的昵称是"德·尼罗"，取自在1978年出品的美国电影《猎鹿人》中饰演主人公的名演员罗伯特·德·尼罗。该电影在当时的黎巴嫩风靡一时，片中越战战俘迈克尔及其朋友们被迫真枪实弹玩俄罗斯轮盘赌的情节很受年轻人欢迎，因为它惊险刺激，符合内战时期人们在绝望之下追求暴力的心态。在《德·尼罗的游戏》中，乔治自始至终沉溺于游戏，并在游戏中身不由己。他凭借自己的聪明能干，成为基督教派军阀阿布·纳哈拉的重点栽培对象，还被派往以色列接受训练，但他的身份并不止于此。乔治的父亲是法国犹太人，生前曾被派驻贝鲁特担任外交官，在乔治出生前便离开了乔治的母亲——其黎巴嫩情人，只身回国。乔治虽与父亲不曾谋面，其出身却被以色列"摩萨德"组织看中，在他受训于以色列时吸收他为特工，负责监视阿布·纳哈拉。因此，混血儿乔治实际上是个"脚踩两只船"的间谍，打小便出来混社会的他在乱世中如鱼得水，平步青云，连巴撒姆的女友都因此投怀送抱。

但是，当乔治参加了骇人听闻的萨布拉和夏提拉大屠杀后，无法再将战争当作一场游戏，而是陷入深深的迷惘。那是1982年夏天以色列军队入侵黎巴嫩之后的事。基督教派武装联合以色列军队，打败了贝鲁特西区的巴勒斯坦军队和穆斯林左翼武装。此时，基督教派武装的最高领袖阿尔·雷耶斯却突然被刺杀。为了复仇，阿布·纳哈拉部队袭击了巴勒斯坦人在贝鲁特南部的撒布拉和夏提拉难民营，与以色列军队联手，将尚未撤离的、几乎手无寸铁的一万多名巴勒斯坦难民斩尽杀绝。连续三天的屠戮、熊熊燃起的火光，在乔治的回忆中，"就好像是好莱坞电影的画面"（169）。他受到了良心的强烈谴责。不日，乔治又奉命去抓捕被疑与穆斯林一方有染的巴撒姆。为了弥补夺人所爱的歉意，他带上一把只装了三颗子弹的左轮手枪，和巴撒姆玩起了俄罗斯轮盘赌，让命运决定二人的生死。在进行轮盘赌前，尚处于惊惶之中的乔治只能向昔日的知己巴撒姆絮絮诉说有关大屠杀的一切。在酒精的作用下，"他的眼中偶尔闪出幻觉般的狂喜，接着又一下子流露出绝望悲伤的神色"（171）。借着醉意，他完全把自己当成了电影里的德·尼罗。当他举起枪，对准自己的时候，"他的眼中射出如同鲜血般殷红的光，有如岩石一般冷酷尖利，仿佛不留一丝人世的情感"（174）。在小说的结尾，读者得知乔治输了轮盘赌的游戏，当轮到他扣动扳机时，子弹飞了出来，他打爆了自己的脑袋。这个从未见过自己父亲的私生子，在旁人的冷眼中长大，早已习惯了游戏人生。对他而言，赌博既是赌机会、赌运气，也是赌生命的随意性。

（二）

如果说乔治的选择是参与到战火中，其结局是一种"自我选择的灭亡"，那么，打一开始便选择做一个"局外人"的巴撒姆，其时运又如何呢？性格同样桀骜不驯的巴撒姆表面上愤世嫉俗，但骨子里是个和平主义者，同胞们因宗派纷争而刀剑相向使其信仰崩塌，遂游离于现实之外。他以挪揄、嘲讽和旁观者的口吻描述周围的一切，即便是令人胆寒的炮弹。如，炮弹落在他家厨房内，"它炸塌了半面墙壁，广阔的蓝天从此一览无余"（9）；而当炮弹从深蓝的天空中落下时，"抬头望天，就像是在观看死亡从天的穹顶上跳水——你眼睁睁地看着它向着你急坠，迫不及待要到达地面，好像这座城市弯曲的街道围成了一泓池水，仿佛它是一方游弋着虹鳟鱼的咸湿海面，又是供孩童嬉闹雀跃的弹簧蹦床；它急不可耐，仿佛窥见款款踏进罗绣褒衣的彩妆玉足，仿佛在觑觎凛凛弯刀那镶满宝钻的刀鞘，仿佛在……"（12）。巴撒姆的想象力极其丰富，且充满了力量型的意象。他厌恶战争，也藐视战争，在枪林弹雨面前练就了一套"精神胜利法"，以求得心理平衡：

> 我站在街心，卷了一支烟。我吞云吐雾，嘴里逸出的烟雾弥漫开来，仿佛盾牌护卫着我。直冲我来的炮弹在我的坚盾上弹开，跃上天际，朝着渺邈的星球疾飞远去。（28）

他能够在炮弹来袭时无动于衷，根源在于其宿命论式的人生观。他认为，死亡是恣意的，不讲什么规律或缘由。他拒绝让自己的生活被战争和炸弹牵着鼻子走，若没有母亲的再三央求，他不会躲进地下室，而是去接受头顶那片"枪弹和炮弹纷然落下"的天空。在一次轰炸中，巴撒姆在最后一刻方在母亲的催促下躲入地下室，母亲却没来得及。母亲的死对他打击很大，一度使他万念俱灰。后来，巴撒姆与他加入穆斯林一方的共产党叔叔取得联系，无意间充当了"敌人"的工具，遭到阿布·纳哈拉手下的严刑拷打，后又被怀疑与黎巴嫩基督教派武装的最高领袖阿尔·雷耶斯遇刺案有关。与此同时，他发现自己倾心的女友蕾娜背叛了他，转投自己好友的怀抱。绝望之下的巴撒姆不再相信爱情，也不再相信友情，被通缉的他踏上了逃亡的不归路。

巴撒姆登上了前往马赛的轮船。虽然成功逃亡了，但是，自逃亡伊始，巴撒姆就陷入了迷惘：

> 我在甲板上坐下，突然想起我的故乡；我起身张望，想要寻到它的
> 方位，却发现自己迷失在四处飘散的陆地身后的乱流之中。生养我的街
> 区仿佛被拥在潮头，连同我的故乡所在的那一块陆地，那片土地之上的
> 纷乱战火，还有我故去的父母的尸骨，它们一起漂流渐远。我竭力搜
> 寻，视野之中仍然空荡无物——四周所有的陆地都在离我远去，挟带着
> 一切与之相关的林林总总。(181)

莎士比亚有句名言："人生不过是一个行走的影子，一个在舞台上指手
画脚的笨拙的怜人。"巴撒姆此时的感觉，则如同大梦初醒，发现自己身处
一个空荡荡的舞台上，演员尚在，但布景早已撤去。他本决意"洗掉身上的
罪孽，洗掉这片战火灼烧的土地的气息，洗掉对于我的至亲至爱的人们的记
忆"(271)，然而，当与自己相关的一切真的渐行渐远之时，他却如此怅然
若失。

抵达法国后，怡人的城市景色与暌违已久的和平氛围给了巴撒姆些许安
定感。当然，这只是相对而言，因为他一踏上异国的土地，就被当地的"痞
子"唤作"一坨北非杂种"，来自前殖民者的侮辱极大地伤害了他的自尊心。
在巴黎"这座静默无声的城市"，他竟然怀念起"头顶上有如雨的炸弹倾泻
而下的"(218)贝鲁特。此时，除了继续让他的"精神胜利法"发挥功效之
外，剩下的办法就是：美化自己那个被剥夺了的家乡。于是，当他在巴黎见
到乔治同父异母的妹妹芮雅后，他和她有选择地谈论乔治，谈贝鲁特的故
事，"在原本光秃的土地上栽种起成荫的绿树，把故乡的老街区里一堵堵斑
驳剥落的水泥墙描画得焕然一新；我甚至让故事里的人物快乐地起舞，尽管
头顶上是倾泻的炸弹"(203)。

在贝鲁特时，巴撒姆一直试图做一个战争中的"局外人"，对自己的处境
冷眼旁观；但是，灼热的战火不容分说地将其卷入，他失去了母亲，失去了女
友，最终又被迫亡命天涯。到了巴黎后，他再次试图说服自己是个"局外人"，
以便摆脱过去。他在自己所住的旅馆前台偶然得到了《局外人》这本小说，不
由自主地被其中的故事所吸引。"妈妈今天死了。也许她昨天就已经死了，我
也不很清楚。"他反复读这句加缪作品中称得上最荒谬的话，思索自己的处境，

有时明白了,有时又不明白。母亲为了拽他进地下室,自己反被炸死,在他的心底形成了一个永远的结。当他读到主人公默尔索在法庭上受审的情节时,又想起了乔治,乔治在轮盘赌中死去是他心中另一个不解的结,他想象是自己在法庭上抗辩:"我们为什么要感到歉疚?我们都是自愿参与,这是我们每个人自己的选择。"(230)然而,他终究无法说服自己。于是,"我慌忙从法庭里奔逃而出,把手里的书甩在床上。窗外,巴黎还在继续向下坠沉,它缓缓向南方漂移,如血的浪涛把一派殷红反射到天空之上;地中海水天相接处,沙漠的苍黄正在慢慢浮现。一阵灼烧般的暴热袭来,我头晕目眩"(221)。

在绝望的处境下,认命或逃离都不是出路,一个人既然无法在荒诞的、丑的世界中做个"局外人",那么不妨选择在荒诞之中流放,"虽然确信他的自由已到尽头,他的反抗没有前途,他的意识可能消亡,但他在自己生命的时间内继续冒险"①。巴撒姆在经历了更多的故事之后,带着这样的信念,离开了巴黎,搭上前往罗马的列车。那里没有倨傲骄矜的前殖民者,又与贝鲁特有着千丝万缕的历史联系,所以是他梦想中的目的地、新的乌托邦——宁静、和平,遍地是鸽子……

存在主义文学家和哲学家阿尔贝·加缪在《局外人》中塑造了一位个体式的反抗人物默尔索,他拒绝与荒谬的世界共舞,选择了以荒谬对抗荒谬,在荒谬中脱离社会和现存秩序,甚至以生命的消亡为代价。而在《西西弗神话》中,加缪更提倡一种微妙的反抗方式:"综上所述,我从荒诞取得三个结果,即我的反抗、我的自由和我的激情。"②他认为,在世界陷入荒谬后,是人的反抗使生命再次具有意义,但是,"反抗,不是对荒谬的克服,而是,在反抗中,同时是对荒谬的肯定"③。反抗的目的,不是去弭平荒谬,而是实现与荒谬的共存。可以预见,在巴撒姆未来的流亡岁月中,他将无数次地陷入迷惘,面临选择,也许会像乔治那样,同样走向"自我选择的灭亡",其去国离乡之路将充满坎坷;但是,既然选择了反抗,就永远不再是一个"局外人"。

与自己作品中的主人公类似的是,拉维·哈吉的移民岁月亦充满了艰

① 阿尔贝·加缪:《荒诞人》,载柳鸣九主编《加缪全集》第五卷,丁世中、沈志明、吕永真译,译林出版社,2017,第125页。
② 阿尔贝·加缪:《西西弗神话》,载柳鸣九主编《加缪全集》第五卷,第123页。
③ 李钧:《存在主义文论》,山东教育出版社,2000,第273页。

辛。1992 年他选择了离开喧闹的纽约，到加拿大蒙特利尔落脚，是看中了那里相对宁静。蒙特利尔是加拿大法语区魁北克的首府，说英语者是少数族，而说法语者又是整个加拿大的少数族。这令哈吉略感心安，他在这座盛行法语的城市里用英语创作，不用担心自己是个来自异域的少数族，因为所有人都是少数族。蒙特利尔让他忆起自己的祖国黎巴嫩。诚然，宗派林立在黎巴嫩是个无法改变的状况，但是，倘若人人皆将自己摆在少数族的位置上，顾及他者的利益，不妄自尊大，内战的硝烟便无处升起。鉴于内战后的黎巴嫩依然内忧外患不断，冲突双方各执一词，政府对之讳莫如深，这段长达 15 年的内战史至今得不到正式的梳理，文学自当义不容辞地发挥其维持民族记忆的职能，因为"文学是一种杰出的记忆艺术，它使得记忆变成一种文化；它为文化记录记忆；它是一种记忆行为"①。拉维·哈吉的《德·尼罗的游戏》就是这样一部关于历史和记忆的作品，如同作者在小说的尾声引用的《局外人》的原话："我只想记住这一段日子，生活在这个世界上的这一段日子。除此之外，我别无他求。"（235）哈吉的文学努力，也再次验证了"战争中没有局外人"，因为"一个作家倘若不参与抵抗行为，是无法成为见证者的"②，而作家的武器——首先就是自己手中紧握的笔。

第三节　突围中的马格里布法语后殖民文学

一　马格里布法语后殖民文学述评③

马格里布，是对埃及以西的北非阿拉伯地区的称谓。本节视阈中的马格里布，包括阿尔及利亚、摩洛哥、突尼斯三国，因都曾有过被法国殖民的历史际遇，故其当代文学染上了浓重的后殖民色彩。

语言是后殖民写作的焦点问题。位于阿拉伯世界西端、与欧洲隔海相望的北非马格里布地区自很早时候起就是多种语言（阿拉伯语及其方言、柏柏

---

① 阿斯特莉特·埃尔、安斯加尔·纽宁：《文学研究的记忆纲领：概述》，载阿斯特莉特·埃尔、冯亚琳主编《文化记忆理论读本》，第 215 页。
② Elias Khoury, "We Disvcovered Our Nation When It Nearly was No More", p. 37.
③ 本小节主要内容曾以《穿越与突围——马格里布法语后殖民文学述评》为题，发表于《外国文学动态》2012 年第 1 期。

尔语及其方言、法语和西班牙语）相互角逐与彼此渗透的场域。柏柏尔语是该地区的原住民语言。阿拉伯语在公元 7 世纪以后进入该地区，随着阿拉伯移民的繁衍及阿拉伯—伊斯兰文化的传播而迅速生根，无论在口语方面还是书面语方面都取代了柏柏尔语，占据了主流地位。法语则是在 19 世纪开始侵入的，依靠法国的文化殖民政策步步挺进，以至于后独立时代（20 世纪60 年代以后）的马格里布三国政府在强力推行阿拉伯语化的同时，依然保留了法语通用语言的地位。

由于受法语影响的程度不同，马格里布三国文学的发展特征也不尽相同。其中突尼斯所受影响最轻，在 1881 年至 1956 年法国占领期间，阿拉伯语的通行从未被法语同化进程打断过。现当代突尼斯文学大多用阿语创作，但作家们也会因种种因素用法语出版作品。摩洛哥 1912 年沦为法国保护国，1956 年赢得独立。由于法国殖民政策的双向作用①，殖民时代结束后的摩洛哥依然是一个阿拉伯语—柏柏尔语国家，法语在其精英阶层流行，许多知名的摩洛哥作家都来自该阶层。尽管摩洛哥的法语文学创作直至 20 世纪 80 年代方呈现总体的飞跃之势，却从此前便在事实上阻碍着政府的阿语化进程。至于阿尔及利亚，1830 年起即沦为法国殖民地，直至 1962 年才赢得独立，无疑是遭受法国文化侵略的"重灾区"。从殖民伊始，法国便致力于阿尔及利亚的"去阿拉伯化"，在各个领域推行法语同化政策。结果，独立后的年轻一代作家几乎不懂阿拉伯语，却精通法语，谙熟法语文学及其思想文化，面对扑面而来的阿语化运动，却无法轻易改弦更张。据统计，"1945 至 1972年期间创作的突尼斯和摩洛哥的长篇小说中，法语和阿拉伯语作品的数量为35：21，在阿尔及利亚为 14：3"②。另外，自二战结束至 20 世纪 90 年代，马格里布三国共有 1146 部法语文学作品问世，其中小说有 438 部，而阿尔及利亚以 305 部法语小说独占鳌头。③

---

① 此间法国在摩洛哥实行城乡双轨制政策，企图通过隔离柏柏尔人所在乡村与阿拉伯人所在城镇，来阻止摩洛哥的阿拉伯化和伊斯兰化。该政策恰恰帮助了阿拉伯人和柏柏尔人在各自区域保持语言和文化的完整性。

② 高慧勤、栾文华主编《东方现代文学史》，"阿拉伯各国现代文学"部分，第 1492 页。

③ Jean Dejeux and Ruthmarie H. Mitsch, "Francophone Literature in the Maghreb: The Problem and the Possibility", *Research in African Literatures*, Vol. 23, No. 2 (1992), p. 6.

　　受制于官方的阿拉伯语复兴运动，后殖民时期马格里布的法语文学在数量上并不具备领先之势，但其被外界接受的程度一直高于阿语文学，由此产生的奇特现象是，在国家大力扶持阿语文学的同时，法语文学大行其道。其原因有三。首先，官方的阿语化运动始终不太成功，法语作为通用语言，一直是马格里布国家与西方保持联系的途径，而统治阶层也在一定程度上鼓励双语。其次，宗教激进主义的蔓延和国家出版审查制度的日益严厉，使许多作家为自由创作而选择法语，并力求在海外出版。最后，用法语写作能拓宽国际读者群，而一些法语作家被授予国际奖项，更推动了马格里布文学界的法语创作。早在 20 世纪 50 年代末，突尼斯作家、学者阿尔伯特·曼米曾预测马格里布的法语写作在殖民时代接受法语教育的一代作家故去后将会消亡。而事实并非如此，随着越来越多的北非阿拉伯人移民法国，20 世纪 80 年代后在法国形成了一个新的文学群体——"柏尔文学"（Beur Literature）①，宛如马格里布法语文学在域外开放的一朵"奇葩"。

　　马格里布法语文学按地域可分为两大类：一类为海外法语文学，由侨居法国、加拿大、美国等地的马格里布裔作家创作，包括祖国独立后的流亡者；另一类为境内法语文学，由生活在马格里布区域内的作家创作而成，其对法语的立场不尽相同。有作家对用何种语言创作无明显倾向性，如阿尔及利亚的拉希德·布杰德拉（Rachid Boudjedra，1941 – ），其作品常常同时以阿语和法语出版，而译者很可能就是其本人。有作家通常只用法语进行创作，他们从小在法语学校接受教育，用法语创作更加得心应手，如摩洛哥的阿卜杜·卡比尔·哈提比（Abdelkebir Khatibi，1938 – 2009）。对他们而言，创作是一个同步的翻译过程，即将本该用母语表达的内容和思想译成法语来完成。他们对法语的总体态度是暧昧的。还有作家因教育因素，也只用法语创作，却因强烈的民族主义情绪而产生抵触感，进而刻意改造和颠覆法语，如突尼斯诗人和文化批评家阿卜杜·瓦哈卜·麦达卜（Abdelwahab Meddeb，1946 – ）。母语不是阿语的一些柏柏尔裔作家，为保持独立性，避免被阿语世界同化，则选择用法语创作，其人数因当代柏柏尔族分离主义日盛而有所增加。

---

　　① "Beur"是一个口语词，指出生在法国的北非后裔，尤指阿尔及利亚、摩洛哥、突尼斯三国。

在北非马格里布国家，无论是殖民时期抑或后殖民时期，语言都已成为不同意识形态间相互争夺的一种政治工具，如何选择和处理语言，仿佛是一个"大是大非"的问题。如前所述，在漫长的殖民时期，法国的语言同化政策成功地使法语凌驾于阿语和柏柏尔方言之上，成为主导语言，至少在教育领域如此。在马格里布国家取得独立后，法语作为前殖民者的语言，则被视为民族解放道路上的一大障碍。自上而下兴起的"阿拉伯语化"运动号召抛弃正规书面阿语之外的一切语言，包括法语、柏柏尔语甚至阿语地区口语方言。那些继续用法语说和写的作家会被视为民族的败类，因为在批评者看来，他们无异于前殖民者和前被殖民者之间不平等关系持续化的"帮凶"，由此语言已经溢出语言本身，成为一个涵盖文化、身份、领土和权力的问题。但是，由于法语的长期垄断，独立后初期诸多年轻作家即便有心也无法拾起书面阿语，采用柏柏尔语写作则在阿语与法语的较量中，成为"下策中的上策"。为了避免"社交失语症"，那些只精通法语的作家只能继续用法语写作，他们会自信地宣称，法语有助于马格里布文学作品接近国际读者群，从而传播马格里布文化，避免其被世界边缘化；但他们同时不可回避的事实是，对于那些不懂法语的马格里布普通民众而言，法语阻断了知识精英与"下里巴人"的联系。法语作家因此需面对一个问题：在后殖民时期的国家建设中，作家应发挥的作用究竟是什么？

此外，无论为何用法语写作，马格里布后殖民法语作家始终要自问：我是谁？这些作家因用非民族语言写作而与同胞大众产生隔阂，在定义自我时又绕不开前殖民宗主国，因而在情感上遭受煎熬。20世纪80年代以后，越来越多的第二代法语作家并未亲历殖民统治，因此不再像前辈那样情结复杂，阿语和法语也在相持中进入"和平共处"状态，但他们仍需面对国内文学批评界不时地指摘，"不真实""取悦西方"是其通常的"罪名"，民族主义者更将他们的作品排除于马格里布文学之外。对此，马格里布法语作家辩解说，使用法语自由表达阿拉伯思想，是以他者的语言对抗他者的有效方式，同时为该地区的文学争得为外部世界聆听的机会。比如，阿尔及利亚女作家阿西娅·杰巴尔强调自己的法语写作使长期沉默的妇女同胞获得了话语权；摩洛哥旅法作家塔哈尔·本·杰伦说"作家踽踽独行，其领土是伤痛"，故而"马格里布作家用法语写作，无须感到'内疚'"①；阿尔伯特·曼米则认为马格里布法语作家的作品起到了沟通两种文化的桥梁作用，促进了马格里布社会文化向世界主义的发展；一些法语作家更是从"差异美学"的理论出发寻找合理性，认为倡导语言的多元化恰恰是一个社会开放和上进的标志。关于马格里布作家用法语创作所走过的心路，2009 年法国龚古尔诗歌奖得主、摩洛哥诗人阿卜杜·拉提夫·拉阿比（Abdellatif Laabi，1942 - ）说过一段质朴的话："此后，是有关法语的一个漫长故事：有爱、有恨、有厌弃。如今我已心平气和②。被殖民的经历未曾改变——它是不幸的，但也有一些东西在悄然潜入。我没有怨恨，也不再被奴役，我只是这段历史的产物。在法国生活了15 年，我用法语所书写的，以及将继续书写的，都是与摩洛哥和第三世界相联系的现实。使用法语，我觉得很舒适，但我绝不认为一种语言比另一种语言更高级。"③

后殖民理论界对全球后殖民英语作家所遭遇的语言窘境及其所采取的写作策略已多有研究，《逆写帝国》（*The Empire Writes Back：Theory and Practice in Post-Colonial Literature*，1989）是这方面的早期论著。它分析了前殖民地出身的作家对标准英语的抵抗和挪用，其目的是"使后殖民文本进入到殖民者的文化体系中，使殖民者的语言和文化因这种侵入而成为交杂的语言或文化，从而瓦解或颠覆殖民者的文化体系，通过瓦解欧洲语言系统而重造新的语言系统"④。在这一点上，拉什迪（Salman Rushdie）曾在《想象中的故国》（Imaginary Homeland）一文中指出："我希望我们不仅仅是按照英国人的方式来使用英语，而是按照我们自己的意图去改造或重塑它。尽管我们这些使用英语写作的人在使用这种语言的态度上是暧昧的……我们的内心中有

---

① Jean Dejeux and Ruthmarie H. Mitsch，"Francophone Literature in the Maghreb：The Problem and the Possibility"，p. 9.
② 拉阿比所论的"心平气和"，在苏丹作家塔依卜·萨利赫的名作《向北迁徙的季节》中也有揭示："他们的语言我们还是要讲的，但那时我们不会有低人一等的感觉，也不会有对他们感恩戴德的表现。我们将保持我们这个普通民族的本色，即便我们什么也算不上，那它也代表我们自己。"（参见塔依卜·萨利赫《风流赛义德》，张甲民、陈中耀译，山西人民出版社，1984，第 62 页。）
③ Elie Shalala，"Prize to Celebrate：Abdellatif Laabi Wins 2009 Goncourt Literary Prize for Poetry"，*Al-Jadid*，Vol. 15，No. 61（2009）.
④ 任一鸣：《后殖民：批评理论与文学》，第 168 页。

不同文化的冲突……但对英语的占领或许是实现我们真正自由的过程。"① 以此论点来观照法语后殖民写作，发现二者有异曲同工之处。许多马格里布法语作家通过插入阿拉伯语或柏柏尔语的词语、句法和表达方式来进行语言混杂和语码转换，通过融入当地历史、传说和俗语，摹用民间口头文学元素等方式来展示马格里布的民族文化传统，正是为了达到改造和重塑标准法语的目的。

但是，以他者的语言书写和建构自我，甚而解构他者，这样做是否有效，抑或仅仅是一个永远无法实现的"乌托邦"？作家和理论家们对此依然存在争议。后殖民理论的先驱弗朗兹·法农强烈批评与殖民主义有着渊源递嬗关系的民族主义，但也坚决反对法属殖民地人民放弃自己的语言而说法语的现象，因为使用殖民者的语言，即意味着对其文化集体意识和价值观的认可和接受，无异于宣告殖民者在文化侵略上的最终胜利。从今人的眼光看，法农的这一立场似乎本身就有偏狭的民族主义之嫌，但也表明了语言之于后殖民事务的重要性。当代后殖民理论家斯皮瓦克则认为，虽然运用语言变形增强了后殖民文学的反霸权性，但是后殖民作家试图在西方霸权主义的框架下解构主体他者几乎是不可能完成的任务，因为他们的阐释身份并未被西方主体他者所承认，并且，总是会受到第一世界帝国主义话语的瓦解和破坏。斯皮瓦克此语对后殖民作家的语言策略及其效用提出了疑问。

除了语言窘境之外，马格里布法语作家还要面临文本的窘境。对殖民主义的批判和对后殖民社会复杂性的揭露常常是后殖民文学关注的主题。具体到马格里布，这些主题辐射在殖民主义及反殖斗争、独立后的民族国家建设、社会的变迁和内部纷争、政权的专制与腐败、宗教势力的泛滥、父权制文化传统的落后等方面。随着 20 世纪 70 年代以来民族主义理想和现代性进程屡遭挫折，对本土社会的批判性书写和对民族文化的反思成为其主基调，而这恰恰暗合了西方世界对后殖民文学的价值判断取向。一个若隐若现的事实是，在法国和西方，马格里布小说首先是被当作社会学文本（尤其是那些涉及穆斯林妇女境遇的小说）来解读，作为文学文本体现的审美价值是退居其次的。1987 年法国将代表法语文学最高成就的龚古尔奖授予塔哈尔·本·杰伦，就曾在马格里布乃至整个阿拉伯世界掀起波澜。批评家们指责本·杰

---

① 转引自任一鸣《后殖民：批评理论与文学》，第 175 页。

伦以杜撰本土奇风异俗为手段来迎合西方读者，制造了一个极其丑陋的女主人公形象，与真实的摩洛哥相去甚远，他的获奖与其说是西方对马格里布法语文学的接纳和肯定，不如说是世界性殖民主义的一种策略，是西方霸权话语与移民作家的一种"共谋"，因为后者"只不过是参加到了让西方人更好地观察他者，从而更好地了解他们自己的那个过程而已"。① 最近的例子则是 2010 年度德国书业和平奖（Peace Prize of the German Book）获得者、阿尔及利亚法语作家布阿莱姆·桑萨尔（Boualam Sansal，1949－），他在获奖后被德国之声捧为"或许是阿尔及利亚最有名的作家，也是阿拉伯民族主义和伊斯兰原教旨主义的尖锐批评人士"②，但其作品早于几年前便在阿尔及利亚全面被禁。

　　由此可见，后殖民作家所遭遇的窘境是不可化约的，用拉什迪的术语说，即"失重性"（weightlessness）。为了缓解这种"失重性"，马格里布法语作家必须创造一种新的写作空间，"通过典型的陌生化写作，即在另一种语言中，以局外者的立场来寻求自我的根，借此找到自己的位置"③，或曰：来维系"根"与"放逐"的关系。该见解出自前文提到过的摩洛哥小说家、文学批评家和社会学家阿卜杜·卡比尔·哈提比。在其所著《马格里布的双重性》（Maghreb Pluriel，1983）中，他强调了一门外语如何被内化，成为后殖民写作的有效载体。他从双语人士的经验中获得启示：在法语环境下成长起来的马格里布人在说他者的语言时，这一他者是潜藏于其身体内部的，因此他既是那个他者，又不是那个他者。法语及其母语共存于其潜意识中，二者相互"嬉戏"，同时保持着一定距离。因为脱离了其原生语境，法语语词的意义在"翻译"过程中变得多样、分散、混淆，能够无穷尽地变形，这是真正的"内化"，它并不刻意颠覆什么。哈提比所指的"翻译"，也非传统翻译学中所指的"从一门语言到另一门语言的对等（包括语言和文化层面）"，而是有着更多的内涵。这里的"翻译"注重的是对语言和文化价值的重新思考和组织，以及在新价值语境下的重新描绘，以反映两种语言间天然存在的不可见的统一。阿尔及利亚法语作家穆拉德·布尔伯纳（Mourad Bourboune，

---

① 艾勒克·博埃默：《殖民与后殖民文学》，盛宁、韩敏中译，辽宁教育出版社，1998，第274页。

② 王胡：《阿尔及利亚作家获德国书业和平奖》，《中华读书报》2011年6月20日，第4版。

③ John Erickson，*Islam and Postcolonial Narrative*，Cambridge University Press，1998，p. 10.

1938 – ）曾指出，由殖民者强加的语言并非永远是殖民语言，因为任何人对语言都没有永久不变的权利。哈提比的目的即在于使法语从一门殖民者的语言变成一门趋向中立的语言。

在《马格里布的双重性》中，哈提比提出的另一重要思想是"双向批评"。他号召阿拉伯知识分子首先对中心主义意识进行"祛魅"，无论是来自西方的，还是阿拉伯—伊斯兰式的；在此基础上，对西方帝国主义和种族主义实践及其相互联系进行解构。因为业已破碎的后殖民社会现实要求抵抗所有西方和东方对后殖民大众主体的间离和征服，拒绝陷入任何形式的文化或宗教本质主义，主张怀疑，而非盲目接受。他指出，为完成非殖民化工程，第三世界完全有走"第三条路线"的可能，即界于西方的"理性"和东方的"非理性"之间的道路。它突破了自西方启蒙时代以来的传统二分法思维，有助于马格里布后殖民作家从自身的创作需求出发，通过法语建构游离于殖民主义和民族沙文主义话语之外的新身份，从容接受来自任何一方的批评。事实上，哈提比的这一思想早在其首部文学作品《文身的记忆》（*La Mémoire tatouée*，1971）中就有所彰显。《文身的记忆》副标题为《一名非殖民化者的自传》，是马格里布国家独立后的一部早期自传，亦被视为该地区最优秀的自传作品之一。作者运用戏仿和反讽手段对法语文化和本土文化发表议论，作为追求"无边界"的作家，在叩问自我身份的同时，其话语和想象试图摆脱对任何文化和意识形态的隶属，在自传艺术上则体现了后尼采时代自传叙事对主体统一性的越界和挑战。

后殖民文化批评发展至今，对于"抵抗"的理解越来越呈现出一种美学意蕴。主张"混杂"和"第三空间"的霍米·巴巴认为："抵抗并不需要一种政治意图的对立行为，也不是对于另一种文化的一种简单否定或排斥。"①马格里布法语作家追求的实际上也是一种"间性"生存，他们的抵抗与其说是一种对抗，不如说是一种积极的弥合，在离心、分裂、放逐的同时，更要求打破边界，用杂糅、含混来处理文化差异。对于时常受到东西方极权主义话语夹击的马格里布法语作家而言，虽然建构或重建身份的过程充满了痛楚和反讽，但他们依然犹如两片水域之间的"弄潮儿"，始终航行于大海中，

---

① 赵稀方：《后殖民理论》，北京大学出版社，2009，第108页。

不停靠任何一方是其生存之道。他们的前途在于对边界的不断穿越，无论是语言的、文化的、性别的，还是民族/国家的。

本节将重点关注两位在国际上颇有影响的马格里布法语作家，前文均已提到，一位是摩洛哥作家塔哈尔·本·杰伦，另一位是阿尔及利亚女作家阿西娅·杰巴尔。

塔哈尔·本·杰伦生于摩洛哥古城非斯，18 岁时前往丹吉尔和卡萨布兰卡就读法语高中，曾参与政治运动，后进入拉巴特穆罕默德七世大学哲学系，以创作诗歌开始文学生涯。1971 年前往法国，四年后获索邦大学心理社会学博士学位。主要作品有：小说《孤独的遁世者》（*La Réclusion solitaire*，1976）、《沙的孩子》（*L'Enfant de sable*，1985；*The Sand Child*，2000）、《神圣的夜晚》（*La Nuit sacree*，1987；*The Sacred Night*，2000）、《丹吉尔的静默之日》（*Jour de silence à Tanger*，1990；*Silent Day in Tangiers*，1991）、《腐败者》（*L'Homme rompu*，1994；*Corruption*，1995）、《错误之夜》（*La Nuit de l'erreur*，1997）、《这炫目致盲的光》（*Cette aveuglante absence de lumière*，2001；*This Blinding Absence of Light*，2002），文集《为女儿讲解种族主义》（*Le Racisme expliqué à ma fille*，1997；*Racism Explained to My Daughter*，1999）等。其中，《沙的孩子》获得 1987 年法国龚古尔文学奖，使其成为阿拉伯作家中获此奖的第一人；《这炫目致盲的光》的英文版获 2004 年爱尔兰都柏林文学奖。2008 年，本·杰伦当选龚古尔文学奖评委。近年来他还一直是诺贝尔文学奖的热门人选。

本节对塔哈尔·本·杰伦作品的研究，拟立足于反映摩洛哥社会女性遭遇的"三部曲"——《沙的孩子》、《神圣的夜晚》和《错误之夜》，通过对其中女主人公形象的隐喻解读，及其魔幻现实主义手法的游牧叙事特征的分析，指出"三部曲"在表层意义上虽然有利用本土化意象取悦西方的媚俗之嫌，但其所隐含的游牧思想恰恰提供了面对后殖民性的一种抵抗策略。这种以游牧思想挑战极权话语的抵抗策略将有助于缓解后殖民作家所遭遇的身份认同危机。本节力图为当代全球后殖民书写所面临的一般问题提出一个现实解决办法，也是对上文所论马格里布法语作家如何应对"文本的窘境"的一个具体论述。

阿西娅·杰巴尔是阿尔及利亚当代著名的女作家，也是最受世界文坛关注的北非法语作家之一。她是 1996 年美国纽斯塔国际文学奖、1997 年美国玛格丽特·尤瑟纳尔文学奖、2000 年德国书业和平奖、2005 年都灵格林赞·加富尔奖等十几个国际文学奖项的得主，几年前还不止一次地入选诺贝尔文学奖候选人名单。阿西娅·杰巴尔出生于阿尔及尔附近的一个海边小镇，母亲为柏柏尔人。由于父亲在当地的法语学校任教，她自小接受法式教育，后赴巴黎完成大学学业。在 20 世纪 60 年代阿尔及利亚反法独立战争中，她是一名活跃分子，首任丈夫亦为抵抗运动成员。阿尔及利亚独立后，她任教于阿尔及尔大学历史系，20 世纪 80 年代后在阿尔及利亚和法国两地居住，90 年代赴美国发展，成为路易斯安那州立大学和纽约大学所设法语文学研究中心教授。2005 年当选法兰西学术院终身院士。阿西娅·杰巴尔的文学创作历程曾因阿尔及利亚的阿拉伯语化运动而中断，呈现前后两个分期。本节对阿西娅·杰巴尔的研究，是笔者在第四章论及后殖民女性主义和阿拉伯女性跨文化写作之后的再度回归，但偏向于后殖民理论所关注的语言问题，分析杰巴尔在使用他者的语言进行创作时的深度思考与实践。

二　游牧与抵抗：本·杰伦"三部曲"的隐喻解读①

近 20 年来，后殖民文学一直兴盛于世界文坛，这一点从后殖民作家在国际文学奖项中屡有斩获便可略见一斑。具有跨文化背景的后殖民作家因其"间性"的视角和思维，相较于其他作家而言具有杂糅的优势，但也因此遭遇不可化约的身份认同危机。一种观点认为，无论后殖民作家采取何种策略对原殖民语言进行挪用与变形，无论他们在写作时秉持何种文化立场，都始终无法摆脱西方文化霸权的话语圈套。因此，如何"在西方霸权的全球逻辑下书写自身文化"业已成为后殖民作家所面临的重大课题。②

塔哈尔·本·杰伦，因曾获得龚古尔奖、都柏林奖等国际文学大奖，被认为是北非马格里布地区法语文坛之翘楚。在当代阿拉伯作家中，其作品被译数量堪比阿拉伯迄今唯一的诺贝尔文学奖获得者纳吉布·马哈福兹，其本人多年来也一直是诺贝尔文学奖的热门人选。本·杰伦作品颇丰，视点多聚

---

① 本小节内容曾以《游牧与抵抗——塔哈尔·本·杰伦"三部曲"的隐喻解读》为题，发表于《外国文学评论》2012 年第 1 期。

② 参见刘亚斌《后殖民文学中的文化书写》，《外国文学研究》2005 年第 4 期，第 114 页。

焦于被压迫者和处于边缘的民众，如集权政治下的囚犯、父权制度下的穆斯林女性、种族歧视下的北非移民和中东战争后的巴勒斯坦难民，借此揭露社会的种种沉疴痼疾。其中，小说《沙的孩子》助之一举成名，其续篇《神圣的夜晚》使之问鼎当年法国龚古尔文学奖，西方文学、文化批评界对此反响很大，并将这两部小说与本·杰伦后来创作的小说《错误之夜》并称为"反映摩洛哥社会女性遭遇的'三部曲'"。但是，阿拉伯世界对"三部曲"的评价毁誉参半。首先，一些批评家指责本·杰伦在选择创作语言上是个根本的错误，尽管本·杰伦回应说用法语写作只是为了纯粹的创作自由。其次，他们指责本·杰伦以杜撰本土奇风异俗为手段来迎合西方读者，制造了极其丑陋的女主人公形象，与真实的摩洛哥相去甚远；而本·杰伦认为小说所揭露的现象的确来自现实，并非自己的发明创造。最后，批评家们认为小说因充斥着与性相关的描写而显得格调低下，本·杰伦则诠释说阿拉伯古代文学本来就富含情色因素，"东方的情色观相对于西方更为丰富和微妙，比如，《一千零一夜》就是了解东方的一把钥匙"①。批评者进一步反唇相讥："只有西方读者才会阅读此类小说，并为之颁奖，因为他们的品位早已被文化霸权主义所腐蚀。"② 至此，用"自我东方主义化"来点评本·杰伦的"三部曲"似乎是一语中的了。

本·杰伦的"三部曲"在阿拉伯和西方得到的评价呈现如此反差，这让我们再次面对一个诘问："来自第三世界精英阶层的移民作家，只是为西方提供了'他者'形象，他们究竟能给贫困的祖国带来什么呢？"③

（一）"三部曲"之女主人公形象的隐喻解读

分析西方和阿拉伯对本·杰伦"三部曲"的反应后，发现此大相径庭的结果可能源自同一因素，即对其中女主人公形象片面和狭隘的解读。

---

①　"Tahar Ben Jelloun, The Art of Fiction No. 159, Interviewed by Shusha Guppy", http://www.theparisreview.org/interviews/893/the-art-of-fiction-no-159-tahar-ben-jelloun.

②　Salah Moukhlis, "Deconstructing Home and Exile, The Subversive Politics of Tahar ben Jelloun's *with Downcast's Eyes*", http://journals.sfu.ca/pocol/index.php/pct/article/viewArticle/442/840.

③　赵稀方：《后殖民理论》，第 191 页。

　　《沙的孩子》讲述了一个摩洛哥姑娘因出身于缺少男嗣的家庭，屈从父命，女扮男装的遭遇。假扮男儿身时，她不仅被模拟施行男孩的割礼，而且还遭受了束胸的折磨。当女性的意识渐渐萌动，她却已习惯了拥有伊斯兰社会的男权地位，并奉父命娶患病的堂妹为妻。直到父亲去世，她才摆脱了一切虚假，四海飘零，寻求归宿，在马戏团中尝遍了人生的辛酸苦辣。然而她最终未能摆脱悲剧的命运：在《神圣的夜晚》中，她在父亲的葬礼后离家出走，被一名女澡堂看守收留，在与女看守的盲人弟弟的朝夕相处中，逐渐萌生爱意，却遭女看守嫉恨，将觊觎其家族财产的叔父引来。她因杀死叔父锒铛入狱，在一袭光明即将来临时又惨遭姐姐们的毒手，被残酷地施行女性割礼，幸福永远地离她而去。

　　《沙的孩子》是本·杰伦首部被译成英语的作品，是当年法国的畅销书，甚至被列入法国课本，其中女主人公的遭遇令人触目惊心。作者宣称自己的首要创作目的是改变20世纪80年代马格里布女性主义文学的风貌，他认为，这一文学类型因言辞直白尖锐而充满了"好斗风"，因缺乏想象而仅剩"学究气"。他要创造一个具有双重性别的女性形象，用模糊、隐晦的表达揭示其被扭曲的命运。《神圣的夜晚》继续了反映穆斯林妇女境遇的主题，让法国文学界将目光再次转向本·杰伦，并在文学艺术水平不及《沙的孩子》的前提下摘得其最高奖项，在一段时期内稳居销售排行榜榜首，也在某种程度上说明了一个若隐若现的事实：在西方，第三世界作家的小说作为社会学文本所体现的意义常常要超过其作为文学文本所体现的审美价值。

　　本·杰伦擅长描写边缘大众，女性又常常是其作品的中心，其形象不一而足，如传统母亲、知识女性、女奴、妓女、巫婆等，他在承认作品的女性主义主题时，也同时强调自己"通过女性状况来反映整个世界"的创作目的，所以他笔下的女性不仅仅是女性。① 但是，这一点往往被读者甚至批评界所忽视，也许是因为女主人公奇诡的遭遇实已令人目不暇接，由此掩盖了小说隐喻的层面。②

---

① Thomas Spear and Caren Litherland, "Politics and Literature: An Interview With Tahar Ben Jelloun", *Yale French Studies*, Vol. 2 (1993), p. 41.
② 我国在1988年即引入小说《神圣的夜晚》，译成中文后增设了副标题《一个男装少女的奇遇》，从中折射出女主人公奇诡的遭遇对读者产生的心理影响及阅读效应。

《沙的孩子》和《神圣的夜晚》中的女主人公泽哈拉可被视为摩洛哥的象征，体现了作者所理解的"身体政治"："身体即民族/国家，民族/国家即叙事，叙事即身体。"① 对于该隐喻，作者仅在《沙的孩子》的开篇作了揭示，艾哈迈德（泽哈拉假扮男儿身时的名字）出生时，其父在全国报纸上买下半个版面刊登启事："他的出世将使国土更肥沃，给国家带来和平与繁荣。艾哈迈德万岁！摩洛哥万岁！"② 故事发生于 20 世纪上半叶，其时摩洛哥正处于法国殖民主义统治下，主人公从女扮男装的艾哈迈德到新生的泽哈拉的生命经历与祖国的反殖斗争相对应。如果"将性别理解为一种身体的殖民"③，那么，在性别身份上的失去平衡和寻找平衡，即映射着摩洛哥在民族独立和非殖民化进程中的复杂性和不确定性。

《沙的孩子》中艾哈迈德/泽哈拉的遭遇源自传统父权制的压迫，是父亲因为惧怕没有男性子嗣所带来的权力、地位和荣誉危机，将她强行纳入男性系统，剥夺了其女性的认知。在隐喻的层面，父亲又象征着法国殖民制度，是该制度强迫摩洛哥的不同社会群体（阿拉伯穆斯林、柏柏尔人、犹太人）放弃他们的民族语言和身份，以融入法语秩序。由此，艾哈迈德/泽哈拉的危机演化成殖民主义下受殖者的主体分裂危机，他/她寻找自我的斗争也具有了反父权和反殖民的双重意义。

寻找自我的斗争始于对身份的叩问。艾哈迈德从小生活在男人的世界，并倾心于此；当他/她意识到自己是女人时，却已恨上女人的一切。步入青春期后，他/她对自我身份的困顿与日俱增，因而陷入深深的痛苦：

> 这一足够陈腐的事实，将时间和表面剥开，向我袒露了一面镜子。只有克服深深的痛苦，我才能看见自己……我避开镜子……我既是影子，也是制造阴影的光线……既是凝视自己的目光，也是镜子本身。我

---

① Rebecca Saunders, "Decolonazing the Body: Gender, Nation, and Narration in Tahar Ben Jelloun's *L'enfant desable*", *Research in African Literatures*, Vol. 37, No. 4 (Dec. 1, 2006), p. 138.

② Tahar Ben Jelloun, *The Sand Child*, trans. by Alan S. Heridan, Batimore and London: The John Hopkins University Press, 2000, p. 19. 本小节出自该著的引文，仅在文中括号内标明"*The Sand Child*"及出处页码，不再另注。

③ Rebecca Saunders, "Decolonazing the Body: Gender, Nation, and Narration in Tahar Ben Jelloun's *L'enfant desable*", p. 137.

的声音来自我自己吗？还是来自父亲在我入睡时对我嘴对嘴所吹入的气息？（*The Sand Child*，29、30）

在父权主义和殖民主义的双重压迫下，"我"被严重异化：

我用剩下的生命回答一个问题：我是谁？谁又是他者？黎明的一阵风？静止的风景？颤动的枝叶？还是山峦上方飘忽的白烟？（*The Sand Child*，38）

如果选择继续这个"化装舞会"，就意味着与身体内部的女性继续做斗争。被打上男性心理烙印的艾哈迈德，终被女性的身体语言所征服：

我已经失去了我身体的语言，或许我从未拥有过。我必须学会这种语言，开始像一个女人那样说话。像一个女人？为什么？我不是一个男人吗？（*The Sand Child*，72）

借助日记和写给一位无名氏密友的信件，艾哈迈德扪心自问。而这位躲在背后的密友实际上是艾哈迈德的另一个被分裂出来的人格。他鼓励艾哈迈德去寻找真实的自己，并告诉他/她，寻找自我意味着回归：

所以，我必须出走，重生的时辰已到。事实上，我不求改变，只求在命运将我抛出它的轨迹之前，回到我自己。（*The Sand Child*，83）

艾哈迈德离家出走，开始以"泽哈拉"的艺名走上马戏班的舞台，终于重获了女性身份。在隐喻层面上，则象征着摩洛哥摆脱了殖民主义的统治，回归前殖民时代的本土主义道路。但是，这一回归是否成功？续篇《神圣的夜晚》选择了《沙的孩子》的一个结局，继续讲述泽哈拉的故事。泽哈拉的反抗对象仍是双重的——前殖民者和独立后国家的掌权者，主要象征人物是被称为"肉墩子"的女澡堂看守。在她的干预下，泽哈拉被无情地剥夺了爱和被爱的权利。在监狱中，当她意识到思想和行动必须主动穿越边界、求得自由时，却为时晚矣：

我的肉体停止了运动，它不再变化。它衰弱了，不再动弹，也不再有任何感觉。既不是丰满和贪婪的女性躯体，又不是平静而强健的男性躯体，我介于这两者之间，也就是说我在地狱。①

主人公在回归女性后，又在性别身份上摇摆不定，揭示了独立后的摩洛哥在非殖民化道路上的矛盾和复杂性：殖民者的撤离使各社会群体间的张力得到释放，在左派反对之下成立的君主制度是一种妥协，而重回前殖民时代的本土主义显然是行不通的。② 于是，"主人公游牧式的穿越表明：不存在本质化的性别场域，由一个身份走向另一个身份，是抵抗固化的男性或女性主体性的策略，是对殖民主义和本土主义两者非此即彼的反拨"③。

"三部曲"的最后一部作品《错误之夜》讲述的是紫娜的故事：一个被孕育于错误之夜，长大后又在错误之夜遭受了群丑凌辱的姑娘的疯狂报复；一个邪恶的美女，以其"充满毒液"的魅力迷倒了全城的男人，将他们带向自作自受的苦海；一个受尽压迫的女子对虚伪社会的最终反抗和爆发。然而，正如本·杰伦所指出的："她并非一个真实的女性，而是属于传奇世界。"④《错误之夜》一如前两部小说的隐晦风格，但作者在揭示女主人公所寄寓的象征时并不像先前那样吝于笔墨：

> 这个故事的展开围绕着五个男人、一座城市和一个女人。这些男人知道他们永远不能提起"她"，"她"指的是那个女人，而不是那座城市，尽管女人和城市经常混淆在一起，相互交换笑容和眼泪。⑤

这座城市就是后殖民时期的丹吉尔，一个"濒于地中海与大西洋交汇处

---

① 塔哈尔·本·杰伦：《神圣的夜晚——一个男装少女的奇遇》，黄美蓉、余方译，译林出版社，1988，第138页。
② 摩洛哥的反法独立运动是由多种势力联合展开的，包括保皇派、激进的民族主义者、民主温和派、宗教分子。殖民制度给独立后的摩洛哥留下了许多问题，如何融合各方势力、如何对待民族文化传统、如何处理法国前殖民者的经济利益、如何划定国界等，都缺乏现成的解决方案。See Rebecca Saunders, "Decolonazing the Body: Gender, Nation, and Narration in Tahar Ben Jelloun's *L'enfant desable*", p. 156.
③ Lisa Lowe, "Literary Nomadics in Francophone Allegories of Postcolonialism: Phan Van Ky and Tahar Ben Jelloun", *Yale French Studies*, Vol. 1, No. 82 (1993), p. 57.
④ "Tahar Ben Jelloun, The Art of Fiction No. 159, Interviewed by Shusha Guppy".
⑤ 塔哈尔·本·杰伦：《错误之夜》，卢苏燕译，王玉梁校，华夏出版社，1998，第71页。本小节出自该著的引文，仅在文中括号内标明《错误之夜》及出处页码，不再另注。

的""仍然产生传说的"城市。她曾以积极的姿态参与了祖国的独立运动，却在殖民主义遗产的重压和摩洛哥政府的碌碌无为中失去了本真，变成了美丑并存的"怪物"：

> 他们无法知道丹吉尔是个脸上抹着生石灰的老太婆，一个有能量的狡猾的妇人，它有时是三十年代的荡妇，有时是内向、文静、揭开面纱时令人敬畏的淑女，任何地方都没显出威胁。(《错误之夜》，73)

被紫娜报复的男人们常常束手就擒，因为紫娜实际上并非外物，"她是我们生命中该诅咒的部分，是我们灵魂中阴暗的那部分"(《错误之夜》，253)。政府对于深受"国际化"污染的丹吉尔亦束手无策，甚而深陷其中，在故事结束时的 20 世纪 90 年代，丹吉尔已堕落成"所有走私的场所""匪徒的老窝"，年轻人排着长队在法国领事馆前等候签证。非殖民化之路究竟通向何方？

通过以上对本·杰伦"三部曲"女主人公形象的解读，我们可以发现三部小说的共性。首先是人物的双重性，即主人公为了反抗性别、阶级、种族和民族的单向式归类，游走于从属与拒斥之间，建构了超越二元对立的双重文化身份，分别体现于事实和隐喻的层面。其次是象征的模糊性，这一点也许是作者为拒绝读者任何明确的解读，在创作时刻意追求的，同时也反映了作者本人处于多种文化交叉路口的创作语境，从而使作品游牧于内在与外在、真实与虚幻的边界，呈现出现实主义与寓言叙事交相辉映的色彩。

(二)"三部曲"之魔幻现实主义的游牧叙事特征

经历了 20 世纪 60 年代拉美的"文学爆炸"，魔幻现实主义并未沉寂，而是活跃于后殖民话语场域。因其在表达"文化错置"(cultural displacement)时的有效性，霍米·巴巴将魔幻现实主义称为"形成中的后殖民世界的文学语言"。① 随着马尔克斯的《百年孤独》和拉什迪的《午夜之子》的风靡，魔幻现实主义逐渐成为全球式的文学风景，蔓延到非洲、亚洲和大洋洲，为发

---

① Homi Bhabha, *Nation and Narration*. Quoted in Stephen M. Hart and Wen-chin Ouyang (eds.), *A Companion to Magical Realism*, Woodbridge: Tamesis, 2005, p. 1.

现和表述第三世界的民族自我提供了叙事策略。

塔哈尔·本·杰伦的"三部曲"无疑具有魔幻现实主义韵味，通过将马格里布本土文学传统与欧洲后现代主义相结合的方式，创造了一个独特的幻境。读者进入这一幻境后，会被小说诗性的语言和意象所感染，评论家认为这是作者的诗人出身所致，本·杰伦则将此首先归结为自己的阿拉伯文学遗产："当我写故事时，我感觉到自己是一个摩洛哥人，像摩洛哥说书人那样娓娓道来，其中充满想象以及不全是现实主义的建构，但一定是诗情可以依托的。"[①]而扎根于阿拉伯传统说书艺术的、迂回婉曲的叙事技巧又在最大程度上强化了小说的魔幻氛围。

说书艺术作为一种民间口头文学类别，在中世纪阿拉伯文学史上成就辉煌，《一千零一夜》就是一个典型。说书人常常通过制造迷局和悬念，以故事套故事的叙事方式来吸引听众。本·杰伦"三部曲"中的说书人则将传统技巧和后现代技巧集于一身，既在表演，更在创造，引领读者在变幻不定的道路上不断开拓。说书人可以邀请听众参与故事的讲述，以表明读者与作者实际上是共谋者；可以从故事的中间说起，再回到开头，从而挑战传统叙事的连续性和透明性；说书人还可以失踪，以便其他说书人甚至听众来为故事提供不同的叙事视角。有意制造的悬疑空间赋予了小说超现实主义特质，通过亦真亦幻的情节、非线性时间、戏仿、语言游戏、嵌入式叙事层等欺骗艺术，解构真实，反映后现代主义的存在观。

以最为成功的《沙的孩子》为例。全书共有六个说书人先后登场，皆极尽所能，展现一个交叠的、混乱的、冲突的世界。如，小说开篇说书人在马拉喀什广场告诉听众，主人公艾哈迈德/泽哈拉交给他一本揭示其生命奥秘的书，该书有七道凿于墙上的厚重大门，他会为听众打开这些门，但他会说："你们不知道我将把你们带到哪里，我也不知道"（*The Sand Child*，12）。他告诉听众："你们可以选择听我说，跟随我走到结束……什么的结束？"接着自问自答："循环的街道没有结束。"（*The Sand Child*，12）当穿过星期六大门，来到艾哈迈德那段模糊的青葱岁月时，说书人让听众自由填写其中的空白。当穿越了最后一道门，说书人告诉听众接下来是遗忘的开端。与循环

---

① "Tahar Ben Jelloun, The Art of Fiction No. 159, Interviewed by Shusha Guppy".

不定的道路相随的是艾哈迈德的日记和信件，它时而完整，时而散佚，在小说结尾处听众干脆被告知：艾哈迈德/泽哈拉的书被满月消除了字迹，就像羊皮纸，可以被无数次地重写。由此我们理解了本·杰伦将小说命名为"沙的孩子"的用意，它既寄寓着北非地域的沙漠意象，又暗示了一种流动性和不可把握性。如果所有的可能性都可以被选择，文学的迷宫就会被建造出来，不同的未来在其中无限地扩张和交叉。这不由得使我们联想到博尔赫斯的《沙之书》《环形废墟》《小径分岔的花园》。①

本·杰伦擅长将魔幻和超自然元素渗入所谓的现实世界，如《错误之夜》中书写护身符的具有魔力的墨水、照不出身影的镜子、有鬼怪居住的深井……，而语词的运动性、时空的消解、人物心理的飘忽迷离、出乎常轨的遭遇导致了强烈的错位感，使小说从整体上进入一个想象世界。在这个世界中，不仅时间抛弃了线性轨迹，在螺旋形的圆圈中实现了首尾相接，空间不再有此在与彼在的区别；而且，世界因为由永远流动的时空所组成，也就失去了可见与不可见的界限。所以，在《神圣的夜晚》中，失明反而将我们引向一个充满感知的世界。泽哈拉和盲人领事之间的爱情始终扑朔迷离，事实上，是领事在引领她发现真正的爱与温情，泽哈拉却停留在错误的、暴力的现实中，直至入狱方领悟，她尝试将双眼蒙上，以获得真知。作者借此表明：我们所见的不过是一个有着欺骗性外表的世界，真实隐藏于可见之后。所以，文本是语言游戏、能指的无限增殖，文本是一种活动和过程，文本的意义恰在于无所谓终极意义。这是罗兰·巴特的理论，本·杰伦坦言自己深受其影响。

应该说，"三部曲"中的魔幻现实主义是多种文学和文化理念交融的产物。本·杰伦反对所谓"阿拉伯魔幻现实主义"的归类，但是，他笔下的"魔幻"在颠覆现实主义这一后启蒙时代实证主义认知方式上确有其独特性。

---

① 《沙的孩子》尾声处有一行吟盲诗人登场客串说书人，他自称来自远方的另一个世纪，从另一个故事被抛掷到这个故事中。他在说书时体现了时空的错乱感，如将马拉喀什的咖啡馆指称为布宜诺斯艾利斯的市中心，又如他称一个来访的妇人交给他一封斯蒂芬·阿尔伯特（《小径分岔的花园》的人物）的信件。一些研究者推断该行吟盲诗人其实是博尔赫斯的化身，本·杰伦在小说中如此安排是为了表明自己从博尔赫斯这位文学导师那里得到了灵感，并表示敬意。

鉴于摩洛哥以及北非马格里布的地域特点，笔者赞同学者约翰·埃里克森（John D. Ericson）的观点，主张以"游牧叙事"来总结之。所谓"游牧叙事"，指以游牧思想挑战界限，包括时间、空间、真与假、虚与实的界限，以及所有的二元对立。它反对静态和还原，主张迁徙和变形，如同游牧部落在社会结构上消解中央集权，游牧叙事质疑任何权力话语体系，亦不试图在二分法范式下，用一种权力框架去替代另一种权力框架，因为两极的倒置只会使权力话语合法化；相反，它倾向于"复数"和文化多元主义，追求各种场域之间和状态之间的策略性移位。①

（三）"三部曲"的游牧抵抗策略

在《沙的孩子》的结尾，本·杰伦安排了三个说书人，提供了三个不同的结局。第一个说书人萨利姆讲述了艾哈迈德改名泽哈拉，流落马戏团的故事：曾遭受母亲虐待的马戏团经理阿巴斯将暴力转嫁到演员身上，几次强奸泽哈拉，泽哈拉最终杀死了阿巴斯并自尽。第二个说书人欧麦尔想象艾哈迈德隐居并潜心研究伊斯兰教，在思考经文中获得了自我救赎和对世俗的超越，最终平静地归真。第三个说书人法图玛以第一人称叙事，讲述了永远的旅行者艾哈迈德/泽哈拉的踪迹，主人公说："我来自远方，走过了无尽的路途……众多的国家和世纪在我的眼前穿过，我的双足尚对此记忆犹新。"（*The Sand Child*，127）她孤独地漫游，最终来到一个村庄，加入罢工罢课者与法国警察相对峙的示威游行，为面包而斗争，虽然她从不知道饥饿的滋味。就在此刻，其角色有了新意："我不得不摆脱过去的自己，进入遗忘，除去所有的痕迹……那天我懂得了恐惧和仇恨。一切都改变了。"（*The Sand Child*，132）从隐喻的层面看，第一个结局象征反抗殖民主义，第二个结局象征回归本土主义（民族主义的一种），二者是极权话语的两端，第三个结局则象征游牧主义，以及突破极权话语后达到的自由境界，同时强调了集体抵抗的重要性。

借此，《沙的孩子》成为法农理论的叙事寓言。后殖民文化批评先驱弗

---

① See John D. Ericson, "Magical Realism and Nomadic Writing in the Maghreb", in Stephen M. Hart and Wen-chin Ouyang（eds.）, *A Companion to Magical Realism*, pp. 252 – 255.

朗兹·法农认为，非殖民化运动在建设国家新秩序时，既不可对前殖民体制的本质内涵不加批判地继承，又应避免让民族资产阶级领导的民族主义政党掌权，因为它与旧殖民系统的密切关系决定了其改革的表面性。法农强调了民族意识和民族主义的区别，前者能使一个民族放眼世界，民族资产阶级辖下的民族主义却使民族文化趋向单一和封闭。① 他为非殖民化提出了第三种方案——由人民所组织的集体主义式的改革，它既非殖民主义的翻版也非对本土主义的颠覆。

《沙的孩子》和《神圣的夜晚》通过主人公隐喻式的旅行和穿越，即在殖民主义和本土主义的两极之间流放，假定了法农的第三种方案。主人公在先后陷入殖民主义和本土主义本质化表达逻辑后，痛苦地自拔并努力寻找"间质空间"，在拆解对抗关系的同时建构一种想象的抵抗策略。关于第三世界民族主义的再思考源自法农，经由本尼迪克特·安德森、帕沙·查特吉、蒂莫西·布伦南、霍米·巴巴等学者的延伸，已成为后殖民文化批评的一项重要内容。民族主义因与殖民主义在权力结构上的同构特征而遭到虚化，尤其是在非殖民化近乎失败的结果（如《错误之夜》所指涉的现实）面前受到质疑，但又因此"正好迎合了西方解构东方民族主义和传统文化的口味"②，这是一个悖论。

本·杰伦"三部曲"所遭遇的也是一个悖论。作者试图通过小说传达超越权力框架的理念，也希望读者不受缚于任何框架，完成所谓"游牧式阅读"（nomadic reading）。然而，其写作无论如何也脱离不了权力话语体系的语境，此处的权力话语，不仅指西方的文化霸权主义，亦包括东方的民族沙文主义。在此两极逻辑下，大凡对本土社会进行批判性书写的后殖民文本都

---

① "民族意识不是民族主义，唯独它赋予我们国际的重要性。"——法农如是说（参见弗朗兹·法农《全世界受苦的人》，万冰译，译林出版社，2005，第173页）。他认为，民族意识（即民族共同心理素质）是民族文化构成中不可或缺的灵魂，而真正的民族文化是开放的、动态的，在不断的调整和更新中走向世界性。走向国际的民族文化将反过来促进各民族意识在嬗变中趋于大同。但是，当民族意识上升为民族主义，被用作一种统治工具后，通常就会具有极强的排他性。法农此论为后殖民理论家思考民族主义提供了一个基点，如，下文提及的霍米·巴巴挪用本尼迪克特·安德森的观点，进一步认为，民族作为一个被塑造的"形象"，不过是一种叙述重构，所有的民族文化其实从一开始都是多元文化的产物。

② 石海军：《后殖民：印英文学之间》，北京大学出版社，2008，第216页。

可能被前者过分青睐，被后者过分贬斥，由此造成后殖民作家不可化约的窘境。

　　本·杰伦"三部曲"更具反讽性的窘境是：其女主人公形象表层意义与隐喻意义的相悖性。作者有意通过一个表面上批判本土父权制落后文化的主题，来获得西方中心的认同，同时又在文本内部寄托了深刻的反殖民寓意，作为其最终创作目的。然而，这种站在西方主流文化的边缘，以获得中心认同为先的后殖民写作策略也许本身已迎合了西方的文化霸权和世界性殖民主义思想，因此，其隐喻意义在各方解读中遭遇"流失"，其被东方民族主义攻讦的命运也就在情理之中了。

　　无论如何，通过本小节的分析解读可以得出的结论是：如果说本·杰伦"三部曲"在表层意义上存在利用本土化意象取悦西方的媚俗之嫌，那么，其所隐含的游牧思想①仍然提供了面对后殖民性的一个抵抗策略。这种抵抗策略将后殖民性理解为一种异质化的场域，通过对权力结构及其逻辑和叙事的非线性抵抗，以多元、无序和无界限来解构指意符号系统，以运动、变化和生成来践行一种"抵抗的美学"。这种以游牧思想挑战极权话语的抵抗策略将在一定程度上缓解后殖民作家所遭遇的身份认同危机。

三　在杂糅中发声：阿西娅·杰巴尔后殖民写作的语言思想策略②

　　本书第四章从作品主题的角度出发，指出了阿拉伯当代女性创作在从私人话语转向宏大叙事的过程中，后殖民女性主义的方法论对于当代阿拉伯女性文学创作和解读的特殊意义，并以旅英埃及女作家艾赫达芙·苏维夫为例，探讨了阿拉伯跨文化女作家群如何在文化的交叉路口和语言的边界，克服来自东西方的双重压力，勇敢地表达自我，及其在减少隔阂、促进沟通方面所发挥的作用。这些女作家常年居于海外，能够直接用英语、法语等西方

---

　　① 正式提出游牧思想的是 20 世纪最重要的法国空间哲学思想家吉尔·德勒兹（Gilles Deleuze）。他认为，游牧空间是平滑的、开放的；游牧就是生成。他用"块茎"（rhizome）的概念，即一个多产的、无固定生长取向的生长系统，来阐释关于生成的本体论。参见陈永国编译《游牧思想：吉尔·德勒兹、费利克斯·瓜塔里读本》，吉林人民出版社，2003。

　　② 本小节主要内容曾以《阿尔及利亚女作家阿西娅·杰巴尔——以他者的语言重建本族女性身份认同》为题，发表于《外国文学动态》2011 年第 2 期。

语言写作，除了艾赫达芙·苏维夫，还包括旅英约旦女作家法蒂娅·法基尔（Fadiya Faqir，1956 - ）、旅英苏丹女作家莱拉·艾布·阿拉（Layla Aboulela，1964 - ）、旅美巴勒斯坦女作家苏海拉·哈马德（Suheir Hammad，1973 - ）、旅法伊拉克女作家阿里娅·马姆杜哈（Aliya Mamdouh，1944 - ）等。她们在跨文化写作领域所付出的努力正日益获得国际文坛的认可，而阿尔及利亚籍法语作家阿西娅·杰巴尔（Assia Djebar，1936 - 2015，又译作"阿西娅·吉巴尔"）堪称其中资历最深的一位。本小节对阿西娅·杰巴尔文学创作的探讨，将侧重于后殖民理论所关注的语言问题。

作为一名历史学者，阿西娅·杰巴尔在艺术创作中关注如何再现阿尔及利亚意义丰赡的近现代历史；作为一名女性主义者，她很自然地将焦点置于挖掘妇女在这段历史中的作用，通过艺术化的历史叙事，建构阿尔及利亚妇女的性别身份认同；作为一名后殖民法语作家，用原宗主国的语言进行创作又使之遭遇一种暧昧的、含混的、近于尴尬的处境，即本节综述中所总结的"语言窘境"。阿西娅·杰巴尔的创意在于，充分运用其作为女性和少数族的特殊性，动用相应的语言变形策略，形成一种杂糅的语言，在力图瓦解标准法语的语言系统的同时，以他者的语言为载体，达成重建本族女性身份认同的目的。这些语言变形策略的元素来自其祖国的语言——阿拉伯语，其民族的原初语言——柏柏尔语，其民族的传统口头文学遗产，以及属于所有女性同胞的、带有女性特质的语言，正如她在代表作《爱与幻想曲》中以近乎调侃的方式说道：

> 在男人仍然可以有四个合法妻子的同时，我们——女孩们，无论年龄大小，在仅剩下叹息和呻吟之前，可以用四种语言来表达自己的愿望：用法语书写秘密信件；用阿拉伯语向父亲信仰中的主表达我们被窒息的志向；用柏柏尔语使我们回归前伊斯兰时代母亲的宗教；第四种语言，对于所有女性而言，无论老幼，无论被圈于闺中还是在半解放状态下，皆可拥有，那就是身体的语言。[1]

---

[1] Assia Djebar, *Fantasia*: *An Algerian Cavalcade*, trans. by Dorothy S. Blair, N. H. Portsmouth, Heinemann, 1993, p. 180. 本小节出自该著的引文，仅在文中括号内标明"*Fantasia*"及出处页码，不再另注。

　　本小节拟通过分析阿西娅·杰巴尔较具影响力的四部作品——《房间里的阿尔及尔女人》（*Femmes d'Alger dans leur appartement*，1980；*Women of Algiers in Their Apartment*，1992）、《爱与幻想曲》（*L'Amour, la fantasia*，1985；*Fantasia：An Algerian Cavalcade*，1985）、《监狱如此寥廓》（*Vaste est la prison*，1995；*So Vast the Prison*，1999）、《白色阿尔及利亚》（*Le Blanc de l'Algérie*，1996；*Algerian White*，2002），探讨其后殖民写作的语言策略及思想。这些小说均为阿西娅·杰巴尔在第二阶段的创作历程中所写就。该阶段是其文学生涯的最重要时期，又与其第一阶段的创作有着千丝万缕的联系。

　　阿西娅·杰巴尔原名法帖玛·佐海拉·伊玛雷恩，阿西娅·杰巴尔是其在出版处女作《渴》时采用的笔名。在阿拉伯语中，"阿西娅"意为"亚洲"，亦常用作女性的名字，"阿西娅·杰巴尔"有"不妥协者"之意。此后她一直使用该笔名，表达了女作家反叛传统的意识。这样的主旨明确地体现在阿西娅·杰巴尔第一阶段的创作历程中。自 1957 年至 1967 年，阿西娅·杰巴尔先后用法语创作了小说《渴》（*La Soif*，1957）、《急不可待的人们》（*Les Impatients*，1958）、《新世界的儿女》（*Les Enfants du Nouveau Monde*，1962）、《天真的百灵鸟》（*Les Alouettes naïves*，1967）。《渴》的主人公纳迪娅是一个法国和阿尔及利亚血统参半的姑娘，《急不可待的人们》的主人公则为在西化教育下成长起来的青年女子达丽莱，二者的共性是对传统父权制度的质疑和挑战，对妇女自我解放的追求和渴望。两部小说问世后，在引起关注的同时，亦被文学批评界指责：因过分聚焦于家庭婚姻主题和女性个人经验，而忽略了国家的政治和社会现实。事实上，这也是阿拉伯文学评论界长期以来对女作家们的主流看法。阿西娅·杰巴尔似乎有意改变批评界的这一总体印象，在创作《新世界的儿女》时，将故事背景设定为阿尔及利亚民族独立战争。在小说中，包括女教师萨莉玛、女大学生丽拉、家庭妇女谢丽珐在内的各阶层女性通过参与民族解放斗争，发现了真正的自我。我国人民文学出版社在 1987 年版的中译本中评论道："这部小说，无论是主题思想，还是艺术技巧，都代表了女作家创作的新阶段。"爱与战争的主题，再现于其几年后创作的《天真的百灵鸟》中。

　　阿尔及利亚摆脱法国殖民统治、获得独立后，阿拉伯语被确立为国家的官方语言，文学界掀起了一股回归阿拉伯语写作的热潮。阿西娅·杰巴尔因为继续用法语写作招致批评，因此在整个20世纪70年代，她选择了暂时封笔，同时开始潜心研究书面阿拉伯语，试图丰富自己的表达方式，然而后来，她发现这是一个奢望。于是她转而进入电影界，独立执导了影片《努巴山区妇女之歌》（*La Nouba des femmes du Mont Chenoua*，1979），以音乐和口语交织的方式讲述了阿尔及利亚独立战争中农村妇女的生活经历。该片在当年威尼斯电影节上获得了国际批评家奖，触发了阿西娅·杰巴尔更高的创作激情，推动了她执导另一部关于阿尔及利亚妇女传统民谣的纪录片《遗忘之歌》（*La Zerda et les chants de l'oubli*，1982）。阿西娅·杰巴尔认为电影赋予了她写作的视野，在制作电影时，她为使用阿拉伯语口语而高兴。但电影完成后，她又不得不回归自己只能用法语进行文学写作的现实。

（一）《房间里的阿尔及尔女人》

进入20世纪80年代后，阿西娅·杰巴尔终于主动打破了自己在文坛的长期沉寂，用法语发表了短篇小说集《房间里的阿尔及尔女人》。这是阿西娅·杰巴尔作家生涯中的一个转折点，如其所言："我已年逾四十，就在此时，我终于发现自己是一名完全的法语作家，同时也是一名根深蒂固的阿尔及利亚人。"[1] 她的另一变化是，试图通过塑造各阶层妇女群像，逐步建构一个更为统一的阿尔及利亚女性身份认同。

小说集分为"开篇"、"今天"、"昨天"和"后记"四个部分。将"今天"与"昨天"并置，意在指出，阿尔及利亚妇女被压迫的处境并未因民族独立战争的胜利而有本质的改变。如小说中的女主人公之一萨拉所尖锐指出的：

> 今天阿尔及尔的一些妇女，你可以看到她们不戴传统面纱在外行走，然而，由于害怕未知的新情况出现，将自己用别样的面纱包裹得更紧，这些面纱虽然看不见，却很容易感觉得到。[2]

---

[1] Fatima Sadiqi, Moha Ennagi（eds.），*Women in the Middle East and North Africa：Agents of Change*, New York：Routledge, 2010, p.50.

[2] 阿西娅·吉巴尔：《房间里的阿尔及尔女人》，黄旭颖译，上海文艺出版社，2013，第109页。本小节凡出自该著的引文，仅在文中括号内标明《房间里的阿尔及尔女人》及出处页码，不再另注。

　　这里有必要说明一下阿尔及利亚妇女在反对法国殖民和民族解放斗争中的特殊贡献。在一个多世纪的殖民统治中，阿尔及利亚妇女的遭遇与男性有所不同。男性作为传统社会的主体，是被镇压和征服的绝对对象。而为了达到这一目的，法国殖民者试图通过鼓励阿尔及利亚妇女打破传统习俗，来反抗当地的父权制，包括去除面纱、走出闺房、用西方价值观替代传统信条等。此举带来的具有讽刺意味的结果是：揭下面纱、获得自由的妇女成为民族独立战争中与男同胞并肩作战的一支生力军；一些妇女则为了携带武器的便利，重新披上长袍和面纱。因此，戴不戴面纱，不再取决于外来殖民者或本土父权主义者，而是服从于民族革命的需要。妇女参与独立运动并做出了贡献，然而新国家的成立并未改变妇女受压迫的传统地位，民族主义在重写历史的过程中也依然是以男性为中心。阿尔及利亚妇女由此成为双重压迫——法国殖民主义和马格里布父权制的牺牲品。阿尔及利亚妇女的这一特殊遭遇成为后殖民理论界的一个重要研究案例，从早先的弗朗兹·法农到后来的斯皮瓦克，都曾给予高度关注。在《房间里的阿尔及尔女人》中，萨拉及其朋友莱拉都是独立战争中"带炸弹的女人"，她们满怀着勇气和希望，穿行于枪林弹雨中。战后，萨拉身心伤痕累累，莱拉则因现实带来的巨大落差而沦为吸毒者。

　　阿西娅·杰巴尔让小说集里的各色女性人物都有说话的机会，她的写作就是要打破再次被强加给这些被遗忘的阿尔及利亚妇女的"沉默"，因此她将女主人公们的各种声音作为描述的重点，包括他们平日的窃窃私语、丧礼上的哀号和独特的身体语言。比如，萨拉在公共澡堂洗浴时，一边"关注着始终在流淌的水，将夜晚变成流动的呢喃"，一边侧耳倾听，"推开一扇门：只是读出一个标点符号的时间，就听见桶被打翻的声音，笑或呻吟的回声，孩子们的尖叫"（《房间里的阿尔及尔女人》，88）。她这样描绘澡堂的景象：

　　　　就这样，家庭主妇们渐渐充斥了整个浴室，孩子睡着了，婴儿们呀呀儿语，有两个女人躺在石板上，俯视其他浴者，重新随着节拍哎嗬起来，做出奇怪的姿势，像缓慢又平衡生长的树木，根茎一直延伸，汇入涓涓不息的水流，在灰色的石板上。（《房间里的阿尔及尔女人》，86、87）

　　为了解构原殖民者的语言，阿西娅·杰巴尔有意将阿拉伯语和柏柏尔语的口语融入该小说集的语言表达中。受自己电影创作经历的启发，她从民间歌曲入手。主人公萨拉日常的一个研究项目就是关于旧时女性唱的歌曲，她希望拍一部用音乐表达整个城市的纪录片。她一边记录着歌词，一边"认出了旋律：在她童年时，她的阿姨们、表姐妹们，家务做到一半，会突然在天井里拍起手来。她们唱起同样的歌曲，天真地坚持一个人站起身的时候，要用髋部动作表现出缓慢而优雅的节奏感"（《房间里的阿尔及尔女人》，68）。在阿西娅·杰巴尔看来，这些昔日的歌舞具有特殊的意蕴，正如她在"后记"中所指出的："在阿尔及利亚的口头文化中，特别在那些完全孤立的小城市，从诗歌、歌曲甚至缓慢或强劲的舞蹈动作中发展起来的几乎是唯一的主题，就是心灵的创伤。"（《房间里的阿尔及尔女人》，219）

由此，歌曲在该小说集里发挥了另一功能，即引发女主人公诉说其心灵的创伤，并串起其心底潜藏的记忆碎片，同时起到打破线性叙事的作用。在"送水女人篇"中，女搓澡工因工伤被萨拉等人送往医院，当前者躺在救护车上，"沉睡的人，我是沉睡的人，有人带我走，谁带我走"（《房间里的阿尔及尔女人》，95）的歌声响起，她对自己艰难一生的回忆便如泉水般汩汩而出，无法遏止。歌词负载着女人的第二自我，往昔的种种声音化为音乐伴随着她，将她的沉默彻底打破：

> 地底，层层叠叠的词语，被彻底吞咽的语句，像黑色的鞘翅，会逃出来吗，会醒来刺我吗？……地层的痛苦，像第二声部，没有音调也没有颤音："我是——是我——我是被放逐的人……"（《房间里的阿尔及尔女人》，96、97）

在《房间里的阿尔及尔女人》中，阿西娅·杰巴尔竭力为自己的法语写作寻找一种（或曰"一套"）更恰当的语言，对"异域法语作家"（Francophone writers）的定义做出自己的诠释。对此，马格里布另一著名法语作家塔哈尔·本·杰伦的评价是：这是"一种精彩绝伦的语言"①。

（二）《爱与幻想曲》

阿西娅·杰巴尔的另一部作品是《爱与幻想曲》。小说标题中的"幻想曲"一词除了指一种音乐形式之外，另一层意思是柏柏尔人在骑术表演时鸣

---

① 见《房间里的阿尔及尔女人》中译本封底评论。

枪的传统仪式。在这部将历史、自传、事实、想象与虚构混合为一的作品中，阿西娅·杰巴尔重写了阿尔及利亚被殖民史上两段重要的经历：始于1830年的法国占领，以及1954年至1962年阿尔及利亚的民族独立战争。在创作时，作者以一位训练有素的历史学者的眼光重读了19世纪的殖民档案，包括法国占领军的官方文件、备忘录、报纸，法国官兵们的见闻及其私人信件，作家和艺术家的各种记述等，挖掘出那些被隐藏或被遗忘的历史事件，再现了一个被征服的国家在殖民主义者的铁蹄下被肢解的惨状。小说第二章描绘了法国军舰到达阿尔及尔港的景象：

> 1830年6月13日黎明，旭日东升，将深不可测的海湾照得透亮。清晨5点钟，随着宏伟的舰队撕破天际，这座牢不可破的城市揭下了面纱，露出真容，在灰蓝色的雾霭中，鬼怪般的幻影忽隐忽现……略带锯齿状的屋顶和彩色蜡笔般的柔和色调，让这座城市以一位静态的、神秘的"东方女人"的角色，首次展现。（*Fantasia*，6）

寥寥数语，揭示出侵略者的心态及他者的视觉。在重读殖民档案时，阿西娅·杰巴尔着力捕捉的是事件的女性目击者，使重写的法国占领史尽量从女性的视角和声音出发，这样便将躲藏在战火背后的阿尔及利亚妇女带到了历史前台，表达了她们书写自我的愿望。

如果说阿尔及利亚妇女在19世纪的政治事件中尚是被动的旁观者，那么，20世纪70年代中期阿西娅·杰巴尔对其出生地周边区域妇女的采访记录则证实了她们对民族独立战争的亲身参与。在《爱与幻想曲》中，阿西娅·杰巴尔续写了《房间里的阿尔及尔女人》曾涉及的话题，但这次是通过对妇女口述的战争经历进行整理和编辑，旨在通过对独立战争历史的再书写，强调妇女在国家建设和非殖民化进程中应有的作用。通过她的努力，被忽视、被忘却，或不为人知的乡村妇女的事迹得以见诸文字。她发扬了这样一种女性主义，"使女性作为话语的主体参与文化的建构，保存、拯救了女性欲说却无人听见的话语，使女性的生存跨出了历史的虚无成为无可抹杀的痕迹。女性发出自我言说的声音，丰富了对历史的阐释，使对历史的叙述更加接近历史的真实"①。

---

① 沈红芳：《女性叙事的共性与个性》，河南大学出版社，2005，第136页。

后殖民女性主义理论家斯皮瓦克在其著名论文《属下能说话吗?》（ Can The Subaltern Speak?，1988）中认为，前殖民地或第三世界的属下妇女因先后从属于殖民统治的宏大计划和民族主义解殖工程，从未拥有过自己的话语权，因此他主张首先应解构主流话语对属下妇女的再现，还原其真实的社会和政治历史。另一理论家凯图·卡特拉克则建议，鉴于妇女讲故事和口头表述的专长，后殖民女作家可以有意识地采用民族口头文学传统，通过修正西方文学样式来对抗其话语形式。"对口头文学传统的运用，其本身是非殖民进程中的一个战略战术。"① 这些都在阿西娅·杰巴尔《爱与幻想曲》的写作中得到了验证。

除了对阿尔及利亚被殖民史的重写，《爱与幻想曲》的另一重要部分是阿西娅·杰巴尔的自传体记述，起自童年的学习生活，到成年后参加独立斗争的经历。自叙是断片式的，与其他妇女的口头证词相交织，旨在使个人记忆和集体记忆相融合；此外，仍然不失时机地提醒人们其民族文化中口头文学的丰富性。于是读者看到，一位第三世界女性作家的成长历程在整个民族历史的框架下徐徐展开。其中，阿西娅·杰巴尔关注的一大问题是：如果妇女被定义为一种"他者"，那么她还能说话吗? 能表述自我及其女性经验吗? 在表述时，又该采用谁的语言，发出何种声音? 她在该书自传部分所着力渲染的，是自己由使用法语这一"昔日敌人的语言"（Fantasia，241）而导致的内心冲突和无所适从感。这种矛盾情感她早在幼年时期就已经体会到，所以她让全书起笔于年少时被父亲牵着手走向乡村法语学校的场景回忆，并由此诉说了自己从小接受西化教育所导致的与周围乡村妇女的某种疏离感。对于这种内心冲突，她在着墨书写自己的生命故事时有更深刻的体会，如其所言：

> 尝试用法语单词撰写自传，如同将自己借给活体解剖者，让皮肤之下的血肉在刀片下毕现。(Fantasia，156)

在阿西娅·杰巴尔的创作生涯中，有很长一段时期，她确实将法语视为蚕食自己内心的敌人，因为她的写作虽然打破了阿拉伯和柏柏尔妇女的沉

---

① 凯图·卡特拉克：《非殖民化文化：走向一种后殖民女性文本的理论》，载罗钢、刘象愚主编《后殖民主义文化理论》，中国社会科学出版社，1999，第461页。

默，却并未采取她们的任何一种语言。这是真正的话语权吗？经过痛苦的思索后，她最终为自己的文学创作设定了一个总原则：写作，是为了唤醒静默的声音，找回消逝的姐妹们；写作，只要能够改变阿尔及利亚妇女长期失语的状况，就不应拘泥于以何种语言进行。她在《爱与幻想曲》中提到，自己对法语写作之优势的认识，得益于一次婚礼上重戴面纱的感受：

> 从我使用法语开始，我就觉得法语其实是一种面纱，一种掩饰自己的途径，因为我始终有一种感觉，即在我与外部世界的联系中，人们并未觉察到我的形象。(*Fantasia*, 181)

可以说，用法语写作使阿西娅·杰巴尔获得了一个回退空间，得以冷静地观察世界，虽然她最终发现，这层"面纱"其实只是出自自己的想象。

在北非，法语是殖民主义暴力的遗产，对于阿尔及利亚更意味着一个多世纪被殖民的血泪史，因此不难理解阿西娅·杰巴尔在使用法语时的矛盾心态。她将法语视作"继母的语言"、自我放逐的"流放地"，她用这门他者的语言建立自己与祖国的联系，并使自己成为沉默的同胞姐妹们与世界的联系所在，虽然时时感到自己"在遗产的重压之下残喘"或"挣扎于黑暗的沼泽中"，甚而几近"沉没"。对于阿拉伯语和柏柏尔语，阿西娅·杰巴尔则充满亲情，她发现"母亲的语言"中拥有大量表达爱的词汇，它们是开放的、流动的、感性的。在这一点上，"继母的语言"无法与之相比，需要后天的弥补和修饰。

如前所述，阿西娅·杰巴尔曾一度决心顺应时代潮流，改用阿拉伯语写作。此努力失败后，她重操旧业，依然使用法语发表小说，但与先前不同的是，她开始试图改变自己的法语表达，常将阿语词插入行文中，在一些语境下故意使用法语生僻词和复杂句式，目的是使法语"陌生化"。美国学者安妮·多纳迪（Anne Donadey）总结了阿西娅·杰巴尔文本中阿语词所发挥的不同作用，并列举实例加以说明，其中许多词语来自《爱与幻想曲》及下文将谈论的另一部小说《监狱如此寥廓》。情况有以下几种。（1）直接译自阿语的词，以引号或斜体表示，常在其后附上注释，多具有特殊的历史和文化内涵，如"'Khasnadji'-le minister des Finances"（意为"财政部长"）、"'voleur de mariée'... Khattaf el-arais"（意为"偷新娘者"）。这些词语使母语为法语的读者产生陌生感，使母语为阿语的读者产生亲切感。（2）源自阿语，常出现于东方学研究领域，但不为一般读者所熟悉的专业词，如"chérif"（意为"圣裔部落的首领"）、"hadja"（意为"赴麦加的女朝觐者"）。（3）业已被法语所采纳，被列入法语词典的阿语词，如"pasha"（意为"地区长官"）、"djebel"（意为"山"）、"hammam"（意为"土耳其浴"）。这些词语表明殖民的影响是双向的。（4）为法语所采纳，但意义发生变化的阿语词，如"fellagha"一词在阿语中原有"兄弟"之意，在法语中变成"土匪、强盗"，作者则沿用阿语本意，用该词指称"独立战争中的自由战士"，殖民者与被殖民者在语言领域的斗争由此可略见一斑。①

阿西娅·杰巴尔的代表作《爱与幻想曲》问世后获得了法国—阿拉伯友谊奖。它的意义在于将阿拉伯语或柏柏尔语的口述资料转为法语的书面表达时的成功杂糅；在于以他者的语言重写了阿尔及利亚从被殖民、受压迫走向民族独立的故事；在于从后殖民女性主义的立场出发，为凸显第三世界女性的自强自立，恢复其话语权和主体性所做的努力。

（三）《监狱如此寥廓》

将个人记忆与集体记忆交织的写作手法在阿西娅·杰巴尔的后续作品——同样具有半自传性质的《监狱如此寥廓》中再次得以充分运用。取名于一首柏柏尔民谣、文本中穿插许多柏柏尔方言的《监狱如此寥廓》被洛杉矶《时代书评》（*Times Book Review*）誉为"一部富于抒情诗调的小说，由一位依靠自己的小说、诗歌和电影而成为阿尔及利亚文学声音的翘楚所创作"②。

该书将"逃离"作为主基调。小说第一部分以第一人称叙事的视角，讲述了一位中年知识女性如何逃离没有爱情的婚姻。文中倒叙"我"在一次沙滩露天音乐会上心血来潮，想象着"那种来自村庄、高原地区或非洲深处的节奏"③，跳起了自己平日与女伴们常跳的民间仪式舞蹈。这种舞蹈不需要额

---

① See Anne Donadey, "The Multilingual Strategies of Postcolonial Literature: Assia Djebar's Algerian Palimpsest", *World Literature Today*, Vol. 74, No. 1 (Winter 2000), pp. 30 – 33.

② 见《监狱如此寥廓》英译本封底评论。

③ Assia Djebar, *So Vast the Prison*, trans. by Besty Wing, New York: Seven Stories Press, 1999, p. 61. 本小节出自该著的引文，仅在文中括号内标明"*So Vast the Prison*"及出处页码，不再另注。

外的乐队伴奏，它迎合的是来自身体内部的节奏，"身体的秘密和它的自发节奏，身体内部那柔软光滑的质地，在黑暗里，在空寂中，音乐激励着我独自起舞"（*So Vast the Prison*，62）。这种忘我的舞蹈让"我"得到了释放个性的机会，也使"我"邂逅了年轻的情人。"我"将这位情人作为"他者"，在其双眸的映照中，试图找到另一个自我。

在小说第三部分，阿西娅·杰巴尔分述了几个故事，包括一位母亲如何战胜险阻，不远千里去探望遭法国殖民者关押的儿子；一位14岁被迫成婚的祖母如何逃离早年的婚姻，勇敢追求幸福；以及作者对少年时期的自述。行文中穿插着阿西娅·杰巴尔对其电影创作生涯的经验总结，她认为自己通过摄像机获得了一种女性的"注视"（gaze），这是"抵抗"的一个重要标志；而"注视"的力量又来自集体，它穿过保守的传统社会的隔离墙，揭开了阿尔及利亚妇女脸上的神秘面纱，让久居深闺的她们见到光明。阿西娅·杰巴尔通过电影创作获得了自信，在文学创作中，她则将制片中常用的镜头切换技巧转化为碎片式叙事手段，这些碎片通常以个人和集体相交织的方式得以串联。通过将历史与现实、个体与集体并置的方式，作者强调了第三世界妇女的个体能动性与集体的息息相关，因为她们具有共同的命运。

富有抵抗精神的后殖民女性主义认为，父权制和殖民主义话语将第三世界妇女建构为他者，使她们在历史上受到双重的压制、掩盖和消弭。为了反对各种形式的压迫，妇女有必要团结起来，在不同时期发挥不同层面的集体力量，因为"一个女人的身份不仅仅是女性，她还隶属于某个阶级，来自于某个民族，并有她自己独特的生活经验"[①]。这也是阿西娅·杰巴尔通过自己的书写策略所传达的思想。

小说在第三部分开始前插入了一段关于婷·希楠的传说。婷·希楠原是公元4世纪北方柏柏尔部落的一个女王，其穿越撒哈拉腹地的逃离经历是一个美丽的神话。1925年东方学家在考古活动中挖掘出她的墓葬，同时发现了用柏柏尔语提夫纳格字母书写的石刻。这种文字在古时男人征战沙场时，是由妇女负责传承的，现已几乎灭绝，但在当代妇女的习语中仍然依稀可见。

---

① 徐雅芬、董建辉：《女性主义与权力——政治人类学视野下的西方女性主义研究述评》，第29页。

因此阿西娅·杰巴尔视之为"女性的语言"："我们最神秘的文字，古老如伊特鲁利亚或古代北欧的文字，但与后者不同的是，它依然充满着声音，带着今日的呼吸，它是来自最辽远沙漠的一个女人的遗产。"（*So Vast the Prison*，167）她希望通过探寻该语言的历史踪迹，使昔日复活。

（四）《白色阿尔及利亚》

《监狱如此寥廓》的写作恰逢阿尔及利亚国内局势变幻莫测的时期，这促使阿西娅·杰巴尔更深入地思考祖国的历史、今天和未来，而语言仍是她思考问题的出发点。在她看来，阿尔及利亚在漫长的人类历史中历经风雨，但其优势恰恰在于多元的、丰富的历史经验所带来的语言、文化和思想开放性，她将之总结为"阿尔及利亚性"（Algerianity）。在这方面，阿尔贝·加缪、雅克·德里达（Jacques Derrida）、埃莱娜·西苏（（Hélène Cixous）、弗朗兹·法农等这些有着阿尔及利亚成长背景或斗争经历，具有世界声望的各路名家，以及穆罕默德·迪卜（Mohammed Dib）、卡提布·亚辛等第一代杰出的阿尔及利亚籍法语作家均做出了历史贡献。1962 年"民族解放阵线"（FLN）领导的独立战争使阿尔及利亚成功摆脱了法国的殖民统治，但随后实行的以"阿尔及利亚属性"（Algerian identity）为旨归的"阿拉伯化"政策在一定程度上步入了非殖民化的误区，使阿尔及利亚的思想文化渐失创造力。而 20 世纪 90 年代初宗教激进主义势力上台后所强调的"正本清源"进一步促使阿尔及利亚的意识形态和话语体系走向封闭。在此背景下，阿西娅·杰巴尔创作完成了《白色阿尔及利亚》，对在暴力镇压中勇于发言、最终牺牲的文学界、新闻界、思想界友人表示哀悼。

在该书的前言，阿西娅·杰巴尔回顾了阿尔及利亚在柏柏尔语之外的丰富语言史，或曰"语言之间的战争"：先是拉丁语，直至奥古斯丁时代；随后是中世纪的古典阿拉伯语；接着是奥斯曼帝国时代的突厥语；1830 年后是身着殖民外衣一路挺进的法语；现在，则是作为统一的民族语言的现代阿拉伯语。她从多年来对语言的感受和思考出发，以语言为阵地，倡导多元化。她认为，无论以法语，还是阿语或柏柏尔语进行写作和阅读，均有助于拓展一个"新的"阿尔及利亚的内在边界。反之，排斥法语和柏柏尔语等少数族语言，独尊阿语，则将导致故步自封。

该书标题中的"白色"有多重含义，它既是悼念的颜色，又是对一种因失去活力和丰富性而留下的空白的警示。由此，阿西娅·杰巴尔的法语写作在后殖民语境下获得了一种新的抵抗内涵，由最初的反殖民思想转化为对官方在非殖民化进程中的排他主义的质疑和反抗。在主题内容上，《白色阿尔及利亚》也是阿西娅·杰巴尔文学创作生涯中的一个新起点，因为她首次跨出了有关妇女的话题，公开、直接地针砭时弊，更为全面地体现了她作为一名公共知识分子的思想境界，也体现了女性写作在新时代的宽广视阈。

2000年，阿西娅·杰巴尔被授予德国书业和平奖，获奖原因是"她给欧洲现代文学增加了马格里布的声音。她在健全民主、实现和平和使各种文化互相了解方面给阿尔及利亚带来希望"。[①] 2005年，阿西娅·杰巴尔被历史悠久的法兰西学术院接纳，成为其40名终身院士之一，并由此成为首位获得此头衔的北非穆斯林女性。从积极意义看，这表明了异域法语文学日益增强的影响力以及法国思想文化界对此的重视。阿西娅·杰巴尔坦然接受了这一荣誉，并希望自己的文学作品能因此被更多地译成阿拉伯语，为更多的同胞所了解和赏识。

回到本节综述部分所关注的一个问题，即后殖民写作以他者的语言书写和建构自我，甚而解构他者的做法是否有效？诚然，阿西娅·杰巴尔的文学实践是成功的，但其中多少夹杂了几分因缘际会，比如其柏柏尔少数族族群身份、其身为穆斯林女性的宗教与性属身份、其在整个非洲文学颇受后殖民研究关注之大背景下的异域法语写作。对于自己文学创作历程中在语言问题上所遭遇的波澜，阿西娅·杰巴尔曾总结道："作为一名作家，我发现过去30年中自己总是处于两种语言之间，处于'语言的俯仰'（a pitching of language）之中。它决定了一切，甚而决定了我在何处生存。我在法国和阿尔及利亚之间往返，不知哪条路是朝前走，通向何方，通向哪一门语言、哪一个根源，以及哪条路是往回返的，又通向何处。对于所有移民而言，回归——回归过去，回归自己的母语，回归聋哑母亲的这门语言——终究是不可能的、与现实相悖的。"[②] 这条成功之路无疑曲折无比，但无论其通向何方，都将为后殖民写作之语言策略提供一个值得研究的范例。

---

① 郅溥浩：《解读天方文学》，第92页。
② Debra Kelly, *Autobiography and Independence*：*Self and Creativity in North African Postcolonial Writing in French*, Liverpool：Liverpool University Press, 2005, p. 248.

余 论
走向"世界文学"的阿拉伯
当代文学

　　如绪论所言，本书旨在探讨以小说和诗歌为主的阿拉伯文学话语在1967年"六·五"战争后的转型与嬗变，分析后殖民和全球化语境下阿拉伯文学为重建文化抵抗空间所付出的努力。关于阿拉伯当代文学的"后殖民"语境，绪论中已多有阐释；至于"全球化"，其自20世纪80年代全面冲击阿拉伯世界以来，与"后殖民"有许多重合之处。包括埃及著名经济学家萨米尔·阿明（Samīr Amīn，1931–2018）在内的一些学者倾向于认为，对于第三世界国家而言，全球化实质上是一种"新型殖民化"，西方大国借此"推行它们的价值观念、政治模式和行为标准，企图将发展中国家纳入其新的世界体系中"[①]。尽管经济上的资本全球化作为社会发展的一个必然结果，本身并不带有意识形态色彩，但全球化对社会的影响又确实是全方位的，包括政治、文化思想与价值观等意识形态领域。全球化在文化上的表征之一，即马克思、恩格斯所预测的"世界文学"的产生，其原话如下："民族的片面性和局限性日益成为不可能，于是由许多种民族的和地方的文学形成了一种世

---

　　① 陈德成：《全球化与现代阿拉伯民族主义》，中国社会科学出版社，2009，第16页。

界的文学。"①

　　目前，对"世界文学"能否最终形成下任何断言，仍为时尚早；但一个不可否认的现象是，随着全球化进程的展开，民族/国家作为一个地理实体和一种意识形态，似乎越来越趋向于模糊和被削弱，人们在新的世界格局中不断寻求、建构新的文化身份。这一趋向在文学领域亦有体现，大家形成了一个心照不宣的共识：民族/国家的构架已非一个完美的镜头，用来蠡测方兴未艾的"世界文学"。文学创作者更加注重作品的普世性或普适性，比如在内容上弘扬超越族裔和国籍界限的人道主义关怀，在形式上追求以朝向现代性认同为旨归的创作手段；文学批评界则有意识地把本国的文学放在世界性的语境下来加以考察和比较研究。由此形成的景观是："各民族的文学比以往任何时候都更多地具有'世界因素'。"②

　　笔者在绪论的开篇处还曾强调，本书的总体目标是将阿拉伯当代文学置于世界文学发展主流的框架下进行观照，建构阿拉伯当代文学与世界文学—文化批评话语的合理联系，亦可视为在上述语境之下的阐发。通过揭示各类阿拉伯当代文学作品在处理传统和现代性的关系、流散与杂糅的经历、性别政治等问题上，所流露出的具有后殖民政治意蕴的"抵抗"，并以"抵抗"达到在新的世界格局中重建自我民族身份认同的目的，笔者可以得出的一个结论是：自20世纪初，阿拉伯文学在西方文化和文学思潮的影响下，开启了走向并汇入"世界文学"总体格局的进程；而近半个世纪以来阿拉伯当代文学所经历的转型与嬗变，是该进程向更深更广的维度拓展并加强的一个重要阶段。

　　无论在最早提出"世界文学"概念的歌德那里，还是在后来的马克思、恩格斯那里，"世界文学"都意味着由各民族文学交融而成的综合体；但是，由于主流强势文化与非主流弱势文化之间的力量对比悬殊，在走向并汇入"世界文学"的进程中可能呈现"一边倒"的态势。关于这一点，我国学者陈众议曾撰文直言："所谓的'世界文学'本质上不外乎欧美文学或极少数为欧美所认可的亚非拉作家作品。"③ 另一位学者王宁在总结20世纪以降中

① 《马克思恩格斯选集》第1卷，中共中央著作编译局译，人民出版社，1995，第255页。
② 丁国旗：《祈向"本原"——对歌德"世界文学"的一种解读》，《文学评论》2010年第4期，第75页。
③ 陈众议：《世界主义批判》，《中华读书报》2014年8月6日，第13版。

国文学如何走向世界时曾评述道："但是这种'走向世界'的动机多少是一厢情愿的，其进程也是单向度的：中国文学尽可能地去迎合（西方中心主义的）世界潮流。"① 以此反观同属于"第三世界文学"的阿拉伯文学，可以发现类似的境遇。

目前，关于"世界文学"这一概念的讨论仍处在言人人殊、见仁见智的阶段。这里，不妨引证王宁为判断一部作品是否属于"世界文学"给出的几个标准："1. 是否把握了特定的时代精神；2. 其影响是否超越了本国/民族或本民族语言的界限；3. 是否收入后来的研究者编选的文学经典选集；4. 是否能够进入大学课堂；5. 是否在另一语境下受到批评性的研究。"② 以此来重新考察笔者在本书各章中进行原典细读的阿拉伯当代文学文本，发现基本上是符合上述标准的。人们对一部文学佳作的关注形式不一而足，而获得国际重要文学奖项，一般被认为是这种关注的最高体认。这些国际奖项所依循的原则是："以一种国际公认的标准来评价不同的民族和语言所产生出的文学作品的普世价值"。③ 由此可以说，一部文学作品若荣膺国际大奖，即当之无愧地成为"世界文学"大家庭中的一员，但必须以"国际公认的标准"的鉴定为前提。毋庸讳言，这些国际重要文学奖项目前多数产自西方，难免带有西方中心主义的色彩。这就衍生出一个新的问题，即第三世界民族主义在此过程中由政治抵抗引发的文化"排他性"。

纵览阿拉伯当代文学半个世纪以来的发展历程，不难发现，那些有幸获得国际重要文学大奖的小说家与诗人尽管屈指可数，但在整个第三世界中，比例还是不低的。就诺贝尔文学奖而言，虽然迄今获奖者仅埃及大作家纳吉布·马哈福兹（1988）一人，但进入 21 世纪以来，几次与诺贝尔文学奖失之交臂的有旅法叙利亚诗人阿多尼斯、同样侨居海外的阿尔及利亚女作家阿西娅·杰巴尔。就龚古尔文学奖而言，小说奖方面有摩洛哥旅法作家塔哈尔·本·杰伦（1987）和黎巴嫩旅法作家阿敏·马卢夫（1993）先后获得；诗歌奖方面有黎巴嫩—埃及裔的安德烈·舍迪（Andrée Chedid，2002）以及摩洛哥的阿卜杜·拉提夫·拉阿比（2009）。塔哈尔·本·杰伦还曾斩获都

---

① 王宁：《"世界文学"：从乌托邦想象到审美现实》，《探索与争鸣》2010 年第 7 期，第 7 页。
② 王宁：《"世界文学"：从乌托邦想象到审美现实》，第 5 页。
③ 王宁：《"世界文学"：从乌托邦想象到审美现实》，第 5 页。

柏林文学奖（2004），四年后该奖得主是侨居加拿大的黎巴嫩作家拉维·哈吉（2008）。就布克国际文学奖而言，则有阿曼青年女作家朱哈·赫尔茜（2019）。这些小说家和诗人，笔者多已分章节论述过。现将他们列在一处考察，会发现他们中多数人的共同特点是长期旅居西方（马哈福兹、赫尔茜除外），熟稔西方文化思想和价值观念，这也是他们中有些人在获奖后被阿拉伯国内同胞批评为"迎合西方"的原因之一。但是，在20世纪八九十年代民族主义政治意识形态较为浓厚的阿拉伯传统文学批评界，即便是几乎从未有过出国经历的马哈福兹，也毫无例外地在获奖之后遭到攻讦，甚至有分析认为，马哈福兹在一个传统现实主义早已过气的时代凭借其"开罗三部曲"摘得诺贝尔文学奖，是西方回馈给埃及的一个"大礼"，因为埃及与以色列和谈并签署《戴维营协议》时，马哈福兹是坚定的支持者。这是迄今为止阿拉伯文学与诺贝尔文学奖的首次，也是唯一的碰撞。阿拉伯当代文学与国际大奖的另一次意味深长的碰撞是本·杰伦获龚古尔奖的小说《神圣的夜晚》，如笔者在第五章中所论，该小说怪诞的情节被阿拉伯批评界指责为"以杜撰本土奇风异俗为手段来迎合西方读者"。

笔者无意在此做出孰是孰非的判断，因为这本是个"剪不断，理还乱"的问题，欲厘清文学与政治之间的复杂关系，从中获得一种平衡，确非一件易事。但可以肯定的是，片面夸大意识形态因素，对那些获得国际文学大奖的作品进行泛政治化的分析，所导致的结果只能是对其文学艺术价值的视而不见。若有意识地撇开一些成见，我们会发现，不可否认的是，多数获奖作品不乏出色的语言艺术，独特的创作手法，以及对人性、社会、祖国、战争的深切关注与深入思考；这些作品，正如法国诗人博纳富瓦所说的那样，是"所有个人、各种语言都能共享的精神果实"。① 在这个问题上，如何正确地树立民族自尊心和自信心至关重要，所以我国著名作家王蒙在莫言荣获诺贝尔文学奖引起国人争议时中肯地指出："我们可以通过莫言获奖这一好事，总结提高非强势非世界主流的古老独特文化，面对强势主流文化时的各种经历与经验教训，我们应该逐步树立不卑不亢、实事求是、明朗阳光、该推则推、该就则就的，敢于正视、敢于交锋、敢于合作、敢于共享的，通情达

---

① 摘自《我的孤独是一座花园：阿多尼斯诗选》（薛庆国译，译林出版社，2009）的封底评论。

理、尊严、自信、坦然的态度。"①

这里重点谈一谈阿拉伯布克奖。"阿拉伯布克奖"是"阿拉伯小说国际奖"的别称，虽为新生事物，却是当下阿拉伯世界最具影响力的文学大奖。因此笔者亦对其予以了特殊关注，在论述中设有两节专论其中的两位获奖作家，即 2008 年的得主埃及作家巴哈·塔希尔和 2011 年的得主沙特女作家拉嘉·阿莱姆，以便读者了解阿拉伯文坛的最新动态。事实上，阿拉伯布克奖不仅展现了当下阿拉伯小说的发展成就，也展现了阿拉伯人与西方之间的对话与博弈。

阿拉伯世界并不乏地区性的文学奖项，阿拉伯布克奖能够后来居上、脱颖而出，多半托庇于其与众不同的西方背景。它是由阿布扎比的阿联酋基金会与英国布克奖伦敦总部共同设立的，也是后者继俄罗斯布克奖、非洲布克奖、亚洲布克奖之后的又一复制。阿拉伯布克奖的宗旨是促进阿拉伯文学通过翻译走向世界，以获得更多的国际读者。此处的"世界"和"国际"主要是指"西方"。负责提供阿拉伯布克奖奖金的阿联酋基金会在 2005 年成立时有一个鲜明的宗旨，即通过国内外一系列刺激知识和社会增长的方案，提高阿联酋人民的生活质量。2007 年，该基金会设立了阿拉伯小说国际奖，精神赞助者除英国布克奖基金会之外，还有伦敦韦登菲尔德战略对话研究所（Weidenfeld Institute for Strategic Dialogue）。此处值得一提的是，作为一个老牌的原殖民宗主国，英国对中东和阿拉伯地区的发展动态一向十分关注，加之一些大学及其附属机构拥有研究阿拉伯文学的传统资源，英国学界的阿拉伯文学研究一直是走在世界前列的，当代小说更被其视为了解阿拉伯国家时局和社会问题的"窗口"。无论阿联酋人抑或英国人的目的为何，阿拉伯布克奖的设立都表明了双方具有一个共同认知，即当代阿拉伯与西方之间亟须对话，以加强沟通和了解，尤其是"9·11"事件以后。因而，阿拉伯小说文学作为一扇"窗口"，似乎迎来了发展的上佳契机。

对话的主题，体现在阿拉伯布克奖理事会和各届评委会阿方、英方人士兼备的构成中。理事会成员由基金会点名邀请，全程负责评奖事务。首届理事会中有 4 名阿拉伯人、3 名英国人，由英国布克奖管理委员会主席乔纳

---

① 王蒙：《莫言获奖与我们的文化心态》，《解放日报》2013 年 1 月 14 日，第 14 版。

森·泰勒亲任理事会主席。理事会的一个重要任务是遴选各届评委会,后者通常由 5 人至 6 人组成。比如首届评委会有 5 名阿拉伯人、1 名英国人。英国人是全球著名的阿拉伯文学研究家兼翻译家保罗·斯塔基(Paul Starkey),5 名阿拉伯人则均具有西方学养,任评委会主席的伊拉克作家塞缪尔·西蒙(Samuel Shimon)更是长居英国。

对话的主题甚至体现在 2008 年首届阿拉伯布克奖的评选结果中。如本书第二章中所论,阿拉伯布克奖的原旨是推举新人新作,但埃及资深作家巴哈·塔希尔的《日落绿洲》凭其丰赡的艺术手法与极致的故事话语,就人性的真实这一永不完善的问题进行探讨,最终捍卫了对话与相互认同,拒绝偏狭盲信和封闭意识,从 131 部小说中胜出。阿拉伯批评界对《日落绿洲》的获奖并未存在明显争议,引起他们关注的是,入围的 6 部小说中没有一部来自海湾地区,因此有评论说:"这是否说明阿拉伯布克奖除效仿西方范式之外,还鼓动地域歧视,因为海湾地区历来是阿拉伯现当代文学的边缘地带?"①

2011 年揭晓的第四届阿拉伯布克奖获奖名单则将各界批评推向了高潮,连我国新闻界也在短名单公布之际,就予以了报道评论,文章起笔如下:"阿拉伯世界最著名的文学奖'阿拉伯小说国际奖'本月公布了本年度入围的候选小说名单,而愤怒的评论家们则称'这是一份为了迎合西方读者,由政治导向决定的短名单'。"② 当沙特年轻女作家拉嘉·阿莱姆与摩洛哥文化部前部长穆罕默德·艾什尔里(Muḥammad al-Ashʿarī, 1951 –)平分该届奖项的结果公布后,批评界更是一片哗然。全球知名的英国《卫报》为此发表文章,尽力以中立的口吻称"本年度奖项颁予两部小说是实至名归","却击碎了两块玻璃天花板。该结果似乎不但没有平息以往的争议,反而引发了另外的争议:拉嘉·阿莱姆获奖是因为她的女作家身份吗? 艾什尔里获奖是受益于其政界关系及其小说向西方示好的主题吗?"③

---

① Maya Jaggi, "Bahaa Taher: Cairo's Greatest Literary Secret", http://www.pwf.cz/en/authors-archive/bahaa-taher/2935.html.

② 宋玲:《阿拉伯布克奖遭评论界诟病》,《文汇读书周报》2010 年 12 月 24 日,第 4 版。

③ "'Arabic Booker' Can't Escape Controversy", http://www.guardian.co.uk/books/booksblog/2011/mar/15/arabic-booker-prize-winner.

　　事实上，文学评奖与文学欣赏一样，就其本质来说属于言人人殊的主观行为，不可能做到绝对公正，杜绝失误与偏见；文学评奖也不可能脱离政治意识形态，纵使我们将终极诗学理想设为让文学"去政治化"。对于处在东西方文化碰撞与冲突之前沿的阿拉伯布克奖，更应作如是观。在这个"舞台"上，"文化民族主义"正在与"帝国主义"、"殖民主义"、"东方主义"和"西方中心主义"上演着一场又一场的博弈。阿拉伯批评界对阿拉伯布克奖的质疑多半与获奖作品"不受欢迎的"主题有关。对于那些旨在揭露阿拉伯社会的沉疴痼疾、反思现实的小说作品，若追求荒诞的故事场景以及匪夷所思的先锋笔法，便可能被指责为动机不纯，即为了迎合西方人的审美观和猎奇心态，用西方人熟悉的技巧来写符合西方人想象的阿拉伯经验。当集朴素与激进于一体的文化民族主义情绪占了上风之后，有一个常理就会被忽视，即文学于黑暗处的抗争是为了光明，于绝望时的呐喊是为了希望，文学以其艺术的权利折射现实中的荒诞愚昧，是为了让未来趋向美好。正如诺贝尔文学奖得主马哈福兹所言："世界上的一切'文学'，都来源于愤怒与批判；真正的文学，就是对于生活与社会永远的批判。"① 而文化民族主义的虚骄心理，归根结底源于对本民族文化的自信心不足。

　　当然，阿拉伯布克奖受到争议还有另一个显在因素，即前文所言该奖从基金会、董事会到评委会的亲西方背景。文学评奖活动本来就偏于主观性，而阿拉伯布克奖机构如此的布局更易让人质疑其意识形态导向。毋庸讳言，在具有西方色彩的文学大奖面前，不讲"政治"多半是不可取的。在这一点上，王蒙的发言再次一针见血："有时候你不想讲意识形态，但西方意识形态的代理人们揪住你的意识形态不放。有时候对方认为他讲的是并无意识形态色彩的普适价值或专业学术，但是引起你的意识形态的深恐上当的警觉、尴尬而且踟蹰为难。"② 阿拉伯布克奖意图通过西方"走向世界"，阿拉伯批评界为此口诛笔伐，而实际上双方皆处于诚惶诚恐之中。从事评奖的专家中，可能有"西方意识形态的代理人"，同时不乏公正客观的学者，但二者并非泾渭分明，这加剧了阿拉伯人的两难。

---

　　① 纳吉布·马哈福兹：《自传的回声》，薛庆国译，第112页。
　　② 王蒙：《莫言获奖与我们的文化心态》。

如果说近半个世纪以来阿拉伯文学在"现代性品格"方面大步迈进，以获得国际大奖为标志，日益走向"世界文学"；那么，同样不可忽视的是此期阿拉伯小说回归民族传统的倾向，且二者几乎是同步的。如笔者在绪论中所言，若从后殖民视角去观照"六·五"战争大溃败后发生于阿拉伯文坛的"现代性转向"，尤其关注其中强调本土化、民族化与历史化的"遗产派"，便可将其展现的民族传统与现代性的互动关系视为边缘对中心的一种对抗与对话。20世纪初阿拉伯小说发轫之际，阿拉伯先驱作家们曾试图将玛卡梅韵文故事、民间逸闻、宗教典故、历史传奇、夜谈等传统叙事元素与外来的西方小说体裁相结合，既是出于对传统的敝帚自珍，也是为了避免被指责为数典忘祖。不久后，阿拉伯作家们才放弃了传统，一心一意地采纳欧洲小说的版式写作。"六·五"战争之后的回归传统是二次回归，但内涵殊为不同，更多了一层战败后的民族反思，意在实现对社会现代性的纠偏。借此，"共同的失败感形成了阿拉伯小说的民族意识，从而奠定了新小说的阿拉伯框架"①。当然，来自艺术自身的动因亦不可忽视，那就是包括拉美、非洲、日本等地文坛呈现的向传统靠拢的趋向，而拉美作家深入本土传统，在借鉴《一千零一夜》的基础上实现"文学爆炸"对阿拉伯作家产生的刺激自不待言。这些非西方作家本身国学根基扎实，又栉沐了欧风美雨，他们在汲取西方变化多端的叙事花样的同时，有意识地发扬本国古典文学传统，运古求变，存真探新，文学风格从传统式向现代式乃至后现代式大步跃进，实现了传统元素与现代性的会通。在他们的激发下，阿拉伯作家们也纷纷转向《一千零一夜》、阿拉伯古代传奇故事、历史典籍和宗教文化传说，以及苏非派圣徒们留下的诗歌和文字，寻找民族文化立足点，并在此基础上实现了创新。莫言在接受诺贝尔文学奖时坦陈："小说领域的所谓创新，基本上都是这种混合的产物，不仅仅是本国文学传统与外国小说技巧的混合，也是小说与其他的艺术门类的混合。"说的就是这个道理。

在本书第二章中，笔者以埃及"六十年代辈"作家群为例，论证了阿拉伯当代小说中民族传统与现代的复杂互动。笔者还指出，20世纪60年代末期起阿拉伯小说向传统的回归并非一种孤立现象，它根本上是阿拉伯现代主

---

① 高慧勤、栾文华主编《东方现代文学史》，"阿拉伯现代文学"部分，第1462页。

义实验派小说艺术的一项内容，并一路抻展至 21 世纪，成为新生代作家争相效仿的潮流，比如，前文提到的阿拉伯布克奖得主之一拉嘉·阿莱姆，就偏好使用阿拉伯传统修辞手法和苏非神秘主义元素。至于诗坛，尽管当代绝非诗歌发展的黄金期，但阿拉伯诗歌作为阿拉伯整体现代性的先声，早于小说见证了阿拉伯文学现代性的滥觞，二战后阿拉伯新诗在与传统的"磨合"中得以确立，进而逐步走向世界。这是笔者在第一章倾力所论的话题，兹不赘言。这里想强调的是，一如小说，阿拉伯当代诗歌同样经历了传统与现代的复杂互动，在走向"世界文学"的进程中，裹挟着深刻的民族性，正如伊拉克杰出诗人阿卜杜·瓦哈卜·白雅帖所言："诗歌不存在什么世界模式，只存在从民族主义的总体自我出发，而后升华为世界主义的模式。"①

这里涉及一个并不新鲜的问题，即如何看待"世界文学"中的民族性元素？早在 20 世纪三四十年代，韦勒克和沃伦就谈到了对这一问题的理解，他们认为，歌德使用"世界文学"这个概念"是期望有朝一日各国文学都将合而为一。这是一种要把各民族文学统起来成为一个伟大的综合体的理想，而每个民族都将在这样一个全球性的大合奏中演奏自己的声部"②。在西方文化主导全球化的今日，这或许的确只能是一种"理想"，但不能就此将"世界文学"解读为"西方文学"。"世界文学"与各民族文学是彼此相生相长的关系，如果失去了多元性的各民族文学的参与，"世界文学"将无以立身；而"每一个民族，有了'世界文学'的这一最高衡准，便获得了努力发展本民族文学的真正动力"③。比如阿拉伯现当代文学的标杆、诺贝尔文学奖得主纳吉布·马哈福兹，其作品是"现实主义、现代主义及本民族传统文学融会在一起，共同孕育的产物。因此，它既有民族性，又有世界性，最能体现现当代文学的风采"④。无疑，在世界性中接驳民族性，在民族性中寻找世界性，方为当代文学艺术的王道。它需要一种超越地域的、更大格局的关怀，也需要一种从细微处对本民族基因特性的深刻体察与坚韧持守。在人类向 21

---

① عبد الوهاب البياتي، ينابيع الشمس: السيرة الشعرية ، ص 158.
（阿卜杜·瓦哈卜·白雅帖：《太阳泉：诗性自传》，第 158 页。）

② 勒内·韦勒克·奥斯汀·沃伦：《文学理论》，刘象愚等译，第 43 页。

③ 丁国旗：《祈向"本原"——对歌德"世界文学"的一种解读》，第 73 页。

④ 仲跻昆：《阿拉伯文学通史》下卷，第 909～910 页。

世纪 20 年代迈进的这几年间,国际格局确已发生了重大变化,在东西方力量的博弈过程中,以西方中心主义为本位思维的保守主义强势回流,民族/国家疆域之间的藩篱重现,全球化正在经受空前的历史考验。在此情形下,融民族性与世界性于一体的"世界文学"凭借其"联通世界开放性的最恰当叙事形式"① 的特质,完全可以成为一支"轻骑兵",在开展文明互鉴、建设世界大同中发挥作用。而这同样需要一种高远的情怀。

任教于波士顿大学的巴勒斯坦女学者艾玛勒·埃米拉透露,早先,爱德华·萨义德曾向纽约一家出版社推荐阿拉伯语文学书目的翻译和出版清单,结果遭到婉拒,原因是:"阿拉伯语是一门引发争议的语言。"② 她庆幸后来马哈福兹荣获诺贝尔文学奖,因为这使阿拉伯文学得到更多的被世界关注的机会。而关注多了,争议也必然更多了。阿拉伯当代文学重建文化抵抗空间的历程亦不乏各种困惑、质疑、争议与抉择,阿拉伯当代优秀小说家和诗人们始终致力于将阿拉伯文学与"世界文学"的大势对接,并使"世界文学"呈现更加丰富的可见性。应该说,在这方面,其勇气可嘉,贡献斐然。

---

① Pheng Cheah, *What is World*: *On Postcolonial Literature As World Literature*, Durham: Duke University Press, 2016, p. 14.

② Amal Amirah, "Arab Women Writers's Problems and Prospects", *Al-Jadid*, Vol. 2, No. 10 (August 1996).

参考文献

一　中文参考文献

（一）著作

1. M. 海德格尔：《诗·语言·思》，彭富春译，戴晖校，文化艺术出版社，1991。

2. S. N. 艾森斯塔特：《反思现代性》，旷新年、王爱松译，生活·读书·新知三联书店，2006。

3. 阿多尼斯：《我的孤独是一座花园》，薛庆国译，译林出版社，2009。

4. 阿多尼斯：《在意义天际的写作：阿多尼斯文选》，薛庆国、尤梅译，外语教学与研究出版社，2012。

5. 阿多诺：《美学理论》，王柯平译，四川人民出版社，1998。

6. 阿尔贝·加缪：《西西弗的神话》，杜小真译，生活·读书·新知三联书店，1987。

7. 阿敏·马鲁夫：《塔尼欧斯巨岩》，吴锡德译，台北：麦田出版股份有限公司，1996。

8. 阿敏·马洛夫：《阿拉伯人眼中的十字军东征》，彭广恺译，台北：河中文化实业有限公司，1993。

9. 阿诺德·欣奇利夫：《荒诞说——从存在主义到荒诞派》，刘国彬译，中国戏剧出版社，1992。

10. 阿斯特莉特·埃尔、冯亚琳主编《文化记忆理论读本》，北京大学出版社，2012。

11. 阿西娅·吉巴尔：《房间里的阿尔及尔女人》，黄旭颖译，上海文艺出版社，2013。

12. 艾勒克·博埃默：《殖民与后殖民文学》，盛宁、韩敏中译，辽宁教育出版社，1998。

13. 《艾略特诗学文集》，王恩衷译，国际文化出版公司，1989。

14. 爱德华·W. 萨义德：《东方学》，王宇根译，生活·读书·新知三联书店，1999。

15. 爱德华·W. 萨义德：《论晚期风格——反本质的音乐与文学》，阎嘉译，生活·读书·新知三联书店，2009。

16. 爱德华·W. 萨义德：《世界·文本·批评家》，李自修译，生活·读书·新知三联书店，2009。

17. 爱德华·W. 萨义德：《文化与帝国主义》，李琨译，生活·读书·新知三联书店，2003。

18. 爱德华·W. 萨义德：《知识分子论》，单德兴译，生活·读书·新知三联书店，2002。

19. 爱德华·W. 萨义德：《最后的天空之后——巴勒斯坦人的生活》，金玥珏译，新星出版社，2006。

20. 爱德华·萨义德、戴维·巴萨米安：《文化与抵抗：萨义德访谈录》，梁永安译，上海译文出版社，2009。

21. 安东尼·吉登斯：《现代性的后果》，田禾译，黄平校，译林出版社，2000。

22. 巴赫金：《文艺学中的形式主义方法》，李辉凡、张捷译，漓江文艺出版社，1989。

23. 本尼迪克特·安德森：《想象的共同体：民族主义的起源与散布》，吴叡人译，上海人民出版社，2005。

24. 蔡伟良、周顺贤：《阿拉伯文学史》，上海外语教育出版社，1988。

25. 陈德成：《全球化与现代阿拉伯民族主义》，中国社会科学出版社，2009。

26. 陈庆勋：《艾略特诗歌隐喻研究》，上海人民出版社，2008。

27. 陈顺馨、戴锦华选编《妇女、民族与女性主义》，中央编译出版社，2004。

28. 陈永国编译《游牧思想：吉尔·德勒兹、费利克斯·瓜塔里读本》，吉林人民出版社，2003。

29. 陈永国、马海良编《本雅明文选》，中国社会科学出版社，1999。

30. 程锡麟、方亚中：《什么是女性主义批评》，上海外语教育出版社，2011。

31. 弗朗兹·法农：《全世界受苦的人》，万冰译，译林出版社，2005。

32. 高慧勤、栾文华主编《东方现代文学史》，海峡文艺出版社，1994。

33. 郭黎译：《阿拉伯现代诗选》，湖南文艺出版社，2000。

34. 哈南·谢赫：《泽赫拉的故事》，陆孝修、厉津译，载时延春主编《阿拉伯小说选集》第二卷，世界知识出版社，2004。

35. 赫伯特·马尔库塞：《审美之维》，李小兵译，广西师范大学出版社，2001。

36. 胡戈·弗里德里希：《现代诗歌的结构：19世纪中期至20世纪中期的抒情诗》，李双志译，译林出版社，2010。

37. 黄华：《权力、身体与自我——福柯与女性主义文学批评》，北京大学出版社，2005。

38. 江宁康：《美国当代文学与美利坚民族认同》，南京大学出版社，2008。

39. 凯特·米利特：《性政治》，宋文伟译，江苏人民出版社，2000。

40. 拉维·哈吉：《德·尼罗的游戏》，宋嘉喆译，人民文学出版社，2011。

41. 勒内·韦勒克、奥斯汀·沃伦：《文学理论》，刘象愚等译，文化艺术出版社，2010。

42. 李琛：《阿拉伯现代文学与神秘主义》，社会科学文献出版社，2000。

43. 李钧：《存在主义文论》，山东教育出版社，2000。

44. 李银河：《女性主义》，山东人民出版社，2005。

45. 廖炳惠编著《关键词200：文学与批评研究的通用词汇编》，江苏教育出版社，2006。

46. 林丰民：《文化转型中的阿拉伯现代文学》，北京大学出版社，2007。

47. 刘康：《对话的喧声——巴赫金的文化转型理论》，北京大学出版社，2011。

48. 刘恪：《先锋小说技巧讲堂》（增订版），百花文艺出版社，2012。

49. 刘岩：《女性身份研究读本》，武汉大学出版社，2007。

50. 柳鸣九主编《二十世纪文学中的荒诞》，湖南教育出版社，1993。

51. 柳鸣九主编《加缪全集》第五卷，丁世中、沈志明、吕永真译，译林出版社，2017。

52. 马克思、恩格斯：《共产党宣言》，中共中央著作编译局译，人民出版社，2009。

53. 马克思、恩格斯：《马克思恩格斯选集》第 1 卷，中共中央著作编译局译，人民出版社，1995。

54. 毛峰：《神秘主义诗学》，生活·读书·新知三联书店，1998。

55. 米兰·昆德拉：《小说的艺术》，董强译，上海译文出版社，2004。

56. 纳吉布·马哈福兹：《自传的回声》，薛庆国译，光明日报出版社，2001。

57. 纳吉布·迈哈富兹：《平民史诗》，李唯中、关偶译，湖南人民出版社，1984。

58. 尼采：《悲剧的诞生》，周国平译，生活·读书·新知三联书店，1986。

59. 钱中文主编《巴赫金全集》第四卷，河北教育出版社，1998。

60. 乔以钢、林丹娅：《女性文学教程》，河北教育出版社，2007。

61. 热拉尔·热奈特：《热奈特论文集》，史忠义译，百花文艺出版社，2001。

62. 任一鸣：《后殖民：批评理论与文学》，外语教学与研究出版社，2008。

63. 萨特：《词语》，潘培庆译，生活·读书·新知三联书店，1989。

64. 沈红芳：《女性叙事的共性与个性》，河南大学出版社，2005。

65. 生安锋：《霍米·巴巴的后殖民理论研究》，北京大学出版社，2011。

66. 石海军：《后殖民：印英文学之间》，北京大学出版社，2008。

67. 史忠义：《20 世纪法国小说诗学》，社会科学文献出版社，1999。

68. 塔哈尔·本·杰伦：《错误之夜》，卢苏燕译，王玉梁校，华夏出版社，1998。

69. 塔哈尔·本·杰伦：《神圣的夜晚——一个男装少女的奇遇》，黄美蓉、余方译，译林出版社，1988。

70. 塔依卜·萨利赫：《风流赛义德》，张甲民、陈中耀译，山西人民出版社，1984。

71. 谭君强、降红艳、陈芳、王浩：《审美文化叙事学：理论与实践》，中国社会科学出版社，2011。

72. 汪民安、陈永国：《后身体：文化、权力和生命政治学》，吉林人民出版社，2003。

73. 王建刚：《狂欢诗学》，学林出版社，2001。

74. 王铁铮、黄民兴等：《中东史》，人民出版社，2010。

75. 王晓路等：《文化批评关键词研究》，北京大学出版社，2007。

76. 吴冠军：《多元的现代性》，上海三联书店，2002。

77. 吴晓东：《漫步经典》，生活·读书·新知三联书店，2008。

78. 希提：《阿拉伯简史》，马坚译，商务印书馆，1973。

79. 薛庆国：《阿拉伯文学大花园》，湖北教育出版社，2007。

80. 俞樟华等：《古代传记真实论》，中国文史出版社，2013。

81. 约翰·霍布森：《西方文明的东方起源》，孙建党译，山东画报出版社，
   2009。

82. 约瑟夫·弗兰克：《现代小说中的空间形式》，秦林芬编译，北京大学出
   版社，1991。

83. 曾艳兵主编《西方现代主义文学概论》，北京大学出版社，2006。

84. 詹明信著，张旭东编《晚期资本主义的文化逻辑》，陈清侨、严锋等译，
   生活·读书·新知三联书店，1997。

85. 张和龙：《后现代语境中的自我——约翰·福尔斯小说研究》，上海外语
   教育出版社，2007。

86. 张红翠：《"流亡"与"回归"——论米兰·昆德拉小说叙事的内在结构
   与精神走向》，北京师范大学出版社，2011。

87. 张洪仪：《全球化语境下的阿拉伯诗歌——埃及诗人法鲁克·朱维戴研
   究》，北京语言大学出版社，2009。

88. 张德明：《西方文学与现代性叙事的展开》，中国社会科学出版社，2009。

89. 张志忠：《华丽转身——现代性理论与中国现当代文学研究转型》，首都
   师范大学出版社，2009。

90. 赵稀方：《后殖民理论》，北京大学出版社，2009。

91. 赵一凡、张中载、李德恩主编《西方文论关键词》，外语教学与研究出版
   社，2006。

92. 哲迈勒·黑托尼：《落日的呼唤》，李琛译，南海出版公司，2007。

93. 郅溥浩：《解读天方文学》，宁夏人民出版社，2007。

94. 中国伊斯兰百科全书编辑委员会编《中国伊斯兰百科全书》，四川辞书出版社，1994。

95. 仲跻昆：《阿拉伯文学通史》下卷，译林出版社，2010。

96. 周乐诗：《笔尖的舞蹈——女性文学和女性批评策略》，上海外语教育出版社，2006。

97. 朱立元：《美学》，高等教育出版社，2006。

（二）论文及文章

1. J. M. 库切：《纳吉布·马哈福兹的〈平民史诗〉》，载氏著《异乡人的国度》，汪洪章译，浙江文艺出版社，2010。

2. 阿多尼斯：《诗歌的意义在于摞犯——第二届中坤国际诗歌奖阿多尼斯受奖词》，薛庆国译，《中华读书报》2009 年 11 月 18 日。

3. 阿伦特：《传统与现代》，洪涛译，载贺照田编《西方现代性的曲折与展开》，吉林人民出版社，2002。

4. 艾伦·斯温伍德：《现代性与文化》，载周宪主编《文化现代性精粹读本》，中国人民大学出版社，2006。

5. 陈力川：《瓦雷里：思想家与诗人的冲突和协调》，载周国平主编《诗人哲学家》，上海人民出版社，1987。

6. 陈众议：《世界主义批判》，《中华读书报》2014 年 8 月 6 日。

7. 村上春树：《"高墙与鸡蛋"——耶路撒冷文学奖获奖演讲辞》，林少华译，《中华读书报》2009 年 6 月 24 日。

8. 丁国旗：《祈向"本原"——对歌德"世界文学"的一种解读》，《文学评论》2010 年第 4 期。

9. 格桑·卡纳法尼：《阳光下的人们》，郅溥浩译，《春风译丛》1981 年第 2 期。

10. 哈贝马斯：《民主法治国家的承认斗争》，载汪晖、陈燕谷编《文化与公共性》，生活·读书·新知三联书店，1998。

11. 何宁：《叶芝的现代性》，《外国文学评论》2000 年第 3 期。

12. 蒋和平：《传承、借鉴、创新——〈我们街区的孩子们〉创作手法分析》，载张洪仪、谢杨主编《大爱无边：埃及作家纳吉布·马哈福兹研究》，宁夏人民出版社，2008。

13. 凯图·卡特拉克：《非殖民化文化：走向一种后殖民女性文本的理论》，载罗钢、刘象愚主编《后殖民主义文化理论》，中国社会科学出版社，1999。

14. 梁秉钧：《穆旦与现代的"我"》，载王晓明主编《二十世纪中国文学史论》下卷，东方出版中心，2003。

15. 刘亚斌：《后殖民文学中的文化书写》，《外国文学研究》2005 年第 4 期。

16. 邱华栋：《哲迈勒·黑托尼：埃及小说新旗手（1945—）》，《西湖》2010年第 7 期。

17. 韩瑞祥：《当前德语文学研究的困惑》，载谭晶华主编《外国文学研究论丛》，上海外语教育出版社，2012。

18. 申丹：《叙事形式与性别政治——女性主义叙事学评析》，《北京大学学报》（哲学社会科学版）2004 年第 1 期。

19. 宋玲：《阿拉伯布克奖遭评论界诟病》，《文汇读书周报》2010 年 12 月 24 日。

20. 宋秀葵、李玲：《西方女性主义与文学》，《读书》2012 年第 1 期。

21. 王尔德：《英国的文艺复兴》，载赵澧、徐京安主编《唯美主义》，中国人民大学出版社，1988。

22. 王胡：《阿尔及利亚作家获德国书业和平奖》，《中华读书报》2011 年 6 月 20 日。

23. 王蒙：《莫言获奖与我们的文化心态》，《解放日报》2013 年 1 月 14 日。

24. 王宁：《"世界文学"：从乌托邦想象到审美现实》，《探索与争鸣》2010年第 7 期。

25. 王炎：《伟大的诗歌注定是另一种形式的思想》，《中华读书报》2010 年 5 月 19 日。

26. 徐雅芬、董建辉：《女性主义与权力——政治人类学视野下的西方女性主义研究述评》，《国外社会科学》2004 年第 4 期。

27. 仲跻昆：《纳吉布·马哈福兹的创作道路》，载谢秩荣主编《东方新月论坛 2003》，经济日报出版社，2003。

28. 周宪：《艺术的自主性：一个现代性问题》，《外国文学评论》2004 年第

2 期。

29. 宗笑飞:《哲麦勒·黑托尼:为反对遗忘而进行创作》,《中华读书报》2007 年 10 月 19 日。

二　英文参考文献

（一）著作

1. Adonis, *Sufism and Surrealism*, trans. by Judith Cumberbatch, London: Saqi, 2005.

2. Ahdaf Soueif, *The Map of Love*, New York: Anchor Books, 2000.

3. Amin Maalouf, *The Rock of Tanios*, trans. by Dorothy S. Blair, London: Abacus, 1995.

4. Anstasia Valassopoulos, *Contemporary Arab Women Writers: Cultural Expression in Context*, London and New York : Routledge, 2007.

5. Anton Shammas, *Arabesques*, trans. by Vivian Eden, Berkeley and Los Angeles: University of California Press, 2001.

6. Assia Djebar, *Fantasia: An Algerian Cavalcade*, trans. by Dorothy S. Blair, N. H. Portsmouth, Heinemann, 1993.

7. Assia Djebar, *So Vast the Prison*, trans. by Besty Wing, New York: Seven Stories Press, 1999.

8. Barbara Harlow, *Resistance Literature*, London: Methuen, 1987.

9. Bill Ashcroft, Gareth Griffiths and Helen Tiffin (eds.), *The Post-colonial Studies Reader*, Second Edition, New York: Routledge, 2006.

10. Debra Kelly, *Autobiography and Independence: Self and Creativity in North African Postcolonial Writing in French*, Liverpool: Liverpool University Press, 2005.

11. Edward W. Said, *Reflections on Exile and Other Essays*, Cambridge, Massachusetts: Harvard University Press, Third Printing, 2002.

12. Edward W. Said, *The Question of Palestine*, second edition, New York: Vantage Books, 1992.

13. Elise Salim, *Constructing Lebanon: A Century of Literary Narratives*, Florida:

University Press of Florida, 2003.

14. Etel Adnan, *Sitt Marie Rose*, trans. by Georgina Kleege, California: The Post-Apollo Press, 1982.

15. Fabio Caiani, *Contemporary Arab Fiction: Innovation from Rama to Yalu*, London and New York: Routledge, 2007.

16. Fatima Sadiqi and Moha Ennagi (eds.), *Women in the Middle East and North Africa: Agents of Change*, New York: Routledge, 2010.

17. Gamal al-Ghitani, *Zayni Barakat*, trans. by Farouk Abdel Wahab, Cairo: The American University in Cairo Press, 2004.

18. Gaston Bachelard, *The Poetics of Space*, trans. by Maria Joras, New York: The Orion Press, 1964.

19. Hamdi Sakkut, *Arabic Novel: Bibliography and Critical Introduction 1865 – 1995*, Cairo: The American University in Cairo Press, 2005.

20. Ibrahim M. Abu-Rabi', *Contemporary Arab Thought: Studies in Post-1967 Arab Intellectual History*, London: Pluto Press, 2004.

21. Ibrahim Taha, *The Palestinian Novel*, New York: Routledge, 2002.

22. John C. Hawley (ed.), *Cross-Addressing: Resistance Literature and Cultural Borders*, Albany: State University of New York Press, 1996.

23. John Erickson, *Islam and Postcolonial Narrative*, Cambridge University Press, 1998.

24. Joseph T. Zeidan, *Arab Women Novelists: The Formative Years and Beyond*, Albany: State University of New York Press, 1995.

25. Kamal Abdel-Malek and David C. Jacobson, *Israeli and Palestinian Identities in History and Literature*, New York: St. Martin's Press, 1999.

26. Kamal Salhi, *The Politics and Aesthetics of Kateb Yacine: From Francophone Literature to Popular Theatre in Algeria and Outside*, The Edwin Mellen Press, 1999.

27. Karima Laachir and Saeed Talajoory (eds.), *Resistance in Contemporary Middle Eastern Cultures: Literature, Cinema and Music*, New York: Routledge, 2013.

28. Leila Ahmed, *Women and Gender in Islam: Historical Roots of a Modern Debate*,

New Haven and London: Yale University Press, 1992.

29. Luc Deheuvels, Barbara Michalak-Pilulska and Paul Starkey (eds.), *Intertextuality in Modern Arabic Literature Since 1967*, Manchester and New York: Manchester University Press, 2009.

30. Mary Louise Pratt, *Imperial Eyes: Travel Writing and Transculturation*, London and New York: Routledge, 1992.

31. Miriam Cooke, *War's Other Voices: Women Writers on the Lebanese Civil War*, Cambridge: Cambridge University Press, 1988.

32. M. M. Badawi, *A Short History of Modern Arabic Literature*, Oxford: Clarendon Press, 1993.

33. Muhsin J. al-Musawi, *Arabic Poetry: Trajectories of Modernity and Tradition*, London and New York: Routledge, 2006.

34. Munir Akash and Daniel Moore (eds.), *The Adams of Two Edens: Selected Poems by Mahmoud Darwish*, Syracuse, New York: Syracuse University Press, 2000.

35. Pheng Cheah, *What is World: On Postcolonial Literature As World Literature*, Durham: Duke University Press, 2016.

36. R. C. Ostle, E. de Moor and S. Wild (eds.), *Writing the Self: Autobiographical Writing in Modern Arabic Literature*, London: Saqi Book, 1998.

37. Roger Allen, *The Arabic Novel: An Historical and Critical Introduction*, Second Edition, Syracuse, New York: Syracuse University Press, 1995.

38. Roger Allen and D. S. Richard (eds.), *Arabic Literature in the Post-Classical Period*, Cambridge: Cambridge University Press, 2006.

39. Saddeka Arebi, *Women and Words in Saudi Arabia: The Politics of Literary Discourse*, New York: Columbia University Press, 1994.

40. Samira Aghacy, *Masculine Identity in the Fiction of the Arab East Since 1967*, Syracuse, New York: Syracuse University Press, 2009.

41. Sayed Kashua, *Dancing Arabs*, trans. by Miriam Shlesinger, New York: Grove Press.

42. Stefan G. Meyer, *The Experimental Arabic Novel: Postcolonial Literary Modernism in*

the Levant, Albany: State University of New York Press, 2001.

43. Stephen M. Hart and Wen-chin Ouyang (eds.), *A Companion to Magical Realism*, Woodbridge: Tamesis, 2005.

44. Stephen Spender, *The Struggle of the Modern*, Berkeley and Los Angles: University of California Press, 1977.

45. Steven Salaita, *Arab American Literary Fictions, Cultures, and Politics*, New York: Palgrave Macmillan, 2007.

46. Syrine Hout, *Post-War Anglophone Lebanese Fiction: Home Matters in the Diaspora*, Edinburgh: Edinburgh University Press, 2012.

47. Tahar Ben Jelloun, *The Sand Child*, trans. by Alan Sheridan Batimore and London: The John Hopkins University Press, 2000.

48. Terry De Young, *Placing the Poet: Badr Shakir al-Sayyab and Postcolonial Iraq*, Albany: State University of New York Press, 1998.

49. Yasir Suleiman and Ibrahim Muhawi (eds.), *Literature and Nation in the Middle East*, Edinburgh: Edinburgh University Press, 2006.

50. Zakia Smail Salhi and Ian Richard Netton (eds.), *The Arab Diaspora: Voice of an Anguished Scream*, London and New York: Routledge, 2006.

（二）论文及文章

1. "A Conversation with Taha Ben Jalloun: Toward a World Literature", *Middle East Report*, No. 163 (March-April 1990).

2. Ahdaf Soueif and Joseph Massad, "The Politics of Desire in the Writings of Ahdaf Soueif", *Journal of Palestine Studies*, Vol. 28, No. 4 (Summer 1999).

3. "A Love Story Between an Arab Poet and His Land: An Interview With Mahmud Darwish", *Journal of Palestine Studies*, Vol. 31, No. 3 (Spring 2002).

4. Amal Amirah, "Arab Women Writers's Problems and Prospects", *Al-Jadid*, Vol. 2, No. 10 (August 1996).

5. Amal Amirah, "Edwar al-Kharrat and the Modernist Revolution in the Egyptian Novel", *Al-Jadid*, Vol. 2, No. 9 (July 1996).

6. Amal Amirah, "Framing Nawal El Saadawi: Arab Feminism in a Transnational

World", *Signs*, Vol. 26, No. 1 (Autumn 2000).

7. Amal Amireh, "Arabia -*Memory for Forgetfulness*: August, Beirut, 1982 Written by Mahmoud Darwish and Translated by Ibrahim Muhawi", *World Literature Today* Vol. 69, No. 4 (Autumn 1995).

8. Amin Maalouf, "Deadly Identities", *Al-Jadid*, Vol. 4, No. 25 (Fall 1998).

9. Anne Donadey, "The Multilingual Strategies of Postcolonial Literature: Assia Djebar's Algerian Palimpsest", *World Literature Today*, Vol. 74, No. 1 (Winter 2000).

10. Ann Marie Adams, "Writing Self, Writing Nation: Imagined Geographies in the Fiction of Hanan al-Shaykh", *Women Writing Across the World* (Autumn 2001).

11. "'Arabic Booker' Can't Escape Controversy", http://www. guardian. co. uk/books/booksblog/2011/mar/15/arabic-booker-prize-winner.

12. Avi Shlaim, "Arab Nationalism and its Discontents", *London Review of Books* (June 22, 2000), http://users. ox. ac. uk/~ssfc0005/Arab% 20Nationalism% 20and% 20its% 20Discontents. html.

13. Avi Shlaim, "Earth and Stones", *Guardians*, 17 April 2004.

14. "Bahha Taher: Dreams no longer exist", http://www. pwf. cz/archivy/ texts/articles/bahaa-taher-dreams-no-longer-exist_ 3086. html.

15. "Bahha Taher: Edinburgh Taster", http://www. pwf. cz/archivy/texts/ interviews/bahaa-taher-edinburgh-taster_ 2936. html.

16. Chandra Talpade Mohanty, "Under Western Eyes: Feminist Scholarship and Colonial Discourses", in Chandra Mohanty, Ann Russo, and Lorudes Torres (eds.), *Third Women and the Politics of Feminism*, Bloomington: Indiana University Press, 1991.

17. Edward W. Said, "Foreword", in Elias Khoury, *Little Mountain*, Minnesota: University of Minnesota Press, 1989.

18. Edward W. Said, "On Mahmoud Darwish", *Grand Street*, No. 48 (Winter 1994).

19. Edward W. Said, "Reflections on Twenty Years of Palestinian History",

*Journal of Palestinian Studie*s XX, No. 4 (Summer 1991).

20. Elias Khoury, "The Memory of the City", *Grand Street*, No. 54 (Autumn 1995).

21. Elias Khoury, "We Disvcovered Our Nation When it Nearly was no More", *Middle East Report* (January-Febuary 1990).

22. Elie Shalala, "Prize to Celebrate: Abdellatif Laabi Wins 2009 Goncourt Literary Prize for Poetry", *Al-Jadid*, Vol. 15, No. 61 (2009).

23. Ghassan Kanafani, "Thoughts on Change and the 'Blind Language'", trans. by Barbara Harloe and Nejd Yaziji, *Journal of Comparative Poetics*, No. 10 (1990).

24. Gil Hochberg, "To Be or Not to Be an Israeli Arab", *Comparative Literature*, winter 2010.

25. Gérard Genette and Marie Maclean, "Introduction to the Paratext", *New Literary History*, Vol. 22, No. 2 (Spring 1991).

26. H. Barakat, "Arabic Novels and Social Transformation", in R. Ostle (ed.), *Studies in Modern Arabic Literature*, Warminster: Aris & Philips.

27. Hilary Kilpatrick, "Tradition and Innovation in the Fiction of Ghassan Kanafani", *Journal of Arabic Literature*, Vol. 7 (1976).

28. Issa J. Boullata, "The Masks of 'Abd al-Wahhāb ai-Bayātī", *Journal of Arabic Literature*, Vol. 32, No. 2 (2001).

29. Issandr El Amrani, "Bahaa Taher Wins the 'Arabic Booker'", http://arabist. net/blog/2008/3/19/bahaa-taher-wins-the-arabic-booker. html.

30. Jabra I. Jabra, "Modern Arab Literarure and the West", *Journal of Arabic Literature*, Vol. 2 (1971).

31. "Jabra Jabra's Interpoetics: An Interview with Jabra Ibrahim Jabra", *Journal of Comparative Poetics* (Spring 1981).

32. Jean Dejeux and Ruthmarie H. Mitsch, "Francophone Literature in the Maghreb: The Problem and the Possibility", *Research in African Literatures*, Vol. 23, No. 2 (1992).

33. Kazim Ali, "In the Hurricane's Eye: On the Butterfly's Burden", *The Kenyon Review*, Vol. XXXI, No. 2 (Spring 2009).

34. Lisa Lowe, "Literary Nomadics in Francophone Allegories of Postcolonialism: Phan Van Ky and Tahar Ben Jelloun", *Yale French Studies*, No. 82, Vol. 1 (1993).

35. "Mahmoud Darwish, The Earth Is Closing on Us", trans. by Abdullah al-Udhari, http://www. mehbooba. co. uk/poemsandpoetry/index. php? action = article & cat_ id =0030020030020002&id =514.

36. Miriam Cooke, "Mapping Peace", in L. R. Shehadeh, *Women and War in Lebanon*, Gainesville: University Press of Florida, 1999.

37. Miriam Cooke, "Women, Religion, and the Postcolonial Arab World", *Cultural Critique*, No. 45 (Spring 2000).

38. Miriam Cooke, "Women Write War: The Feminism of Lebanese Society in the War Literature of Emily Nasrallah", *Bulletin (British Society for Middle Eastern Studies)*, Vol. 14, No. 1 (1987).

39. Mona Fayed, "Reinscribing Identity: Nation and Community in Arab Women's Writing", *Third Women's Inscriptions* (Feb. 1995).

40. Mossawa Center, "The Palestinian Arab Citizens of Israel" (June 2006).

41. Nedal Al-Mousa, "The Nature and Uses of the Fantastic in the Fictional World of Naguib Mafouz", *Journal of Arabic Literature*, Vol. 23, No. 1 (Mar. 1992).

42. Nouri Al-Jarrah, "Mahmoud Darwish: Home is More Lovely than the Way Home", http://www. aljadid. com/interviews/0319aljarrah. html.

43. Ouyang Wen-qing, "The Dialectic of Past and Present in Rihalah Ibn Battuta by Najib Mahfuz", Quoted in Muhamed-Salah Omri, "Local Narrative Form and Constructions of the Arabic Novel", *Novel: A Forum on Fiction*, Vol. 41 (Spring-Summer 2008).

44. Rachel Feldhay Brenner, " 'Hidden Transcripts' Made Public: Israeli Arab Fiction and Its Reception", *Critical Inquiry*, Vol. 26, No. 1 (Autumn 1999).

45. Rebecca Saunders, "Decolonazing the Body: Gender, Nation, and Narration in Tahar Ben Jelloun's L'enfant de Sable", *Research in African Literatures*, Vol. 37, No. 4 (Dec. 1, 2006).

46. Roger Allen, "Literary History and the Arabic Novel", *World Literature Today*,

Vol. 75, No. 2（Spring 2001）.

47. Roger Allen, "Rewriting Literary History: The Case of the Arabic Novel", *Journal of Arabic Literature*, Vol. 38, No. 3（2007）.

48. Saadi A. Simawe, "The Lives of the Sufi Masters in 'Abd al-Wahhāb al-Bayātī's Poetry", *Journal of Arabic Literature*, Vol. 32, No. 2（2001）.

49. Sabri Hafiz, "Interview with Edward al-Kharrat", *Journal of Comparative Poetics*, No. 2（Spring 1982）.

50. Sabry Hafez, "The Egyptian Novel in the Sixties", *Journal of Arabic Literature*, Vol. 7（1976）.

51. Sabry Hafez, "The Transformation of Reality and the Arabic Novel's Aesthetic Response", *Bulletin of the School of Oriental and African Studies*, University of London, Vol. 57, No. 1（1994）.

52. Sabry Hafez, "Touching on Taboos, Zayni Barakat by Gamal al-Ghitani", *Third World Quarterly*, Vol. 11, No. 4（1989）.

53. Salah Moukhlis, "Deconstructing Home and Exile, The Subversive Politics of Tahar ben Jelloun's *With Downcast's Eyes*", http: //journals. sfu. ca/pocol/index. php/pct/article/viewArticle/442/840.

54. Salma Khadra Jayyusi, "Freedom and Compulsion: The Poetry of the Seventies", *Journal of Arabic Literature*（Mar. – Jun. 1995）.

55. "Tahar Ben Jelloun, The Art of Fiction No. 159, Interviewed by Shusha Guppy", http: //www. theparisreview. org/interviews/893/the-art-of-fiction-no-159-tahar-ben-jelloun.

56. "The Mashriq", in Robin Ostle（ed. ）, *Modern Literature in the Near and Middle East 1850 – 1970*, London: Routledge, 1991.

57. "There is no Meaning to My Life Outside Poetry", http: //www. banipal. co. uk/selections/18/157/mahmoud-darwish-1941-2008/.

58. Thomas Spear and Caren Litherland, "Politics and Literature: An Interview With Tahar Ben Jelloun", *Yale French Studies*, Vol. 2（1993）.

59. Wail S. Hassan, "Postcolonial Theory and Modern Arabic Literature: Horizons of Application", *Journal of Arabic Literature*, Vol. 33, No. 1（2002）.

三 阿拉伯文参考文献

（一）著作

1. إبراهيم محمود عبد الباقي، **الخطاب العربي المعاصر**، المعهد العالمي للفكر الإسلامي، فرجينيا، 2008.
2. ابن إياس، **بدائع الزهور في وقائع الدهور**، ج 4، جمعية المستشرقين الألمانية، مكتبة الدولة، إستنبول، 1931.
3. ابن عربي، **ذخائر الأعلاق، شرح ترجمان الأشواق**، دار الآداب، بيروت، 1981.
4. إحسان عباس، **اتجاهات الشعر العربي المعاصر**، المجلس الوطني للثقافة والفنون والآداب، الكويت، فبراير 1978.
5. أحلام مستغانمي، **ذاكرة الجسد**، منشورات أحلام مستغانمي، بيروت، الطبعة العشرون، 2004.
6. أحمد أمين، **فجر الإسلام**، دار الشروق، القاهرة، 2009.
7. أحمد محمد عطية، **الرواية السياسية**، مكتبة مدبولي، القاهرة.
8. إدوار الخراط، **إسكندريتي مدينتي القدسية الحوشية**، دار ومطابع المستقبل، القاهرة والإسكندرية، 1994.
9. إدوار الخراط، **الحساسية الجديدة**، دار الآداب، بيروت، 1993.
10. إدوار الخراط، **رامة والتنين**، دار ومطابع المستقبل بالفجالة والإسكندرية، القاهرة، الطبعة الثانية، 1993.
11. إدوار الخراط، **القصة والحداثة**، مركز الحضارة العربية، 2002.
12. أدونيس، **الآثار الكاملة**، ج 1، دار العودة، بيروت، 1971.
13. أدونيس، **الأعمال الشعرية: أغاني مهيار الدمشقي وقصائد أخرى**، دار المدى للثقافة والنشر، دمشق، 1996.
14. أدونيس، **الثابت والمتحول، بحث في الاتباع والإبداع عند العرب**، ج 1، دار الساقي، بيروت، ط.7، 1994.
15. أدونيس، **زمن الشعر**، دار الساقي، بيروت، ط.6، 2005.
16. أدونيس، **الشعرية العربية**، دار الآداب، بيروت، 1985.
17. أدونيس، **الصوفية والسوريالية**، دار الساقي، بيروت، ط.3، 2006.
18. أدونيس، **فاتحة لنهاية القرن**، دار العودة، بيروت، 1980.
19. أدونيس، **مقدمة الشعر العربي**، دار العودة، بيروت، 1979.
20. إميل حبيبي: **خرافية سرايا بنت الغول**، دار عربسك، حيفا، 1991.
21. إميل حبيبي، **الوقائع الغريبة في اختفاء سعيد أبي النحس المتشائل**، دار الشروق للنشر والتوزيع، عمان، 2006.
22. بثينة شعبان، **مئة عام من الرواية النسائية العربية (1899- 1999)**، دار الآداب، بيروت، 1999.
23. بهاء طاهر، **واحة الغروب**، دار الشروق، الطبعة الثانية، 2007.
24. جبرا إبراهيم جبرا، **البحث عن وليد مسعود**، مكتبة الشرق الأوسط، بغداد، 1985.
25. جبرا إبراهيم جبرا، **الرحلة الثامنة**، المكتبة العصرية، بيروت، 1967.
26. جلال فاروق الشريف، **الشعر العربي الحديث- الأصول الطبقية والتاريخية**، اتحاد الكتاب العرب، دمشق، 1976.
27. جمال الغيطاني، **الزيني بركات**، مؤسسة أخبار اليوم، القاهرة، 1988.
28. حسن حنفي، **ماذا يعني علم الاستغراب**، دار الهادي للطباعة والنشر والتوزيع، بيروت، 2000.
29. حليم بركات، **المجتمع العربي في القرن العشرين**، مركز دراسات الوحدة العربية، بيروت، 2000.
30. حنان الشيخ، **حكاية زهرة**، دار الآداب، بيروت، الطبعة الثانية، 1989.
31. خالدة شيخ خليل، **الرمز في أدب غسان كنفاني القصصي**، لانا، قبرص، 1989.
32. خليل حاوي، **الديوان**، دار العودة، بيروت، 1972.
33. رجاء عالم، **طوق الحمام**، المركز الثقافي العربي، الدار البيضاء، الطبعة الثالثة، 2011.
34. رزان محمود إبراهيم: **خطاب النهضة والتقدم في الرواية العربية المعاصرة**، دار الشروق للنشر والتوزيع، عمان، 2003.
35. سامي جريدي، **الرواية النسائية السعودية: خطاب المرأة وتشكيل السرد**، مؤسسة الانتشار العربي، بيروت، الطبعة الثانية، 2012.
36. سعد الدين كليب، **وعي الحداثة: دراسة جمالية في الحداثة الشعرية**، اتحاد الكتاب العرب، دمشق، 1998.
37. سعيد يقطين، **انفتاح النص الروائي**، منشورات المركز الثقافي العربي، الدار البيضاء، 1989.
38. سعيد يقطين، **الرواية والتراث السردي**، رؤية للنشر والتوزيع، القاهرة، 2006.

39. سعيد يقطين، **القراءة والتجربة: حول التجريب في الخطاب الروائي الجديد بالمغرب**، دار الثقافة والنشر والتوزيع، عمان، 1985.

40. سميح القاسم، **الديوان**، دار العودة، بيروت، 1970.

41. شاكر مصطفى، **تاريخ العرب والمؤرخون: دراسة في تطور علم التاريخ ومعرفة رجاله في الإسلام**، الجزء الأول، دار العلم للملايين، بيروت، الطبعة الثالثة، 1983.

42. شكري عزيز ماضي، **انعكاس هزيمة حزيران على الرواية العربية**، المؤسسة العربية للدراسات والنشر، بيروت، 1978.

43. صلاح سليمان، **سوسيولوجيا الرواية السياسية**، الهيئة المصرية العامة للكتاب، القاهرة، 1998.

44. صلاح عبد الصبور، **ديوان صلاح عبد الصبور**، ج 1، دار العودة، بيروت، 1972.

45. صلاح عبد الصبور، **ديوان صلاح عبد الصبور**، ج 3، دار العودة، بيروت، 1977.

46. عاطف جودة نصر، **الرمز الشعري عند الصوفية**، دار الأندلس، بيروت، 1978.

47. عبد الحميد جيدة، **الاتجاهات الجديدة في الشعر العربي المعاصر**، مؤسسة نوفل، بيروت، 1980.

48. عبد الرحمن بن محمد الوهابي، **الرواية النسائية السعودية والمتغيرات الثقافية**، العلم والإيمان للنشر والتوزيع، الطبعة الثانية، 2010.

49. عبد الرحمن منيف: **الكاتب والمنفى**، المؤسسة العربية للدراسات والنشر، بيروت، ط.3، 2001.

50. عبد العزيز إبراهيم، **شعرية الحداثة**، اتحاد الكتاب العرب، دمشق، 2005.

51. عبد الله أبو هيف، **الجنس الحائر: أزمة الذات في الرواية العربية**، رياض الريس للكتب والنشر، بيروت، 2002.

52. عبد المجيد بورقية، **الحداثة والتراث: الحداثة بوصفها إعادة تأسيس جديد للتراث**، دار الطليعة، بيروت، 1993.

53. عبد الوهاب البياتي، **تجربتي الشعرية**، المؤسسة العربية للدراسات والنشر، بيروت، 1993.

54. عبد الوهاب البياتي، **الذي يأتي ولا يأتي**، دار الشروق، القاهرة، الطبعة الرابعة، 1985.

55. عبد الوهاب البياتي، **كنت أشكو إلى الحجر**، المؤسسة العربية للدراسات والنشر، بيروت، 1993.

56. عبد الوهاب البياتي، **ينابيع الشمس: السيرة الشعرية**، دار الفرقد للطباعة والنشر والتوزيع، دمشق، 1999.

57. غسان كنفاني، **أدب المقاومة في فلسطين المحتلة**: 1948 - 1966، مؤسسة الأبحاث العربية، بيروت، الطبعة الثالثة، 1987.

58. غسان كنفاني، **ما تبقى لكم**، دار منشورات الرمال، قبرص، 2013.

59. فؤاد نصر الله، **تجليات العولمة الثقافية والسياسية في شعر محمود درويش: مقاربة حضارية أدبية 1995-2004**، الانتشار العربي، بيروت، 2007.

60. فدوى طوقان، **الأعمال الشعرية الكاملة**، المؤسسة العربية للدراسات والنشر، بيروت، 1993.

61. فدوى طوقان، **الرحلة الأصعب**، دار الشروق، عمان، 1993.

62. فدوى طوقان، **رحلة جبلية رحلة صعبة**، دار الشروق للنشر والتوزيع، عمان، الطبعة العربية الرابعة، 1999.

63. فيصل دراج، **الذاكرة القومية في الرواية العربية: من زمن النهضة إلى زمن السقوط**، مركز دراسات الوحدة العربية، بيروت.

64. فيصل دراج، **نظرية الرواية والرواية العربية**، المركز العربي الثقافي، بيروت، 2002.

65. مالك المطلبي، **الموقف الشعري إلى أين؟ وحوار مع عبد الوهاب البياتي**، دار الجمهورية، بغداد، 1969.

66. محسن عبد الحميد، **تجديد الفكر الإسلامي**، المعهد العالمي للفكر الإسلامي، فيرجينيا، 1994.

67. محمد أمنصور، **خرائط التجريب الروائي**، مطبعة أنفوبرانت، فاس، 1999.

68. محمد النويهي، **قضية الشعر الجديد**، دار الفكر، دمشق، ط.2، 1971.

69. محمود درويش، **جدارية**، دار رياض الريس للكتب والنشر، لندن، ط.2، 2001.

70. محمود درويش، **ذاكرة للنسيان**، رياض الريس للكتب والنشر، بيروت، الطبعة التاسعة، 2009.

71. محمود درويش، **سرير الغريبة**، دار رياض الريس للكتب والنشر، لندن، ط.2، 2000.

72. محمود دورويش، **كزهر اللوز أو أبعد**، دار رياض الريس للكتب والنشر، لندن، 2005.

73. محمود درويش، **لا تعتذر عما فعلت**، دار رياض الريس للكتب والنشر، بيروت، 2004.

74. محمود دورويش، **لماذا تركت الحصان وحيدا**، دار رياض الريس للكتب والنشر، لندن، ط.3، 2001.

75. نجيب محفوظ، **أتحدث إليكم**، دار العودة، بيروت، 1977.

76. نازك الملائكة، **شجرة القمر**، دار العودة، بيروت، 1971.

77. نازك الملائكة، **شظايا ورماد**، دار العودة ، بيروت، 1971.

78. نازك الملائكة، **قضايا الشعر المعاصر**، الطبعة الرابعة، بيروت، 1974.

79. ياسين النصر، **إشكالية المكان في النص الأدبي**، دار الشؤون الثقافية العامة، بغداد، 1986.

80. يوسف الخال، **الحداثة في الشعر**، دار الطليعة، بيروت، 1978.

(二) 论文及文章

1. إبراهيم القهوايجي، "تأملات في الحداثة الأدبية العربية"،
http://www.odabasham.net/show.php?sid=3448

2. أحمد زين الحياة، "رجاء عالم تخرج من صمتها وتكشف هواجسها"،
http://www.darralhayat.com/culture/10...2b6/story.html

3. إدوار الخراط، "هل للأدب جدوى اليوم؟"، **مجلة العربي**، العدد 546، مايو 2004.

4. أدونيس، "في قصيدة النثر"، **مجلة الشعر**، ربيع 1960.

5. أسامة خليل، "الأدب الروائي المصري في الثقافة الفرنسية"،
http://www.nizwa.com/articles.php?id=1670

6. أوس داوود يعقوب، "الشهيد غسان كنفاني .. ظل الغياب"،
http://www.diwanalarab.com/spip.php?article29395

7. إيتل عدنان، داليا سعيد مصطفى، "الكتابة بلغة أجنبية"، Journal of Comparative Poetics (2000) No.20.

8. بهاء طاهر، "سأنتظر"، مقدمة **خالتي صفية والدير**، دار الهلال، القاهرة، 1996.

9. "بهاء طاهر: كتابة ضد اليأس ودعوة إلى التمرد"،
www.al-akhbar.com/node/121989

10. "بهاء طاهر: <واحة الغروب> وجائزة بوكر"،
http://tishreen.news.sy/tishreen/public/read/140281

11. جمال الغيطاني، "جدلية التناص"، Journal of Comparative Poetics، No.4 (Spring,1984).

12. جمال القصاص،"تجليات الحلم في شعر محمود درويش"، **جريدة الشرق الأوسط**، 2008-8-14.

13. "جيل الستينيات في مصر"(1)، **الشرق الأوسط اللندنية**، 3 سبتمبر 2004.

14. "حوار أدونيس ومحمود درويش"،
http://www.mahmoddarwish.com/?page=details&newsID=437&cat=20

15. خديجة زعتر، "جمالية المكان في قصة طفولتي جبرا إبراهيم جبرا: البئر الأولى"،
http://www.startimes.com/f.aspx?t=9912881

16. "رائدة الأدب التجريبي السعودي رجاء عالم... أنثى اللغة وذاكرة المرايا"،
http://www.jouhina.com/magazine/article.php?id=3139

17. سامية محرز وأهداف سويف، "خارطة الكتابة: حوار مع أهداف سويف"،
Journal of Comparative Poetics، No.20 (2000).

18. سعيد يقطين، "الرواية العربية: من التراث إلى العصر"،
http://saidbengrad.free.fr/al/n20/pdf/3-20.pdf

19. سيزا قاسم، "المفارقة في القص العربي المعاصر"، **مجلة فصول**، القاهرة، المجلد الثاني، العدد الثاني، يناير 1982.

20. صبري حافظ، "جماليات الحساسية والتغير الثقافي"، **مجلة فصول**، القاهرة، المجلد السادس، العدد الرابع، سبتمبر 1986.

21. عبد كريم يحيى، "للموت والحب سرير واحد"،
http://www.arabicstory.net/index.php?p=text&tid=8795

22. عبد الله تركماني، "أسس الحداثة ومعوّقاتها في العالم العربي المعاصر"،
http://www.alsafahat.net/blog/?p=17150

23. عبد النبي فرج، "حوار مع الروائي الكبير أدوار الخراط"،
www.ahewar.org/debat/show.art.asp?aid=271708

415

24. فخرى صالح، "معنى أدب المنفى"، **مجلة الكلمة**، عدد 10، أكتوبر 2007.

25. فريال عزول، إبراهيم الحريري، فريدة مرعي، سمية رمضان، لطيفة زيات، "حول الالتزام السياسي والكتابة النسانية"، Journal of Comparative Poetics (1990) No.10.

26. ماجد السامرائي، "من حوار أجراه مع البياتي بعنوان: هذا أنا: شعرا وموقفا ورؤية للعالم"، **مجلة الجديد**، عدد 5، شتاء 1995.

27. محمد أبو زيد، "جيل الستينيات في مصر من نص السلطة إلى سلطة النص"، **جريدة الشرق الأوسط**، 9 سبتمبر 2004.

28. محمد شعير، "أهداف سويف: أعود إلى مصر في الكتابة"، **جريدة أخبار الأدب**، 29 من أغسطس 1999.

29. مرسل فالح صالح العجمي، "الرواية السعودية الجديدة: موضوعات الحكي وتقنيات الخطاب"، **مجلة دراسات الخليج والجزيرة العربية**، العدد 130.

30. مسعود ضاهر، "أضواء على المسألة الثقافية العربية في المرحلة الراهنة"، **مجلة شؤون عربية**، عدد 70.

31. "نجيب محفوظ تحدث عن أزمة الرواية العربية في الستينات"، **جريدة أخبار الأدب**، عدد 752، ديسمبر 2007.

32. يوسف ضمرة، "أدب المقاومة بين الواقعية والبطولة"، http://www.aljazeera.net/news/pages/d9e4b9bc-7579-404e-85fe-789d40b6a82b

416

后　记

　　终于到写"后记"的时候了。此刻，凭栏远望，窗外万物生长，一层层碧波在微风中荡漾。时已至暮春，草木看上去绿沉红稀；天空泛着淡淡的青色，似乎在等一场烟雨如约而至……在过去的一个月里，我埋头于本书的最后修改工作；与此同时，窗外的世界上演了一场又一场花事，热闹非凡，令人目不暇接。从杏花微雨到牡丹初开，处处姹紫嫣红，一树芳菲。而今春红褪去，青杏尚小，世界忽然安静下来，人从林间走过，相看无语。落英化作了春泥，等待的是下一个轮回。

　　"流光容易把人抛，红了樱桃，绿了芭蕉。"也许最美好的事情并非"留春住"，而是留住记忆中的那些光与影。记得被告知自己的国家社科基金课题通过立项，是在八年前初夏的一个晌午，当时我和同事正在校外听一场文学讲座，听到消息，自是欣喜万分，回家时顺便在道边买了一大束鲜花，算是庆贺。我心里清楚，和文学研究结下的缘分今后多半不会再解。此后，便是一页一页地读纸上文献，一点一点地做案头文章，忙得不亦乐乎。沉浸在课题研究中的一个额外好处便是：多数时候能把日子过得相对简单，不知今夕为何夕。常在每年春光旖旎时找一个闲暇出门走走，看一看祖国的大好河山，即便远游，也习惯了将学问之事记挂心中。如今，当我翻阅这本书的各个章节时，依然清晰地记得，其中的哪一段是在哪座陌生的城市、哪片风景区的一隅、哪个候机楼咖啡厅里写下的。身体和灵魂，有一个在路上已然美好，能够同时在路上，自然会感觉更加熨帖。该课题于 2011 年立项，满打满算进行了五年研究，结项时获得了优秀，我甚是欣慰。按理说结项后应立即投入出版一事，却又耽搁了两三年，既是为了再沉淀一下，也是因为自己总觉得：学术研究乃"二三素心人"之事，相比于出了什么成果，更让人享受的也许是整个冷暖自知的过程，是那种"深林人不知，明月来相照"的境界吧。

写此后记，除了回顾与课题相关的林林总总，还为了表达感谢之心。首先，本书中的一些内容曾作为课题的前期、中期或后期成果，陆续发表于国内若干学术期刊上，在此谨对《外国文学评论》、《外国文学研究》、《外国文学动态研究》、《读书》和《世界文学评论》等期刊在不同时期对拙文的采纳表示诚挚的谢意。应该说，国内外国文学研究界同行们的关注和认可，加强了我研究该课题的决心和信心。

此外，我还想借此机会，对国内阿拉伯文学研究界的诸位前辈表示由衷的敬意。在课题研究的过程中，一些老前辈如仲跻昆先生、郅溥浩先生，或不吝提供各类资料线索，或给予言语上的殷切激励，其奖掖后学、提携晚进之心令人感佩。通过学习前辈们的研究成果，我获得了不少长进；同时，他们对于阿拉伯文学真切的热爱也深深感染着我。还要特别感谢的是，阿拉伯布克奖首位中国评委张洪仪教授在百忙之中放下手头的工作，欣然为本书作序。在此，衷心祝愿中国阿拉伯文学研究界托庇于前辈师长的筚路蓝缕，凭借老中青几代学人的孜孜矻矻，得以薪火相传，蒸蒸日上，一步步走向繁荣之境。

搁笔之际，回首向来：萤窗雪案，泛游墨海；闻晨鸟啁啾，沐烟雨斜阳；几度寒暑春秋，化为手中一卷。然心有余而力不足，成败利钝非所逆期。对于文中的疏漏和不足之处，还望各位学界同人不吝批评指正。

文学天地总愿意将时间理解为一个非线性的历程，或为螺旋式盘旋上升后的复归，或为首尾相接的圆环，因此，阿拉伯著名旅美文学家纪伯伦说："眼下的这一刻，即包含着时间的全部涵义。"唯愿眼下的这一刻既是终点，也是起点；既是一段旧征程的结束，亦为一段新征程的开始……

2019 年 4 月末

于海淀中关村

图书在版编目（CIP）数据

阿拉伯当代文学的转型与嬗变／余玉萍著． -- 北京：
社会科学文献出版社，2020.9
ISBN 978 - 7 - 5201 - 7186 - 1

Ⅰ．①阿…　Ⅱ．①余…　Ⅲ．①现代文学史 - 研究 - 阿
拉伯半岛地区　Ⅳ．①I371.095

中国版本图书馆 CIP 数据核字（2020）第 158898 号

阿拉伯当代文学的转型与嬗变

著　　者／余玉萍

出 版 人／谢寿光
组稿编辑／高明秀
责任编辑／王丽影
文稿编辑／许文文

出　　版／社会科学文献出版社·国别区域分社（010）59367078
　　　　　地址：北京市北三环中路甲 29 号院华龙大厦　邮编：100029
　　　　　网址：www. ssap. com. cn
发　　行／市场营销中心（010）59367081　59367083
印　　装／三河市龙林印务有限公司

规　　格／开　本：787mm × 1092mm　1/16
　　　　　印　张：26.5　字　数：417 千字
版　　次／2020 年 9 月第 1 版　2020 年 9 月第 1 次印刷
书　　号／ISBN 978 - 7 - 5201 - 7186 - 1
定　　价／128.00 元

本书如有印装质量问题，请与读者服务中心（010 - 59367028）联系